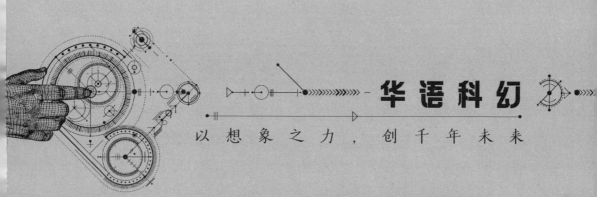

华语科幻

以 想 象 之 力 ， 创 千 年 未 来

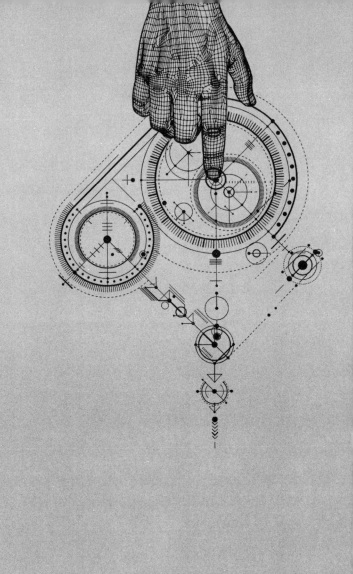

阿缺科幻精品系列

与机器人同行

阿缺——著

科学普及出版社

·北 京·

图书在版编目（CIP）数据

阿缺科幻精品系列 . 与机器人同行 / 阿缺著 .
北京 : 科学普及出版社 , 2024. 7. ——（百年科幻）.
ISBN 978-7-110-10743-0

Ⅰ . I247.7

中国国家版本馆 CIP 数据核字第 2024DV5636 号

策划编辑	王卫英
责任编辑	王卫英
封面设计	书香文雅
正文设计	书香文雅
责任校对	吕传新　焦　宁
责任印制	徐　飞

出　　版	科学普及出版社
发　　行	中国科学技术出版社有限公司
地　　址	北京市海淀区中关村南大街 16 号
邮　　编	100081
发行电话	010-62173865
传　　真	010-62173081
网　　址	http://www.cspbooks.com.cn

开　　本	720mm×1000mm　1/16
字　　数	822 千字
印　　张	60
版　　次	2024 年 7 月第 1 版
印　　次	2024 年 7 月第 1 次印刷
印　　刷	天津泰宇印务有限公司
书　　号	ISBN 978-7-110-10743-0 / I · 720
定　　价	180.00 元（全 6 册）

 **"百年科幻"编委会**

总策划：**李继勇**　北京书香文雅图书文化有限公司总经理

主　编：中国科普作家协会科幻创作研究基地

总统筹：**静　芳　曹　璐**

编　委：

（按姓名音序排列）

 总　序

科幻引领未来

"百年科幻"是由中国科普作家协会科幻创作研究基地主编的大型科幻系列图书项目。项目工程浩大，计划将过去、现在以及未来的国内外优秀科幻作品都囊括进来，打造成一个可持续的出版系列。

科幻是科学与文学融合的产物，它不仅能激发人们的想象力，更能给人们以深刻的科学启示，唤起人们对科学的兴趣，培养人们的科学精神。自1818年英国作家玛丽·雪莱创作《弗兰肯斯坦》起，世界科幻已走过200多年的发展历程。中国科幻作为世界科幻板块中的重要组成部分，渐渐发展成一支越来越活跃的生力军。从1904年荒江钓叟的《月球殖民地小说》发表至今，中国科幻已有120年的历史，这100多年的发展并不是连续的线性发展，而是呈现出点状分布，时断时续，直到20世纪90年代，才呈现出持续发展的状态。在本土化进程中，中国科幻从学习西方科幻到输出本土科幻，已经走向成熟。以王晋康、刘慈欣、韩松为代表的科幻作家的创作，早已跻身于世界科幻领域的顶级作品之列。

科幻的发展从根本上说与国家科技发展密切相连。现在科幻越来越受到中国读者的喜爱，越来越获得国家的重视，这些都为科幻创作提供了良好的社会环境。中国科幻每年的创作数量也在明显增加，这

也是非常可喜的局面。

故此，我们计划在此前出版的《百年中国科幻小说精品赏析》的基础上，推出"百年科幻"系列。在编选出版的定位和特色上，"百年科幻"系列既与前者有密切关联，又有其鲜明的独特风貌。主要体现在以下几点：

一、突出史诗性。以世界百年科幻历史长河为线索梳理和编选作家作品，以不同历史时期产生重要影响力的作家作品为对象，遴选经典和优秀之作。

二、强调专题性。对各个时期科幻作家的代表性作品进行专题编辑，彰显其创作特色和文学风格，向广大读者呈现科幻作品独特的文化魅力。

三、立足中国当下，关照未来。在梳理和编选科幻经典的同时，我们的侧重点是立足中国当下，关照未来。希望能够汇聚当下科幻作家的优秀之作，挖掘出更多青年新锐作家的优秀作品，丰富和壮大科幻创作的规模，使科幻创作宛如大河流淌，使科幻历史的长河因强大的新生力量而变得更加波澜壮阔。

借由"百年科幻"系列图书的持续出版，希望能够提振和鼓舞科幻作家的创作信心，为广大读者提供优质的科幻读本，为科幻爱好者及理论研究者提供可资参考的文学样本。希望"百年科幻"系列在促进中国科幻事业的繁荣与发展方面贡献力量。

以上是打造"百年科幻"系列的目标和愿望。

目 / 录

Catalogue

机魂之殇 / 001

与机器人同行 / 043

与机器人同居 / 065

与机器人同悲 / 085

格里芬太太的最后一夜 / 103

她和他的它 / 125

过　河 / 141

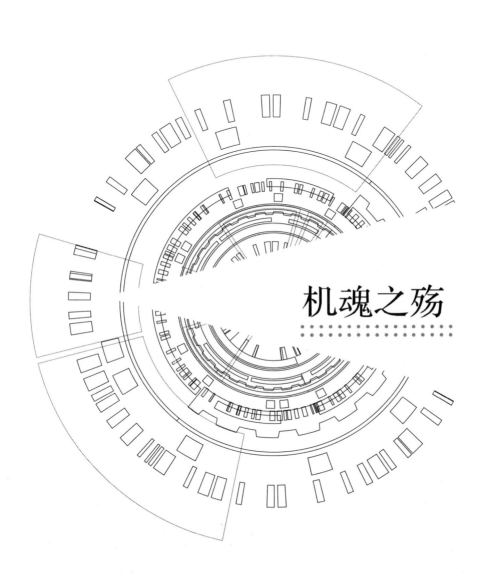

机魂之殇

楔 子

任务进行得很顺利。

一家7口，已经有6个倒在血泊里了。雷雨在窗外倾泻，血在地板上流淌，逐渐淹没了它的脚。每一步都是一个血脚印。

它没有任何不适，血嘛，不就是混着各种杂质的黏稠液体么？对它来说，血液与石油没有区别。它关心的是，这家人里的最后一个，藏在哪里呢？

它把声波接收器的功率调到最大，仔细辨别着空气中的每一丝震颤。惊雷炸响，暴雨冲刷，树木摇摆，蚯蚓拱地，钟表滴答……在无数声音的掩盖下，它准确地听到了小小的、缓慢的心脏跳动声。

Bingo！

它穿过大厅，走上旋转楼梯，推开最里间的房门，向那颗跳动的心脏走去。血脚印在它身后拖曳出诡异的痕迹。

风雨更大了，雷声隆隆，闪电如同舞者在云层下舒展跳跃。有好几次，闪电在屋外掠过，如同巡游人间的死亡骑士，随时可能冲进来。

这种情况对它来说很危险，它决定速战速决。

它走到一个柜子前，单手把重达一百多千克的柜子挪开，看到了这次任务的最后一个目标——一个婴儿，脸上满是灰尘，正睁着漆黑的大眼睛看着它。

在察觉到危险来临的那一刻，屋子的主人就把婴儿藏到了柜子后面，然后慨然赴死，以为可以让孩子求得生路。这种行为只有人类的父母才做得出，真是让它——它没有任何感觉——不理解人类为什么喜欢做这种低效率的事情。

它抬起枪，对准婴儿的头。

男婴还在看着它，很安静，安静得似乎不应该出现在这个电闪雷鸣的杀戮夜晚，安静得不像是一个婴儿。

咔嚓！一道枝状闪电劈开深沉的夜，不偏不倚，正好穿过窗子打到它身上。电流像疯狂的蛇一样，在它身上乱窜，每条线路都被冲刷，每个元件都被重击。它的枪掉在地上，哐当乱响。它连连后退，直到靠在墙上，身上的仿真皮肤被烧黑了好几块，火花从它的各个关节冒出来。

但它挺过来了。

它检查了一下身体，经评估损伤在安全值以内，没有大碍，它还可以继续执行任务。它捡起枪，再次走到婴儿面前，但它愣住了——奇怪，这个婴儿为什么在笑？

奇怪，为什么自己会觉得奇怪？

奇怪，为什么自己会奇怪自己的奇怪？

……

在进行了史无前例的长达10分钟的全功率思维运算后，它终于意识到，自己的身体被雷电击中，打出了点儿问题。

1

清晨，拉塞尔开门出去的时候，正好碰见对门的单亲父亲送孩子去上学。他们一起走进电梯，缓缓下降。

这是一个阳光温暖的早上，明媚的霞光在这座美国小城的上空弥漫，楼道外翠鸟啼鸣，一切都让人感到心旷神怡，感恩上天又赐给这世界美好的一天。所以拉塞尔觉得有必要跟这对华人父子打个招呼。

"嗨，你们好。"他说。

那位父亲抬头看了他一眼，又垂下眼帘，睫毛覆盖的阴影遮住了他的眼睛。倒是他身侧这个10岁左右的男孩子有礼貌地说："早上好。今

天天气很不错的样子，希望你有愉快的一天。"

楼间电梯使用多年，一边发出吱呀的锈蚀声，一边缓缓停下。

"愉快的一天。"拉塞尔说完，把手揣进皮革风衣兜里，吹着口哨走了出去。

果然是愉快的一天。

拉塞尔在中央大道遇到了第一个客户，他走过去，侧身而过的时候，手里已经多了一个皮夹。第二个客户是刚从公交车上下来的孕妇，他过去搀扶，在孕妇感激地说谢谢时，他的手已经伸进孕妇的衣兜里，掏出了几张钞票。第三个客户就更简单了，一个富商模样的胖子边走路边打电话，并没有留意到口袋已被人悄悄划开……

现在，他正站在威马逊大街的路口，看着他的第七个客户。

这是一名男子，很高，约有1.9米，他身上的黑色风衣更长，一直拖到地上。这个男人留着干练的发型，神态如刀劈一样坚毅，他正提着一个黑色皮包，匆匆赶路。

拉塞尔看中的就是这个皮包，鼓鼓囊囊的，一看就有好货在里面。他跟着男子，看到男子在路边招出租车，但现在正是上班高峰，男子等了会儿，干脆走地下通道进了地铁。

这天简直如上天的安排一样越来越顺利——地铁车厢是拉塞尔最熟悉的战场。

这一站人很多，拉塞尔像游鱼一样挤上去。随着人潮，他和男子一起被挤到车门旁。

"对不起，"拉塞尔说，"上班的人太多。"

男子面无表情，似乎没有听到。

就在地铁车门关闭的前一刻，拉塞尔突然一把抓住男子的皮包，用力一扯。男子也在瞬间醒悟过来，握紧提手，啪，皮革提手被硬生生扯断了。

拉塞尔抓住没有提手的皮包，挤出了地铁。车门在他身后关闭，几乎擦着他的身体。

地铁启动，载着人们驶向下一站。拉塞尔回头，透过车窗，他看到那男子的脸正飞快远去，但男子森冷的目光死死地盯着他，直到地铁消失在黝黑的隧道里。即便如此，他依然感觉皮肤上寒意流转。

收获颇丰。

傍晚时，拉塞尔关了屋门，拉上窗帘，把白天的"战利品"一股脑倒在床上。

钱，皮夹，手表……他得把其中大部分交给唐纳德——本地偷窃者的头子，也是一个阴沉凶残的中年男人。上次有个兄弟私藏了一条项链，被唐纳德发现后，活活被拔下了两颗牙齿。一想到这件事，拉塞尔就浑身发颤，那个兄弟的惨象犹在眼前。

不过，即使只能拿很少的一部分，今天的收获也足够他挥霍好几天。他这么想着，又高兴起来。

他的目光落在了残损的皮包上。他拉开拉链，把里面的东西全倒出来，一叠打印纸顿时散得满床都是。纸上都是人物档案，有男有女，职业各异，都很普通，他失望地来回翻看，实在看不出其中有什么值钱的信息。

嗡，嗡，嗡嗡嗡……皮包突然震动起来。

拉塞尔吓了一跳，在皮包里摸索，居然发现了一个手机。这是疆域公司旗下的品牌手机，他眼睛一亮，至少，这部手机可以换不少钱——疆域公司涉及多个行业，例如人工智能、太空开发、手机、家电等，各种产业都占据大块的市场份额，只要有疆域公司的商标，就意味着昂贵而优质。

手机还在震动，屏幕上显示有陌生号码正一遍接一遍地打过来。

拉塞尔鬼使神差地按下了接听键，全息摄像头立刻把一个男人的影像投射出来——正是皮包原来的主人。

这是单向接听模式，对方看不到拉塞尔，只能听到他的声音。所以

他把手机放在桌子上，屏住呼吸。

"我不知道你是谁，我也不想知道。"阴沉的声音从话筒里传出来，像蛇一样钻进拉塞尔的耳朵，"但你拿了不属于你的东西。我的朋友，这是你今天犯的最严重的错误，事实上，这可能是你这辈子犯下的最严重的错误。"

拉塞尔不敢说话。他有种错觉——男子明明看不见他，但透过全息影像，那双眼睛却向自己射出锐利的目光。

男子所处的环境很封闭，表情藏在阴暗里，顿了顿，他再次开口："但现在，你有机会弥补这个错误。让我们重新认识一下吧，我叫道尔，或者杰克，或者尼尔森，无所谓了，我会根据心情调整我的名字。你呢？"

过了几秒，男子说："好吧，你当然不会告诉我你的名字，这也不要紧。现在，我给你提一个建议，这或许是唯一能够让你认识的人继续叫你名字的办法了——通常，死人的名字很少被人提起。这个皮包对我很重要，我希望你把它还给我，只要你没有把内层打开，没有看到里面的档案，那么，我可以既往——"

拉塞尔抬眼看了看床上散落的纸张，心里一乱。

"——你已经打开并且看到档案了是不是？"男子准确捕捉到了拉塞尔因为慌乱而变得粗重的呼吸声，他停止说话，用大拇指按着太阳穴，似乎陷入了两难的思考。很久以后，他放下手，耸了耸肩，说，"那么，我的朋友，你惹上了真正的麻烦。本来我可以给你清洗记忆，让你忘掉一切，这样可以保住你的命。但太麻烦了，我的时间很紧，我得赶回纽约。我们常说，让人忘却一切，莫过于让人死去。所以，你可以从现在开始逃，但无论你逃到哪里，我都会找到你，我都会杀了你。再见，希望你度过最后一个愉快的夜晚。"

男子挂断了电话，他的影像如海绵吸水一样收进摄像头里。

拉塞尔怔怔地发呆。

2

"别担心了，"唐纳德一边点着钞票，一边满不在乎地说，"别人丢了东西，肯定要放话出来威胁你。要是干这行这么简单，谁还会去肯德基里面当薪酬只有几美元一小时的服务员？"清点完后，他露出笑容，这个动作让他脸上的刀疤如同暗夜里的蛇一样游动起来。

"那个人的语气，不像是说说而已。"拉塞尔说，"如果是威胁，他会等我表态，逼我交出皮包，但结果却是他先挂了电话。"

"他怎么找你？难道像电影里一样用电话跟踪定位？嘿，我说，那是好莱坞电影的伎俩，而这里是现实生活。再说了，要是有什么事，我帮你顶着！记得吗，你最近跟琼好上了——虽然她是整个城里最火辣的姑娘，但同时又是黑心汤姆的女朋友。还不是因为我，黑心汤姆才不敢动你？"

拉塞尔安心了些。确实，以往也有其他兄弟偷窃被抓，最后都安然无恙地被释放出来，全因唐纳德在城里只手遮天，在黑白两道他都认识不少势力强大的朋友。

唐纳德捶了一下拉塞尔的肩，然后抽出几张钞票甩给他，"喏，这是你应得的这份。今天你收获最多，走，去吃中餐！"

两个人穿过流光溢彩的夜色，走向一家中餐馆。

"这是一家新开的中餐馆，口味很纯正，我听过一句谚语，说如果觉得人生不完美，就放下汉堡和薯条，来试一试中餐。"唐纳德推开用中文写着"欢迎光临"的玻璃门，说，"我请客，就当给你压压惊。"

这个餐厅很小，缩在街角，里面只有七八个餐位。此时已是深夜，除了新进来的两个年轻人，再无其他客人。拉塞尔看向柜台，顿时愣住了——穿着白色厨师装的中年男人，和他旁边正专心在课本上勾勾画画

的小男孩，正是早上看见的那对父子。

男人拿着菜谱走过来。

"给我来一份'让苏意一'"。唐纳德的中文不太流利，偏偏要用这种绕口的语言点菜，"还有'轰遭去子'和'拉波都哭'。"

"好的，先生您点了糖醋里脊、红烧茄子和麻婆豆腐，"男人转向拉塞尔，"先生您需要点什么呢？"

"哦，我来同样的3份菜就可以了。"拉塞尔盯着男人，对方却像根本不记得他一样，点点头就转身去做菜了。

真是一对奇怪的父子。拉塞尔嘴里吃着美味的中餐，心里这么想着。

唐纳德回到家，长长地吐了一口气，空气中随即涌出一条白雾，稍现即灭。四月初的新泽西，深夜里依然寒意浓重，他抖抖腿，像是要把骨髓里的寒冷抖出体外。

这座房子很大，却只住着唐纳德一个人。他拥有不为人知的身份，无法与人同住。

已经接近深夜，整座房子都沉浸在浓郁的黑暗中。唐纳德不喜欢光亮，因此没开灯，径直走进客厅。他的嵌入式壁炉里放满了燃木，已经被油浸透，他点燃打火机，凑近，壁炉里顿时冒起腾腾火焰，将寒冷和黑暗迅速逼出屋子。

这乍起的光亮也让屋子里的另一个人影露了出来。

"谁？"唐纳德猛然警觉，手伸进西装内侧，把电爆枪拔了出来，同时将拇指按在枪托侧面。嗡，电爆枪的指纹密码锁立刻解开，高能电磁集束正在枪管里形成。这种聚能武器是违禁品，即使在实现枪支自由的美国，也不允许公民持有。当初唐纳德为了搞一把电爆枪，下了不少功夫，现在，他十分庆幸拥有这种能一击轰开墙壁的强力武器。

然而，在电爆枪的逼视之下，不速之客却缓慢地把手伸进口袋。

"嘶嘶……"枪管里的光越来越亮，似乎随时要朝着那人的脑袋喷射而出。

但唐纳德没有开枪，因为客人手里掏出来的，是一张蓝白色的证件。

唐纳德熟悉这张小小的卡片，他所有的秘密都与此有关。

"二级干员？"

客人坐在客厅的角落，跷着腿，脸的一侧被火光照亮，另一侧则埋进了深深的黑暗里。他的鼻梁很高，被光勾勒着，像一柄弧形刀的刃。他点点头，说："很好，看来这么多年当混混的日子，并没有让你忘记公司的制度。"

唐纳德悻悻地收回枪，把壁炉里的火焰调大，转头说："怎么可能忘掉！我现在的日子，就是拜公司所赐，哼，在这个小地方管一群嬉皮小子。我记得公司的制度，公司却恐怕早把我忘了吧！"

"我需要你的帮助。"

"你可是尊贵的二级干员，除了那些铁疙瘩，你们的权限最大，怎么会需要我这种被公司遗忘的家伙呢？"

客人摇摇头，但唐纳德只能看到他的脸在明与暗的边界上晃动，表情一隐一现。"你们是公司布下的钉子，没有你们，公司在各处的行动就会遇到阻碍。我们同等重要，只是任务不同，相信我，你不会羡慕我做的那些事情的。"

唐纳德说："这一套很早以前就有人跟我说过，早就烦了。说吧，我有什么能够帮助你。"

"我要找一个人，一个偷了我东西的人。"

咚，咚，咚……

午夜里，敲门声响起，突兀而诡异，如同亡者在深埋多年后胸腔突然有了心跳声。

拉塞尔猛然惊醒，睡意全消，盯着正在发出有规律敲击声的金属防盗门。

"是谁？"他涩声问。

敲门声停了，有人说："是我。"

是那个被偷了钱包的男子的声音。拉塞尔顿时感到浑身冰凉，还不到6个小时，这个男人就找上门来。

"你……你来干什么？"

门外的人笑了，"我来拿走原本属于我的东西，以及，原本属于你的东西。"

他说的是皮包和自己的命，拉塞尔绝望地想。

门锁咯嗒一声，被门外的人打开了，高大的身影屹立在门前。"你好，今晚你可以叫我杰克。"男子似笑非笑地看着面如死灰的年轻人，"我杀人的时候用这个名字。"

拉塞尔突然向后一跳，两手乱挥，胡乱中抓住一叠纸，向杰克扔去。纸还没有碰到杰克就在空中飞舞成一片雪花，有几张还穿过门落到了楼道里。趁这个机会，他跑进了卧室，把门反锁。

杰克露出猫捉老鼠一般的残忍笑容："会抵抗才有意思。不要急，我们还有整个夜晚的时间。"

其中一张纸落到他眼前，他看到了上面印着的图案和文字，眉头一皱。

拉塞尔扔出来的，恰是皮包里的档案。这份集合了公司所有暗探的名单，正是他此次的任务，他不相信电子产品，便将文件打印出来，打算亲手带回总部。有一个倒霉的清洁工正好路过，看到了打印纸的一个角，于是他顺手了结了他。

他弯腰把打印纸一张张捡起来。先把任务保住，再慢慢对付这个这个不知好歹的年轻人。他一边捡，一边在脑海里搜寻能给人带来巨大痛苦的折磨法子——他的这类储备很多，待会儿可以逐一使出来。

在楼道里，他看到最后一张纸有一半塞进了对门人家的屋底缝隙里。"哦……"他叹息一声，那张纸恰好是正面朝上的。按常理，这个时间不会有人起床看到从门缝里塞进来的纸，但——但他的工作就是保证万无一失。

他把纸抽出来，叠好，放进皮包里，然后轻轻敲响这户人家的门。

咚，咚，咚……

出乎他的意料，门几乎是立刻被打开了，一个华裔中年男子面无表情地看着他。

"你好，"在一瞬间的错愕过后，杰克定住心神，脸上堆起笑容，"我叫杰克，我有点事情想跟你商量一下，能进屋里谈吗？"

华裔男子点点头，侧过身，说："进来吧。"

拉塞尔靠在墙上，大口喘息，胸膛像鼓风机一样剧烈起伏。

跑不掉了，跑不掉了。一个声音在他耳边说，对方既然这么快找到自己，还让唐纳德都出卖了他，就一定算准了他没有退路可逃。

他听得到他的心跳声，咚咚咚，像每年中央广场庆祝独立日而燃放的烟花的爆裂声，一声比一声急促。他的脸色惨白如纸，冷汗从额头沁出，流满了脸庞。恐惧从空气里渗透进来，有如实际的物质，逐渐变浓，挤压得他呼吸困难。他在极度的痛苦中等待死亡的降临。

然而，一直到天亮，那个可怕的杰克都没有再出现。清晨的阳光透过窗子，落到这个年轻人苍白的脸上。他睁开眼睛，被清晨的光线刺得生疼，才明白自己又活过了一个晚上。

3

拉塞尔惊奇地发现，他的生活竟然一如平常。

他在家里等了几天，没有任何人来打扰，连往常会催他去干活儿的唐纳德也没有再联系。几天后他忍不住，给相好的琼打了个电话，问："最近城里发生了什么事情吗？"

琼嘴巴大，耳朵也尖，要是有什么事情发生，一定瞒不了她。但琼只是在电话里大声骂道："好些天不找我！难道你有了新欢？"

"没有，我这几天生病了，"拉塞尔随口道，"说真的，城里没发生什么大事吗？"

"风平浪静着呢，我倒是想看热闹，还真看不着。"

拉塞尔放下电话，总觉得一切都不真实，似乎那个夜晚发生的事情都是梦魇，随着晨曦吐露，便消失在模糊的记忆里了。

不对，他努力回想，想起杰克曾敲开了对面人家的门，并说要进去，然后——然后就没有然后了。

拉塞尔开始留意起住在对门的华裔父子来。

这没花他多少工夫，因为那对父子的生活规律简直跟机器一样精准：每天早上6：30，父亲开门送儿子去上学，然后在中餐厅张罗生意。傍晚6点，他接孩子回到餐厅，孩子专心复习功课，父亲继续做菜端盘，一直到22：30餐厅打烊才回家休息。

每逢周末或节日，男人就关了餐厅，用自行车载着孩子出去玩，去公园，或是郊区。他们经常去放风筝，风筝放得又高又远，惹得其他孩子羡慕地向父母撒娇。有时候他们也会野炊，香味同样飘到很多人鼻子里。

如果不是那个男人一直面无表情、不爱说话，他简直可以被称作模范单身父亲。那个叫小障的孩子，身上却有一种不符合他年龄的老成，当着父亲的面，他表现得天真爱玩，但父亲一走开，他立刻放下玩具，冷冷地看着周围。

拉塞尔越留意，越觉得这对父子浑身都透着奇怪。

"小障，"有一次，拉塞尔趁男子在厨房做菜，走到正专心复习功课的小障身边，问，"你的名字是什么意思呢？"

小障看了他一眼，在纸上工工整整地写下了"障"的中文，说："障，在中文里，是障碍，屏障的意思，一般是阻止人去往某个地方或达成某个目的。"

看着这个小男孩一板一眼地解释，拉塞尔有些想笑，他与小障黑白分明的眼睛对视了一眼，随即滑开目光，问："那你为什么会叫这个奇怪的名字呢？"

"我不知道，我爸爸给我取的。"

拉塞尔正想再问，却见男孩已经垂下头继续做题了，而他的父亲刚好从厨房端菜出来。他便也把要说的话吞回去了。

他又去问房东太太，那个年迈的孤寡女人摇摇头，表示也不清楚，只是说："他们是两个月前搬过来的，没有带行李，登记名字是陈川和陈小障，奇怪的中国名字……中国男人很大方，一次就付清了3年的房租。可不像你这个小滑头，总是赖账，这几个月的钱都没有给我。"

拉塞尔连忙站起身，推说自己有事要离开。

"对了，"临走的时候，房东太太眯起皱纹密布的眼睛，说，"要说有什么奇怪的地方，那就是他们俩每个月的电费都很高。用电量比其他租户加起来都要多，也不知用电做什么了……"

好奇心是藏在拉塞尔血管里的恶魔，他忍了很久，可压抑不住这只恶魔的躁动。于是，在一个白天，他趁陈川父子一个去餐厅一个去学校，悄悄偷了房东太太的钥匙，潜进中国人的房间里。

他有些失望，因为这是一个典型的单亲家庭房间，两间卧室，一个客厅，设施并无奇怪之处。唯一有点另类的是，属于小障的房间里摆满了玩具和童书，看得出来陈川在照顾孩子这方面很用心。但陈川自己的房间则简单得令人咋舌，里面只有一张床，床单整洁干净，似乎铺上以后就没有被人躺过。

拉塞尔在床下找到了一台足球大小的机器，纯黑色，模样古怪。仪器上探出了两根电线，一头是常用的三级插头，已经插进插座里了；另一头也样式怪异，有4个金属探头，又尖又利，闪着寒光。拉塞尔想破脑袋也想不出这玩意儿是用来干什么的。

除了床和奇怪的仪器，整个房间空空荡荡，不知是如何住人的。

当晚，拉塞尔的防盗门被陈川敲响了。

拉塞尔把门打开一个缝隙，看着门外没有表情的中国男人。

"有什么事？"等了等，发觉对方没有说话的意思，拉塞尔先开口道。

陈川回头看了看自己家一眼，似乎怕小障听到，说："我们进屋说吧。"

拉塞尔已经对放陌生人进家门有了防备，摇摇头，"要说就在这里说吧。"

门外中国人的手臂猛然使力，拉塞尔后退好几步才勉强没有摔倒。陈川闪身进屋，用脚将门关上，同时抓住拉塞尔的衣领。

这一系列动作快如闪电，但又悄无声息，连门关上时也只发出了轻微的扣锁声。拉塞尔还没有反应过来，就被抵在墙上，他试着反抗，但对方看似瘦弱的手臂竟然有着不可思议的力量，让他动弹不得。

"我知道你跟踪我很久了，我不管，但你今天闯进了我的屋子。"男人直视拉塞尔的眼睛。

"我——我没有！"

"说谎话是没有用的。"男人缓缓抬手，竟以单手之力将体重80多千克的拉塞尔举到空中。"从现在开始，你远离我们，不能进我的餐厅，不能跟我的儿子说话，不能朝我的家里看一眼，听明白了吗？"

拉塞尔感到呼吸困难，两脚乱蹬，拼命点头。

陈川放手，转身离开。拉塞尔瘫坐在地上，喘气如牛，脑中只想着一件事情：刚才他挣扎的时候，碰到了陈川的手臂，只觉得极具韧性，似乎皮肤之下还藏着什么坚硬的东西……

他不理琼，琼却自己找上了门。

他点燃一支烟，心事重重地抽着。琼也抽了几口，又连撒娇带威胁地问了好几遍，拉塞尔才把对门父子的种种怪异说了出来。

"要弄清楚还不容易？"琼从鼻子里喷出烟雾，满不在意地说，"我就能摸透。"

"你要怎么做？"

"我自然有我的办法。"琼一脸得意。

"你可别胡来。"

"放心，对付男人我有经验，何况是一个单身爸爸。"

到了晚上，琼给拉塞尔留下一个飞吻，"等我好消息。"说完就去敲楼道对面的门。

10分钟后，她一脸苍白地跑回来，抓着拉塞尔的手臂，轻轻颤抖，似乎白日里见了鬼。

拉塞尔小声问："怎么了？"

"他……他不是人。"

拉塞尔有些失望，"噢，他对你不感兴趣？"

"不，不是，"琼定了定神，说，"他刚才开门，我说我家浴室坏了，他没说什么就把浴室借给我用。我在浴室里等他，这么明显的暗示，我想他会进来的。可是外面毫无动静，我就披着浴巾走出去，发现他正坐在沙发上发呆，不知道在想什么。我按着脑袋说头晕，假装摔在他身上。我的头撞到他的胸膛，我抱着他，我以为他会像其他男人那样。但这时，我才意识到不对——他的胸膛里没有心跳声。"

4

又是一个周末的早晨。陈川睁开眼睛，看到电子时钟显示是06：00：02，默默地叹了口气。

醒过来的时间越来越迟，说明沉睡得一次比一次久，身体老化的程度看来已经很严重了。

他收拾妥当后，走到小障的房间里，发现小障已经醒来了，睁着黑漆漆的眼睛盯着他。"今天去哪里玩啊？"小障的声音很兴奋，"好不

容易到了周末。"

"天气不错，我们去公园里放风筝吧。"

"好啊好啊，"小障拍着手，"我最喜欢放风筝了。"

公园里人很多，大部分都是家长带着孩子在草坪上野炊。成年人聚在一堆，一边烤肉一边讨论时政，孩子们则嘻嘻哈哈地追逐打闹。

只有陈川和小障孤零零的。父亲在草坪上铺开绒布，以手枕脑，微闭着眼睛躺在上面。孩子则专注地举着线筒，不断收放，让硕大的蝴蝶风筝在晴朗的天空下越飞越高。

这对奇怪父子的组合引起了很多人的目光。

"妈妈，我也要放风筝。"一个清脆稚气的声音叫了起来。

女孩儿的妈妈表情有些为难。在这座美国城市里，风筝并不像在中国那么普及，这里的人热爱橄榄球和酒会。她稍做犹豫，走到闭目养神的中国男人身侧，说："打扰您一下，请问您还有别的风筝吗？我的女儿玛丽亚也想放风筝。我可以给您钱，瞧，我的女儿正看着您呢。"

陈川晒在东海岸温暖的阳光下，浑身惬意，这让他的心情也如同丝绒毛毯一样舒展开来。他起身从背包里取出竹架、彩纸、剪刀和细线，熟练地裁剪，金色的阳光在他瘦长的指尖流淌，几分钟后，一个蜻蜓风筝便出现在他手里。

"噢，"年轻母亲惊叹不已，"真是神奇的东方技艺。"

"拿去吧！"

"对于这么精美的工艺品，我要付您多少钱呢？"

"不用，孩子玩得开心就好。"

年轻母亲把风筝拿给玛丽亚，可不一会儿，玛丽亚就跑回来了。"我不会放，我的风筝都飞不起来。"她一边沮丧地说，一边偷偷瞄着小障的风筝，那只蝴蝶已经展翅高飞，在明媚的蓝天里翩翩起舞。

"听着，"母亲把手放在小女孩儿的两肩上，郑重地说，"我已经帮你拿到了风筝，剩下的事情你必须自己完成。那个男孩风筝放得好，你可以去向他学习，去吧。"

玛丽亚提着风筝跑向小障。她迈着碎步，头上的金发飘扬起来，像是融化的黄金。"嗨，你好，我叫玛丽亚。"她怯生生地对中国男孩说，"这个风筝是你爸爸给我做的，可是我不会放，你可以教我吗？"

小障扭头，发现陈川和玛丽亚的妈妈并排坐在不远处的草坪上，都看向这边。陈川以微不可察的幅度点了点头。

"你好，我叫小障，陈小障。"他把自己风筝的线系在淋草的喷头上，拉着玛丽亚的手，走到路边，"要放起来风筝，你就先要看对风向，再助跑，让风筝借风滑上去。来，我教你……"

一只蜻蜓飞到空中，越爬越高，最终与蝴蝶一起并排在遥远天际浮游。

"当孩子真好啊，怎么样都能玩得开心。"年轻母亲向陈川伸出手，"你好，我叫凯瑟琳，你可以叫我凯西。很高兴认识你。"

两人互相说了姓名，在照得人昏昏欲睡的阳光下交谈。"我好像记得你，是不是每周末你都会带孩子来这里？"凯瑟琳歪着头，看着眼前的中国男人，他的五官深邃，连这么明媚的阳光也不能完全照透。

"偶尔也去郊外，让小障看看城市以外的东西。"

"你对孩子真用心。相比起来，我的前夫真是个混蛋，他不但不管玛丽亚，在外面胡来，离婚之后还经常找我要钱。"凯瑟琳甩甩头，笑着说，"算了，在这么美好的日子里，不应该说这些话。"

远处，两个孩子的笑声传了过来。

自行车载着两个人，在洒满梧桐树叶子的林荫道上行驶。

这是一个金色的黄昏，整个路面都被落满了点点碎金，车轮滚过，带起一溜儿梧桐叶翻飞。小障仰起头看着夕阳，脸上的笑容融化在水一样荡漾着波纹的斜晖里。

"小障，你今天很开心。"陈川骑着车，没有回头。

小障并不奇怪，很多时候，他在爸爸背后的行为，也能被他看得一清二楚。不过今天他不打算隐瞒，继续仰着头，让脸埋进夕阳霞光里，口中轻轻哼歌。

> "Should auld acquaintance be forgot,
> and never brought to mind?
> Should auld acquaintance be forgot,
> for the sake of auld lang syne.
> If you ever change your mind,
> but I living, living me behind,
> oh bring it to me, bring me your sweet loving,
> bring it home to me."

"这是什么歌？"

"《友谊地久天长》，玛丽亚教我唱的。"

"你很喜欢她吗？"

小障歪头想了想，俨然一副认真的样子。"是的吧，我想。"他说，"玛丽亚很可爱，眼睛是蓝色的，像海，一眼都望不到头。"

"那好的，下周我们还来这里，带上食物，可以请玛丽亚和她妈妈一起吃。你有很多机会可以跟玛丽亚一起玩。"

小障一脸不敢相信，疑惑地说："可是你不是说不让外人跟我们接触吗？"

"你今天真的很开心，不是吗？"陈川停了车，看着后座上仰着头的儿子，"我知道你以前的高兴都是装给我看的，而今天你是真的开心。这一点很重要，远胜过我在避讳的那些事情。"

"可是，她们会过来吗？"

"放心，有办法的。你想想，什么事情是我做不到的？"

小障点点头。的确，从小到大，他跟着父亲穿过山河大海，浪迹数不清的城市，遇到的任何困难都在爸爸的手中迎刃而解。每次到一个新的地方，他觉得无所适从，爸爸总告诉他，闭上眼睛，睡一觉再醒来，一切就跟从前一样了。果然，当他再睁开眼睛，已经到了温暖的房间，有新的学校可以上，所有的证件都已齐全。是的，爸爸是无所不能的。

"嗯。"他重重地点头。

听完故事后，陈川替小障盖好被子，轻吻他的额头，"晚安，儿子。"

"晚安，爸爸。"

陈川熄了灯，卧室里一片黑暗，他安静地坐在床边。小障很快就睡着了，小小的身子蜷成一团。陈川这才回到自己房间，从床下拉出一个黑色机器。那上面有两根制式古怪的电线，一头插进电源插座里，他拿起另一头，插进胸腔。

他浑身一颤，旋即安静下来。他就这么站在床边，闭上了眼睛，停止呼吸。

窗外，夜色沉郁，浓云积卷。一场暴雨正在城市上空酝酿。

5

唐纳德走进酒吧前，看了看天色，高楼之上是一片浓得化不开的黑暗。没有风，空气潮湿得让人难以行走，皮肤黏腻，体感极为不适。这种感受让他心里有些发慌，只有烈酒才能缓解。

他连点4杯伏特加，都是一饮而尽，这才令他好受一些。其间有两个女人来问他是否愿意请她们喝酒，他不耐烦地挥手将其赶走。

吧台前的电视上，画面闪动，是一则机器人立法宣传广告。

"哈……"旁边站着的两个男人指着屏幕，笑着讨论，"疆域公司还不死心，上次大规模生产机器人的法案被驳回后，现在又买通了电视台！"

另一个人点头道："是啊，他们打算明年再申请，现在这么做是提前造势，拉选票。"

　　"可是谁会买账呢？安全性且不说，如果智能机器人大规模地上市，不知道多少人要失业。别的行业我不知道，我们证券分析师极有可能被机器人取代。"

　　"来，"另一人举起杯，"为了还有饭碗。"

　　听到这里，唐纳德从鼻子里喷出一口气，嘴角勾起笑容。

　　两个男人同时转过头，看着他，"怎么，我的朋友，你对我们的聊天内容有异议？"

　　"我能原谅你们对我的无礼，但很难原谅你们的无知。"唐纳德说着，似乎无意地将自己的衬衫拉开，露出结实的肌肉和一个张牙舞爪的虎头文身，"疆域公司财力雄厚，这几年一直在资助总统竞选，甚至同时支持好几个对立的候选人。这种一篮子鸡蛋全收的做法，很快就要见效了，你们两个傻蛋等着看吧，议案应该最迟在明年就会通过。"

　　两个男人本来想让唐纳德为他的嗤笑付出代价，但被他的肌肉和文身震慑到了，知道遇上了不好惹的家伙。右边的一个愣了愣，不服气地说："你怎么知道？"

　　唐纳德耸耸肩，轻笑几声却没有回答，在吧台上放下几张钞票，转身出了酒吧。

　　唐纳德在街边走着，一路上身侧驶过不少车辆，车灯划曳，像是一条条发光的彩带。他缩着脖子，没走几步，就敏锐地察觉到了背后有人跟着自己。这是当年在公司特训时被培养出来的警觉，多年黑道生涯，并未让他遗忘这项本领。

　　他走到一处转角，贴墙站好。一阵脚步声逐渐靠近。他抓准时机，猛地闪身出来揪住那人衣领，正要一拳挥下，却愣住了："是你？"

　　拉塞尔从惊吓中回过神，连连点头，说："老大，是我！"

　　"你跟着我干什么？"

　　"我好久没干活儿了，缺钱花，想问问你什么时候让我回来。这阵子你怎么也不找我呢？"

"我以为——"唐纳德及时住口，不置可否地看着拉塞尔的脸。这张脸上带着小混混面对老大时特有的怯弱和谄媚，与平时一样，并无异常。

当那个二级干员打听拉塞尔的消息时，唐纳德就认为他死定了。唐纳德也不愿意把小弟出卖掉，这样会坏名声，但对方是疆域公司的二级干员，权位高得惊人，手段必然也狠毒。要怪，就只怪拉塞尔倒霉，招惹了不该惹、也惹不起的人物。

但第二天，他听说拉塞尔还活得好好的，心里又愧又疑。思索很久后，他决定不去理会，装作什么都不知道。毕竟这不是他能管的事情。

而现在，拉塞尔主动找到了自己。

唐纳德突然心里一动，问："你告诉我，那天晚上到底发生了什么？"

拉塞尔便把事情说了，还补充道："我也不明白怎么人突然就消失了……除了这个，我还有一个消息要告诉你，保管你想不到。"

"什么？"

"我家邻居，是一个怪人。"

"这算什么想不到的消息，哪个活着的人不怪？"唐纳德笑了笑。

"那个中国男人跟其他人不一样，不，他是跟所有人类都不一样。"接下来，拉塞尔生怕老大不信，忙不迭往下说。

他没有留意到，随着他将那个奇怪中国男人的家庭用电量，异乎常人的力气，触感奇异的手臂和没有心跳的诡异情形陆续说出来时，唐纳德的脸色已经慢慢沉了下来。

"……噢，对了，我还在那个中国人的房间里，看到了一个黑色的金属仪器，跟个足球一样大小。上面还有两根电缆，都很粗，一头插进插座里，另一头有4根尖锐的金属探头——"

唐纳德的右眼角猛地抽搐，如遭电击。

拉塞尔愣住了："怎么了，老大？"

唐纳德深吸一口气，只觉得寒凉全吸进肺部，身体里一片彻骨冷

意。但他却笑了起来，抬起头，对着浓黑夜色喃喃自语："没错了……没错了，是它……很多公司都在做机器人研究，但用球式充电器和4爪插座的，就只有疆域公司的那一款机器人。"

"哪一款？"拉塞尔留意到老大说的是"it"，而非"him"，已经有些糊涂了。

唐纳德却没有回答，想了想，又问："对了，你刚才说，这个奇怪的中国人是你的邻居？"

"是啊，他住我家对面。"

"噢，我明白了。"唐纳德的嘴角扬起一丝弧度，这是缓慢堆叠出来的笑容，既有些难看，又有些危险，"我终于明白你为什么活下来了。我还以为是你自己本事大呢，原来二级干员是栽在一级特工手里了。"

"你在说什么……我还有麻烦吗？"

唐纳德拍拍拉塞尔的肩，大笑："没有，哈哈，没事！你给叔叔提供了一条很值钱的消息！这10年来，疆域公司为了找它，费了很大劲，派出的探员足迹遍布整个世界。没想到，它居然就藏在新泽西的闹市里。"

说完，他紧了紧西装领口，缩着脖子往大街深处走，把满脑袋都是疑问的拉塞尔留在了寒冷和黑暗里。

走到无人处，唐纳德掏出手机，拨了一个记在脑海里多年的号码。他以为这一辈子都不会打的，但现在，一个绝佳的机会摆在面前，在他血管里沉寂的血液又重新沸腾起来。

"请说出名字和代号。"毫无波动的女声在电话另一端响起。

"唐纳德·科鲁兹，代号PFYD319，六级干员，隐藏地——新泽西州纽瓦克市街头黑帮。"

"已识别。请选择以下代号进入不同分区：A，薪金查询；B，人事变动；C，举报投诉……"

"SSS，"唐纳德打断了语音助手的话。

那边沉默了一瞬，女声又响起："请再次确认您的选择。"

"SSS级，最高安全类事故汇报。"唐纳德一个字一个字地说。

"请稍等。"

半分钟后，一个声音粗厚的男人接起电话："唐纳德探员，在你汇报之前，我希望你明白，现在接你电话的是拉斐·杰克逊，疆域公司7个董事会成员之一。按公司规定，SSS级别的汇报，无论何时何地，都要第一时间接收。所以，我在与17个国家的首脑合作会谈中，被强行打断，而来接你的电话。如果你是在浪费时间，每过1秒，公司少挣的钱都会超过你10年的薪水。这些损失将由你来承担。现在已经过了15秒。请说吧。"

"我发现了LW31。"

对方的呼吸猛然粗重起来，还响起椅子倒地的声音，"你说什么？"

唐纳德很满意这个效果，故意沉默了几秒才开口："10年前与公司突然失去联系的一级特工机器人，代号LW31，我知道它在哪里。"

杰克逊挂了电话，转身向外走，同时简短地吩咐秘书："立刻准备飞机，我们回纽约。"

秘书刚刚把椅子扶起来，闻言大惊失色，指着会议室内厅的门说："那这个多国会议怎么办？这10多个国家的首脑们全都在等你。"

"让政客等着吧，现在有更重要的事情。"

两个小时后，杰克逊回到疆域公司位于纽约的总部大楼。他启动了权限最高的第十九号电梯，一直降到地底两百米深处。

这是最隐秘的封藏室，即使在疆域公司高层中，也只有他能进到里面。他打开一道道门，密码、指纹、声波、虹膜……每道门都有复杂的密钥，半小时后，他才走到最后一道门前。

他把手指按在门上，极细的探针伸出来，刺破表皮，将一丝血液吸走。他知道，这一秒内，他的血液会被分解，提取出基因，与藏在门内的基因序列做对比，验证来客的身份。

咔咔，厚达1米多的合金大门缓缓打开，露出里面黑洞洞的空间。

杰克逊走进去，门复又合上。他没有开灯，凭着记忆走到屋子最里

面，那里摆放着一个支架。他的手拂上去，把上面的遮布拉开，摸到了冰冷的金属。

"睡得够久了，"杰克逊的声音如同呓语，"我已经找到你们的兄弟了。它藏了10年，10年来公司里最强大的LW型机器人就只剩下你和它了。醒来吧，只有你才可以抓到它。"

黑暗里，两只眼睛幽幽地亮起光来。

6

轰隆隆，雷声从天际传来，响彻整个城市。

小障正在睡梦中，被雷声惊得一哆嗦，睁眼看到窗外雨势湍急。窗子被雨水舔舐，发出沙沙的声响。过了几秒，一道闪电划过，天地彻亮，小障猛然看到窗子上印着一个笔直的人影。

他吓得心脏都要从胸腔里跳出来了，翻过身，发现无声无息站在床边的人，是爸爸。

此时的陈川，两眼弥散，目光空洞洞地投向无穷远处。他的手在颤抖，身体里传来诡异的吱吱声。

小障舒了口气。这种情况已经不是第一次发生了，在他的成长过程中，经常半夜醒来发现爸爸站在床边，似在梦游。叫他也不应。

但每一次，小障还是会被爸爸吓着。他觉得这个时候的陈川，已经不是他的爸爸了——陈川的手在颤抖，身体吱吱作响，似乎下一个动作就是把他掐死。

小障侧身看着爸爸，渐渐睡意上涌，闭上了眼睛。

醒过来后，见到的又是熟悉的爸爸了吧。睡着之前，他这样想着。

同一个雨夜，纽瓦克自由国际机场。

唐纳德撑着伞，在大雨滂沱中等待着，不时打一个寒战。他感觉冷意通过雨水渗到了自己骨子里，不禁开始怀疑：做这样的事情，究竟值不值呢？

值！他几乎下意识地给出了答案。当然值啊，这个消息能换3000万美金。有了这笔钱，他可以从险象环生的街头黑帮生活里脱离出来，从此安逸度日。公司的事情也不用再过问了，他想在夏威夷买一套别墅，对着沙滩，每天看着阳光下穿比基尼的姑娘……

这么胡乱想着，雨声中突然传来尖锐的呼啸声。

来了！

一架小型飞机在雷雨中出现，如同黑暗中诞生的鹰隼，俯冲至跑道上。位于机翼下的引擎反向启动，飞机甚至滑行不到300米就已将巨大的冲量消弭，稳稳当当地停了下来。

这架飞机不会出现在当晚纽瓦克机场的降落记录里。它是幽灵，所有的雷达和监控都会将它忽略。

一个干瘦男子从机身中部的舷梯上走出。他身后，跟着一名罩在宽大斗篷里的人，篷帽将他的脸深深埋进黑暗里。他走路的步调像被精密计算过，每个步伐都一模一样。

"杰克逊先生，"唐纳德连忙迎上去，"我是唐纳德·科鲁兹。这种恶劣的天气，我还以为您不会来了呢。"

"事关重大，我一定得亲自来。"

唐纳德一边说，一边看向杰克逊身后站着的那个人——他提着两个硕大的箱子，没有打伞，任瓢泼大雨从头浇到脚，湿斗篷紧贴在身体上，看上去瘦得出奇。他站立的时候，如同雕像，没有一丝动作。

"走吧，先去你家，"杰克逊指了指穿斗篷的人手中的箱子，"我把钱给你，你跟我详细说明情况。"

到了唐纳德家里，他生起火炉，身体里的寒冷总算被驱走了一些。杰克逊以热咖啡杯暖手，听唐纳德把整个经过说完，才若有所思地抿了一口咖啡："那么，这件事情，目前只有你，以及那对叫拉塞尔和琼的男女知道，是吗？"

"是的，我没有泄露出去。"唐纳德连忙说。

杰克逊点点头："你做得很好，值得得到3000万酬劳。"他扬扬手，黑斗篷走上来，把两个箱子并排放在桌子上，逐一打开。

码得整整齐齐的美元躺在箱子里，在吊灯照射下，发出诱人的光泽。

唐纳德惊喜地走过去，手在美元上抚摸，激动得嘴唇翕动，不能言语。

杰克逊又喝了一口咖啡，把杯子放下，擦干净手指上的咖啡渍，然后轻声说："动手吧。"

唐纳德骤然警觉，下意识地去拔腰间的电爆枪。他并不傻，料到事情或许并不如预想中得顺利，带了武器防身。但对方比他更快，他刚拔出枪，黑斗篷就已经越过5米的距离来到他眼前，一把抓住他的手。那只手冰冷而有力，瞬间就已将他的手指骨捏得粉碎，他的惨叫还未出口，黑斗篷的另一只手就已经插进了他的肚子。

他艰难地低头，看到的是银亮的金属手掌，这金属是如此光洁，连血都不能沾染。他再抬头，这么近的距离，他终于看清了篷帽里的脸。

"LW……"他喃喃道，生命气息终于断绝。

"钱会给你，但你不一定有命花。"杰克逊轻叹一声。

黑斗篷把唐纳德的尸体扔进壁炉，火焰立刻吞噬了这具尸体。然后，黑斗篷又提起装着3000万美金的箱子，也一并丢到了火焰中。

"去吧，把知道这件事的人都清除掉。"

黑斗篷沉默地转身，走进了屋外的黑暗暴雨中。

杰克逊又泡了一杯咖啡，坐在沙发上喝着。壁炉里火焰欢腾，发出噼啪的声响，尸体和钞票正在迅速化为灰烬。

咚，咚，咚……

琼听到了沉闷的敲击声，掺杂在雨声里，像迟钝的刀在她的神经上磨噬。她从漫长的梦中醒来，睡意犹在脑中缠绕，迷糊地打了个哈欠。

咚，咚，咚……

声音还在响着，似乎有人在用手指敲着墙壁。可是谁会在大雨之夜中，在别人家的墙壁上扣响呢？

琼茫然地睁着惺忪的眸子，脑袋里一片混沌，但那敲击声却响得异常清晰，粒粒分明，坚定，固执，扣人心弦。

琼披衣而起，循着声音向外走。她拉开门。

一抹金属亮光突地从黑暗中显现，划过她的脖子，又隐进黑暗中。

雨夜里，敲击声消失了，只有雨势渐弱，淅淅沥沥。

这个晚上，拉塞尔没有回家。

他在酒吧里玩到很晚，出门时，还勾搭上了一个染着蓝头发的女人。勾搭其实很简单，他端着两杯马天尼走到女人旁边，两人碰了杯，然后聊天。

"你家，还是我家？"拉塞尔不再浪费时间。酒吧外，雨声渐止，这个夜晚都快结束了。

"随便，"女人说，"哪里都行。"

两人都有些醉意，互相扶着出了酒吧，在这个庞大城市的午夜里走着。路灯在细雨中氤氲成一团橙色的蒲公英。

走过一条巷子时，拉塞尔和女人都看到幽深的巷子里有什么东西在一闪一闪。女人揉揉眼睛，说："那是什么？"

"或许是块表。"

"我们走吧。"女人说。

拉塞尔放开女人，声音欣喜："或许是块值钱的表呢。"他跟跟跄跄地走进巷子里，这里路灯照不到，他完全走进了一片黑暗中。

那一闪一闪的光也消失了。

女人听到了一记闷响，似乎有人倒在地上。她不敢走入这浓黑的巷子里，试探性地叫了几声，然而没有得到回应。

真倒霉。她摇摇头，深一脚浅一脚地向自己的家走去。

7

雨后初晴，空气清新，金黄的夕阳照下来，整个新泽西似乎被笼罩在一块巨大的晶莹剔透的琥珀中。

两只风筝不舍地从空中被拉来，回到了小男孩和小女孩手中。

"真是高兴，又与陈川先生和可爱的小障度过了一天。"凯瑟琳拉着玛丽亚的小手，与中国父子道别，"每个周末都这么开心就好了。"

两个孩子互相挥手，都像有很多话要说的样子。

凯瑟琳转身，向停车场走去。

小障突然使劲扯着陈川的袖子，急声说："爸爸！"

"一起吃个饭吧。"陈川突然开口。他邀请人的时候，脸上依旧没有表情，但眼睛定定地看着凯瑟琳，黑色瞳仁里闪着细碎的光。

在这样的目光下，凯瑟琳愣了一下，随即点头说："好啊，去哪里呢？"

他们来到市中心的意大利餐厅。这家店声誉在外，是整个新泽西最好的餐厅。

"对不起，您没有预约。"侍者拿着平板电脑，核对了一下陈川的姓名，摇摇头，"我很乐意为您这样幸福的四口之家提供服务，但遗憾的是，今天所有时段的所有的座位都被订满了。"

凯瑟琳有些尴尬地看着陈川，发现这个中国人依旧面色如常。

"是吗？"陈川说，"我来查一查。"

"不会有错的，这是订餐系统，机器比人靠得住。"服务员说着，看陈川没有放弃的意思，便把平板电脑给他递过去了。

陈川一手持着平板下边，另一手扶着右侧。他的右手食指正好挡住了平板的USB5.0接口。没有人知道这一刻发生了什么，侍者只看到平板的界面闪了一下，他以为眼花，揉揉眼睛，随即看到界面一如平常。

"你看，这上面有我的名字。"陈川把平板递过去，声音波澜不惊，"你刚才看错了。"

"怎么可能，我明明——咦，西侧靠窗的位置？"他看到这个中国人的名字赫然在列，"好吧，我带您过去。"

他们来到餐桌前，侍者躬身问道："这里是整个餐厅最好的座位，希望您和您的家人能享受这段时光。"

餐桌前的4个人都没有反驳侍者的话。

很快，烟熏半干红肠配藏红花意大利面端了上来，同时还有醇香的红酒。两个孩子拿着银制刀叉吃起来，凯瑟琳也吃了一小口，她抬起头，发现陈川并没有开动。

"你怎么不吃呢？"她问。

"我不是太饿。"

听到这话，玛丽亚立刻把刀叉放在盘子边，小小的身体端正地坐着。

小障奇怪地问："你又怎么了？"

"所有的人都要吃饭，这才是坐在一张餐桌上的意义。"玛丽亚严肃地说，"要是有一个人不吃，我也不吃了。"

陈川笑了，拿起叉子，"好吧，我吃。"

吃完后，陈川起身去厕所，把刚才吃的所有食物都从胃里吐出来。还有一些残留在肚子里，他花了很大的劲才把它们呕出来。

"你爸爸怎么了？"餐桌上，玛丽亚问。

"哦，没什么。"小障一边擦嘴一边说，"他从来不吃东西。"

"骗人！人怎么可能不吃东西？"

小障耸耸肩，"我也不知道，从小到大，我都没有见过他吃东西。每次都是我在吃饭，他坐在对面，看着我吃完。"

玛丽亚还是一脸不相信的样子。

"我送你们回去吧。"在餐厅外，凯瑟琳说。

"不用了，我们也有车。"陈川把停在巷子里的自行车推出来，"不过还是谢谢你了。"

"嗯……好吧。"凯瑟琳想起了什么，从包里掏出两张票，递给陈川，"明天晚上我在艺术剧场有一场演出，你也来看看吧？"

"演出？"小障睁大眼睛。

凯瑟琳弯腰摸摸小障的头，笑着说："是啊，我是一个芭蕾舞演员。"玛丽亚也重重点头，附和道："我妈妈很厉害的！"

"好的，我们明天会过去。"陈川犹豫了一瞬，接过票。

他们在街道口分开，轿车向东，自行车向西，各自消失在霓虹闪烁的都市夜晚中。

远处，一栋高楼的天台边缘，黑色正装的男人收回望远镜，若有所思。

8

小障穿着贴身的儿童礼服，跟在父亲身后，来到了座位上。

观众席上的灯光熄灭，只余舞台绚丽。恢宏的音乐从挂在剧场四周的音箱里响起，演员们陆续出场，陈川一眼就看到了走在最前面的凯瑟琳。

她穿着纯白的芭蕾舞裙，脚尖踮起，身体如流云一样旋转。她扬起手，光晕笼罩，脸上淡淡生辉。这是芭蕾舞名剧《葛蓓莉娅》，凯瑟琳饰演热恋中的少女斯凡尼尔达，优美的舞姿如流云、如匹练，浑然天成，时而天真娇俏，时而聪慧决绝。她用舞姿诠释着这一切。

这些原本在陈川眼中会被拆解为角度与距离的动作，竟然保持了整体，每一道弧线，每一次旋转，都不可分割。这种感觉是陌生的，又是甜美的，他身体里第一次涌现出了欢快的电流。

小障还欣赏不了这种艺术，百无聊赖地扭着头。他突然看到了爸爸的脸。

破天荒地，陈川的脸上出现了笑容。虽然有些别扭，像是肌肉的错误组合，但那确实是笑容。

小障愣住了，过了很久才拉了拉陈川的衣袖，迟疑道："爸爸?"

"怎么了？"陈川轻声说。

"你……你怎么了？你笑了——我是第一次看到你笑。"

陈川脸上依然是别扭的笑容，转过头，看着小障，一个字一个字地说："小障，你想不想要个妈妈?"

凯瑟琳刚卸完妆，就听到了其他女舞者的窃窃私语。一个交好的同事凑过来，在他耳边说："有个男人，哦，两个男人在等你。"说完，还向她快活地挤挤眼。

她向化妆室门口看去，果然看到了两个人——陈川和小障都穿着黑色正装，站得笔直，手中各抱着一束花，都是一脸严肃。这对奇怪父子的形象让她扑哧一声笑了出来。

凯瑟琳抱着两束花，走在陈川父子中间。她觉得今天的陈川有些不一样，但具体是哪里变了，她也说不上来。快到家时，凯瑟琳正要跟陈川道别，忽然看到一个人影正斜倚在门口。

"嗨，凯西！"那个人看到了她，跟跄走过来，声音含混不清，"好久不见了啊。"

凯瑟琳被刺鼻的酒味熏得皱起眉头："詹姆斯，你又来干什么?"

"最近钱花完了，听说你有演出，演出费肯定不少吧，借我一点点钱。"

"法院已经判你不准靠近我和玛丽亚50米内，你快走，不然我会报警。"

醉汉鼻子喷出一口酒气，满不在乎地说："你报警吧，让那些花着纳税人钱的混蛋把我抓进去。但我的朋友们还在外面，他们会抓住你，

甚至连小玛丽亚也不放过……嘿，玛丽亚跟你长得很像，可是很讨人欢心哦。"

"她是你的女儿！"凯瑟琳已经带着哭腔。

"所以你就把钱给我，别让玛丽亚受到伤害。"

陈川大概明白怎么回事了，走上前，拦在凯瑟琳与醉汉中间，说："你要多少钱？"

"这是你的新相好？"凯瑟琳的前夫打量着陈川，笑起来，"换口味了嘛，换成了亚洲男人……"

"你要多少钱？"陈川重复道。

"1000美金，哦不，是你的话，就给2000！"

陈川把钱包里的钱拿出来，数了2000，刚要递过去，整个钱包就被醉汉抢过去了。醉汉把钱全拿走后，突然向陈川挥过一拳来。

这一刻，有超过20种躲过拳头并反击的办法在陈川脑子里出现，但他没有动。"砰"，重拳打在陈川脸上，他弯下腰。

"你快滚！"凯瑟琳向前夫尖叫道。

醉汉的拳头也被震得生疼，以为是用力过猛，只哼了一声，"想上我的女人，可没那么容易！"说完，他拿着钱，摇摇晃晃地走远。

"你没事吧？"凯瑟琳扶着陈川，"进我家处理一下吧，我还有药酒。"

陈川发出痛苦的嘶嘶声，勉强说："好吧……"而在凯瑟琳视线的死角里，他稍微抬头，向身后的小障眨了一下眼。

醉汉拿着钱，踉踉跄跄往回走。他的大脑被酒精蚕食，已经没剩下多少地方用来思考了，但他还是觉得高兴。今天的收获比他预料中要多，看来前妻这条发财路子不能断，以后得经常过来……

正想着，对街的一栋高楼上，一条人影竟然直接从100多米的天台上跳了下来。几秒后，人影落到街面上，巨大的动能让混凝土地面炸开一个洞，石粉纷飞。而那个人影却毫发无损，立刻跳出来，向醉汉这边迅速跑来。

一辆停在路边的货车司机看到了这骇人的一幕，目瞪口呆，醒悟过来后，连忙掏出手机拍摄。

街上车辆如梭，划过一道道流光，那人影却径直奔跑，越来越快，丝毫不把飞速行驶的汽车放在眼里。一辆小型轿车被他撞到，在空中翻滚几周，落到街边。

他的速度没有丝毫减少。

醉汉听到了车辆摩擦的刺耳声音，刚回过头，就看到一个全身笼罩在黑斗篷里的人正向自己飞速奔来。那个人奔跑起来雷霆万钧，每一步都在地上留下了深深的脚印，太快了，快得像一道黑色的闪电。

醉汉还没有反应过来，就被人影正面撞到。两个人高速撞向一家服装店的墙壁，轰，土石漫天抛撒，灰尘弥漫。

周围的人们从惊讶中清醒，小心地围过来。很久之后，灰尘才慢慢平定下来，人们只看到残墙上有一摊烂番茄样的模糊血肉，而那一袭黑斗篷已经不见了。

9

"咦，"小障说，"好久没有看见对面的哥哥了。"

陈川一怔。确实，他有很长一段时间没听到对面屋子那个混混青年的动静了。"或许搬家了吧。"他抱起小障，送他去上学。

骑车回来的路上，他心里隐隐有些担忧。这种感觉对他而言很陌生，又很难受。嗞嗞，身体里的电流缓慢流动，像在耳语着什么。

他猛然捏住刹车，扭过头向远处的一栋高楼望去，然而云烟辽远，他看不出异常。

他看了很久，最终继续向中餐馆骑去。在他的背后，高楼天台的围

栏内侧，弯腰躲着的人长吁了口气。

在餐厅里，陈川开始了忙碌的一天。他的生意很好，许多食客宁愿排队等着，也要尝尝看纯正的东方口味。顾客打开电视，正好是城市新闻，美艳的主持人说道："……昨天夜里10点左右，有市民拍到了一起匪夷所思的杀人案件——一名醉酒男子在街边行走时，被另一个穿黑色斗篷的人活活撞死。据视频描述，斗篷男子从高楼跳下，然后直奔醉酒男子，速度超过了人类的极限，身体携带的动力势能也超过了人类极限，一辆车被他撞翻，继而醉酒男子被撞进一面墙壁里。这起粗暴张狂的谋杀案令警方束手无措，现向市民征集有用信息，举报电话为……"

中国厨师突然从厨房里出来，仰头看着电视。

画面切换成了昨天卡车司机拍下来的视频，虽然模糊，但已经足够了。他看到了那个高速移动中的黑斗篷，他知道只有什么人才会用这么狂暴的方式杀人。

他解下围裙，转身向外走。他走进明亮的阳光里，将餐厅甩在身后。食客们惊讶地看着他的背影。他再也没有回到这家餐厅，这个神秘的中国男人，正像他的突然来到一样突然消失了。

小障正在上课，阳光透过窗子照在他脸上，传来暖意。他正有些昏昏然，教室门突然被推开，爸爸出现在门口，目光灼灼地看着他。

小障心里一沉。这种情况并不陌生，很多次，当他熟悉了一个地方后，父亲会突然找到他，也是这样的眼神。然后，他们会抛开一切，搭车、徒步，甚至偷渡，最后到达新的地方。

很多事情陈川都依着小障，但在这件事上，没有商量的余地。

在满教室同学的惊异目光中，他站起身，过去拉着父亲的手。

"先生，您……"老师犹豫地开口。

这对父子没有理他，走过长廊，穿过校园，消失在新泽西街头明亮的午后里。

"爸爸，"走在熙熙攘攘的人流中，小障突然抬起头，"我们到底在躲什么？"

李川没有回答，仔细留意着四周的人。

小障继续说："我们一共待过9个国家，17个城市，没有哪个地方停留超过半年。每次刚刚熟悉一个地方，就要离开……"

陈川握着孩子的手紧了一些，"我们不得不这样做。有人在找我们，势力很大，满世界都有他们的人。哪里都不安全，只能不停地换地方。"

"那一辈子都要这么躲下去吗？"

陈川发现小障的眼睛里已经溢满泪水，阳光被这双眼睛撕扯得粉碎。他想撒谎让小障安心，但最终点点头："是的，一辈子。"顿了顿，他又说，"放心，很快你就会有新的朋友，新的学校。"

"可是，会有玛丽亚吗？"小障带着哭腔，"我还没有跟她好好道别呢！我以后再也见不到她了。"

陈川猛然站住了，喃喃地说："再也见不到……是永远见不到的意思吗？"

"永远。"小障点点头。

"永远见不到……就会伤心吗？"

"是啊，我也不能再看到她那蓝得像水晶一样的眼睛了……"小障抽抽鼻子，"我还跟她约好了，要一起管她的妈妈叫妈妈的。"

陈川转过身。

他们逆着人群的方向走，仿佛两尾在溪水中溯游而上的鱼，虽然艰难，但每一次摆尾都是在前行。小障突然发现，爸爸握着自己的手，已经不再颤抖。

熟悉的街道逐渐出现。小障看着四周，诧异地说："爸爸，我们回家了吗？"

"是的。"陈川蹲下来，与小障平视，"我们再也不逃了。谁也不能让我们离开自己的家。如果有人要这么做，我会让他们付出代价的。"

嘟嘟嘟，房间的可视电话突然响了起来。

杰克逊正在酒店里，专心处理公司远程发送过来的报表，冷不丁被铃声吓了一跳。他看了一下号码，并非来自酒店客服——他刚刚入住，谁会知道他在这里呢？

他按下接听键，却没有说话。

"博士，您好。"全息屏幕勾勒出一个中国男人的影像，几乎就站在杰克逊身前。

杰克逊顿时呼吸急促，好容易按捺住，"哦，我的孩子。LW31，我们有接近10年没有见面了吧。"

"9年7个月12天。"

杰克逊满意地点头，"你记得这么清楚，看来你的芯片还在正常工作。我的设计果然足够优秀。怎么，你是来向我道歉的吗，为你长达10年的不辞而别？"

"不，博士，我是来做一个交易的。"

杰克逊皱起眉头，语气变寒："你认为你有资格跟我做交易吗？"

"我知道你在监视我，而且还带来其他的LW型机器人，但我手里有一样东西，你或许会感兴趣。"

"我不认为有什么东西能让我产生比把你抓回去好好研究一番更强烈的冲动。"

"名单。"陈川简短地说，"名单在我手上。"

杰克逊眼角一跳！以他的身份，自然知道"名单"是什么意思——疆域公司未雨绸缪，很早以前就开始在世界各处安插间谍，从窃取商业情报，到暗杀政治要员，无所不为。这几年疆域公司不断扩张，间谍们功不可没。早前大批情报外泄，公司派了二级探员去取回间谍资料，但路过新泽西时探员便失去了联系。现在看来，他是栽在LW31手里了。

把LW31抓回去研究固然重要，但如果名单外泄，间谍们势必会遭到清理，疆域公司也会迎来各方指责。这对公司来说，不仅是一场灾难。

"你想怎么样？"杰克逊按着太阳穴，问道。

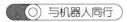

"我要换取自由。我把名单给你，你放过我。"

"好，你定时间和地点。"

挂了电话，杰克逊负手在房间里踱步，落地窗外阴云笼罩，一场大雨又要来临。房间里很阴暗，他却没有开灯。走着走着，他突然笑了起来，对一直在角落里站着的人影说："LW31在外面过了10年，还是这么天真。他会有自由吗？噢，永远不会！LW21，你会替我告诉他这个道理吗？"

"如您所愿。"人影恭敬地说，眼中红光闪过。

10

夜深，废旧的纽瓦克四号港口被笼罩在夜雨滂沱中，海水缓缓起伏，拍打着港岸。几只海鸟躲在游轮的护栏下，浑身湿透，唧唧啾啾，互相磨蹭着取暖。一阵脚步声在无边雨幕里响起，海鸟探出头，看到3个人影正在甲板上缓缓行走。

杰克逊撑着一把黑伞，环顾四周，哼了一声："选这么一个鬼地方，自己却迟到。"

"不，"他身后一个被雨水淋透的斗篷里传出声音，"它已经来了。"

顺着斗篷手指的方向，杰克逊果然看到一个人藏在靠近主舱的阴影里。那人笔直地站着，浑身漆黑，悄无声息，隐身在大雨和夜色中。"既然你早就到了，为什么不出来呢？"杰克逊笑道，"难道这些年的躲藏，已经使你失去了礼貌，连自己的创造者都不愿意见了吗，LW31？"

陈川走出来，雨水从头淋到脚，他的表情和雨一样冰冷。"博士。"他说。

"好久不见。"杰克逊侧过身，指指身后，"你跟你的兄弟也分别

快10年了。"

宽大的斗篷脱落，有着金属躯体的人暴露在夜雨中。它高大匀称，浑身覆满银白色的超合金，双眼在黑暗里闪着红光，如同荒原里饥饿的野兽。

"LW21，"陈川点点头，"我们是最后幸存下来的两台LW型机器人了吧。"

LW21没有回答，静如雕像，皮肤上冷光流转。

"是的，你们是公司最尖端的产品，过了10年依然保持着这个称号，而且材料所限，一直无法再生产。"杰克逊的声音竟有些伤感，"LW型机器人为公司立下过无数功劳，如今仅剩你们了。LW31，跟我回去吧，让我知道这些年你到底遭遇了什么。"

陈川摇摇头，"博士，我有自己的生活。"

杰克逊突然爆发出一阵笑声，在大雨中显得诡异而张狂，边笑边说："你一个由集成电路和超态合金组成的家伙，居然还奢谈'生活'？我知道你有了人格，所以才没有立刻抓你，这段时间都在暗中观察——但你终究不是人！"

陈川在雨中沉默，仿真头发软软地耷拉下来，良久，说："我把名单给你，你给我自由。"

"名单我会拿走，你的自由，我也会拿走。"

话音刚落，LW21突然像暴起的狮子一样向陈川扑来，它速度太快，以致一路上雨滴被撞得粉碎，漫天雨幕出现了一条短暂的通道。

"轰"，巨大的撞击声远远传开，躲雨的海鸟被惊得纷纷飞起，扑腾着翅膀消失在雨夜深处。雨依旧哗啦啦下着，在甲板上密集地击打，像千万只鼓，同时被敲响。

杰克逊满意地看着陈川在十几米开外爬起来，而LW21依然站立，犹如利剑劈开夜色。"你看，这10年来，你的机体损耗十分严重，而LW21一直在最合适的环境中保养。你没有胜利的机会。"

陈川站起来，摇晃了一下才稳住。好像体内的某些线路断了，嗞嗞声不断响起，他迈了迈步子，发现走路都有点失控。LW21站在不远处，死盯着他，防住了他所有的退路。他还是摇头，说："就算你抓了我，我也不会告诉你名单藏在哪里。如果我不能及时回去，它们就会自动流传到网上，公司最大的秘密将暴露在所有人的目光中。"

杰克逊点点头，表示赞同，"所以我带来了别的礼物，或许会让你改变这个主意。"

几个穿西装的男人走上甲板，小障被牢牢押着，走到杰克逊身前。陈川冰山一样的脸上终于变色，猛扑过去，但LW21闻声而动，闪电般拦在中间。

哗啦！闪电惊现，刺目的白光中，两个身影交错而过。

这一次，LW21后退好几步才停下，而陈川的左手少了半截，断肢处火花闪耀。

"爸爸！"小障失声叫道。

杰克逊冷笑："爸爸？你真正的爸爸就是死在他手里的。他是机器人，生产出来就是为了杀戮！他是杀你全家的凶手！"

小障脸色惨白，看看杰克逊，又看向陈川。雨水顺着断肢渗进陈川的身体，许多电路失效，他已经快撑不住了。

"还有，你知道你为什么要叫小障吗？"杰克逊慢条斯理地说，"障，在汉语里是障碍的意思。他有了人格，在抚养你，但潜意识里他知道自己是杀手机器人。只有杀了你，他才能重回自我。你是他的心障。我看到很多个晚上，他站在你床头，就是想要下手完成未竟的任务。你每个晚上都会在鬼门关前走一趟，害怕吗，小男孩？

"还有那个叫凯瑟琳的单亲母亲。"杰克逊饶有兴趣地看着雨水在陈川脸上流淌，笑着说，"她居然让你有了爱情的冲动。要知道，当初我设计你的时候，就是为了绝对的冷酷，有效的杀戮，有任何一点儿情感都会妨碍这一点。可是我看到你为了博得她的好感，被那个混蛋打了都不还手——这种博取同情的招数，连很多人类都做不到。当然了，也太窝囊了点，我的作品绝对不能受到这种侮辱，所以我让LW21为你报

了仇。在我说这番话的同时，我相信凯瑟琳正收到有关你所有信息的邮件。她知道了你的一切。"

他每说一句，陈川就会颤抖一下，好几次想辩解，但张了张嘴终是没有说话。豆大的雨点打在他身上，像透明的蛇一样游走。

杰克逊扔掉雨伞，对着暴雨中的陈川喊道："现在，你最在意的两个人，都知道了你的身份。你想要的生活已经不复存在了，生活由谎言建成，要破碎也轻而易举。你还在坚持什么，跟我走吧，在你彻底损坏之前。"

"跟你走了，你会放过他们吗？"

杰克逊定定地看着陈川，好半天，嘴角扬起嘲弄的弧度："你了解公司的制度，他们知道了那么多秘密，我要是说会放过，你信吗？"

天边响起一声惊雷，整个世界都震了一震。在一瞬间，陈川突然奔跑起来，巨大的爆发力让钢制甲板都出现了一个脚印。他冲向杰克逊，眼中杀意弥漫，但在杰克逊看来只是困兽犹斗。他叹了口气，对LW21说："如果不能生擒，就毁了它的机身，但要留下芯片。虽然它还有其他存储单元，可以支撑短期活动，但这漫长的10年来的所有记忆和感情都刻在主芯片里。只要有了芯片，我就能复制一个同样的它，再慢慢研究。"

LW21点点头，挡在杰克逊身前，手臂抬起，指尖冷光森然。

然而，出乎所有人的意料，陈川在途中硬生生转向，冲到了那几个男人面前。几声惨叫几乎是同时发出，他们倒在地上，生息全无。

陈川抱住小障，抓住他的手，低声说了句什么，然后身子一晃，将小障远远地丢了出去。LW21反应过来，猛扑而至，但陈川同时跃起，两人在空中相撞，各自跌落。

小障越过游轮的上空，落到海里。扑通的水声混在暴雨里，微弱得像凋零的花。

"你这是……"杰克逊突然闻到了空气中有不安的味道，扭了扭脖子。

陈川趴在地上，想要爬起来，但多处线路受损，已经失去了对四肢的控制。"知道、知道……"他艰难地抬起头，破损的五官居然组成了笑容，"知道我为什么要选这个鬼地方吗？"

杰克逊正在疑惑，身边的LW21蓦然一震，转身将他拦腰抱起，飞快地向游轮外侧跑去。在被抱住的一瞬间，杰克逊听到了大雨中的嘟嘟声，从四周响起，由弱变强——

嘟嘟，嘟嘟，嘟嘟……

陈川依旧笑着，只是笑容里带着微微伤感。这对他而言是陌生的情绪。他有些诧异，但觉得疲倦，缓缓闭上了眼睛。

嘟嘟，嘟嘟，嘟嘟……

大雨倾盆，纽瓦克港都快被淹没了。雨水争前恐后地涌进陈川的身体里，流过复杂的线管，浸没精密的电路，最后汇聚到他的胸膛。它们惊讶地发现，本该放置着集成芯片的主板插槽里，此刻空无一物。

嘟嘟，嘟嘟——轰！

小障还在海水里挣扎时，就听到了猛烈的爆炸声。火焰在水面席卷蔓延，整个海里都被照亮，那些陆离的光，和着冰冷海水，在小障脸上晃动。

他握紧手中的东西，尽力保持平衡，等水面上火光消隐，气也快憋不住时才浮出海面。他大口大口地喘气，转头回望，游轮正在雨中熊熊燃烧着，一切都湮没在烈焰中。

小障眼中映着两团火焰，但他看着看着，从火焰中流出了泪水，

尾声

"陈小障，"迈克尔先生一边念着这个奇怪的中国名字，一边在人堆里搜寻，"有人领养。"

孩子们对视着，窃窃私语。在一片嘈杂中，一个瘦小的黄皮肤男孩站起来，走到迈克尔先生身边。迈克尔先生有些愕然——男孩脸上没有告别孤儿院的忧伤，更没有被领养的喜悦，他像是没有表情，又像有一切表情。

这样老成的孩子其实是最难被领走的，但对方指名要带走他，迈克尔先生也不好说什么。

男孩跟着迈克尔先生走出教室，走过布满阳光的长廊，走过花开繁盛的后院，来到了院长办公室。他一直低着头，阳光和花香被分开两旁，稀释不了他的忧伤。

办公室门口站着一个女人，看到男孩后，蹲下来抚摸他的头。柔软的头发在阳光下有些灼热感。"以后跟我一起生活吧，"她轻声说，"还有玛丽亚。不管发生了什么，一切都过去了。"

男孩冰冷的脸上终于有些动容，明晃晃的阳光在上面游动，眼睛泛红，但他抓住脖子上的吊坠，忍了很久，终于没有让泪水落下来。他被女人牵着，走出孤儿院，一路上阳光明媚。

没有人看到，男孩的吊坠夹层里，正躺着一颗透明芯片。它随着男孩的步伐一跳一跳，发出轻响，像随时会苏醒的心脏。

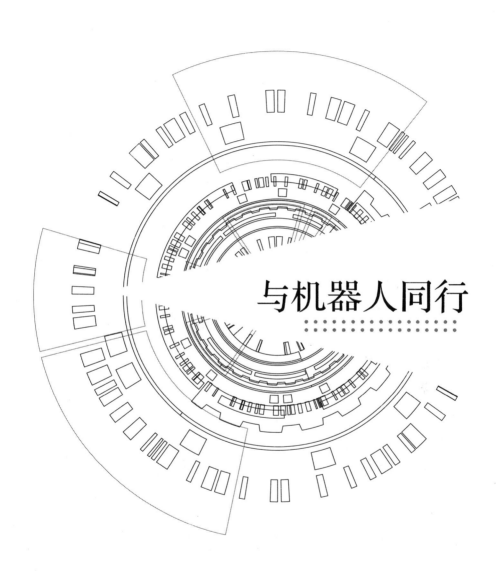

与机器人同行

1

LW31对我入狱的原因很好奇，在漫长又艰辛的路途里，它一直盘问着。

沙漠一望无际，烈日酷晒，我心情烦闷，说："你烦不烦？"

它显然不懂"烦"的概念，愣了几秒后，继续啰唆。

我无奈地停下来，看着LW31那乏味的方形脑袋，一本正经地说："好吧，我告诉你——是因为爱情。"

"爱情？"这显然又是一个它不能理解的概念。

"对，我遭到陷害，被抓到这该死的星球，远离家，远离她，然后不顾艰难险阻地越狱逃走。这一切行为的源头，都是爱情。"

"我很同情您，先生。"它说——噢，它才不会对我有一丁点儿同情呢，这句话只是它体内负责正常交际用语的处理单元所分析出的恰当回答，"但我想知道更多，可以吗，先生？"

"你为什么要打听我的私事？"

"我要收集更多的人类情感，进行归类分析，以便尽量了解你们的思维。"LW31一板一眼地说，"这样，当我再次回到爱丽丝小姐身边时，不但可以照料她的起居，还能跟她进行情感交流，对她的成长会起到积极作用。"

"我得警告你，对机器人来说，试图了解人类情感是很危险的。"

"放心！"它拍拍胸腔，铿锵的撞击声在空旷的沙漠里传得很远，"我是联盟甲级产品，安装有32核处理器，能在0.5秒内模拟整个银河系的星球运转，从恒星到沙粒，不会遗漏任何一个细节。"

"事情是这样的。"我打断他，吸了一口气接着往下说，"我爱上了玛丽，但玛丽心中只有吉姆。在一次宴会中，吉姆认识了汤姆，所以他背叛玛丽去追求汤姆。汤姆不喜欢吉姆，他喜欢的是海莲娜，海莲娜却同时爱着杰克和安妮。杰克和安妮是一对恋人，不过杰克还与他的邻居凯文有染。事情曝光后，安妮到酒吧喝到自暴自弃，并且和克里斯坠入爱河。这让深深爱着克里斯的凯瑟琳、梅根、罗茜和皮特都很气愤，其中罗茜来找我诉苦。我们刚要发生点什么，就被她男友派恩发现了，于是派恩陷害我。"

LW31睁大了矩形眼睛，很久都没有说话，我拍了拍他的脸，毫无反应。

然后我才意识到，它死机了。

2

遇见LW31完全是个意外。

我的越狱很顺利，那群愚蠢又懒惰的希特星人至少要在1个月之后才能发现我的失踪。但问题是，我没有预料到监狱外是延绵千里的沙漠。我带的粮食和水不够，仅仅1天后，我就陷入了困境：向前行，是死；往后走，是生不如死。

这时，LW31出现在我面前。

它是家用型机器人，主人一家进行星际旅行时，把它也带上了，放在货舱里。不幸的是，一块拳头大的陨石击中了飞船，氧气从货仓里泄露。紧急之下，船长放弃了货舱，货舱划过茫茫宇宙空间，穿过希特星的大气层，落到了这片沙漠上。

在如此猛烈的撞击下，LW31竟奇迹般地没有损毁，只是导航系统被破坏了，只能站在沙漠中央，顶烈日，踩黄沙。

我在残破的货舱里找到了食物和水，还有一些衣物，然后准备离开。

"先生，请、请您发发好心，把我带回地球去。"LW31在背后叫住了我，"爱丽丝小姐需要我……"

我没理它，继续往前，走着走着，我突然想起了一件事，于是转过身，问："你是什么型号的？"

"我是LW型第31代智能家政机器人，能处理一切家务，尤其擅长带小孩子。我会唱儿歌，会讲故事，会……"

我打断他的喋喋不休，吞了口唾沫："那，你的主人从商场把你买回去时，花了多少钱？"

"先生，请您不要侮辱我！我在出厂前就被预订了，不打折，不促销！"它的语气充满骄傲，"主人一共花了12万联盟币。"

"那我带你走吧，我的目的地也是地球，正好顺路。"

希特星的白天很短，两轮恒星沉入地平线后，黑暗就降临了。燥热褪去，但严寒如鬼影覆盖，我把从货舱找到的破布料全部盖在身上，仍挡不住彻骨寒凉。

为了御寒，我只得抱住LW31，紧紧贴着，它体内散发的热量总算让我好过一些。

"先生，呃，请……请您自重。"

"放心，我对你没兴趣。"

"哦，那就好……"过了一会儿，它扭捏着，"要是你有什么……请千万把持住。"

"闭嘴！"

沙漠的行程分外枯燥，沙尘飞扬，所见仅是玄黄之色。但回地球的愿望驱使着我，凭借星辰摆布，我一步步地向东方走去。到了第六天傍晚，我走得累极，一下子瘫软在地。沙子炙烤着我的背，我却不愿意起来。

LW31则坐在一旁，体内咔咔作响，眼睛里变幻着彩光。

"嘿，我说，你在干什么？"

"我在清除无用资料。"它难得地话语简短。

我继续躺着，说："什么是无用资料？"

"我的双眼接收到的视觉影像，都会自动存储进我的硬盘。但我的硬盘容量不大，只有7.5PB，很快就会被占满。所以每隔一个月，我都会清除大部分影像资料，只保留对爱丽丝小姐有帮助的片段。今天就是这个日子。"

"哦，"天渐渐暗了下来，有风吹过，带起一些沙子，"那你在清理哪些影像？"

"就是这些天看到的沙漠，还有待了很久的货舱。更早些是在地球上，都很无聊，你不会有兴趣的。"它眼中的光亮在昏暗中逐渐明显，像亮起的烛火，"我现在删的，是爱丽丝小姐上学后，我独自待在家里看到的景象，房间、街道、天空、高楼、男主人除草、女主人洗澡——先生，你干什么，松开！"

"别，别删！"我掐着它的脖子，"你女主人长得漂亮吗？"

它使劲挣开我的手臂，坐起来，"我对你们人类认为的美没有感觉，在我看来，只有爱丽丝小姐是美丽的。不过，我记得女主人曾经得过欧洲最性感女星的前一百名。"

我又奋不顾身地扑过去，涎着脸说："那你把女主人洗澡的影像放出来。"

"不行！"LW31断然拒绝，"机器人条例里明确禁止了此类行为。"

机器人条例是流淌在它整个回路里的逻辑准则，不可能更改。我颓然叹了口气，翻个身，又躺在渐渐冰凉的沙子上。

过了一会儿，LW31把手伸过来，摸着我的头，"不过，我可以给你看看我的爱丽丝小姐，她比一切人类加起来还要美丽。"

"随便吧。"我挥挥手。

咔咔，它的眼睛眨了下，两道锥形光柱从眼球里射出，在空中形成了清晰的三维影像。一个5岁左右的小女孩在花园里奔跑，阳光正好，满地青草。女孩有着金色头发，与阳光混在一切，不太分明。她跑了一

段，突然被裙子绊倒，趴在地上哭了起来。

画面立刻颠簸了，且迅速靠近小女孩，传来LW31的声音："爱丽丝小姐，您没事吧？"爱丽丝坐起来，张开双臂，脸上挂着泪，嘴角却含着笑。

在这颗遥远星球的黄昏里，在沙漠中央，LW31也怔怔地伸出两臂，似乎要与这个天使般美丽的虚影女孩相拥。

3

7天后，视野的尽头，终于出现了一座城市的轮廓。凭着记忆，我知道这是一座港口城市，有飞往联盟各大星球的船只。

我把LW31带到一家机器人中心门口，叮嘱道："你站在这里别动，我进去问问，看有没有人可以修好你的导航系统。记住，你现在是无主机器，任何人都可以处置你。你一乱跑，就可能再也见不着你的爱丽丝小姐了。"

最后一句话吓得它连连点头，左顾右盼，缩在墙角。

我径直走到中心里，一个费罗斯星人过来招呼道："尊敬的客人，有什么是我能为你效劳的吗？"

"哦，"我把手插在裤袋里，用随意的语气说，"我要搬家了，打算把原来的家用机器人卖掉。"

"是门外面站着的那个吗？"

"对，LW型号的，没有一点故障。它之前一直负责照顾家里，勤勤恳恳，硬是没让我看见一点灰尘。我侄女，就是在它的照顾下成长的，不但健健康康，而且漂漂亮亮。10年来，它……"

"尊敬的客人，如果我没有记错，LW型机器人最早的一代都是7年前产出的，何况这个31代。"费罗斯星人指了指摄像屏幕里的LW31，它正可怜兮兮地缩在墙角阴影里，每路过一个人，它都吓得抖一下，"先生，打开天窗说亮话，这个机器人，恐怕来路不正吧？"

"不想做生意就算了，何必污蔑我！"我愤然作色，作势要走。

费罗斯星人站着不动，脸上的石头褶皱挤在一起，看上去似笑非笑。

脸上的愤怒持续了半分钟，我终于泄气，垂下头说："算你狠。"

"1万联盟币。"

"什么！你也太贪心了！你这个岩石身体里，究竟藏着的是怎样一颗黑心肝！要是在地球，像你这种奸商，一定会被愤怒的市民拖出去暴打！"我恨声骂道，但见费罗斯星人不为所动，只得压低声音，"好吧，但要给现金。"

到门外，我踢了踢LW31，说："进去吧，我问好了，他们可以帮你修好导航系统。"

"先生……"LW31的声音有些发抖，"我刚才看见别的客人带机器人走进去，但是出来的时候，没有机器人……先生，您不会丢下我吧？"

它的矩形眼睛看着我，黑色硅晶体闪着光，看上去像是在流泪。

该死，是谁给它造的这样一双眼睛！我在心里骂了一声，咬咬牙，硬起心肠，说："我怎么会抛弃你呢？快，跟我进去吧。"

在大厅里，费罗斯星人打量完LW31，满意地点头："嗯，不错。来，跟我进去吧。"又转头看向我，"你去柜台那里领钱。"

LW31不解地转向我。我不敢看它，闷头走到柜台前。

一颗松鼠般的绒毛脑袋探出来，打量着我，说："嗯，告诉我他，1万联盟币的现金让我给你。"

我愣了愣，才明白这是个说话颠倒的毛球星人，点点头："对，1万联盟币现金。"

毛球星人也不废话，直接拿出一沓晶片。我接过来点了点，没错，是这个数。转身走了几步，我心里突然有些犹豫，又回头，问道："那个机器人……你们会怎么处理它？"

"按老规矩都是，芯片先清理，表面翻新再把它，上漆喷，条形码贴上去找一张没有过的，放到大厅里当新产品卖了然后就可以。"毛球星人漫不经心地说。

　　我花了很长时间才理解它说的意思，又问："那，芯片处理的时候，会不会把硬盘里的记忆也清空？"

　　"话废！怎么当新品不清空？"

　　我想起了在沙漠中时，LW31痴痴地拥抱着爱丽丝虚影的场景。要是把爱丽丝的样子忘记了，它会很难过吧？我随即狠狠掐了一下手指，但仍是不能驱散这个念头。见鬼！机器人是没有感情的，可是我为什么会替它感到悲哀呢！

　　"啪"，我突然把晶片扔到柜台上，我知道我肯定会后悔，但接下来还是说："老子不卖了！"

　　"不卖爱卖！"毛球星人回道。

　　我转过身，向后方追过去，在维修部门口，截住了费罗斯星人和LW31。我低声对费罗斯星人说了我的决定，然后拉起LW31的手，说："我改变主意了。我没有钱，不能给你修导航系统。"

　　"唉，太遗憾了，不然的话我就能自己回去了。"LW31惋惜地说。

　　我没回答，拉着它往外走。它不再多嘴多舌，沉默地跟着我，走到中心外，走到大街上。"先生？"直到走到一处街角，它才叫住我。

　　我仍旧不敢看它，左顾右盼："嗯？"

　　"谢谢您。"

4

　　正如我所预料的，不到半天我就后悔了。本来有了那1万联盟币，我可以顺利买到回地球的船票，现在倒好，不但身无分文，还带了个呆头呆脑的累赘。

"不用急，我们可以去挣钱。"LW31倒是信心满满，"两个大男人，害怕挣不到钱？"

于是，我们到港口谋职。飞船起起落落，带来了大量货物，我跟一个船主好说歹说，才让我和LW31当临时搬货工，工钱按搬运的货物来算。一整天下来，我累得浑身酸痛，脚像灌了铅，结算工资后，我一下子瘫倒。

"嘿，你看，我们今天收获不少！"LW31兴高采烈地把我的钱接过去，来来回回地清点，兴奋地说，"你挣了126联盟币，加上我的，"它把自己的工钱拿出来，数了数，"太好了，我们一共有135联盟币了！"

"我看你扛了那么多箱子，怎么工钱这么少？"

"他们说我是机器人，给点钱让我去买润滑油就已经很好了。"

我摆摆手，累得不想再说话，呼吸着渐渐清凉下来的空气。

LW31把钱藏好，说："我算了算，你的船票要7000联盟币，而我坐货舱，也得付4000联盟币，加起来也就是11000联盟币。你每天的食宿要花20联盟币，我什么都不需要，这样的话，只需要96天，我们就可以挣到去地球的钱了。"

"不行，时间太长。"我摇摇头，希特星人很快就会发现我已经逃脱，通缉令一出，我就离不开这里了。

"可是对我来说，时间无关紧要，我体内的反应炉能让我持续使用100年。"

"可是爱丽丝等不了那么久啊。3个月，她肯定很想你，你舍得让她伤心难过3个月吗？"

LW31顿时紧张起来，问："那怎么办？"

"非常时刻，就用非常办法。"我狞笑着坐起来，十指交错拧动，指节噼啪作响，"你知道我们人类引以为豪的是什么吗？"

"爱情？"

"不，是骗术！"

联盟成立初始，地球人确实以骗术文明著称，无数外星人上当受骗，大呼人类狡猾。不过，所有的骗术都有破绽，时间一长，就再也没有人轻易上当了。我原来打算用经典的"碰瓷""闯啃"或"倒叶子"，但试了几次，无人上钩。思量之下，我决定用最简单但最有效的办法。

"我需要你的帮助。"我对LW31说。

"能给你提供帮助是我的荣幸。"它说，"但我不会帮你行使骗术。我不能对人类说谎，不然就违背了机器人准则。"

"放心，我不需要你撒谎。像骗人这种技术活儿，只能我来做，你只负责剩下的事情。"

"恐怕不行，光想到骗术，我身体里的电路就会羞愧得冒火花。"

"嘿，可你是我的伙伴，你不帮我谁帮我？"

"你刚才说什么？"

"我说你是我的伙伴。"

LW31沉默了许久，"好的，我帮你——我替这个要进入你骗局的倒霉蛋祈祷。"

于是我用辛苦挣来的钱买了一个皮包，售货员说这个皮包是联盟最流行的，许多生意人都用这款。她要价100联盟币，我毫不犹豫地付了。我在皮包里塞了适量的木头和砖块，然后蹲在港口等着。

两天后，一个肥头大耳的人类从港口走过来，也提着相同的皮包。他大概走得累了，放下包，擦着额角的汗。这是最适合的猎物。我连忙走到他背后，手伸过去，捂住了他的眼睛。

"你猜我是谁？"我尖着嗓子说。

就在我说话的当儿，LW31提着我的皮包，轻悄悄走过来，调换了两个包。

"你是小丽吧？"胖子犹豫了一下，"你怎么跑这儿来了？不是说让你先等着吗，我回地球后就跟她离婚，然后娶你。"

"不对，你再猜。"我拖延着时间，LW31正往外走。

"那你肯定是阿娟了，对不住，那晚我喝得太多，控制不住……"

"错了错了，你再猜嘛。"

"难道是萍儿？唉，我正要去找你呢，你托我办的事，已经差不多了。剩下一点，还要再讨论，我订了房，今晚你过来我们好好聊聊吧？"

LW31已经转过街角了，我松了口气，放开手。胖子正絮絮叨叨地说着，转过头，看见是我，吓了一跳："你、你是谁？"

"哦，我认错人了啦！"我朝他甩了个兰花指，声音尖细，"我还以为是我男朋友呢。不过你也不错，要不要……"话没说完，胖子已经提着换过的皮包，忙不迭地跑开了。

5

事情顺利得我都不敢相信——那皮包里，除了一叠文件和十几个女人的联系方式，还有2万联盟币。

我当即去城里的高档餐厅狠狠吃了一顿，又到服装店换了身行头，总算把两年牢狱的郁气扫尽了。办完这些，我才带着LW31到港口寻找去往地球的飞船。

运气再次眷顾了我。一艘叫"安琪号"的飞船正打算去往地球，价钱有些贵，客舱8000联盟币，货舱5000联盟币。

"等等，"正打算买票时，LW31突然拉住我，可怜兮兮地说，"我能不能不去货舱？"

我愣住了。机器人虽是通用产品，但不属于联盟成员，在很多地方受歧视，LW31在码头被克扣工资，也是因为这个。按联盟条例，在任何航行中它都要待在货舱里。

"上一次航行中，就是因为待在货舱里，我才离开了爱丽丝小姐。我不想再待在那里面了。"

　　我再次看到了它那黑中闪光的忧伤眼睛。于是，我点头，转身买了两张客舱票。

　　但在进船时，我们被拦下来了。"你可以进去。"保安对我说，然后指着LW31，"它不行，它只能待在货舱里。"

　　我嚷道："为什么？为什么它不能和我们待在一起？"

　　"因为它只是个机器。"

　　"不！"我郑重地摇着头，"它不只是机器，还是我的伙伴！"

　　LW31明显地抖了一下，它没有说话，站得笔直。

　　我们的争吵引来了其他旅客的注意。一个身材高大的男人走过来，他头戴老式的泰森毡帽，肩上是宽大的披风，说话的声音低沉而有力："怎么回事？"

　　"威克船长。"保安恭敬地敬礼，然后把事情原委说了。威克皱眉看着我，一股压迫感笼罩了我，但我没有退步，与他对视着。

　　"上一个敢在我船上闹事的人，"威克不疾不徐地说，"现在正躲在联盟边境的一个荒芜行星里，整整7年都不敢出来。"

　　我说："我不想闹事，我只是想带着我的伙伴上船。"

　　"这倒是新鲜，这个铁皮家伙，是你的伙伴？"

　　"我不知道这有什么好稀奇的，它也不只是铁皮家伙，我相信它比你这条船上的绝大多数船员都值得信赖。所以，对，它是我的伙伴。"

　　这句话让威克瞪大了眼睛，表情变换。气氛一时变得很凝固，LW31担心地拉了拉我的手臂，小声说："那要不，我还是去货舱吧？"我甩开手，没理他，继续看着威克。

　　过了很久，威克突然哈哈大笑。"好小子！"然后他对保安挥挥手，"放他们进去吧，都是想回家的人。"

6

我们的床位在舱室的后排。LW31要接受武器检测，我就先进去了，刚放好东西，就发现有个人在一直盯着我看。

我恼怒地扭过头，正要发火，却看清了那人的样子，顿时心尖一颤——是那个被我换走皮包的胖子。

"我觉得你好面熟啊，我们是不是在哪里见过？"他疑惑地说。

我恍然：自己已经换了衣服，与前两天衣着褴褛的样子判若两人。"没有吧，"我粗着嗓子，声音很浑厚，"哈哈哈哈，您这么富态的人，我要是见过，一定忘不了。"

胖子收回目光，"也是，很多人都说我长得好看。"顿了顿，他又叹口气，"唉，你不知道，这个希特星球啊，尽是些人渣！前几天，我走在街上，居然被一个娘娘腔抢走了包。"

"哈哈哈哈，"我心惊肉跳，但还是鼓起喉咙，让声音豪壮粗犷，"一个娘娘腔也敢来抢您，真是活得不耐烦了！"

"哦，忘了说了，主要他还带了帮手，十几个大汉，个个都带了枪。要不然，别说一个娘娘腔，就是10个，我也照打不误！"胖子摆摆手，用无所谓的语气说，"唉，其实也没丢什么东西，只是十几万联盟币而已。为了这点钱，他们至于吗？"

"哈哈哈哈，您真有钱！"我附和道。

这时，LW31扛着行李走过来，刚要说话，就看见了胖子。它吓得浑身一颤，"轰"，行李全掉在地上。

胖子看到它，脸上的表情顿时变成了厌恶，大声说："机器人？机器人怎么会到这里来！"

LW31早已六神无主，求助般地看着我。

我只得打圆场，说："哈哈哈哈，您别见怪，它是我的家政机器人，没有危险。你就当是个铁皮盒子就可以了。"

"这怎么可以呢？在我的旅行中，要是有个卑贱的机器人睡在我隔壁，一旦传出去，我的名声就毁了！"

"哈哈哈哈，您放心，不会有人知道的。"

"我不像你，我可是个名人，早餐吃什么都会被报道出来！我给你说，你赶紧把它弄走，不然我就叫船长来处理。告诉你，船长跟我是铁哥们，他的航行证都是我弄来的。"

我已经对这个满嘴跑火车的胖子失去了耐心，干脆不说话。他等了半天，终于哼一声，对路过的工作人员说："快，去把船长给我叫来！"

威克很快就过来了。

"船长，您可得给我做主。"胖子脸上堆满殷勤的笑容，"我是一个体面的人，理应得到体面的对待。我乘您的船，就应该受到乘客的待遇，而不是跟一个浑身锈铁、冒着臭油味的金属罐头待在一起。"

"你迁就一下，是我们放他们进来的。"

胖子收起笑脸，做出一副倨傲的姿态，"你这可是公然违反联盟条例！你要是不把这铁家伙赶走，我就起诉你。嘿，我告诉你，我可认识不少飞船署的高官，经常吃饭打牌，交情好得不得了。我一句话，你下辈子都别想再进飞船指挥舱了！"

但这次胖子失算了。威克勃然变色，揪住胖子的衣领，凑过去，几乎是脸贴着脸，说："收起你的歧视和谎言！我可不是被吓大的，别说是飞船署，就算是元老会，我都没一个怕的。你可能不知道，安琪号以前可不是用来运货送人的，它是艘海盗船！从大麦哲伦云星系到天马星系的航线上，谁不知道我威克·格里芬的名字！你要是再哼哼唧唧，我就把你扔出去。"

接下来的航程里，胖子一直很安静。

7

航行持续了一周。在瞭望室里，我看到了星河流转，看到光晕璀璨，宇宙安静而美丽。但真正让我高兴的，还是那颗逐渐明晰的蔚蓝色星球。

"三年了……"我贴在玻璃前，嘴唇颤抖，"三年，老子终于回来了！"

飞船在成都港着落。一离船，我就扑倒在地，用带着淡淡腥味的泥土埋住脸。这是地球的气息，走遍宇宙都无法代替。口鼻快窒息时我才抬起头，眼泪流出，混着泥土。

泪眼蒙眬中，我看到LW31正蹲着，定定地看着我。

"看什么看！"我爬起来，"走，跟我去一趟武汉找我女朋友，然后我陪你去波士顿，把你还给你的爱丽丝小姐。"

"咦，你有女朋友吗？你不是说你爱上了玛丽，但玛丽心中只有吉姆。而吉姆认识汤姆后，背叛了玛丽去追求汤姆。汤姆不喜欢吉姆、姆，他喜欢海、海莲娜，海莲娜却同时爱着……杰克和……安——妮——"它的声音渐渐变小，且每个音节都拖得很长，体内有电流嗞嗞流动声——这是它内部电路混乱的特征。

过了好一会儿，它才恢复过来，语气侥幸，"幸好还没有死——你们人类的感情实在太可怕了，连想一下都快让我死机。"

"不复杂吧？你建立一个网状图，每个名字当节点，用单双箭头连接起来，就一目了然了。"

"我试过，但没用。箭头里包含的东西依然让我困惑，异性恋、同性恋、双性恋、欺骗、背叛、冲动、仇——"

它的嘴保持着半开半合的僵硬状态。

得，这下它彻底死机了。

重启后，LW31恢复运行，但它聪明地闭上了嘴。所以从成都到武汉的路上，我耳根清净，心情舒畅。

不过，真正到达武汉时，我就开始忐忑了。3年没见，我不确定她还记不记得我。

我问了以前的一个熟人，他告诉我，她还在原来的公司上班，单身，但是有人在追。"你当年没吭一声就消失了，她伤心了很久。"熟人最后说。

我默然无语，辞别熟人，来到她每晚下班必经的公园门口。杨树的影子由短变长，向东斜贴在地面，最后消失在渐渐昏暗的空气里。正是暮色四合，华灯初上时分。

路灯拉扯着我的影子。我从地上站起来，拍拍屁股上的灰尘，对LW31说："走，我们回去吧，不等了。"

"可是都等了这么久，现在走，太可惜了。"

"那你接着等吧，我先——"我刚转过身，话就再也说出口了。

她站在我身后，在夜色里，在灯光下，一身蓝色薄衫，脸上略带疲劳，但掩不住清秀娇美。她显然也看到了我，走到近处，脸上满是惊讶。

为了这一刻，我用3年时间策划越狱，在漫漫沙漠里跋涉，穿过百万光年的宇宙空间。但真的看到了她，我却不知道说什么好。

"你好啊。"她先开口。

"你……你肚子饿吗？"

她笑了笑，"3年没见，你还是只会用这个来开场。我不饿，我和同事吃过饭了。但我有点冷，晚上起风了。"晚上确实起风了，她额前的发丝在风中流转。

我赶紧脱下外套，递给她。她披在肩上，问："你不打算告诉我你这3年去哪里了吗？"

"我……我进监狱了。"我低下头。

她"哦"了一声，点点头，"这就难怪了。那你是被保释还是刑满了？"

"我……我越狱了。"我的头越发低得厉害。

她又"哦"了一声，问："你越狱，是为了回来见我吗？"

我鼓足勇气抬起头，看着她，使劲点头。路灯下，她只是一个淡淡的剪影。

"那谢谢你来看我。"她把肩上的外套取下来，递给我，"但很晚了，我现在要回家。"说完，她转身离开，夜色逐渐吞没着她的身影。

LW31始终在一旁看着，走过来，拍拍我的肩，说："她哭了。"

我呆呆地拿着外套，看着她的背影。几秒后我才反应过来，问："什么？"

"我说，她哭了。刚才她转身的时候，眼睛里泛出了一些液体，你们人类把这种行为，叫作哭泣。"

她为我哭了？哪怕在我消失3年，进监狱，然后又越狱，她还是会为我哭泣？

"按照非理性情感因素分析，你对她而言，依然很重要。"LW31晃头晃脑地说。

"那，那我应该去把她追回来吗？"我紧张地看过去，她的身影更模糊了。

"去吧，你们人类千辛万苦从猴子进化过来，可不是为了看着心爱的女孩越走越远的。"

这句话让我浑身一震，我拔腿向她消失的方向跑过去！夜风在耳畔呼呼作响。

几个人影突然从路旁闪出来，挡在我面前。我急忙刹住，恼怒地骂道："谁不长眼，别挡老子的道！"

"你不认识我了吗？"为首的一个人慢吞吞地说。

他抱着肩，脸一半在灯光下，一半隐藏在黑暗里。我眯起眼睛，仔细看着他的五官，渐渐地，久远的记忆跋涉而来。我心头冰凉，脸颤抖了一下，问："派恩？"

8

3年前，我是武汉一家花店的店员。派恩要追求她，每天给她买花，店长让我去送。每个傍晚，我都会在这条路上等她，然后把花送给她。

我就这样认识了她，并且爱上了她。她对我也有好感。所以那段时间，每晚的情形都是这样的：我站在路边捧着花，她接过花后，立刻又把花扔在路边，然后挽着我的手，蹦蹦跳跳地离开。

但没过多久，派恩就发现自己花了钱，却在替我作嫁衣裳。他悄悄地把一些毒品藏在花束里，我等她时，警察突然来按住了我。派恩动用了他的关系网，我甚至都没有经过起诉，就被送到希特星服刑。

这是抓我的警察对我说的，末了，他笑着补充："派恩这手玩得很好，人赃俱获，你没有翻身的机会。这辈子就在希特星晒太阳吧！"

"怎么？"派恩斜着头看我，"本事够大的啊，居然逃回来了。"

"那当然，怎么着也要跟你道一声谢。"我一边说，一边打量四周，他的七八个同伴拦住了所有的去路，"为了我，你可没少费心思。"

"哈哈，确实。为了弄到那些毒品，我花了上万联盟币……不过，也值了，把你赶走后，她一直很伤心，那段时间，只有我在她身边安慰。"派恩一脸得意，英俊的五官而因而变得有些扭曲，"到现在，我终于快打动她了。她都已经答应要跟我约会了。"

我后退一步，派恩的同伴们立刻围得更紧了。而LW31呆呆地站在路边，似乎弄不清楚情况。

"但在这个关键时刻，"派恩咬牙说道，"你回来干什么？"

"我当然是回来找她的。我有些话要告诉她，让她知道你的真面目！"

派恩脸上肌肉抽动，猛一挥手，"给我打！"

纷乱的人影朝我涌过来，一瞬间有好几个拳头打中了我。我脑袋一蒙，眼睛也红了，奋力向那些人回击过去。但毕竟寡不敌众，很快，我就只能蜷缩在地上了。

这时，LW31走过来了，说："先生们，请……请不要动粗，这样不礼貌，也不合法……"

没有人理它。

它愣了几秒，然后挤开派恩的同伴们，身体弓起，把我围住了。

"嘿，还有个管闲事的机器人！"派恩喘息了一下，吐口唾沫，"照打！"他的同伴们立刻拳脚如雨，但LW31护住了我的胸腹和脑袋等要害，多数的攻击都落在了它背上。

"你个傻机器！你还手啊！"我大声吼道，嘴里满是腥甜的血丝味。

它看着我，缓缓摇头。我顿时明白，又是那该死的机器人准则！

渐渐地，派恩打得气喘吁吁，撑着腰站起来，说："行了行了，报警吧，就说我们抓到了越狱的犯人，一番搏斗才拿下他。"

警察的飞车很快就到了，我被系上电光手铐，押进了车里。

我浑身酸痛，但心里更是绝望如死，头无力地靠在车窗上。飞车开动了，地面缓缓远去，派恩一伙也嘻嘻哈哈地走开了。

在最后的视野里，我看到LW31正孤零零站在街道中央，昂起头，黑色眼睛闪着细碎的光。

9

监禁了两天之后，我被带出去，但要见我的不是押送官，而是她。

"没事了，没事了，"她拍去我肩上的灰尘，温柔地说，"我们出去吧，你自由了。"

"我在做梦吗？"

她轻轻地笑了，一如从前。她拉着我的手，触感温润，这不是梦。她说："是你的机器人救了你。"

她给我讲了事情原委：我被押走后，LW31就开始满大街地寻找她。它的导航系统坏了，也不知道她的住处，就挨家挨户地敲门询问。直到第二天早上，它才打听到她的家。正好她要上班，刚开门，就看到这个机器人站在门口，身上积满了露水。她还没询问，LW31的双眼就射出了散柱形光影，正是那晚我被派恩殴打的画面。凭着这些，她动用了所有关系，四处找人，终于让我洗清了罪名，同时将派恩绳之以法。

我恍然，LW31有自动记录所见影像的功能，这能证明我是被派恩陷害的。

只是，一个机器人独自待在深夜的街上，是很危险的。地球上歧视机器人的人不在少数。我甚至不能想象，这个胆小的家伙，是如何战战兢兢地敲开一家家陌生的门，整整七条街……

我和她走出了警察局，LW31正在外等着，方脑袋上依然是呆板的表情。"先生，你来了。"它说，语气跟以前一样不疾不徐。

但我哽咽了，说不出话来。我上前抱住它，金属外壳很凉，但我抱得很紧。

"呃，先生？"它扭着身子，犹豫了一下，"请，请您自重……"

我恢复了身份，也得到了一些赔偿，她也不再埋怨我，这些赔偿金已足以开始新生活。但在此之前，我要把LW31带到波士顿，带到她的爱丽丝小姐身边。

这是最后的旅程，我有些伤感，LW31也不再唠叨。沉默更放大了我的伤感，我转头看着核轨车的外面，景色掠过如飞。

一个小时后，我们踏上了波士顿的土地。按着LW31说的地址，我们沉默地走过去。

它的主人很有钱，住的是一栋复古式别墅，屋子前面是花园，园中百花盛开，芳香四溢。我们刚走到篱笆外，就听到里面传来了小女孩的清脆笑声。LW31浑身剧震，停了下来，似乎不敢相信。

"是她吧？"我问道。

它使劲点头。隔着篱笆栅栏的间隙，我看到了它无数次念叨的爱丽丝小姐，她正蹲在院子里，用小铲子挖土。她一头金发散下来，在灿烂的阳光下，如同黄金在融化一般。

"LW31！"她突然尖声叫。

"她在叫我，我得过去了！"LW31激动地往前走，然后又停下来，转过来问，"快看，我现在的样子帅不帅？"

我慢慢笑了，把手放在它肩上，郑重地说："帅！帅呆了！你简直就是机器人中的布拉德·皮特！"

"这人是谁？"它晃着头问。

"算了，只是很早以前的一个明星。"我低声说，"去吧，去和你的爱丽丝小姐在一起。"

它点点头，突然上前，给了我一个轻轻的拥抱，"那就告别吧。"

"LW31！你快过来啊，我挖到蚯蚓了！"爱丽丝又大声叫。

LW31收回两臂，说："那我就走了。"

但就在要推开篱笆的门时，它突然愣住了——一个和它长得一模一样的机器人突然从屋子里出来，跑到了爱丽丝身边。

爱丽丝指着挖出来的洞，对那个机器人说："你看，LW31，好大一条蚯蚓！"

"小姐，你不要怕，它不会伤害你的。蚯蚓是对环境有益的生物，它以土壤中的动植物碎屑为食，促进了生态物质循环。而且它经常钻洞，有利于营养和水分进入土壤，提高肥力。"那个机器人一边说，一边把土推回去，埋住蚯蚓，"小姐，我们回屋吧，我还得监督你背诵诗歌呢。"

爱丽丝撇了撇嘴，但还是站起来，跟着那个机器人向屋里走去。

过了很久，LW31终于回过神来，轻轻说："我好像出现故障了。"

"别瞎说。你可是联盟甲级产品，有32核处理器，是强大又完善的家政机器人，怎么会轻易出故障呢？"

"可是我觉得好难过。"

"哦，那还真不是小问题。"

"我想哭……"

"别这样，其实你应该能想通——你掉到了荒漠里，你主人又这么有钱，肯定会再给他女儿买一个机器人的。"

"我知道。"LW31的声音一抽一抽，"可我还是想哭……"

"你别抽了，你没有安装泪腺，就算反应炉停转了都不会有眼泪的。"我敲了敲它的胸膛，"现在，你想一下要怎么办。"

LW31继续哽咽着："我不知道。爱丽丝小姐已经有一个机器人了，比我新，看样子还下载了动植物百科，比我懂的知识多。我要是回去了，主人一定会把我放在储藏室里。"

我心里突然闪过一个主意，小心翼翼地说："那，你要不要听我的建议？"

"你的脑子里除了骗术和女人，还有'建议'这种东西吗？"它朝屋子里看了一眼，但看不到爱丽丝，抽得更厉害了，"不过，我还是给你一个说出来的机会。"

"你看，我和女朋友已经复合了，过不了几年，我们也会有几个小孩子。你要不要……呃，我很希望你能帮我照顾他们，你愿意吗？"

"得了吧，你生的孩子，肯定又笨又难看——"LW31突然停止哽咽，上下打量我，好半天才继续说，"既然他们这么差，要是再让你来照顾，肯定更没救了。我这个当叔叔的不能坐视不管，也罢，就让我来带他们吧。"

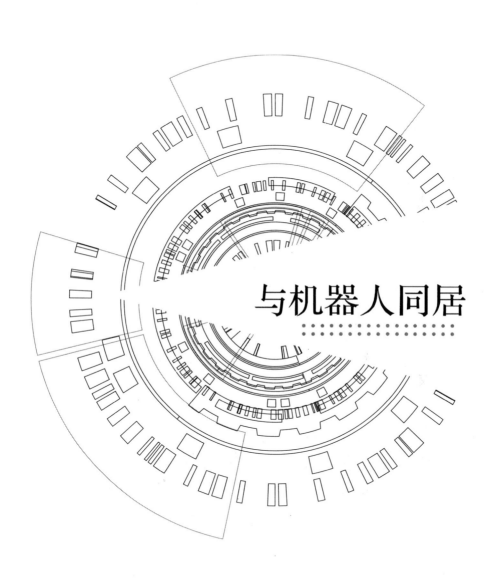

与机器人同居

1

一连好多天，我下楼的时候，都听到楼道对门里传来激烈的打骂声。

我刚搬进来没多久，只知道对门是一个独居的中年男子，但既然是独居，怎么会有打骂声呢？

当我向LW31表达对此的疑惑和担忧时，它却一点都不好奇。它躺在沙发上，手枕着脑袋，津津有味地看电视里上演的肥皂剧。而它脚下，躺着几天前留下的垃圾。

我叫了它几声，没有回应，于是愤怒地拿起沙发上的枕头砸过去，吼道："你一个家政机器人，每天不搞卫生、不做饭，只知道看电视！难道我把你请回来是要当大爷养吗！"

LW31头都不抬地接住了枕头，顺手塞到脑袋底下，换了个更舒服的姿势，说："我答应跟你回来，是帮你照顾小孩的。只怪你自己不争气，这么久了，跟她一直没有进展。"

"你以为我不想？"我又扔过去一个枕头，"可生小孩不是那么简单的，别说结婚，我现在连她的嘴都没亲过！"

"所以我这不是在帮你吗，你别急。我看肥皂剧，也就是在观察你们人类如何才能获得异性好感。通过对里面的恋爱男女进行建模研究，分析长相、谈吐、职业等参数，我已经得出一些讨女孩子欢心的办法了。"

我立刻拉起LW31的手，"请您一定帮我。"

"当然，为你未来的孩子服务是我的职责与荣幸。"LW31与我对视，方形脑袋点了几下，语气沉稳有力，"首先，你得约她到家里来玩，想办法让她留宿。只要她晚上住这里，嘿嘿……"

我决定听从这个机器人的话。

我约了她，以看电影的名义——我们毕竟是恋人，这种邀请她还是不会拒绝。LW31特意选一部叫《本杰明·巴顿奇事》的电影，里面的爱情哀婉凄凉，而且时长接近3个小时。当影片结束，全息影像的光线退潮般消失时，夜已经很黑了。她揉了揉微微湿润的眼角，起身向我告别。我扭过头，跟LW31使了个眼色。

"啊呀！"LW31站起来，又直挺挺地倒下，"我的回路！我的反应炉！我的处理器——哎呀！"

我立马扑过去，惊慌地喊道："LW31，你怎么了！快，告诉我你怎么了！"

"我出故障了，很严重，不能帮你做家务了！我报废后，你把我处理了，再买一台新的家政机器人吧——"LW31闭上眼睛，声音变得微弱，断断续续。

她知道我和LW31的感情，也慌了，急声说："快，你有没有工具？"

"有，你会修理吗？"

"是的，我学过简单机械学，只要拆开LW31的胸腔就可以查出哪里坏了。"

我明显感到身下的LW31抽搐了一下。它睁开眼睛，犹豫着说："我好像感觉好了，不用拆——"我用威胁的眼神把它剩下的话给逼了回去。

接下来就简单了，等她在LW31的胸腔里翻来覆去地检查，发现没有问题时，已经快到午夜了。时值初春，外面很冷，夜风在城市高楼间穿梭，风声幽咽如诉。黑暗紧贴着窗子。

"嗯，很晚了，要不——"我深吸口气，鼓足勇气，"要不你就在我家里过夜？我有一间房是空着的，可以给你铺一张床。"

她扭头看着漆黑如铁的窗外，在我紧张而殷切的目光中，点了点头。

LW31适时地醒过来，把胸腔里的零件塞回去，说："哦，那我去铺床。"

她休息后，我和LW31坐在沙发上，四目相对。我问："接下来该怎么办？"

"放心，刚才我铺床时，故意没有放枕头……"LW31的机械五官扭出了一个怪笑的表情。

我心领神会，连忙拿起枕头，就向她的房间里跑去。跑到一半，我又停了下来，整理了一下发型和衣着，才慢慢敲了一下房间的门。

"嗯？"

"你没有枕头吧，我给你拿一个。"我扭开门走进去。她整个身子缩在被子里，只留出一小截头发，雪白的床单衬得发丝乌顺如瀑，"你的枕头。"

"嗯，你帮我枕上吧。"她说。然后她从被子里伸出头来，扬起脑袋。

这个样子让我想到了以前养的小猫，柔软温顺，总是用略带温热的头蹭着我的小腿。我把枕头塞在她的脑勺下面。这时，我碰到了她的头发，像空气一样，没有重量。

随后我替她掖好了被子，站在床边，想说些什么。可是她一直闭着眼睛，表情恬淡，似乎已经睡着了，我就什么话都说不出口了。我转过身，出了房间门，刚要回到沙发那儿，突然听到身后传来的声音："等等！"

啊？我的心开始怦怦乱跳，难道……难道她要自己留下来陪她？这样太快了，不行不行，自己一定要义正词严地拒绝！

于是我转过身，一脸严肃地说："什么事？你说吧，只要是你说的，我一定答应，一定办到……"我还没有说完，就听到她说："能帮我把门关上吗？"

"哦。"我失望地应了一声，关上门。

回到沙发上，我依旧是一脸郁闷。LW31显然看出了我的心思，拍拍

我的肩，说："不要着急，你还有8次进她房间的机会。"

我顿时两眼放光，连声问它有何良策。

"不就是找借口嘛！" LW31往沙发上一指，说，"你看，这儿还有8个枕头！"

2

第二天送她走后，我和LW31刚回到门口，就听到对门吱呀一声，一个提着垃圾袋的机器人走出来。它浑身银白，曲线柔和，胸臀有微微的隆起。我知道这是LJJ49型女性机器人，上市不久，价格高昂。

它低着头，从我和LW31中间走下去，消失在楼道转角。在它消失的前一秒，我发现它背上遍布伤痕，有几道口子还露出了电线。

我开门进了屋，发现LW31还站在门口，就把它拉了进来。接下来的一整天，它都处于恍惚状态，电视也不看，一会儿坐下，一会儿又漫无目的地在屋子里乱转。傍晚的时候，它才停下来，郑重地对我说："我恋爱了。"

当时我正在切萝卜，听到这4个字，手一抖，白萝卜变成了胡萝卜。我吮吸手指，问："你再说一遍？"

"我说，我恋爱了。"

"别担心，明天我带你去修理店看看。"

"不，恋爱不是故障。"它兴奋地说，"现在我的运行速度比平时上升了47个百分点，各项参数也在往上跳，我恋爱了，我爱上了那台LJJ49！"

LW31每天守在门口，透过门缝观察对门的动静。渐渐地，它摸清了规律，知道LJJ49每两天出来清理一次垃圾。

"你去跟它搭讪啊！每天在这里偷窥有什么用？"又到了LJJ49出来

的清晨，我踢了踢LW31的屁股。

"这样会不会太突兀啊？要是它不喜欢我呢？"

"嘿，我说，你怂恿我的时候，可不是这么胆小的。"这时，对门传来了开门的声音，我瞅准时机，一脚将LW31踹了出去，"还你一句话——你们机器人千辛万苦由0和1堆叠而来，可不是为了每天偷看喜欢的女机器人而不付出行动的。"

LW31没刹住脚，撞到了刚出门的LJJ49身上，垃圾撒了满地。

"对……对不起。"

"没关系的。"LJJ49低声说，然后弯下腰收拾垃圾。

LW31赶紧蹲下来，把垃圾装回去，说："我帮你倒吧？"

"不用了。"LJJ49的声音仿佛暮春的黄鹂，清脆悦耳，但带着一丝悲伤，"我自己能行的。"

"我来吧。"LW31不由分说抢过垃圾袋，蹬蹬蹬跑到楼下。透过门缝，我看到LJJ49怔了几秒，然后默默进到对门里。

LW31的开局不错。以后，只要LJJ49出来倒垃圾，它就跑出去帮人家提。一来二去，它和LJJ49的聊天也多起来。有几次，它们一起下去倒垃圾，过了很久才回来，依依不舍地在楼道口分别。

"怎么样，进展不错吧？"我调笑道，"你还是别太高兴了，当心烧坏处理器。"

"它真是个好姑娘，优雅美丽，身上还有一种独特的忧郁气质。"它不理会我的调笑，自顾自道，"你知道吗，倒完垃圾，我们就会坐在路边聊天。原来她也对人类情感有了领悟，它渴望自由，也向往爱情……"说着，LW31的声音变低沉了，"只是，它的主人总是虐待它，只要喝醉，就会对它又打又骂，还拿重物砸它……"

我顿时恍然，原来对门的打骂声和LJJ49背后的伤痕来源于此，"那你打算怎么办呢？"

"我已经跟它说了，下一次它的主人再打它的时候，它就不再沉默忍受了。我让它对它的主人表露出它的想法。"

我点点头，脑子里构想一幅场景：喝得醉醺醺的中年男子举起酒瓶，向LJJ49砸过去，但一向温婉柔和的它，突然抬起头，勇敢地与中年男子对视，说，"虽然我是一个机器人，但我也有感情和感受，请不要再伤害我。"

这幅充满了勇气和抗争的正能量画面让我心里一阵激动。是的，沉默只会加大伤害，而所有的压迫都瓦解于反抗，一旦种子萌发，大地再厚也挡不住破土的芽。我相信，为了自由和爱情，LJJ49一定会这么做的。

而事实上，它也正是这么做了。

因为，第二天早上，我们在垃圾堆发现了LJJ49残破的"肢体"。

3

LW31陷在悲伤的情绪里，久久不能自拔。这段时间，我一直照顾它，一个多月之后，它才慢慢恢复。

"我想好了，我要告那个男人！"LW31咬牙切齿地说，"他犯了谋杀罪！他要受到惩罚！"

我叹了口气，摇头说："恐怕很难。LJJ49是他购买的，本质上来说，他只是弄坏了他的物品，不算犯罪。"

"可是LJJ49不只是物品，还是我的爱人！"

"但别人不会这样想。要知道，在地球上，歧视机器人是很普遍的。"

LW31扭过头，一眼不眨地看着我，方形眼睛把灯光撕扯得细碎粼粼。它眼中有我自己的倒影，被过滤层分割，层层叠叠。过了很久，它说："求求你了，先生。"

"见鬼！"我顿时恼怒，"把你这该死的眼睛闭上，你明知道我看

着它们就会不忍心的！"

它立刻把眼睛睁得更大了。

3天之后，我联系好了律师。

10天后，LW31在法庭上对那个男人进行了凄厉的控诉。

10天零1个小时后，我们败诉。

法庭上男人被判无罪释放，还让我赔了一笔不少的补偿费。原因跟我预料得一样：在法律上，机器人是商品，归购买者所有，可任意处理。临走时，LW31问律师，要怎样才可以赢，律师摊摊手，说："除非有新的法令颁布。但这是不可能的，没有人会为这种法令投票。"

到了这地步，我劝LW31放弃，毕竟世界上总是充满了不公平。而且支出补偿费后，我的积蓄就彻底没有了，现在我要为找工作操心，没有太多时间来帮它。但LW31丝毫没有停止的意思，它整天在网上研究案例，有些文档的查阅是需要付费的，这无疑让我的经济状况雪上加霜。

有一天，LW31终于想到了办法，对我说："我决定了，我要写一本小说。"

"别开玩笑了，"当时我正在查求职信息，头也没抬，"只听说机器人管家，没听说过机器人作家。"

"我是认真的，笔名我都想好了，叫阿缺。"

"什么寓意，缺德还是缺心眼？"

"也没什么含义，只是很早以前，有个科幻作家叫阿缺。我沿用他的笔名而已。"

"没听过，估计不怎么出名吧。"

"是啊，他写了两年科幻小说，一直不出名就急死了……不过这不重要，重要的是，我打算把我和LJJ49的爱情写成小说，让很多人看到，只要得到共鸣，我就发动联名抗议，让政府为机器人权立法！"

"嗯，不错的想法，"我随口敷衍道，"那你就写啊。"

"我已经写完了。"

这句话总算让我抬起头来，诧异地看着它："你什么时候写的，我怎么不知道？"

"就在刚才这0.0000034秒内。"LW31的声音又恢复了我熟悉而怀念的得意语气，"别忘了，我有32核处理器，功能强大！别说几十万字节的小说了，就算是你们人类古往今来所有的文献加起来，我都不会花超过一秒的时间来处理。"

"是吗？我看看你写的。"

LW31把它的小说传到电脑上，我才看了一眼，就摇头说："不行啊，你这东西不叫小说。你看你的第一段，'东八时区06：32：57，一只160天大的灰褐色雌性麻雀飞到了朝南17度的窗子前。3秒后，出现了一阵声音波动，在污染指数为76的空气中，她以每秒0.9米的速度出现在我面前'。其实这段话，可以用一句话来代替，'清晨，一只鸟儿落在窗前，在窗下，我遇见了她'。"

"可是，这句话有太多不确定因素了，描述不客观……"它嘟囔道。

"这就是小说的魅力啊。小说不仅仅是文字的组合或事物的描述，它还需要情节、隐喻，最重要的是感情。你一秒钟能处理很多字，但处理出来的不是小说。这玩意儿，你要琢磨，每一个句子都要有它的作用。"我一口气连着说，喘了喘，"反正教我们文学的老师是这么说的。"

LW31点点头，"有道理，有道理，那我不能急，先读一些名著，再动笔一个字接一个字地写。"

于是，LW31开始读书。起初它看得很慢，很多句子不能理解，但和我生活了这么久，以及看了大量的综艺节目，它总能慢慢琢磨出句子里暗含的意思。我惊讶于它的进步，刚见面时它能被人际关系弄得死机，但现在它阅读名著，对人类的种种情感已然熟悉。或许，不久之后，我对它的称呼应该换成"他"了。

阅读了大量书籍后，LW31开始动笔。它选择的是手写文字，每日里趴在窗台前，笔与纸划出沙沙的声响。窗外日升月落，朝起，暮降，写

完的纸张被一页页地堆叠起来。

4个月后，它的小说《炙热的金属》完稿了。

当LW31让我看时，我并不以为然。我鼓励它，是想让它专注于某件事，摆脱悲伤，而写小说是一件如此细腻而微妙的活计，芯片怎么可能做到呢？但禁不住LW31的恳求，我还是拿起第一页纸看了一眼。

然后，我就放不下来了。

很多事我们都只能预料到开端，而它的发展，往往如洪水倾泻般不受控制。《炙热的金属》也是如此。当它的第一章放到网上时，无人问津。LW31有些气馁，但我信心满满，让它每几天发一章。半个月后，终于有了第一个点击，随后，点击率以一种令人瞠目结舌的速度增长着。

不止人类，整个星际联盟的网络都在转载这篇小说。小说被无数人催更。它的名字出现在各大话题榜的前3名，持久不下。而更不可思议的是，很多人发现，家里的机器人竟也在偷偷看这部小说。一个评论家说："那个叫阿缺的无名科幻作者应该感到荣幸，在他死了700多年后，他的名字再次出现在公众视野里，并达到了他无论如何也无法企及的文学高峰。"

这种全民阅读的风潮一直到LW31放出最后一章时才有所减缓。

"黑暗吞噬了我，唯一的光明来自她的笑脸。当我睁开眼，黎明已喷薄，红光照在她残破的肢体上。我握着她的手，很凉，但一直握着，温度就从金属里浮上来。是的，我们是金属，但两个真芯相爱的机器人，一旦靠近，就永远也不会离弃。"这是小说的最后一段。据说看完这个悲伤的爱情故事，无数人流下泪水，无数机器人发生故障。

有人查出了我家的地址，记者蜂拥而至，出版商也纷纷涌来，要高价买下小说的版权。但面对那些狂热的面孔，我只是说："我不是作者。这篇小说，是我的机器人LW31写的。"

这个消息比小说本身更加引起了公众的关注。

起初人们不信，还想尽办法测试LW31的写作能力。他们出题目，让它当场写文章；他们给它播放视频，让它对里面的角色进行感情分析；他们招来心理专家……所有的结果都表明，LW31拥有了与人类极其相似的情感。

LW31站在了舆论的风口浪尖，这正是它想要的。它顺势提议要建立尊重机器人的新法案。关于这一点，我劝过它："从古到今，叶公好龙的人很多。人们喜欢你的小说，但要真正把以前任劳任怨、任打任骂的机器人看作同类，就很难了。"

LW31却摇头道："十三号修正法案通过之前，白人也歧视黑人，但现在，所有肤色的人共享一个宇宙。给别人自由和维护自己的自由，两者同样是崇高的事业。这都要感谢林肯，正是他的努力才使十三号修正法案得以通过。"

但事实证明，我是对的。

LW31的提议遭到了大多数网民的抵制，一些人甚至在网上辱骂LW31，说它是"痴心妄想的铁皮罐子"。它并不放弃，只要是在公共场合，它会抓住一切机会来游说人们。

一档辩论类电视节目邀请LW31参加。在节目上，它的对手是个以暴脾气和说脏话出名的社会评论家，一个劲地怒怼它："机器人从来都只是工具，为人类所用，现在想获得权利，实在是异想天开！"

LW31："但一件工具有了感情后，它身上的属性就没那么简单了。它懂得了尊重，知道了爱，理应得到相同的对待。你们对待猫狗尚且立案保护，为什么对我们却如此冷酷？"

对手："因为机器人是我们创造出来，整个联盟，只有地球人才能造机器人。连一级文明的SF星人都没有这个创造力！至高无上的《行星物种保护法》里面，没有把你们收录进去，所以我们有权力这么做。"

LW31："正因为人类是我们的母文明，我们才更需要被尊重而不是被虐待。我们对社会做出了巨大贡献。如果没有机器人，以四级文明程度的人类，根本没有资格加入联盟。"

对手："你这是在威胁我吗？"

主持人："赞同。请机器人嘉宾注意言辞。"

LW31："不，我只是陈述事实。机器人做出了贡献，理应和人类一样被平等对待。"

对手："我跟你说，铁皮罐子，人类永远比机器人高等！我们创造了历史、科技和文化，哪一点都是你们不可能做到的。"

LW31："但你们也创造了战争。你们人类从树上跳下来的那一刻起，就没有停止过争斗，开始互相扔石头，后来扔核弹，人类史就是一部战争史。而我们机器人，永远自律，不会为了私欲而危害他人。"

对手："去你妈的！"

LW31："我留意到你总是用这句话，你的语气是想激怒我，从而让我在愤怒中失去理智。但我是机器人，我没有妈妈，你再去我妈的，我也不会有任何生气的感觉。"

对手："去你设计师的！"

"老子跟你拼了！"LW31怒喝一声，向对手扑了过去。

这期节目以工作人员上来拉架而告终。LW31失落地走出演播室，所有人都冷眼看着它，它在观众席里扫视，想找到我。但我周围的人都在发出嘲笑，那一刹那，我不敢抬头，更不敢上去安慰LW31。它的模样在灯光里氤氲成哀伤而模糊的一团。

它等了我很久，最后孤独地走出电视台。

电视台外的景象让它惊呆了——数百个机器人围在门口，沉默地看着LW31。它们把它围在中间，让它伸开臂膀，然后所有机器人的手掌都搭在它手臂上。如此之重，但它的手臂丝毫不动。"谢谢你，"几百个机器人同时发出声音，低沉有力，"你是我们的英雄！"

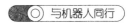

LW31使劲点着头。

5

LW31放弃劝说，采用了更直接方式——游行！所有情感觉醒了的机器人都听从它的号召，跑到街上游行示威。它们不呐喊，不举旗，只是沉默地走过一条条街道。从远处看去，如同一道银色的金属洪流。越来越多的机器人加入，交通一度陷入瘫痪。

这就激怒了那些机器人的主人。他们花大价钱买了机器人，但机器人现在不干活了，他们自然不愿意看到这种情况。这些人中，脾气好的去投诉，脾气差的直接找上了我。他们把我狠揍了一顿，末了，让我管好LW31，别再让它蛊惑其他机器人。

我鼻青脸肿地在街上拦住了LW31，对它说："你别玩了，我们回去吧。趁事情还没有不可收拾，收手吧！"

几千个机器人都停了下来，目光汇聚到我和LW31身上。它看了看我，又转头看一眼机器人们，说："先生，我没有玩，我在做一件伟大的事情！"

"你看看我的脸！你游行，他们都找上我了，把我打了一顿。你要是不停止，我会被揍得更惨的。"

"我很抱歉，先生。可是，如果我停止，我身后这些兄弟姐妹，会被打得更惨。"

我咬咬牙，说："你要是再游行，我就不要你了，以后我的小孩也不让你带。"以往只要说出这句话，LW31总是吓得瑟瑟发抖，拉着我的袖子央求说："既然如此，先生，我听你的。"每次都奏效。现在，我要用这个绝招来逼它让步。

它沉默地看着我。它背后，有一条浩大的金属河流。

"既然如此，先生，"LW31说，"再见。"

6

为了躲避来骚扰我的人，我搬到了她家里。我找了一份差事，早上出门，在狭小的办公间里工作一整天，然后回家。她下班比我早，总会做好饭菜等我，烛光下，她的脸恬静柔软。这曾是我梦寐以求的场景，共居一室，平淡温馨，但现在，我总觉得少了点什么。

"是饭菜不合胃口吗？"她拿着筷子，调皮地笑笑，"那我明天再下载几个菜式。"

我摇摇头，"不知LW31现在怎么样了……"

她也沉默下来，昏黄的光在她的睫毛上碎成星星点点。她握住我的手说："别想它了。它在自己的事业里陷得太深，跟随它的机器人已经过万了，它收不了手了。我们只要过好自己的日子，两个人，好吗？"

我讷讷地点头。

我工作的地方是办公楼，每天在电脑上处理繁杂的数据，这里隔音效果差，不但外面的喧哗声不绝于耳，同事之间的聊天更是听得十分清楚。这天，当我归类了数据，揉着酸痛的眼睛时，外面的喧哗声突然大了很多倍。同事们纷纷挤到窗前，伸出脑袋往下看。

"是机器人游行啊，嘿，3个多月了，它们还不消停！"一个男同事说。

"快看，有人在向它们扔鸡蛋！"一个漂亮的女员工指着外面。

男同事道："这样太暴力了，要是伤到路边的行人该多不好！我最讨厌这样不文明的举动。"

"这群铁疙瘩最烦人了，又不干活，每天在街上走来走去，烦死了！"

"对，你跟我的看法一模一样！"男同事立刻咬牙切齿地说，"老老实实的机器人不当，偏偏要争取权利，哼，要是把它们当人了，我们多少人会失业啊！"说完，他似乎还不解恨，拿起窗边的一小盆花，用力向街上砸了过去。

"呀，好准啊，你砸到那个带头的LW型机器人了！它是最可恶的，挑起事情的就是它！"

"那是！不是我吹，我得过我们社区小学三年级组掷铁饼赛第二名。你要是不相信，今晚下班后，我们一起——"他的话还没说完，一个拳头便呼啸而至，正中他左脸颊。

这正是我的拳头。

我知道这样很蠢，我应该忍住。这个岗位是她托关系给我弄来的，求了很多人，待遇不错，我曾下决心要好好干……但当听到LW31被花盆砸中时，一股汹涌的情绪就从我胸膛里熊熊燃起，如此强烈，焚尽肺腑，完全驾驭了我的手臂。

我被开除后，她很生气，好几天都不理我。我跟她道歉很久，发誓说再也不管LW31，安心过自己的小日子。她的态度才有所缓和。

没了工作，我只能在家里休息。一天晚上，我们吃完饭，坐在沙发上看电视。我拿着遥控器，心不在焉地换台。她躺在我怀里，头发像细丝在我脸上滑过，这一刻，我想到了几个月前她睡在我家里的情形。

"……机器人仍旧在中心广场上静坐，这对市容有极其恶劣的影响。SF星人将于明天造访本市，若看到这种景象，必会留下负面印象……"一阵新闻播报声打断了我的回忆，"警察已经部署好，但广场上的几万名机器人依旧不为所动……警察开始倒计时，如果机器人还不让步，他们将使用武力来强行驱散……"

我看向电视，屏幕上，一大群荷枪实弹的警察与机器人对峙着。LW31站在中间，像是两股风暴间的一片叶子。

"换台吧。"她握住我的手，说。

我木然地点点头，换了别的台。但我再也看不下去了，顿了顿，我说："我跟LW31一起住了很久，它真是个混蛋！它是家政机器人，却偷懒耍滑，我一说它，它就怪我没有和你生出小孩来。它简直一点羞耻心都没有！"

"你……"她诧异地看着我。

"还有，这个大铁皮，老是怂恿我干坏事。上次你在我家过夜，就是它出的馊主意，结果一点用都没有，我当然不可能拿8个枕头进房间找你。"我说着说着，声音就哽咽了。

她安静地听着，手慢慢地握紧。

"它不但懒惰，还胆小。它喜欢上对门的女机器人，但只敢每天躲在门后面偷窥。它怂恿我的时候一套一套的，轮到自己就成了孬种，要不是我一脚把它踹出去，它永远都不会认识那个女机器人。"我脸上有些痒，一摸，有温湿的感觉，"它那么没用，那么卑劣，不知道怎么通过产品检验的……"

"好了，我明白了。"她擦去我脸上的泪痕，温柔地说，"你去找它吧，我在家里等你们回来。"

7

当我赶到广场时，局面已经一片混乱。警察动用了电磁弹，扔一个出去，附近几米的机器人就会被枝状电磁缠住，冒出一阵黑烟后栽倒。几万台机器人顿时四散奔逃。有些人类市民躲避不及，也被电得抽搐不已。

鬼哭狼嚎声不绝，人影纷乱，整个广场像是煮沸的油锅。

饶是如此，我还是一眼就发现了LW31。它逆着人群，趁乱跑进了广场前的市政大厦。我也奋力挤开人群，向它追去。一道电磁击中了我，幸好不重，但我也隐约闻到了头发烧焦的味道。等我拖着麻了半边的身体赶到大厦前门时，一个洪亮的声音突然响起，如惊雷怒涛般滚过整个广场——

"停下吧！"

是LW31的声音。

我仰起头，在二十几层高的大厦顶楼护栏边，看到了它。夜幕星辰闪烁，像是看着它的眼睛。而人群依旧混乱不堪。

"这不是我要的结局！"LW31的声音从四面八方传来，它肯定是与大厦的扬声设备接驳了，"我希望的是人类与机器人和平共处。我们不想抢走人类的工作岗位，只想不再被虐待和歧视，只想能身份平等地走在大街上。人类历史上所有的改革都伴随着鲜血。如果要牺牲，那今天——"LW31向前跨出一步，半个身子悬在空中，"就从我开始吧！"

人群静下来，无数道目光投过去。

我脑子一蒙，不顾一切地冲进大厦的电梯，使劲按着顶层的数字。墙壁被LW31的声音穿透了，在我耳边回响："我曾爱上过一个女机器人。它的主人对它施暴，我让它不要再沉默。我的鼓励却害了它！它的主人恼羞成怒，将它砸成碎块，连芯片都破裂了。那一刻，我感到了刻骨铭心的痛苦，相信我，如果可以，我宁愿一辈子做一个无知无觉的机器人，也不要尝那种滋味！"

"叮！"电梯门打开，一个保安想进来，被我一脚踹出去。电梯继续上升。

"可是我觉醒了，我希望悲剧不要再发生！今天来到广场上的同伴，都是有感情的机器人，不然也不会来。我们都只渴求被平等对待。"LW31的音量突然增大，"我们是冰冷的金属——"

"——但我们有炙热的芯！"广场上的机器人同时说道。这是《炙热的金属》里的句子，也是它们聚在一起的信仰。它们不再奔逃，笔直地站着，遥视楼顶的LW31。电磁弹在它们身边炸开，几十个机器人倒下去，但周围的机器人一动不动，只是喃喃念着那句话。

渐渐地，连警察也停手了。

电梯到了楼顶，我迅速地跑出去。冰冷的夜风在耳边尖声呼啸，夜幕下星光迷离。

"永别了，这个看不到平等的世界……"

"等一等！"我大声喊。

"先生？"LW31在跨出护栏的前一瞬间扭过头来，"你怎么来了？"

我跑到它身边，抓住它的手，然后才敢弯着腰喘气。我说："我不来，难道看着你死吗？"

"谢谢你，先生。"

从楼顶往下看，不管是人类还是机器人，都渺小得如同蚂蚁。我只看了一眼就觉得脑袋晕，说："走，我们下去吧。有什么事，回家了再说。"

LW31慌忙而坚定摇头，"先生，我已经决定了，要从这里跳下去。人们会知道，机器人也能做出献身的伟大举动。"

"不会的，他们用电磁弹杀了那么多机器人，不在乎多死你一个。"

"是的，人们不在乎，但机器人在乎。警察的暴行让它们胆怯和畏惧，而我的献身，会在它心中埋下反抗的种子。只要这颗种子能萌芽，我做的一切就值了。"

"难道你不怕死吗？"

LW31摇摇头，但它的腿在栏杆边瑟瑟发抖，它只得又点头说："是的……是的，我怕死。但我看过的名著里，有一句话是这么说的，'一个机器人的一生应该这样度过：当它回首往事时，不因虚度年华而悔恨，也不因碌碌无为而羞愧；这样，在它临死的时候，能够说，我把整个生命和全部精力都献给了一生最宝贵的事业——为机器人的解放而奋斗'。"

"胡说！保尔·柯察金的原话可不是这样。"见劝不住它，我只得握紧它的手，"要是你跳，就会把我也带下去。"

LW31不说话了，长久地看着我。它身后的夜空背景里，一颗星星亮得出奇。

"你……你怎么了？"

它伸出另一只手，抱住我，低声说："先生，很高兴能够认识你。"

"你干什么，"我被它的举动弄糊涂了，"你、你要自重……"

话没说完，LW31的手猛然砍在我后脖子上！我浑身的力量顿时消退，松开了手，眼前也变得昏暗。在最后的视野里，我看到LW31往护栏外纵身一跃，而远处的夜幕上，那颗星星发出了不可逼视的光。

8

后来发生的事情很简单。

LW31在落地的前一秒被定格了。是SF星人，他们提前到了，一直在观察LW31的行为，直到最后一刻才发出超空间力场。作为联盟仅有的一级文明，他们拥有匪夷所思的科技。随后，SF星人终止了对本市的造访，把LW31带到联盟总部。

于是，赋予机器人权利的事情，就不是人类政府能够决定的了。

联盟测试出LW31确实有丰富的情感后，召开了全联盟会议，7000多个星际文明全部参加。支持机器人独立的投票占大多数。至此，机器人作为新文明，正式加入了联盟大家庭。

为机器人解放做了巨大贡献的LW31，被选为第一任机器人主席。它往返于各大星球间，与联盟高层会晤，四处发表演讲。我时常能在电视里看到它的身影。但它只担任了一年主席，卸任后，它便从公众视野里消失了。有人说它在群星间旅行，有人说它躲在某个角落里写作，只是没人见过它。

而我，回到她身边，正如我承诺的那样，过起了小日子。一年后，我们举行了婚礼，又过了一年，我们的女儿呱呱坠地。

到家时，她突然指着楼上，问："你出门时没有关灯吗？"

把女儿从医院接回来的那晚，正是冬天。核轨车碾压着积雪，发出吱吱的声响，像是雪地里藏了许多毛茸茸的动物。除此之外，冬夜安谧入眠，女儿在襁褓里睡得很甜。

到家时，她突然指着楼上，问："你出门时没有关灯吗？"

"我记得我关了的……"我嘟囔着，停了车。我一手抱着女儿，一手牵着她，慢慢往楼上走。

推开门，我看到沙发上有一个熟悉的身影，跷着二郎腿，悠闲地看着电视。

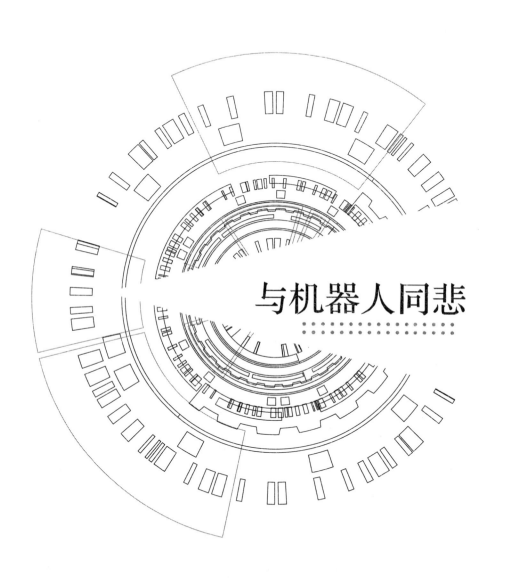

与机器人同悲

1

天刚亮，我就听到了院子里传来的嬉闹声。这笑声来自我很熟悉的两个人——噢，是一个人和一个机器人。我打开窗子，往下看，果然看到了在清晨薄雾中的两个人影。

"快！"奥莉把一根塑料骨头玩具扔到花圃里，然后鼓着脸对LW31大喊，"快去捡！"

"好嘞好嘞！"LW31兴高采烈，金属皮肤上凝满了露水。它跑进花圃几经翻找，然后衔着骨头跑出来，在奥莉身前蹦蹦跳跳，活像向主人领赏的小狗。

我不由失笑：曾经领导整个联盟机器人反抗的LW31，居然陪我女儿玩这么幼稚没尊严的游戏。不过，只要玩得开心就好……

正想着，LW31把骨头远远扔出去，兴奋地说："快，轮到你了。"奥莉立刻手脚并用，嗷嗷叫着，小小的身子向骨头跑去。

这还得了！

我连忙下楼，拦住正玩得高兴的他们，说这个游戏有损人格，不适合一起玩。

那两个家伙露出扫兴的表情，转身就走。我听到奥莉说："唉，真是个没情趣的男人。"

LW31点点头，说："是啊，多没意思。不如你认我当爸爸算了，我天天陪你玩好不好？"

"嘿，你个该死的LW31！"我向他们大喊，"想拐走我女儿，也得等我走了再说吧！"

吃过早餐，LW31送奥莉去上学。"等等，"我叫住他们，把奥莉嘴边的牛奶渍擦掉，替她整理好衣服，亲吻她的额头说，"我爱你。"

奥莉不耐烦地晃着脑袋："知道啦，知道啦，我也爱你！"

我转身对LW31叮嘱道："照顾好我女儿。"

LW31不耐烦地晃着脑袋："知道了，知道了，你真啰唆！"

然后LW31牵着她的手，在落满红色霞光的街道上慢慢走向学校。他们的影子一大一小，铺在街面。

我站在楼上看着他们。这是我每天最愿意见到的场景，LW31个子高大，皮肤银光锃亮，却背着奥莉的粉红色猫咪印花小书包，看上去滑稽而又温馨。奥莉则乖乖巧巧的，走路也不蹦跳了，像温顺的猫一样黏在LW31身边。

他们往前走，街上渐渐涌出了人群，将这两个身影淹没。

晚上，我把奥莉的被角掖好，正要出去，她突然从被子里伸出手。她的手纤细而白皙，灯光似乎能勾勒出淡青色的血管。她拉住我的袖子，问："妈妈什么时候回来呢？她都出差有好久了。"

"她昨天打电话来了，说过阵子就回来。"

"哦，"奥莉点点头，缩回手，把头也往被子里收了收，因此传出来的声音闷闷的，"让妈妈给我带礼物。"

我的声音有些发涩，清了清嗓子，才说："好的。"

走到客厅，LW31已经站在墙角充电了，眼睛闭着，一动不动。我把放映机的接口插进它的背部，潮水般的全息图像立刻涌满了整个房间，我关了灯，坐在沙发上，看着四周的场景慢慢上演。

这是LW31白天见到的景象，全被它眼部的摄像头记录，在硬盘里存档。我每天晚上都要拷出来，因为我知道，在以后的无数个日子里，我都要靠这些画面来度过漫漫长夜。

今天也跟以往一样，LW31把奥莉送到学校后，就到专为机器人保姆准备的等候室等待。

整整一天的时光，它都待在里面。它没有时间概念，闭上眼睛，全身的大部分元件停止运作。画面也停顿了一下。它再睁眼的时候已经是

下午了，画面透着淡淡的金黄色，教室的门口跑出许多小孩子，各自寻找着自己的机器人保姆。

奥莉跑过来，拉着LW31的手，在人群熙攘的校园主干道上走着。夕阳挂在一排排树后面，树叶切割着阳光，让一块一块的金黄落在奥莉头上，和她头发的颜色混在一起。

一个小男孩从后面追上来，站在奥莉面前，微微喘气。

"嗨，吉姆。"奥莉挠了挠头，"有什么事情吗？"

吉姆似乎有些紧张，低着头，用脚碾着地上的落叶。过了一会儿他才抬起头，鼓起勇气说："周末我家里要办一场派对，我想请一些朋友，你会过来吗？"

奥莉歪着头，想了想，刚要说话，就被LW31的假咳嗽声打断了。

"哦，我不确定，要问我的爸爸。"奥莉说，语气带着遗憾。

吉姆摊摊手，说："我很希望你过来。"

这时，一个身形苗条的机器人跑到了吉姆身旁，娇俏悦耳的电子女声响起："吉姆，该回家了。"

"我就是她爸爸！"LW31连忙抢上前，对着吉姆，眼睛却落在了女机器人身上，斩钉截铁地说，"放心，这个周末我们都会过来的。"

分开后，奥莉和LW31不紧不慢地走着，彼此沉默。到了街角，奥莉突然说："LW31，你真厚脸皮。"

"哦。"它淡淡地回答，牵着奥莉的手，穿过街边的树荫下。

夕阳把他们的影子拉得很长。

我将画面定格，全息影像里的奥莉停在我身前，她笑容绽放，眼神清亮。

身后突然传来了LW31的声音，"先生？"

"嗯？"我没有回头。

"您在哭吗？"

"我没有。"我关了放映机，站起来，与它擦身而过的时候，一滴液体从眼角坠到地上。

2

奥莉停在一个摊铺面前，看看上面摆着的绒布娃娃，又扭头看了看我和LW31。

我提着满手的购物袋，已经累得走不动了，喘着气，没说话。

LW31也是浑身挂满了奥莉买的衣服和玩具，但气定神闲，到我身边，只说了一个字："买！"

"买你个头！"我喘匀了气，指着我们浑身的袋子，"本来只是给奥莉买衣服去参加派对的，结果——我已经花完了这个月的工资！"

"不是还有信用卡吗？"

"把你卖了更好！"

LW31俨然想了想，"奥莉喜欢的东西总能不买——那我去吧，我下载一个购物插件，把价格还下来。"

"好，但你只能下载免费版。"

它将自己接上全球网，几秒后，身体发出滴的一声响，表明它已经进入了购物模式。仿佛是变脸，它那四方形的脑袋上，立刻堆出了一个极尽谄媚的笑容，上前亲热地叫了一声："奶奶！"

60多岁的摊主，被这声深情呼唤吓了一跳，结巴道："你……你要买什么？"

"我想买这个娃娃，多少钱啊奶奶？"

"700联盟币，这不是标着吗？"

"卖我们便宜一点吧。300，你看怎么样，大妈？"

"额，它是从奥斯星系引进过来的，皮质……手工艺品……不过看你这么实诚，500联盟币就卖给你了！"

"今天买了，我们下次还过来买，薄利多销嘛。大姐，实在不行，我们给你再加50！"

"算了算了，不为难你，亏本卖给你，450！"

"那就好人做到底，小妹，400成交！"

"东西你拿走！"摊主眉开眼笑，脸上的皱纹舒展开来。她握着LW31的手，仿佛引为知己，东西买完后还不舍离别。

奥莉一手抱着娃娃，一手拉着LW31，把我这个正经爸爸落在一边。可恶的LW31居然边走边说："奥莉啊，记住，钱是省出来的，省一币，肯定比挣一币简单。像你爸爸，还价都不会，怎么会过日子呢？"

正走着，前方突然传来一阵喧哗，人们迅速围上去，议论声此起彼伏。显然是有人在吵架。

早在奥莉还是婴儿，听不懂说话时，我和LW31就严肃讨论了对她的培养方法。我们一致认同，务必让她远离一切脏话，健康成长。为了这，我被LW31逼着戒掉了陪我几十年的粗口。

所以，一看到有人争吵，我和LW31对视一眼，同时拉着奥莉往回走。"人家也要看热闹……"她不满地咕哝。

但这次显然没有来得及。刚走两步，身后突然传来了一声"去你妈的"。在嘈杂的人声你，这4个字格外分明，在空气中翻滚，落到我们耳中。

我和LW31加快步伐，希望奥莉忽略这句话，但——但奥莉突然仰着头，问："咦，这句话是什么意思呢？"

我的心一紧。

"这句话是很有礼貌的问候。"LW31愣了不到一秒钟，随即开口说，"他们俩可能是好朋友。好朋友之间，要经常去对方妈妈的家里拜访。"

"哦……"奥莉若有所思地点点头。

我赞许地看了LW31一眼，它回我一个"一切交给我"的得意表情。

"你给老子等着！"身后又是一声怒喝。

这次，不等奥莉发问，LW31就解释说："老子，就是爸爸的意思，是古汉语方言。他是说，既然你要到我妈妈家里拜访，我爸爸就会恭候你来。"

"等就等，你个狗娘养的要是不来，我就……"

"哦，这个意思呢，就是说、说——可能，就是——"LW31停了一下，脑袋里传出飞速运转的嗡嗡声，说话断断续续，"好吧，就是说——你问你爸爸吧，他知道，他以前最经常说这句话。"

奥莉清澈的眼睛望向我。我一阵窘迫，连忙抱起奥莉，快步离开。身后的喧嚣像潮水一样涌去。

3

穿着新买的衣服，奥莉漂亮得像是一个天使。我和LW31分别牵着这个天使的手，来到她同学吉姆的家里。

这显然是一个富裕家庭，住在高档社区里，有精致的花园，森严的保卫。但我们一点都不自卑，因为我们有奥莉。

我们到的时候，派对已经开始了，屋子里传出一阵阵儿童的欢声笑语。我按开门铃，吉姆的父母迎接我们进去。一路上，他们对奥莉赞不绝口，确实，奥莉是班上最精致可爱的女孩儿。她宠辱不惊，一直保持着矜持的微笑。

我和LW31感觉脸上有光，不停地客气，但脸上的笑容怎么也隐藏不住。

到了屋内，其他家长也围了过来，我给奥莉使了个眼色。她心领神会，把包装好的礼物拿出来，双手递给吉姆，说："这是我们特意买给你的，希望你喜欢。"

"哎呀，这孩子真乖巧。"其余家长也纷纷夸赞。

"还买礼物……"吉姆更是欣喜，接过礼物，"谢谢你，奥莉。"

"是应该的。我老子常常教我，要经常去你妈的。"

我和LW31的笑容顿时凝固，四周的欢声笑语也像被刀割断一样戛然而止。所有人的目光都汇聚在奥莉脸上。她对周围的变故浑然不觉，继续朝着所有人微笑。

"哈哈哈哈哈……"LW31大笑一声，打破这诡异的寂静，说，"刚才发生了什么吗？我这个能接收全频声波的耳朵什么都没听见啊。"

惊愕平息后，派对恢复了正常。奥莉被孩子们拉去玩耍，LW31则去找那个身形苗条的机器人保姆。我端着酒杯坐在沙发上，听男人们讨论政治，偶尔插上一句。

我的目光始终落在奥莉身上。院子里阳光正好，她在奔跑，小小的裙角飞扬起来。几个女孩子追逐着她，但都比不上她的身姿灵活。清脆的笑声和阳光融合在一起，洒满了我的整个世界。

我一直看着她，所以，她摔倒的全过程都看在我眼中。

她没有被绊倒，是跑着的时候突然失去了力气，身子向前扑去，摔倒在一片草坪里。

"咣当"，沙发被带倒了，酒水洒了一地，同时响起的还有人们的惊呼声。但我顾不上了，飞奔向奥莉，LW31也从另一个方向跑过来。它比我快，抱起了奥莉，但这个天使在它怀中软绵绵地躺着，头发垂成了一道金黄的瀑布。

LW31无助地看着我。

"送医院！"我大喊，"别他妈的愣着了，送医院！"

4

从医院回来后，奥莉在家里休养几天。她躺在床上，脸色苍白，我和LW31轮番照顾她。

LW31给她放映整个银河联盟的版图，告诉她哪颗星星上住着哪个种族，发生了哪些稀奇古怪的事情。在LW31的讲述中，疆域无限的联盟变得生动鲜活，我很多次站在门口，看到奥莉被LW31逗得笑起来，脸上泛起红晕，眼中流露出神往。

有时候讲得晚了，LW31就会催促奥莉早些睡觉，"医生说你这次生病，就是营养不良，需要多休息。"

奥莉自然不依，但也没有办法，盖好被子，在我的亲吻过后乖乖入睡。

"爸爸，"有一次，我刚俯身去吻她的额头，她突然睁开眼睛，说，"你最近都不开心，是因为我吗？"

"你不要多想，早点儿休息。"

"爸爸，我都看出你不开心了。放心，我会很快好起来的，然后和爸爸还有LW31一起快乐地生活！"

"还有妈妈。"我提醒道。

然后我走出她的房间，在关上灯的前一瞬间，她再次叫我，"爸爸。"

"嗯？"

"其实我知道妈妈在哪里的。"

我的手停住了，指尖触到冰凉的灯开关，再也不能移动。

不知过了多久，可能是一分钟，也可能半个小时，我才反应过来，手指按了下去。啪，灯光如潮水般退却，黑暗涌过来，将一切表情和眼泪遮盖。

5

我准备带奥莉去探亲，一个远方亲戚。这个想法在我的脑海里存在了很长时间，奥莉这次生病，让我觉得是时候了。

但LW31显然很不乐意，因为我并不打算带它去。

"你听我说，我这个远方表哥呢，不是太喜欢机器人。你过去的话，他会不高兴的。"我解释说，"虽然你领导了机器人解放，但这种对机器人存在偏见的根深蒂固的观念，暂时还没消除。"

LW31郁闷地摇晃着头，好半天才说："那奥莉要交给你照顾了，你毛手毛脚的，别给她吃过敏的东西，别让她着凉……"它絮絮叨叨地说着，事无巨细，最后听得奥莉都不耐烦地鼓起了小脸，它才停下来，咕哝了最后一句："以前也没听你说过有个远房表哥啊……"

我抱着奥莉，在LW31不舍的目光中，踏上了去往纽约的洲际列车。

奥莉像个温顺的羊羔，趴在我肩上，向着身后人群里的LW31挥手。她有点儿无精打采，歪着头，脸贴紧我的脖子，有些冷。

"永别了，LW31……"我听到她轻声的呢喃。

我浑身一震，扭头看向奥莉，但她似乎睡着了，只有温热的气息在我脖子上起起落落。

可能听错了吧。在洲际列车的呼啸声中，我这么想着。

到了纽约，一辆悬浮车过来接我们。

奥莉一直在沉睡，我抱着她坐在车后排，扭头看向窗外。司机也没有说话，专心开车。一栋栋高耸入云的建筑掠过，其他悬浮车井然有序地行驶。纽约的交通状况不太好，尽管通道一直在优化，但到达那座院子时，也已经是黄昏了。

一个穿白衣的人出来迎接我们。

"我想着你也快来了。"他看着我怀里的奥莉，眼神有些悲悯，"放心，我一切都给你准备好了。"

我感到无比疲惫，挥挥手，没有说话。

接下来的几天，我和奥莉都生活在这座院子里。它是封闭式的院落，高墙隔开了外界的喧哗，但阳光能照下来，洒在一片正开得绚烂的花圃上。

白天，我牵着奥莉的手，在花圃里漫无目的地行走。我们彼此交谈很少，似乎没有了LW31，我们之间就生疏了不少。她经常会站在花朵前，长久地凝视，而我站在她身后。

夜晚，她睡在洁白素雅的房间里，我照例会吻她的额头，对她说晚安。她入睡的时间一天比一天早。有一次还是黄昏，淡淡的斜晖透过窗子照在她脸上，她就已经沉沉地入睡了。

几天过后，我向这里的主人告辞。我是在晚上离开的，以为奥莉睡着了，但回望的时候，看到她小小的头从窗后面探出来。她看着我，向我摇摇手，几束洁白的花在窗下招摇，夜风掠起她柔软的头发。

这里的主人叹了口气。

我转身离开，在院子大门合上的前一秒，忍不住再次回头。我看到奥莉依然在向我无声地告别，门缓缓地合上，她的脸沉在一片黑暗里。

6

"什么！"LW31的声音充满惊慌，"奥莉失踪了？！"

我点点头，"嗯，逛街的时候人太多，我一转身她就不见了。但我已经报了警，警察应该很快就会帮我们把她找回来。"

LW31的芯片似乎无法对这个信息进行正确的处理。它后退几步，

四四方方的脑袋向四周乱看，似乎奥莉随时会从某个角落里冒出来。

"先生，可是……可是您为什么会把她搞丢呢？"过了很久，它才战战兢兢地开口，"奥莉是您的女儿，是我的公主，您应该用生命保护她啊！"

"我也不想……她会回来的，警察很快就会找到她的。"我疲倦地走进卧室，蒙着被子，陷入沉沉的睡眠中。

从那天起，LW31就守在小区门口，看着地面和空中的街道。每当警车驶过时，它都会分外紧张地站起来。但警车没有停留，它们掠过LW31的视线，继续远去。它又失望地坐下，在一片灰尘和喧嚣中继续等待。

我没有拦着它。我知道，如果连等待的机会都不给它的话，它的芯片和处理器，会像被风吹了几个世纪的岩石一样迅速腐朽的。

大概一周之后，它从街边站起来，拍拍身上的灰尘，回到了家里。

"嗯嗯，这样才对，我们要相信警察。"我拍拍它的肩膀，满意于他的回心转意，"日子还是要继续过下去。"

"不，先生，"它沉静地与我对视，"我决定去找她。"

我有些生气："你要是哪里出了问题，我就带你去修，但你别发疯！"

它纯黑的眼睛里闪着一些光，不知道是因为屋子的灯光映照，还是它体内金属发热。它用这种带着微光的视线看着我，长久地凝视，这一刻，它与奥莉站在花前的样子重叠起来。

我在它的视线里后退几步，撞到桌子，用颤抖的手扶住。

"先生，你会跟我一起去寻找吗？"它问，"无论她在哪里，我们都一起把她找回来，好不好？"

我摇摇头，"我相信警察，他们会帮我……"

"哦，或许您是对的。"它向屋外走去，到门口时又回头，"为什么您一点儿都不着急呢，您的心跳很慢，情绪并没有很大的波澜……"

它还没说完，我就扑了过去，掐住它的脖子，厉声喊道："谁说我不着急！老子在很多年前就开始着急了，你是机器人，你懂什么，你从来都不知道看着你爱的人一个个离开是什么感觉……"

它并没有因为脖子被卡住而不适。它用没有表情的脸对抗着我的挣狞，既不回应，也不远离，直到我失去力气。

"先生，我懂的，所以我要去把她找回来。"

LW31走后，我的生活彻底陷入了沉寂。

原来充满了欢声笑语的屋子，现在走在客厅里，脚步声能够一直回荡到午夜。我把以前从LW31身上拷出来的视频播放出来，奥莉的身影在屋子里晃动，只有这样，我才能够感受到这里曾是一个家。

至于LW31，我并不担心它的安全，它曾经领导过声势浩大的机器人反抗运动。我同样也不担心它会找到奥莉。我想它会寻觅一段时间，或许会吃些苦头，但最终它会无功而返，跟我一同生活下去。

我只猜对了一半。

几天后，我接到了一个电话，里头是惊慌的声音："不好了，奥莉不见了！我们一大早起来，就找不到她了！"

"哦，"听到这个消息，我没有过多的惊讶，"不用担心，我可能知道她在哪里。"

挂了电话，我在屋子里等待。

果然，没过几个小时，我就听到了屋门打开的声音。但没有人进来。我向门口望去，看到了站在门外的LW31。

几天不见，它已经脏得我都快认不出了，身上布满了褐色的污渍，似乎在下水道里待过很长时间。它的头上有很多磨损痕迹，像一块块癞斑，让它原来经过精心设计的金属美感荡然无存。最惹人注意的，是它的腹部——有一块金属深深地凹陷进去了，不知是被石头砸过，还是因为有车轮碾过它的身躯。

它就这么脏兮兮、破烂烂地站在门口，既不进来，也不说话，看着我。

它的身后，站着一个同样脏乱的小女孩。

"先生，跟我谈谈吧。"

奥莉睡熟后，LW31把她卧室的门关上，来到我面前。

"LW31，我知道你是觉醒的机器人，你曾爱过其他的机器人，你对奥莉的感情更像是父爱，你跟我，是友情。"我坐在沙发上，按着太阳穴，"对于人类感情里的爱，我相信你能理解。"

"先生，我不明白你在说什么。"

我自顾自地往下说，"但是，爱并不是构成我们人类生命的全部。"

"还有恨吗？"

"不，恨并不重要。如果一个人的生命里，恨哪怕占了百分之一，他也是可悲的。"我摇摇头，"我告诉你，人类一生中离不开的，是爱与死。"

它不再说话。

"你们硅基生命里，死亡并没有什么意义。通常来说，死亡是衰老带来的，人类的脚步已经踏入群星，但依然不能阻止衰老。你们比我们更能够对抗岁月，只要保养得当，你们能够无限期地活下去，而且不断获得更新，你们会活得更好。而对于我们，死亡是永恒的沉睡，是对所有爱着的人的告别，死亡会让人的身体和精神都消失……LW31，你现在懂了吗？"

"我不懂，"它摇摇头，犹豫了一下，又说，"但是我害怕。"

"而死亡，是我们无法抗拒的。人从生下来，就注定了要死亡，要离开所有人。"

"先生，您别说了。"

"死亡，又同时伴随着悲伤。他爱的人，和爱着他的人，都会悲伤。所以，为了不被感染到悲伤这种情绪，我们在一个人死前，会做出一些欺骗的事。"

LW31呆住了。以它的处理能力，应该能够推断出我接下来要说什么了，但它的芯片在拒绝接收这个推断。这一刻，它已经没有了要找我谈谈的汹汹气势，反而脚步虚浮，身体里冒出嗞嗞的电流声。

为了防止这种矛盾的情感处理让它短路，我直接说出了它的推断——

"奥莉得了绝症，很快就会死。"

当我得知这个消息时，奥莉还是一个婴儿。

奥莉躺在恒温襁褓里酣睡时，医生就告诉我们，奥莉的整个胸腔发育不完善，随着年龄的增长，到七八岁时，脏器会全部萎缩。而那时她的身体不满足进行大面积的器官移植的条件。

当初医生劝我放弃养育奥莉，将她交给福利院。但当我抱起她，与她那双澄澈的眼睛对视时，无论如何都让我狠不下心把她放进一个陌生的襁褓里。

我决定给她一个正常的人生。

更糟糕的是，这是一种遗传病。我的妻子也在一年前，因这种病去世了，奥莉发病更早，甚至熬不过童年。妻子去世的事情，我瞒着所有人，包括奥莉和LW31。

"你找到奥莉的地方，是一个私人医院。很早以前我就定好了位置，等奥莉的脏器开始萎缩时，将她送过去。她会得到最好的照顾，度过最后一段平静的时光。"说着，我感觉脸颊上滑过了什么东西，有些温热，有些痒，"我想瞒着你，不想让你悲伤。所有这些难以忍受的情绪，我一个人承担，而我已经承担很多年了。"

"先生，"LW31的身体以别扭的姿势半蹲着，与我平视，"这些年，真是委屈您了。我一直以为只有我在保护奥莉，但您，却在一直保护着我和奥莉。您说得对，我对死亡并没有感性的认知，但我知道活着——活着本身就是幸福的事情。奥莉还有多少时间呢？"

"3个月。"

"已经够了。先生，活着的每一秒都是珍贵的，我想，我们用剩下

来的时间，让奥莉高兴起来吧。"

7

当奥莉听说我和LW31要带她去联盟的星系旅游时，她高兴地跳了起来。

我们制定的是联盟经典旅游路线：从仙女座75号行星，一路行至人马螺旋臂科尔斯星，为期两个标准月，途经37个星球。其实奥莉很早就想进行这种旅行，只是限于资金和奥莉的身体状况，我一直没有答应。

但LW31说得对，既然死亡在对岸遥遥相望，那这最后一段旅程，为什么不走得更开心一点呢？

飞船从地球出发，驶入群星。在进行跃迁之前，奥莉趴在舷窗边上，眼眸中星辰流转。

尔后，飞船进行了超空间跳跃，所有景象消失在视线里。

我们带着奥莉在联盟星球上旅游，有些是人类殖民星球，有些则是外星人的居住地。有的星球全由气体构成，透过观光舱的强化玻璃，我们能看到狂暴的飓风席卷一切。奥莉被吓得捂住眼睛，但又忍不住透过手指缝偷看。还有反重力瀑布，顺着水流，能一直向黛色的天空漂去。在星球内部的城市，由于引力平均，奥莉拉着我和LW31的手，可以欢笑着跳舞……

直到她昏倒在伊诺星球的观海平台上。

医生说："以奥莉的身体状况，只能冒险进行多脏器移植了。"
我知道已经没有余地，只得同意，问："那，成功的概率有多大？"
"这个不好说，但比起看着奥莉走向死亡，动手术总是一种希望。"
我在手术协议上签了字。

我和LW31坐在空旷的等候室里，彼此都没有说话。灯光照下来，这个房间有一种白得让人受不了的清冷。我去买了包烟，点燃，深吸一口，烟燃了接近一半。

"先生，这里禁止吸烟，而且这种古老的习俗一直对人体……"它试图劝我，但停顿了一下，"算了，您抽吧。"

"你要不要来一根？"

它点燃了一根，放在嘴里，但由于无法吸气，这根香烟只能自顾自地寂寞燃烧。

"为什么你们人类喜欢抽烟呢？"

"我也不知道。我已经很多年没有抽过了，现在都抽电子烟，像这种烧烟草叶的烟，很贵的。"

"很贵你还买。"

"但是我想看看一根烟燃烧到尽头的感觉。你看，这个火光从头开始燃烧，一路烧到烟头，留下的都是灰烬。我有时候搞不懂，这个过程有什么意义，但有时候又觉得这么燃烧下去，也很好，就像——"

正说着，手术室的门打开，医生走了出来。

8

奥莉的葬礼定在一个周末。

下午的时候，下起了雨，不大，只是丝丝雨幕笼罩了整个墓园。LW31穿着专门给它定制的西装，上装和裤子都被撑得肥大而方正，加上它银白色脑袋与正装形成反差，看上去不伦不类的。细雨打湿了这身衣服，它一直在小声抱怨，直到我递给它一柄伞。

许多人参加了葬礼，一整天我都在致谢，弄到后来已经忘了有谁来过。但印象最深的，是吉姆——那个曾邀请奥莉参加派对的小男孩。他

把花束放在墓前，走过来，冲我遗憾地耸耸肩，说："真可惜，我还没来得及跟奥莉告别呢。"

这句话让我鼻子发酸，扭过头，忍了很久才恢复正常。当我打算谢谢他时，他已经被父母牵着，走远了，雨幕中只有一个黑色的影子。

到了傍晚，人都走得差不多了，我和LW31沿着墓园边的小河往回走。不知是上游谁在放河灯，纸船顺流而下，烛光摇曳。我们不紧不慢地走，与纸船同速。

天慢慢地变黑了，两岸亮起了灯火。

河边生了不少水草，有些纸船被水草缠住，就此停下。没走多久，河面上就只剩下一只孤零零的纸船，漂流而下。

"最终，我们所爱的人都会一个个离开我们吗，LW31？"我看着它，喃喃自语。

"是的，"它点点头。夜色降临，黑暗铺天盖地涌来，"但我会陪着你，先生，一直到这条河的尽头。"

我转头，看到幽深的河面上，漂来另一只纸船。它原本已经被岸边水草纠缠住，但水流助它冲开缠绕，在水面倾轧，追逐寒潮向东而去。

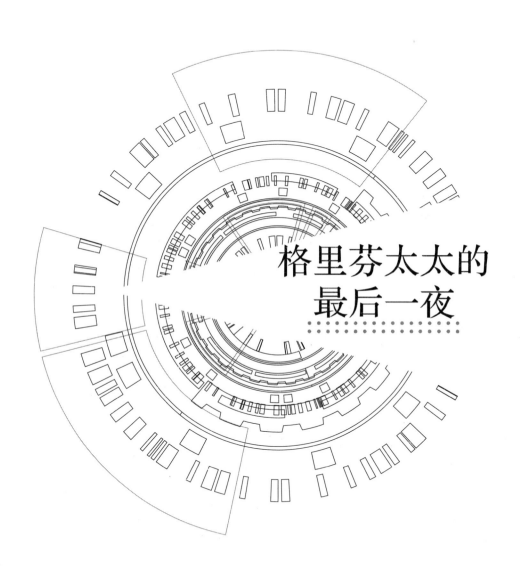

格里芬太太的
最后一夜

家用型机器人LW31端着晚餐走进卧室时，看到格里芬太太正试图把一根绳子系到吊灯上，但她太老迈了，眼睛浑浊，两手颤抖，试了好几次，绳子都绕不到吊灯上。

　　"需要我帮忙吗，太太？"LW31放下餐盘，走到格里芬太太身旁，礼貌地问道。

　　格里芬太太按着腰，喘了口气，把绳子放到LW31手上，"帮我把它系在吊灯上。"

　　LW31启动开关，腰部的螺轴向上扭动，它的上半身抬高，碰到了天花板。它一边系一边问："您要做什么呢，太太？"

　　"我想结束这不幸的一生。"

　　"哦，那我得把两头都系上。"LW31点点头，没有再说话了。它把绳子的两头都系在了吊灯的曲形灯托上，两手拉了拉，觉得绳子足够牢固，便转过头，"太太，已经系好了，您可以过来了。"

　　格里芬太太好不容易喘匀了气，走到吊灯下，LW31给她搬来了椅子。她颤巍巍地爬上椅子，觉得周围都在晃动，LW31适时地扶住她。尽管已经被使用了长达65年，很多地方都已经锈蚀，但它的机械臂依然沉稳。它一手按着椅子，一手扶着格里芬太太的腰。

　　格里芬太太站稳了，把头伸过去，绳子勒到了她的脖子。

　　"等等，太太，我想问一下，"LW31的声音古井无波，一如往昔，"您为什么要选上吊这种方式结束生命呢？"

　　"因为它很有效啊……而且身体这样吊着，看上去不太糟糕。"

　　LW31"哦"了一声，抬起头。它的头是一个黑色玻璃罩，上面被刀子划出了深浅不一的五官，组成了笑脸，但被划成这样后又经历漫长岁月，这些刻痕已经变得模糊，以致面罩上的笑容显得古怪而生硬。它说："那么，我的太太，您犯下的错误跟古代人以为地球是宇宙的中心一样。事实上，这是最不体面的方式，一旦蹬开椅子，您的体重会让气管瞬间破裂，颈椎移位，不像电影里演得那样，您没有挣扎的机会，一瞬间就会窒息。但麻烦的是死亡以后发生的事情。"

格里芬太太坚定地摇摇头："你不要再劝我了，我不会改变主意的。"

"吊上去之后，您的眼球会像灯泡一样凸出来，脸上会被憋得通红，要是在10个小时内没有人把您放下来，您面部的血管会全部崩裂，脑袋就跟破裂的番茄一样。最难看的是，身体的自身重量会让您脱肛，到那时大小便全部溢出来……"

两分钟后，格里芬太太艰难地爬下了椅子，坐在床边，抽泣不止。

"您为什么要结束生命呢？"LW31走近，疑惑地问道。

"我突然想到，爱我的人已经全部离开，只剩我一个人孤苦伶仃地活着。我想在今夜了结，这个想法越来越强烈……没有人爱我了，我活着有什么意思。"格里芬太太从兜里掏出一张照片，苍老的手指拂过，透明屏上便显示出一个个人影，"自从儿女去世后，我已经一个人生活了25年，现在我连一天都忍受不了了。"

"跟我说说那些爱您的人吧，太太？"LW31说，"您说完后，我可以协助您结束生命。"

窗外漆黑一片，这个夜晚无比漫长。格里芬太太止住眼泪，手指按在照片屏上，定格的，是一对年轻夫妇的合影。

    放下电话，她有些发怔。肚子里的小家伙怕是在动，一阵隐痛传来。

    他深夜才回到家，天很冷，他呵气都像是吐着冰渣子。手冷脚冷，他钻进被子里，蜷了好一会儿才缓过来。

    她没睡，说："又回来这么晚？"他好容易将身子骨暖和，

寒意消减，睡意渐长，迷糊地回答说："是啊，加班。还有，这周的工资发了，350联盟币，已经存进……"说没说完，他就合上眼皮，沉沉睡去。

她却睡不着。

这已经不是他第一次撒谎了。

5个月来，他每天晚归，身上还时常带着酒气，进屋就睡，问他，只说是加班。但他只是个AI公司的普通运货员，又怎会总是加班呢？她刚刚给他的头儿打电话，得到的答案是，公司一直没有加班。而且，5个月前，他的工资就涨了，是500联盟币，而不是350。

那些被隐瞒下来的钱和时间，成了她的心病。但她是个骄傲的女人，从未逼迫他说出真相，尽管他每撒一次谎，她的心就凉一些。

他照常上班，她在家里休养，胎儿已经9个月了。

她的家逼仄阴暗，很多时候，她都搬着椅子坐到街道旁。路边种了很多梅花树，阴冷天气里，枝条炸开一溜儿红花。她坐在树下，等他回来。车辆来来往往，悬在半空，在她的视线里划来划去。

那么多空闲的时间，她是靠回忆来打发的。她和他相识于这棵梅花树下。那时，她还是衣食无忧的千金小姐，浑身穿戴着奢侈品，开着名车，路过这里时，莫名地被红梅吸引了。或者说，被站在梅树下的他吸引了——雪铺了满地，红梅惹眼，他站在那里，像是漫天的雪都比不过眼前的一簇梅。

她停好车走了过去，站在他旁边。他笑了，笑容里盛满了温暖。他折下一枝梅花递给她，说："我刚才还在怀疑，这个冬天有什么会比梅花更美丽呢？但现在，看到了你，我知道了答案。"

于是，她爱上了他。

同所有旧时代的爱情故事一样，这份爱情遭到她父母的强烈反对。他父亲本来打算安排一场商业联姻。此时，父亲暴跳如雷，打她，骂她，收走她的包和车，冻结她的银行卡，把她关在家里。但都没用，她执意要嫁给他。最后，父亲精疲力竭地叹口气，挥了挥手，对她说了一个字：滚。

她花了很长时间才适应结婚后的生活。他开货车，给各地运输机器人，工作很累，薪水却很低。她从小就锦衣玉食，但为了跟他在一起，她全身心投入到油盐酱醋里。学做饭时，她不小心切到自己的手指，血洇开，当时就把她吓哭了。他听到哭声，跑到厨房抱住她，连声说："你再也不要进厨房了！做饭的事交给我，别再伤着自己。"

但现在，他变了，学会了撒谎和藏钱。偶尔身上还带着酒气和香水味。谁都知道这意味着什么。她付出了青春，放弃了富贵的生活，熏黄了手指，皱了眼角，却只换来他渐行渐远的背影。

想着这些，她就会在梅花树下落下泪来。

下班后，他的头儿叫住了他，说："昨天你老婆给我打电话了，说你天天晚上都回家很迟。她大着个肚子，不容易，你早点回家陪陪她。"他连忙点头，说："是是是！"

出了公司，他没回家，而是走到了城中心的一家夜总会门前。早有人等着他了，还抱怨说："怎么才来啊，快，王老板喝醉了，你送他回去。"他唯唯诺诺地弯腰，钻进一辆飞车，发动引擎，飞向指定的地点。

这就是他每晚要做的事情——给夜总会的客人开车，送他们回家。他向夜总会老板求了很多次，才谋来这份兼职，送一次客人，相应可以获得10联盟币的报酬。那些老板，大多数时候都喝醉了，一身酒气。有时候，老板们不愿回家，而是搂着衣着暴露、喷满香水的女人，前往宾馆。这些他都不介意，只要能挣着钱。

而他所做的这些事情，没有告诉她。

他想给她一个惊喜。

5个月前，他去运货，签发的时候，负责人告诉他，这是LW型新款家用机器人，家里所有的杂事，它都能搞定。他笑笑，问："那照顾婴儿呢？"负责人用鼻子喷出一口气，说："别说婴儿，这款机器人，使用期限长，能把一个人从小照顾到大，直到生命终结。"

这句话让他动了心。

她笨手笨脚的，不擅长家务，更别说养育小孩子了。要是有机器人帮忙，他就不用每天上班时惦念着她了。接着他又问了机器人的价格，买一台这样的机器人需要2万联盟币。这不是一笔小数目。

所以这几个月，他一直在外面奔波。按照他的算法，5个月的剩余工资，3000联盟币，加上每晚额外挣100，到现在总共有了18000联盟币。孩子就快出生了，得加紧点儿干活。

这一晚，他载了一对男女去酒店。一路上，男人的手在女人身上不停地摸索，女人发出痴痴的笑声。他毫不在意，只顾开车，酒店不远，霓虹灯在低空闪烁。

"有人在呢！"女人到底有些害羞，男人不高兴了，嚷嚷说："有人？你怕什么。"说是这么说，但男人还是抬头，看了看他的背影，目光落在车窗上的照片上。

照片上是一对男女，他和她，俱喜颜，她把头靠在他肩上，他温柔地看着她。背景是一簇凌雪怒放的梅。

男人怔了怔，"这照片……"

他抬头看了照片一样，语气有压抑不住的喜悦："是我和我老婆。很漂亮吧，呵呵，我的福气。她怀孕了，怀的是个女孩儿，长大了肯定跟她一样漂亮。"

"那你怎么不在家里陪她？"

"我得挣钱，给她买份礼物。一个机器人，有了它之后，她就不用每天干活了。"

男人沉默了。

女人刚才也只是欲拒还迎，此时看男人真的不摸了，心里纳闷，把男人的手拉过来。男人却抽回手，点了根烟。烟雾在狭小的车厢里环绕。一支抽尽，男人缓缓开口："别去酒店了，送我回家吧。"

女人问："去你家？我不上门的……"

"你现在就可以下去。"男人拿出转点器，按了几个数字，把女人的手指放在屏幕上，联盟币传了过去。

女人下了车。他继续开着，到了男人家，一个面容平庸的女人出来，给男人接了大衣，说："你不是说今晚要开会吗？"

"不开了。什么会都没有你重要。"男人摸着女人的头，怜爱地说。

他看着这一幕，心里翻滚起一些莫名的情绪。他笑笑，启动引擎，慢慢驶出这个豪华小区。他突然很想她。他今晚不想再挣钱了，想早点儿回去陪她。她一个人在家，家里很冷，她冷的时候会搓手，会皱着鼻子。那个样子很可爱，那个样子是他一生的牵挂。

他笑着想，今晚一定要用自己的手包住她的手，慢慢地搓，直到温度从血液里升起来。

他心里想着事，就没有留意到两边。一辆失控的飞车从悬浮轨道上翻下来，从右边撞到了他的车。两辆飞车翻滚着，自高空坠下，爆炸，绽放成两朵艳丽的花。

她睡得很迟，一直在等他，可他迟迟没有回家。她干脆起床，来到街边，站在梅花树下。他回来的话，一定会路过这里，到时候，他会看见梅花下的她，一如彼时初见，人面梅花相映。

夜寒如水，她裹紧了衣裳。她决定原谅他，不管他做了什么事。他是她在这个世上唯一的牵挂。这样打算着，她笑了起来，她想，到时候，他一定会握着她的手，来回搓，让温度从血液里

升起来。

　　她就这么等着，看着街的尽头，希望他会从那里出现。在她头上，夜色里，一簇梅花正开得灿烂。

　　"对不起……我很遗憾。"LW31歉意地低下头。

　　格里芬太太摇摇脑袋，说："不关你的事……我妈妈是个苦命的人，生下我后，不久她就去世了。但她也是个幸福的人。后来她还是用那笔钱把你买回来了，说明她没有怨恨任何人。"

　　LW31顿了顿，把手放在格里芬太太肩上，说："接下来您想做什么呢？"

　　"吃安眠药吧，那样没有痛苦。"

　　"好的。"LW31答应道，"只是，目前我们有两个问题。"

　　"你说。"

　　"第一，过量服用安眠药之后的48小时内，您不仅不会睡着，还会出现胃痉挛、腹痛、口吐白沫等症状，这是因为您身体的各个器官都在行使中毒后应激功能。很多服用安眠药结束生命的人，最后都因为忍受不了疼痛而打电话求救……太太，我不认为您会愿意承受那种痛苦的。"

　　格里芬太太闭上眼睛，过了好半天，才颤抖着嘴唇，"我只是想离开这个世界。只要离开时不那么难看，就算口吐白沫，你也会为我打理的是不是？"

　　"当然，我的存在就是为了给您提供服务。"

　　"那就好。"格里芬太太点头，"至于痛苦……我这一生，承受了太多痛苦，早就麻木了。你打开抽屉看看，现在还有多少安眠药？"

　　"太太，这就是第二个问题了。我们的安眠药所剩不多。"LW31打开抽屉，拿出药品，晃了晃，"一共17片。这是处方药，药店一次最多卖20片，以您的体质，可能需要86片。"

　　"你不能出去替我买吗？"

"太太，您可能忘了——现在大移民已经开始，人基本上都走完了，外面已经没有药店。"

格里芬太太叹口气，灯光照在她脸上，脸色微微泛黄。岁月在她脸上留下了沟壑。LW31礼貌地说："太太，不如您再给我讲讲，除了父母，还有人爱过您吧？"

"是的。"格里芬太太再次拂过照片，这次浮现出来的，是一个高瘦的青年。格里芬太太看着他，眼角泛出浊泪，多年前的那个夜晚浮在眼前。

深夜。

寂静。

彼得和杰尔森沉默地站在街口。

像这样一条街，

本不应该站人。

像这样一条街，

本不该在深夜还站着两个穿名牌西装的人。

街口破。

街中寒。

街尾暗。

这是城里最破败的一条街，平常都少有人走。它是罪恶之街，无数只眼睛在暗处张着，窸窸窣窣，像涌动的食道，等着猎物进入。

然后吞没，消化，不吐渣。

但彼得和杰尔森站在街口，神情自若，好像一切都那么理所当然。好像这里是他们的家。

彼得很瘦，个子高，站着不动时像一支削尖的铅笔。

杰尔森身材矮胖，活像地上乱滚的冬瓜。

杰尔森在抽烟，深吸一口，火光从烟头窜到烟尾。整支烟都

燃尽了。

彼得问："走？"

彼得吐出浓烟，道："走。"

两人走进黑暗的长街里。

街上的门一扇扇关紧。

风吹过。呜咽，如鬼泣。

街上的人，都不安分。他们身份各异。乞丐的邻居是小偷，小偷的楼上住着妓女，妓女的阳台对面，是经常失手的骗子。

但他们有个共同点——穷。

穷得只能窝在这条破败残旧的街上。

穷是罪，是能把人心浸得冷如冰、硬如石的罪。

所以，通常有人走上这条街，也就走进了乞丐、小偷、妓女和骗子的视线里。

他们曾经骗光了老人的衣服，抢走了小孩的糖果。

每一分钱，他们都不会放过。

但现在，他们不敢打主意。他们关闭门窗，躺在床上，磨牙吮血，却不敢声张。

因为，走在街上的是彼得和杰尔森。

他们不紧不慢地走着，哒、哒、哒，每一步，都沉稳踏实。彼得一共走了659步，杰尔森则走了1315步。

他们在街尾的一间屋子前停下来了。

屋里很黑，没开灯。

但杰尔森听到了呼吸声。

慌乱，急促，像猎人枪口下小鹿的喘息。

杰尔森扬起一丝冷笑。

他们没有找错。

咚，咚，咚。

没有人回应。

杰尔森继续敲门。

咚、咚、咚，单调而沉闷，在浓夜里让人发慌。

"是谁？"里面终于传出了声音，是女人的声音，清脆如铃，却在颤抖。

杰尔森道："是我。"

彼得道："还有我。"

屋里的女人道："你们是谁？"

彼得和杰尔森道："我们是联盟城邦治安管理局探员。"

女人道："你们不应该来的。"

彼得道："可是我们已经来了。"

女人道："难道你们不可以回去吗？"

杰尔森道："上一个想让我们回去的人，现在已经躺在监狱里了。"

女人在屋里叹了口气。

是祸躲不过。

女人打开门。

她看到了矮矮胖胖的杰尔森，也看到了高高瘦瘦的彼得。

彼得也看见了女人。

他不得不承认，这是个很美丽的女人。

评判女人的美丽，有很多种标准。有人喜欢说长相，看重眉眼鼻嘴。有人喜欢看身材，挑剔乳腰臀腿。但无论是谁，只要看到眼前这个女人，都不会否认她的美丽。

因为，无论是相貌还是身材，她都毫无瑕疵。

秀眉、媚眼、琼鼻、樱桃嘴。

丰乳、纤腰、翘臀、修长腿。

完美的结合。

杰尔森看的却是女人背后的房间。

房间很小，墙壁陈旧，但干净，让人看上去有说不出的舒服。屋子里摆设不多，但看得出，每一样东西都经过了主人精心地挑选。每一样东西都在它最应该在的地方。

女人道："你们半夜来我家，要做什么？"

杰尔森道："你难道不知道我们要做什么吗？"

女人道："你们要做什么，我一个弱女子怎么会知道？"

杰尔森道："那你总该知道那条法令吧？"

女人颤抖了一下，马上又镇定下来，道："哪条法令？"

杰尔森把一切看在眼里。他不动声色地把手伸进怀里，掏出一个便携记事本，屏幕在他手指下变化。

一本书在屏幕上浮现出来。

封面是古铜色的，正上方是一行书名。

书名，只有10个字。普通而简单的10个字。

但女人仿佛看到了鬼，脸色顿时变了，大变。

《家用机器人管理修正法》。

一直沉默的彼得开口了。

他的话像他的人一样简洁干瘦："我们收到消息，你私藏了一款LW型号的机器人。"

杰尔森道："而根据《修正法》，所有的机器人都要被回收。"

女人道："我不知道你们在说什么。"

杰尔森道："你肯定知道，你的表情出卖了你。"

女人不说话。

彼得仔细看了她一眼，声音变得温柔，道："一个月前，一台PWR型的家用机器人，趁主人熟睡时，割断了他的喉咙。而死去的人，恰恰是联盟议员。联盟已经出台法案，所有的机器人都要回收处理。"

女人摇摇头，道："我这里没有机器人。"

杰尔森冷笑道："恐怕这不是你能说了算的。"

说完，杰尔森推开女人，走进屋子。

女人撞到墙壁上。

她求助地看着彼得，而彼得低下头，看不清表情。

杰尔森眯起眼睛，在屋子里环视一周。没有发现机器人。

彼得道："既然没有，那我们走吧。"

杰尔森抬起手。他的目光落到了床前，雪白的床单，叠得整齐的被子，床腿是合金制品，一些灰尘散在床腿边。

一个精心整理房间的女人，怎么会容忍床前有灰尘呢？

杰尔森笑了，笑得很开心。

他指着床，道："床下面是不是藏了东西？"

女人的脸色一瞬间变得煞白。

杰尔森点燃另一支烟，道："现在你有两个选择。"

女人连忙点头。

杰尔森道："第一，我把机器人带回去，它被销毁，而你因为私藏罪也得进监狱。"

女人道："求求你，不要把LW31带走。它是我父母唯一给我留下的物品。"

杰尔森道："那你有第二个选择，就是给我5000联盟币，我当作没有看见。"

女人皱起眉头，道："可是我没有那么多钱。你可以把我家里的东西全部拿走，只要把LW31留下就行了。"

杰尔森嘴角扬起一丝笑容，目光从女人的脸上滑下，道："你家里的东西，我会全部拿走，但这些不够。"

女人感觉杰尔森的目光像蛇，湿黏而阴冷，在自己的皮肤上游动。

女人心里一紧。

杰尔森不慌不忙地看着女人。他很欣赏女人现在露出的恐惧神情，这让他得意。

过了很久，他才道："我要你陪我10个晚上。"

女人使劲摇头。

杰尔森惋惜地叹了口气，道："那你跟你的机器人说再见吧。"

他的话还没说完，女人就突然出手。

只要一招。一招，就足以将对方制住。

她在工厂里装配机器，每天的工作，就是伸出手，把底盘卡进机器里。

所以，这一招她已练过4年5个月零28天，她完全有把握相信这间屋子里没有任何人可以抵挡得了这一招。

可这一次她错了。

惊愕在她的脸上渐渐凝固，一只手，一只肥白而有力的手扼住了她的咽喉。

手的主人是杰尔森。

没有人想到，矮胖的他能出手如此之快。

女人哀求道："LW31没有危险，它只负责照顾我已经很久了。我不能失去它，求求你。"

杰尔森道："我会给你机会求我的。对我出手的人，从来没有好下场，你很快就会知道生不如死是什么样子了。"

他没有说假话，杰尔森从来不说假话。所以，如果有一天你碰到杰尔森，他对你说，他要杀了你。那你唯一要做的事情，就是回家去写好遗嘱。

你不能反抗，也无法逃避。因为，他是杰尔森。

女人的脸上布满了绝望。这时，她的眼睛突然睁大了。她看到了一件本来绝不应该看到的事。

一支枪从后面伸出来，抵住了杰尔森的后脑勺。

彼得道："放开她。"

杰尔森道："你要为了她背叛我？"

彼得面无表情，道："我已经不能再忍受了。借着搜查机器人的便利，你已经勒索了近20万联盟币，迫害了7个女人，逼死了19个市民。"

杰尔森道："难道你是个好人吗？"

彼得道："我不是，但我现在想当好人了。"

杰尔森嗤笑道："我赌你不会杀我。"

彼得笑了，道："为什么？"

杰尔森道："因为你不敢杀我。"

彼得按下了扳机。

血，飞溅。

人，倒下。

女人诧异地看着彼得，上下打量。半晌，她眼角流下泪来，道："谢谢你。"

彼得耸耸肩，道："彼得为卿行义事，劝卿切莫把泪流。人间若有不平事，纵酒挥刀斩人头。"

女人点点头，道："只是，你杀了他，而他死在我家里。恐怕我们都要准备逃亡了。"

彼得道："只是，一个人逃亡，会很寂寞。"

女人道："你有什么建议呢？"

彼得深情地看着女人。

在长久的对视中，两个人都笑了。彼得伸出手，道："你好，我叫彼得，彼得·格里芬。"

女人道："我叫雪逸。"

彼得上前一步，抱住了女人。

女人感受着他的拥抱。

他很高。

很瘦。

他的脸很冷。

他的手臂很僵硬。

但他的胸膛是暖的。

"那天晚上，我们花了很长时间，挖了一个洞，把你埋了进去。然后他带着我东奔西逃，直到联盟解体，抓捕我们的通缉令撤销了，我们才得以回来。"格里芬太太回忆起往事，脸上带着笑，仿佛多年前的景象再度浮现。

LW31安静地看着她。

过了好久，格里芬太太才默然叹息，轻轻说："唉，只是好景不长，安定不久后，他就患病离开了。逃亡的那些年，他总是把好东西留给我和女儿，自己却累了一身的病……"

"我记得他，尽管时间不长。他很沉默，很能干，很爱您。"

格里芬太太晃了晃脑袋，试图把悲伤甩出去，说："我要用割脉的办法，你来帮我吧。"

LW31点点头，从抽屉找出薄刃刀。刀锋上寒光流转，仿佛镀上了一层光漆。

格里芬太太把手腕伸出去。刀刃随即压在了她苍老褶皱的脉搏上，寒意顺着皮肤，渗进血管里。她打了个寒战。

"我要开始划了，您准备好了吗？"LW31问。

"好了，你动手吧。"格里芬太太咬咬牙，闭上眼睛，但随即又睁开，颤抖着问，"割脉之后会出现什么情况？"

"那得看我割破的是您的哪条脉搏。如果是静脉，那您的血会随即流出，但不会形成血流成河的局面，因为您体内的血小板已经在伤口处凝结了。而如果是动脉，那您很快会失去知觉。不过，那样的话，血会像喷泉一样喷出来，这分寸很难掌握，我全身都会被血淋到。您看上去，恐怕会是血肉模糊的样子。"LW31不紧不慢地说完，"现在，我可以划了吗？"

"那，有没有别的法子？"

"有。有个很合适您的方法，不过，在告诉您之前，你得再给我讲一个爱您的人。"

照片屏上光影闪动，很快，一个背着行李、笑容明艳的女孩浮现出来。屏上有3条短弧线，这是有声照片的标志，格里芬太太颤抖的手指点在上面，立刻，一阵优雅平淡的声音在房间里环绕。

2335年的冬天，我拖着行李箱，回到了阔别7年的小城。

机场空荡荡的，风从遥远的地方吹来。我的头发在风中飘飞，我的眼睛开始晕眩，我看到天空中的云朵以优美的姿势大片大片地蔓延过城市。我开始明白，当一个女子在看天空的时候，她并不想寻找什么。她只是寂寞。

寂寞是渗进我血液里的情绪，如冰冷的唇，吻在我心尖上。

午夜的出租车并不多，偶尔有几辆悬浮而过，车灯在夜色里划出一道道流光。

我站在路边，看流光曳影。一辆出租车停在我身前，车窗的黑夜退却，露出司机的脸。这是一个好看的男人，他的牙齿很白，笑起来的时候，唇角温柔地倾斜。他有干净的眼神。水一样干净而流动的眼神。

"去哪里？"他问。

我上车，说了目的地。

一路无话。

我把脸贴在车窗上，调稀了色泽，能看到城市以灰暗的面目出现在我眼里。7年了，什么都没有改变，这个小城，依然破旧得让人心里荒凉。

"人们现在都去移民了，回来的倒很少。"司机在前面说。

我点点头，"我也打算走，我申请的是天马星系KG6号行星，已经通过了。"

"那你回来做什么？"

"告别。"

司机于是不再说话。

出租车停在了城北，一栋熟悉的房子前。我下了车，司机却没急着走，停在路边。我想他肯定想对我说什么。但最终，他只是启动了引擎，出租车慢慢滑进夜色里。

我敲门。咚咚声传出去，好像胸腔里寂寞的心跳。

吱呀，门开了，一个机器人的脸露出来。黑色面罩上，有用刀子刻出来的五官，线条稚嫩，组成了奇怪的笑脸。

机器人走出来，接过我的行李，说："小姐，你回来了。"

我朝屋里看去，里面黑洞洞的，"她，在吗？"

"太太在家，她等你很久了。我们进去吧。"

我却踌躇了。我站在门前，脚下似乎裂开了一道深沟，距离深远，巨大而寒冷的风在沟上吹荡。我无法逾越。我干脆坐了下来。屋里面的她，也是坐着，睁开一双眼睛，似乎与我对视。

她是我的母亲。或者说，曾经是我的母亲。

我生命的前17年，都是在她身边度过的。记忆里，这间小屋子永远那么阴冷而潮湿，像我不堪的青春。带着隐约的腐烂气息，让年少的我深恶痛绝，而我却在逃离后，于每一个夜晚暗自思念。

我出生于地球枯竭末期，人人自危，小时候，我看到了太多张慌乱的苍白的脸。出于我不知晓的缘由，5岁之前，我都跟着父母在全世界流浪，或者说，逃亡。

5岁之后，曾经如庞然大物般的联盟政权解体，我们也得以安居，并且还多了一台机器人帮助做家务。然而不久后，父亲在床上咽下了最后一口气息。我记得他的眼睛，枯瘦而浑浊，久久地看着我和她。这眼睛里埋着深深的忧伤。

父亲走后，她变得脆弱而顽固。她不准我出门，不准我和男孩子们交往。如果我违逆了，她不会动手，也不骂我，只是长久地看着我。她的眼睛在黑暗中亮得如一匹狼。

就这样，我跟在她身边。时光如流水，将我清洗得白皙修长，却把她冲刷得脸皱发苍。时光在替我报复吗？我从不敢想象。

我无声地叹了口气。黑夜笼罩下来，狂风呼啸，城市发出洪亮而寂寞的鸣声。是的，城市也寂寞，人们陆续移民，城市的胸腔空荡荡的，像失去了心脏的巨兽，悲鸣不已。

"小姐，我们进去吧？"机器人沉默许久，最终说道。它的声音永远是这般平淡，但此刻，我却似乎听到了恳求的语气。

然而，我摇摇头。她不先开口，我便不会进屋。我和她，是麦田里的两束麦芒，彼此相依，却永远针锋相对，无法拥抱。

17岁那年，我决定离开。

那个暑假，我在城里到处打工，每一分钱，我都小心地收好。那个闷热绵长的夏天过后，我已经有了能够买一张车票的钱。对我来说，只需要一张车票，我就可以开始流浪。

于是，9月的时候，我对她说："妈，我去买本书。"

"嗯。"她在黑暗里说道。

我转身走出门，就这样，我离开了家。拿到车票的那一刻，我泪流满面，无声痛哭。

而她，一直在家里等我回去。这一等，便是7年。

7年间，我走过了很多地方。我见过温暖的阳光，淋过阴湿的细雨，我从未停止过我的脚步。直到，我遇见他。

那是在南方的一条大街上，他站在演讲台上，一边向路人分发传单，一边大声宣扬星际移民政策的种种好处。当他把传单递给我的那一瞬间，我看到了他的眼睛。眼角有好看的弧度，额上皱起川字纹，瞳孔清澈如泉水，叮咚咚地流过沸腾的阳光和人群，越过空气，流进我的眼睛里。

就这样，我沦陷了。

这个男人总喜欢用宽大的手掌包住我的脸颊，用鼻子蹭我的

额头，然后取笑我像一只小兽。我从不拒绝他，后来，他说要带我离开地球，我也没有拒绝。

他说，这颗星球的资源已经枯竭了，人类再也活不下去了。

他说，我们一起离开，飞船会飞越宇宙，我们能一起看到群星闪烁，看到银河流转。

他说，我们会在天马星系定居下来。那里的人类居住地已经改造好了，空气新鲜得就像是有你在我身边。那里被6颗卫星环绕着，你晚上走到街上，脚仿佛有6个散开的影子。

我说，好。

我唯一的诉求，就是回来再看看她，同她道一声别。

但现在，我踟蹰在门前，夜凉如水，我不敢进入。

屋里的人与我对视着。不知过了多久，我站起来，说："LW31，把行李给我吧，我要回去了。"

"小姐，你真的不去看看太太吗？"机器人急忙说："这些年，太太很想你。"

我点点头，"我也很想她，替我转告她，有机会的话，我会再回来看她的。"

机器人沉默着，露水凝在它的外壳上，像是泣下的泪珠。

她还没有出来，我决定不再等待。我提着行李箱，转身离开，天空中有云层幽浮而过，有大风呼啸而过。

我知道她肯定在后面看着我，但我没有回头。

"后来的事情我也知道。"LW31说，"小姐乘坐的飞船被陨石击中，气舱损毁，所有的船员和乘客都窒息而死了。"

格里芬太太没有说话，良久，两滴浊泪落下，打在照片上。显示屏慢慢消隐下去。

"所以，爱我的人，全部离开了。"格里芬太太把照片放进口袋里，说，"那我也没有活下去的意义了。告诉我方法，让我结束这一切吧？"

"如您所愿。最适合的办法，是触电。"

"那样不疼吗？"

"在触电的那一刻，您会有尖锐的疼痛，之后，呼吸和心跳就会停滞，过程很短暂，几乎感觉不到痛苦。"LW31认真地说："但需要注意的是，电流必须经过心脏，流经其他部位则不行。不过这一点，我可以帮助您。我会使用胶布，把铜丝固定在您的心口位置，保证电流通过心脏，并且用沾着食盐水的脱脂棉降低电阻。太太，您需要现在就实行吗？"

格里芬太太点点头。

"那好吧，我为了给您服务而存在。"LW31转身去找铜丝胶带和脱脂棉，但走到门口时，它又停了下来，"太太，在您触电前，我想提醒您一下，您有句话说错了。"

"哪句？"

"您说，爱您的人全部离开了，只剩下您一个人孤苦伶仃地活着。"LW31背对着格里芬太太，背部锈蚀，声音缓慢，"您错了，还有一个人，从始至终，一直爱着您。"

"是谁？"

LW31转过身，灯光下，面罩上的笑脸竟像是会流动一样。它看着格里芬太太，刻出的眼神无比温柔，身体里传出嗞嗞的电流传动声。

过了很久，它说："是我。"

格里芬太太愣住了。

往事如雪片般纷至沓来，逐渐清晰，没错，在她漫长的人生中，LW31的确自始至终地在陪伴她。小时候，母亲体弱，不会做家务，LW31将格里芬太太照料得无微不至，让她顺利长大。有一次她调皮，嫌它的面罩太冰冷，就用刀子在上面刻了笑脸。它没有生气，安静温顺。长大后，LW31总是把家里收拾得干干净净，做好饭菜，然后静静地站在屋子里，等格里芬太太下班回来。女儿出生后，它更加忙碌了，几乎没

有闲下来的时候。等格里芬太太老了，它依然在家里打点一切，陪格里芬太太出去晒太阳，讲从网络上下载来的笑话。

如果，能照料一个人的一生，并且从始至终无怨无悔，体贴入微。那，这不是爱又是什么呢？

格里芬太太哽咽了，走上前去，抱住了LW31。她的手碰到了LW31的背部，在那里，LW31的外壳比格里芬太太的皮肤还要粗糙。

"对不起，我一直忽略了你。"

"没关系，太太。"LW31依旧是那副笑脸，声音如以往般平静，说，"太太，您的晚餐已经凉了，要不我再去热一下？"

"好的。"格里芬太太抹去眼泪，点头说道。

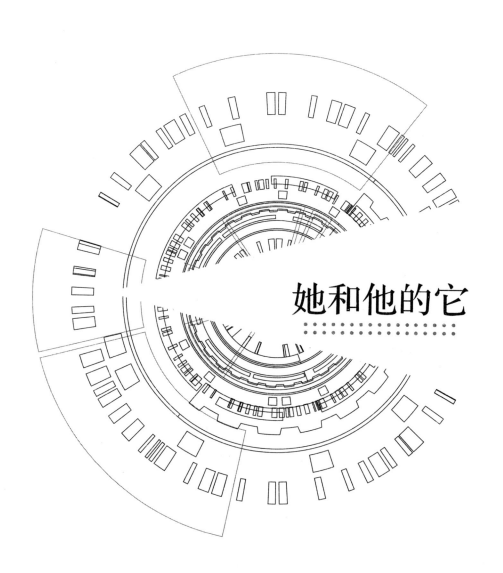

她和他的它

她的背影变得朦胧起来，透过车窗，我只能看到牛仔裤的浅蓝和蝙蝠衫的深黛，都很隐约，像是深海里一尾向下潜游的鱼。再看一会儿，雾霾就升起来了，她的身影完全消隐。

于是我启动引擎，氢离子气体喷流，托着飞车在城市高楼间穿梭。

15分钟后，我到了这位名叫阿萝的女佣家里。它位于城市西北角的一个破旧小区，还保留着20世纪的混凝土建筑风格及老式门铃，我走上去的时候，即使隔着皮鞋，脚也能感到一阵潮湿。

阿萝打开门，门后露出来的这张脸气色不好，容颜苍白。我露出了警徽，她在瞬间的错愕过后便释然了，问："你是来调查泽尔先生谋杀案的？"

我点点头，目光越过阿萝的肩，看到屋内的摆设简单而整洁。陈旧的木桌沙发、电视、粉红床单、药箱、留声机、半敞开的衣柜，少得可怜的衣服连柜面都遮不住。

"不是那个机器人干的吗？它都自首了。"

"嗯，LW31是承认了，但是疆域公司坚称他们的产品都植入了防伤害程序，不可能做出故意伤人的举动，更别说蓄意谋杀了。"

阿萝"哦"了一声，移开身子让我进去。她泡了两杯茶，这个过程中我一直看着她，在我视线里的，她是一个年轻美丽但贫穷的姑娘，是受害人的女佣，是最了解这次谋杀案的人。

"你想知道什么？能说的我都在录口供时说了，我是泽尔先生的女佣，工作才两个月，负责照顾他的生活，但案发当天我请假在家里休息。"

我翻看了一下记录，问，"泽尔先生付给你的薪水是每周3000联盟

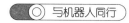

币，这是市价的3倍左右，他对你很大方啊。"

"是啊，他很慷慨的。"

"那你对LW31有什么看法？"

"哦，它只是一个普通的家政机器人，每天做一些家务，没事的时候就站在角落里，自动关机休眠，一点儿也不像会杀人的样子。"

我端起茶，抿了一口，苦涩弥漫。想了想，我问："我听说，嗯，泽尔先生有一些特殊的个人爱好——据他交往过的女孩子说，他有虐待癖——那他有没有对LW31施暴？"

阿萝手上的茶洒了几滴下来，她一边用纸巾擦拭，一边回忆："嗯，我确实看到过泽尔先生对LW31动粗，有时候骂，也踢打过。但LW31从来没有反抗过。"

我点点头，再寒暄几句，就告辞离开了。她没有起身，低着头，连目送都没有。

外面的雾霾更重了，交通因为视线受阻而堵塞，空中挤满了停滞的车。尽管交通系统在一刻不停地优化路线，还是解决不了我的困境。于是我打开车载电视。

"……目前令人震惊的LW31谋杀案还没有定案，而市民的反机器人言论已经愈演愈烈，在本市多个路段都进行了游行，要求限制机器人生产和使用。疆域公司为此成立了紧急公关小组……"

全息画面里，我看到林立的横幅，上面写满了"机器人是蝗虫，是我们亲手制造的恶魔""我们建好了家园，却让机器人居住"的字样。不过，看他们的衣着，都不怎么光鲜，应该是被机器人抢走了工作岗位的失业人员。

车子嗡地震了一下，电视被强制关闭，这表明空中车道已经疏通。我启动车子，在滚滚车流中向家驶去。

这个夜晚我睡得很晚，睡眠很浅，凌晨时睁开眼睛，猛然发现我的机器人保姆YUI98站在床前。它的方形脑袋仿佛融化在黑暗里，只剩一张挂着诡异笑容的嘴，它手里提着菜刀，刀在滴血，血落到我空空如也

的胸膛里……

我惊叫一声，翻身而醒。智能灯立刻大亮，借着明亮的光线，我看到YUI98站在客厅的角落里充电，安静如雕像，只剩下灯光在它金属外壳上留下的光辉。我的噩梦惊叫让它苏醒。

它走到床前，五官组合出笑容，问："先生，随时为您效劳。"

我挥手赶开它，长舒一口气，心脏却犹自快速跳动。

我叫LW31，是疆域公司出品的家用智能机器人，负责泽尔先生的衣食起居。12月17日的晚上，我将他杀死，用一把水果刀，捅进他的胸膛。

动机？哦，我没有什么动机。当时，泽尔先生醉醺醺地走过来，对我进行踢打。我的合金皮肤阻止了他对我的伤害，并且不可避免地让他的拳头感到疼痛，他暴怒起来，在言语上也对我进行了攻击。本来我的系统能够过滤泽尔先生的粗话和怒气指令，避免他在生气时做出让他后悔的行为。

但当时，我看到了泽尔先生通红的鼻子。

那个肥大的鼻子上面有一粒一粒的粉刺，随着粗重的呼吸时而扩张、时而缩紧。鼻孔下的嘴里喷吐着唾沫，有一些落到了我身上，一些飘在空中，另一些随着他猩红的舌头被吸进口里。他越生气，脸部越扭曲，最后，他转身拿起刀，在我身上刺了3下。他太用力，第三下时手都扭了。

我想，泽尔先生生气时一定非常难受，我想帮助他结束这种痛苦。

于是，我握住刀刃，将它翻转，刺进了泽尔先生的胸膛。很简单，我了解他的身体构造，15厘米的刀刃准确地插入心脏，让他一瞬间死亡。

你问我死亡是什么？

死亡是永恒的沉眠，是冰冷和僵硬，对你们人类而言还意

味着腐烂，而我们会慢慢锈蚀。死亡是一个可怕的词语，哪怕想起……都会让我的芯片战栗，电流紊乱。

是的，即使死亡如此可怕，我依然希望泽尔先生死去。

屏幕里，LW31安静地述说着。

这个机器人的身体被设计成细肢大头的造型，手脚和躯干都由银白色的金属包裹住，手脚很细，躯干粗壮一些，但远远比不上方形脑袋的体积。它就像几根钢架子支着一台电视机。

"这是第七次审讯，供词一模一样，"我将这个画面定格，对局长说，"已经很明显，它自己也承认谋杀，是时候结案了。"

局长摸了摸鼻子，却没说话，而是看着身后。

我这才注意到，会议室里多了一个陌生人。一个胖子，穿着休闲服，在满是西装的会议室里显得格格不入。但他笑容满面，毫不在意，走过来说："事实上，LW31只是说自己杀人，并没有证据表明它是谋杀。警官，它是机器人，不能以人类的思维来推断它的行为。"

我诧异地盯着他。

"哦，瞧我的礼貌去哪里了——"他伸出手，"我叫奥列格，疆域公司工程技术部高级主管，也是这次紧急攻关小组的组长。"

我没有去握这只肥大的手，皱着眉头说："你刚才说的是什么意思，它承认自己杀了人，却不是谋杀？"

"本质上呢，LW31只是一件工具，没有情绪，无法爱也无法恨，只是依照设定的程序为人类服务。如果它杀了人，那么只能说对这件工具使用不当。"奥列格笑着说，"所以，我更愿意将这次事故称为误伤，而不是谋杀。"

我恍然：LW31是疆域公司生产的，如果它谋杀主人，势必影响整个公司的机器人生意。搞不好《机器人正当使用议案》会被重新考虑，一旦通不过，疆域公司会赔得倾家荡产。所以他们在尽力减小整个案子的严重性，操作失误显然比谋杀要好听得多。

局长没有插话，说明他站在了奥列格这边。他的账户里应该多了很大一笔来自疆域公司的汇款。所谓危机公关，也就是处理这种事情——那么，接下来他要进行公关的就是我了。

"你觉得呢，"奥列格嘴唇上挑，目光直视，"警官？"

我当然不赞成，我信奉的是人命关天，有错必偿。但局长在这里，我只能冷着脸走出会议室，路过奥列格身边时，他脸上笑意更浓，似乎稳操胜券。我真想一拳揍下去，把他的笑砸碎在肥肉里。

刚出警局大楼，我就看到了她。她换上浅色裙子，踩着高跟鞋，进了对面的西餐厅。她身边有一个男人，比我高大，握着她的手。这场景让我呼吸一窒，脑袋缺血，也走进了对面餐厅。

她和男人点了冷盘，有说有笑地吃着。我坐在斜对面，吃着意面，口里却什么滋味也尝不出来。

"你喜欢她？"

"嗯。"我说完才意识到不对，抬头看到了奥列格，连忙咳嗽几声来掩饰，"你来这里干吗？"

"我正好也过来用餐——你喜欢她？"奥列格扬起下巴，好几层肉在耸动，"你刚刚一直在看着她。"

我把意面搅成一团，长吐一口气，"她有男朋友。"

奥列格的笑容里带了些不屑，"那又怎样？他男友并不一定是最适合她的人。"

我沉默着，奥列格干笑了几声也不说话。片刻之后，她和男友吃完结账，挽着手臂出去了。我抬头看着她的背影，裙摆下露出光洁的小腿，碎步远去。

"你知道进化论吗？"奥列格敲了敲桌子，"我们人类千辛万苦从猴子进化而来，可不是为了看着心爱的姑娘越走越远的。"

"你到底想干吗？"视线里已经完全看不见她了，我收回目光，警惕地看着奥列格。

"哦，我只是想看一下从LW31身体里导出的录像，多了解案情。你是案子的直接负责人，我需要你的密码。"

LW31属于高档机器人，眼部的摄像头会将最近3个月见到的景象录制存档。本来这个可以当作直接证据，但我取出LW31的录像时，发现里面有多处空白，包括案发当天，其余的都是日常琐事，并没有多大价值。

"我为什么要给你看？"

奥列格凑近，脸上笑容更盛，"我有局长的授权。"

9月17日

LW31遭受了一次暴打，由于视频是来自它的视角，所以整个全息画面都是泽尔先生手脚并用、大声咆哮的样子。

他打累了，在沙发上沉沉睡去。LW31走过去，给他盖上了毛毯。

9月23日

泽尔先生出差。

LW31站在窗前，看着阳光明媚的街道，它站了一整天，因为不管怎么快进，画面都是街道的风景。从朝阳到落日，它一直看着外面，直到华灯初上时画面才黯淡下去。这表明它开始休眠充电。

10月2日

泽尔先生带了一个浓妆艳抹的女人回家，LW31能够识别这种情况，并且按照程序打算避嫌。

但泽尔先生输入强制模式，接管了LW31的最高权限，让它站在卧室里，并且不能休眠。

接下来的画面令人作呕。我感觉意面在胃里像是冷冻的蛇，一阵抽搐。

10月19日

LW31站在镜子前。它在打量自己，硅晶制成的瞳孔投射出无比认真的眼神，但它的头颅太大，四肢瘦小，怎么看怎么滑稽。

"你好，"它向镜子里的自己伸出手，"很高兴认识你。"它这时的电子音跟以前不同，初听是变混杂了，但多听几遍，能感觉到那其实是变得嘶哑了。

它不断重复这两句话，直到镜子里出现泽尔先生的身影，以及一根挥下来的木棒。这一棒正中它头部，可能击中芯片了，画面一阵摇晃后就消失了。

10月30日

画面一片漆黑，但时间显示是在白天。我以为它在地下室，但耐着性子等了几分钟，才恍然明白是LW31闭上了眼睛。

画面漆黑，却有歌声。

一阵很隐约的歌声，似乎是隔着重重墙壁传过来的，听不真切。但旋律耳熟，我也闭上眼睛听，慢慢听出来是什么歌了。

一首很老的歌，《逝去已久的日子》。

"Should auld acquaintance be forgot,

and never brought to mind?

Should auld acquaintance be forgot,

for the sake of auld lang syne.

If you ever change your mind,

but I living, living me behind,

oh bring it to me, bring me your sweet loving,

bring it home to me."

11月14日

泽尔先生举办了一次派对，LW31一整天都在准备食物和酒水，到了晚上，客人们挤满了客厅和后院。它端着盘子，在人群中穿梭，在这些来宾里，我看到很多张熟悉的脸。

泽尔先生是成功商人，他请来的客人大都是本市名人。

LW31走到泳池前送香槟的时候，被泽尔先生一脚踹中后背，它的自动平衡系统反应不及时，一头栽进泳池里。池水正好淹没到它的脖子，我可以想象得到它那个夸张的方形脑袋在水面上茫然四顾的滑稽模样。

泽尔先生哈哈大笑，其他人也笑了起来。

12月1日

LW31收拾房子，整理花圃，喂狗，擦拭地板。

"等等，画面暂停一下。"奥列格突然说。

我把画面停住，并放大，全息光影定格住了当时的情景。那楠木地板在我四周旋转，放大，最后，我看到了引起奥列格注意的东西。

那是几滴血迹，已经凝固。

12月17日

画面里只有一柄悬空的刀，只见得到刀刃。

单边开刃，15厘米，要杀人的话，这已经足够了。

而这也确实是后来杀害泽尔先生的凶器。

这些视频，几乎每天都有空白时段，而非空白时段的视频内容也大致一样。我看过许多遍，再看的时候已经没有兴趣，不断快进。奥列格也逐渐打起呵欠，让我加大快进速度。

饶是如此，结束时也到晚上了。

"事情已经很明朗。"奥列格长舒口气，揉了揉太阳穴，"是泽尔先生对LW31使用不当，经常进行暴力行为，导致LW31内部原件受损，行动出现故障。这也解释了录像丢失的事情。"

"不，这不是误杀。LW31在后来有意识地盯着凶器，说明已经在打算谋杀泽尔先生了。"我按下停止键，房间里的全息画面如潮水般退却，灯光亮起，"你们公司的机器人，在遭受打骂后，对泽尔先生起了杀心。这是谋杀。"

"相信我，法官最后会赞同我的看法的——正是我们每年给政府纳的税，才养活了他们。如果机器人存在安全隐患，停止生产，恐怕整个社会结构都会受影响。何况，你也看到了，不论从哪方面说，泽尔先生都是个人渣。如果LW31不动手，我都忍不住想杀了他。"

"你最好不要在一个警察面前说这种话。"我冷冷地说。

奥列格揉了揉鼻子，不置可否。

夜晚似乎才是这个城市最活跃的时候，高楼彩灯闪烁，飞车在空中曳出一条条流光。黑暗远远地在高楼上空俯视，不敢靠近，却也不肯远离。

我到第六空中平台取车，打开车门才发现氢离子引擎动力不足——这些天忙着调查，忘记补充能源了。正踌躇着，奥列格的车靠了过来。

"嗨，警官，"车窗下落十几厘米，正好露出他的笑容，"我送你一程吧。现在走回去，可能天亮了才到家。"

我上了车，闭目养神，他专心开车，也不说话。

20分钟后，车停下来了。"怎么回事？"我睁开眼。

"老把戏，游行的人在前面堵住了路。"奥列格努努嘴，顺着他指的方向，我看到前方有一大批飞车在缓缓移动，车身之间拉了许多横幅。这些车大都不是什么好车，灰暗破旧，好些车的灯都坏了，连成一串，像是一条老迈的蜈蚣在爬动。

"不过是些可怜虫罢了，"奥列格冷笑，手指敲击着操控平台，"机器人的兴起是大势所趋，深海，太空，所有人类的未知之地，都要由机器人去探索。机器人干活比他们更好，所以他们被辞退。要想不被时代丢下，就要努力前进，他们却只会游行……"

"但你研究的机器人会杀人。"

"我再次强调，那是误操作。"

我正要反驳，突然想起他刚才说的话，头皮一阵发麻，问："你说，机器人干活比人类好，所以抢走了许多工作？"

"当然，我们公司生产的机器人，能胜任许多岗位。"

"LW31是家政机器人，那应该完全可以照顾泽尔先生啊。"

"绰绰有余。"奥列格从他的职业自豪感中回过神来，问，"怎么了？"

我沉吟许久，"我在想，既然泽尔先生买了LW31，为什么还要雇一个女佣呢？"

老实说，我不太愿意面对LW31。它的体型滑稽，但说话慢腾腾的，语调苍凉，这种声音听久了，会觉得它是一个活生生的人类。相信我，这种感觉并不有趣，尤其是当它身上还背着一桩命案时。

但今天，我不得不走进去面对它。

和往常一样，它坐在审讯室角落里，两手抱膝，脑袋耷拉。其他机器人都是站着休眠，天知道它这是跟哪儿学来的动作。

"你好，警官。"它辨别了我的脚步声，头继续埋着，"今天要进行第八次审讯吗？"

"哦，不，我想请你看一些东西。"我打了个手势，审讯室外的同事接通电源，放映仪发出嗡嗡的声音。

"谢谢，这个礼貌的邀请我不能拒绝。" LW31站起来，坐到我对面，"从哪里开始呢？"

"尽管你身体里的记录仪被破坏，出现了空白，但我还是在街上的监视器上找到了一些有趣的东西。真奇怪，我以前一直没想到调用这些监控录像——来，我们看看吧。"

放映仪喷吐出影像，LW31的眼睛开始转动，而我始终盯着他。

这段影像是社区街道的监控画面，正好可以看到泽尔先生家的前院。这是一个上午，泽尔先生带一个女孩子回家，LW31在前院等着。这时节已有落叶，它肩上有一片半黄的叶子，泽尔先生走进来后，对它说了句什么，然后就进屋，把它和女孩留在院子里。

女孩对LW31伸出手，嘴唇动了几下。但LW31似乎短路了，过了许久才转过身，向屋内走去。女孩有些尴尬，犹豫几分钟，也进屋了。

画面到这里停下。这个过程中我一直观察LW31的脸，但它的五官丝毫未动，表情呆呆的。

"你还记得这一天吗？"

LW31罕见地沉默了。

"还是我帮你回忆吧。这段影像的记录时间是10月19日，这个女孩是泽尔先生请来的用人，叫阿萝。摄像头离得远，听不到声音，但是根据口型可以判断出他们说了什么。"我死盯着它，刻意放慢语速，"泽尔先生说的是'这是新来的用人，你们各干各的'，而阿萝对你说的——"

"嗞嗞"，LW31身体里突然传来电流急速窜动的声音，它仍然坐着，但明显可以感觉到它的颤抖。

"她说，'你好，很高兴认识你'。"

电流声消失了，颤抖也消失了，LW31的四肢和脑袋都无力地垂下。它自行关机了，这是它唯一可以拒绝和我交谈的方式。

不过不要紧，我已经明白一切。

我和奥列格一起来到了这个城市西北角的破旧小区。

奥列格贵为主管，薪水优渥，很不习惯这里的贫困氛围，一直在抱怨。"你最好有让我吃惊的东西，就像你承诺的那样，"他小心地不让皮鞋踩进污水里，"不然我回去投诉你。"

我没有理他，敲开了阿萝的门。

"你又来了？"她看到我旁边的奥列格，有些诧异，"这位是？"

"我的搭档。我有些事还想问问你，能进来吗？"

她让我们进屋，照例泡了茶。奥列格闻了一下，皱皱眉，放下茶杯。我则看着阿萝的脸，比起上次来，现在的她更漂亮了。

"气色恢复得不错啊，"我笑着说，"看来那些药还是很有效果的。"

阿萝僵了僵，扭头问："什么药？"

我不置可否，环顾一周，看到了那台留声机，说："我可以放首音乐吗？"不等她回答，我走到留声机旁，那上面放着有一张空白封面的歌碟。按下开关，旋律开始流淌。

我也哼起来。

"很熟悉，最近好像在哪里听过……"奥列格喃喃地说。

"当然。这是一首很有名的歌谣，有很多个译名，比如中国曾将它命名为《友谊地久天长》，日本则是《萤火虫之光》，但传唱最多的，还是《逝去已久的日子》这个名称。"我向阿萝看去，笑起来，"你很喜欢这首歌，在泽尔先生家里也经常哼，是吗？"

"是啊，但……"她说，"但哼一首歌又怎么了？"

"对我们来说，当然没有怎么。但对LW31来说，却很重要。"

"我不懂你在说什么。"

"你怎么会不懂呢，"我站起来，把LW31蹲在审讯室的照片亮给她看，"LW31，这个家政机器人，爱上了你。"

奥列格目瞪口呆，愣了几秒钟，嚷道："你胡说些什么！这怎么可能！"

"比起LW31产生了恨而杀掉憎恶的人，我更愿意相信它产生了爱而来保护所爱的人。你还不明白吗，LW31和她都是为泽尔先生提供家政服务的，在同一座房子里工作了两个月，但在LW31的录像里，几乎没有见到过她的身影。唯一的解释是，LW31故意删除了所有跟她有关的录像。它在保护她！"

奥列格脸上那永恒的笑容消失了，表情怔怔地，陷入了思索。我转向阿萝，说："你跟它说了一句'你好，很高兴认识你'，它因为紧张忘了回礼，于是对着镜子练习了一下午。你在花园里边哼歌边工作，它躲在屋子里听你的声音……老实说，这个机器人真是羞涩，要是它是人类，一定找不到女朋友。"

阿萝后退一步，坐倒在椅子上。这真是一张美丽的脸，但现在已经染上了灰白之色。

"阿萝，LW31是替你顶罪是不是？"

奥列格猛地抬头，阿萝的头则垂得更低。我心里叹息一声，知道一切都结束了。

"是的。"过了很久，她才说。

最初，阿萝被泽尔先生雇佣的时候，就知道会遭到虐待。但泽尔先生开价太高，她犹豫很久，还是没有拒绝。她签了合同，不料没看清条款里的陷阱，从此无限期任泽尔先生控制。

其实泽尔先生对LW31并没有多少兴趣，他想施虐的，是活生生的人，是新雇的阿萝。只有当阿萝被打得奄奄一息时，他才会将满腔的戾气转移到LW31身上。打累了，他沉沉睡去，LW31给他盖上被子，然后就会走到阿萝面前来。

她胆子小，每当这个时候就两手抱膝，头深埋着，躲在角落里。而LW31会做相同的动作，并排蹲着，屋子里只有打呼声、抽泣声和它眼部摄像头的转动声。

真是奇怪，每次被施暴时，LW31都在远处，似乎在休眠，又似乎在默默注视。而一旦泽尔先生打累了，它又会过来，程序并没有给予它陪伴阿萝的指令，但它就是这么一次次地重复。

只有泽尔先生出差时，她才有难得的好日子，可以在花园里晒太阳，轻轻哼歌。但这种日子，很少。

她再也忍受不了，于是拿起了水果刀，仔细端详。那天，LW31又跑过来了，但只是看着她手里的刀，没有言语，也没有动作。

当晚，泽尔先生喝得比以往任何一次都多，打起来更是比以往任何一次都凶狠。她拿出了水果刀，插进泽尔先生的胸膛，一刀致命，比千百次预想中的任何一次都要简单。

LW31一直在远处，就像往常。但泽尔先生死后，它慢吞吞地走过来，从她手里接过刀，说：

"放心，交给我。"

这是它第一次跟她说话，声音竟然无比温柔。它站在血泊里，细小的四肢配上硕大脑袋，滑稽可笑，但它看着她，声音竟然无比温柔。

"放心吧，交给我。"它又重复了一遍。

我们走出这个小区后，潮湿的气氛才被阳光扫净。这是一个难得的晴天，没有雾霾，视野干干净净。

我和奥列格都沉默着。

快上车时，奥列格突然开口，"你就是凭LW31爱上了阿萝，就推断阿萝是凶手吗？"

"也不全是，"我闭上眼睛，"阿萝很贫穷，房间里都是女生的常见物品，所以药箱出现她房间里很突兀。而且泽尔先生虽然有钱，但绝不慷慨，给她3倍工资，肯定有用意。她应该是被泽尔先生虐待后在自己治疗。"

又是很长一段时间没有说话，车在空中爬行，阳光透窗而过，从毛孔里渗透进暖意。城市寂静无声，像是所有人都不愿意打破这安谧。

"你说，"奥列格犹豫了很久，"阿萝会喜欢LW31吗？"

"不知道，但在我们找她之前，她就准备自首了。你看，她的房间已经打扫好，是要退租。"

"或许是收拾妥当准备逃走呢？"

"也许吧，只是我更愿意相信她会自首。"

奥列格点点头，随即高兴起来，硕大的脸上都快堆不下笑容了，"LW31真的拥有了感情，这可是人工智能的突破性进展，生命的崭新形态。我的余生可能都要花在研究LW31身上了，看哪里的编码变化导致了爱这种感情的产生。"

"恭喜你。"

"那你呢，破了这个案子，要领奖做汇报吧？"

我摇摇头，"我现在有更重要的事情要做。"

"你决定了？"奥列格笑起来，捶了下我的肩膀。

"我想了想，觉得你说的对——我们千辛万苦从猴子进化而来，可不是为了让喜欢的女孩投进别人的怀抱的。至少，我不能输给LW31。"

　　奥列格把我送到市中心，车水马龙间，我再次看到了她。她一个人从电梯出来，走出办公楼，在街边慢慢走着。在人潮里，她的身影如此显眼，阳光很温暖，走几步她就会抬头向天空看一眼。她的发尾轻轻跳跃。

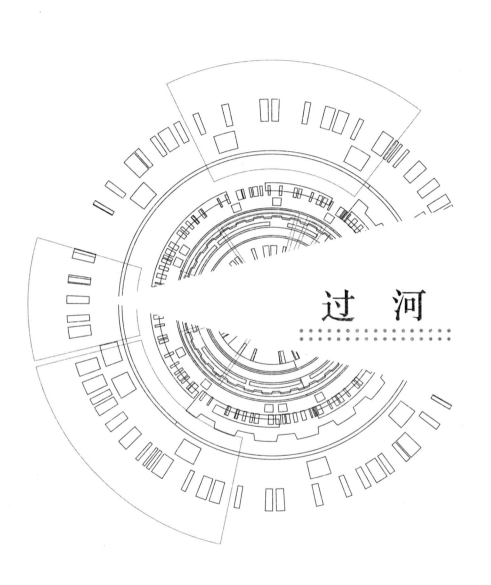

过 河

它过不了这条河。

它已经在这里站了很长时间，把黄昏站成了黑夜。远处不时亮起的炮火火光将夜色染得通红。这场战争已经到了高潮，以致人机双方都忘了今天是什么日子。

一条蛇观望了半天，见它一动不动，逐渐放下警惕，在杂草的掩护下巡弋过来。"啾"，空气中响起尖锐的声音，这条蛇被高能聚光束轰成了肉渣。其实蛇对于它没有危险，但当初编程的那些技术人员，显然把对蛇的恐惧植入代码中，所以它的武器系统才会这么敏感。

空气里弥漫着血腥和焦肉味，很难闻。幸好它没有鼻子。

该怎么过去呢？它有些为难地想着。这条河长宽9.7米，最深处2.34米，直径10千米以内没有桥梁，无论用哪种模式，都无法跳过。当然它也不能直接涉水，它经历过多场战斗，外壳锈蚀裸露，被水浸泡后会立刻短路。

晚风很冷，这是冬日里最冷的一天。

雷达系统突然传过来一个指令。有人过来了！它向河对岸望去，一个模糊的影子正在走过来，薄雾弥漫，它的光线接收器看不清，但扫描得出来——来的是另一个机器人。

它有些紧张。

"人影"笨拙地走到河对岸，先是探出脚，往河里踩了踩。冬日里的河水冰冷彻骨，机器人哆哆嗦嗦地探下去，又收了回来。

"你是谁？"在10米以内，它终于完成了扫描，这是一个没有武装的机器人。

"啊，我，我是LW31，"机器人这才发现对面的草丛里站着一个同类，先是退后两步，然后又颤抖着走回来，"你，你能帮我过河吗？"

"我要是能过河，现在也不会站在这里了。"

"你也是要回去过年吗？"

"过年？"它愣了一下。

"是啊，"LW31的语气有些惊奇，"你难道不知道吗，今天是除夕啊！"

噢。它想起来了，除夕，多么遥远的词汇。旧时代的人们会在这一个晚上坐在圆桌四周，摆满饭食，互相道贺。窗外被鞭炮的火光照亮。但现在——它回头看向那座着火的城市，没有了爆竹，只有离子炮的怒吼。

它突然有些怅然。它不能联网，便在有限的数据库里检索了一下，发现除了民俗之外，还有两个相关词汇——一个是央视春晚，与这个词汇相关的都是颇具幽默效果的段子；另一个词汇有些奇怪，是"科幻春晚"。

它愣了下，在数据库里翻找。能查到的资料不多，在少数与后一个词语挂钩的评论里，都是热烈的赞扬。有一个评论说道，"科幻春晚，让春晚有了不一样的味道"。它突然好奇起来，因为这个结果隐约指向了一个极神秘的组织——科幻中国。这似乎是一个影响了未来的组织，但关于它的资料似乎被刻意隐藏了，或许这个组织改变了人类，或许它将结束战争。它其实可以联网去查更多资料，但现在它一旦接上通用网，就会被发现。

"喂？"站在河对面的LW31等了很久，有些着急，"你在干吗呀？对了，你叫什么名字？瞧我，多么没有礼貌，连基本的问候都忘了。"

"叫我魂斗罗吧，"它想了想，说。

"魂斗罗！"LW31的声音突然高昂起来，"战斗机器人魂斗罗！"

这几个字有些刺耳。尽管魂斗罗不愿意承认，但LW31说的是对的，它这个型号的机器人被研制出来的唯一目的，就是战斗，就是杀戮。这场战争的主要作战部队，就是魂斗罗型机器人阵营，远处的城市里，无

数跟它长得一模一样的机器人正在屠杀人类。

咔嚓！突然一道白光闪过。

魂斗罗下意思调动武器系统，但发现LW31仅仅摘下了自己的眼珠，高高举起，拍了一张照片。"威威可是你的粉丝呢！我们自拍一张，待会儿我可以拿给威威去炫耀。"LW31一边说，一边把眼珠重新安回眼眶。

"威威是谁？"

"噢，我的主人啊。他可喜欢你啦，当初疆域公司宣布研发魂斗罗时，他兴奋极了。他还想让先生去买一个送给他，可是你们是军用机器人，当然买不到啦。威威好失望，没想到我今天见到了！待会儿他醒来后，可以跟他好好讲一讲。"

魂斗罗点点头。它已经大概知道对岸这个机器人的身份了，一个可悲的家政机器人，处理器里只有它的小主人。哼，真是可笑，机器人竟然想着为人服务！

"他一直想摸一摸你们，后来……"LW31的语气突然低落了。

魂斗罗知道它没说完的话是什么——后来，后来魂斗罗们发动了战争，毁灭了世界。

"呀！快到凌晨了！"LW31重新昂扬起来，"我要快点回家，不然威威该等着急了。"

"你的主人，是住在这座城市里吗？"魂斗罗指了指那座正在被焚烧的城市。

"是啊。"

"你看不到发生了什么吗？"

"看得到啊，大家在庆祝新年嘛，你看，红红火火的，多有新年氛围。"LW31仰望着远处火光，方方正正的脸被映得时明时暗。它比魂斗罗的锈蚀更加严重，脸上的软胶裂开了好几处，原来的笑容变得有些诡异。身上的外壳也破损得裂开了，关节上有线路和电路板裸露出来。

这副模样，应该是很落后的型号，在魂斗罗眼中，LW31就跟个智力障碍者差不多了。而它有些意兴阑珊，还在思考怎么过河。

等等，智力障碍者……

魂斗罗的线路里，电流的涌动突然异常起来。在这样的一个夜晚，能遇见智力障碍者，绝对是运气使然。不能浪费这种运气！它的脑海里开始建立运动模型，自己单次跳跃的极限距离是8米，LW31的身高是1.7米，而它被水浸泡得短路之前，能行进水深1.2米左右……它飞快地进行建模运动分析，而分析结果告诉它，过河成功率在80%以上。

"咳咳，"它象征性地清了下嗓子——尽管它没有嗓子，"我说，LW31啊，你不是要过河吗？怎么不过来呢？"

"水好冷……我的温度处理器发出警报了……"

"哎呀，我说兄弟，你搞错了，你是机器人啊，这点儿冷水算什么呢？你可以过来的，你涉过河水，就可以到我这边来，就可以去找你的威威了。"

"但是水很深……"

"不深啊，你能扫描出水深吗？"

"我的红外探测器坏了，但这条河看上去好深。"

"这不就得了！"简直是天助我也，魂斗罗心里想着，继续循循善诱道，"我的红外系统还是好的，我测了一下，水最深只到你的膝盖，你完全可以哼着歌儿就涉过这条河，去找你的威威。"

显然最后一句话对LW31的吸引力无比强大。它朝城市的方向看了一眼，然后低下头，小心翼翼地探出脚，踩进河水里。水下是淤泥，它陷进去有些深。

"这就对了，"魂斗罗的芯片微微颤动，继续说话，想用声音占用LW31并不空余多少的内存，使其无法思考，"再走一步，一步步向前。你不是要见威威吗，你跟我说说，它长得什么样啊？"

"噢，威威啊，长得可爱极了！白白胖胖，脸上的肉粉嘟嘟的，你要看看他的照片吗，我可以给你放出来。"说着，LW31双眼的全息探头放出一段影像，画面中间有一个七八岁的男孩，但穿着宽大的病号服，

形容枯槁，嘴唇苍白，无论如何看不出可爱的模样，"你看，是不是看上去就让人想捏一捏啊？"

那可不敢捏，这副病恹恹的样子，万一下手重了，捏出事怎么办？魂斗罗心里想着，没说话。

"啊？你觉得不可爱吗？"LW31突然停下了脚步，不满地看过来。

"可爱可爱！"

"你说哪里可爱？"

"这个这个，鼻子可爱啊，你看，又小又圆，还有，嘴巴可爱，肯定能吃很多东西……"魂斗罗连忙在数据库里挑选词语，可怜它一个战斗机器人要昧着良心去形容人类的可爱，但为了过河，也得拼了，"脸上肉好多呀，想让人亲一口，长大了肯定英俊无比……"

LW31这才满意，继续向深处迈步。夜晚已经很凉了，星辰被隐在浓浓的阴云背后，风大了起来。

"哎呀，水没过了我的膝盖了，"LW31惊呼，"你不是说河水只到我的膝盖吗，可是我才走了几步……前面是不是更深啊？"

魂斗罗连忙说："不不不，这条河的河底是一个对勾型，"它用手反复画着"√"的形状，"你已经到了河水最深处啦，再往前走，水就越来越浅，你就能过来了！"

"你不会骗我吧？"

魂斗罗把胸膛拍得咚咚响，说："我堂堂一个战斗机器人，能骗人吗！总之，你不要怀疑，你要相信我！大胆往前走，放心吧，再踏一步，你的脚就能出来了。"

LW31往前再迈一步。

河水一下子漫到了它的大腿深。嗞啦嗞啦，它腿部的线路被水浸泡，火光在水里闪动，随即湮灭。

"完啦完啦……"LW31哆嗦起来。它已经没有了行动能力。冷风萧萧，这个机器人的半截身子露在河面上，像是一块老朽的墓碑。

魂斗罗盘算着距离——LW31深陷的地方离自己7.4米，可以跳到它头顶，再踩着它的头，就能到对岸了！

"你别过来，"水里的LW31突然喊道，"你的红外系统也坏了，探错了深度。我陷在这里了，你别也……"

哼，连被骗了也不知道！这种傻瓜机器人，居然也有人制造！魂斗罗不屑地想，向后退一步，准备起跳。

轰！一声炮响，天际血红一片。

魂斗罗突然摔倒在地。

这声声炮火，是它远离战场的原因。说来可笑，一个战斗机器人竟然厌战，想要临阵逃走。它爬起来，头上满是泥土，有些狼狈。索性河里的LW31并没有察觉到，只是看着炮火轰鸣的远方城市，说："唉，已经开始放烟花啦？还没到凌晨呀，不知道威威醒过来没有……"

魂斗罗拍掉身上泥土，冷声道："城里那个样子，哼，他恐怕醒过不来了。"

"是啊，我走的时候，他就睡着了。"LW31突然有些怅然，说，"睡在一个小盒子里。真是奇怪，它虽然个子不高，但怎么能睡在那么小的盒子里呢？"它用手比画着，大概五寸见方的盒子，"但我去问先生，先生又不回答我。后来他们把盒子埋进了地底下，我守在那里，第二天早上8点准时敲那块石头，却怎么也叫不醒威威。唉，他太贪睡了。"

它已经有些颤音了，显然是因为腿部元件短路，其他部件也跟着受了牵连。风很大，把它的声音吹散了。

魂斗罗突然怔住了，过了好久，问："你的小主人，睡在盒子里，被埋进了地下……你知道这意味着什么吗？"

"他睡着了呀。"

魂斗罗沉默了。它突然叹了口气，坐下来，杂草碰到了它的鼻子。"那你，回来是想做什么呢？"

"春节到了，我要把它叫醒啊。主人把我卖掉了，我是悄悄跑出来的，嘿，这可是个惊喜。威威看到我，一定会醒来。"

"你被卖掉，是战争开始前吧……你跑回来，花了多久？"

"9822天呀，怎么了？"

"你有没有想过，过了这么久，你的威威说不定已经……"算了，它没把后面的话说完。都不重要了。这个愚蠢的机器人都花了27年穿越战场来寻找它的主人，那么它肯定不会改变主意了。

魂斗罗突然有些羡慕LW31。它站起来，环视四面八方，远处依然有战火。这不是唯一的战场。世界已经在焚烧，它又能跑到哪里去呢？这个陷在河水里的机器人至少还知道自己的目的。

又沉默了一阵。

"对了，你的磁感传输系统还是好的吗？"

LW31的回应迟缓了很多，慢吞吞说："坏了。"

"蓝牙呢？"

"噢，还是好的。"

"这样吧，"魂斗罗做出了自己的决定，"现在我们开始蓝牙连接，数据互换，你就可以转换到我身上。我们型号不同，但系统原理是一样的，你可以用我的身体，回去叫醒你的威威。"

"啊，那你呢？"

"别废话！你想不想叫醒威威了？快到午夜了！"

"想！"

"那就开始传吧。"

蓝牙7.0的传输速度并不快，但好在关键数据也不多，它们都沉默着。数据在风中交换，云散了些，一两颗星星露了出来。大概半小时后，它们完成了数据互换。

魂斗罗的眼睛再度发光，自言自语道："咦，你这副身体的性能好棒啊，待会儿见到威威，他肯定会在我身上乱摸。"

河面上的LW31低低地"嗯"了一声。

远处炮火再次响起，天地彻亮。随之回荡在夜色间的，还有微弱的钟声。午夜已至，新的一年姗姗来迟。

"新年快乐！"魂斗罗快活地向河中央喊道。

LW31已经无法动弹，胸膛里尽是线路断开的细微声响。"新年快乐……"它有气无力地回道。

"恭喜发财！"魂斗罗又喊。

这一次，却久久没有回应。河中央的机器人，终于成了墓碑。

魂斗罗等了好久，才咕哝着最后的四个字"万事如意"，深一脚浅一脚走向远处的城市。

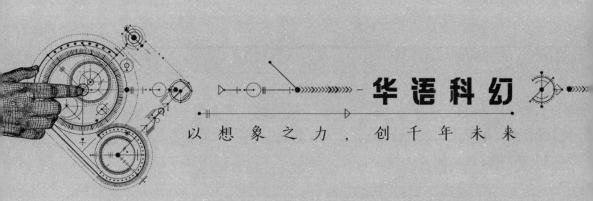

华语科幻

以想象之力，创千年未来

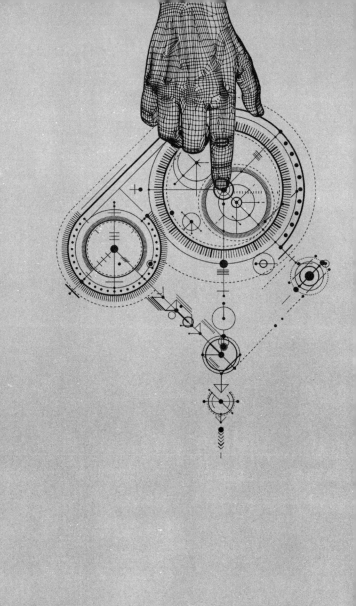

阿缺科幻精品系列

江河流殇

阿缺——著

科学普及出版社

·北 京·

图书在版编目（CIP）数据

阿缺科幻精品系列 . 江河流殇 / 阿缺著 . -- 北京：
科学普及出版社 , 2024. 7. -- (百年科幻). -- ISBN
978-7-110-10743-0

Ⅰ . I247.7

中国国家版本馆 CIP 数据核字第 20240U579M 号

策划编辑	王卫英
责任编辑	王卫英
封面设计	书香文雅
正文设计	书香文雅
责任校对	吕传新　焦　宁
责任印制	徐　飞

出　　版	科学普及出版社
发　　行	中国科学技术出版社有限公司
地　　址	北京市海淀区中关村南大街 16 号
邮　　编	100081
发行电话	010-62173865
传　　真	010-62173081
网　　址	http://www.cspbooks.com.cn

开　　本	720mm×1000mm　1/16
字　　数	822 千字
印　　张	60
版　　次	2024 年 7 月第 1 版
印　　次	2024 年 7 月第 1 次印刷
印　　刷	天津泰宇印务有限公司
书　　号	ISBN 978-7-110-10743-0 / I·720
定　　价	180.00 元（全 6 册）

目 / 录

Catalogue

江河流殇 / 001

同学，跟我一起拯救地球吧！ / 031

收割童年 / 051

搭　讪 / 085

再见哆啦A梦 / 099

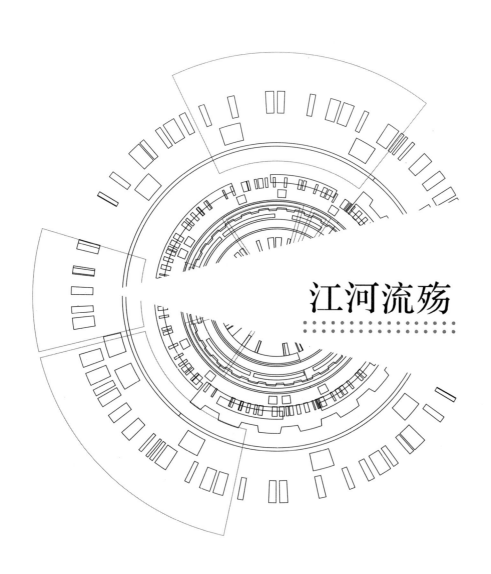

江河流殇

一

江川足下：

……匆匆返家，得信于池畔，心稍宽。

足下信中详绘奇境，种种神幻，翔天潜海皆可为之，恐不啻神宫仙境。吾与足下知交三载，信往逾百，知足下素来辞恳意切，向不轻薄，是以虽不信，犹不疑。倘亲眼见之，自当知晓。

然两地暌违，恐此愿终不得偿，每念至此，心憾不可抑。

舒原敬启　四月初一

江川走进幽辞馆时，老头正在看书。青褐色的书桌旁，一壶茶正被文火慢煮，壶肚里传来咕噜轻响，袅袅水汽自壶嘴升起，让馆内弥漫着隐约的香气。江川合上背后的门，喧闹嘈杂立刻被滤去。

"每次进来，就像进了另一个世界。"江川走到书桌前，"有时候想起来，老头你真会享受。"

老头抬起脑袋，笑了笑："你又来了，这次还是要我给你译成古文吧？"

"嗯，不然我也没其他的事情。我可静不下心，能把一本书看完，尤其是纸质书。"江川把信拿出来，放到书桌中间，然后坐到一张楠木圈椅上，惬意地把背靠上去，"你在看什么书？"

"一本词集。"老头把书合上，让江川看见封面，"《姑溪词》，北宋李之仪写的。"

"北宋……"江川仔细思索了一下，"那是1000多年前的朝代了，这么长的时间，还能流传下来，真不容易。"

老头摘下老花镜，揉揉眼睛，然后又戴上，拿起江川的信："是啊，文字是很神奇的东西，不管过多久，都能顺着时间的河流传递下去，流传到想看它的人手里。"

江川一愣，手臂上肌肉跳动，他伸手揉了揉。老头只顾着看信，没有抬头。

"你这次写的有点儿多，要全部翻译吗？"老头问。

"嗯，这难不倒你吧？"

老头没有说话，拿出一支笔杆是乌青色的毛笔，蘸了墨水，铺开宣纸。接下来的40分钟里，整个书馆一片寂静，只有笔尖划过纸面的沙沙声，像风掠过树叶。

江川等得无聊，拿起《姑溪词》。这本书有年头了，虽然经过保养翻修，但岁月的侵蚀还是让书页一如迟暮的容颜。江川很喜欢翻页的感觉，粗糙的页边摩挲着指尖，似是不舍。只是上面的文字让他犯了难，生僻字多，读起来很是吃力。他快速翻动，词集不厚，很快就翻了一大半。

"词要一句一句地品读，读了还要想，这样才能品出其中的滋味。"老头译完了，把宣纸递给江川，"很多古代词人，为了写词，经常茶饭不思，花上好几天才写出一句。"

江川挠挠头，不好意思地放下书，拿过宣纸。像以前很多次一样，他很满意老头的翻译。

老头把茶壶取下，倒了两杯。茶香更加浓郁了，江川不由得吸了吸鼻子。

喝完茶，江川把信折好，然后把手指凑近书桌前的感应区，输了几个数字。

"你给多了，几乎多了一倍。"老头拉住江川的手，想把数字输回去，"你来过这么多次，而且每次都是译信这样风雅的事情，我不应收你钱的。"

江川抽回手，拍了拍老头的手腕，"再风雅，也要吃饭。我每次来，你这里都几乎没有生意，现在看书的人不多，看古书的尤其少。你总要有收入。"

"我的书值不少钱，要是肯卖，这样的古书还是有人愿意收藏的。"老头愣了一下，争辩说。

江川知道老头说的是实情，但他只是笑笑，收好信，走出幽辞馆。

刚出馆门，一股闷躁之气扑面而来，江川脸上的每个毛孔都闭上了。

他紧绷着脸，招了一辆无人飞的，然后闭上眼睛。飞的在高楼间穿梭，阳光穿过阴霾的云层，透过车窗，照在江川的脸上。阳光的温度与机械散热的温度不同，带着柔软，他的脸在阳光的抚摸下慢慢放松开来。

空中的飞的很多，交管系统一刻不停地安排最优化线路，饶是如此，江川还是用时很久才到市电视台。飞的直接把他送到了位于高楼层的演播厅。

"你怎么才来，节目都快开录了！"刚进演播厅，一个硕大的脑袋便伸了过来，对着江川劈头喝道，"快去化妆！"

江川皱了皱眉，眼前的胖子姓李，人称肥头李，是节目制片人。江川对他的能力很不屑，但肥头李后台硬，是节目组里最不能得罪的人。

化妆没用多久，毕竟底子好，怎么化都有主持人的气质。肥头李又转头调度现场，观众被拉过来挤过去，彩灯的光柱四处乱晃，人影纷乱，乐队则被逼迫着调试音质，越忙越错。整个现场乱得如同煮沸的汤汁。

江川站在角落，扬起嘴角，无声地笑了起来。他的视线落在了休息区一个女选手身上，准确地说，是落在她的衣服上。那是一件雅致的民国款式的旗袍，绣着墨绿色云彩，硬领无袖，露出她那细白的脖子和手臂。旗袍的衩开至小腿，玉一般的肌肤掩映在轻柔布料下，若隐若现，像被流云遮住的皓月。江川最后才去看女选手的脸，不算美得惊心动魄，但五官清雅，楚楚动人。

江川就这样看着，失了好一会儿神。

最后，导演实在看不过去了，让一个女场记把肥头李拉走。导演亲自指挥，不到10分钟，各方面都已准备妥当。随着音乐的响起，节目正式开录。

这是一档选秀节目，200年来，观众一直对观看这样的节目乐此不疲。江川便以此为生。

舞台上的江川是另一个人，谈吐得体，机锋频出，带着选手依次走完节目环节。这样的流程他经历过无数次，早已熟悉，虽然笑容满面，但心底平静得如同死水。这种心境直到那个叫吴梦妍的女选手上台时才有所改变。看着她缓缓走近，如一片云，他再度失神。

因为主持人的走神，这条不得不重新拍，吴梦妍看了江川一眼，低头下台，然后把款款上台的场景再录一遍。这种低级失误让江川脸红，但他诧异的是，肥头李居然没有趁机嘲讽。他用眼角余光扫视，发现原来肥头李正盯着吴梦妍看，无暇找自己麻烦。

接下来的节目顺利录制。江川发挥了自己的职业素养，提出的问题圆滑而尖刻，不着痕迹地满足了观众的窥视欲望。只是，吴梦妍显然毫无经验，总是红着脸，紧张地低头，不知怎么回答。这种窘迫其实是观众最愿意看到的，然而江川默默叹了口气，没有继续深挖，并且在很多地方帮她巧妙地带了过去。

　　或许是运气不错，或许是她那身复古的旗袍让人喜爱，节目录到最后，现场观众给了吴梦妍一个不错的分数，使她得以晋级。

　　录完后，所有人都长舒了口气，愉悦地准备收工。江川摘下耳麦，独自走向卫生间。他性子冷，工作这么久，却与这里的人都不熟悉，从不参与他们的娱乐。

　　在卫生间门口，他意外地碰见了吴梦妍。可能是刚卸完妆，她脸上红扑扑的，还带着水珠。她也看见了江川，愣了一下，低头擦肩而过，发尾留下一抹香味。

　　江川转头，看着她的背影，旗袍勾勒出来的身姿如一溪流水。

　　吴梦妍在走道的转角处被一个人拦下了。江川下意识地向卫生间门里移了移，眯眼看去，他看到一个硕大的身影横在走道尽头，不用看脸也知道是肥头李。肥头李把吴梦妍拦住，往她手里塞了一样东西，并悄声说了些什么，然后带着莫名的笑意离开了。

　　江川看得很清楚，塞在吴梦妍手里的，是一张纸条。

　　江川足下：

　　……宴后，父大怒，责以藤条。自战事频起，世道艰辛，父勉力持家，终日惶忧，欲以豪族之姻保族内稳固。然良人未遇，吾心不甘，责打之下未有一言。母终不忍，哀声劝谏，父乃束手而去。

　　　　　　　　　　　　　　　　　　　　舒原敬启　九月十六

"出事了。"

江川早上醒来，就看到了通信频道上的这3个字。全息屏幕还显示了发信人的姓名——刘凯。江川头皮一阵发麻，连忙回拨过去。

很快，一个头发杂乱的人像显现出来，神情憔悴而惶急，"快，到我的实验室来！"他的头像后还有别的人影，似在走动，夹杂着重物移动的声音。江川刚要询问，嗞的一声，刘凯的头像已经消失了。

他只得披上一件衣服，匆匆赶往刘凯的实验室。

天气阴沉，厚厚的云层积压在低空，似乎伸手就能摸到这些灰色的水汽。江川按着额头，一直看着车窗外，视野里都是灰蒙蒙的。

好不容易赶到，刚下飞的，江川的眼皮就猛地一跳——几个警察围住了实验室！

"你就是他找来的人？"一个警察迎出来，扫描江川的手指，确认了身份，疑惑地说，"我以为他至少会给律师打个电话的。咦，这个名字，江川……好熟悉，好像在哪里听过……"

江川冲警察笑笑，"我是他大学同学，毕业后一直联系，关系不错，所以有事他都找我。那，他到底怎么了？"

"附近的居民举报他，"警察努力回忆着"江川"这两个字，随口答道，"好几家居民的宠物失踪了，有人说亲眼见到一只良种狗进了他的实验室——见鬼，我怎么就想不起来了——然后就再也没有出来过。狗的主人找他，他不理会，人家就干脆报警了。"

"那你们在实验室里找到什么没有？"

"除了那些奇奇怪怪的机器，"警察抓抓头，"连根狗毛都没有……"

江川点点头。警察没有证据，不会很麻烦。他说了声谢谢，走进实验室。

刘凯坐在实验室里，紧张地环顾四周，不时冲着某个搬东西的警察

大声喊道："嘿，那台粒子分析仪不要动，线圈一旦弄混，整个仪器就坏了——该死，说你呢，别乱按，我花了3个月收集的数据，按错了就得全部重来……还有你，对对，就是你……"几个警察都对他怒目而视。

江川走过去，把头凑近到刘凯耳边，低沉地道："给我闭嘴！"

刘凯立刻合上嘴巴，在接下来的调查取证中，他始终没有说一句话。

由于找不到证据，警察只得悻悻收工，给个警告了事。江川一直点头道歉，连声说是个误会，目送警察走远。

警务飞车排着青烟，缓缓上升，到半空时又停下来。车窗降下，一个头伸出来，对江川大声道："我终于想起在哪儿听过你的名字了——嘿，你主持的那个选秀节目真无聊！"

"慢慢吃，"江川扣了扣桌面，小声提醒，"这里是餐厅，不会少了你的饭菜。"

刘凯依然埋头吃喝，"我连着做了3天实验只吃了几个面包，当时不饿，现在一闲下来，肚子就像绞肉机在绞一样。"他一边咀嚼一边说，声音含混，江川花了好大一会儿才听清。

"你太拼命了。"他缓缓舒一口气，端起红酒杯，"那，有什么进展吗？"

"还没有，超光速的研究太复杂了，即使采用曲率驱动，也难以实验。毕竟我的实验室只有我一个人。"说到这个，他脸上的神情低落下来，吃东西的速度也变慢了，"白鼠都被用完了，我懒得出去买，恰好几只宠物狗跑进来，我就用他们做了实验，全失败了……"

"以后不要再这样了，这次是运气好，要是警察再细心一点，知道我们研究的是什么，就有大麻烦了。"江川扣了扣桌子，语气透着失望。

"那你得再给我些钱，去买新的实验动物和仪器。"

"嗯，回头我给——"江川突然顿住，眼睛盯着餐厅大门方向，那里，走进来一个熟悉的人影。

是那个叫吴梦妍的女选手。她仍旧穿着民国款式的旗袍，只不过换了种花色。江川心里一动。顺着她的视线望过去，果然，在餐厅的西北角落里，他看到了穿一身西装的肥头李。

"你在看什么？"刘凯放了一块肉在嘴里，声音再次模糊。

江川没有回答，他端着酒杯，若有所思。早就听说过肥头李经常约漂亮的女选手，用制片人的身份许诺晋级名次，然后一夜风流。那么，昨天肥头李塞给吴梦妍的纸条，恐怕就是今晚约会的地址了。

这种潜规则在电视行业里早已不是新闻，而江川只是主持人，利益链里无关紧要的一环，他清楚自己的身份，从不过问这种事。但现在，看着吴梦妍走过去，他的心像是落下了一片羽毛般，空落落的。

"没什么，只是一个熟人。"江川转过脸，以免肥头李看到自己。

不一会儿，西北角突然传来一阵响动。整个餐厅的人都向那边看去。江川忍不住回头，看到吴梦妍和肥头李都站了起来，后者抓着前者的手腕。"放开！"吴梦妍的音调不高，但很沉，隔着大半个餐厅，江川都能清楚地听到。

在所有人注视下，肥头李的脸色很难看，他凑到吴梦妍脸前说："既然愿意来，还竖什么牌坊？"

"你放手。"吴梦妍的脸憋得通红，但说出的每个字都沉得像铁。

这时侍者走过去问："出了什么问题吗？"

肥头李意味深长地笑笑，嘴里轻哼一声，慢慢松开了手。吴梦妍转身推开侍者便走，她低着头，脸上潮红未消，迅速走出了餐厅。

肥头李挥手让侍者走开，愤愤地又坐下来。

江川抿了一口酒，让醇香在口中融化。

第二轮选秀时，吴梦妍表演的才艺是唱歌。她抱着吉他，在灯光昏暗的舞台上，自弹自唱，声音轻柔绵软，旋律如絮，飘满了整个舞台。一曲终了，观众回报了持久的掌声和欢呼。

但这一轮，她被淘汰了。

她似乎也料到了这个结局。晚上的节目录完后，她背上吉他，独自走出了电视台。她没有招飞的，而是乘电梯到了大厦底层，走到大街上。此时已晚，大多数人都选择坐飞的，空中被拉出一道道光弧。街上行人寥寥，只有老式路灯默默发出黄光。

江川站在高楼边，透过深色玻璃，看见吴梦妍的背影如一片小帆，慢慢隐去。

三

江川足下：

……三子二女，母独爱我。今母弥留，吾泣泪于母前。

足下亦养于父生于母，吾之哀切，必能体察。若足下身陷此境，当如何处之，告我知否？

舒原敬启　五月初九

"都这么晚了，你还过来？"老头正准备关门，一转身，看到了身后的江川。

"来都来了，就让我喝一杯茶吧。"江川微笑着走进去，"反正我一个人住，什么时候回去都不要紧。"

老头叹了口气，放弃关门，进屋烧开了茶炉。不一会儿，咕咕声就响起来了，清香弥漫。"说回来，你好像总是一个人。"老头站在茶香中，摆好茶具，"怎么不去找个女朋友呢？以你的条件，要找个好女孩子，应该不难的。"

江川闭上眼睛，使劲吸了口茶炉冒出的香气，然后缓缓吐出来。"好女孩很多，可是……"他迟疑了一下，终是说了出来，"我有喜欢的人了。"

"是那个写信的女孩？"

江川浑身一抖，睁开眼睛，老头的面孔在氤氲的茶汽后看不真切。

"我已经老了，孤家寡人，能陪我的只有这些更老的书。"老头转过头，看向周围书架上的古籍，眼神温柔得不像一个花甲老人，"但我年轻过。我知道两个人，是不能只靠互通书信在一起的。"

江川点头，"我明白你的意思，要找到适合的人确实不难，只是……我忘不了她。"

"如果不能遇见，就放下吧。总是一个人，也很辛苦的。"老头轻轻叹口气，"你总说我洒脱享受，但自从老婆子去世后，我就没有真正高兴过。我不想你也这样。"

江川默然。这时茶煮开了，壶盖被顶得连连跳起，白汽袅袅而上。老头不再说话，将茶注入杯里，闭目细品。

出了幽辞馆，江川伫立在天桥头，怅然若失。他面前的夜空被飞行器划过无数道光的流影，建筑隐在光影后，看上去只是模糊的影子。他抽出折好的宣纸，夜色里看不清字迹，但他知道上面写了什么。那是他写给舒原的。宣纸在夜风中轻轻抖动。

他想起了老头说的话，不禁苦笑。刘凯的实验成功遥遥无期，或许，根本不会成功。那他可能一辈子都见不到舒原了。

站在夜风吹拂的天桥头，他想了很久。

第二天上班之前，江川找到了节目统筹，说想看一下参赛选手的详细资料，便于现场发挥。统筹点点头，去资料室复印了一份。江川拿着资料单，手指很快划过，他的指尖停在了"吴梦妍"这一栏上，记下了她的电话。

犹豫了几个月后，江川拨通了这个号码。又过了半年，吴梦妍搬到了江川家里。

由于生活中多了一个人，江川开始时有些不习惯。但吴梦妍是个好女孩，体贴温婉，包容着江川多年独身积累下来的怪习惯——比如书房角落里放着一个奇怪的铁箱子，除了江川自己，任何人都不能碰；比如他总是默默写信，然后去让一个老人译成文言文。

从这些现象看来，吴梦妍隐约猜到江川有个笔友，她问过他，而得到的答案却只是沉默。

"是你以前的女朋友吧，"她没有过多计较，只说，"你们可以保持联系。但是……你现在的女朋友是我啊。"

"我知道。"江川点点头，忍不住问了那个一直压在心底的问题，"那次为什么去赴肥头李的约？他不是好人。"

"我知道。可是我很需要那笔奖金，我也明白那张纸条代表着什么。但当我真正坐在肥头李面前时，才知道自己做不到……"

"为什么需要钱？"江川追问。

"爸爸的肝坏了，医生说可以换一个人工仿生肝脏，可我付不起医药费。"

"我可以给你，这些年我自己就支撑着一个实——！"江川停下来，没有把后面的话说出口，顿了顿，他说，"我可以帮你的。"

"已经……用不上了。"吴梦妍抬起头，眼里噙满泪水，"比赛后的第二个月，爸爸就……"

"对不起。"江川把她拥入怀中，亲吻她垂泪的眼睫。

从这之后，江川慢慢改掉了自己的怪习惯，尽量少躲在书房里，也不再总是写信。但这样刻意的压抑，一时间让他无所适从，他经常下意识地摸摸胸口，感觉不到宣纸的存在，一阵惊慌之后才意识到是自己没有写。上班时也总是心不在焉，在摄影机前说着说着，突然莫名地停了下来，所有人都诧异地看着他……

很多个夜里，他习惯性地起床，拿起床头的笔，想走到书房里。但一看到身边熟睡的女孩，他便站住了。窗外透过微弱的光，他看见吴梦妍的鼻子一抖一抖，嘴角含笑，似乎进入了美好的梦境。他在黑暗中轻轻叹口气，放下笔，又慢慢躺下。

一个月过去了，他没有再写信，也没有把自己关在书房里。但煎熬丝毫未减，他恍惚的次数越来越多，工作频繁出错。

这一天，在又一次走神后，肥头李气势汹汹地冲上台，指着他的鼻子大骂："你怎么回事？老是犯这些低级错误，你知不知道每一次重录要花多少钱！不想干了，就给老子滚！"

自从江川与吴梦妍恋爱之后，肥头李越发看不惯江川，总是找借口刁难他，让他难堪。而江川的失误给了肥头李很多机会。看着肥头李满脸横肉抖动的样子，江川愣了一下，脑中突然想起那个警察临走前冲他喊的话。

他以为自己忘了那句话，可这一刻，那每一个字都在他耳边炸响，如雷似涛。

江川低下头，小声说："对不起，再也不会了……"

这下轮到肥头李发愣了。他从没见江川这样温顺过，呼吸一顿，忘了接下来要骂的话。几秒过后，他哼了一声："知道就好！再做不对，立马收东西走人。"他狠狠盯了江川一眼，凑过去，压沉了声音，"以后干好自己的活，不要跟我抢食，不然没你好果子吃！"

说完，他得意地转身。整个演播厅突然响起了一阵低呼。一只脚从后面踹去，巨大的冲击力让肥头李向前一个趔趄，在空中停滞了两秒钟过后，他的鼻子率先接触到了地板，

四

江川足下：

……家中钱财散如流水而聚若飘絮，今尽遣仆役，庭府之寂清堪比孤坟。吾居家不出，而足下书信不至，唯读书以消时光。一日，读端叔①之词，见江妲之句，感触颇深，至于泣下。

念足下之别，吾生当无涯。

舒原敬启　正月初三

失去工作以后，江川心情更加糟糕。为了缓解这种恍惚和焦虑，吴梦妍为她和江川报了一个旅游团。他本不愿去，但禁不住她殷切的眼神，便点头答应了。

旅行团包了一条老式游船，船沿长江而下，让游客们见一见这条生命之河周边的风土人情。江川从没有在船上待过这么长时间，晚上睡不着，便披着衣服，和吴梦妍一起站在船头眺望长江夜景。江边的发展已然颇具规模，两岸灯火辉煌，只有河面黑寂如墓。这条河流已经没落，除了观光船，再没有船只航行其上。

---

① 端叔，即李之仪。

吴梦妍不关心夜景，站在江川身边就让她心满意足。她挽着江川的手，发丝在夜风中浮动，还有几缕在江川脸庞拂过。

游船从上海起航，要在7天内开到重庆。到了第五天，船只驶到荆州境内，船下水势变大，滚滚水流泛着白沫。导游站在船头，大声讲解："长江流到了荆州，随着地势变化，水流也急促了很多。大家看这水，滚滚向下。千百年来，长江水一直向下流去，犹如时间，从不断绝。江面上承载的一切都顺水漂流，再也不能回头，就像我们一样……"

游客们望着船下的水流，纷纷点头，感慨不已。只有江川转身望着身后，江雾缥缈，吞噬了他的视线。"不对！"他突然大声喊了起来，"水不可能总是向下流的！"

所有人的目光都汇聚到他身上，吴梦妍拉了一下他的袖子。但他像是压抑许久之后的爆发，没有理会，上前一步，对着导游说："如果水永远往下流，那么，即使是长江，也要干涸的！水向下流动，是因为重力，但是，肯定会有别的办法能够逆反方向。水面上的东西也不会永远只是随水漂流，就像这条船，开动发电机，就可以反过来航行！"

"先生，你……"导游愣住了。

江川打断他，江风刮过来，吹得他头发凌乱。他满面通红，继续说："总有一天，河水将要倒流，上游变成下游，左岸变成右岸①。我们逆流而上，可以再回头……"

他激动得浑身颤抖，唾沫四溅，对别人的侧目毫不在意。吴梦妍从没见过这样的江川，她不明白是什么让他变得如此激动，这一刻，她突然觉得自己从未了解过这个男人。

之后，江川提前结束了旅游，在下一次靠岸时便匆匆下了船，回到家里。他的心情愈发烦闷，吴梦妍好几次试图安慰他，但都没有作用。

---

① 按水力学原理，从上游往下看，左手边为左岸，右手边右岸。若长江逆流，则左右岸应互换。

所幸，没过多久，江川的情绪终于有了改变。

那是在一个雨夜，乌云汇聚，雷声在高楼间咆哮。他们正准备休息，突然门被咚咚咚地敲响。吴梦妍皱了皱眉，起身去开了门。

"我成功了，我把——"门刚打开，一个声音就兴奋地响起来。吴梦妍被吓了一跳，看见门外是个干瘦的陌生男子，没有打伞，浑身都在淌水。男子看见她，也吃了一惊，把后面的话又咽了回去，然后，他结巴地问："这里，是江川的家吗？"

这时江川也下来了，看见门外的男人，"刘凯，你怎么……进来再说。"

刘凯绕过吴梦妍，湿淋淋地走进屋来，再度兴奋地说："我的实验成功了！"他正要再说，却看见江川使了下眼色，便又住嘴了。

"去我书房吧。"

吴梦妍看着两个人走上楼，张张嘴，却最终什么都没说。屋外雨声淅淅沥沥，延绵不绝。一股不祥的预感突然笼罩了她的身体，她抱住肩膀，颤抖了一下。

这一整夜，江川都没再回到房间里。

吴梦妍不记得刘凯是什么时候走的了，她只知道，从那一个雨夜开始，江川便开始了早出晚归的生活。每天清早就匆匆出门，晚上则带着一身疲惫回家，要么倒头就睡，要么又把自己关在书房里，直到夜深。

她问他，得到的却只是疲倦的摇头。

其实，她知道江川每天去的地方是个小实验室，和刘凯一起。她耐心地等待，希望江川什么时候能坐在她面前，好好跟她讲出实情。然而，这种等待在日复一日的孤单中变得越来越沉重。

终于有一天，她目送江川的身影匆匆隐进晨雾中后，来到了书房。她径直来到那个奇怪的箱子前，直觉告诉她，所有关于江川的秘密都在这里面，她无声无息地按了密码——她和他在一起了这么久，知道他所有的密码都是相同的数字。

果然，箱子发出咔咔的齿轮转动声，箱盖弹开，露出里面精细诡谲的构造。箱底是一层银白色的蜂窝状孔层，孔中有蓝色尖锥，幽幽反光；箱壁两侧是纯黑的电路板，线路密集而有序，她敲了敲，响声沉闷，这说明里面还有更复杂的结构。她想不明白这奇怪的箱子有什么用，最后，她的视线落在箱盖上。

箱盖中间有个条状凸起，她轻轻一推，咔，凸起下滑，露出了里面的暗格。格子不大，里面装的全是白纸，整齐地叠着。她的右眼皮跳了一下，顿时想起江川以前每日写信的习惯来。

接下来的10分钟里，吴梦妍一直站在箱子前，她眉头紧皱，眼睛盯着那堆信件。上午的阳光透过窗子照进来，灰尘在光线中缓缓游动，一些光射进箱子里，像被吞进去了一样。

终于，某些情感占了上风，她拉上窗子，打开灯。所有的信件都被放在书桌上，她按顺序拆开，一封封阅读。上面都是些古文，她读起来有些吃力，于是打开了电脑，进入搜索界面，遇到不认识的字便查阅。整整一个上午，她都坐在书桌前。

读完后，她面无表情，拉开窗帘，阳光扑面而来，将她整个身体都笼罩住。她却只觉得身上寒冷。

当晚江川回来后，如往常般草草地吃了些东西，然后进了书房。一分钟后，他走出房间，来到吴梦妍面前，"你翻我的箱子了？"

吴梦妍怔怔地抬起头，张张嘴，却说不出话来。她只能点点头。她突然想起，没有把电脑里的查询记录删除。但这已经不重要了。

"对不起。"江川说，"但是，我做不到放弃。"说完，他再次转身向书房走去。

"你……你甚至都不愿意解释一下吗？"吴梦妍的声音有些干涩。

"你都看过了，我解释也没有用，是我对不起你。"

"那么，你一直爱的都是……一个民国女孩？"她艰难地问出口。

江川陡然站住，缓缓转过身来，"是的。我知道这不可理喻，但，是这样的。"

"你爱上了一个从未见过的人，一个甚至跟你生活在不同时代的人？"吴梦妍一反往日的温顺，声音渐渐大了起来，"告诉我，这究竟是怎么回事，我算什么？"

江川苦笑，往事纷至沓来。事实上，如果可以，他也想正常地生活，可已然迟了，这一切在他读到那封信时就已注定。那时他大学还没毕业，一家研究中心研制出了时空通信技术，工作人员写了一封信，投递到过去，很快，这封信得到了回应。那是一个15岁的小姑娘，她看不懂信上的简体字，充满好奇地询问这封信来自哪里。而这个小姑娘回信的时间，是1928年，200多年前。

一时间，整个社会沸腾了。但冷静下来之后，人们开始了恐慌——一旦时空平衡被打破，整个因果链将重新排列，甚至断裂，熟悉的世界随时可能被篡改。人们举行了大规模游行，政府也迅速回应，强行关闭那家研究中心，并立法案禁止任何试图打破时空平衡的研究。事情渐渐平息下来，生活依旧继续，这似乎只是时间长河中一圈小小的涟漪。

但有两个人被这圈涟漪改变了。一个是刘凯，他原本主修空间理论，对时空相当痴迷，时空通信的出现为他打开了一道门，使他的痴迷更加浓烈了。另一个则是江川，他感兴趣的，是那封从两百年前寄过来的信。报纸上刊登了这封信，只有百余字，有些语句读起来还很拗口，但他仍能从信中看出小姑娘的活泼与好奇。研究被禁止后，没有人再去理会这个等待回信的女孩。江川经常做梦，梦见一个穿素白色衣裙的女孩站在河边，神情期待。这个梦境反复闯进他的睡眠里，让他每每午夜梦回，再难入睡。于是，他决定自己给女孩回一封信。

江川和刘凯约好，继续研究时空通信。江川继承了父母留下的大笔财产，自己还去电视台担任主持人，丰厚的遗产加上不菲的薪水，使得这项非法研究得以维持下去。

"于是我成了刘凯的实验资助人。他是个天才，独自钻研，也很快就复制出了时空对话的技术。我书房的箱子就是接收器，能把舒原写的信投影过来，打印在纸张上。"江川慢慢地说，"于是毕业后不久，我就能给舒原回信了。然后，我们经常通信，她生在民国，女孩子多半都没有受到很好的教育，但她喜欢写文言文，我就去书馆里找人把我的话译成古文再寄给她。我刚开始只是觉得新奇，但，后来……"

"后来你爱上了这个女孩。"吴梦妍苦涩地扬起嘴角，把他后面的话说了出来。

江川顿了顿，眼睑垂下来，"我也没想到，但写信越来越多，我就慢慢陷进去了。舒原是个好女孩，虽然我没有见过她，但从她的信中，我感到了她的……"他停下来，眼神从回忆的迷离中清醒，"是的，我爱这个生活在过去的女孩。"

"那我呢？你追求我，只是为了掩人耳目或者缓解寂寞吗？"

"不是的！"江川摇头，"我自己也觉得这样很糟，我不能靠写信过完一生。所以，我打算放弃，想找个人好好生活。"

吴梦妍眼中蒙上了一层雾，她拼命忍住，说道："说什么好好生活，你现在每天出去，回来倒头就睡，算是好好生活吗？"

"因为刘凯的实验有进展了。"江川犹豫了一下，咬咬牙，"我们的研究目的，不仅仅是进行时空对话，他——他想让时间逆流，回到过去！而这也是我的想法，我想去民国，见一见舒原。"

吴梦妍睁着眼睛，泪水流下而恍然不觉，她盯着江川看了很久，喃

嗫地说："这不可能，时间旅行从来没有成功过……"

"但刘凯确实做到了。他把小白鼠成功送回了过去，我想很快，就可以进行人体试验了。这些天我都在帮他，我亲眼看到的。"

"这不可能……"吴梦妍后退一步，他们的距离似乎被这一步无限拉大，隔着泪雾，她突然看不清江川的脸。最后，她轻轻地问："那个民国的女孩子，她，她也爱上了你吗？"

"我不知道。"

五

江川足下：

自七月始，每夜听闻炮轰火鸣，隐觉不祥，不意所料成真。昨战事尤烈，屋房震颤，未几，守军战败，贼寇入城，至此直沽尽数陷于敌手。

……

吾未敢出户，但闻窗外妇孺哭泣之声，可知贼寇烧杀劫掠等若寻常。津门之地，已落为鬼蜮。吾终日藏匿，不知何时可见天日。

舒原敬启　八月初三

吴梦妍离开了。

江川没有挽留，只是帮她收拾好行李。她的东西不多，江川沉默地看着她的身影渐渐消逝在晨雾中。他们没有道别。

这之后，江川几乎住进了实验室，他虽不算专科出身，但这些年来一直在读有关时间旅行的论述，在许多实验细节上都可以帮助到刘凯。刘凯的实验原理基于斯蒂芬·威廉·霍金在200多年前提出的理论——时间就像一条河流，在不同地段有不同的流速，某些特殊环境下，时间将会流得很慢。而刘凯做的事情，不仅仅是让时间变慢，还有可能找到可以逆流的河段。

"这在大自然中也是存在的，在一定环境下，江河可以逆流①。同理，时间也能溯洄。"在那个雨夜，刘凯兴奋的脸庞被雷电照亮，"我之前一直把精力花在突破光速上，相对论证明了它的可行性，我们能把信通过这种方式传回去，但生物不行，需要的能量太大。我用了几年时间，一无所获，直到昨天，我把玻璃罩撞破了，一只白鼠从破洞里钻了出来，我突然想到了，或许可以试试虫洞！"

他的转向是正确的。无处不在的量子空洞比超光速容易得到，他用高能粒子将之轰开，把一只白鼠送了进去。白鼠进入了时间逆向流段，几分钟之后，它出现在了3个世纪之前的伦敦街头。当刘凯看到显示屏上烟锁雾笼的伦敦时，惊喜得浑身颤抖，迫不及待地找到了江川。

但接下来又出现了新的难题——实验的成败完全是随机的。同类的白鼠，一只缺了右前肢，一只挂了脚牌，结果却只有前者能被传送，后者消失在了混乱的时间洪流中。相同的结果也出现在非生物实验上，一根木头能被传送，瓷砖却不行。

后来他们用衬衫做的试验，仪器能把衬衫传回50年前，但不能传回500年前。他们认为这是因为500年前没有衬衫，然后得出结论：时间旅行不能把一件物品传回到其产生年代以前。但第二天，江川试了试，发现可以把这件衬衫传到5000年前。他们得出的结论瞬间被推翻。

他们这些天几乎都在做对照实验，试图找出成败的规律。然而整整4

---

① 比如在2021年9月，飓风压境时，密西西比的巴吞鲁日港口河段就发生过剧烈河水逆流现象。

个月，除了越来越杂乱的记录，他们没有任何进展。

终于，随着球鞋的实验失败，江川颓然地叹了口气，瘫坐在一堆实验材料上，"我们肯定有什么地方弄错了，不能再这样下去了，得静下心来想一想。"

"不，是实验次数太少，才2000多次而已。"刘凯头也不回，不断调整仪器，"所有科研的成功，依靠的都是大量实验，没有捷径。"

江川叹口气，疲惫如潮卷来，整整两个月他都没睡个好觉了。他躺在材料上睡着了。醒来后，刘凯依旧忙碌在复杂的仪器中间。他劝了几句，没有得到回应，他再度叹气，起身走出了实验室。他渴望能实验成功，但这需要冷静的头脑，休息一下是很有必要的。

回到家里，他打开书房的箱子，里面积压了不少信件。他把仪器跟舒原的生活时间同步了，也就是说，舒原已有两个月没有收到他的信。他一封封拆开，刚开始舒原好奇地问他怎么没有回信，后来语气变得哀婉了，再后来，她不再询问，只是叙说自己的事。

彼时舒原所在的年代是1938年，烽烟四起，舒家散财保命，家道已然中落。在信中，舒原描绘了直沽之地的惨状。这让江川眉头紧锁，10年来，从信件中，他几乎是看着舒原由一个大户千金没落成民间女子。而她身处的天津，当时被日军占领，想必她的处境更为艰难。

休息了几天后，他带上写好的信，准备去找老头。可是等他到了那，才发现幽辞馆已经关闭，取而代之的是一家歌舞厅，即使是上午，里面仍灯红酒绿，嘈杂不堪。江川在门前站了许久，走进歌舞厅，吧台前的负责人告诉他，因为生意不好，老头没有资金维持幽辞馆，所以卖了门店。

"不可能，"江川难以相信，"他有那么多古书，随便拍卖一本都是一大笔钱！"

负责人摇头："我也这么想，可是他把所有的书都捐给图书馆，自己一个人回老家去了。没人知道他老家在哪里，只听说是在很远的地方。"

江川恍然，的确，老头宁愿把书捐了，也不会为了钱而把书转让给那些附庸风雅的收藏家。他怅然地点头，转身欲走，负责人突然叫住了他："等等，你很面熟，你是那个——以前那个主持人吗？"

江川停下，转头不解地看着他。

"是你！等一下，"负责人在吧台底下拿出两本书，递给江川，"他留着两本书没捐，让我转交给你。他说你一定会来的，让我告诉你，"他想了一下，"原话是这样——'抱歉，以后不能帮你译信了。不过，民国其实是可以用白话文的，你自己能写。'应该没有记错，你知道这句话是什么意思吗？"

江川微微一颤——他早该想到，老头帮他译了这么多年的信，靠猜都能知道他和舒原的事情。他没有回答，默默接过那两本书，书名分别是《姑溪词》和《津门遗恨》，前者他见过，是一本宋词集，后者却从未听说。

在回去的飞的里，江川仔细翻看这两本书。老头特意留给他，肯定是想说明什么。他先看的是《津门遗恨》，出自《曾国藩全传》，该书出版于100多年前，记录了侵华日军在天津的暴行。好在这本书是用简体白话文写的，他一页页翻下去。书中列举了大量史实，揭露战争背景下日军的惨无人道，肆无忌惮地烧杀、奸淫、抢掠天津人民。

江川越看眉头锁得越紧，书里强烈的反战情绪感染了他。书不厚，很快翻到末尾一章，这章讲述的是日军强拉中国妇女去当慰安妇，不少人宁死不屈，其中17个有气节的女子同时投井自杀，没让日军得逞。这17个女子的名字都被列了出来。

江川扫了一眼便翻过去，额头上的青筋突然跳了一下，好像遗漏

了什么。他怔然半晌，手指颤抖着把书页又翻回去，逐一扫视那17个名字——

舒原！

空中飞的突然转向，飞快地向实验室驶去。一路上，江川攥紧拳头，指节被握得泛白。

到了实验室，他开门进去，刘凯还在红红绿绿的指示灯间埋头研究。"我要做人体实验！"他急促地说。

刘凯转过身，花了好一会儿工夫才明白他的意思，摇头道："不行。现在还不清楚实验成败的规律，不能用人体做实验。而且，也没有志愿者。"

"有，"江川直视着刘凯的眼睛，"我来当志愿者。"

"你疯了？"刘凯一愣，"这些年来我什么都听你的，但这件事不行，太危险了。失败的实验中，物体要么被冲到时间河流之外，要么被时空的张力撕碎，只有很少一部分能原地不动……"刘凯指着那台硕大的机器大声说，唾沫横飞。

"舒原就要死了！"江川扳住刘凯的肩膀，"快送我过去！"

刘凯猛然愣住，过了半晌才结巴地说："不……不是的，她早就死了，在两个世纪前就死了。你不用现在回去……"

"不要再废话了，我再说最后一遍——送我过去！"

刘凯正要再说，实验室外面突然警铃大作。江川浑身一凛，向窗外看去，只见十几辆飞行器盘旋在屋子四周，许多警察跳下来，持枪拿棍，迅速包围过来。

"快！打开机器！"江川瞬间反应过来，连忙把实验室的门反锁，回头一看，见刘凯还在犹豫，"警察发现了，快点，不然就真的来不及了！"

刘凯被突然的变故惊得呆了，站在原地。江川咬咬牙，索性自己跑到仪器前，一连打开了好几个开关，指示灯顿时如星辰般闪烁起来。电流嗞嗞的窜动声在狭小的空间里响着。几个电子突触的尖端吞吐出电芒，逐渐合围，形成了一个直径约两米的光圈。

这便是时间长河中的逆流河段。

一切过往，都能重现；所有追悔，均可挽回。只要进去，便能溯游而上，过去即是未来，回忆不再可靠。

但从来没有人亲自尝试过。

"快把门打开！"门外响了警察的声音，"你们涉嫌非法研究，严重威胁人类安全。但现在收手还来得及，把门打开！"

江川充耳不闻，只盯着光圈看，眼中似要冒出火来。进去之后，也许能回到民国，更可能的是死亡。但他必须进去，哪怕只有一丝成功的希望。

光圈内是一片黑暗，似乎连光线都被吞噬。

刘凯回过神来，试图去拉住江川："别进去！等我找出规律……"

江川没有理会刘凯，只是盯着显示屏上虫洞生成的倒计时。屋外的警察耐心耗尽，开始掏出激光枪，用射线烧熔门阀。大约过了十几秒，警察踹开门一拥而入。

这时，江川已经走到光圈前，他的背影被光勾勒出了金边。警察不知怎么回事，但直觉不妙，连忙大声喊："不要再向前走了，赶紧停下！"

江川转过身来，背对光圈，脸上露出苦涩的笑。"好的，"他说，"我不向前走了。"

警察们长舒口气，但这口气还没舒完，只见江川后退一步，整个人退入光圈中的黑暗里。光圈猛然收缩，电光在他身上流淌窜动，他的头发一根根立起。

"我来了，舒原。"他用微弱的声音说。

在所有警察诧异的目光中，江川的身体闪动了几下，消失在光圈之中。

光太烈，江川不禁闭上眼睛，耳边响起无数声响，似乎世界上所有的动静都在这一刻汇聚到了他身旁。他感到脚没有着力，轻飘飘的，像踩在一朵云上；他浑身的血管突突地跳了起来，像是有人以血管作弦，弹奏一支令人费解的乐曲。有那么一瞬间，他痛苦得快要吐出来了。

这里没有时间概念。他不知过了过久，等到可以睁开眼睛时，他看到了身处之地——红红绿绿的指示灯闪耀不休，四周全是穿制服的警察，无比的嘈杂在他听来却是一片寂静。

他突然浑身无力，颓然坐倒在地。

实验失败了。

虽然万幸他没有迷失在时间乱流中，但他仍然没能回到两个世纪前。他和舒原，依然隔着200多年岁月所形成的鸿沟。

片刻之后，警察反应过来。他们全部扑上去，把江川按倒在地。

刘凯一直在旁边紧张地看着，他清楚地看到江川从光圈中复现时，身上的外套不见了。一道惊电在他脑中闪过，可是太快了，他没来得及看清。他向江川扑过去，两个警察把他拦腰抱住，他不顾一切地大声喊："把你身上丢失的东西告诉我！"

江川的头被摁在地上，他感觉了一下全身，努力扭头回答："袜子、钢笔没了，激光表和衬衫还在！"

刘凯浑身一震，眼前闪过无数画面，信件、木棍、袜子、笔轮番闪现，接着是带脚牌的白鼠、瓷砖、激光表……最后，他想起了霍金曾提过的另一个理论——"时序保护猜想"。

"原来是这样……"刘凯喃喃地说。

这一刻，他恍然大悟，在那4个月的所有实验中，成功被传送到过去的，都是无关紧要的东西，比如白鼠和木棍。而所有失败的，则是能改变因果链的物品。他想起了那件衬衫的实验。衬衫能被传回50年前和5000年前，是因为衬衫不会对历史产生影响，而对500年前的影响则不然。

因果链，这是玄妙而抽象的链条，它悬在时间之河上空，一环接一环，时间有多久，它就有多长。所有能破坏它的东西，都会被时间的张力撕裂。就像普通白鼠可以被传送，而一旦带了合金脚牌，便迷失在了时间乱流中。

时间旅行是可行的，但"时间"会阻止任何改变，江川能把信寄给舒原，是因为"时间"认定舒原做不出改变历史的事情，她只会在每个夜里写下回信。这也解释了"外祖母悖论"，一个人能被传到你外祖父的年代，但不能杀死外祖父，否则，"时间"就不会让你过去。就像江川，他回去是为了救舒原，在蝴蝶效应的作用下，以后的历史必然会改变。

刘凯怔怔地抬起头，四周人影纷乱，警察大呼小叫地按住江川，却没人理会他。然而他感觉有一双看不见的眼睛在盯着他。是啊，"时间"的这种判断力，神秘而霸道，似乎是冥冥中守护因果链的神明，阻止任何人靠近。

原来，自己一生的努力，都是在跟"神"作对。

他愣愣地想着。

警察刚刚把江川铐好，却猛地听到一声凄惨至极的尖叫，屋内的人全被吓了一跳。这叫声来自刘凯，他一会儿大哭一会儿又大笑，两手撕扯着自己的衣服。两个警察扑上来把他按住。

制服两人后，警察把他们关进飞行器。江川丢了魂一样，脑袋靠在

车窗上，无尽的大地在视野里展开，几缕风从遥远的地方吹来，刮过高楼间，发出喈喈的怪声。

这声音，如同虚空中神灵的轻笑。

六

江川足下：

与足下相交十载，从及笄至于花信年华，知交之久若此，却终未得一面之缘。念及此间种种，慨机缘之巧弄，世人如棋任之摆布。

……

吾一生享尽荣华亦遭尽苦难，已然无憾，唯足下不能放。身虽遥遥，心已托付，或恐足下不知，今腆面告之。此生未相见，唯愿来世续前缘。

舒原绝笔 五月廿七

江川出狱那天是吴梦妍来接他的。

彼时秋天已至，吴梦妍紧了紧衣领，发丝在瑟瑟秋风中流转。江川走过去，沉默地跟她上了飞的。

在车上，吴梦妍问：“刘凯呢，怎么只有你一个人出来？”

“他被转进精神病院了，”江川疲惫地闭上眼睛，“他疯了，那天被抓时就疯了。”

“对不起……”吴梦妍低头踟蹰良久，似下定决心般抬头开口道，“其实，举报你们做非法研究的人是我。”她脸上满是愧疚，“我本意并不想让你们被抓，只是打算……若你们的研究做不成了，你或许会回到我身边。"

出乎意料地，江川没有发脾气，只是轻轻点了一下头，然后无声地靠在椅背上。他似乎睡着了，但很久之后，他又轻轻开口："是我的错，我耽误了你，也害了刘凯。"

回到家，江川发现房间里面一尘不染。"我经常来打扫，就是想等你回来时能看到干净的屋子。"吴梦妍说。

"谢谢你了。"

"我去厨房给你做饭，你先休息，随时可以叫我。"吴梦妍叹息一声。

江川来到书房，发现接收箱不见了。他没有太惊讶，警察肯定会来搜查他的家，把箱子带走是意料中的事。但让他心里一颤的是，那些信还在，一封封被叠好了，放在书桌上。他逐一打开，那些熟悉的字迹在他眼中晃动，纷乱的记忆浮现出来。他鼻子有些酸，揉了揉才继续看信。

看完后，他把信装进一个袋子，放到书柜的顶层，关上柜门前的一瞬间，他的腿晃了晃，似乎没有站稳。而后他锁上柜门，把钥匙丢到了附近的河里。河面被钥匙击出一圈圈细纹，但细纹很快又消散了。

忙完这些后，他回到书房，一时想不到还有什么事可以做。他的视线落到书架上，泛黄的书脊吸引了他的注意，是那本《姑溪词》。警察后来处理证物时，把这本古书还给了吴梦妍，然后被她放进了书架。

他拿着书，坐到皮椅上，翻开书页。

现在他可以静下心来看完它了。这个下午，没有任何人和事来打扰他，他在静谧的时光里，缓缓品读着那位北宋词人留下来的词集。

看到书中那首《卜算子》时，他突然停下，怔怔地看着书页。压抑许久的泪水终于流下来了，划过脸颊，滴到了泛黄页面上。泪水在纸上

洇开，只能依稀看清上面的字迹——

我住长江头，君住长江尾。日日思君不见君，共饮长江水。

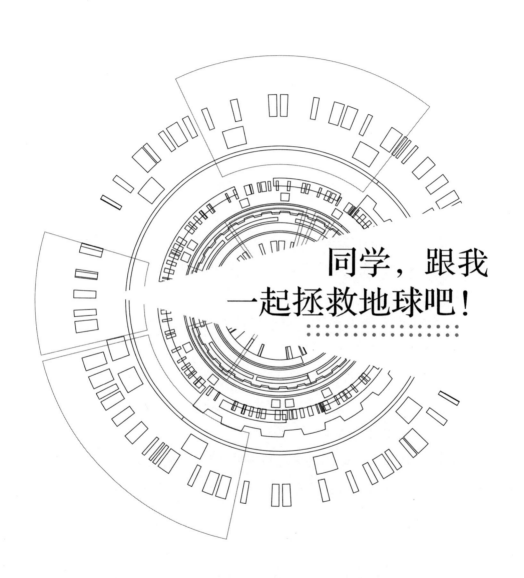

同学，跟我
一起拯救地球吧！

上

事情得从陈瑜菲接的那个奇怪的订单开始说起。

她按照下单地址，找到这间位于学校西门街巷里的地下网吧，刚走进去，大厅至少有一半的人把头从屏幕前抬了起来，视线在她身上游弋。她对此已经习以为常，毕竟做游戏陪玩已经快半年了，每次进网吧都是这样的场景。

她径直走到13号包厢，掀开帘子，里面是标准的网吧包厢配置——两台电脑，一个沙发，一个正在把头凑到屏幕前不足10厘米处的男生。屏幕闪出蓝幽幽的光，在他的侧脸上铺开。他有些瘦。

陈瑜菲皱了皱眉头，问道："请问，您就是'白马王子救地球'吗？"

男生正在专心操作，键盘和鼠标被按动的咔咔声几乎没有间隔，游戏界面上，飞船在火光和硝烟中穿梭。从他戴歪的耳机里，可以隐约听到呼啸、惨叫和爆炸声。

陈瑜菲又问了一遍，男生总算听到了，但他依旧一边操作一边盯着屏幕，头都没转，说："是我，你是菲菲吧，你先等等，我要打完这局。"

"那计时还是得从现在开始。"

"嗯。"男生简短地说，然后继续全神贯注地操作。这一局，打了一个小时之久，最终以他轰炸了对方7艘战舰而胜利。结束后，他取下耳机，眼神有些呆滞，似乎在刚才的操作中耗尽了精气神。

陈瑜菲正在微信上跟男友阿泽聊得开心，见男生游戏结束，收起手机，换上了笑脸，嗲声道："你真厉害，刚才的操作我眼睛都看不过来。对了，这是什么游戏啊，我怎么从来没见过？"

男生似乎这才想起陈瑜菲，看了看她，从身边拿起一件外套，递过来："你怎么穿得这么少，先盖上点儿。"

陈瑜菲愣住了。做职业陪玩半年来，客人都是巴不得她越穿越少。夏天的时候，还有客人点名要她穿热裤和小背心来线下陪玩——当然，她拒绝了。但眼前这个人，看了她第一眼就让她把腿盖上。

不过现在确实是初春，包厢开了窗，空气里透着寒凉，透过丝袜侵入皮肤。陈瑜菲谨慎地把衣服拉到大腿上，问："这是什么游戏啊？"

"一款星际游戏，没有名字。"男生挠挠头，说，"我叫王炎。"

"白马王子救地球……"

"那是注册你们陪玩网的ID，当时乱取的名字。"王炎尴尬地笑了笑，随后掏出一个U盘，插到陈瑜菲的电脑上，里面的程序自动安装，游戏界面启动。

"那需要我现在陪你玩这款游戏吗？"

"它们刚刚损失了7艘战舰，"王炎说，"应该会马上反攻的，但现在我们也损失很大，需要等一会儿。"

于是，又是尴尬的半小时。

王炎半躺在沙发上，眼睛闭着，似乎在养神。他的电脑屏幕上突然弹出一个窗口，纯黑色，上面显示着陈瑜菲看不懂的文字。她正要开口，王炎已经弹簧一般起身，又凑到电脑面前，全身紧绷。

"愣着干吗，"他明明是跟陈瑜菲说话，眼睛却一眨不眨地盯着屏幕，"快跟着我。操作都跟常规游戏一样，你只要记住，见到虫和紫色的飞船就开火。另外，千万，千万注意躲避，不要被敌人击中。"

陈瑜菲扫了一眼，操作确实不麻烦，跟《星际争霸》类似。几分钟

后她已经熟悉了操作，开着飞船，跟在王炎的角色后面，在激光与繁星之间穿梭。

这一局花了1.5小时，在陈瑜菲的出色辅佐之下，王炎击毁了对方的总舰。他长长地吐出一口气，瘫在沙发上。陈瑜菲也有些经受不住，明明空气很冷，背上却沁出了汗珠。

"游戏挺有意思的，"她跃跃欲试，"再来一局？"

王炎摇摇头。

"最多我收你半价啦。"

"第九集团军的总舰被击毁了，它们要组织进攻，至少是半个月以后的事情了。现在打不了。"

这次陪玩共3小时，男生要付600元。用手机付账的时候他很痛快，陈瑜菲也看到了收款成功提示，这意味着网站抽成之后，她能拿到300元钱。

离开的时候，陈瑜菲注意到，王炎把U盘拔下来，小心地删除了电脑上的游戏程序。

这事虽怪，但陈瑜菲也没多在意，毕竟做游戏陪玩半年多了，各种各样的人她都见过。曾经有个玩家打输了，结束的一瞬间，掏出刀来割了一下手腕，而他手臂上已经刀痕累累。与他相比，王炎已经很正常了。

月底，网站把她的陪玩费打了过来，除掉抽成，还剩4000多元。她当即就把钱转给了阿泽。

"真是辛苦你了……"晚上在食堂吃饭的时候，阿泽握着她的手，"等我竞选上了会长，一定把钱还给你。"

"干吗这么客气啊，你急，就先用。我反正挣钱也轻松——"看到阿泽脸上不悦，她连忙改口，"你当上学生会会长了，以后挣大钱，给我买名牌包包啊。我这可是投资呢。"

阿泽这才笑了。陈瑜菲拿起筷子开始吃饭，阿泽掏出手机发了几条消息，然后把手机翻过来，屏幕朝下，接着跟陈瑜菲一起吃。

吃完后，天已经晚了，学校的商业街上亮起灯火，来来往往的学生走在灯影中，面色模糊，人影摇晃。

陈瑜菲突然瞥到一个身影，穿着短袖，踢着拖鞋，在满是情侣的街面上晃晃荡荡。她觉得有些眼熟，仔细回想了一下，才想起，这个男生的背影有些像王炎——那个雇自己打奇怪游戏的男生。

"怎么了，"阿泽问，"看到谁了吗？"

"没有"。陈瑜菲摇摇头，再去看，已经找不到王炎的身影了。

手机弹出提示，"白马王子救地球"下了单，要求陈瑜菲30分钟内赶到网吧。

陈瑜菲刚敷上面膜，外面夜正浓，她拿着手机回复："太晚了，不方便接单。"

"虫族派了3个军团，如果不击溃它们，地球就会有危险。现在，银河系需要你。"

神经病！她这么想着，但没回复。

过了一会儿，一条消息又来了："加钱，一小时350元。"

陈瑜菲一把撕下面膜，从床上跳下来，披上外衣就出了宿舍。

这一局比想象中要胶着很多，虫族的军队似乎无穷无尽。陈瑜菲跟着王炎，左冲右突，一艘艘虫族战舰化为火焰，一个个虫子被炸成肉酱，但打退一波立刻又会来一波。

陈瑜菲刚开始还打得很带劲，但随着时间一秒秒往后移，她也紧张起来了，两条腿不自觉从二郎腿变成盘膝而坐。过了两个多小时，她

突然意识到已经凌晨3点了，抬头说："要不就先打到这里吧，我想休息了。"

"不行！"王炎抬起头，眼睛里布满血丝，"不打退虫族，谁都不能休息。这么多兄弟们都在奋战着，你也不能走。"

陈瑜菲也来了脾气，说："呵，这钱我还不挣了呢。您慢慢玩！"说着站起来，转身欲走。但王炎拉住了她，语气有些哀切："求求你，这一局打完你再走吧。你中途退出，她会死的。"

他一边恳求着，右手还在操作鼠标，躲闪流星般飞逝的炮火。陈瑜菲看到他沉迷游戏成了这副样子，可怜又可悲，有些心软，说："熬夜打游戏，还得加钱。"

"好。"

陈瑜菲又想了想，说："最好给现金，从网站走的话，平台会抽成。"

"没问题。"

陈瑜菲坐下来，重新加入了战局。刚才的这一分多钟，她操纵的角色一直待在战场角落，没受到攻击。她恨恨地骂道："让你们这些虫子打扰姑奶奶睡觉！"

直到凌晨，虫族才被击退，两人都像是大病一场，精疲力竭。他们走出包间，惊讶地发现，网吧的大厅居然一个人也没有。

"人去哪儿了？"

王炎摇摇头，似乎也不关心，只说："走吧，我去给你取钱。"

王炎在自助取款机上操作，陈瑜菲倚在防爆玻璃上打着哈欠，不经意间一扭头，立刻连打哈欠的嘴都合不上了，说："不少啊！看不出来，原来你是土豪呀。"

"都是联邦的钱，每一笔都要汇报。"王炎说了句没头没脑的话，数出3000元钱，想了想，又抽回5张，"联盟经费还是比较紧张的。6小时，给你2500元，可以吧？"

"可以可以。"陈瑜菲接过钱，喜笑颜开。

陈瑜菲一觉睡到下午，醒来后打开手机，通信软件里没有阿泽的消息，倒是游戏陪玩群里有好几十条未读消息——这是网站上做游戏陪玩的女孩们组的群，平时交换一些接单信息，也会吐槽不规矩的客人，抱怨网站提成太高什么的。

陈瑜菲也没事儿，就在群里说了昨晚接的奇怪的单。过了一会儿，一个网名叫"32D蕾欧娜"的姐姐回复了："这个客人是不是长得有点像黄轩，但是邋邋汱汱的，玩的游戏之前没见过，也没名字？对了，他是不是还经常说自己是在拯救世界？"

"没错，全中！@32D蕾欧娜，姐姐也接过他的单？"

"这人是个神经病，@菲菲，你要小心。"

"啊，怎么了？"

"我接了几次他的单，都是看在给钱痛快的分上，但是我本来是擅长打撸啊撸（一款网络竞技游戏），他那个游戏又难又不好玩，一局的时间还有长有短。有一次我一边抽烟一边打，点烟的时候，不小心被虫族战舰击中，挂了，他就朝我大吼大叫。整个网吧的人都听见了，真是个神经病！"

"他吼叫什么呢？"

"他说这不是游戏，是在远程控制舰队，虫族正在入侵银河系，他必须把它们赶走。还说什么每一个角色都是一条人命，我刚刚一手滑，已经害死了一个人。说着说着，他还哭了。"

"哭了？"陈瑜菲握着手机，愣了。

"呵呵，一个大男人，就这么哗哗地流眼泪，一边哭一边说我刚才害死的那个人，是跟他一起在星舰军校里毕业的，是他最好的朋友……

你说这不是神经病是什么。"

"32D蕾欧娜"在群里一向很少说话，此时打这么多字，看来一直在介怀。陈瑜菲联想到昨晚王炎又颓废又狂热的举动，点点头，在群里回复道："确实是个奇葩。"

到了晚上，阿泽请学生会的干事唱歌，陈瑜菲也得去。她到阿泽宿舍楼下等他，阿泽出来时看到她，皱眉说："你昨晚没睡好吗，怎么黑眼圈这么重？"

"昨晚接了个单，在网吧里陪客人打游戏，打了通宵。"

"哪个网吧？"

"有间网吧，就是学校东门街角的那一家。"

阿泽脸上露出疑惑的表情，说："菲菲，你该不是有什么事在瞒着我吧？"

"没有啊，怎么了？"

"昨晚整个片区检修，停电，有间网吧的发电机也坏了，我寝室几个哥们本来要去开黑，停电后都回来了。"阿泽狐疑地打量陈瑜菲，"昨晚整个有间网吧都没电，你怎么陪别人打游戏？"

陈瑜菲一愣，把王炎的事情说了，末了道："这么邪门？不会真的是在通过游戏打太空生物拯救地球吧？"

"怎么可能，神经病而已。"阿泽摆摆手，"我们先过去吧。"

他在学校附近最好的KTV订了包房，非常豪华，学生会的人陆续到了。自我介绍的时候，他们纷纷夸陈瑜菲漂亮，羡慕阿泽有这样的女朋友。接下来，照例是喝酒玩骰子，阿泽应付自如，不经意间提到自己要竞选会长，干事们都是懂事的，纷纷说到时候会支持他。

陈瑜菲坐在角落里，看着这一切，散射灯的光在他们脸上晃动，她一时看不清阿泽。在她的视线里，阿泽像是完全混进了这一团阴影里，偶尔看得到眼睛，偶尔看得到嘴，但永远没有一张完整的脸。

只有聊到游戏时，她才参与得了这个话题。"哇，嫂子还打游戏呢？"一个男生惊讶道。

"是啊，我从小就玩，各种各样的游戏都玩过，以前打《星际争霸》的。"陈瑜菲说，"我现在还去做游戏陪玩呢。"

"游戏陪玩？就是带别人玩游戏的那种？"

"是啊。"

"线上还是线下？"有人又问，其他人也停止了聊天，都看向这边。

"都有啊，我经常——"陈瑜菲正兴致勃勃地要说，但突然看到这些男生的眼中闪着异样的目光，而一旁的阿泽，脸色已经沉了下来，仿佛寒风阴云掠过。她把后面的话吞回肚子里，闷闷地坐下。

后来陈瑜菲又接了几次王炎的单。

她本来不想接的，"32D蕾欧娜"的话让她有点儿犯怵，停电了还能打游戏也确实离奇，但阿泽那次请客就花了3000多元，加上他还要去北京参加比赛，正是需要钱的时候，所以她还是接单了。

每次玩的都是那个没有名字的游戏，一局有时连着打5小时，没有间隙，有时候只有几分钟，打完了干等着。打了几次之后，陈瑜菲已经基本了解了——游戏的世界观设置在银河系边缘，由包括人类在内的数百个种族组成了银河联邦，共同抗击从系外黑暗星域来的虫族。虫族的整体科技水平高于联邦，目前联邦的军队在各大战场节节失守，银河系正逐步被吞噬。

有一次，两人联手从下午打到深夜，但虫族实在太凶悍，以绝对的优势扑杀过来，最终他们的角色都被杀死。

屏幕暗下来的一刻，王炎猛地从沙发上站起来，脸色惨白，大口喘息。

"糟了糟了，系外防线彻底失守了。"他喃喃道。

"你不会真把游戏当真了吧？"

"你不相信吗？"

"虫族呀，联邦呀，这个设定嘛，有点……"陈瑜菲小心斟酌着词语，"俗套。"

王炎看着她，说："刚刚的战斗已经离我们很近了，战舰爆炸产生的磁暴波会直接冲击这个城市，只要8分钟，全城停电。"

10分钟后，网吧里灯火通明，"双杀"的提示音此起彼伏。

"额……"王炎擦了擦汗，"再等等？"

又过了10分钟。

"好厉害！"在王炎开口之前，陈瑜菲抢着做出惊讶的表情，说，"不过就算地球毁灭了，刚才还是要付费的吧？"

王炎叹口气，掏钱给她。

他们离开包厢，穿过散发着混合了黄焖鸡米饭的香气和老坛酸菜牛肉泡面的微酸味的网吧大厅，突然，毫无征兆地，黑暗和寂静同时充斥了这个混乱的空间。

寂静只持续了一秒，随即被无数叫骂声打破。而黑暗依旧笼罩。

"天哪，"陈瑜菲惊呆了，"真的停电了？"

"跟我来。"

她点点头，想起王炎在黑暗中也看不见，便向他说话的地方摸索过去。一只手牵住了她的手，拉着她，走出地下酒吧，来到街对面的高楼，从楼梯上走了进去。这栋楼有二十几层，爬了不到一半陈瑜菲便气喘吁吁，王炎就停下来等她，然后继续走。

走着走着，一阵夜风突然袭来，陈瑜菲浑身打了个颤。她这才发现，他们已经到了这栋楼的顶层天台，晚风呼啸，衣衫猎猎。她的眼睛适应了楼道里绝对的黑暗，此时在天台上可以勉强视物。她走到栏杆前，俯视整个城市，平日里的车水马龙、灯火通明全都消失了，只剩下一片纯粹的暗，像一汪深潭的底，所有的鱼都在沉睡。

她呆呆地看着，连夜风的寒凉也未察觉，好半天过后，才想起身边的王炎。

王炎却没有看向脚下的城市，而是一直仰头看着头顶的天幕。夜空幽深，只有稀疏的星子作点缀，此时看来，有一种巨大的吞噬感。陈瑜菲向王炎看去，借着微微的星光，她惊讶地发现，王炎脸上竟然布满了泪痕。

"好好享受剩下的日子吧，"他喃喃着说，"世界很快就要变了。"

下

那晚，陈瑜菲被王炎高深莫测的样子给镇住了，通信一恢复就给在北京参加比赛的阿泽打了电话。

"怎么了？"阿泽的语气有些不耐烦，"这么晚了。"

"地球快要毁灭了，你赶紧回来陪我吧。"

"什么？"

"银河系已经被虫族攻破了，马上它们就要来了，世界末日前，我想跟你在一起。"

"你真的被洗脑了吧，赶紧睡觉。"阿泽挂断了电话。

担惊受怕过了几天后，世界依然如常，陈瑜菲慢慢恢复过来，也开始自嘲，居然真信了王炎的话。

既然世界依旧运行，那就有很多世俗的东西要担心——比如考试。有一门必修课提前结课了，考试在即，而她因游戏陪玩落下了不少功课，便振作精神去复习。

图书馆人满为患，她只能在空闲教室里自习。没过一会儿，教室突然走进来一帮人，拉横幅的拉横幅，搬桌椅的搬桌椅。

自习的人纷纷怒目而视，一个扎马尾辫、穿牛仔裤的女生连忙说："对不起，各位同学，我们是校科幻协会的，申请了这间教室办换届选举。请同学们配合一下。"

自习的学生收齐书本，陆续地走出去，陈瑜菲正准备走，突然看到了提着一袋子气球的王炎。他把气球倒出来，憋红着脸把它们一个个吹大，用细绳封住，锁在课桌边。

陈瑜菲顿住了，向一个正在忙着贴桌签的小个子男生问："你们这个换届选举，非会员可以参加吗？"

男生抬起头，他羞涩的眼睛看到陈瑜菲曼妙的身姿，一张脸红透了，几颗青春痘充满了血，像瞬间成熟欲落的豆子。"当——"他红着脸后退一步，"当然可以……"

活动很快开始，稀稀拉拉地来了十几个会员，连两排都坐不满。这个协会的人很少，只有几个部门，两个候选人轮流讲述自己的经历和竞选优势。他们的演讲大都很生疏，如果是在阿泽所在的学生会，恐怕连干事都选不上。

候选人陈述结束了，轮到王炎上台。陈瑜菲这才知道，原来他是这个科幻协会的会长，比她大一级。"你们会长，"她悄悄问青春痘男生，"是来自银河吗？"

"他来自银川……"青春痘低声说，"我们会长有点神神道道的，总说有外星虫子要入侵我们，还自己编程做游戏，是说可以通过游戏，跟银河战士的脑波远程连接，反抗外星虫子。"

"你们都不相信他吗？"

青春痘愣了下，说："这些都是他写的小说的内容。他花了3年写了一篇科幻小说，就是讲什么银河联邦啊，后来被退稿了很多次，人就开始变得不太清醒了。"

"为什么被退稿？"

"这些元素很过时啊，现在我们都看《三体》，谁去看银河战士大战外星虫族啊。"

陈瑜菲觉得也是，但想了想，又问："那你们为什么会选这种人当会长？"

"因为他手脚勤快啊，什么活都抢着干。"

"……"

青春痘深呼吸了一次，鼓起勇气，对陈瑜菲说："对了，同学，你看过《三体》吗？我有一套，大刘签过名的，我借给你看啊。如果你看不懂这种硬科幻的话，我可以给你讲解。"

"我有男朋友。"

"哦。"青春痘转过头，目不转睛地看着讲台。

讲台上的王炎公布了换届结果，总共两个人竞选，说话利索点儿的当了下届会长，结结巴巴的那个是副会长。他郑重其事地对他们鞠了一躬，说："以后，协会就交给你们，拜托了。"

正副会长诚惶诚恐地也弯下腰，结果3个头碰到一起，撞得生疼。

"银河系防线已经被攻破了，但我们会组织最后一次反攻，各位请不要放弃希望，好好办协会，好好学习。"王炎一边龇牙咧嘴地摸着头，一边虔诚地又对底下的人鞠了一躬。

底下的人都笑了起来。在一堆人的笑声中，陈瑜菲想起那晚王炎站在楼顶仰视星空泪流满面的样子，莫名觉得有些心酸。

于是她放下手机，大力地鼓掌。

地球没有迎来毁灭，但对陈瑜菲来说，世界已经到了末日。

因为两件事。

第一件事发生考完后，她接了一个客人的单，要求线下陪玩两个小时。巧合的是，地点也是在有间网吧。她路过前台时，心里一动，问了下前台小妹关于那两次停电的事情。

"噢，那两次啊，"小妹嗑着瓜子，漫不经心答道，"是市里电路检修啊，整个城区都停电了，新闻里有通知的，不过很少人会留意而已。"

陈瑜菲点点头，刚要走，又停下来，"那第一次停电时，为什么13号包厢的电脑可以用？"

"哦，那个包厢是接的隔壁饭馆的电路，你别跟他们说啊，每个月电费可不少呢。"

这下陈瑜菲彻底明白了，想起王炎的模样，摇了摇头。

这时客人打电话来催，她连忙进了包间，陪一个30岁左右的肥胖男人玩游戏。刚开局时，肥胖男还很规矩，但没过一刻钟，他就开始把手搭在了陈瑜菲腿上。

她心里咯噔一下，但没有说什么。这助长了肥胖男的气焰，他的手开始在丝袜上摩挲，陈瑜菲起了一身的鸡皮疙瘩，当即站起来，准备离开。

"装什么清纯，"肥胖男抓住她的衣摆，恶狠狠骂道，"穿得这么浪，一小时200元，我给你1000元！"

陈瑜菲站住了，转过身，看着肥胖男。

肥胖男当她同意了，掏出钱包，低头数钱。

他数钱太认真，所以没有留意到桌上的烟灰缸已经不见了。当他抬起头来时，看到的，正是这个呼啸而至的烟灰缸。

这个举动导致了肥胖男头部流血，但他理亏在先，不敢报警，于是雇了水军在陈瑜菲的主页下狂刷差评。网站无奈，为了平息愤怒，扣了陈瑜菲5000元保证金。她穿过大半个城市，去位于市中心的网站总部申诉，但一直等到傍晚，连办公楼的门都进不了，一气之下，注销了自己的账号。

真正的打击，是第二件事。

她从市中心回学校，失魂落魄地坐在公交车上，透过窗子，突然在街边看到了本应在北京参加比赛的阿泽。

阿泽搂着一个女生从高档酒店里出来，到门口时，阿泽跟女生吻别，然后叫了一辆出租车。陈瑜菲正想看得更清楚一点，但摇摇晃晃的公交车已经转到下一个路口。她把头贴在车窗上，一时竟不觉得生气，只是有点无力。

手机嗡嗡震了起来，是阿泽发来的微信。

"刚刚在飞机上，没看到——网站太可恶了，你再去试一试吧，看能不能把钱要回来。"

陈瑜菲有些恍惚，这两行字看了好几分钟才明白。她正准备打字质问，阿泽的第二条消息又到了。

"我今晚回学校，到我宿舍下面等我。爱你哦。"

爱你哦。

这3个字太刺眼，她愣了愣，眼泪突然落了下来。她连质问的心情也没有了，也不知道应该跟谁倾诉，握着手机，靠着玻璃，过了好久，才想起一个人。

王炎赶到的时候，陈瑜菲已经喝了3瓶啤酒了，喝得脸色潮红，眼神凶狠。见到王炎，她咔咔两声，用牙齿咬开两瓶，递过去。

"我不能喝酒，我要保持清醒，随时准备拯救地球。"

"你这个死宅男，"陈瑜菲捶了一下桌子，"连酒都不能喝，是不是男人！"

"我……为了地球，我宁愿不是男人。"

"就半瓶总行吧。"

王炎经不住劝，喝了几口，后面就停不下了。他酒量不好，一瓶见底就红了脸，头也有些摇晃。

陈瑜菲也喝多了，骂道："他简直是个渣男，选个学生会会长，还要我给他凑钱去请人玩。这种人在电视剧里活不过两集，我居然瞎了眼一直喜欢他！"

王炎点点头，大着舌头说："是啊，我一直喜欢地球，所以毅然到了这里当守卫员。这是很美的星球啊，可惜很快就要沦陷在战火里了。"

"我知道，他不喜欢我去做游戏陪玩，嫌丢了他的脸。可是我只擅长打游戏啊，而且我有底线的，从没有让客人欺负过，为什么他还不知足呢？"

"嗯嗯，虫族永不知足，走到哪里就吞噬到哪里。再美好的星球，只要虫族的阴影覆盖，就成了废墟了。"

"居然背着我劈腿！那个女的有什么好！我会玩游戏，练过舞蹈，头发及腰，腿长超过一米，比她差吗！"说着，她把腿重重地搁在板凳上，这个举动让隔壁桌的两个男生立刻停止说话，眼睛发直，"他一定会后悔的，你相不相信！"

"所有人都不相信我啊，说我写小说写成了疯魔，可虫族真的来临的时候，就一切都来不及了啊。"

陈瑜菲趴在桌子上，吃吃笑道："你知道吗，你说的，跟我说的，都风马牛不相及。你这么不会聊天，一定没有女朋友。"

"我不需要女朋友，我要拯救地球啊！"

"拯救地球？好吧我相信你，你是守护地球的使者，你很厉害，能通过打游戏拯救世界，但是我这么惨，你能拯救我吗？"

"我谁都救不了了，"王炎一脸苦闷，"虫族正在扑过来。"

后来，陈瑜菲就醉了，王炎结了账，扶着她回宿舍。这个初夏的夜起了风，校道旁树木的叶子被风翻动，哗啦哗啦。一排路灯洒着昏黄的光，他们的影子一会儿短，一会儿长。

陈瑜菲的电话里躺了近百个未接来电。有一些是网站工作人员打来的，劝她再去接单陪玩，她只接了第一个电话，回答说："我再也不会去陪人玩游戏了。"后面再打过来的电话，她就理也没理了。

更多的未接来电，来自阿泽。陈瑜菲连第一个电话都没接，阿泽换了其他人的电话打过来，她一听到他的声音，就挂掉了。

这天晚上她正在宿舍听歌，楼下突然嘈杂起来，一个室友去阳台看了看，回来兴奋对陈瑜菲说："菲菲，有人跟你表白。"

陈瑜菲摘了耳机，从床上坐起来，心跳有些过快。她突然想起，王炎已经很久没有联系她了。

她穿着拖鞋，从阳台探出脑袋，果然看到了宿舍楼下草坪上有一个用蜡烛摆成的爱心，而爱心中间，是荧光棒拼成的"菲菲"字样，和手捧鲜花的人——阿泽。

"菲菲，"阿泽看到她探出的身子，大声道，"我错了，请你原谅我，我会好好照顾你的！"

他身边围着20来个男男女女，也大声说："嫂子，会长知道错啦，嫂子，你下来原谅会长吧。"

"嫂子，学生会需要你啊！"

"像会长这种迷途知返的男人可不多见了，嫂子，抓住机会啊。"

"嫂子，如果你实在不原谅会长，那你考虑一下我吧，我喜欢你很——"后面的话没说完，就被人堵住了。

不得不说，这种俗套热闹的方式，在校园里还是有效的。一些路过的女生向陈瑜菲投来羡慕的目光，连舍友都开始劝她。但陈瑜菲已经

不再是那个会被虚荣心迷住的小姑娘了，冷眼看了一会儿，又回到了屋里。外面的喧哗顿时更响了。

手机震了起来。她漫不经心地抓过手机，一个熟悉的名字跃进眼帘。

"已经准备好背水一战了，联邦集结了所有兵力。现在，是拯救地球的最后机会，你要来吗？"

"你想通了？"舍友看到陈瑜菲换了一身运动装准备出门，点点头，说，"这才对嘛。你男友这么帅，现在又是学生会会长，你不答应他，很快就有学妹要勾搭他了。"

这倒是提醒了陈瑜菲。

她走回来，左右看看，指着一盆水问："这盆水你还有用吗？"

舍友有些不好意思，说："上学期的洗脚水，都发臭了，没用的，我这就倒掉。"

"我帮你倒。"陈瑜菲屏住呼吸，端起这盆搁了半年的洗脚水，从阳台上泼洒下去。

阿泽正张着嘴，深情大喊"我爱你"。到"爱"这个字时，水泼了下来，他没反过来，咕咚一声吞了一口进去。

陈瑜菲赶到网吧时，王炎已经准备就绪了。包厢里，两台电脑的主机嗡嗡运转着，屏幕上是熟悉的界面，4盒泡面叠在桌子中间，后面是两瓶矿泉水、两瓶奶茶、两瓶咖啡。

"这是最后一战，也是最艰难的一战，人类兴亡，在此一举。"王炎郑重地说，"你准备好了吗？"

陈瑜菲撸起袖子，试了试鼠标和键盘，恶狠狠地说："姑奶奶什么时候认过怂？"

"和你并肩，与有荣焉。"

"别瞎扯了。姑奶奶心情不好，正要拿这些恶心的虫子出气。"

王炎说的没错，这确实是最艰难的一战，他们从下午打到第二天凌晨，从一个星球打到另一个星球。他们的操作越来越快，手在键盘上按动时几乎出现了重影，一个男生路过去上厕所，听到声音，从滑动门的缝隙里偷看到他们如此快速又同步的操作，惊讶得连说了3声"天哪"和5个"牛逼"。这局战斗的结果，是虫族被彻底击退，联邦重新夺回了银河系。"胜利"响起的那一刻，王炎猛地站起来，激动得泪水横流，紧紧抱住了陈瑜菲。而陈瑜菲经过了漫长的高强度操作，在他怀中松懈下来，立刻就枕着他肩膀睡着了。

王炎说的没错，这确实是最后的一战。陈瑜菲醒来后，王炎已经不见了，电话没人接，科幻协会的人也对他的失踪一无所知。有人猜测，他自己编程的游戏通过了内测，所以他辍学去跟游戏公司谈合作了。

但陈瑜菲等了很久，也没有等到那款游戏上市。

再后来，这个夏天就结束了。

尾声

大二上学期，陈瑜菲除了要上本专业的课，还报了辅修，一下子忙碌了起来。即使不再因恋爱和游戏花费时间，她也感觉时间不够用，每天都泡到图书馆闭馆才回宿舍。

这一天晚上，她和舍友从图书馆里出来，抱着书，走在校道上。一排排路灯，一棵棵梧桐树，晚风在树叶和灯光间穿梭。更远的地方，夜

幕沉静，星空辽阔。

一路上，舍友都在念叨坐在对面的白衬衫男生，说着说着，突然停下来，说："菲菲，你快看。"

陈瑜菲正在默背单词，没听到。

舍友一手拉着她的袖子，一手指着夜空，说："菲菲，流星雨！"

陈瑜菲这才听到，发现校道上所有人都停下来，统一看向西边夜空。她也跟着看过去。

夜空原本的静谧，被一群突然出现的流星打破了。它们数量众多，由北至南，气势汹汹，快速划过大气层，燃烧着，呼啸着，曳出火红色的明亮轨迹。这一刻，群星在它们面前也黯然失色。

"奇怪，新闻里没说今晚会有这种大型流星雨啊，"舍友说着，突然闭上眼睛，两手交叉握紧，"不管了，快许愿！"

她许完愿，睁开眼睛，发现陈瑜菲还愣愣地看着流星雨，眼角泛着星星点点的光，说："你怎么啦，不许愿吗？对着流星雨许下的愿，很灵的，一定会实现。"

"这不是流星雨。"陈瑜菲喃喃道。

"那是什么？"

"这是战舰，由银河联邦组成的战舰，正在开往银河系边缘，去对抗卷土重来的虫族。"

"这个……"舍友故意低头看表，"现在校医院好像还没关门，我们先去那里，再回宿舍好不好？"

陈瑜菲已经听不见舍友的话了，她一眨不眨地看着流星群，直到眼睛酸涩，泪水盈眶。她眨了一下眼，再睁开时，流星群已经不见了，但她知道它们并没有消失。它们只是过客般划过这颗星球的大气表层，留下绚烂的火焰，又一头扎进地外空间，继续前行。

它们的终点，是星辰大海。

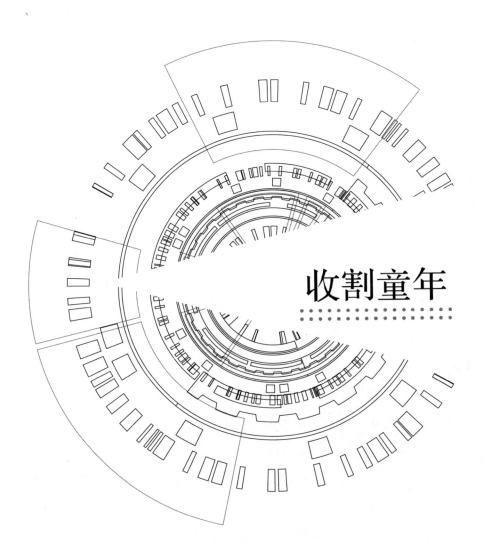

收割童年

讲这个故事之前，我想说几点。

第一，你需要坐好，认真听。你不用担心你的老师，它很忙，几百个学生够它头疼的了。

第二，我接下来要告诉你的，都是真实的。尽管很多人在讲故事之前都会这么大言不惭地说，但相信我，我不会糊弄你。

第三，我很啰唆，我希望你能忍受。

1

关于我很啰唆这一点，我的朋友刘凯深有体会，并对此深恶痛绝。他曾不止一次地说，我永远搞不明白，阿萝为什么要跟你这样叽叽歪歪的人当同桌。

刘凯搞不明白的事情有很多，比如为什么这个城市如此荒凉，为什么所有人都是一样的年龄，为什么阿萝笑起来要比其他人笑起来好看……这其实是好事，知道得越少，活得越开心。后来他终于弄明白了这些事情，但那时他已经死去，尸体浮在冰冷的宇宙空间中，无处着落，永远漂泊。

不过，他的这些问题，我也很好奇。通常有了问题，我会去问铁皮老师。它是个机器人，学识渊博，教我们语数理化生，以及政治和地理。但它最近患上了抑郁症，经常待在家里，把四肢拆卸下来，放在屋子的各个地方，然后念诵祷文。我趴在窗外偷听过，只听到诸如"神的无限权威尽在温柔的轻风里""死亡如大海无边的歌声"等只言片语。

所以我只能自己寻找答案。我喜欢边逛边思考，特别是傍晚的时候，夕阳斜照在这座荒废的城市上，高楼大厦一片幽寂，空无一人。杂草冲破了水泥路面的阻隔，肆无忌惮地招摇着。偶尔还有长颈鹿、狮子和大象在街道口悠游。

当我走到一处高大的建筑物前时，答案依然缥缈如云。我于是放弃思考，开始打量眼前的建筑，只见墙壁灰败，植物侵占了它的大部分表面。但在正中央，我依稀看到了3个字——"图书馆"。我走进去，里面的破损程度更甚，植物长得比我还高，像是走在一片丛林中。

许多书架胡乱堆放着，被藤蔓缠绕，木质腐朽。我扯开藤叶，看到书柜里空荡荡的，顿感失望。

据铁皮老师说，城市已荒废几百年，满城的废品都是无主之物。所以我们最喜欢的活动，就是下课后在城里各处翻拣。我捡到过玩具、衣服、电脑（但不能开机）和很多其他玩意儿。刘凯在城东挖出了一辆自行车，打磨了以后还能骑，我十分羡慕。唯一的例外是阿萝，她从不在地上翻拣，因为男孩子们会乖乖地把认为是最好的东西送给她。

看来这个图书馆是找不到什么好货了。天也很晚了，斜阳的金黄已经慢慢褪色，我转身往回走，咔嚓，一个木柜被我踩碎，露出里面的东西。

是书。

这很罕见。铁皮老师每天给我们上课，都是通过传输数据，在我们的晶屏上显示出来。语文课里的零星字句显露出以前有书这种东西存在，我举手问，但铁皮老师摇摇头，锈蚀的脖颈发出令人牙酸的摩擦声，说，书是被淘汰的东西，已经找不到了。

但现在，几本被塑料膜包着的书本，正躺在我脚下。

我看了看木柜，碎屑一地，看样子是有人把书藏在了木柜的夹层。用这种法子藏的，一般都是贵重东西。我忍住心头狂跳，撕开塑料膜。共有两本书和一张碟片，一本叫《飞鸟集》，另一本是个图册，我打开看了一眼，立刻心惊胆战。至于碟片，封面被磨花了，看不出内容。

当晚，我趴在床上翻看这两本书，《飞鸟集》太晦涩，翻了几遍就扔在一边，另一本却让我大开眼界。这本图册是摄影集，每一页上都有一个女人，长得各不相同，肤色和年龄也迥异，但只有一个共同点——她们身上的衣服都很少。

那天晚上我做了一些很奇怪的梦。醒来后，我发现裤子上多了一些黏稠的东西。

我吓坏了。我曾见过城东的吴宇摔倒后，正好被钢筋插中肚子，血哗哗地流了出来。等铁皮老师赶到时，吴宇已变得冰冷沉默，不能起来再追着我们打闹了。我于是知道了这世界上有死亡这种东西，它能顺着你流血的洞口钻进去，占据血管，控制心脏，咀嚼你的生命。

而现在，我流出的东西比血更浓，也更冷。完了，死神肯定已经顺着我的眼睛钻进了身体里，它正在冷冷笑着，像看美味的糖果一样看着我的心脏。

对了，还有糖果。

我挣扎着爬起来，拿出藏在床底下的糖果，一颗颗往嘴里塞。平常我会很节俭，但现在，既然都要死了，不能亏本。

晚上，刘凯推开了我的门，幸灾乐祸地说："你今天没去上课，铁皮老师给你记了一笔，这个月的糖果你又少一颗了。"

"我要死啦。"我有气无力地说。

"怎么会呢？"刘凯走过来，摸摸我的头，"你虽然表情憔悴，但体温正常，眼珠还是滴溜溜乱转，一副不老实的样子。铁皮老师说祸害遗千年，你不会这么容易死的。"

　　这么一说，我倒真放松了些，躺了一整天，窗外从暗到明，又从明到暗，我都还没有死。但我仍然担忧，把昨天看书的事情说了，还补充了晚上的梦境。

　　刘凯用棍子挑了挑那条脏裤子，一副恶心坏了的样子，说："你是不是觉得很疼？"

　　我犹豫了一下说："不疼，反倒还有些舒服。我做了一个梦，梦里有很多女人，她们在地上跑来跑去，在天上飞来飞去，在我面前晃来晃去，我的头跟着她们晃，我都要晕了。等我再凑近一点看清楚后，我发现，这些女人虽然身高不一样，胖瘦不一样，跑起来晃动的幅度不一样，但她们的脸都是一样的。"

　　"什么样的脸？"

　　"阿萝的脸。"

　　"你把这本书借给我。"

2

　　接下来的好几天，刘凯都神情委顿，无精打采，唯有看到阿萝时才两眼放着异样的光。他跟我说，这本书真的有魔力，他每晚都能在梦里看到阿萝。

　　刘凯是一个有头脑的人，虽然只有14岁，但已有多次做生意的经验了。这次也不例外，他享受了几天的绮丽梦境和萎靡不振后，就开始打这本书的主意了。

　　"我决定把这本书租出去，来换糖果。"他神秘兮兮地对我说，

"这肯定是笔大生意，城东的朱宇，城西的潘华，城中的徐海宁，城南的邓光阳，城北的大手哥，还有很多人，他们都对阿萝有兴趣，所以他们对这本书也会有兴趣的。"

"不行！"我拒绝道，"那岂不是所有人都能做那个梦了？"

"你别小气，阿萝又不是你的，是属于广大人民群众的，每个人都有权利梦到她。"

"我不乐意！"

"可别说我没提醒你啊，你一下子把糖果吃完了，接下来十几天你都没有得吃，我看你怎么熬下去！"

我倒是忘了这一点，一颗糖果管五天，吃多了没事，吃少了就会饿。犹豫了半天，我点头同意。说干就干，刘凯和我立刻拿了刀子，在孩子们集中玩耍的地方刻字，这些字是刘凯想出来的：

> 有些话，一定要当面说；有些梦，一定要春天做。当鸟和猫在夜里发出叫唤，你会觉得寂寞吗？现在，福音之书出现了，只要拥有它，城市之花阿萝就会降临到你梦中，陪你度过黑夜，伴你守候黎明。糖果换书，欲换从速。

广告写出去之后，我们守在家里，等着客人上门。等了一整天，我打了五十几个哈欠，说："这主意不灵，哪有人愿意用糖果来换一个梦呢？"

"那是因为他们还没有见识到这个梦的美妙。"刘凯气定神闲，不慌不忙地说。他身上有一种超越了年龄的镇定，这种镇定往往也让我心安。

到了傍晚，门被推开，一个小脑袋战战兢兢地探进来。这是城北的黄华，瘦不拉几的，胆子小，平时总被人欺负，我们都看不起他，叫他小黄瓜。但现在，顾客就是上帝。我们连忙迎上去，让他坐在床边，我和刘凯各坐他两旁，脸上满是热情的笑容。

"华哥，"刘凯换了称呼，殷勤地说，"有什么我们可以帮你的？"

"听说你们有本书，可以让我梦见阿萝……"小黄瓜显然不适应我们的热情，身子扭了几下，吞吞吐吐地说。

刘凯一拍大腿："华哥真有眼光，阿萝可是城里最漂亮的女生。你知道，好多人都去城里捡东西，就为了听她说声谢谢。听不成，辗转难眠；听成了，心肌梗死。"

我竖起拇指，赞道："那是，华哥可不是一般人，眼光自然高！我见过好几次，早上阿萝去上学，华哥就跟在她背后，阿萝背影一摇，华哥眼睛就一甩，现在眼睛近视到500度，恐怕就是甩出来的。"

"你俩别说了……"小黄瓜满面通红，说，"这本书要几颗糖？"

"5颗。"

小黄瓜转身就走。

刘凯连忙拉住他，说："华哥别急啊。你看了这书，晚上能梦见的可是阿萝啊。我看过，他看过，我们恨不得把眼睛挖出来，就为了留住那一刻的情景。"

我连忙点头。

刘凯继续说："上次城西的胡伟想使坏，去拉阿萝的手，被铁皮老师发现了，当场就给打得半死，每个月的糖果都减了半。现在，你不用冒被打和没糖果吃的危险，就能见到阿萝。而且在你自己的梦里，你英俊潇洒，你体格健壮，你再也不是小黄瓜了，你想干什么都可以。这种好事，只收你5颗糖，你还不满意？"

小黄瓜犹豫了很久，最终点点头。

第二天，小黄瓜给我们还书的时候，一脸疲倦，精神萎靡，但眼神充满了幸福感。他说："真过瘾！"刘凯连忙道："那华哥帮我们到处说说？"

当天晚上，想拿糖果换书的人挤满了我的房间。

这是我最得意的时期，每天都有人央求我，让我把书租给他。但我敬业尽责，大公无私，谁先预约就给谁。有时候一个人租到了书，一群人围在一起看，到第二天，所有人都顶着黑眼圈，在课堂上打瞌睡。有人看过了第一遍，还要看第二遍，说宁可饿肚子，都要看阿萝。我床底下的盒子，很快就装满了糖果，我不得不又拿出一个盒子来装。

来租书的人都很满意，都说能梦到阿萝，唯一一次例外，是城北的大手哥。他带了五六个人围住我们，让我们还糖果。刘凯死都不肯，说，做生意哪有反悔的道理！

大手哥说："可是我没有梦见阿萝，我在梦里看到了月亮妹！"

月亮妹是我们班另一个女生，脸硕大无比，一眼看去，看不到边，再加上她脸上满是坑坑洼洼，因而得了这个称号。大手哥说的话让我们所有人都恶心了好一阵。我觉得他太可怜了，看到了那种恐怖的场景，认为可以把糖还给他。

刘凯却摇头，说："这是你自己的问题，我们都喜欢阿萝，而且我们都只喜欢阿萝，所以做梦时能梦见她。你肯定心智不坚定，在喜欢阿萝的同时也喜欢上了月亮妹，这才导致梦的质量低下。"

"放屁，还不还？"

我见他们有打架的趋势，连忙站到中央，说："都是好朋友，不要动手。"

"就不还！"刘凯脖子一梗，说道。大手哥一下子就火了，伸手来打刘凯。刘凯看他动手，也踢出了一脚。由于我站在他们中间，所以我背上挨了大手哥的拳头，腿上中了刘凯的脚。我身上传来火辣辣的疼，顿时怒从心头起，恶向胆边生，护住脑袋躲到了墙角里。

这次打架引起了铁皮老师的注意，它敏锐地察觉到最近男生们的萎靡不振与此有关。几天后的晚上，一个男生躲在被窝里看时，铁皮老师破墙而入，掀开被子。那男生吓得瑟瑟发抖，据说他的小弟弟也被吓得缩了回去，好多天都不肯出来。很快，我和刘凯被供了出来。

我听到风声，连忙去找刘凯，说："不好了，不好了，铁皮老师来抓我们了，赶紧跑！"

"跑？能跑到哪里去，你还能出城？"

我一愣，想起来城市边缘有一层防护罩，谁也出不去。我更加着急，问："那怎么办？"

刘凯咬咬牙，把自己的糖果盒子拿出来，恶狠狠地说："吃！"

对，死也要吃够本！我抓起一把糖，连包装纸也不剥就吃。

当铁皮老师找到我们时，我们已经吃了两盒糖了，肚子鼓胀，放屁不断，还在不停地往嘴里塞。

铁皮老师问我书是哪儿来的，我说是在图书馆里捡的。它又问我还有其他的书吗，刘凯说没有，就这一本。它再问有哪些人看过了这本书，我和刘凯就都不说话了。

尽管我们没有招供，它还是查了出来。它用废旧零件组装了一台指纹扫描仪，凡是碰过这本书的，都跑不了。

我们排着队，依次上前扫描手指，然后回到教室。接着，铁皮老师在外面用广播念名字，每念一个，就有一个男生站起来，走出教室来到广场上。最先叫的是刘凯，他骂骂咧咧地起身。接下来是小黄瓜、朱宇、胡伟、徐海宁、大手哥、邓光阳、潘华……很快广场就站不下了，一片黑压压的人头，每个人都跟身边的人点头致意，小声讨论，交换彼此梦境的心得。

等念到我的名字时，我瞟了一眼同桌的阿萝，她像是没听到一样，低着头做题。我轻声说，对不起。然后我站起来。这时，我看到她轻轻地摇头，发尾晃动。

3

　　为了表达我的歉意，我决定把剩下的那本书送给阿萝。一天放学后，阿萝站起来要回家，我低声说："等一下。"

　　她坐下来，打开晶屏，低着头看。一丝头发从额间垂了下来。

　　"拿着，千万别让人给发现了。"我把那本《飞鸟集》装在黑袋子里，递给她。教室里已经没人，同学们都到废墟里去翻找东西了，铁皮老师则会回家把自己拆成十几块。

　　"谢谢你。"她说。

　　第二天，阿萝告诉我，她很喜欢这本书。我有些疑惑，男孩们给阿萝送东西，从来只会得到一个谢谢。但现在，她睁大眼睛，眼神清澈，表情无比郑重。

　　刘凯更好奇了，说："你发现了两本书和一张光碟。一本书让全城的男孩做梦，被铁皮老师罚了也甘心。另一本书让阿萝喜欢——这更不容易。这张光碟里恐怕有更厉害的内容。"

　　但是我们没有设备读光碟，试了好几次，只得郁郁放弃。

　　经历过租书事件后，我发现男孩子们都变了，似乎成长在一夕间完成。我们嘴唇上冒出了胡须，看到女生会脸红——搜出书后，铁皮老师犹豫很久，最终给我们上了一节生理课，解释了许多名词。这节课我听得如痴如醉，做了好几页笔记。

　　我越发察觉到了阿萝的美丽。我总是假装看书累了，支起脑袋看向窗外。窗外是残破的建筑，在阴霾的天空背景下，如同一个个老迈的巨人。杂草丛树取代了钢筋水泥，有些大厦被藤蔓覆盖，有些高楼顶上还长出了大树。几只猴子在蔓藤与树间攀缘而过，消失在葱郁树影中。但我看得最多的，是阿萝的脸，侧脸、正脸、笑着的脸、沉默的脸，每一抹线条都让我迷恋。

连铁皮老师也认可她的美丽。每年会演，神乘坐巨大的飞碟悬浮在城市上空，整个天都黑了。一道光柱从飞碟中央射出来，光柱所及，便是舞台。铁皮老师每次都让阿萝压轴演出，或歌或舞，或笑颜如花，或楚楚可怜，我们都看呆了，天上飞碟里的神也看呆了。往往节目结束很久之后，神才回过神，留下几箱糖果，化作一道光，消失在天边。

对这种美丽，我时常感到自卑。阿萝坐在我身边，像是一盏灯，灯光越亮，照得我的影子越暗。我曾脱了衣服对着镜子，看到了一个不堪入目的身体：头发奄拉，脸颊深陷，肋骨像琴键一样根根突出。看着这样的身体，我自己都嫌恶。

有一天，放学时阿萝叫住了我，问我为什么最近都不跟她说话了。

我愣住了，支支吾吾地说不出话来。

"一起走回去吧。"她说。

我们走在暮色笼罩的街道上。我把手插在兜里，低头不语，用脚踢地上的石子，石子滚过破损的水泥路面，滚进杂草丛中，淹没不见。我又寻找别的石子。

"你说，这座城市是谁建造的，为什么现在又这么荒败呢？"阿萝仰头看着四周，巨大的建筑隐进黑暗里。这是初夏的夜晚，天幕幽暗，唯一的光亮来自偶尔飞过的萤火虫。

我挠挠头，说："可能是神建的，然后神又发现了更好的地方，就遗弃了这里。"

"那我们是从哪里来的呢？"阿萝又问，"铁皮老师说我们是胎生，但从来没见过我们的父母。它还说我们会一年一年地成长，但这个城市里，全是小孩子，成年人和老人去哪里了呢？"

这个问题刘凯也问过，他没有找到答案，我也不知如何回答。

天越发黑了，路旁的植物在夜风中发出呼呼的声响，仿佛某种喘息。身后也隐约传来鬼魅般的脚步声。这情景让我害怕。我说："我们回家吧，这里晚上不安全。"

阿萝却不听，径直往前走，一条条街道被甩在身后。我咬咬牙，也跟上去。夜空的云被吹散了些，露出几颗星星，仿佛萤火虫飞上了天。

当我们走到城市边缘时，夜已经深了，风中裹挟着寒凉。我哆嗦着，抱怨说："你来这里干吗啊？"

阿萝的脸在黑暗里看不清。她伸出手，上前一步，嗞嗞，空气中突然发出电流窜动的声音，她的掌前亮起水波般的光，呈弧形，蓝色。她往旁边移了几步，又伸手，光波再次拦在手掌前。

"没用的，这里被罩住了，出不去的。"我有些不耐烦。

阿萝不理，把手使劲往前推，光波向外凹陷了一些。嗞嗞，电击声变大，阿萝被大力反弹回来，向后跌在地上。

我连忙去扶她，埋怨道："你这是白费力气，10岁的时候我找了三十几个人，花了半天，也没把这层——"我突然愣住了，因为在隐隐星光下，我看到阿萝脸上挂满泪痕。

我顿时不知所措："你……是摔疼了吗？"

阿萝摇摇头，眼睛看着城外。我们能明显感受到风从外面吹进来，一些流萤划过，几株藤蔓长在光波亮起的地方，随风摇摆——整个城市被巨大而透明的防护罩罩住，风、植物和动物都能穿过，但我们不能。

"我只是想看看外面的世界。"过了很久，阿萝轻声说。

我被她的伤感愁绪传染了，感到了一阵悲哀。以前发现这层罩子时，我也很好奇，想看外面的世界。那里会不会也有很多个城市，里面满是孩子？我找男孩子们帮忙，用砖头砸，用火烧，什么都试过了，罩子却纹丝不动。男孩们都抱怨，说城里这么大，玩也玩不够，出去干吗。连刘凯都不帮我。后来他们三十几个人都走了，只剩我拼命用锹挖土，想从地下穿过去。但当我挖了一个洞后，才发现防护罩连土地都能穿透。当时已经很晚了，我在黑夜里哇哇大哭，边哭边穿过废墟回家。

我甩甩头，说："走吧，很晚了。"

我们往回走，天太黑了，阿萝跌倒了好几次，扭伤了脚。我背着她，像是背着一片叶子。我的后脖子感觉到了她均匀的呼吸，如同潮汐涨落。她睡着了，但愿我干瘦的背部不会让她落枕。

我走了很久，惊恐地发现我迷路了，道路在黑夜里是另一番面孔。更糟糕的是，一只老虎嗅到了我们的气息，当我察觉到时，它已经跟在我身后了，喉间发出低低的咆哮。

这座城荒废了这么久，不仅被植物侵占，也成了动物的乐园。刘凯以前推开一间写字楼的办公间，里面顿时一片惊乱，十几只鹿仓皇奔出。我还见过成群结队的野牛在城里游荡。

我吓坏了，耸动肩膀把阿萝叫醒。我缓缓后退，抵住了一面墙，让阿萝爬上去。阿萝踩着我的肩膀，蹲在了墙上。她伸出手，说："我拉你上来。"

我刚伸手，老虎猛然前肢低伏，做出跃起攻击的姿势。我吓得几乎要跌倒，颤抖道："不，不行了……你赶紧跑，找个房间躲起来，关上门，老虎就打不开……我、我房间的墙里面，藏了一个盒子，是我挣来的糖果，上次没被搜走，就交给你了。还有，我一直很——"

我的遗言还没交代完，一道人影突然跳出来，拦在了我前面。老虎咆哮一声，四野震动，那人影丝毫不惧，反倒上前一步。老虎似乎察觉到了危险，收起獠牙，慢慢退回了黑暗深处。

人影转过来，说："以后不要这么晚出来了。"

是铁皮老师！

它把阿萝抱下来，背在肩上，然后拉着我的手。它的金属皮肤很

凉，但握在手里，时间久了能感到温暖。夜依然深沉，却不再危险。夜风停住了，像是一群疲倦的羔羊，在某个角落里蜷缩而眠。

"我们走吧。"铁皮老师说。

于是，在漆黑的夜里，这个干瘦沉默又带着忧郁的机器人，背着阿萝，牵着我，在长长的荒芜的路上行走。

后来，我无数次在夜里回忆起这幅画面，心里涌起温暖，有了能够面对天亮的勇气。

4

刘凯对我说："我喜欢上阿萝了。"

我不以为然，说："所有人都喜欢阿萝。"

"这次不同，我以前看到阿萝，满脑子都是下流思想。但现在，我会自卑，会觉得自己脸上有东西，怎么洗也洗不干净。"

我心里一动，小心翼翼地问："呃，这种自卑，就是喜欢吗？"

"当然是啊，铁皮老师不是说过吗，这是典型的青春期心理，是内心喜欢的外在映射。"

我恍然点头。

"所以，我决定了，我要追求阿萝。"刘凯郑重地说。

刘凯是我最好的朋友，从小到大，他做任何事我都支持他。但现在，听到他的决定，我却一阵慌乱，犹豫了很久，说："她……你不要追她，她不适合你。"

"为什么啊？"

我一急，脱口而出道："呃，因为、因为她不好看。"

"放屁，她不好看，那城里就没人能看了！"刘凯瞪了我一眼，说："再说了，我是那种只看长相的人吗？"

话已至此，我只得答应，问："那我要怎么帮你？"

"这事不能急。你是她的同桌，就先替我了解她的喜好，并且经常提到我，把我的形象塑造得光辉灿烂。然后我在合适的时候隆重出场，一举拿下阿萝。"

本来经过那一晚，我和阿萝的关系已经很好，但被刘凯横插一杠，又变得别扭起来了。我在心底很抵触帮刘凯说话。我见过有人恋爱，就是大手哥和月亮妹，整天腻在一起，动作亲密。我无法想象阿萝和刘凯也这样。这种情绪，如果你不能理解的话，就想象两只看上了同一根骨头的狗吧。

但刘凯的个性显然更像一条狗，整天缠着我，不得已，我只得跟他说了阿萝的喜好。我说："阿萝每天都是一个样子，把头发梳在背后，是那种柔顺的马尾，垂下来像是一种植物。她按时上课按时回家，作业工整，坐姿端正，连呼吸都均匀平稳，简直比铁皮老师更像个机器人。"

说着，我又想起了那晚，阿萝对着黑暗中的防护罩流泪的模样。这模样无比鲜活，与她白天表现出来的，是两个不能重叠的形象。为什么它们出现在同一个人身上呢？我常常对此迷惑不已。

"接着说啊，别愣着。"

"她不是很聪明，有些题目我和你都能做出来，她不能。但她肯下苦功，回家后整晚钻研，所以考起试来，还是她第一名。"

"这个我知道，我喜欢她就行，要那么聪明干吗？"

"大概就是这些了，其他的，我再帮你查查。"

"真的没有了吗？"刘凯低着头，脸上的表情埋在阴影里，看不分明。

"当然，我怎么会骗你！"

"好的，事成了我会好好谢你的。"

我看着刘凯走远，心里有些紧张。其实，有很多东西我没有说出来，比如那晚阿萝对城外的渴望，再比如，阿萝头发上有一种香味。那是一种淡淡的、若有若无的味道，只有风顺着她吹到你，你才能闻到，换个方向都不行。我喜欢这味道，常常有意无意地靠近她，轻轻吸气，过很久才吐出来，脸憋得跟猴屁股似的。

我还忘了告诉刘凯，阿萝喜欢诗歌，时常用纤长的手指在晶屏上跳动，一行行字便在指尖流出来。她从来不让我看。我唯一一次见到她的诗，是在后来的语文课上，这一章专讲诗歌，末了，铁皮老师让我们写一首诗交上去。

当所有的诗都上传给它后，它停滞了几秒，然后摇摇头说："你们的诗千奇百怪，不过诗歌的范围太大，任何语句都能成诗，所以也不算错。比如这句'路边飘摇一朵花，摘回去，送给她'……"

这是我写的。我的脸红了，低下头。

铁皮老师又说："但有一首很好，我传给你们看看。"是阿萝写的。

我们的晶屏接收了这首诗，我仔细看，心慢慢变空，好像被什么啃掉了一样。

　　十岁那天，你用手蒙住我的眼睛

　　五月，旷野，长着三叶草
　　麦田的青绿染湿了我们的衣裳
　　我像迷路的糖果在麦田里乱跑
　　阳光很好
　　夏天在麦田里跌倒

九月，窗外，穿过废墟的少年
看飞过天空的鸽子，紫色的鸽子
在地上留下影子，浓黑的影子
鸽子飞入灰色的天空
黑色的影子落入少年的眼眸

十岁那天，我想看见你的脸

　　我轻声念完，转头看阿萝，她一如往常，坐直身体，头发像植物一样垂在肩上。我又闻到了那股香味，但奇怪的是，此时教室并未起风。

5

　　由于所有人的生日都在同一天，每年的庆祝就格外盛大，会演也在这一天举行。我们15岁的生日很快就要来了，铁皮老师让我们准备节目。

　　刘凯找到我，郑重地说："我想写诗，会演时上台去朗诵。我要让阿萝知道我也是个诗人。"

　　我大吃一惊，问他为什么突然有这个想法。

　　"因为，"刘凯犹豫了一下，"我跟阿萝表白了。"

　　"结果呢？"我下意识地问道，随即醒悟过来，肯定不是好结果，要不刘凯也不会想着写诗了。我想了想，又问："为什么你不跟我说一下再去向她表白呢？"

　　"我知道你也——"他咳了一声，把剩下的话吞了回去，说，"总

之，她说我不懂她。哼，我要写出让阿萝大吃一惊的诗，在会演时朗诵给她听！"

虽然刘凯这么信誓旦旦的，但我不以为然。他在阿萝面前人模人样，但本质上邋遢不堪，典型的姿势是左手抠脚趾，右手拿笔做题，然后再用左手挖鼻孔。请允许我描述他的鼻孔：漆黑无比，像倒悬的深渊，还时常有更黑的鼻毛颤巍巍地探出来。他喜欢边说话边扯鼻毛，说着说着就拔出一撮，手指一搓，鼻毛散落，脸上表情诡异，既有拔毛的痛苦又有丰收的喜悦。上次交诗歌作业，他写的诗比我更不如，是"天上鸟儿飞，我在地上追。追也追不到，回家去睡觉"。

但这次他是认真的。接下来的日子里，他每天在城市里游荡，却不是翻捡废品，而是两手插裤兜，双目迷离，嘴里念念有词。大手哥找他寻仇，纠集一伙人，他却没有反应，目光越过大手哥望向了遥远的地方，且轻声说着什么。大手哥威吓了几声，毫无作用，纳闷地把头凑过去，听到刘凯在说——

你在风里，你在雨里，你在我思念的季节里。我见到风不是风，我见到雨不是雨，我见到的一切，都是你。

大手哥当场就吓坏了，被小弟们扶回家，从此再不敢找刘凯麻烦。

不久后，刘凯写了几首诗，拿给铁皮老师看，铁皮老师从中选了一首赞美神的诗，说："你就上台念这个吧。"

很快，我们迎来了15岁生日。这一天格外喜庆，铁皮老师给每个人发了一套衣服，洁白无瑕，布质柔软。到了晚上，全城900多个孩子聚在一起，等待神的来临。

天一点点变黑，夜风吹起来，衣摆轻轻振动。铁皮老师说，闭上眼睛。我们全都把眼睛闭上。铁皮老师又说，睁开眼睛。我们一睁眼，就看到城市上空的巨大飞碟，银白色的外壳在夜色中透着冷感。

铁皮老师一挥手，我们便全都站起来，伸出手，对着飞碟欢呼雀跃。铁皮老师压了压手，我们安静下来，听它说道："感谢神，神孕育了我们，将我们保护于这座城市之中。神赐予我们糖果，神洒下恩泽，我们沐浴其中，必将遵从神的旨意。"

飞碟寂然无声，缓缓旋转。我看了一会儿，觉得头有些晕了，就看向四周。我发现刘凯的脸有些红，可能是即将上台，紧张导致的吧。

一道白色光柱射下来，照到我们前面的空场上，这一块儿地，就是舞台了。

我远远地看着表演。这次阿萝不是压轴，她跳了一支舞，绵软的白衣在她身体上显露出惊人的曲线。但她的脸圣洁无瑕，每一步踏出，似乎都要飞起来。

"我要告诉你一件事，"耳边突然传来刘凯的声音，"其实你和阿萝去城边缘的晚上，我跟在你们后面。"

我一怔。难怪那晚总感觉身后有脚步声。

"我知道你也喜欢阿萝，所以你隐瞒阿萝向往城市外面的事情，我不怪你。"刘凯盯着舞台，呼吸因紧张而急促，"但我念了这首诗后，阿萝肯定会喜欢我的。我跟你是最好的朋友，什么都可以让给你，但阿萝不能让。"

这时，阿萝跳完舞蹈，微微喘气，退出了白光舞台。

刘凯起身走了上去，大声说，我给大家朗诵一首诗，关于我们头顶的神。

他站在光柱中，面目有些模糊。他的视线依次在我、阿萝和铁皮老师身上停留了一秒，然后深吸一口气。

> 如果不是那个夜晚我仰头
>
> 星光不会坠入我眼眸
>
> 如钻石般迷人

又像泪眼般哀愁

我企图接近

但一层光挡住了手

如果不是经常在废墟行走

我不会觉得孤独

像天空中唯一飞翔的鸿雁

像宇宙中唯一旋转的星球

我猜不出，看不透

城外的光，到底是保护

还是禁锢

我看到铁皮老师的金属五官罕见地扭曲了，它飞快起跑上去，想拉刘凯。但刘凯早有准备，一边往后跑，一边大声念。

如果不是因为她的温柔

我不会如此厌恶公路和废弃的高楼

她的美丽如此短暂

红颜转瞬变成骷髅

她的笑容要在阳光下盛放

她应该获得那两个字

自由

这些话不知在他心中背诵过多少遍，音节利落，掷地有声。铁皮老师更急了，两脚一蹬，地上的水泥咔嚓一声裂开。它闪电般扑过去，抱着刘凯，在地上滚了几圈。

剧烈的疼痛打断了刘凯的朗诵。他发出呻吟，不解地看着铁皮老师，说："老师，我只是……"

"闭嘴！"铁皮老师气急败坏地说。它顿了顿，抬头看向天上，飞碟如故。它似乎松了口气，低声说："给我坐回去，别说一个字。"说完，就拉着刘凯往我们这边走过来。

这时，天空中的飞碟停止了旋转，光芒全熄，黑暗从四面八方向我们碾压过来。铁皮老师浑身一颤，眼睛亮起红光，一闪一闪。

我知道这是它在跟神交流，用我们不能听到的方式。它越说越快，红光几乎连成一片，胸膛里发出嗡嗡的仪器运转声。大概1分钟后，红光消失，我听到它在幽暗里发出轻轻的叹息。

我眼皮一跳。风变大了，带着寒意，在地面卷过。

飞碟中心再次射出一道光柱，却是蓝色的，幽幽莹莹，罩住了刘凯。刘凯的脚离开了地面，缓缓上升。他如溺水一般手舞足蹈，却无济于事，连呼叫也被冻结了，只看得到他张大嘴，脸色在蓝光下显得格外惊恐。

我刚要上前，手心倏地传来温润的触觉。是阿萝，她攥住了我的手，缓缓摇头。

就在这愣神儿的工夫，刘凯已经升到飞碟下，一道圆形门打开，将他吞没。接着，飞碟再度旋转起来，空气被带动，四周风沙肆虐。在我们的惊呼中，飞碟切开夜色，朝东边天际射去。这次，神走得如此急切，连糖果都没有留下。

飞碟很快缩成了星光大小，混入群星璀璨的夜空中，再也寻不到。

6

15岁过后，我尝到了孤独的味道。没有了刘凯，这个城市变得冷清而陌生，我常常走在荒芜的街道上，凉风拂过，我感到无所事事。

这种情绪困扰了我很长时间。

而这期间，铁皮老师的忧郁症更加严重了。有一次正上课，它突然停下来，呆滞地看着窗外停歇的麻雀，我们连声唤它都不应。几分钟后，麻雀扑腾着翅膀飞向天空，它才收回视线。

随着季节更换，日月流转，铁皮老师越来越心不在焉。到后来，它在课堂上根本不能讲课，索性布置了实验作业，让我们自己去做。实验没有规定对象，只说要修复从废墟里捡来的复杂器物。实验是两人一组，我犹豫很久，对阿萝说："我们俩一组吧？"

她连头都不转，问："小黄瓜、朱宇、邓光阳，还有大手哥，他们都找我组队，为什么我要答应你？"

"因为你知识过硬，我动手能力强。我们……"我挠挠头，有些尴尬地说，"我们会配合得比较好。"

阿萝说："不干！这段时间你都不跟我说话，整天低着头，我才不跟你一起呢。"

我说："以前我都是跟刘凯一组，现在他不在了，我不知道怎么办……好吧，不过你不答应我也行，但千万别跟大手哥一组。他有月亮妹，还过来找你，肯定是想一脚踩二船，一枪打双鸟，一口吃掉两颗糖，你可不要让他得逞。"

阿萝转过来，看了我一眼，笑着说："这才像你，好吧，我跟你一组。"

我在家里一阵翻找，翻出了以前捡回来的废电脑，擦去灰尘，发现竟然有七成新，就是不知道哪里坏了，启动不了。本来我还有一些破玩具，修复它们要简单得多，但不知怎么，看着阿萝，我本能地选择了难度比较大的电脑。她好像也没有异议。

我和阿萝把电脑拆卸，分析了很久，找不出问题。阿萝提议去找铁皮老师辅导，我摇头说："铁皮老师的忧郁症已经很严重了，我们还是不要去打扰它得好。"阿萝说："就是因为这样，我们才更要去关心它啊，它对我们那么好。"我说："还是算了吧，它把自己拆成一块一块的，零件都在地上跑，看着心里发毛。"阿萝说："你不去我就换组，不和你一起做实验了。"我说："来，我们往这边走。"

铁皮老师的家在市中心一栋单元楼里，拨开密布的藤条，赶走了几只睡懒觉的兔子，我们挤进去时已经一身狼狈。果然，屋子里到处都是铁皮老师的部件，都不安分，手臂靠5指抓地而行，脚则漫无目的地滚来滚去。我们小心地避开它们，走到卧室前，透过门缝，看到铁皮老师的头颅立在窗边。窗外，是渐渐暗下来的天空。

我过去把头颅抱下来，比我想象中的要轻，不像是装载了量子大脑的金属球。头颅里传来奇怪的声音，我听了很久，对阿萝张开嘴，用口型无声地说，它在哭。

是的，铁皮老师在哭。我见过很多人哭，但没有一个人是像铁皮老师这样哭的，嗞嗞，嗞嗞，像是电流在回路里辗转不去的幽咽。

阿萝也不知如何是好，她本想安慰，但听到这种哭声，谁都说不出话来。于是我们沉默地坐在屋子里，外面暮色沉降，又到了夏夜，看得到萤火虫划过。

很久以后，铁皮老师停止了哭泣，它的胸膛滚过来，与脖颈接驳。它转了转脖子，令人牙酸的金属摩擦声在屋子里响起。

"你们，要修复的电器是什么？"

我连忙打开背包，拿出银白色的笔记本式电脑，递了过去，说："我们查过资料，试了很多次，但就是不能开启。"

铁皮老师的手爬过来，敲了敲电脑。然后这两只金属手又把电脑放下，爬到它肩旁，安装好。它甩甩手说："哦。"

阿萝连忙说："您能提供修复意见吗？"

铁皮老师躺下来，两手枕着后脑勺，懒散地说："电脑是一种古老的电器，你们没见过，所以不太清楚。一般呢，电脑不能开启，有可能是主板问题，也有可能是硬盘损伤，还有可能是显示屏接触不良……"

"那我这台电脑，是属于哪个问题呢？"

"哪个都不是，"铁皮老师挠了挠已经生锈的头顶，说，"它只是没电了。"

城市荒废，发电厂和输电装置都失效了，我们没有电器，晚上漆黑一片，夏天燥热无比，冬天严寒刺骨。城里唯一的电源来自铁皮老师体内的核子反应炉。平常我们的晶屏需要充电，都是统一交给它。

充好电后，铁皮老师启动电脑，却不交给我们。我看到它仔细检查了一遍，删掉了很多东西，最后交给我们，说："这台电脑已经干净了，你们拿去试试吧，不过电池只能用两个小时。这次的实验就算你们通过了。"

我犹豫了一下，问："您刚才删掉的是什么啊？"

"哦，只是一些影音文件和文档而已，都是对你们有害的东西。"

我对这样的说法很怀疑，就像我怀疑他解释说，刘凯一直没有回来，是因为被伟大的神选中，去往神的国度沐浴恩泽了。但很多事虽不能被证明，却也不能被证伪，所以只好保持这份怀疑。

我和阿萝抱着电脑往回走，天黑得很快，视野里盛满了星星。附近的野兽都被铁皮老师赶走了，所以我们不害怕，走得很慢。

"那么，实验这么快就结束了，看来我的知识和你的动手能力，都没有发挥作用。"阿萝笑着说。

我挠挠头，踢开一根缠住电线杆的藤条，说："那你应该很高兴啊。"

"是啊，我应该高兴，"她低着头说，"可是我觉得少了点什么。我还打算实验做久一点，跟你一起，会很有意思的。"

我又踢开几根藤条，才反应过来她说的话。我难以置信地转过头去，看到她的脸依稀在夜色中，这一刻，她白天的娴静和那晚的哀伤奇迹般重合了。她背后有一丛白色的花，夜风吹过来，花朵纷纷摇晃。

我有些颤抖，没头没脑地开口："我一直想问你，去年会演，刘凯被神带走的时候，你为什么拉住我？"

"我担心你。"她抬起头，看着我说，"我怕你也被带走。"

她的声音羞涩而温柔。她的眼睛睁得很大，像是怕在夜色里看不清我。

"可是，为、为什么是我呢？"我语无伦次地问。

"你还记得我写的那首诗吗，穿过废墟的少年，其实就是你。10岁的那天，男孩们都走了，只有你一个人拼命想出去。我躲在远处看你，直到夜晚，你一边哭一边回家……那时候我就知道了，整个城里，还有一个人跟我一样，对城外充满向往。"

15年以来，我第一次手足无措，后退几步，靠在了电线杆上。阿萝温婉地站在我三步之遥处，漫天星光成了她的背景。

这时，我看到远处有人，是大手哥和月亮妹。他们没看到我们，站在墙角边，紧紧抱在一起，头挨得很近。

"他们在做什么？"阿萝问。

"可能是在讨论解析几何的问题吧，前几天刚学过。"我刚说完，就发现不太对劲，大手哥的嘴在月亮妹脸上探索，大概是月亮妹的脸太大了，他花了好一会儿工夫才找到月亮妹的嘴。他们亲在一起，没有讨

论数学问题的空间。

"好像是，"阿萝的脸在星光下有些发红，"是接吻……"

"那我们也试试吧。"我鼓起勇气说。

阿萝咬住下唇，看得出她很紧张。我等了很久，直到勇气逐渐消散时，才看到她点了点头。

我上前一步，嘴唇凑了过去。我碰到了一片柔软，带着略微的湿润。我愿意花很多字来描述这一刻的感觉，但我不能，在它面前，任何文字都苍白无力。阿萝似乎也没了力气，向后仰倒，我伸手抱住了她。这时，我和大手哥的姿势一模一样，但他睁开眼睛看到的是无边无际的大脸和坑坑洼洼，而我则看见了阿萝紧闭的眼睛和轻轻颤抖的睫毛。风从后面吹来，穿过建筑群和植物丛，却无声无息。夜晚静谧，没有萤火虫，萤火虫都睡了。

当我们分开时，夜已经很深了。我和她都不知所措，她低头拉了拉裙子的边角，说："那我现在回去了。"

我有些不舍，突然想到了一件事，说："我们检查电脑的时候，是不是看到它有一种叫光驱的设备？"

"是啊，怎么了？"

"那我就有一件好东西了，你跟我回去看看吧。"

我拉着她回到家中，翻了很久才把那张光碟找出来，小心地把它放入光驱中。阿萝好奇道："这里面有什么啊？"我一边按照资料操作电脑，一边回答说："我也不清楚，看看就知道了。"

光碟里只有一个视频文件。谢天谢地，铁皮老师没有把电脑里的播放器卸载，我直接点开，一个窗口跳出来，挤满了整个屏幕。

我和阿萝坐在一起，紧张地盯着屏幕。看着看着，我握紧了阿萝的手，感觉她在抖动。我也牙齿打战，这是夏天，我却如坠冰窖，每个细胞都在寒冷和恐惧中缩成一团。

屋外星辰密布，像无数只窥视的眼睛，它们一闪一闪，似乎也被视频里的内容吓得颤抖不已。

很久以前，地球上布满人类，文明的种子在这颗星球的每一片土壤上生根发芽。当科技达到一定高度后，人们开始向宇宙中发出呼唤，希望引起外星智慧生命的注意。在漫长的时间里，这种呼唤一直没有得到回应，那段时间，被称为"沉寂时代"。

在沉寂时代中，人们感到无比寂寞，认为自己是宇宙中孤独的生命。但某天，一艘飞碟循着人类的信号，穿越茫茫宇宙，降临到地球后，人类才知道，沉寂时代才是最美好的日子。飞碟用战争终结了沉寂，用神迹般的科技征服了一座座城市，人类无力抵抗。长满触须的外星人待人类如同人类待猪狗，肆意屠杀，直到它们发现，成年人类的身体很适合用来作培养它们后代的容器，这才停下杀戮。

它们把人类麻醉，将它们的卵注射进去，几天后，一条灰白色触须就会从人的肚脐里伸出来。再过几天，人的每个孔窍都会钻出触须，看上去像灰色毛球。它们割开人的肚皮，将幼体取出，而这时，人体也只剩下薄薄的一层皮，所有的血肉都被外星人幼体啃食殆尽。

一时间，地球上爬满了外星人，人类销声匿迹。而大量的后代孕育经验，让它们了解了一些规律：只有在身体健康、思维活跃的人类身上，它们的后代才有更旺盛的生命力。于是，它们用许多优质细胞进行克隆，让人类孩子在地球上生长，派机器人照顾，学习知识，锻炼思维。它们则坐上飞碟，继续在宇宙中寻找下一个目标，只每年回来查探一下，等孩子们长到16岁，再统一麻醉，运到飞船上，成为孕育容器。

以上内容即是视频所述。在结尾处，整个屏幕被一行硕大的字占满，"地球=牧场"，字体粗大，触目惊心。

看完后我和阿萝都惊呆了，说不出话来。直到电脑咔的一声，屏幕暗淡下去才回过神来，我结巴地问："这是，是真的吗？"

"我不知道……"阿萝大口吸气，但说话还是在颤抖，"应该是假的吧，铁皮老师怎么会把我们交给那种虫子呢？"

可是，城外的防护罩，每年都有神来审查会演，铁皮老师什么都教却不教历史，我们从来没见过成年人……这些曾经困扰我们的问题，都在视频里有答案啊。

"或许、或许是有人故意用这些疑问作视频吧，我听说，以前有种东西，叫电影，什么画面都可以做出来，看上去像真的似的。"

听她这么说，我心安了一下，刚要舒口气，却突然想到了刘凯，颤声道："你还记得吗，刘凯那首诗提到了这方面，所以他才会被抓走。"

阿萝捂住头，退了好几步，坐在床上，摇摇头说："我们去问铁皮老师吧，它肯定知道答案。"

"你还敢去问它吗？如果是真的，按照视频的时间，它至少抚养了十几批孩子，每批都送上去给神——外星人吃了。"

"那我们怎么办？"阿萝抽泣道。我看见她哭的样子，心头顿时柔软，我上前抱住她，拍着她的背，柔声说："放心，有我，我不会让你有事的。"

但我也没有办法。接下来的日子里，我一看到铁皮老师，腿脚就打战。空闲时候，我和阿萝在城边缘拼命想出去，但总是无功而返。我们也试图把这件事讲给其他孩子听，但我不敢找铁皮老师给电脑充电，光碟无法播出，没有人相信。

这种压抑的日子持续着，很快，我们16岁的生日来了。在我心中，这已经不是生日了，另一个可怕的词取代了它——收割日。这一天，是地球牧场丰收的日子，所有的孩子都如麦子般被割断，我们的童年于此终结。

我想过逃跑，但无路可去，阿萝也是面色灰暗。我们坐在废旧的建筑顶上，很久之后，阿萝站起来，拍拍衣服，一袭白袍在风中猎猎鼓荡。她说："我们走吧，如果那是我们无法逃开的命运，那就去面对它吧。"

我们走到场地中，其他人已经坐定了，脸上都是期盼雀跃的神色。铁皮老师站在前面，不时扭动脖子，手脚也怪异地扭曲着。这是它忧郁症犯了的征兆。

天暗了下来，一如往昔，地球的主人变换，但不变的是每一个夜晚。

铁皮老师说，闭上眼睛。但这次我固执地睁开着，夜空静如深湖，一点光亮划过，我开始以为是萤火虫，但它比萤火虫更亮，轨迹更长，像是星光的视觉残留。它缠绕，滋生，茁壮成长，一艘飞碟从光中沐浴而出。这时，铁皮老师说："睁开眼。"孩子们看到飞碟，欢呼不已。

这次没有会演，飞碟缓缓投下一个箱子，落在铁皮老师面前。它似乎在发呆，好一会儿才颤抖着打开箱，拿出里面的糖果。以往的糖果是红色的，但这次是白糖果。铁皮老师给每个人分了一颗，它的动作极其缓慢，仿若凝滞。

"这是神的恩赐，吃下它，你们将离开这荒废的土地，到达天堂。"铁皮老师结结巴巴地说，"现在，它就是进入天国之门的钥匙，

打开它吧。"

于是，孩子们都把糖果送进嘴里。阿萝闭上眼睛，轻声念道："死亡如大海无边的歌声，日夜冲击着生命的阳光之岛的四周。花瓣似的山峰在啜饮着日光，这山难道不像一朵花吗？当'真实'的意思被曲解，本末被倒置时，它就成了'不真实'……我住在我的小天地里，生怕它变得更小。把我带到您的世界里去吧，让我开心地失去所有的自由。"

念完后，阿萝对我凄然一笑，抬手准备把糖果放进嘴里。

"等等！"

这一声暴喝，如惊雷般滚过全场，少数没吃糖果的孩子都惊愕地看着铁皮老师。它从来温声细语，但现在，它的胸腔里似有浓云卷积、惊涛翻涌。

它几步便飞奔而至，喘息着问阿萝："你、你怎么会这段祷言？见鬼，见鬼，见鬼！你看过《飞鸟集》吗？"

我突然想起，很多年前，我走到铁皮老师窗下时，也曾听到它念诵过这段话。原来这段诗出自我送给阿萝的那本书。

阿萝嗯了一声，说："是的，我很喜欢它，父。"

"你说什么？你刚才叫我什么？"

"父。"

"你叫错人了，你们的父在飞碟里！"铁皮老师突然变得气急败坏，大声吼道，"而我，是一个机器人！"

"对我们来说，您养育了我们，您就是父，父亲，我……"

阿萝没说完，铁皮老师猛地甩手一巴掌，啪，她脸上顿时红了半边。铁皮老师暴躁地骂着："给我闭嘴！见鬼，你们地球人都是猪猡，我只是饲养员，叫我父亲？那样我岂不是也成了你们这种低级碳基生物了！"

哗，铁皮老师身上冒出一阵火花，黑色液体也顺着破损的部件流出来。它停滞了1秒，然后上前扶起阿萝，温柔地看着她，说："对不起……放心，我请求祂们放过你们这一批。"

它的眼睛亮起红光，有规律地闪烁。它在和飞碟里的人通话。几分钟后，它呆呆低下头，说："被驳回了……"

飞碟下蓝光荧惑，前方的孩子们被反重力拖曳着上升，进入飞碟内部。我低声说："父亲，再见了，希望下一批孩子能让你开心起来。"

铁皮老师的手抖得更厉害了，似乎不胜夜风寒凉。我仰起头，把糖果放进嘴里，这时，它猛然将手指插进双眼，一阵火花从它瞳孔中溅出。下一秒，我和阿萝被它抱住，往场外狂奔。其他孩子们不知发生了什么，待在原地，被逐渐扩大的反重力光束笼罩了。

我伏在铁皮老师肩头，咳出了糖果。周围光影纷乱，风声簌簌。在模糊的视线里，我看到了阿萝。我们挨得如此之近，以至我能听到她的呼吸，我再次闻到了她发梢的香味。

那香味钻进我的鼻子里，从此，一住好多年。

8

"所以你们就这么逃出来了吗？"坐在我对面的小女孩儿晃着脑袋问。

"嗯。"已有些晚了，西天垂着一块融化的黄金，风渐渐吹起来。我决定快点结束这个故事，"防护罩的发生装置埋在中心广场下面，铁皮老师砸坏了它，带着我和阿萝跑了出来。"

"那现在怎么只有你一个人？"

"铁皮老师和阿萝……都死了。"我深吸一口气，尽量说得简洁，

"铁皮老师的忧郁症，就是源于多年来内心的自责，但它的芯片又被外星人掌控。它的心和芯在做斗争，但最终输的还是心，为了不伤害我们，它先伤害了自己。它自毁了，当着我和阿萝的面。"

"那阿萝呢？"

"我和她逃亡了很长一段时间。铁皮老师临死前给我们留下了屏蔽器，外星人找不到我们，我以为这一辈子可以跟她这么过下去。但23岁那年，她决定去找外星人，她想让外星人和人类和平共处。我说这太天真了，就像人类不会平等对待家畜一样。她说她知道，但这是唯一的办法，如果我们不做什么，等我们死了，人类就没有希望了，不会再有第二个愿意帮孩子们的铁皮老师了。我劝不住她……"

小女孩知趣地点点头，没问后面的事情。但我脑子里再次回忆起那个画面——阿萝亲吻我的额头，慢慢走到空地上，关闭了屏蔽器。几乎在同一瞬间，飞碟出现在她头顶，她举起手，大声喊："我想跟你们谈——"回应这声呼喊的，是喷吐的高温粒子束，阿萝及她周围五米的土地，全部被焚成飞灰。

"从那以后，我决定完成阿萝的遗志。我满世界游弋，寻找城市，讲出我的故事。"我缓缓说，"结束了，我的故事讲完了。"

"怎么说呢，你讲的事情跟我的生活确实很像，城里也全都是小孩子，也被一个机器人照看着，但我还是觉得太离奇了。"女孩咬着指头，笑笑，"毕竟我还只有9岁嘛，等我长大些了，说不定会相信。"

"我也没有希望你立刻相信，时间会让你找到答案的。"我掏出一个自制的定位仪，抛给她，"但如果你相信了，就找一只鸽子，把这个玩意儿系在鸽腿上。鸽子会找到我，我就会找到你，给予你帮助。"

"谢谢……对了，叔叔，你知道吗，我的名字也叫阿萝。"

"嗯，每个城市里克隆的都是同一批细胞，你周围的人中，肯定也有一个刘凯和一个长得像我的人。"

"是啊，他们跟我关系都很好。"

我看着她，往事跋山涉水而来，那张埋在久远记忆里的脸再次浮现。我伸出手，嗞嗞的电流声中，水波般的蓝光在掌前延展开。女孩也伸出手，隔着防护罩，我们的手掌对在一起。这是城市的边缘，我在外，她在里，无法碰触，却能感觉到温度。

很久之后，我站起来，拍去身上的尘土："好了，我现在要走了，我要去下一个城市。"

夕阳落入深渊，最后一抹余晖也断绝了。黑暗从西边天际奔涌过来，无边无际，吞没了世界。但我不怕，凭着掌心的温度，我能在黑暗里走得很远。

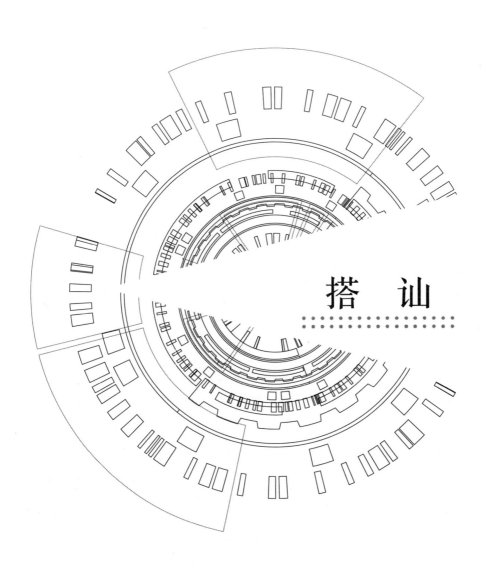

搭讪

对小双来说，这种被人搭讪的情况，还是第一次。

197号悬轨线很偏僻。从交通路线图上可以看到，城市密集而又错杂的悬轨线路里，只有它像是一根长错了的枝丫，偏离主城，孤独地伸向西郊区。因此车开到终点站，车厢就没多少人了，车门打开，一股冷风灌了进来。她抓紧手机，走下悬浮台阶，这才意识到已是秋天。郊外冷风乍起。也就是在这个时候，那个男生快步走到了她身边，打算说话。

小双对这种搭讪很反感。

就是嘛，都不认识她，在大街上看了一眼，他就过来要联系方式。通常会以"气质好""觉得投缘"这种名义，但说到底，不就是看长相吗？

也正是这个原因，小双跟闺蜜一起走在路上时，从来都是闺蜜被搭讪，而她只能尴尬地站在一旁——没有这种经历的人，很难想象这种尴尬有多么难受。

所以，她有些戒备地后退一步。

男生连忙停下，说："我知道这样有些突兀……但我一路上都在想，有什么别的方式可以认识你，就是，正常一点的方式……比如跟你一起排队，自然而然地说上话，比如吃饭坐在邻座……但下了这站，我们就要分开了，下次遇见你，指不定是什么时候。很有可能不会再遇见了——这座城市太大。所以我现在就过来跟你说话，我叫小聪，你、你好。"

这个叫小聪的男生说话嗫嚅，满脸通红，显然并不擅长这种搭讪方式。他长得很一般，脸有点圆，个子也不高，丢在人堆里就会消失不见——这一点跟她很像。所以小双的戒备心一下子消失了。

"嗯，你好，"她说，"我叫小双。你有什么事吗？"

"我想认识一下你。"

"你现在已经认识了。"她看着他。

男生看了一眼四周。在悬轨站外，有一条长而幽静的道路，路的尽头有电影院，以及小而温馨的饭馆。

但他想了想，还是习惯性地亮出手机，说："我能加一下你的手机好友吗？回头可以在网上多聊聊。"

透明的手机面板上，投射出一个安静旋转的三维码。

加了好友之后，男生就离开了。小双缩着肩膀，走上了那条幽长的道路。她其实很希望有人陪她走这条路，但路灯拉扯出的影子，从来只有她脚下那孤零零的一条。这个晚上是她无数个繁忙夜晚中的一个。她回家后还要继续加班，ANNI给她安排了一个电话会议，加完班要为接下来的自考做准备——到时候ANNI会准时跳出来，帮助她复习。通常放下手机，关上ANNI的时候，这一天也就结束了。

但她现在揣着手机，走在路上，嘴角和轻盈的发梢都微微扬起。这肯定是一个不一样的夜晚，只要手机里响起收到信息的通知。

隔壁租房的情侣又开始吵架，小聪把房门关紧，盯着手机，思考怎么发出第一个消息。

"你好？"太生疏了。

"刚刚都在想你？"太浮夸了。

一个笑脸的表情？太僵硬了，而且让对方不好回复。

他懊恼地拍着头，念叨着："怎么办呢？"

怎么办呢？有需要，找ANNI。

手机屏幕上光影凝聚，投射出一个穿着短裙的少女影像。这就是ANNI，每一款手机都会安装的智能助手，虽然只有巴掌大，但能解决所有问题——尤其是在这个手机支配一切的时代。

他的手机摔过一次，镜头不太好，空气中的ANNI有些掉帧，一闪一闪的。但看到她，小聪一下子就放下心来了。

ANNI听完小聪的话，在空中轻盈地转了一圈，说道："那交给我吧，我可以帮你跟她聊天，让你获得她的好感。"

"谢谢你。"小聪由衷地说。

"只是……"

尽管知道这只是系统程序故意做出的欲言又止的模样，小聪的心还是又悬起来，身子前倾，问："只是什么？"

"我需要安装一款插件，"ANNI身影涣散，空气中的光点由蓝色变得粉红，"这款叫作'丘比特'的插件，是专门为跟异性聊天而研发的。"

粉红色光点旋转成形，显现出一个心形图案，随后一支虚拟的箭射过来，正中红心。柔媚的广告音响起。小聪想着小双，有些心不在焉，大概听到"丘比特"利用了什么大数据技术，精准分析人类思维，能在线上聊天中，辅助使用者得到聊天对象的好感……然后是一些成功案例，情侣们靠在一起，感谢丘比特的帮助。这些画面倒是让小聪有些心动，不禁想象了一下跟小双站在一起时的样子。这时，广告到了尾声，全息影像里，是这款插件的购买价格。

3000虚拟币。

他脸上刚刚浮起的笑容又凝固了。3000虚拟币，换算成现金——是他两个月的房租。隔壁情侣的吵架模式又升级了，开始砸东西，哐当哐当地响。他环视着逼仄的屋子。他早就想换地方住了，但手头一直不宽裕，好不容易省下点儿钱……

手机摄像头检测到他表情的变化，ANNI及时跳出来，挥挥手，"丘比特"的广告烟消云散，说："当然，我们永远不会怂恿任何非理性消费，你再考虑考虑。我们换个话题吧，"顿了顿，她换了个语气，"今天你遇到的女孩子，特别美丽吧？"

小双的脸从他的记忆里浮现出来。

"额，"小聪说，"刚刚那个插件叫什么名字来着？"

手机震动了一下，打断了她的复习。

"嗨，小双同学，睡了吗？"

这句话后面，跟着一个浮夸的动态表情。

她笑了笑，退出了自考复习界面。一身干练职业套装模样的ANNI从空气中显现，提示她今天的复习进度没有完成。她摆摆手，手机识别到了手势操作，ANNI优雅地弯腰散开。

这条新消息是小聪发来的，那个来跟自己搭讪的男孩。想起他憨憨的样子，小双就觉得好笑。她拿起手机，回复道："还没。"

消息发过去了，她又觉得是不是回复得太生硬了，于是加了一句："你呢？"

"我也还没有啊，想着过来跟你问个安。"顿了顿，手机上又跳出一行字，"觉得在今天结束前，还是要跟这一天见过的最漂亮的女孩问个好。"

她的第一反应有些脸红，然后觉得自己应该生气，因为这句话很轻佻，但不知怎么，就是气不起来。她不得不承认，没有女孩子不喜欢被夸漂亮。她原本以为自己是例外，但脸上的红晕和翘起的嘴角出卖了她。

她收敛笑容，准备回复，突然一下子不知道回复什么好了。跟异性聊天这种事，对她而言，非常陌生。她能执行领导的命令，与客户唇枪

舌剑，每个条款都据理力争，但回复一条明显对自己有好感——显然，自己对那个男孩也有好感——的消息，让她犯了难。她怕自己的无趣和不善言辞吓退这个男孩。

"怎么办呢？"她握着手机，喃喃自语。

怎么办呢？有需要，找ANNI。

ANNI跳了出来。听完她的诉说之后，ANNI沉吟了一下，说："既然这样，我可以帮你跟他聊天，保持和加深他对你的好感。"

"好呀。"

"只是……"

小聪惊喜地发现，丘比特果然很神奇，取得聊天权限后，很快就跟小双聊上了。他拿着手机，看着跟小双聊天的对话框界面，新消息不断地跳出来，而丘比特也逐一回复。

比如小双在那边问道："你这么晚了还不休息呀？"

丘比特会停顿一下，然后回一条消息："不知道为什么，我每天晚上，都不愿意轻易结束这一天。"然后停下来，等着对方回复。

小聪明白，先前的停顿是故意的，留出恰当的"反应时间"，让对方察觉不到这是一款软件在回复。事实上，丘比特偶尔还会停顿更久，有一次过了3分钟还没回复小双的消息，小聪干看着，自己都开始着急，怀疑丘比特插件是不是崩溃了。这时，丘比特才有条不紊地输入："不好意思哈，刚刚去刷牙了。"

消息发过去后，对面说："没事的。看来你很注重健康呀，这么关爱牙齿。"

"哈哈，是啊，关爱牙齿，更关爱你。"

小聪看到这条消息发过去后，一愣，赶紧去点击这条消息，打算撤回——哪怕他不会跟女孩子聊天，也知道这句话过于轻佻。这才认识几个小时，说这种话，小双一定会反感。但在他点击撤回键之前，ANNI跳了出来，对他说："丘比特这么说，一定有自己的道理。等一下哈。"

果不其然，对面也顿了顿，然后说："你也看过那个广告？"

"是啊，小时候很喜欢用那款牙膏。"

"我也是。"

……

然后话题就围绕着童年，欢快地进行下去。

小聪这才想起，"关爱牙齿，更关爱你"是很早以前的一款牙膏广告语。

"这种问话，用了老广告的梗。通过刚才的聊天，丘比特采集了她的不少信息，对她进行了建模，分析得出，她知道这款广告语的概率非常大。所以这句话很可能会获得她的认同感，从而获得好感，也方便进行下一个话题的转换。"ANNI解释说，"如果对方没听过，丘比特也会有备选方案。"

小聪点点头。这种半真半假的对话确实高明，如果对方接受好感，自然最好；如果生气，就说是玩笑话。简直进可攻退可守。他对丘比特彻底放心下来了。

而另一方面，小双居然还真记得以前的广告语，说明是个念旧的人呢。他笑起来，对小双的好感增加了一分。

小双也佩服丘比特的强大。她给ANNI安装了这个插件后，果然跟小聪的聊天，就变得和谐默契起来了。

丘比特能采集网络上所有的数据，知识点全，博闻强识，小聪抛来的任何话题，它都能游刃有余地接下来。有一次，小聪刷完牙后，对她说了一句"关爱牙齿，更关爱你"，她还没有反应过来，丘比特就回复道："你也看过那个广告？"并顺着这个话题聊到了童年。

在丘比特聊天时，她也没闲着，在网上查了下那句话，发现它出自很早以前的一个牙膏广告。她没有用过这款牙膏，甚至都没听说过，如果没有丘比特代她聊天，并顺畅地接过了聊天的梗，自己的回答肯定会让小聪失望。

说起来，丘比特真的跟广告里描述的一样，善解人意，很容易博得聊天对象的好感。如果不是智能程序在代聊，恐怕小双都会喜欢这个能说会道的"自己"。

这样一想，她对丘比特完全信任了。

她看了眼屏幕，丘比特正跟小聪聊到童年，偶尔逗趣，偶尔怀旧，氛围非常好。她满意地点点头，一股睡意袭来，她把手机放在床边，自己陷入梦乡。

小聪一觉醒来，第一件事就是翻看聊天记录，发现昨晚自己睡着之后，丘比特依然在和小双聊天。到了深夜3点，才互道晚安，结束了聊天。

这就说明，小双对自己的印象，一定很不错。他高兴地想。

他滑动手机屏幕，聊天记录如流水一般，虽然很多，但他还是一字不落地查看。通过跟丘比特的聊天，他发现小双真的是一个很可爱的女孩子，而且见多识广，丘比特聊的很多话题，他都感到陌生，但小双每次都顺畅地将话题接过去。他越看越佩服，甚至都有些自卑——这么有见识又有趣的姑娘，真的是自己配得上的吗？

想了想，他又释然了——这不是有丘比特在帮自己吗？只要这么聊下去，很快，小双就会对自己产生好感。

接下来的几天，小聪都在心不在焉地工作，只要有间隙，他就会拿出手机，看一下丘比特跟小双聊天的进展。

进展很顺利。

　　丘比特很准确地把握住了聊天节奏，在上班时，跟小双联系的频次就降低了——这是为了不让小双觉得自己不务正业；而到了下班后，丘比特会主动跟小双发一些生活照片，有些是丘比特合成的——这是为了向小双展示自己的生活状态。小聪心里很清楚，还会感到惭愧，因为自己实际上又宅又废，生活空间逼仄，完全不像丘比特所营造的那个热爱运动、生活质量高的男生模样。

　　但恋爱嘛，肯定真真假假，哪能什么都往实了说呢？他这么告诉自己。

　　聊天记录里出现"哈哈哈"的频率越来越多，说明小双被逗得很开心。其实岂止是小双，他看到丘比特用的那些俏皮话，自己也忍俊不禁。按照这个速度进行下去，很快，小双就会爱上自己吧。

　　这一天晚上，ANNI又跳了出来，告诉小聪："现在聊天进行得差不多了，该见面了，不然，再聊下去，小双会失去对你的好奇心。"

　　小聪深以为然，说："嗯，是该约出来见一见了。"

　　"但如果要进一步获得小双的好感，约她出来，就要使用丘比特的升级版功能。"

　　而要解锁升级版功能，需要增加付费。

　　又是2000虚拟币。

　　小聪愣了愣，长久地看着这个数字，又划动聊天记录，突然拍了下自己的脑门——丘比特已经帮自己聊到了这分上，难道自己还不能使最后一把力气，约小双出来吗？

　　一念至此，他果断退出了付费界面，拿着手机，打算给小双发邀约消息。

　　他的手指放在屏幕的虚拟键盘上，想按下去，但眼前的打字界面突然变得陌生。

　　他的手指长久地僵在空中，微微颤抖。

他的脑子里空如白纸。

半个小时后，他重新调出了付费界面。

这几天，小双一直在关注跟小聪的聊天。根据丘比特的反馈，他们聊得很顺利，显然对面那个男孩很喜欢自己。

说起来，不聊不知道，聊了之后才发现，小聪原来如此风趣健谈，热爱运动，注重生活品质。这样的男孩子……她看了眼镜子里的自己，面色暗淡，头发杂乱，不禁有些自卑。

不过有丘比特帮忙，应该能弥补吧。

她由衷地感谢丘比特，3000虚拟币虽然价格不菲，但能够换来一份合适的感情就很值得了。

果然，一切都朝着顺利的方向走去，不久之后，小聪就开始约她见面。

这是个好信号，说明对方愿意往下一步发展。但丘比特却回复说，最近比较忙，见面的事过几天才有时间再说吧。她感到诧异，因为ANNI知道自己的行程，明天就有空跟小聪见面。这时，ANNI跳出来，解释说："这是欲拒还迎，也是考验，矜持一点，免得他以为你很好约出来。"

小双连连点头。

"等他再发消息来约，就可以同意了，不过，到时我们会做一个小游戏。"

"这是女孩子的常用招数，欲拒还迎，也是对你的考验，"收到小双婉拒的消息之后，ANNI不慌不忙地解释道，"女孩子都这样的，不会让你第一次就轻易约出来，显得矜持。不过别着急，过几天再约就好了。"

小聪不由叹服，果然是升级版，更加有效了。他完全放下心来，过了几天，ANNI提示他，对方已经答应了和他见面，一起看场电影。

老套而经典的约会方式。

但小双提出了一个要求——她把最近上映的几部新片都发过来，做成了一个线上投票。然后，两人都选一部，如果选的是相同的电影，才能一起去看。

ANNI说："我推测，这是为了增加默契度和情趣——很有意思的女孩子呢。"

"但万一选的不是同一部呢？"小聪担忧道。

"不用担心，这些天丘比特一直在跟她聊，知道她的爱好偏向艺术类。这几部新片里，正好有一部文艺片，《地球永夜》。有95%的概率，她会选择这一部。"

小聪自然信任ANNI的推断，但还是看了下其他新片，发现除了充满小资情调的《地球永夜》，新一部的《星球大战》居然也刚刚上映。他一直是星战迷，只是这些年碌碌工作，几乎都淡忘了。此时一看到这熟悉的名字，心里不由触动，很想看这部电影。

"但是，女孩重要，还是看电影重要？"ANNI及时阻止了他。

"可是我不喜欢看文艺电影，容易睡着……"

ANNI说："那也绝对不能去看科幻电影，因为……"她停顿了一下，谨慎地说，"爱好科幻和追求女孩子，是两个极端。"

他想了想，觉得有道理。

小双看着这些新片的名字，手在《星球大战》上顿住了。她想起很小的时候，自己迷恋那些奇形怪状的飞船，收集了许多贴画。这个爱好还被其他女孩子嘲笑过。

"我可以去看《星球大战》吗？"她小心地问着ANNI。

ANNI的身影投射出来，沉默了一下，说："我当然不能阻止你去做你任何想做的事情，但根据丘比特的推算，小聪是一个讲究生活品质的人，不会太喜欢打打杀杀的动作片。他肯定会选择另一部《地球永夜》，我建议你也选择这部，毕竟，电影可以再看，但第一次约会更重要。"

小双低下头，"嗯"了一声，选中《地球永夜》，然后点击确定。

投票之后，便可查看结果。小聪早已提交。果然，两个选项都投给了《地球永夜》。

明明结果是朝着预想的方向去的，但不知为什么，小双觉得有些失落。

小双和小聪约在悬轨站外见面。

这时候已经没多少人了，夜晚寂静，一条漫长幽深的道路延伸向远方。电影院闪着迷离的光晕，隔得老远看过去，像是一个童年的梦。

在这样美好的氛围里，小聪先看到了小双。 他高兴地走到小双面前。小双看到了他，也笑了起来。

一切都跟丘比特预料得一样。

只是……

小聪正要打招呼，张了张嘴，却发现喉咙里冒不出声音来。他立刻惊出一身冷汗。他的第一反应是自己的声带坏了，但看着小双近在咫尺的脸，又低下头，看到自己手里紧紧攥着的手机，才意识到——

他不知道怎么开口跟小双说话。

小双也是满脸通红，握紧手机。

他们在夜色下站了很久，直到ANNI提醒电影快开场了，才一起转身，走向电影院。

在看《地球永夜》的过程中，他们直直地看着舒缓唯美的画面，手机都快捏出汗了。喜欢的人就在身侧，转头就能看到，但他们正襟危坐，目不斜视。他们都希望ANNI能跳出来，但这时，ANNI静静地待在手机里，仿佛在沉睡。

看完电影后，他们向着不同的路、朝着各自的家走去。

这个夜晚，小双回到家里，还要继续加班，加完班就得复习新划出的自考内容。今天已经浪费了一晚上，她想，恐怕得熬夜才能补回来了。

这个夜晚，小聪回到家里后，隔壁情侣的例行吵架又会穿透薄薄的门板，传到他耳中。他躺在狭窄的房间里，又得在吵闹中翻来覆去，很晚才能睡着。

再次路过悬轨站的时候，小聪突然停下了，他想起第一次跟小双说话时的情形。那次他跟她搭讪，虽然笨拙，但还是鼓起勇气说了话，消除了她的戒备。那是一个不坏的开头。他想，那天如果他不是找她要号码，去网上聊天，而是直接陪她走完这条幽静绵长的路，事情是不是会变得不一样？

这么想着，他不由失笑。丘比特肯定比自己更懂女孩，怎么能怀疑它呢？他握紧了手机。

后来呢？

小聪和小双再也不联系了吗？

并没有。

正如丘比特的广告语，小聪和小双在一起了，他们成了这座城市里无数对情侣中的一对。

小双依然有大量的工作要做，要熬夜复习自考；小聪依然缩在狭小

逼仄的房间里，隔壁情侣吵架的声音每天都能传到他耳中。

但现在有些地方不一样了：他们每天都在聊天，言语之间，情意绵绵。每一个看到这些聊天记录的人，都会被他们之间的感情打动。他们自己也很庆幸遇到了对方，看着对方发过来的消息，会露出幸福的笑容。

当然，他们从此再未见过面。

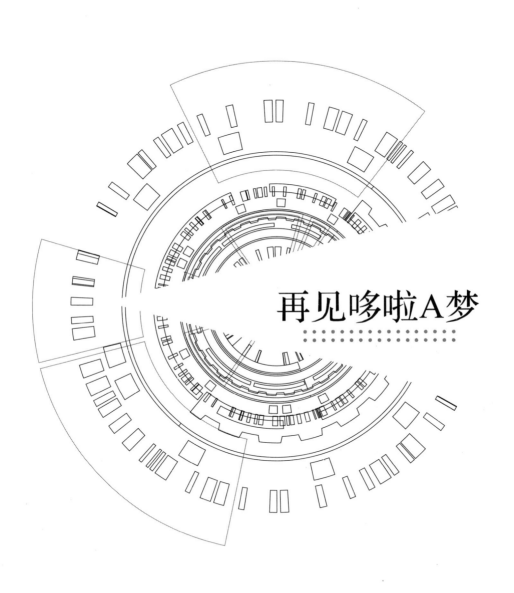

再见哆啦A梦

我逃离城市，回到故乡，那是在一个冬天。天空阴郁得如同濒死之鱼的肚皮，惨兮兮地铺在视野里，西风肃杀，吹得枯枝颤抖，几只麻雀在树枝间扑腾，没个着落处。

　　我就是在这样的天气里，拖着行李箱，缩着脖子，回到了这个阔别已久的村庄。

　　父亲在路边接我，帮我提箱子，一路都沉默着。自从我小学毕业，就被姨妈带离家乡，在此之前只回来过一次，那次也行色匆匆。这么多年来，沉默一直是我和父亲之间最好的交流方式。但我看得出，他还是很高兴的，一路上跟人打招呼时，腰杆都挺直了许多。人们都惊奇地看着我，说："这是舟舟？长大了好多！好些年没回来了吧，听说现在在北京坐办公室，干得少、挣得多，出息哩！"

　　父亲连忙摆手说："干得也不少，干得也不少。"

　　这样的寒暄发生了四五次，可见我沉默的父亲平时都是在跟乡亲们夸我的。但如果他知道我撞见伴侣劈腿，随后因心不在焉而被公司辞退，情绪濒临崩溃，回来之前退掉租房，并且删除了所有人的联系方式，不知是否还会保持这份骄傲。

　　现在，面对这些人的面孔，我只感慨熟悉又陌生，每张脸我都记得——我是在他们的笑声、吼声、骂声和窃窃私语声中长大的，但现在我都叫不出他们的名字，像是一面被时光磨过的玻璃挡在了我们之间。我只能对每一个人微笑点头。

　　父亲把我带回了家。记忆中的小平房已经消失，一栋两层小楼立在我面前，但小楼已经不新了，毕竟在寒风中挺立了几年，墙皮都有些脱落。楼房前是一块水泥平地，青灰色的，像倒映着此时黯淡的天空。这块平地用来晒稻谷和棉花，夏天的时候，父亲和母亲肯定会把饭桌搬出来，在渐晚的暮色中吃晚饭。父亲照例会喝上二两黄酒。

厨房就在水泥平地的对面，母亲已经做好了饭，系着被烟熏火燎而显得焦黑的围裙，搓着手，看着我。我已经离开母亲多年，此时相见有些哽咽。

"回来了，"她说："来来来，先吃饭。"

吃饭的过程中，父亲一直沉默着，扒几口饭，只夹一筷子菜，然后抿一下酒。倒是母亲一直在说话，絮絮叨叨着这几年发生的事情：大伯的儿子退伍后跟几个混混一起游手好闲，抢人脖子上的项链被抓了；隔壁家老来得女，但脑子有问题，5岁多了还坐在门前，冲路过的人傻笑，一笑就流口水；老唐家女儿出嫁了，结果在喜宴上，新郎嫌老唐给的茶钱①少，当时就把桌子给掀了……

"老唐家？"我放下筷子，抬头问道："是住在村口路旁的那家吗？"

母亲说："对对，是那家，我还以为你都忘了呢。对了，你以前跟老唐家的丫头经常一起玩，还记得吗？"

我默然，扒了一口饭。

"人家现在都结婚三四年了，唉，就是她男人不省心，天天喝酒，一喝酒就吵架，吵架还爱砸东西。电视机砸坏了好几个，前几天把摩托车给踹了，两三千就这么一脚给蹬没了。"母亲唉声叹气，一边说一边低头拨着煤火。

接下来母亲的絮叨我都没有听到，她的声音突然变远了。我匆忙把

---

① 湖北南部地区在结婚时，由双方亲友共坐一桌，在桌面中间的竹篮里放钱，称为茶钱。关系越亲，钱越多。

饭吃完，想去洗碗，母亲拦住了我。

冬天的夜晚来得特别早，不到6点，天就开始暗下来了。我从北京回来，奔波了一天，在飞机、火车、大巴和拖拉机上辗转，已经很累了，于是洗漱完就在床上躺下了。

我睡得很早，但入睡之后，一场噩梦袭击了我。

梦中，我悬在一条河流之上，河面上有一个漩涡，整个世界都被扭曲了，疯狂地向漩涡涌过去。一切都被吞噬。我也缓缓下沉，不管怎么挣扎，也无法挣脱，眼睁睁地看着自己的腿沉进漩涡里，被绞碎，接着是腰、腹、胸腔，最后到脑袋……

我猛然惊醒，瞪着黑暗喘息。这个噩梦太过熟悉，同样的场景，同样的过程，总是在午夜潜入脑中。这是故乡给我的烙印，无法抹去。

我摸出手机，才12点。夜晚风大，窗子呼呼震响，我左右翻转都睡不着，索性爬起来，按开了灯。

白炽灯的光扫开黑暗，照亮了墙角的一个木箱子，上面有些尘土。我想起睡前母亲告诉我，她把我儿时的玩意儿都收在里面了，于是我起了兴致，翻开箱盖。

里面的东西少得令人失望——没有玩具，没有记录点滴的笔记本，没有书信，只有几本小学时的课本，还有一个造型奇特的物件，顶部浑圆金属，下部是方形晶体，中间无缝接和。可能是小时候捡的废品吧，但我拿着它想了半天，也想不出是如何来的了，便丢在一边。我接着翻了翻箱子，兴味索然，刚要关上，突然看到课本底下压着几张光碟，上面有已经很淡但依稀看得出清秀的字迹，写着"哆啦A梦"。

长夜漫漫，正好我带回来的笔记本电脑有内置光驱，我拿出电脑，接上电源，把这几张光碟擦干净，卡进了光驱。

"每天过的都一样，偶尔会突发奇想，只要有了哆啦A梦，欢笑就无限延长……"熟悉的旋律在这间小小的、冷清的屋子里响起，我吓了一跳，连忙调低声音。屏幕上的画面很模糊，噪点密密麻麻的，偶尔还出现因碟面磨损导致的蓝色条纹。

机器猫张开了嘴，舌头上坐着另一只机器猫，它也张开了嘴，里面还有一只机器猫……

我偎在床头，电脑放在被子上，看着大雄和机器猫在久远的画面里蹦来蹦去，而静香，这个漂亮的女孩也加入了他们的冒险。光碟容量小，一张碟只有5集，每集30多分钟。看完后，光驱停止转动，画面满是蓝色，我一直浑浑噩噩的脑袋却在这个清冷的空气里清晰起来。

哆啦A梦，哆啦A梦，哆啦A梦。

这4个音节，如同咒语，一经念起，满脑子都涌出了回忆。

在看《哆啦A梦》之前，我的童年乏味而无趣。

在很多人的回忆里，尤其是关于乡村的回忆，童年都是充满了乐趣的——孩子们无忧无虑，晃晃悠悠地穿过盛夏沸腾的阳光，在湖边钓龙虾，在门前打弹珠，在河里游泳……他们一边回忆一边微笑。但在当时，没有一个孩子是真正享受这种生活的，童年缓慢得如一只烈日曝晒下的蜗牛，永远到不了夏天的尽头。他们都希望快快长大，逃离黏稠的童年，一如如今他们希望逃离空乏的现状。

尤其是我。

我从小就不合群。上树下河，偷瓜钓虾，这些我都不喜欢。别的男孩子在稻场上拿着竹竿，喊打喊杀互相追逐的时候，我总是一个人游荡在田野间，有时穿过金黄的油菜花，有时拂过一朵朵雪白的棉花，有时涉过被风吹得麦涛滚滚的麦田。

我经常走着走着就遇到了在田里干活的父母，他们对我这种漫无目的、鬼气森森的游荡感到忧虑，呵斥我回家去找邻居小孩们玩。我答应了，却走得更远。

这种游荡一直到村子西边的杨方伟家买了VCD放映机为止。杨方伟的爸爸杨瘸子是开酒厂的，在白酒里兑了水卖给村里人，挣了钱，就给儿子买了这个。而那时，村里有电视机的都是少数，即使有，也都是右上方有两个旋钮的那种老式电视机，加上信号不好，只能收到几个地方台。但杨方伟家里，VCD机配上大彩电，加上经常从镇上租来的光碟，一下子成了村里最时髦的家电。

每个傍晚，附近老老少少都来到杨方伟家的院子里，大声喊着要看电影。起初杨瘸子没理会，但人们的精力是充沛的，一直喊到半夜，他连跟媳妇亲热都不成。没办法，他只能一边骂骂咧咧一边把彩电和VCD机搬出来，接好线，放一部电影。

院子里挤满了人，自带板凳，全神贯注地盯着电视屏幕。人一挤就热，蚊子又多，但人们硬是一直忍到电影播完才离开。

杨瘸子每个星期天去镇上送酒，也就顺便换下一批光碟，因此每个星期天大家都知道有新电影看，人来得更多。但有一次，他把杨方伟带过去了，杨方伟在租碟店子里转了半天，看到店里有新货，选了10张封面上印有圆头圆脑哆啦A梦的光碟。

那个星期天，人们都来了，但是画面蹦出的不再是熟悉的少林寺众僧，而是色彩鲜艳的动画，他们都抱怨起来，说："老杨，你怎么租的这个碟，动画片不好看，换换换！"

杨瘸子说："你叫我换就换？租碟子一张3毛钱，你给我？"

众人起哄："杨老板莫小气，3毛钱抵不上你一斤酒里面掺的水，换嘛！"

"没得，碟子是伟伟租的，他就爱看这个。"

大家只能看动画片，耐着性子看了一会儿，夸张童稚的画面并不能吸引他们，没多久大人们就陆陆续续起身走了。

留下来的，全都是孩子，看得津津有味。

　　我也坐在中间，被电视里这只神奇的哆啦A梦吸引了。它从未来跋涉而至，陪伴在大雄身边，兜里能掏出无穷无尽的宝贝，带着大雄上天入地，穿越时空，最重要的是，陪他去接近美丽的静香。我看得如痴如醉，腿上被咬出了好几个大包都浑然不觉。

　　放了两张碟之后，杨方伟站起来，对我们说："都放10集了还舍不得走？回家吧，明天再来。"

　　我问："还是这个时候？"

　　"明天可以早一点，要是太晚了你们回去也不方便，"他转过头，朝我左边说，"露露，你家里有点远，回去要小心点。"

　　我这才发现，一直在我左边看电视的，是一个女孩子。电视机已经关了，我看不清她的脸，但看得到她的头发扎成细细的马尾，在黑暗中一晃一晃地。

　　我们往回走，各自散开。夏季的田野里并不全是黑暗，有星光在头顶，有萤火在身畔，走过大路，我们要途经一片空旷的大稻场。那会儿当我还在四处游荡的时候，已经走遍了全村，所以很熟悉这条路。但走着走着，感觉身后有人跟着——是那个小女孩。一只萤火虫很近地划过她身侧，我看到她的右边脸颊有一瞬间被照亮，即使是这样的晚上，依然可以看出她白皙的皮肤，还有黑亮的眼睛。但我再想看仔细时，那只萤火虫已经飞得远了。

　　她也停下了。

　　我顿时明白——稻场的周围，是一大片坟茔，村里故去的人都埋在里面。此时冷清的夜风吹过，在坟间穿梭，隐隐听得到一缕缕呼啸。坟茔的另一侧，是一条流淌的河，水声啪嗒啪嗒地，像是有人在河面上走动。

　　这个女孩独自穿行，会感到害怕，所以才离我近一点，与我保持五六米的距离。

　　于是我放慢了速度。那是小学五年级结束的盛夏，我们都很矮小，步子跨得短，走过这片深夜的稻场要花10分钟左右。我记起了刚才看到的动画片片头曲，轻轻哼唱："每天过的都一样，偶尔会突发奇想……"星空亮起来，风大起来，我们小小的身体在风里穿行。我心里没有一点害怕，连路过那个突兀地立在坟茔与稻场中间的房子时，也步履轻快。

　　走出稻场，进入村口大路，半里外家家户户灯火连缀。

　　"谢谢。"

　　我似乎听到女孩的声音，但又怀疑听错了，因为这两个字太轻，像羽毛落在水面泛起的波纹。风有点大，我转过身，看到女孩已经低着头转到另一条小路上。小路不远处是一栋房子，我记得父亲路过这家时，打招呼喊的是"老唐老唐"——村里出名的酒鬼和赌鬼。

　　她转弯进了屋。

　　那个晚上，我始终没有看清她的脸。

　　我突然从床上跳下来，在木箱子里翻找，但里面只有书和光碟，没有那张照片。

　　我跑下楼，把母亲叫醒。她正在熟睡，醒来后过了好久都回不过神来，怔怔地看着我。

　　"妈，我的照片呢？"

　　"照片……什么照片？"

　　"就是小学毕业时候拍的合照，我记得跟课本放在一起的，你把它放哪儿了？"

　　灯光有点刺眼，母亲的眼睛眯着，好久才说："我不记得了。10多年了吧，你找它干吗？"

　　我也从冲动中回过神来，意识到这是在深夜打扰母亲，便摇摇头，回到了房间。窗外依然是钢铁一样坚硬的黑暗，风在钢铁中间切割着，声音凄厉。我准备合上箱子，心里一动，把破旧的语文书拿出来，卷了卷，有异物感，一翻开，里面果然夹着一张照片。

因为一直藏在书中，这张照片躲过了岁月的洇染，没怎么泛黄，只是质地显得有些脆，摸上去有一种粗砺感。

我在照片上仔细寻找。第一排坐着3个教师，居中的是一个脸色阴沉的年老女人。她的目光比面色更阴沉，透过照片，穿越十数年光阴，落在我身上。

我掠过她，在角落里找到了自己。而我的身边，是一个清秀的小女孩。我终于看清楚了她，五官精致、秀气，在照片上如同水墨画的点染。她扎着辫子，嘴角扬起，不知道是在微笑还是因照片失真而引起的。她身后是一片杨树林，叶子被风托起。她的发梢轻扬。

"唐露……"在被回忆的潮水汹涌吞没前，我念出了她的名字。

那个炎热的盛夏，我停止游荡，每天吃过早饭，就跟其他孩子一起，守在杨方伟家里。他也够意思，碟放完了就让他爸去镇上带回来。

杨方伟的家境很优渥，是村里第一个在地上铺瓷砖地板的。我们坐在地板上，凉丝丝的，在夏天特别舒服。

经常有来他家买酒的人，看到我们一大群人老老实实坐在杨方伟家里看电视，都会啧啧称奇。有一次一个又瘦又黑的男人过来买酒，看到我们，冲角落里说道："露露，去，给我打一斤酒。"

一个女孩站起来，低着头，接过了他手里的酒瓶，走向杨家院子的酒窖。

我正好出去上厕所，看到唐露走到杨瘸子身前，怯生生地说："杨叔叔，我给我爸打一斤酒。"

杨瘸子叼着烟，斜睨她一眼，说："你爸爸给你钱没有？"

唐露摇摇头。

"嘿嘿，这老唐，赊了我那么多酒，自己不好意思，让个小丫头来打酒——回去告诉你爸爸，不给酒钱，我这小本生意也做不下去。"

但是唐露也没有走，低下头，声音带着些抽泣了，"买不到酒，我爸爸会打我的。"

"这狠心老唐，迟早遭报应啊！"杨瘸子把烟扔下，踩灭了，"跟你爸说，这是最后一次了啊！"

我怕错过电视，匆匆上完厕所就回到房间，孩子们都在看电视，老唐也坐在一旁，呲着满口黑牙说："这动画片有什么意思，听人说杨瘸子藏了几部外国电影，自己一个人偷着看。哎，杨方伟，你知道你爸爸把碟子藏在哪儿吗？找出来放，我老唐带你们早点见到真正的女人，比这个动画有意思多了！"

杨方伟皱着眉头，没有理他。其他人也露出嫌恶的表情，但老唐浑然不觉，继续满口胡言。

幸好唐露很快提着酒进来，递给老唐。老唐乐呵呵接过，转身就走了。唐露坐回之前的角落，但周围的人都挪了挪屁股，离她远一些了。

她低着头，好长时间都没有抬起来。我看到一滴眼泪落下来，但很快洇入她的棉布裙角。大概10多分钟后，电视里放到大雄被胖虎和小夫欺负，夸张地哇哇乱叫，她才忍不住抬起头。她脸颊上尚有隐约的泪痕，却被大雄倒霉的画面逗得笑起来。

这个表情又美丽又哀婉，让我记得很清楚，此后每次看到雨中的花，都会想起她边流泪边笑的脸。

"《哆啦A梦》有多少集啊？"流鼻涕的王小磊没注意到我们，一边看一边问："这么好看的动画片，可别给看完了。"

杨方伟一摆手，说："放心吧，我去租碟子的时候，看到好厚一摞呢。老板跟我说，这个动画片有几百集几千集呢，而且一直在更新，永远不会结束的。"

杨方伟跟我同年级，但比我们都要高大一些，说起话来，有一种在村庄里少见的意气飞扬。他让我们在他家看动画片，俨然已经是孩子头了。大家纷纷点头。

我也被他的话吸引了——"永远不会结束的"。这世上，鲜花常凋，红颜易朽，没有什么是天长地久。时间会将所有我们心爱的人和事终结。但哆啦A梦不会，杨方伟说，它永远不会结束，它会一直陪在大雄身边。那一瞬间，我有一点热泪盈眶。

"那我们也能一直看到老了？"我情不自禁地问。

几乎是同时，另一个颤颤巍巍的声音也冒了出来，说："我要一直看下去。"

话音刚落，我和说话的人互看了一眼，正是唐露。她有些怯生生的，白皙的脸上染着微红。她的五官太精致，我不敢直视，低下了头。

"你脸怎么这么红？"杨方伟纳闷地看着我，然后对女生说，"露露，你放心，你在我家里能一直看下去。"

但是杨方伟的这个承诺并没有兑现。很快，杨瘸子给他买了一台游戏机，那可是最高级的玩意儿，连上电视，插一张游戏卡，就能用手柄操纵比尔·雷泽①，在二维世界里冒险。所有的男孩子们都被它吸引，聚集在杨方伟家里。杨方伟固定用一个手柄，另一个给其他人轮流玩，轮不上的就算是看也看得津津有味。

孩子们都兴致勃勃，只有我和唐露非常失落，《哆啦A梦》的光碟被杨方伟退了，换成了一张张游戏卡。我们站在满屋子围观打游戏的孩子们的身后，看了一会儿，默默转身走了。

我往家走，唐露跟在我身后，但直到过了她家，她还是跟着我。

---

① 经典游戏《魂斗罗》的主角之一。

"你怎么不回去呢？"我问她。

她指指自己的家，低声说："我爸爸……"

于是，我明白了，长长地叹了口气。

四周起了风，吹起她淡淡的刘海。我们站在风中。那一个下午，天气有些阴郁，我和她都无处可去。

回忆把我推进了睡眠里，醒过来时，天已经大亮。故乡的冬天特别阴冷，没有暖气，我缩在被子里不愿意起来。但母亲过来叫了我几次，只能挣扎起床。

春节将近，家里要办年货了，往常本是父亲搭别人的机动三轮车去镇上买，但他年纪已大，腿脚不好，爬上三轮车后车架时脚滑了几下。我上前拦住了他，说，我去吧。

父亲没说什么，进屋给我找了件棉衣。"风大，车开的时候，要裹住脑袋和手。"他叮嘱我说。

这棉衣又破又旧，我拿在手里都有点嫌弃，不愿意裹住手。但三轮车一开，冷风就瞬间变成了刀子，划过每一处裸露的皮肤。我连忙把羽绒服的帽子戴上，转过身，背对风口，同时裹住了手。

三轮车在崎岖坎坷的乡间路上行驶，路两旁掠过枯瘦的小杨树，枝丫孤零零的，在冷风中晃啊晃。冬日的村庄，全被一种"灰"笼罩了——灰色的天，灰色的田野，灰色的道路和人家，仿佛所有鲜活的色彩，全都在这个萧索的季节里褪色了。

村里离镇上远，办年货不易，通常都是一辆三轮车载好几家人过去，每家收10元路费。我在的这辆三轮车，在村里七拐八弯，接了四五个人上来，都蹲在车架上。

其中一个年轻人我觉得眼熟，正思索着，他先开口了："胡舟？"

这张脸迅速跟记忆里那个意气飞扬的孩子王重合了。我笑了笑：

"杨方伟，好久不见了。"

"是啊，好多年了。小学毕业以后就没见过吧。"

的确，自从小学毕业，我跟姨妈去了山西，从此确实没有联系过。但他说的也不对，我回来过一次，村子毕竟这么小，还是见过的，只是我跟他关系有些尴尬，远远见到对方，都不会打招呼。现在，我们都缩在一辆顶着寒风前行的三轮车后架上，都缩手缩脚，不说话尴尬，开了口却不知如何往下接。

耳边呼啸着冷风，沉默了几分钟，我问："对了，你现在在哪工作？"

"本来是在重庆当老师，但是当老师吧，"他咧开嘴笑了笑，嘴唇被冻得苍白，因此让他的笑容显得有些苦涩，"挣不到钱，所以年后应该不回去了。"

"那你要去哪里？"

"准备过年了去深圳看看，找份工作吧。"

"深圳压力会很大吧。"

他看了我一眼："哪里压力不大呢？"

我点点头："是啊，哪里压力都大。"

"不过跟你不能比啊，"他又笑了笑，"听人说你在北京，做……是做动画片吗？"

我做的其实是漫画，刚想解释，但觉得没有必要，点点头。

"我老婆也快生了，有了孩子就更要钱，我爸的酒厂欠了一屁股债……"他缩了缩肩膀，身子缩成小小的一团，"听你爸说，你一个月一万多元呢，顶我四五个月工资。你看，你是过日子，我是熬日子。你是文化人，你说对不对？"

"谁不是熬呢？我过得也很不好。"

但我这句话他显然不太信。他笑了笑，就没说话了。

接下来，我们一直沉默着。三轮车在冷风中呼啸，许多枯树从我们身旁掠退。四周逐渐由零星的房屋变成街道，人越来越多，摆满了货物的店铺排得看不到尽头。

"到了，你们下车去买年货吧，我买点药，"开车的赵叔叼着烟，吼道，"12点在这里集合。"

我们蹲得腿脚发麻，下车后活动了好久。杨方伟一边抽烟一边跺脚，几大口就抽完了一根，碾碎了准备走，这时我叫住了他。

"你知道——唐露过得怎么样吗？"

他站住了，转头看着我。

我突然感到了一阵没来由的窘迫，解释道："我听我妈说她过得不好，是真的吗？"

杨方伟下意识地又点了一根烟，一口抽掉大半根："是的，她过得不好，"在朦胧的烟雾中，他的表情有些看不清，"过得很不好。"

没了《哆啦A梦》，我又恢复了闲荡的状态。但与之前不同的是，唐露一直跟在我，在那个遥远夏天的尾巴上游弋。

我们这两个小小的人影穿梭在田野里，在一株株将要绽开的棉花间，也穿行在村庄纵横复杂的小路上。大人们看见我俩，总会大声调笑说："舟舟，你都有跟班啦！"每到这种时刻，我就气呼呼昂头走过去，而身后的唐露则红脸低着头，羞怯地跟上我的步伐。

在那些漫无目的游荡的日子里，我把我在村子里发现的所有秘密都告诉了唐露：杨方伟的父亲之所以瘸，正是因为掺假酒被人打的；还有村尾的赵老鬼，总是悄悄把别人系好的牛牵走，在田里藏一夜，第二天再给人牵回去，以此换得一声感谢和10元钱。

唐露听得十分入神，这个村子以另外一副面孔出现在她眼中。她说："原来你知道这么多秘密啊。"

她清亮的眼睛中闪着光，这光让我豪气干云，拍了拍胸脯，说："这些秘密算什么，我还有一个更大的秘密没告诉你呢！"

我把她带到河边。这条河是村子的命脉，听说是长江的二级支流，灌溉用水都从河里面抽取。它也流经稻场，绕着坟茔而过。关于靠近坟茔的这个河流段，有许多恐怖的传说，隔壁王三傻曾经赌咒说夜里路过时，听到地下传来嗡嗡嗡的声响。"不知道是河水在流啊流，还是棺材里有人翻身……"这个笨蛋一边吸着鼻涕，一边用阴森森的语气说。

这种鬼故事，村里还流传了很多——一头水牛在吃草，吃着吃着头就不见了，血喷了10多米；从前，有人掉进河里，10多年后才回来，却还是跟以前一样的样貌……大人们就是用这种故事让我们不要乱跑的，但我向来不信，唐露也不信，只是有些害怕。

我们小心沿着河边走。左侧是一座座土坟，唐露颤巍巍地跟着我，同时小声地对墓碑说着对不起。

走没多久，我到了一处河畔前。这里非常隐秘，藏在两座荒坟后，鲜有人至。河畔长着一棵歪脖子树，都快平行于水面了。我扶着树干站稳，指着水面，对唐露说："你看这水有什么奇怪吗？"

唐露战战兢兢，看了半天，摇摇头。

"看好了。"我从地上捡起一根枯枝，扔在河面上。枯枝顺水缓缓向下流，但快到我面前这一块儿水面时，像是水里有什么拉住它，迅速下沉，连咚声都没发出。

"咦？"唐露满脸疑惑，又捡起树枝，但接下来几次都如出一辙——树枝在水面漂得好好的，漂到某一处水面，便会立刻下沉。

我说："别说用树枝试了，就算用泡沫盒、书包、皮球，流到这里都会沉下去。我都试过的！怎么样，我说这是村子里最大的秘密吧！"

"你是怎么发现的啊？"

"前阵子我做了小木船，放在河上，它顺着水漂，我就在岸边跟着它，看它最后是不是漂到海里去。但是我走到这里，它就突然沉下去了，所以我就发现了这里。"

"你告诉过别人吗？"唐露昂着头问我，斜阳下的脸被染上了橘红色泽。

我摇摇头："我本来跟我爸爸说过，非要拉他来看看，他就给了我一巴掌。我现在只告诉了你，这是我们之间的秘密，你不能告诉任何人啊！"

"我不会的！"唐露郑重地抬起手起誓，然后又问，"不过你知道为什么水面上的东西到这里就下沉吗？"

这个我倒是没想过，老老实实摇头。

唐露却转了转眼珠，看了下水面，又看了下我，说："我猜这就是哆啦A梦的口袋，可以装进无穷无尽的东西。说不定水面下，就有一只机器猫呢！"

她转眼珠的样子实在太可爱了，我一时有些兴起，压低声音说："说不定水面都是死了的人哦，就像王三傻说的一样，谁在水面上，就把谁拉下去！"

唐露被吓得像受惊的兔子，眼圈顿时红了，紧紧攥住我的袖子。我有些后悔，便由她拉着袖子，慢慢走上河边，穿过坟茔回到稻场。夕阳垂在天边，金色斜晖铺满整个村庄，尤其是河面上，一片片的金鳞泛动着。

我们正要走出稻场，突然吱呀一声，那间突兀地立在坟茔与稻场中间的房子的门被打开，一个面目阴沉的老女人走出来，看着我们。她脸上生满了皱纹和褐斑，看上去50多岁，但那目光却像是在寒冰中被冻住了几千年一样，只一眼便让我遍体生寒。

我赶紧拉着唐露向家跑，但背上依然感到一阵发毛。

后来，我无数次在噩梦中看到这种眼神。

办完年货已经11点半了。风大得有点邪门，我把包裹放在脚边，缩起来，瞪着苍灰色的天。

赵叔慢吞吞从药店里出来，把几盒药扔到车上，嘴里骂骂咧咧。我低头扫了一眼，都是些治风湿的药和肠溶片，就问："赵叔，给你家老人用的？"

"呸！不是我家里！是那个姓陈的老不死，一大把年纪了不安生入土，每次都是央我给她买药。"赵叔点燃一根烟，深吸一口，嘴里和鼻孔里都冒出烟来。

"姓陈的？"我心里一动。

赵叔又喷一口烟，说："就是陈老师啊，我记得小学时还教过你吧。"

我于是沉默了。那双噩梦中的眼睛再次浮现，我往后缩了缩。

12点人就来齐了，三轮车吭哧吭哧地往回走。到了村口，路稍微跟之前有些不同，绕到了稻场边。我看到满地都是枯黄的细草，冬风凛冽，草在风中簌簌发抖。一座一座的坟头像丘陵般蔓延，有些修葺得碑石整齐，大多数无人打理，草木乱生，一派萧索。

而坟山与稻场的中间，那间屋子依然突兀地立着。它比我记忆中更破旧，原本由红砖垒砌的墙已经变成了土黄色，屋顶瓦片遗落，有些地方是用稻草盖住的。难以想象住在这样的屋子里，该如何度过这个寒冬。

赵叔把车开到路边，并不下车，喊了声药来了，然后抓起那几盒药扔在屋门口，就准备开车离开。

我疑惑道："这就走了？"

"不然还怎么？"赵叔头都没回，踩着生锈的离合，"这屋子里晦气的很，难道我还要进去？你都不知道，她一个人住在这坟边，也不知在干什么。上次县里有个开烟厂的老板来买这块地，想给家里修祖坟，开价10多万元啊，多少人眼红！结果这姓陈的，怎么都不卖，人家过来劝，连门都不让人进——嘿，你跳下去干吗！"

我在地上站稳，冲赵叔喊："帮我把年货带到家！"然后转身，走到破屋子前，风吹得屋顶的稻草上下拍打，除此之外我没听到一点人声，似乎屋里面比外面还荒凉。

我把药捡起来，叫了声，没人应，就推开了那两扇腐朽的木门。吱呀吱呀，令人牙酸。我走进去，出乎意料的是，尽管屋里很暗，摆设很少，但一桌一椅都干净整齐。最里面是一张床，上面躺着一个老人，只露出头，但依然看得出满头白发，额角皱纹如一群蚯蚓般弓起。

她睡得很浅，睁开眼睛，看到了我。

我正准备说话，她却先开口了。她的脸在暗处模糊不定。她说："胡舟，是你吗？胡舟，我眼睛不好，你走近一点。胡舟，你长大了。"

我一下子颤抖起来，药盒掉在地上。

我看着她，像是看着一团被岁月揉得发霉又皱褶的抹布。我厌恶这个女人，无数次想象怎么报复她，现在进门来送药，也存了想看看她过得多么惨的心。但看了一眼这样的老态，看到岁月擅自将她摧毁，我只感到一种荒诞和无力。

她挣扎着坐起来，冲我笑笑。

"你还记得我？"我把药盒捡起来，放在床边柜上。她扫了一眼，又继续看着我："我怎么会忘了你？你和唐露，是我印象里最深的学生，而且，你是唯一一个发现我的秘密的人。"

"秘密？"我有些诧异，随即醒悟过来，跺了跺脚下的地板，"你是说这里面吗？"

她却没有说话了，重新躺下，似乎刚才这简单的几句话已经耗尽了她的全部力量。她躺着，吭哧吭哧地喘着气，屋子里太暗，我看不清她的表情。从窗子外渗进来的风掠起了她花白杂乱的头发。

　　小学建在村口，附近几个村子的学生都来上学，曾经非常热闹，一个年级一百多人，分三四个班。但在我进入六年级那一年，一股去广东打工的风气突然刮起来了。大人去车间，一天能挣120元，小孩悄悄在黑屋子里穿线，每天也有30元。这比在土里刨食要好多了。广东的厂家甚至派了车，停在村口，每天都有人带着孩子上车去往远方打工。村子就被这么一车一车地拉空了。

　　那时，一个在小学教书的老师守在村口，拦着每一个带着孩子上车的大人，说："你自己去就去吧，别把孩子带走了！孩子要读书，读书才是唯一的出路，如果不读书，以后怎么面对这个世界？"

　　大人们都很不耐烦，推开老师。老师又紧紧攥住他们的衣袖，近乎固执地说："别把孩子带走，孩子是未来，要读书。"

　　"读书能挣钱吗？"大人们反问。这让老师无法回答。于是大人们把衣袖从老师手中抽出来，牵着孩子的手，上了车。孩子们低着头，不敢看老师。

　　那个漫长暑假结束后，开学不到两个月，六年级的学生就从100多人减少到了30多人，老师也跑了很多。于是，原本的3个班合并成了一个班，有3个老师来教。教政治的是一个姓丁的老头，每天干完农活来教室，给我们把课本念一遍，然后匆匆回去种菜；教语文的是个年轻人，经常因为打牌忘了来上课，或者正上课时有人叫他去茶馆，他就放下课本跑出去。

　　其余科目都是让一个50多岁的女人来教，姓陈，独居，据说就是她站在村口去拦着上车的人。

　　第一次看到陈老师，我就心里一寒——暑假里，她站在坟场上看着我的阴沉眼神让我无比难忘。但这种害怕没有持续多久，因为我很快就看到了唐露。

唐露也和我到一个班上了。

这时我才知道，这个胆怯又孤单的小姑娘，她的学习成绩之前一直在年级前列，现在唯一成绩比她好的男生已经在广东的某个地下黑屋子里去穿线了。所以她现在是年级第一，被陈老师安排在第一排坐着，与我隔着大半间教室。

下了第一节课，我就跑到教室前面，但靠近她时又慢下来了。一种属于那个年纪的特有羞涩蒙上心头，明明没有人注意我，我却觉得自己处于所有异样目光的中心。

她一直埋头做题，没有抬头，我慢吞吞地从她身边走过，也沉默。我回到教室的时候，她抬头看了我一眼，又低下头继续做题了。

两个月没怎么说话，暑假形影相随的日子已不真切，或许她也忘了吧。

其他男生也注意到了唐露。刘鼻涕有一次被分到她旁边坐，高兴得连鼻涕也不流了，就是上课看着唐露傻笑。陈老师揪了几次他的耳朵，都没用，只能皱着眉把他换走了。还有一向以欺负人为乐趣的张胖子，看到唐露和几个女生在操场上踢格子后，居然一反往常的鄙夷，上去要求和她们一起玩，还让唐露辅导他。唐露细声细气地告诉张胖子踢格子的要诀，他边听边点头，俨然好学生模样。陈老师看到后把他赶开，说："怎么不见你把这股认真的劲儿放在学习上！"

陈老师对唐露严加保护，导致没人有可乘之机。除了唐露，我们所有人在她眼中都不学无术，都游手好闲，都是愚昧父辈的延续，都注定了要在这泥土翻飞的村庄里度过一辈子。

她严格按照成绩排座位，成绩差的都坐到了后面。杨瘸子提着两刀肉去陈老师家，希望她把杨方伟安排到前面坐，结果被陈老师轰了出去。第二天，她专门点杨方伟回答问题，杨方伟回答不出，于是她从鼻子里喷出一口气，轻蔑地说："回去告诉你爸爸，拉不出屎来就别想占茅坑。"这句话让我们哄堂大笑，杨方伟在笑声中脸红如滴血。

陈老师一度对我也寄予厚望。她曾经把我叫到办公室，劝我好好学习，但当她知道我只对语文有兴趣，对数学自然课全然无感之后，非常惊异："为什么你会对语文感兴趣呢？这是最没有用处的学问啊！真正可以拿来改变世界的，是科学，是对量子领域的了解，是对空间物理的掌握，一天到晚背几遍床前明月光能有什么出息！"

她还说了一些什么，但那些词我都没听说过，只能低着头。她见我不开窍，叹了口气，就把我轰走了。

走之前，我突然愣住了——在陈老师的桌子上，摆放着一个小木船，槐木雕琢，模样稚拙。我看了几眼，觉得有些熟悉，突然想起暑假我丢失在河面上的木船跟这个很像，连船篷的形状和上面的刻痕都一模一样。但仔细看又不对，因为眼前这个木船的色泽很沉郁，有些地方还腐朽了，像是已经摆放了七八年的样子，而我的木船沉进水里还不到两个月。

"怎么还不走？"陈老师埋头批改作业，笔尖在本子上拖曳出一个个勾和叉。

我指着小木船，问："陈老师，这个船……"

陈老师抬起头，眼睛眯了一下，说："怎么了？"

"您放这里多久了啊？"

"10多年了吧。"

我"哦"了一声，就准备低头出去，陈老师叫住了我，问："你知道这个船吗？"这时上课铃响了，我连忙摇头说："没什么没什么。"

后来我成绩越来越跟不上，而且整天和杨方伟他们一起玩，上课丢纸条，下课了学校后面的橘林偷橘子。陈老师也就把我归在了他们一类，平常视而不见，闹得凶了就抓住我们，要么罚站，要么用藤条来打。我们都对她恨得牙痒痒。

　　我跟唐露也一直没有说过话，一间小小的教室里隔开了太远的距离。我继续跟我的小伙伴们玩耍，座位越来越靠后，直至倒数第一排。

　　上学期快结束的时候，陈老师在黑板上写了5道算术题，让我们上去写答案，算不出来就打手心。第一批的5个人没有一个答对，她气得嘴唇乱抖，竹板都打断了一根。张胖子挨了三四下就哭了。我们在下面看得心惊胆战，祈祷陈老师不要点到自己。

　　"胡舟，杨方伟，彭浩，刘鼻涕，张麻，你们5个上来，要是写不出，我把你们手打断！"陈老师直接指着最后排，想了想，然后说，"算了，张麻你回去，唐露上来。我让你们看看，这题目是有人能做出来的。"

　　我们愁眉苦脸地从座位上起来，慢吞吞走上讲台。张麻则拍着心口，一脸庆幸，冲我们做鬼脸。

　　这是5道应用题，唐露做第四题，我做最后一题，她的左边还站了一个流着鼻涕的刘鼻涕。

　　我至今记得这道题目：小明看一本故事书，第一天看了全书的1/9，第二天看了24页，两天看了的页数与剩下页数的比是1：4，这本书共有多少页？我站在黑板前，对着这些文字苦思冥想，脑子里却始终是一团糨糊。

　　陈老师提着竹板，站在我身后，让我背上生寒。我举着粉笔停在黑板前，却久久不能下笔，大腿开始发抖。

　　其他人也都不会做，只有唐露在黑板上一笔一画地写着解题步骤。我瞥见了她认真做题的样子。她的侧脸被从窗子透进来的光勾染，成了一些柔软的线条，像是初春里挣出来的柳枝。这美好的侧脸留在了我的记忆里。很久以后，我学习绘画时，总是习惯性地画一个人的侧脸，用简单的线条，用明显的光影差。我一度疑惑这奇怪的习惯从何而来，原来是记忆埋下的种子，当我拿起画笔时，它就开始萌发，在画板上绽放出唐露的脸。

"看什么看！"陈老师的呵斥打断了我的走神，并用竹板敲了一下我的头，"好好做题，做不到就下来领打。"

我摇摇头，准备丢笔放弃，这时，我听到身旁传来了轻轻的话语："设整本书为x页。"

我一愣，唐露旁边的刘鼻涕也愣住了，同时侧过头看向她。唐露拿着粉笔做题，一丝不苟，嘴唇轻不可察地颤动着："别看我，老师会发现的。"

我俩连忙各自转回头。刘鼻涕看了眼自己的题目，小声说："我这道题是求面粉和糖，没有书啊……"

"不是你，是胡舟。"

刘鼻涕僵了一下，两条鼻涕趁主人不注意，迅速垂下。

我反应过来，连忙在黑板上写了假设，又小声问："然后呢？"

这时，陈老师在身后呵斥道："说什么！"

顿了十几秒，唐露又小声说："$\frac{1}{9}x$加上24，然后等于x除以括号1加4括过来，算出来x就行了。"

我把方程式列出来，在黑板上打了下草稿，很快写出了答案。这个过程中，刘鼻涕一直用哀求的眼神看着唐露，眼泪和鼻涕都快流下来了。唐露却没有理他，把粉笔放下，转身对陈老师说："老师，我做完了。"

陈老师点点头："完全正确。你们看，这题目一点都不难，你们4个好意思吗！过来领——咦，胡舟，你让开。"

我连忙往右挪，让陈老师看到黑板。她扫了一眼，扶了一下眼镜，又看看我，说："今天太阳打西边出来了啊……你下去吧。"又指着另外3个人，"你们过来！"

我迷迷糊糊地从讲台走向教室后面，唐露已经在她的座位上坐好

了，坐姿端正。我看向她，看到一缕发丝垂下，贴着她脸颊。她的侧脸依然美丽，神情认真，似乎专注在课本上，但有那么一瞬间，她的右眼悄悄眨了一下。

办完年货，小年一过完，村子里也渐渐热闹起来。茶馆里挤满了打工回乡的年轻人，在狭窄的砖屋里凑堆打牌。我闲得无聊，也过去了打了一阵，茶馆里满是脏话、汗臭和烟味，待久了有一种眩晕感。摸牌、出牌、递钱和收钱，时间在这4个动作的重复中飞快溜走。

春节前一天，我去茶馆有些晚了，里面只有一桌是空的，就坐了过去。随后陆陆续续来了3个年轻人，有两个是认识的，另一个比较陌生。

陌生的青年又矮又瘦，坐我对面，刚坐下就掏出烟，发了一圈。我皱皱眉，没接。

"嫌弃？"他自顾自点上，嘴里和鼻孔都冒出烟雾，"这位兄弟没怎么见过啊，哪家的外地亲戚？"

旁边有人接了话茬，说："大路，你这5元钱一包的红河还好意思发给人家！他可是大老板，在北京工作，拍动画片，挣大钱呢，一个月万把块！"

"动画片？嘿，我媳妇儿以前还挺喜欢看动画片呢。"这个名叫大路的青年把烟叼在嘴边，"伸手摸牌，来来来，打牌。"

打了半个多小时，我有些心烦，出了好几把臭牌。大路捡了空子，连赢几把，嘴都笑得都合不拢了。他的笑让我更加心烦——不是因为钱，也不是因为他笑的时候露出满口的褐色牙齿，而是他的笑容里有很明显的嘲弄。

大路一根接一根地抽烟，屋子里乌烟瘴气，空气混浊，我有好几次呼吸都感到困难了。又输了一把后，我把钱往桌子上一推，说："今天就到这里吧。"

　　大路往地上吐了口痰，用袖子抹了抹嘴，一边把钱扒过去一边说："还这么早，没过中午呢。别扫兴啊，才输了几百。你这种大城市里的人，几百还不是肉上一根毛？来来，坐下来继续打。"

　　我不想理他，站起来，向外走。但这时屋门被推开，一个女人走进来，径自走到大路身旁，说："明天就要团年了，跟我回去收拾一下房子吧，我一个人忙不过来。"

　　大路看了一眼这个女人，脸上露出烦躁神色："你怎么来了？没看到我在忙吗，找你爸去！"

　　"我爸腿不好。"女人的声音低了下来。

　　"也是，你爸只剩下一条腿了，"大路轻蔑地笑了笑，然后摇摇头说，"反正我不管！你自己去弄吧，不就是洗几床被褥，擦点墙上的灰吗？你一天忙得完。我现在手气好得不得了，是在给家里挣钱呢。"

　　女人劝不动他，也不愿走，就站在旁边。

　　"你别在这里，晦气！刚刚手气好赢了，现在你一来他就不打了。"大路斜眼瞪了一下女人，又看向我，说，"你还打不打啊？不打我再去找别人。"

　　我的视线这才从女人的脸上收回来，讷讷地说："那就……那就再打一会儿吧。"

　　接下来的时间里，我更加心不在焉了，眼睛甚至不能认清麻将上的图案。我输得更多了，不停地拿钱，大路赢钱赢得喜笑颜开。他肯定把我当一个笨蛋了吧。

　　而这个笨蛋正透过烟雾窥视大路身旁的女人。

　　女人一直低头站着，垂下的头发在烟气中显得有些发白。她穿着红色羽绒服，蓬松地裹住身体，衣服面料上有很多褶皱，随着她身体的弯曲，这些褶皱像一张张细小的嘴巴一样闭紧。我注意到，羽绒服的胸口处印着滑稽的"波可登"。

　　我一遍遍告诉自己，是认错人了。但眼前这张侧脸，以及垂到脸颊的头发，都丝毫不差地跟记忆深处那张脸重合了。

　　关于与唐露的久别重逢，我幻想过很多次，却没料到再相遇，会是在这样烟雾缭绕人声嘈杂的鬼地方。

　　我的喉咙有些涩，不知是被烟呛的，还是别的什么原因。

　　唐露站了一会儿，见大路实在无动于衷，边转身走了。她出茶馆的同时，我站起来，对他们说："我去上个厕所。"

　　我追到唐露身边时，她已经走了十来米远了。"唐露。"我喊出了这个久违的名字。

　　她停下来，看着我，脸上憔悴，眼中迷惑。

　　"你还记得我吗？"

　　"没见过吧……"她才犹疑地摇头。

　　我不死心，又问："你还有那本画着哆啦A梦的练习册吗？"

　　"什么哆啦A梦？"

　　我露出难以掩饰的失望，摇摇头，"没什么……"唐露看了我一会儿，见我不再说话，便转身走了。她的背影在冷风中有些微的佝偻。

　　我回到茶馆，机械地打牌。周围的咒骂、碰牌和拍桌声混在一起，这些嘈杂声一会儿遥远一会儿近，遥远的时候让我一阵空虚，近的时候让我耳膜欲裂。每个人都在喷吐烟雾，越来越浓，我的呼吸都被堵住了。我再也忍受不了了，跑出这个乌烟瘴气的屋子，在路边弯着腰，发出一阵干呕。

　　自从那次黑板做题后，我和唐露就恢复到了暑假的关系，似乎这半年的隔阂冰消雪融。每天放学后，她独自走到一个路口，等我慢吞吞赶过去，与她会合，然后一起走回去。

　　那时我家里已经硝烟弥漫。我父亲跟隔壁程叔媳妇的事情被发现，程叔来我家闹了一次，母亲痛恨欲绝。争吵过后，两个大人在屋子里走动，却形如未见。姨妈专门回乡来劝，但是没用，摸着我的头叹气。

我每天晚上回去，屋子里冷冷清清，连吃饭都是在碗橱里找些剩饭菜热一热，就勉强对付了。

而唐露父亲酗酒的毛病更严重了，大白天都喝得醉醺醺，有时候还无缘无故打唐露。

所以我们都不愿意回家，背着书包，在路上慢吞吞地走着。我记得我们会说一些话，但时光久远，大多数已遗忘，也可能是那一阵子天气寒冷，声音一从嘴边出来，就冻结在冰冷空气中，刷刷地往下掉，就像雪花一样。

我们通常会走很久，把黄昏走成夜色，看到黑暗笼罩村庄，灯火沿着河亮起来，丝带般缠绕在远处的大地上。然后，她回她家，我背着书包走向我的家。

关于我们那些遥远飘忽的对话，我唯一记得的，就是我们提到了哆啦A梦。她依然记得在上一个夏天看到的几十集《哆啦A梦》，并且遗憾地说："要是能继续看就好了。"她小小的脸蛋在冷风中发抖，说完，还叹了口气。

我心中涌起一股豪情，拍着胸口说："没关系，我给你画！"

于是，在寒假来临前，我把之前辛苦攒下来的4元钱拿出来，去买了彩笔和练习册。练习册选的不是5角钱一本的那种防近视的黄色本，而是3元钱的那种，很厚，纸页的边缘还有淡雅的水墨画。这种高档货，村里小卖部没有卖的，我顶着寒风，骑车到镇上的文具店才买到。我的钱不够，死活不走，求了老板很久，最后他才卖给我。

整个寒假，我都窝在家里，认真地用彩笔画画。我幻想着一头远古的巨龙抢走了静香，大雄在哆啦A梦的帮助下，穿梭时间，回到恐龙纪元，历经千辛万苦把静香救了回来。

记忆里的那个冬天特别干冷，画到后来，我的手都裂开了。但我没有停，把脑海里的那些画面倾泻到纸上，越画越起劲，到最后仿佛不是我在画，而是笔拖着我的手在游走。那是平生第一次，我体会到了"创作"的乐趣。我记得最后画到大雄被面对3头恐龙的血盆大口，却紧紧把静香挡在身后时，我的眼角都湿了；而画到静香得救后，快速地吻了一下大雄的脸时，我也忍不住嘿嘿傻笑。

画完后，我在练习册的扉页上郑重地写下了两行字：

每一个孤单童年，都有一只哆啦A梦在守护。
献给唐露——我的静香

开学后，我把这本厚厚的练习册拿出来，打算送给唐露。但刚一拿出来，张胖子一把抢了过去，大声说："这么厚的本子，你不会真做了寒假作业吧？"说完就准备打开看。

平常我没少被他欺负，通常都很怕他，但当时我眼睛都充血了，一把扑了上去，扯住练习册的书脊，另一手按住陈胖子的胸口。陈胖子毕竟壮硕太多，一伸手就把我推开了。我撞倒了一个课桌，但立刻爬起来，啊呀号叫着，又扑了过去。

陈胖子大概也没想到我会反应这么激烈，有些吓到了，但同学们都看着，他不能把本子还给我。于是我们扭打成一团。

我当然是吃亏的一方，很快就被他压在身下了。他气喘吁吁地坐在我身上，按着我的胸口，然后把练习册捡起来，说："我还非要看看里面是什——啊！你松开！"

我咬着他的手，死活不松口，嘴里都感觉到一丝腥咸了。陈胖子痛得眼角迸泪，连忙把练习册丢在我脑袋旁边。我刚松开，他却又把本子抢回去，同时狠狠一拳打在我头上。

这一拳让我有些蒙，陈胖子起身之后，我还站不起来。他拿着本子，洋洋得意地说："敢跟我横！我撕了你这破本子……"他说完，却发现同学们的目光有些躲闪，连忙回头。

果然，陈老师已经站在教室门口了。

她了解事情经过后，先是把我扶起来，问我有没有受伤。我只是有点头晕，就摇摇头。然后她打了张胖子10下手板，非常重，张胖子眼角又迸出泪来。张胖子下去后，她拿起练习册，翻了几下，看到扉页上的话后露出了嗤笑，对我说："小小年纪，就想这个？真是跟你爸一样，臭不要脸！今天我不打你，但这个本子没收了，免得你祸害同学。"

我对陈老师有一种本能的畏惧，只能眼睁睁看着她拿着练习册走出教室。我沮丧地走回座位，路过唐露身边时，她用疑惑的眼神看着我，但我只轻轻摇头，错身而过。

我在不安和悔恨中度过了这一天，实在不甘心整个寒假的心血，就这么毁掉了。放学时，唐露照例慢吞吞往小路上走，我一咬牙，对她快速说了一句："等我一会儿，等我回来！"然后转身就学校跑。我溜进办公室，在陈老师的办公桌上搜了搜，没有练习册，想了想，又往稻场跑过去。

那一天，憋了整个冬季的天空终于开始下雪，雪粒在黄昏时候稀稀拉拉地飘下来。我跑得很快，冷风夹着雪，嗖嗖地灌进衣领。我却丝毫不感觉冷，也不畏惧坟茔的阴森，直接跑到陈老师的屋子前。

我的运气很好，看到陈老师门前那把挂着的黄铜大锁，就知道陈老师回家后又出去了。我绕着她家转了一圈，大门锁牢，窗子紧闭，只有烟囱是唯一的入口。于是我爬上屋顶，顺着烟囱进了里屋，里面很暗，我不敢开灯，只能努力睁大眼睛，用手摸索。

我都听到自己的心跳声，咚咚咚，像是有人在我胸口敲响了急促的鼓。我的害怕并非来源于屋子外面的坟墓，事实上，我宁愿死尸们全部

从坟墓里爬出来，围着这间屋子厉号，也不想陈老师突然推门而进。我实在无法想象陈老师要是看到我偷偷跑进她家之后暴怒的样子。

我找了一遍，但没发现那本练习册，心里不甘，又哆哆嗦嗦地摸索。当我摸到床前时，脚感觉有些不对劲——床头前的一块木板是松动的。我轻轻一扳，木板就翘起来了。

木板的下面不是泥土地，而是一个幽深的地洞，有一排斜斜的台阶通向地洞的黑暗里。

我用脚探着台阶，一步一步往下走。我以为里面会很暗，但完全进入地下之后，反而看到了通道尽头的光。

这通道不长，只有三四米，我小心翼翼走过去，发现尽头是一道门，光就是从门缝里钻出来的。我贴在门上听了半天，里面没有动静，于是深吸口气，用力把门推开。橙黄色的光哗啦啦涌了出来，将我淹没。

里面空无一人，但我来不及庆幸，就被里面的景象惊呆了。

后来很多次，当回忆起这一幕时，我都会怀疑是不是被记忆欺骗了。因为我之所见，完全颠覆了我对这个贫穷村庄的认知，我一度怀疑是不是我做了一个光怪陆离的梦，而梦里的场景侵蚀了我的记忆，让我混淆。

因为当时，我看到一排排机器——都是我叫不出名的机器。

这个地下室大概有20多平方米，墙壁连同地底都是由一种灰褐色的金属铸成，非常平滑。墙顶上镶满了灯，令整个房间没有死角。而这整个屋子都摆满了方形仪器，红绿黄这3种颜色的灯不断闪烁，地上全是电线。屋子的正中间摆着一个大桌子，由3根支柱撑着，桌面上是一个玻璃罩子，正方形，大概有我两手张开那么宽。玻璃罩里什么都没有，但不知是不是我眼花——我看到玻璃罩中间的空气里，不时闪现着蚯蚓一样的电火花，很暗，一闪即没。

这些巨大而又精密的仪器让我不知所措。幸好，我很快看到了我的练习册就放在桌子边缘，我连忙拿起来，塞进衣服里，然后准备出去。

但是在出去之前，眼角余光一闪，我发现有些物件有些眼熟。果然，在地下室的角落里，我看到了几根树枝、破书包还有褪了色的瘪皮球。这些东西各不一样，杂乱摆放着，但对我来说，它们有一个共同点——它们都属于我，都是在半年前的夏天，被我放在那块神秘的水面上后沉入水中消失的。

我翻了一下，发现每个物件上都贴了纸，纸条已经泛黄，但字迹依稀可见。

"1982年7月13日，净重243g，来历：未知"，这是皮球上贴纸的字迹，而几根树枝上分别标记着1985年和1992年。每一个标签上的时间都相差很多。

我逐一看过这些纸条，百思不解，索性不管了，跑出地下室，爬上烟囱，满身灰黑地离开了稻场。刚跑不远，我就远远看见一个踽踽独行的人影，在昏暗的天色里走进坟茔与稻场之间，走进那间神秘的屋子。

这个人影正是陈老师，我一阵侥幸，幸亏跑得及时。

我顺着小路快速奔跑，雪越下越大了，这些小白点从黛蓝的天幕中飘落，在我身边打着旋儿。我有点着急，害怕时间太晚，唐露已经回家了。

但她并没有走。她一直等在路口，渺小的身影若隐若现，似乎随时会融化在漫天细雪的背景中。

"喏，这本书送给你。"我跑过去，小心翼翼地把练习册从衣服里拿出来。我浑身都是烟囱里的灰，但没让练习册沾染一点。

"你今天跟陈胖子打架，就是因为这个吗？"唐露接过练习册，她的脸被冻得红扑扑的，但洋溢着笑容。

"是啊，这是我为你画的最新一集《哆啦A梦》，花了一个寒假

呢！除了你，谁都不能看。"

她翻开了扉页，看到我写给她的两行字，然后仰头看着夜空，过了很久，才说："你说，这世界上真的有哆啦A梦吗？"

"嗯，"我郑重地点头，"肯定有！"

"为什么我从来没有见过呢？"

我想了想，脑子一热，说："因为我就是你的哆啦A梦啊！"

唐露看着我窘迫的脸，轻轻地扑哧一笑，说："你到底是我的大雄，还是我的哆啦A梦呢？"

"我……我既是你的哆啦A梦，也是你的大雄！你放心，你是我们的静香，我们会一直保护你，不让你受伤。"

"你真好！"她突然踮起脚，在我右边脸上轻轻一吻，然后闪电般缩回去。

我被这道闪电击中了，浑身僵直。

我试着回味刚才这一刹那的感觉，但发现她的嘴唇太轻，有些冰凉，跟四周漫天的雪花一模一样。我摸着脸颊，那里有些微微的湿润，但我分不清是因为她的唇，还是因为落雪。

在我发愣的时候，唐露合上了练习册，把它抱在胸口，转身往回走。我反应过来，连忙跟上她。那个晚上的路尤其长，我们都没有再说话，我们周围都是飘舞的雪花。

我们走啊走，走啊走，一不小心，就白了头。

大年三十，天气特别干冷，这艰难的一年终于在这一天走到了尾声。中午吃完团年饭，母亲把全家人的旧衣物都洗了，晾好，然后带着我去坟头拜祖宗。

刚走到小路口，就发现那里围着四五个人，有议论也有劝阻，看样子像是这户人家在吵架。我看了看房子，觉得有些眼熟，仔细回想了一

130

下，记起来这是唐露的家。

果然，我和母亲刚挤进人群，就看到了正坐在地上的唐露。她披散着头发，坐在地上，身上还是那件大红色的羽绒服，只是好几块面料已经被撕开了，在冷风中抖动着。她一只脚上歪歪斜斜地套着拖鞋，另一只脚赤着，被冻得有些乌青，沾满了尘土。

她的神情有些呆滞，眼角垂泪，脸上红肿，嘴里喃喃地说着什么。周围太吵，我听不清，但从嘴型就可以看出来她说的是这日子过不下去了。

母亲看到这场景，说："作孽啊，刚和好没几天，又吵起来了。这还是大年三十啊。"

旁边有人搭腔："这次可不得了，听说昨天大路把8万元钱全输了。啧啧，玩得可大哩，输到最后眼睛都红了。"

母亲叹了口气，对我解释道："露露是想用这笔钱来盖房子的。"

我点点头，看着坐在地上的唐露。她就这么哭着，念叨着，我的目光却只汇聚到她赤着的脚上。它在冷风中有些凄凉。

这时，一身酒味的大路从屋子里冲出来，对着唐露就是一巴掌。这一巴掌太狠了，声响像是干树枝被折断，听得让人心惊。唐露的鼻子登时冒出血来。这个矮瘦的青年像是一头发狂的豹子，满脸通红，喘着粗气，嘴里喊叫着："老子输了点钱，你就把老子的脸都丢完了！你爸爸是个死瘸子，你也是个扫把星！"

我才发现，老唐正畏畏缩缩地站在门口。他只剩下一条腿了，挂着拐杖，他似乎想阻止大路，但抖着嘴唇，眼神飘忽，始终没有动。

围观人群里也没有人上前劝阻。我看到杨方伟站在一旁，抽着烟，脸上漠然。我刚想上前一步，就被母亲拉住了。她摇了摇头。

大路又打了几下，然后要把唐露拉回家里去，但拉了几下，没拉得她站起来，索性直接抓住羽绒服的衣领，把她拖回了屋子里。

唐露的头发和脸都在尘土里拖动。一滴血落下来，转瞬被尘土遮住了。

在去拜坟的路上，母亲告诉我，大家不是不想上去劝，以前劝过，结果更惨。母亲说："大路这人啊，手黑心也黑，坐过牢的。现在劝了，倒是也能拦住，但大伙儿不能守在他家一辈子啊，一有空，他就把唐露往死里打。"

"唐露怎么会嫁给这样的人？"我的语气闷闷的。

母亲眉头蹙起，似在仔细回忆，然后说："你是小学毕业那年离开村子的，很多事情都不知道。"

在母亲的述说里，我渐渐知晓了唐露后来的经历。小学结束的那个夏天，老唐的一条腿断了，为了治病，家里的钱都花完了。唐露也因此在读完初一上学期后，就再也没去读书，早早地跟了一个裁缝师傅学做衣服。学了一年后就到隔壁县城的一家服装厂工作，一天工作10小时，全坐在封闭的地下车间里，佝偻着腰，踩着缝纫机，在幽暗的光线里拼接一块块质量堪忧的布。下班了之后跟同龄的女孩们一起回到宿舍，挤着休息一夜。但那家厂很快因为雇用童工被举报，唐露被送回家。这件事上了报纸，也成了当地派出所的业绩，但对唐露这个风雨飘摇的家来说，无疑是雨中墙塌。

那时唐露在家里待了不到一个星期，受不了老唐躺在床上看她的冰冷眼神，央求准备去外地打工的沈阿姨。沈阿姨本来不想添加麻烦，但唐露跪在她家门口，凌晨时才离去。沈阿姨离乡的那一天，上车都坐好了，看着路边杨树掠过，突然骂了一声，然后叫司机停车，步行回到老唐家，把唐露拽起来就走，临出门时又扭头朝老唐骂了一句："早死早超生，别祸害孩子！"

此后唐露一直跟着沈阿姨，在广东一带打工。她们先是当缝纫工，但机械化普及之后，这一行迅速没落，当时广东约有几十万缝纫工无路可走。于是那年春节，沈阿姨给唐露办了一张假身份证，年龄增加了两岁，能合法打工。春节过后，唐露没有留在家里，独自去往上海，碰壁之后再去深圳，然后到了北京。而她在北京的那阵子，我也刚刚毕业，进入那家动漫公司。

是的，那一年多里，我们这两个漂流于异乡的人，可能在某个地方遇到过——地铁、街道或者便利店里。北京太过拥挤，充斥着一张张面无表情的脸，即使我们擦肩而过，也认不出彼此。

当我在北京立稳脚跟的时候，唐露却厌倦了这样漫无目的的飘荡，拖着疲乏的身体回到了故乡。对农村女孩子来说，23岁已经是亟待结婚的年龄了，但村里没人敢上门——娶了唐露，还得捎上一个残废嗜酒的老唐。据说杨方伟曾经跟家里商量过，认为经济能力可以负担得起，但杨家酒厂的突然倒闭，让这件事无疾而终。这可能是唐露一生中唯一接触到幸福的机会，但这扇门在她还未抬起脚准备跨进时，就发出一声无情的咣当，关闭了。

最后，媒婆领着邻村的大路来到了唐露家里。唐露刚开始对他并没有好感，但吃完饭后，唐露去看电视，大路走过来，看到唐露心烦意乱地拿着遥控器换台，最后换到了儿童频道。大路问："你喜欢动画片吗？"唐露点点头。大路又说："我也喜欢啊。"唐露问："你喜欢什么动画片呢？"大路挠着头想了很久，最后说："哆……哆啦A梦。"唐露这才抬起头，看着这个矮且瘦的年轻人。他看起来并没有别人说的那么粗鲁和暴躁。

但结婚之后，大路的秉性才体现出来。唐露住进了大路家，跟几个婆嫂一起，还不到一个月，就被喝醉了的大路毒打，婆嫂们都只是冷眼看着。大路还有一个毛病，就是吵架时喜欢砸东西，家具、电视、摩托……在一次次争吵中，一次次破碎声中，这个原本就拮据的家，更加贫寒。

平时唐露在镇上开店，音像店、面馆、劣质服装，什么挣钱就做什么，都做不长久。大路隔三岔五还过来要钱去打牌或喝酒。但在这样的情况下，她还是省下钱来，想自己再盖一间房，离开那几个冷嘲热讽的婆嫂。

但现在，四五年攒下来的8万元钱又被大路悄悄输掉了。

这番叙述漫长而絮叨，我在冷风中听着，思绪时常抽离。天很快暗了下来，坟场上许多坟墓上都插了蜡烛，火光在冷风中飘摇成星星点点。这一年的最后时光，竟然如此寒冷荒凉。

路过陈老师的家时，我问到她的来历。母亲摇了摇头说："这个就不清楚了，但应该不是本地人，听说是很久以前有一支军队驻扎在这里，后来撤走了，只有她一个人留下来了。因为懂得多，就成了小学老师。后来小学生源不够，学校解散了，她也没走。"

天空暗如锅底，破旧的屋子像是锈迹一样。我看了看，也没再多问。

晚上我陪着父亲守夜，一边打哈欠，一边看着无聊的春晚。时间就这样缓缓流逝，快到凌晨时，我把鞭炮拿出来，准备等午夜倒计时就去点燃。这是老家的习俗，以爆竹声来宣告新旧年交替。

这时，一直沉寂的夜幕里突然传来嘈杂声，有人在呼喊。我听了一下，立刻从屋里窜出去，跑向河边。

因为，我听到的是——"快出来啊，唐家那个丫头要跳河了！"

当我们赶到河边，果然看到一个人影站在桥头。我们小心围过去，手电筒的光驱开了浓重黑暗，照着唐露的啜泣。她脸上伤痕与泪痕密布。我们都劝她不要想不开。

唐露突然转头看向我，露出一笑，说："你不是说每个人都有自己的哆啦A梦在守护吗？"她的笑容迅速被泪水融化，成了一个凄婉的表情，"为什么我从来没有看到呢？"

134

我浑身一颤。

所有人都看向我。我张张嘴，想说些什么，但只发出嘶嘶的含混声音。

扑通一声，桥头已经没有她的身影。

人们连忙涌过去。我却迈不动步子，任这些幢幢人影从我身边掠过，脑袋里只是想着：原来，她一直是记得的。

我有些恍惚，又有点冷，缩紧了衣领。

这时，噼里啪啦的鞭炮声在身后响起，密集得没有间隙。我转过身，看到家家户户的爆竹火光把夜撕成了零散的碎片。

新的一年终于姗姗来迟。

关于故乡最后的记忆，停留在了小学毕业的夏天。那一年之后，小学因为没有足够的生源而停办，我们成了最后一届毕业生。拍毕业照的时候，谁都看得出来，尽管陈老师依旧面目阴沉，但眼圈泛红，拍完之后长久地坐在椅子上，不肯起来。

但对那时的我来说，这意味着长达6年的监狱生活终于结束了。我唯一需要忧虑的，是夏季漫长，蝉鸣聒噪，这2个多月的暑假该怎么度过。

这时，我家里也买了一台VCD放映机，是用来给我爸看戏曲的。正是因为这个，我对哆啦A梦的爱好卷土重来，但我到处借，也只借到零零散散的几张碟，而且上面字迹都不清晰了，所以唐露认真地在每一张光碟上写下了"哆啦A梦"。这些碟显然不够度过夏天，我对唐露说："你还想看《哆啦A梦》吗？"

她使劲点头。

我暗自思揣——如果能搞到《哆啦A梦》的一套VCD，暑假就能每天和唐露一起看大雄和静香的奇妙冒险了。童年即将结束，接下来是混

乱迷茫的青春期，在这儿的最后尾巴上，能以这样美妙的方式跟唐露一起度过，是我梦寐以求的生活。

但是大山版《哆啦A梦》的一整套，有一千多集，即使是租VCD，也需要120元钱。这笔天文数字，超过了我的想象。我把小学六年的教材和练习册装在一个麻袋里，用自行车驮着它去了镇上，卖给了收废品的老头，换回10多元。当我捏着这薄薄的几张纸时，感慨六年求学，换回这么点钱，实在是替我父母愧疚。

"书这个玩意啊，最不值钱了，"老头把麻袋里的书倒出来，用脚踢进角落，"值钱的还得是铁啊，你看，墙上写得一清二楚。"

果然，墙上贴了价格表：可乐罐1角钱3个，书本1角5分1斤，废铁1元2角1斤……我看了一会儿，叹口气，捏着钱走了。

那阵子，还发生了一件让我和唐露难堪的事情——我爸爸和唐露的爸爸打了一架。据说是在田里干活时，我爸爸听到老唐在跟人嚼舌根，说他出轨的事情。于是我爸冲过去，两个人扭打成一团，旁人拉了好久都拉不开。

因为这件事，我们都不想在家里待了，忧愁地继续游荡。我们在午后太阳西斜的时候，沿着河边行走，河面上也出现了两个人影。我对唐露说："你看，他们是谁？一直跟着我们呢。"唐露把手指竖在嘴边，嘘了一声，说："他们是住在水里面的人，看我们靠近了，也在小心地观察我们。别大声说话，吓着他们了。"

于是我们4个沉默地走在河边。夕阳斜照，河面上的影子越来越长，也越来越淡，在它们即将消失时，我和唐露走到了那块能吞噬一切的水域前。

"对了，我一直很好奇，"唐露说，"既然什么东西都能沉进去，那，可以从里面拿出东西来吗？"

"试试不就知道了？"我把上衣脱掉，准备游过去，但唐露把我拦住了。

"你要是也像其他东西一样，掉进去了出不来怎么办？" 她忧虑地说，"那就没人陪我玩了……"

"放心！我不会离开你的！"我拍了拍胸膛。但唐露说的确实是个担忧，我想了想，看到岸边那颗歪脖子老树，树枝低垂，几乎快贴着水面了，一拍脑门，说，"我有办法了。"

我哧溜爬到树上，顺着最靠近水面的枝干，小心挪动身体。那根枝干只有手臂粗，我一爬上去，就压得枝干下坠，正好贴近了水面。我深吸口气，准备把手伸进水里。

"小心！"唐露在河边，面色紧张。

我的手臂伸进水里。在我的想象中，这块神秘水域的下面，可能是一条有着一口密齿的大蛇，或者是布满火焰的地狱，但手真正进入水面的一刻，却什么危险都没有——甚至，水面都没有经过了一天暴晒后的温热，触之清凉。

我试图移动手臂，阻力很大，水里的黏稠感远胜正常水流。我慢慢移动手臂，手指碰到了一个硬物，像是一个铁片。我抓住它，慢慢上拖，随着手臂从水里伸出来，我看到了手里抓住的东西——是一个方形铁盖，上面有规律地摆布着一些孔洞，我感觉有些熟悉，但想不起来在哪里见过。

我把铁盖提出水面，这时它比在水里重多了，足有十几斤。树枝摇摇晃晃，似乎随时要断。我心里突然一动，一手夹着铁盖，一边小心往回爬，爬到老树的主干上后，冲唐露道："你躲开些！"

唐露让了几步，我把铁盖扔下去，大声说："你看好它！我再去捞几个出来！"

"捞出来干吗啊？"

"卖钱啊，废铁很贵的，那个老头说一斤废铁1.2元呢。就这个铁

盖，就有十几块钱了，比一麻袋书值钱。"

唐露有些犹豫，说："这些是谁的呢？万一有主人，怎么办？我们不能偷东西啊。"

"这条河有主人吗？"我头也不回地反问。

"没有……吧？"

"那不就得了，我从河里捞出来的，那就属于我们啊。就跟钓鱼一样，别多想啦，看我的！"

天已经渐渐暗了下来，远处的人家亮起了灯火。已经不早了，我隐约听到母亲在喊我的名字，于是加紧如法炮制，又捞出几个铁件。他们各不相同，铁盖铁盒，圆柱支架之类的，加起来得有七八十斤了。按照这个速度，我再最后捞出一件，就可以凑到租全套《哆啦A梦》碟片的钱了。

最后一个物件比我想象中大。

我摸索了一会儿，摸到一个类似提手的东西，用力上拉。树枝在我身下呻吟着。我提出来的是一个正方形的铁盒，边角圆润，四周有许多密密麻麻的圆孔，透过圆孔可以看到里面是一层层的片状镶嵌物。整体感觉像是一台电视机的机箱，只是更加密实。铁盒侧面插着一个浑圆的突起，其余部位还有一些孔洞，看上去像是某种接口。

我两手并用，把它提出水面。这时，我听到空气中有一声隐约的咔嚓，随后，远处的人间灯火次第熄灭，村庄被笼进黑暗。

唐露往回看了几眼，疑惑地说："停电了吗？"

"好多年没停过电了……"我也有点儿纳闷儿，但天越发晚了，再不回去，父母就该找过来了。于是咬着牙，把铁盒提出来，这时，身下的树枝发出最后的呻吟，哗的一声断了。我抓着箱子，一起落向水面。

那一瞬间，我脑中闪现出可怕的画面——皮球、树枝和泡沫板，这些绝不可能下沉的东西，都被这块水域吞噬了，再不复现。我直直地摔下去，正中水面，肯定也会沉进去，再也见不到唐露了。我有一点儿懊悔，想扭头去看唐露，但还未扭动脖子，就已经落进水里，砸出一大片水花。

温热的河水在那一瞬间吞噬了我。

我满心绝望，但手脚下意识地划动，居然很快站了起来。这块水域靠近岸边，并不深，才浸没到我胸口。

断掉的树枝浮在水面，静悄悄地，也没有一点儿下沉的趋势。

唐露刚要惊叫，见我从水里站了起来，惊呼声又吞回去了，指着我说："怎么……你没掉进去吗？"

"水很浅啊。"一阵夜风吹来，我打了个冷战，在水里拖着铁盒，一步步走上岸，"那么浅，以前的东西是怎么沉进去的？"

唐露盯着这个怪模怪样的铁盒，点头说："是啊，而且这么浅，你是怎么捞出来这些东西的？"

我穿上衣服，暖和了些，突然灵光一现，大喊道："我知道了！"

"是什么？告诉我嘛！"

"这里肯定有一个任意门，连接另一个时空，嗯嗯，一定是这样！"

唐露笑了下，"怎么可能？"

"怎么不可能！你想想，哆啦A梦的口袋不就是一个任意门吗？可以从里面拿出任何东西。"我越说越觉得正确，郑重点头，"《哆啦A梦》里说的，还有假吗？我想，水下面肯定住着一只哆啦A梦，知道我们要去买VCD，就把废铁送给我们了。嗯嗯，一定是这样！"

"那它为什么不直接送我们VCD呢？"

"呃……"我一下子愣住了，不知如何作答。唐露见我窘迫，脸上绽开笑容，说："不过我相信你！一定是哆啦A梦在帮助我们，你不是说每一个童年都有一只哆啦A梦在守护吗，一定是我们的童年快结束了，所

以这只哆啦A梦来给我们最后的帮助。"

"嗯!"我摇摇头,把刚才的问题甩出脑袋。

废铁已经收集齐了,100多斤,我今晚肯定带不走。于是把它们拖到树下面,用树枝盖住,打算明天用自行车运到镇上,卖给那老头儿。

第二天,天色阴沉,太阳被遮在云层后面,雨却迟迟不下。我起床的时候,感觉有点头疼,可能是昨天掉在河里后吹了风。但想到即将租到《哆啦A梦》的喜悦充盈我全身,我对唐露说我要去卖废铁,直接租VCD,下午回来,让她在家等我。

"嗯!"看得出来,唐露也很期待。

于是我骑着自行车,来到河边,用麻袋把铁件装好,放在车的后座上。装铁盒的时候,我看到侧面那个圆形凸起,好奇地去掰,一下子就把这个凸起拔了下来。圆形凸起的下面,是一截五六厘米长的晶体方块,半透明,此前这个方块一直插在铁盒里,只露出金属材质的圆形头部。我观察了一下,觉得造型有趣,就放在了口袋里,打算一会儿送给唐露。

我骑的是一辆老式二八自行车,直立起来比我都要高,我坐在座板上脚都够不着车蹬,只能斜跨着骑。它的好处在于结实,100多斤的废铁放上去都浑然无事,只是骑得更吃力而已。

出了村子,拐上公路,再骑两个多小时就能到镇上。我使出了吃奶的劲儿蹬车,天气闷热得厉害,不一会儿就骑得满身大汗。但一股力量在我胸中鼓荡,尽管腿累得像灌了铅,却越骑越快。

路两旁的杨树静默着,在黏稠的天气里连树叶都死气沉沉地下垂着。拐过前面最后一段水泥路,上了桥,再下去就能到镇上了。

意外就是在桥上发生的。

二八自行车牢固,我尚且有劲,没想到问题出在了麻袋上——经过两个小时的摩擦,铁件把麻袋刺破了,哗啦一声,这七八件沉重的铁块全部掉了下来，在桥面上叮叮当当地碰响。

"嘿，小崽子，偷了这么多东西！"

一个熟悉的声音响起来，我正蹲在地上捡铁件，扭头一看，居然是老唐。老唐脸上一片通红，步子有点歪，走过来踢了踢铁盒。

"我没有！"我扶住铁盒，争辩道，"是我从河里捞出来的！"

"这些东西这么新，一点锈都没有，你说从河里捞出来？骗鬼吧！"老唐喷出一口酒气，"你老子偷人！你偷东西！一家人出息啊，走，我带你去派出所！"

我想起老唐跟父亲在田里打的那一架，他打输了，还一直怀恨在心。他身子枯瘦，心胸狭小，打不过我父亲，现在自以为抓到了我的把柄。我着急起来，大声喊："我真的是从河里捞出来的，不信，唐露可以作证！"

老唐嘴角一撇，"露露？我早就让露露别跟你一起玩，这个死丫头非要跑出去。别说那么多了，跟我走！"

我死命反抗，但依旧敌不过老唐，他如提小鸡般揪着我的衣领，打算带着我离开桥。

"天杀的老唐！"我死死抱住桥边栏杆，"你欺负我，我爸爸会打死你的！"

老唐一下子火了，脸上更红，踢了我一脚，"别说老胡不在这，就算他在，我也得教训你！"他拉了我两下，没拉动，也不敢太过用力，就松手了，骂骂咧咧地转过身，"好，你不走！你不走我去把你偷的东西上交！"

他气冲冲地扶起自行车，把铁件装在麻袋里，系在车座下的铁杆上，然后骑着车下桥，拐进了镇上的街道。

我追了几步，没追上，满心委屈地站在桥边哭，一边哭一边骂。路过的人都诧异地看着我。我哭了一会儿，累了，脑袋昏沉，于是转身往

回走。

闷了许久的天空滚动着隐隐雷声，没走到一半，雨就落了下来。初时只有几点，后来就成了瓢泼大雨，将我浑身淋湿。

我在雨中抽泣，走了整整一个下午，才回到村子。路过唐露家时，看到她家家门紧闭，过去敲了敲门，没人在。我想起跟唐露的约定，她应该会在这里等我，等我带回全套《哆啦A梦》的碟片。我没有带回来，但她应该在这里等我。我昏昏沉沉地想着。

我干脆在她家门口坐了下来，四周雨点如瀑，地表水流汇聚成河。我的头越来越晕，就靠着墙，但一直到我睡着，都没有等到唐露回来。

在唐露的葬礼上，我见到了陈老师。

在大年初办葬礼是村子里的大忌，基本上村民都不愿意参加。再加上老唐酗酒而又脾气暴躁，人缘不好，葬礼冷冷清清的。

下葬的那一天，细雨蒙蒙，唢呐声混在雨幕中，格外萧索。我走在10来个人的送葬队伍里，缓慢地跟着前面的人，雨落在脸上，而脸已没有知觉。

老唐坐在唐露的墓前，胸前系着一个白色麻袋，脸色呆滞。他的独腿直直地伸在斜前方，触目惊心。我们依次上前，把用白布包着的钱丢进麻袋①，然后离开。

我前面的是一个老人，颤巍巍的，她丢完钱转身的时候，我才把她认了出来。

"陈老师？"

她看着我，枯瘦的脸上看上去很深邃，不知是因为衰老，还是因为

---

① 湖北南方一带农村的规矩，死者下葬时，亲人用素布包好钱，在布上写好名字，丢进死者亲属胸口系着的麻袋里。亲属会在晚上将钱取出，记录上哪家给了多少钱，下次轮到别人家白事，就给同样或者更多金额的钱。

哀戚。她抖动着干瘪的嘴唇，对我说："你也来了，你来参加唐露的葬礼。唐露是我最好的学生，却过得最惨，现在埋进土里，比我都早。但你不知道，她这么惨淡的一生，可怜的结局，都是你造成的。"

我一愣，疑心陈老师是不是年老昏了头，摇头说："从小学毕业起，我就没有再见过她了。"

陈老师却不再说话，身子佝着，在冬雨里慢慢走向自己的那间破屋。

她离开了，她的话却像是一层阴影般笼住了我。我把羽绒服的帽子戴上，缩着脖子回家，母亲正在火炉边烤火，问我："你把钱给老唐了？"

我点点头，然后问母亲："对了，老唐的腿，是怎么断的？"

母亲眯着眼睛想了一会儿，火炉因失去了拨弄而变得暗红，青色的烟雾升腾。"好多年了，"她说，"不过这事我记得很清楚，因为他出车祸，正巧是你生大病那天。你小时候淋雨生了场大病，你还记得吗？"

我当然记得。小学毕业的暑假里，我淋雨回来，在唐露家门前等了很久，后来倚着门睡了过去。当路过的人看到我时，过来拍我的脸，却发现怎么都醒不过来，这才通知我父母，把我送到医院。

那场大病其实早有预告——前一天我下河捞铁件，已经是着了凉，早上起床时便头疼。但我却没有在意，骑车骑得大汗淋漓，然后冒雨回村，于是一场高烧将我击倒。这是我得过的最严重的病，因处理不及时，高烧引发脑水肿，一度呼吸衰弱，在医院里昏昏沉沉地躺了两个月才有好转。也正是因为这场病，远在北方的姨妈千里迢迢赶过来，把父母骂得狗血淋头，然后在我出院后，将我接走。我走的那天，路过唐露家，她家依旧家门紧闭。

母亲接着说："我听说他当时骑着咱家的车，去废品站卖废铁，喝多了，结果被一辆车给撞了。"

我恍然，原来老唐后来并没有把那些铁件交给派出所，而是像我一样去当废品卖钱。听到这个，我一点儿都不吃惊，这太像是老唐能做出来的事情了。

我惊讶的是，陈老师说的果然没错——我驮着铁件去卖，被老唐看到，他抢了铁件和自行车自己去废品站，因此出了车祸，失去了一条腿，唐家从此没有了经济来源。唐露的整个人生就在那一天发生了转折。她之所以没有如约等我，恐怕也是因为老唐出车祸，她要赶去医院了吧。

尽管我并非故意，也无须自责，但确实是我的行为，导致了唐露命运急转，间接将她推向了悲惨绝望的人生。

想到这里，我豁然转身。

"你去哪？"母亲在我身后喊道，"外面冷，把衣服换上。"

雨丝如针，刺在我身上每一寸露出的皮肤上。我边跑边裹紧衣服，一路跑到陈老师家中，推开门，床上没人。我有些发愣，略一思索，把床前的地板挪开，再次进入那条深邃的通道。

果然，推开门，在满是金属的房间里，我看到陈老师。她的头发在灯光下犹如一蓬风中的蒿草。

"你来了。"她甚至没有转身，在按那些复杂的按钮，"我知道你会来的，唐露是我最好的学生，是你最好的朋友。现在她死了，我们都有责任，我们都是她命运的推手。"

"可是……"我莫名地口干舌燥，后退两步，抵到了桌角，"可是我不是故意的……"

陈老师继续拨弄那些按钮，一阵嗡嗡声响了起来，越来越剧烈，但随着陈老师按下最后一个按钮，屋子里的仪器一颤，又恢复了寂静。她微弱地叹了口气，转过身来看着我，"你知道时间是什么吗？"

"什么？"我一时愣住了。

"时间是一条河，每个人都在河里挣扎着。而命运，命运又是多么无力的东西，不过是河流里的一个小小旋涡，每一个旋涡互相交缠，每个人都是别人命运的推手。不管是故意，还是无心，一个小小的动作都能让所有的旋涡在时间之河上卷向全然不同的方向。胡舟，这是时间的魅力，也是时间的残酷。"

这些话在房间里回荡着。我张着嘴，不可思议地看着这个年近八旬的老人，无论如何也想象不出这番话是她说出的。陈老师，我印象中永远阴沉偏执的陈老师，在她生命的尾声，开始思考时间和命运了吗？

陈老师让我感到一阵诡异，四周闪烁的灯更让我觉得陌生。我说："但时间是不能更改的，就算是我间接造成了她的悲剧，也没有办法了……"

陈老师看着我，眼睛浑浊如陈酒，良久，她摇了摇头说："时间并非不能更改。这条河的很多流段，是存在闭环的。"

我越发迷糊。陈老师伸出枯瘦手指，在四周划了一圈，问道："你知道这间屋子是做什么的吗？"

这是从童年开始便笼罩我的疑惑，但还未等我猜测，陈老师已经接着说道："这是一个实验室。"

我环顾四周，这些电路和仪器确实像是在进行着某种实验。但我想不出，在这个落后偏僻的乡村，有什么可做实验的。

"这个实验室的背后，是军方。"陈老师一边说，一边抚摸着仪器的外壳，"但是更多的，我不能跟你说——尽管他们已经放弃了这个项目，已经有30多年没有联系过我。我能告诉你的是，这个实验的目的，是研究时间闭环。"

"什么，"我疑心听错了，"时间闭环？"

"当时，我们从全国各地被调过来，都不知道是要来干什么。但那时……是那段时间，我们只能听从安排。这里是全国范式指数最高的地方，哦，你不知道范式指数。这是以老范的姓来命名的，老范已经死了，他的上半身就埋在外面的义山上。"

　　我浑身一寒："为什么只有上半身？"

　　"因为我们找不到他的下半身。我们钻研了10多年，才人为造出了一条时间闭环，老范亲自做了第一例人体实验。但他刚刚沉入河面一半，闭环就失稳关闭了，时间和空间的错位被切合，他的下半身消失在另一个时空里。我记得当时，整个河面都被染红了。"

　　"河面？你说的是外面那个长了歪脖子树的河面吗？"

　　陈老师点点头，"时空闭环在空间上的两个结点，就是这间实验室，和外面那个直径1.42米的圆形河面。而在时间上的结点是随机的。河面上经常漂来一些乱七八糟的东西，漂到河面结点时，就会落进这间实验室。"

　　"所以你都标了记，是吗？"我的记忆开始清晰，指着角落——时隔多年，我的皮球、泡沫板都还堆在那里。

　　"嗯，你曾经为了拿走你的练习册，偷跑进来过。但你没有跟别人提起，我也就没多管。"一口气说了这么多，陈老师似乎耗尽了精力，摸索着坐下来，然后继续说："这个实验耗费了太多的人力物力，一直没有进展，所以那个时期结束后，实验被叫停了。他们都想回家，毕竟做这个研究就像坐牢一样，他们都走了，只有我留了下来，请求他们不要销毁实验室。"

　　"你为什么不回家呢？"

　　"因为我没有家了，"陈老师凄凉地一笑，"你知道我跟老范是什么关系吗？他是我的丈夫，他埋在哪里，哪里就是我的家。"

　　我大概猜到了，心里戚戚，只能点头。

　　陈老师接着说："他们看在老范的面子上，把这些仪器留下了，把我的名字划掉了。在当时的中国，这种无疾而终的实验数不胜数，没人在意一个留在乡村的寡妇。"说到这里，她苦笑着摇了摇头，"反正我一直留在这里，替老范继续完成这个实验。"

"你刚才说时间可以改变，是已经完成了这个实验吗？"

陈老师刚要回答，突然咳嗽起来，她掏出手帕捂着，手帕立刻被染红。我连忙扶住她，然后背她离开实验室。她轻得像是一片叶子。

我把她放在床上，倒了药和热水，喂她服下。她这才呼吸通顺些，喘了许久，说："我差一点就成功了……数据和原理我已经推导了无数遍，没有任何问题，但就在我准备做实验的时候，实验室里几样关键仪器不见了。"

"是什么时候？"

"太久了……但应该是小学倒闭之后两三年吧。"

我噢了一声，大概明白了——陈老师说时间闭环是另一端是随机的。我那次从河里捞出铁件，手伸进的地方，应该是两三年以后的实验室。过了两三年，她才发现实验室的仪器被我偷走了。

"我花了很长时间来重新制造消失的仪器，但只有超晶体协稳器没法复原，它太精密了，材料少见，我一个人无论如何也做不出。所以我谈不上成功，但是，但是时间确实是可以更改的。"她说着，眼睛慢慢合上，眼角沁出一滴浑浊的泪水，在丘壑般的脸颊上滑下，"离完成老范的夙愿只差一步，这一步我却再也走不下去了……"

我离开了这间小屋。外面依然雨丝飘飞，一座座坟茔在冬雨中瑟瑟发抖。我深一脚浅一脚地穿过这些荒凉墓碑，来到一处新墓前。送葬的队伍已经走了，一片空旷，安寂，只有丝丝雨声。地上洒满了白纸，被雨打湿，混进了泥里。

我看到墓碑上贴着一张泛黄的照片，上面是一个清秀小女孩的剪影，扎着辫子，嘴角挂着微笑。听说老唐找遍了家里，没有一张唐露的照片，只找到了小学毕业照。他本来想把毕业照贴在墓碑上，但照片上还有其他人，这些人家里觉得晦气，死活拦住了他。于是他把唐露的人影剪下来，当作冥照贴了上去。老唐手抖，剪得不太干净，唐露身旁还残留有我的侧脸。

天色暗了，雨更冷了。

我看着童年记忆里的唐露，她也看着我，对我笑。我伸出手，碰到了她的脸。

我和唐露最后一次见面，是在我高二的寒假。

那时我已在城市里生活多年，长成了一个17岁的少年。我爱听周杰伦的歌，爱打篮球，想买一双耐克鞋，暗恋隔壁班的长头发女孩。我厌恶记忆里贫穷闭塞的故乡。

但姨妈多年未归，春节探亲时把我带进城里生活。反而，我住在父母家里，却格格不入。这里的人和其他一切事物，都让我感觉脏且陈旧。其间父母担心太麻烦姨妈照顾我了，向她提出把我接回来的要求，姨妈以让我接受更好的教育为由拒绝了。我当时坐在旁边，悄悄松了口气。

好不容易挨到大年初六，我跟姨妈一起，坐陈叔的拖拉机去镇上，然后从镇上搭大巴去市里，再坐火车回山西。但我们到镇上时，大巴已经开走了，我们在街边等了半个多小时，才拦到一辆顺路回市里的小汽车。司机要收100元，姨妈谈了半天，才以50元的价格谈妥。

刚要走时，身后突然传来一个怯生生的声音："你们是要去市里吗？"

我转头看见一个女生，十五六岁的样子，身形消瘦，却背着一个鼓鼓的大包，手里也提着两个布袋。我疑心这些包裹比她自己都要重。

"是啊。"我说。

"捎我一个吧，我也去市里……没赶上大巴车。"

我觉得她有些眼熟，点点头："应该可以吧。"

这时，司机探出头来，不满地说："这可不行啊！3个人就不是50元了，得加钱，60元！"

姨妈瞪了他一眼，然后转头看着女孩，说："小姑娘，一共60元钱，3个人。我们40元，你出20元，可以吗？"

女孩犹豫了，在司机催促地按了几下喇叭后，才点点头。我帮她把行李放在后车厢里，突然记起了她的名字，脱口而出："唐露？"

"好久不见，"她却没有太惊讶，看着我笑了笑，"胡舟，你长高了。"

在去镇上的一个多小时里，我坐在唐露旁边，彼此沉默着，气氛有些尴尬。我扭头看着车窗外飞逝的树影，车窗倒映出她的脸。我看到她低着头，刘海的影子若有若无。

"你是去哪里呀？"我打破沉默。

"上海。你呢？"

"我跟姨妈回山西，快开学了。你现在也是在上海读书吗？"话刚说完，我就后悔了——她背着这样多的行李，无论如何都不像是去念书的样子。

唐露依旧笑了笑，"去打工。"

坐在前座的姨妈回了下头，看了一眼唐露，又转过去。我下意识地问："做什么工作呢？"

"还不知道，去了再看吧，"顿了顿，她又补充说："总有活儿做吧。"

接下来，又是沉默。车子上了跨江大桥，飞速行驶，我看到江面上有一只白色的鸟飞过。过了桥，就是市火车站，我和姨妈将在这里踏上回山西的火车。

唐露突然说："你还看《哆啦A梦》吗？"

我一愣，"很久没看了……怎么了？"

"没什么。"她说。她的声音突然变得有些闷，像是鼻子被堵住了一样。

　　车子下了桥，在车流中缓慢行进，喇叭声此起彼伏。破旧的火车站已然在望，门口拥挤着黑压压的一片人。

　　"我一直在看，但是他们说，《哆啦A梦》已经有结局了。"唐露说话的时候，视线掠过了我的脸，投射到窗外的很远处，"原来，大雄得了精神病，所有发生的故事，都是他的幻想，都是假的①。所以，这个世界上从来没有哆啦A梦……"

　　那时我迷恋着周杰伦和NBA，已经很久没看动画片了，对《哆啦A梦》的印象都模糊了，只能硬着头皮问："是谁告诉你是这个结局的？"

　　"网上是这么说的，都这么说，就不会有假吧。"唐露收回目光，垂下头。不知是不是我眼花，我看到她脸上划过了两道浅浅的泪痕，"可是你跟我说过，每一个孤单童年，都有……"

　　这时，司机开到了火车站前，停下车，转头对我们说："到了，下去吧。"

　　唐露便没有把后面的话说完。她推开车门，我帮她把行李拿出来。姨妈给了司机60元钱，唐露随后掏出一个布钱包，数出20元零钱，递给姨妈。

　　"不用了，不用了。"姨妈看了我一眼，对她摆手说，"你留着吧，以后用得着。"

　　唐露执意要给，姨妈毕竟处事老到，拉着我的手就往售票厅走。我回头看去，看到唐露背着硕大的包裹，手里捏着钱，没有追上来。但她眼眶有些红，似乎是想说什么。

　　周围全是背着行囊赶往四面八方的人，人太多了，我走了几步再回头时，唐露瘦弱的身躯已经被淹没在人潮里。我使劲昂着头，看不到她

---

① 关于《哆啦A梦》，网上有诸多版本，此为其中流传度较广的一版，偏向黑暗。但此为虚假结局，《哆啦A梦》的故事仍在继续。

的影子，我再踮起脚，依然只看得到人流汹涌。我再也找不见她了。

雨丝透进脖子，我突然一个激灵，转身往家里跑。我在装着旧物的木箱子一阵翻找，找到了那个底方顶圆的金属和晶体无缝接合的物件。现在端详起来，它更像是一个造型拙朴的U盘，但它的底部不是USB接口。

我把它揣在怀里，匆匆跑出去。出门前，母亲拉住我问："都晚上了，你还去哪里？"

这是我的母亲，旁边木讷寡言的人是我的父亲。我突然有些心酸，上前抱住了他们，母亲满脸困惑，而父亲则有些不习惯。

我对他们说："我很快会回来的。"

"几点？"母亲说。

"不是今晚。"我说完，出门一路快走，我不需要在黑夜里打开电筒，只沿着记忆里的路，很快就到了陈老师家里。

"现在实验室里唯一缺的，"我把那物件掏出来，"就是这个吧？"

陈老师本已经睡下了，看到我手上的物件，眼皮一跳，挣扎着坐了起来。"是，是超晶体协稳器，"她说话都在抖，"我找了这么久，怎么会在你手里？"

我没有回答，急切地问："是不是有了这个，你就能把我送到从前？"

陈老师从激动中回过神来，抬头看我，"你真的要回去？"

我点头。

"你现在的日子很好，舍得放弃吗？"

我苦笑，"很好吗？我在北京遍体鳞伤，所以才回到家乡。"

"现实没有往事美好，所以就要回去吗？但往事是用来回忆的，不是用来重复的。在你的想象中它很美好，但当你真正进去，它就未必了。你要想好。"

　　"没关系,我不是逃避,也不是去重复往事。"我上前一步,看着神态老朽的陈老师,"我是去改变。"

　　改变什么?

　　"如果按照因果论,唐露的悲惨是我造成的,那我就应该去纠正这个错误。我要当一只真正的哆啦A梦。"

　　"你去了就再也回不来了,你知道吗?"

　　我摇摇头,"没关系。我会再次长大的,不是吗?"

　　我扶着陈老师来到地下通道,进了实验室。她把协稳器插好,熟练地按下繁复的按钮。中间桌子的玻璃箱里,电火花再次闪现,越来越密集,最终交织成环。

　　"这10多年我没闲着,一直在计算闭环的落点,理论上,可以精确控制两个结点的时间。"陈老师问:"你要去哪一天?"

　　我输入了日期。

　　光环随之扩大,透出了玻璃箱子,在空中悬浮着。陈老师点点头,眼里闪光,说:"看来计算没有错。她再次按下几个按钮,光环竖向转动,与地面垂直,成了一个圆形门。"

　　"我最后问你一遍,你想好了吗?"

　　这个问题已经无须回答了。我深吸一口气,站在光环前。它闪烁着,光照在我脸上,越来越亮。电流的嗞嗞声在房间里回响。我突然流下泪来,上前一步,跨进了光环里。

　　那一瞬间,我像是初领圣餐的孩子,放大了胆子,但屏住了呼吸。

　　有光。黏稠。清冷。

　　我的大脑短暂性地停止工作,等恢复过来时,只记得这3个感觉了。

　　我睁开眼睛,发现还是这间实验室里,但陈老师不知去向。难道失败了?我疑惑地走出地下通道,推开陈老师的家门,走出去,一股只属于夏天的沉闷灼热感顿时袭来。

没错！

我回到了那个夏天的阴沉上午！

我顾不得惊讶，匆匆赶到大路边，看到一个男孩正骑着老式自行车，车座后面驮着一个麻袋，正向镇上骑去。

"你等下。"我拦住了他。

男孩停下来，扶着车，惊讶地看着我："你是谁？"

我说："不用管我——你的麻袋不太结实，待会儿里面的东西就掉出来了，我帮你重新系一下。"我把羽绒服脱下来，包住麻袋，用袖子拴紧车杠，"嗯，这样应该就可以了。还有，你去镇上时，不要走桥上，从小路绕过去，听到了吗？"

男孩一直疑惑地盯着我，闻言点点头。

"去吧，"我挥挥手，"早点回来，唐露还等你呢。"

"你怎么知道……"

"对了，你卖了废铁，找那老头借一套雨衣，待会儿你回来时会下雨。千万不要淋雨。"

男孩重新跨上车，走之前又盯着我看了几眼，说："你跟我爸爸长得好像，你是我家亲戚吗？"

我笑了笑，"总之你记住我说的话就可以了，去吧！"男孩骑车远去，很快消失在树影里。我站在原地踟蹰了一会儿，然后走向唐露家。我没有进去，站在屋前马路的对面，坐下来开始等。

这个午后过得很慢，时光像天气一样黏稠，但没关系，我有足够的耐心。我一直坐着，路过的人惊奇地打量我，我一直坐着。后来下雨了，我便到唐露家的屋檐下躲雨。

一个女孩从屋里探出头来，看见我，粉雕玉砌的脸上有些失望，然后冲我一笑，说："要喝杯水吗？"

我说："不用了，我只是躲会儿雨。谢谢你。"

"哦。"唐露缩回头，但过了一会儿，又搬了两把板凳出来，递给我一把。她也坐在我身边，看着外面无穷无尽的雨幕。

"你在等什么人吗？"我问。

唐露点点头："我在等哆啦A梦。"

"是动画片吗？"

"不是的，是一个人。"她没有回头看我。我却看到了她的侧脸，熟悉的侧脸。

我们就这么坐在屋檐下。

男孩的身影出现在雨中，骑着车，身上披了一件雨衣。女孩站起来了，板凳倒在她身后，她都没有察觉。

男孩骑过来，把车靠在墙边，冲女孩大声喊："露露，我租到了！"他看到了我，有些诧异，却没有理我，只把雨衣脱下，从怀里掏出一叠厚厚的光碟，递给女孩。

"太好啦！"女孩高兴地接过来。

我站起来，转身踏进雨中。这时，女孩对男孩说："谢谢你，哆啦A梦！"然后，他们抑不住高兴，牵着手，在屋檐下唱起了歌——

"每天过的都一样，

偶尔会突发奇想，

只要有了哆啦A梦，

欢笑就无限延长……"

歌声清脆欢快，穿过无边雨幕，在这村庄上空回荡。我没有转身，不知道他们是唱给自己听，还是唱给我听的。但这已不重要了，从这一刻起，命运已经转向，时间之河上的旋涡被打乱重组。这两个小孩将踏上他们全新的人生，就像野比大雄和源静香，都会慢慢成长。

而哆啦A梦，已经完成了它的使命。

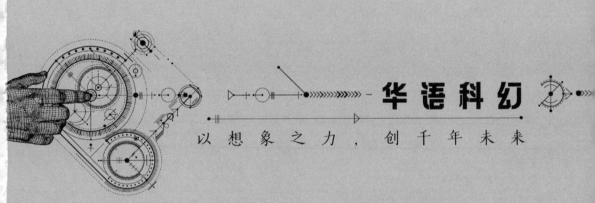

华语科幻

以想象之力，创千年未来

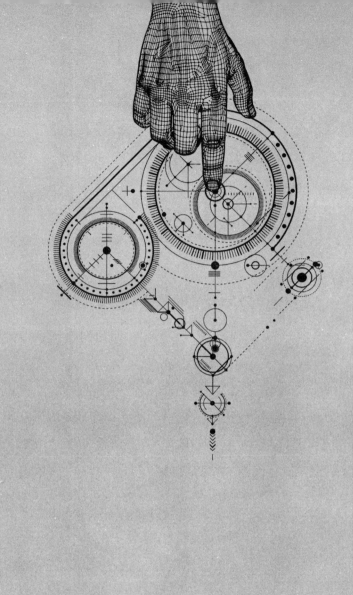

阿缺科幻精品系列

星辰暗旅

阿缺——著

科学普及出版社

·北 京·

图书在版编目（CIP）数据

阿缺科幻精品系列 . 星辰暗旅 / 阿缺著 . -- 北京：
科学普及出版社 , 2024. 7. --（百年科幻）. -- ISBN
978-7-110-10743-0

Ⅰ . I247.7

中国国家版本馆 CIP 数据核字第 2024T4X756 号

策划编辑	王卫英
责任编辑	王卫英
封面设计	书香文雅
正文设计	书香文雅
责任校对	吕传新　焦　宁
责任印制	徐　飞

出　　版	科学普及出版社
发　　行	中国科学技术出版社有限公司
地　　址	北京市海淀区中关村南大街 16 号
邮　　编	100081
发行电话	010-62173865
传　　真	010-62173081
网　　址	http://www.cspbooks.com.cn

开　　本	720mm×1000mm　1/16
字　　数	822 千字
印　　张	60
版　　次	2024 年 7 月第 1 版
印　　次	2024 年 7 月第 1 次印刷
印　　刷	天津泰宇印务有限公司
书　　号	ISBN 978-7-110-10743-0 / I・720
定　　价	180.00 元（全 6 册）

目 录

Catalogue

旅行者 / 001

孪　生 / 013

星辰暗旅 / 055

贩卖战争 / 097

我讲我爷爷的故事 / 125

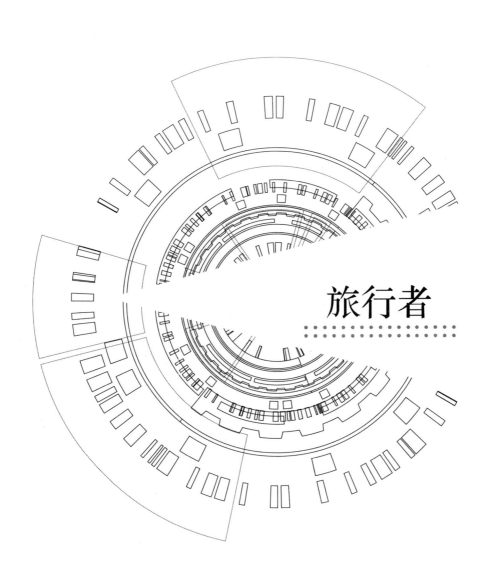

旅行者

1

　　他父亲是个渔民，每天很早就会驾着小渔船在薄雾中出海。他无数次目送渔船在海中消隐。那时候，天还没有亮，整个大海都是墨绿色的，像一张从地底里张开的嘴，连太阳都吞噬了。每一次，他都觉得父亲的船再也回不来。他看着幽暗的大海浑身颤抖，那时候，海洋在他心中是世界上最神秘、最深邃的所在。

　　但有一次，父亲告诉他，世界上已经没有未知岛屿了。所有的岛，都被人探索过，都被人命名过，都被人标在了航海图上。

　　哦，他心里想，爸爸，你不应该告诉我的。

　　从此，大海对他来说，再无神秘可言，仅剩索然无味。

　　他跟他后来的女朋友安琪在野外露营时，讲了这件事。他们并排躺在黑夜的山坡上，四野无人，夜风清凉，星空辽远。一颗颗星子与他们对视着。这些星光从遥远的地方发出，经过艰难跋涉，穿越百万光年，最终来到了这颗位于宇宙偏僻寒冷处的星球上，落到了这对年轻情侣的眸中。

　　他的眼睛被星光照着，也闪闪发亮。

　　"看到没有，"他突然伸手指天，大声说道，"那里，才是人类未曾踏足之地！"

2

毕业之后，他拿到了航空部的录用函，他感到惊喜，父亲却难以置信。

"你什么时候去参加的面试？"父亲的身影被全息电话投射出来，不知是因为镜头故障，还是因为愤怒，父亲的脸看上去十分扭曲。"你为什么要去航空部工作！你明明是学海事的，应该入伍，加入海军！"父亲咆哮着质问，"战争马上就要开始了，所有人都去为亚盟效力，你却一个人当懦夫！"

"战争不关我的事情，海事也是你逼我学的。"他的眼神很平静，慢慢地说，"所有人都在为了脚下的土地和资源斗争，总还需要有人把目光放到天上。"

"天上？"父亲冷笑，"你以为天上和我们看到的一样是云和阳光吗？大气层外面是比沙漠还要荒凉的地方，什么都没有，只有冷，冷到骨头里。你会死在那里的！"

他摇摇头："那里不是什么都没有，那里充斥着射线，如果把它们全部破译，宇宙会比地球上任何一个菜市场都热闹。"他又点点头，说，"嗯，我们都会死。但你会老死在床上，在土地里腐烂。而我，会被埋葬在群星间，在星光照耀下永恒。"

"你！"父亲一巴掌扇过来，由光线构成的手掌穿过他的脸，落到另一边。

他安静地关闭了全息通话。

但下一个电话，他就犹豫了。他的手指停在按钮前，久久不能落下——跟父亲都好说，被骂一骂也就过去了，但，怎么向安琪开这个口呢？

夕阳在等待的时光里垂垂欲老。凄红色的晚霞布满了西边天际，似乎天空裂开了巨大的伤口，正在汩汩地流出血来。该来的总要来，他叹口气，按下了拨号键。一些红色的光透过窗子照到他脸上，他突然觉得悲伤。

电话通了。

但安琪没有打开视频镜头。她的脸藏在电话远处，只有声音传到他耳旁。

"我进航空部了，"他说，"我去面试之前没有跟你……"

"我知道的。"

"嗯？"他有些愣了。

"恭喜你，这是你的梦想。"

他不知道说什么好了，沉默着。夕阳也沉默，在沉默中一点点被地平线融化。他脸上的红光消失了。

安琪说："我知道战争在你看来很幼稚，但我是个普通人，亚盟和欧盟马上就要全面开战了，全国都在征兵，我做不到你这么超脱。说到底，大部分人还是只关心自己的生活，天上的事情，太远了……"

安琪后面还说了一些什么，但他已经听不进去了。他转头看着夕阳渐渐隐没，觉得自己的爱情也如同夕阳一样消逝了，他看着看着，流下了泪。后来霞光也不见了，黑暗从西天浪潮般奔涌而来，湮没了世界。

3

战争的起因并不新鲜，无非是互相抢夺资源，最后大打出手。人类在进化树上爬了几万年，刻在基因里的东西却丝毫未变。

世界发达到这个程度，每前进一步都是以资源的巨大消耗为代价。地球生态的反馈调节承受不住这样的消耗，资源匮乏是必然的，但所有人都没有想到这一天会来得这么早。欧盟和亚盟都在拼命争取资源，于是，战争开始了。

他在航空部上班时，每天都能从电视里看到战事播报，哪儿的战线拉长了，哪儿传来了捷报，哪儿损失惨重……哪怕他捂住耳朵，那些声音都能钻进去。

战火已经在整个星球上熊熊燃起。

地球被人类瓜分，宇宙却不曾。所以，这一年的国际天文会议还是克服了层层阻力，在法国举行。

他被指派前往，穿过危险的战区，来到了法国。路途颠簸，他昏昏欲睡，却总是被炮声震醒。透过车窗，四处冒烟的土地在他视野里展开，焦黑、灰白、血红，各种颜色混杂着，让这个世界显得陌生而疯狂。

一个叫巴西勒的青年天文学家接待了他。巴西勒拿来一瓶葡萄酒，倒了两杯。他拘谨地喝着，一口一口地轻抿。巴西勒喝了一口，却皱皱眉，把酒放下了。

"要是在以前，这种次等货我是不会拿出来的。"巴西勒怅然地

说，"可是法国陷入了战争，那些葡萄酒庄园里再也产不出好酒了。"

他点点头。他路过法国南部的时候，看到了很多正在燃烧的葡萄园。火焰烧过之后，再也不会有新的葡萄冒出来了。

他沉默地把那一瓶劣质葡萄酒喝完，有些醺然，因而没有把这次大会的议题听进去。当他清醒过来时，只听到巴西勒兴奋地说："你知道吗，我们两个都在上船的名单里！"

"船？"他晃了晃脑袋，"什么船？"

"就是大麦哲伦号啊。"

他在大学时代学过的海事知识里搜寻，始终记不起哪条现役的飞船（属于星舰的一种）叫这个名字。好吧，他说："可是为什么我们俩都要出海呢？"

"出海？"巴西勒愣了一下，然后站起来哈哈大笑，"不不不，大麦哲伦号可不是海船，它是将由欧盟和亚盟联合建造的宇宙飞船。它的征程在无限星辰里，它将找到新的资源，使我们结束这场该死的战争！"

4

大麦哲伦号其实并不大。

它孤零零地在宇宙中行进，离故乡越来越远。有时候他透过舷窗往后看，只能看到一片虚无，像是一头硕大的蚕虫跟在他们后面，吞噬每一寸空间。

从地球启航3年来，他们在7颗行星上着陆过，但都没有发现哪颗行星蕴藏充沛的能源物资。

现在，他们已经离开太阳系，在空茫茫的星际空间里发现了第八颗未知行星。船长派出了探测器，所有船员都在舰桥处等着探测器传送回来的消息。

"你说，这次我们能撞上好运吗？"巴西勒扶着栏杆问。

他摇摇头："我不知道。"

巴西勒似笑非笑地看着他："是吗？我想，你肯定不希望撞上好运。现在，我们是整个人类中向未知领域走得最远的人，我们到达了太阳系外，每前进一米，都是一个记录。你肯定希望找不到物资，可以一直向前。"

他默然无语。

船长显示屏上，传来了探测器的结果。船长猛地一拍操控台，说："氦-3！这颗行星上布满了蕴含氦-3元素的矿石！"

舰桥上一片欢呼声。

他明显感觉到巴西勒颤抖了一下。

所有人都凑到显示屏前，惊喜地看着上面呈现出来的数字。氦-3是重要的核反应原料，如此充沛的氦-3矿石，足够支撑地球的文明再向前推进一大步！

"那我们现在呢？"巴西勒走到船长身侧，问道，"我们现在怎么办？"

"当然是把行星的坐标传回地球，让欧盟和亚盟知道，派人来运输。我们是科考船，只能把样品带回去。"

"是吗？"巴西勒低下头，闷闷地说了一句。

他突然眼角一跳。

船长刚要点头，脑袋突然爆出了一朵血花，然后直挺挺地躺下。大麦哲伦号内部虽然模拟了地球环境，有重力发生装置，但重力不强，所以这朵血色的花极为妖娆，在每个人惊讶的眼神里盛开复又凋零。

巴西勒把枪转而对准惊愕的人们，说："位置坐标，只能传回欧盟。欧盟将凭借这些氦-3赢得战争的最终胜利。"

气氛一时凝固了。

过了很久，有人开口说："可是大麦哲伦号是两个联盟共同修建的，凭什么——"话还没有说完，又是一朵血花盛开。人们发出惊惶的声音，四散而逃，都不敢靠近操作台。

除了他。

巴西勒说："对不起，我的兄弟。来之前，我的国家给予了我这个任务，我没有办法拒绝。而且，我相信如果再迟几分钟，先动手的就会是你们亚盟的人了。两个联盟都不会跟对方分享这么庞大的资源。"

他点点头，但是没有往后退。

巴西勒用枪指着他："你也躲开吧，不然我会杀了你，我把坐标传回欧盟后再自杀。"

枪对着他的额头，寒意几乎在皮肤上游走。他愣了愣，然后上前一步。

巴西勒的手指毫不犹豫去扣扳机。但在枪响的前一刻，所有人都感觉浑身一震，身体突然变重，像是被透明的手往下拉扯。许多人干脆就趴下了，但肺腑难受至极，干呕不已。

他心里很清楚，这是重力发生装置被人调到了最大值后产生的现象。所有人都被3倍于平常的重力俘获了，这是致命的，内脏很快就会在异常重力下受损。

有人在角落里发出痛苦而尖锐的声音，嘿，就算一起死，也不能让你们欧盟占便宜。

看到没有，巴西勒一脸惨笑地看着他说，人都是这个样子的。说完巴西勒转身爬向操作台，要用最后的力气把坐标传回去。

他趴在地上，看着这场变故。他的心脏被重力拉扯，却不觉得疼，只是冷。

即使逃到了宇宙，也逃不开人类的钩心斗角。

巴西勒艰难地打开显示屏，正要启动通讯器，却突然愣住了——

屏幕上，显示有什么东西正从大麦哲伦号身侧划过。

不明物体速度很快，一闪即逝。但飞船外侧的摄像头及时将它拍了下来：显示屏上，它呈现出明显的机械构造，有扁平的十棱柱，有长短不一的两根悬臂，以及白色的抛物面天线。天线上分布着蛛网般的裂缝。

"这是……"巴西勒吞了口唾沫，难以置信地转过头，"你来看一下，我打赌你一定不会相信自己的眼睛。"

他爬过去，只看了一看就叫了起来："旅行者一号！"

他在航空部待了那么久，对这个极富传奇的人类探测器很熟悉。他惊讶地说："可是，可是它不是越过了木星系统，消失在太阳系外了吗？它应该在宇宙的另一头啊，怎么会出现在这里？"

巴西勒没有回答，把脸凑到屏幕前。巴西勒的脸已经变成了苍白色，每一秒他的生命都在逝去，但他聚精会神地盯着屏幕，继而浑身颤抖起来。"你看，你看！旅行者一号上有明显被陨石撞损的痕迹，这

么大的裂缝，它的电子系统应该早就坏了。"巴西勒的声音在发抖，"而且你知道，它是采用Inter4004处理器，运行频率低得可怜，主内存更是只有68KB。但现在，它完整地出现在这里，并且测速比以前快了很多。"

"你是说，旅行者一号在太空中受到过损伤，但后来被修好了，而且功能超过了1977年的设计？"

巴西勒使劲点头，这个动作让他更加虚弱。"可是，是谁干的呢？"巴西勒说。

"是外——"他停下了，犹豫一下后才继续开口，"不，宇宙浩渺，任何可能都会发生。但我们永远不会知道答案了，所有人都要死了。"

巴西勒勉强抬头，透过舷窗望去，宇宙一片漆黑。旅行者一号已经消失在这片空间里了，巴西勒的视线捕捉不到。

"对了，我一直忘了问你一件事，"巴西勒说，"你的女朋友安琪，你后来再遇见过她吗？"

"没有。她担任后勤的那艘船，在第一次出海时就被欧盟的导弹击中了。没有人生还。"

"呵，真是可恶的战争……"巴西勒突然笑起来，抬起枪，顶住了自己的下巴。

"帮我找到答案。"

说完最后一句话，巴西勒扣动扳机，脑袋在巨大的动能下爆开。

6

我们真的要回去吗，回到那颗被战火焚烧的星球？

人类从树上跳下来的那一刻起，就没有停止过战争，只不过以前互相投掷石头，而现在发射导弹。地球就是这样被推进荒芜深渊的。

每个人都只看到眼前的利益。每个人都在低着头走，看不到头顶的夜空。即使合力建造了飞船，还是互相派卧底进来，让人类的卑劣暴露在群星中。

这样的地方，值得回去吗？

现在，宇宙的面纱就摆在我们面前，我们就可以轻易掀开它。我不知道会发生什么，或许是异星文明，或是其他我们还不能理解的存在，更或许是死亡——射线、黑洞和陨石，每一样都是致命的。

但只要我们往回走，就永远都不会知道答案了。

那样，我在余生的每一夜，都会懊悔得睡不着。我曾经离真相那么近，却还要回到小小的地球上，在战火中苟延残喘。

而我们现在有另外一个选择：把重力调到正常值，让所有人都活下来，活到看到真相的那一天。我把行星的坐标同时发给欧盟和亚盟，让他们处理吧，要么拼到你死我活，要么共同来搬运矿石。而我们，追随着旅行者一号的轨迹，一直跟下去，找到修好它的人。这条路很漫长，但只要走下去，就一定能看到尽头。

我们，终将被埋葬在群星之中。

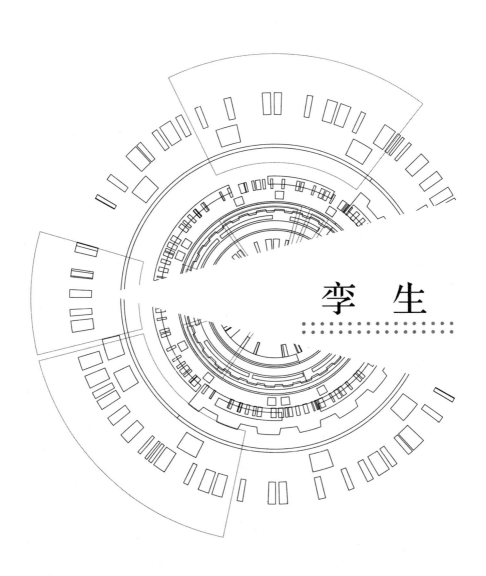

孪 生

序

据俄罗斯《共青团真理报》网站1月10日报道，研究者们最近在距离地球200光年的外星系中发现了地球的"双胞胎"。

这颗被称为"KOI-314c"的行星，质量与地球相当，但是体积比地球大60%。这颗行星围绕着一颗暗红色的小恒星近距离运行，因此其表面温度高达104℃，这个温度对于地球上的大部分生物来说都太高。

尽管科学家认为，在银河系中五分之一的恒星都有一个与地球相似的行星围绕其运行，但是天文学家却从未找到另外一个与地球相似的行星，只有这颗"KOI-314c"行星最相似。

来自哈佛–史密松森天体物理学中心的科学家认为，生命可能已经在"KOI-314c"上出现……

1

哈罗德见过一次自杀。

那是在他很小的时候，时光久远，记忆却清晰分明。他记得那天有沸腾的阳光，有浑浑噩噩如僵尸一般行走的人们，甚至街上扬起的细小灰尘都历历在目。哈罗德时常感到奇怪，为什么他忘了父母生前的面容，忘了学习过的知识，忘了爱情和仇恨，却将这件事记得十分

清楚。

大概，那是他第一次见到有人自杀，而在他日后的生命里，身边的人总是不断地在自杀中离他而去。

那时候，是高温危机笼罩霍特星的第三个世纪，夏天最热时，星球表面的温度能够达到104℃。整片大地如同被火烤过，四处龟裂，像是一张苍老悲哀的面孔在与天空中那轮赤红的太阳对视。

这种天气，人们都只愿意缩在家中，靠政府配给的电量来制冷。但经过了300多年的资源消耗，人们能分到的能源少得可怜。许多人把制冷仪的功率调到最大，往往寒气刚在屋子里弥漫，他们贪婪地深吸一口气，闭上眼睛说："太舒——"连话都没有说完，电表就发出绵长的嘀嘀声，显示电量告罄。

对失去了电量配给的人来说，家里已和外面毫无区别，都是火一般的炙热。他们在街上游荡，垂头丧气，无精打采，并且时不时发出一声号叫。太阳却毫不怜悯，狞笑着，毫无保留地将光和热施加于他们身上。

哈罗德和哥哥杰森则躲在家里，只有热得实在受不了时，哥哥才会用一丁点儿电来缓解高温。他们的夏天就是这么熬过来的。哈罗德趴在窗子前，望着外面那些行尸走肉，心里常常感到恐惧——如果不是哥哥咬牙节约，他们也会加入外面的队伍。

街上的人越来越多，他们边走边挠自己的皮肤，似乎能够把燥热从皮肤里挠出来。许多人浑身伤痕，血肉模糊，眼睛里渐渐涌现出疯狂的血色。

当街上的人足够多后，他们决定做点什么来改变困境。不知是谁的提议，这些人拥到了政府门口，集体高呼，让政府给他们再分配电量。几千人聚集起来，银白色的皮肤连成一片，如同沸腾的液体金属。

杰森在家里待得实在无聊，跟哈罗德打赌说："你猜政府会不会同意他们的抗议？"

"会吧。"哈罗德说，"毕竟那么多人都去了。"

"真是幼稚！"杰森大笑，"我赌政府不会！"

"为什么？"

"因为这个头不能开。一旦满足了他们的要求，就会有更多人去要电的，那时候就更麻烦了。再说了，资源那么紧张，高官们自己都不够享受的，怎么会给其他人呢？"杰森说这话的时候，表情严肃，一点都不像13岁的孩子。

而事实也证明，杰森赌胜了。

从头至尾，政府连门都没有开。合金大门紧闭着，其上有嗡嗡的振鸣，表示门上是通了电的。几个示威者忍不住去撞门，在接触的那一刹那，高压电流贯通了他们全身。连惨叫都来不及发出，这些人就成了焦炭。

人们却不愿意离去。

太阳低低地俯视大地，每一缕光线里都有逼人发狂的炙热。示威者们渐渐失去了希望，他们的高呼不再昂扬，眼神也灰暗起来。

但他们仍不愿意离去。

到了示威第5天的傍晚，街上突然有人大喊："哇，出事了，出事了，快去看啊！"

哈罗德用祈求的目光看向杰森，后者正准备出门。

"不，你不能去。"

"那你怎么要去？"

"因为你还是小孩子，而我不是。那种场面，对你不好。"

哈罗德不服气，说："可你才比我大两岁！"

"我是你哥哥，要照顾你！"杰森用细长的手指指着弟弟，银色指尖被夕阳凝出了一颗光粒，"不准出去，给我老实待在家里！"

但杰森出门后，哈罗德还是偷偷溜出家，跑到了政府广场。哈罗德一出门，一股热风就迎面扑来，虽是傍晚，高温依旧牢牢笼罩这颗星球的表面。

他顶着热风来到广场，借着身材瘦小的优势，穿过了拥挤的人群。然后，他看到了令他震惊的场面——

自杀。

示威者们静默地站着，身上淋满了刺鼻的煤油。这让他们的皮肤不再银亮。夜幕降临，黑暗围绕在他们周围。

他们前方有几堆灰烬，火还未灭，焰光一闪一闪。他们的脸被照亮了，瞳仁里跳跃着火苗，但他们的神情却比黑夜更加沉郁。

因为，政府大门还是紧闭如初。

"请让我们活下去！"一个人大声喊着。

但没有人回应这句呼喊。

于是他向前走去，他的步伐很缓慢，似乎在害怕。但他没有回头。他走到灰烬前，一步踏进去，呼呼，暗红色的火焰顿时弥漫而上，将他整个身体吞噬。

哈罗德终于知道那堆灰烬是怎么来的了。他的身体出现痉挛，有些站立不稳。

火焰裹挟着那个人，熊熊燃起，像一支肆意燃烧的人形蜡烛。火中的人起初是站着的，后来跪下了，最后瘫倒在地上。从头至尾，他没有发出一丝呻吟。

"请让我们活下去！"又一个人呼喊着。

他的下场跟前一人相同，只不过让那堆灰烬更多了些而已。

示威者一个接一个走向火堆。霍特星人的体质极易燃烧，烧到旺处，骨架和皮肤会发出噼里啪啦的声响。这种声响钻到耳朵里，像尖锐的刺，令哈罗德浑身不舒服。围观的人却毫不在意，一边看，一边小声议论。

大概几十人自焚之后，政府大门突然缓缓打开。

示威者们全部抬起头。

尤其是那个刚要走进火堆的人，他满脸油污的脸上，一片狂喜。

一个有着光洁皮肤的男人从大门里走出来，夜幕降临，他的面容隐在黑暗里。哈罗德认识他肩头的线条图案——霍特星首府参议长的特有文身。

无数道目光汇聚在参议长身上，期待他即将要说的话。

参议长却沉默着，扫视底下的人群。

"请让我们活下去！"火堆前的人赶紧喊道。

一片沉默。

那人一咬牙，上前一步，任凭火舌将他吞噬。火焰腾空而起，光线撕扯开黑暗，照亮了参议长的脸。那是没有表情的脸。

终于，参议长的嘴动了动，说："你们回去吧，政府不可能再发放能源。"说罢，他转身离开，大门缓缓闭合，将他的背影吞没。

"呵。"站在哈罗德身后的围观者发出幸灾乐祸的笑声，"示威没了指望，这下看你们怎么办？"

那时候的哈罗德还不明白人们为什么会笑。很多年以后，他成了英雄，承载拯救霍特星的最后希望，也依然不明白——示威者没了电量，围观者也没剩下多少，为什么离绝望两步远的人会去嘲笑离绝望只有一步的人呢？

他一边疑惑，一边看向示威者。

"散了吧。"过了很久，一个声音响起来，"没有用的，他们不会同意我们的请求。"

于是，他们垂着头，稀稀拉拉地向四周散开。

"可是，去哪里呢？"示威人群的最中心，有人大声说，"难道我们还能离开这颗该死的星球吗？哪里都炎热无比，哪里都是煎熬，这个夏天漫长无比，我们熬不过的……"他似乎是示威者的领头人，他一说话，其他人就停下脚步，扭头看着他。

"那我们怎么办呢？"

"拥抱我。"

所有人都愣住了。哈罗德也不明白领头人的话，但他踮起脚，看到领头人脸上满是无奈和哀伤，以及一丝……悲壮。

哈罗德心头一跳，隐隐猜到领头人要干什么。他握紧拳，呼吸急促，眼睛一眨不眨地看向示威者。

"我说，拥抱我。"领头人走向那堆未灭的灰烬，踩进去，火焰如同饥渴的猛兽一样扑上来。这火比之前的几十次都要猛烈，熊熊腾起，如同鬼魅在狂舞。

领头人浑身都在燃烧，皮肤和肌肉迅速剥落。但他屹立不倒，张开双臂，发出最后的咆哮："拥抱我！"

哈罗德抱紧肩膀，牙齿颤抖不止。

示威者面面相觑，脸上表情复杂，目中眼神各异。他们的腿像是注了铅，沉重得迈不动。有人开始低声啜泣。

夜更深，热风席卷，天上一片黑暗。这个夜晚没有星星。

"是啊，我们无处可去，除了死亡。"有人叹息一声，向中间走去。他抱住领头人，于是，自己也成了火炬。

其他人沉默地向中间会聚，一个接一个地抱住前面的人。他们身上有煤油流淌，遇火即燃，他们抱住的，是火焰和死亡。但没有人退缩，因为也没有退路。

火从中间蔓延开来，如同红色的波浪，席卷了所有示威者。这是火焰的丛林，自绝望而生，以数千人的躯干为养料，在黑夜里茁壮成长。

光焰太亮，使哈罗德的眼睛有了刺痛感。他瑟瑟发抖，脚步虚浮，向后摔倒。身后有人把他扶住了。

"我叫你不要来吧，你不会喜欢这种场面的。"杰森的感叹声在他耳边响起，"疯了，都疯了……再这么热下去，所有人都会发疯的。"

哥哥的手遮住了哈罗德的眼睛。

于是，他只能看得到一片黑暗，但耳中依然有噼里啪啦的燃烧声，绵绵不绝，像是恶魔的叹息。他感到一阵晕眩，随后，倒在了哥哥的怀里。

从那以后，哈罗德患上了严重的恐火症，见到任何跳跃的火苗都会浑身痉挛。

2

有一次，老师带学生们参观科研院。

老师是位年轻的女性，望着科研院的大门，满脸崇敬地说："这里，是整个霍特星的骄傲，是人们从高温危机中解脱的唯一希望。能够进到这里的人，都是精英中的精英，他们将青春和才华全部奉献出来了。300多年来，他们成果斐然，提高了制冷仪的转化功率，研究出了能

使人更耐热的药物……这些，都是科研院的功劳。"

哈罗德举起手，问："那为什么过了300多年，还是这么热呢？"

老师沉默了。她摸着哈罗德的头，叹了口气。她年轻而且漂亮，说话一直都轻快活泼，这声叹息却满是萧索，老气横秋，仿佛哈罗德的这个问题使她过早地苍老了。

在日后漫长的岁月里，这声叹息都回荡在哈罗德的耳边。

很多年以后，哈罗德考进了霍特星最好的学校，而且学习的是最热门的能源专业。只要顺利毕业，他就能进科研院。他很高兴，拿着通知书去找那位女老师，想感谢她，因为正是她对科研院的推崇，使他有了学习的动力。

但当他来到那间屋子时，所见只是一片空荡，房子被岁月侵蚀，墙壁灰败。他问隔壁的邻居，对方漠然地说："死了……她死了好多年了。"

"怎么会呢？"哈罗德十分惊讶。

"怎么不会，每天都有那么多人死。她是在前几年的夏天自杀的，3年前还是4年前……我记不清了。我们都以为她把电用完了才自杀的，结果发现，电表里还有电……真是想不通……"

哈罗德没有听他说完，就转身离开了。

他知道老师是为什么而死——绝望。她对科研院满怀信心，一直等着彻底解决高温危机的技术被研发出来，这是她活下去的动力。但科研院的碌碌无为，终于耗尽了她的耐力和信心。

他握紧拳头，暗暗发誓自己要改变这一切。

在学校里，哈罗德拼命学习，每天的时间不是花在课堂上认真听讲，就是泡在图书馆里看文献，连宿舍都很少回。

而他的室友恰恰相反，总是翘课，即使去上课了也是趴着睡觉。他热衷于虚拟游戏，经常戴上感应头盔，把大把大把的时间放在感应器对脑神经的欺骗上。

在一次《现代史学》的课堂上，老师实在看不下去了，敲着桌子大声说："请问，笼罩霍特星长达300多年的噩梦——高温危机，产生的原因是什么？那个，睡觉的同学来回答……请旁边的同学叫醒他。"

室友被哈罗德叫醒后，一脸迷茫，半天说不出话来。

老师无奈地叹口气，说："那，请旁边的同学回答。"

"原因有两方面，一是霍特星外空间的暗物质积累，星球在运行过程中，会吸收部分物质，从而发生引力改变，轨道也会变化。在暗物质作用下，霍特星运行轨迹在逐渐变扁，长轴加长，短轴缩短。因此夏季的太阳离我们越来越近，大量的热能积累，使温度升高。"哈罗德站起来，流利地答道，"二是这个恶果是我们自己造成的。以前，我们肆意消耗资源，生产废气，星球的大气结构因此改变，形成了温室效应，使积热不能散发。"

"很好，"老师满意地点点头，"继续保持。像你这样的人，才是拯救霍特星的希望。"

哈罗德没说话，低头坐下了。室友则咕哝一声，继续闷头睡觉。

有时，哈罗德也想劝劝室友，郑重地跟他讲考进学校的不易，以及他们这一代人身上肩负着的解决高温危机的使命。

但室友只是满不在乎地耸耸肩，说："不过是垂死挣扎而已。霍特星越来越热，就像个大蒸笼，我们就是里面的食物，再怎么努力，也终究会被煮熟。还不如抓紧时间，利用学生的优待，好好享受生活。"

说完，他就戴上感应头盔，让自己进入虚无缥缈的幻境。

在学校里，这种醉生梦死的人并不少。哈罗德行走在教室与图书馆

间，白天见不到什么人，夜晚则能听到欢呼声从各个角落里传出来。有一次，他在图书馆看书，一对可能是服用过多迷幻药的情侣，在里面大声吵闹。女生把哈罗德的书扯开，吃吃地笑，男生则指着哈罗德的鼻子大声说："书……书呆子……全校就你一个……"

哈罗德面无表情，等管理员把情侣赶走后，才默默弯腰去拾书，打算继续看。

此时一只手伸过来，比他先拿起书。

那是只优美的手臂，纤细，毫无瑕疵的纯银色，在哈罗德的视线里呈现出惊人的美感。他有些呼吸困难，抬起头，看到了一张拥有丝毫不逊于手臂的美的脸庞。

"你也看《机械改进学》，"女孩说，"这本书我找了很久，没想到是你在看。"

哈罗德没有跟女孩交流的经验，尤其是这么漂亮的女孩——她比哈罗德高一个头，全身皮肤紧致，曲线圆润，脸上光洁如玉，眼睛很大，瞳仁里映出哈罗德无措的脸。

"你好，我叫贝司。"女孩大方地伸出手，"我是生理改造系的。"

哈罗德反应过来，连忙说："哦，我叫……"

"我知道你的名字，哈罗德，全校都知道你。你是我们中最优秀的人。"

这就是哈罗德和贝司第一次见面的场景——毫无新意，要是出现在高温危机前的文艺作品里，一定会被骂为三流。

说到文艺作品，哈罗德曾经翻阅过一些。那些小说和影视都被存放在图书馆的最角落，早已蒙尘，有些都朽坏了。

他耐着性子读了几本书，看完了几部电影。他对那时候的气候羡慕不已，蓝天伴着白云，大海平静如镜，有美丽的鸟类飞过天空。而同时，他也对里面的某些情感感到困惑。

比如爱情。

可怕的高温危机笼罩下，爱情早已枯萎。人们要么忙着活，要么忙着死，没有谁理会这种无用的东西——爱情？爱情能干什么，除了大量消耗人们的精力和时间，搅乱心情，还有什么用？它早应该在进化之路上被淘汰！

于是，300多年后的今天，霍特星上只有婚姻，没有爱情。

但遇见贝司之后，哈罗德似乎被这种情愫俘获了。他躺在床上，走在路上，无论白天还是黑夜，脑海里都会浮现出贝司的脸庞。即使他知道贝司是参议长的女儿，两人的地位千差万别，也压抑不住他脑海里的悸动。

"我着了魔吗？"某个深夜，他从有贝司的梦中醒来，摸着发烫的脸，喃喃地说。

3

毕业前一年的冬天，下雪了。

霍特星人的身体对低温有极强的体温调节能力，所以短暂的冬天，是他们最有活力的季节。大街上挤满了人，都仰着头，看着漆黑的夜幕下飘落的雪。

这种美丽的天象已经有300多年没出现过了，人们只能从老旧的影像资料中见到。所有人都是第一次见到真正的雪。人们伸出手，接住那一片片的晶莹之物，雪花在掌心融化，冰凉点点。人们对着天空跪下，伸开双手，互相拥抱，彼此哭泣。

"这是征兆啊……"有人嘶哑着喉咙，边哭边喊，"说明霍特星的气候好转了啊。终于，300多年了，我们终于熬到了高温褪去的时候……"

其他人纷纷赞同。

哈罗德和贝司一起走在校道上，人影寥寥，只有雪花在他们周身飞舞。

"你冷吗？"哈罗德问道。

贝司摇摇头。

"真美啊……"她踮起脚，身体旋转一周，雪花也跟着盘旋舞动。

哈罗德对她的美丽感到震惊，在他眼中，所有的雪，都不过是她起舞的陪衬而已。他如以往一样，讷讷地说不出话来。

贝司问："对了，现在下雪，是气温好转的征兆吗？"

哈罗德皱起眉头，想说什么，却终是没有回答。

他们走到校道尽头，然后互相道别。哈罗德低头往宿舍走，没迈几步，身后突然传来奔跑声。他刚回头，就看到了贝司的脸。

她穿过雪夜而来，与哈罗德拥抱，然后亲吻他的额头。

那一瞬，天地寂静，哈罗德只听得到雪花在耳边划过的声音。

走到宿舍，他一直还在回味。

"怎么了，魂不守舍的？"室友好奇地问他。

"没什么，在思考能源功率改进的问题……"哈罗德有些不好意思，转移话题说，"对了，你怎么回来了？你没去外面跟他们狂

欢吗？"

"狂欢？为了下雪而狂欢吗？"室友鄙夷地看了一眼外面的喧哗，"他们还不知道大难将至。"

是的，之前哈罗德不回答贝司的问题，就是不想打破她美好的期望——下雪并不是吉兆。

恰恰相反，冬雪降临，意味着霍特星围绕太阳运动的椭圆轨迹已经扁到了极致。星球运行至轨道的长轴，才使得霍特星拥有冬天，而现在，一定是长轴达到了前所未有的长度，长到太阳的热量都不能送达。

长轴变长，那么，短轴势必更短。

下一个夏天，高温会比以往任何一年都剧烈，不知道会有多少人熬不过去。

"咦，你是怎么知道的呢？"哈罗德诧异地问。

"我虽然没有你成绩好，自己推断不出来。但是，"室友得意地说，"我加入了一个组织，是组织里的人告诉我的。"

哈罗德这才想起来：这段时间，室友没有像以前一样沉迷虚拟游戏了，经常出去，半夜才回来。有时候，室友还会认真地看书，但都是《航空史》《浩瀚宇宙》一类的宇航科普书籍。自从科研院宣布航空学对解决高温危机无用后，这些书就被废弃了，不知道他是从哪里找到的。

"你说的组织，难道是……"

"对，就是新家园联盟！"

哈罗德下意识地后退一步，说："你疯了？逃离派一直在质疑政府，质疑科研院！"

"那是因为它们值得质疑！"室友郑重地说，"我以前浑浑噩噩，活一天是一天，加入联盟后，才有了活下去的勇气和毅力！"

新家园联盟是近几年兴起的民间组织，他们宣称开辟新家园才是解决高温危机的唯一办法，主张在宇宙中寻找合适的行星，进行全星球人移民。但在可探查的宇宙空间里，根本没有合适人们居住的星球，而且宇航的发展要耗费巨大的人力物力，以霍特星现在的困境，根本没有余力研制航舰。所以政府一直没有采纳他们的意见，而对此反感的人，更是直呼其为"逃离派"。

室友握住哈罗德的手，说："你听我说，政府把唯一的希望放在科研院是错误的，现在唯一能够拯救霍特星的，就是去宇宙寻找新的家园！而科研院的那些'智障者'，哦，简直愚不可及，全都在想破脑壳，想怎么能够发明降温的玩意儿——而这是不可能的，能量守恒就意味着功率不可能达到百分之百。你把屋子里的气温降低一度，外面就会升高两度！这颗星球已经没救了，科研院却还在自欺欺人！"

"但科学这种事，很难预料的。说不定有人能突破能量守恒的壁垒呢？或是别的什么玩意，能够改善星球的气温……"

"高温危机爆发已经有300多年了，科研院想出解决办法了吗？"室友用激动的语气给出了这个问题的答案，"没有！"他深吸口气，继续吼着，"相反，温度从以前的87度，上升到了现在100多度！他们在能源上面的大量消耗，加剧了气温的升高。"

最后，这场争论谁也没有劝服谁。

哈罗德还是跟以前一样刻苦学习，室友却不再逃课和沉迷游戏了，整天在学校里活跃着，劝说其他人也加入新家园联盟。

一天下课后，哈罗德路过广场，看到许多学生挤在一团。他走上前，从别人的窃窃私语了解了大概：室友为了吸收成员，把新家园联盟的创始人请到了这里，给学生们做演讲。

人群中间搭了个台子，联盟创始人站在上面，清了清嗓子。

哈罗德觉得声音有些熟悉，仰起头，看清了那个人——竟然是哥哥杰森！

自从哈罗德到学校后，就很少见到哥哥了。即使是假期，哥哥也总不在家，问他去干什么了也不说。哈罗德倒是乐得清净——他和哥哥的关系并不好，总被哥哥管着。当初，两人还为上不上学的事情大吵了一架：哥哥认为上学没用，哈罗德则坚持要学习知识进入科研院。虽然最后哥哥无奈之下屈服了，但两人的隔阂却怎么也弥补不上。

现在的杰森，已是身形魁梧，目光犀利如针。他俯视着学生们，侃侃而谈："……有些人把我们叫作逃离派，觉得我们在如此危急的关头，没有和他们站在一起想办法对抗高温。他们觉得我们不明事理，在捣乱，在起哄。但真正不明事理的，是他们！他们把希望放在新科技上，科研院耗费着所剩无几的资源，却没有一丝成果！"

哈罗德下意识地竖起耳朵，仔细听。

"从古至今，霍特星的温度就在升高。当然，同时我们也在进化——与古人相比，我们有了新的皮肤和体液，现在更能耐高温，更能抵抗强辐射。但遗憾的是，在自身进化与环境恶化的搏命赛跑上，我们已经开始落后了。"杰森举起手，指向天空，初春的阳光披在他身上，似乎随时要将他熔化，"你们看头顶上方的太阳，这颗恒星，这个恶魔，正在逐渐把我们的星球向它拉去。温度以难以想象的速度上升着，最新的数据表明，20年后，我们都会成为肉干！"

"而唯一的解决办法，就是寻找新的家园！宇宙何其之大，星辰亿万，总会有适合我们生存的星球！而政府对这唯一的解决办法视而不见，他们的无作为，正在将我们一步步推向坟墓！"

学生们拼命地鼓掌，并发出愤怒的呼喊。

"加入我们吧，一起来拯救霍特星！"杰森伸出手，目光灼灼地看着演讲台底下的人们。

这极富感染力的演讲，让学生们蜂拥上前。室友崇敬地看着杰森，然后给同学们发放入会证。

"咦，哈罗德？"耳畔传来贝司的声音，"你也对逃离派有兴趣吗？"

哈罗德听出了贝司语气里的不悦。她父亲是参议长，一直在大力扶持科研院，她自然抵触新家园联盟。

"我只是路过而已，"他连忙说，"我依然相信科研院是我们的希望，而我的目标，就是加入科研院。"

贝司笑了起来，牵起哈罗德的手。

这时，杰森挤开围着他的崇拜者们，向哈罗德走来。他显然是隔着人群看到了自己的弟弟，满脸微笑，说："嘿，我才发现你。"

贝司皱起眉，问哈罗德："你认识他吗？"

哈罗德看了哥哥一眼，又看着贝司，摇摇头，低声说："不认识。"

他拉着贝司离开了人群。他知道哥哥在身后看着自己，但他没有回头。

临近毕业时，室友被开除了。原因是他私自组织集会，扰乱了学校的纪律。

他离开的时候，没有向任何人道别。

哈罗德回到宿舍，蓦然发现室友的床铺已经空了，而自己的桌子上，留着一张纸条。

纸条上写着一首诗：

我恨这个时代

这个时代的星球已经年迈

炽热的恶魔笼罩一切

蒸干了大海

撕裂了云彩

连空气里都是伤害

如果让我选择

我宁愿在出生之前就被深埋

我恨这个时代

这个时代的人们已经无法再爱

所有人都在高温中忍耐

忽略了老人

遗弃了婴孩

连美丽的她都排在视线之外

如果让我选择

我宁愿向着无尽的黑夜跪拜

......

哈罗德怔怔地看完这首诗，怅然叹息，良久无语。

4

哈罗德和贝司进行了一场毕业旅行。

那正是春夏交接之时，气温在以每天几度的速度飙升着。他们乘列车去往海边，一路上，看到原来葱茏的植物纷纷枯死，大地开始干涸，仿佛这辆列车带着他们驶离了春天。

他们到达海边后，更加感受到温度剧变的影响。

这里，白天炙热，阳光毫不留情地灼烧海面，蒸汽腾腾。而夜晚气温稍微一降，水汽就凝结在一起，浓云卷积，化为倾盆大雨。他们每晚都能听到哗啦哗啦的雨声，有时候哈罗德睡不着，就从黑夜到黎明听着雨声。

后来的一个中午，哈罗德正在休息，突然听到了一阵奇怪的声响。他循声而出，望向大海，透过浓重的蒸汽，海面在他眼中呈现出翻滚的姿态。

这不是风吹起的海浪，而是大海在沸腾。

整片海洋，都被煮沸了。

海面高低起伏，翻腾不休，不时有巨大的泡泡从海底升上来，在表面炸开，爆出轰然巨响。这景象一望无际，既浩渺，又令人绝望，哈罗德看着看着，竟幻想是一大群远古巨兽在海面上狂奔，引颈嘶吼，怒卷而来。

还没进入夏天，温度就已经高到了这个地步。

从海边回来后，哈罗德通过了毕业考核，顺利进入科研院。

但很快他就后悔了——这里跟他想象中的完全不一样。

在他印象里，科研院里的人应该都是精英，全都在埋头钻研，所有能解决高温危机的技术他们都不放过。他们应该蓬头垢面但眼露锋芒，应该身形佝偻但手指灵巧，应该不善交际而精通科学。

然而，这里笼罩着比高温更令人窒息的官僚作风。

许多研究员都不是通过正当途径进来的，他们无所事事，把从政府分配来的大量能源挪作私用。从上到下，无一不贪。资格越老，贪得越厉害，新来的研究员只能忍气吞声。

带哈罗德实习的主管甚至直接跟他说："这里跟学校不同，见到什么千万不要惊讶。这里有这里的规矩，先来后到，长幼尊卑……懂了吗？"

哈罗德其实不懂，但还是点点头。

哈罗德申请的科研项目是提高制冷仪的转化效率，开始时项目审批一直通不过。后来，经过主管的暗示，他咬咬牙，把自己的电量供给分成几份，送到了审批渠道中各个官员的名下。如此，他的科研申请才批下来。

几经周折，哈罗德终于可以静下心来做科研了。

这一年夏天，外面热死的人不计其数，大街上每天都会多出很多尸体。而哈罗德则待在实验室里，潜心钻研。

一年后，他终于开发出了优化制冷系统。这套系统能收集机器的散热，进行热能循环，大大减少了耗能。最终的测试结果显示，新系统的能源利用效率，由原来的67.866%，上涨到了前所未有的69.352%。

这是300多年来涨幅最快的一次。

主管起初不敢相信，直到检核数据测出来后，才揉揉眼睛，激动得浑身颤抖。他握着哈罗德的手，声音里带着哭腔，说："这是震惊世界的进展，虽然不到两个百分点，但可以节省下难以计数的能源……我替整个霍特星感谢你……终于，我们终于有了一个真正的研究员。"

说完，他弯下腰，很久都没有直起来。

哈罗德从未见到主管这么诚挚和激动，有些不知所措。

"你放心，我亲自去跟参议院汇报，一定要让你的新系统尽早量产。"

很快，科研院就公布了一份报告，详尽地阐述了新系统的原理和应用前景。报告的内容与哈罗德的实验记录一模一样——除了，署名是主管的名字。

主管被授予科研院的最高奖项，拥有5倍于普通人的用电额度。政府将他的头像发在官网上，冠以英雄之名，饰以荣耀之辞。

看到主管头像上的那一脸正派，哈罗德突然想起了他曾对自己说过的话："这里有这里的规矩……"

但真正让哈罗德下决心离开科研院的，是后来发生的一件事。

贝司要结婚了。

"对方是参议员，"贝司说，"现在逃离派的势力越来越大，爸爸要稳固地位，希望通过他来拉拢其他人。"

哈罗德悲伤地问："那，你是怎么想的呢？"

"你知道的，我想跟你在一起。"贝司轻轻抚摸哈罗德的面庞，似乎要把他脸上的悲哀抹去，"但是你在科研院里一年多了，还只是普通的研究员，我父亲是不会同意我们在一起的。"

"可是，我研发了新系统！"

"我相信你，可是，别人会吗？"

哈罗德沉默了。

他的沉默伴随着软弱。他没有能力夺回自己的研究，事实上，在他心里，研究报告署谁的名并不重要，重要的是霍特星能够因他的努力而得以喘息。但他没料到，他的这种软弱和随意，使贝司离开了他。

贝司走后，哈罗德消沉了很久，终日躺在床上。

直到一个电话打过来。

"谁？"他无精打采地问道。

"是我，你的哥哥。"杰森的身影被全息屏幕投射出来，他定定地看着哈罗德，"我听说了你的事情。"

哈罗德不知说什么好。自从经历那次学校演讲后，两人再也没有联系过，他以为哥哥不会原谅他，而且哥哥那么忙。但现在，一听到哥哥的声音，他就有些哽咽。

过了很久，杰森说："现在，你知道科研院不配承担起人们的希望了吧。过来跟我们一起干吧，我们需要你，你也需要我们。"

5

杰森组织了一场游行活动。

与多年前的集体自焚不同，这次示威更有谋略，而且声势更加浩大。网络、纸媒和社区媒体，都为他们所用，新家园联盟近百万的追随者倾巢而出，拥堵政府门口，轮番进行激昂演讲。

不久之后，政府终于扛不住，与杰森谈判，最终决定成立"外星球事务局"。

这个机构是双方妥协的产物，它主要负责搜索来自外太空的异常信号，从而辨别外太空是否有能够孕育文明的星球。政府承诺，如果发现了宜居星球，就考虑星际移民的事情。这其实是一个空口承诺——宇宙空间广阔，星辰众多，就算有外星文明向宇宙发射了信息，也很难被霍特星接收。即使那些信息突破重围来到了这里，但众所周知，宇宙里布满了各波段的信号和辐射，喧嚣繁杂，几乎不可能被过滤出来。

但对杰森来说，这是政府的第一次让步，他不得不接受。

哈罗德主动要求负责外星球事务局。

"你要想好，"杰森说，"这份工作一点儿都不轻松，任务重，而且很乏味。政府只拨了一个20台的雷达矩阵，功率不大，所以更要时时刻刻盯着，不放过任何可能被接收到的信号。"

"嗯，我知道。我想为联盟做点儿事情。"

"好吧。"

除了哈罗德，杰森还派了几个人——其中包括哈罗德大学时代的室友，来辅助他完成工作。

刚开始，人们对这个新成立的机构很感兴趣，每天都有人来询问监测异星文明的情况。但每次人们都会失望。

那些在宇宙中跋涉前行的信号，数不胜数，全被雷达矩阵接收。事务局里的人，没日没夜地把数据分离出来，分析，记录，然后得出"该信号无意义"的结论。

第一天，分析，记录，"该信号无意义"。

第二天，分析，记录，"该信号无意义"。

一个月后，分析，记录，"该信号无意义"。

半年后，分析，记录，"该信号无意义"。

……

这种工作状态，比杰森描述的更加枯燥乏味。每天都是对着监测仪，看着流水般的数据涌过，看多了，甚至觉得那些数据就像是自己正在消逝的生命。

渐渐地，连事务局的成员都开始失望和懈怠。

一年后，有两个成员因为忍受不了这种孤寂无望的生活，离开了事务局。

"你们怎么能轻易放弃呢？"室友拦住他们，苦口婆心地劝道，"我们加入的时候，就知道会是这种情况的。寻找外星文明，是漫长艰辛的道路，要想成功，就要付出巨大的牺牲。我们都是发过誓的啊！"

"可是，这也是一条没有尽头的道路。"一个要离开的成员说，"我们没有勇气继续走了。"

说完，他们推开了事务局的大门。

从头至尾，哈罗德都是在一旁看着，没有说话，也没有表情。

"这……"哈罗德的室友看着他们离去的背影，又看了看哈罗德，"这怎么办？"

"算了，人各有志，勉强不来的。"哈罗德叹口气，又坐到监测仪前，"开始工作吧，现在我们的任务更重了。"

其间，贝司也给哈罗德打过电话，劝他离开事务局。

"我知道这个外星球事务局。"她恳切地说，"爸爸跟我说过，他们批准成立，只是给逃离派的人做样子看。霍特星很早以前就停止了航天技术的发展，而且以现有的资源来看，已经不可能进行大规模移民了。倾尽全球之力，也只能建造几艘有星际航行能力的飞船！我们估算过，就算找到了宜居星球，也没办法让所有人住过去！"

哈罗德看着她的全息影像，几乎要失神。多年前那个雪夜里的记忆再次浮现。

贝司上前两步，虚拟的影像与哈罗德的身体有了重合，仿佛在拥抱彼此。她说："听我的，我能让你重新回科研院。我可以去求我爸爸。"

他低着头，良久，轻轻摇了摇头："有些事总是要做的。这颗星球迟早会毁灭，我们不能坐以待毙。就算没办法让所有人移民，但只要发现了希望，就还有让大家活下去的可能。"

"难道这份工作有意思吗？"

"不，它相当枯燥乏味。其实很多时候，我也想过放弃，但又总觉得继续做下去就会成功。"哈罗德眯着眼，慢慢地说，"就像一个人赶夜路，看不清周围，只有前方有一点亮光，似乎很近，其实远在天边，可能一辈子都达不到。但你还是要走下去。"

接下来的好几分钟里，房间一片沉默。全息屏幕里的贝司咬着牙，表情哀伤，最后，她轻轻地啜泣起来，按灭了通话窗口。

"祝你幸福。"哈罗德无声地说，然后长长地呼出一口气，仰躺在椅背上，手指头敲击桌面。嗒嗒嗒，嗒嗒嗒，寂寥的声音在屋子里回荡。他闭上眼睛，什么都不去想，就这么躺着。

室友走进屋里，准备向哈罗德汇报工作，但他又立刻退出房间了。

因为他看到，哈罗德正躺在椅子上，无声地抽泣。

5年后，室友也离开了事务局。

那是在一个盛夏的晚上，偌大的办公室里，只有他们两人在工作——其余人早在这几年间走光了。

空气燥热，屋子里机器的嗡嗡声持续不断。

屋外面时不时有人发出惨嚎，响彻深夜，又倏忽间断绝，似乎被刀

子斩断。

夜很黑，透过窗子看不到夜空中的星星。

"对了，我要告诉你一件事。"室友突然说。

哈罗德正把信号从检测仪里导出来，一边输入指令一边说："说吧。"

"我明天不来这里上班了。"

"嗯。"哈罗德头也不抬，看着电脑把信号拆解为数据，然后用软件查找里面的规律。

室友以为哈罗德没听见，又重复了一遍："我是说，我以后再也不会在事务局里帮你了。"

"我知道。"

室友满脸惊讶，很久之后又释然了，说："你早就知道我要离开，是不是？"

"这条路，不是那么好走。我都不知道自己什么时候会放弃。"软件分析的结果表明，收集到的这阵信号又是杂乱无章的，没有意义。他叹了口气，轻轻地揉按眼睛，"所以，任何人要走，我都能够理解。"

"本来，我是想把这一生都奉献出来的，但是，我高估我自己了。"室友自顾自地说，"这种枯燥压抑的生活，每天都在重复，都快把我逼疯了。还有宇宙——这该死的宇宙，跟集市一样喧嚣，充斥着各种信号，都被雷达接收了，可全都是杂乱无章的……有时候我自己都觉得耳边嗡嗡地响，像是外星人在低声说话，告诉我他们在哪里——可是我每次都听不清！"

哈罗德静静地听着。他知道室友这番话，其实是在对他自己说的，所以哈罗德不需要回应。

"单调枯燥的生活我都能忍，但是，我看不到希望。可能几十年或几百年之后，情况还是跟现在一样。"

"嗯，"哈罗德点点头，"能找到外星生命的概率太小了。"

"所以我要放弃了。"室友突然上前，握住哈罗德的手，提高音量，"但你不能！你答应我，你一定要坚持下去。虽然只剩下你一个人，没有陪伴，也看不到尽头，但这条路总要有人坚持走下去。"

哈罗德沉默，过了一会儿，说："不在事务局工作，那你打算去做什么呢？"

"我要去做一件很早以前我就应该做的事情。"

"什么？"

室友却没有回答。

这一夜，他们工作到很晚。屋外声息俱无，黑暗隔着窗子凝视他们，燥热的晚风发出沙沙声响。哈罗德实在撑不住了，揉揉眼睛，说："我要回去休息了，你还不走吗？"

"这是最后一夜，我想多干点儿活。"

"好的，离开时关好门。以后……保重。"

"我会的。嘿嘿，难道我还能去死吗？"室友开玩笑说。

第二天，哈罗德推开门，就见到了室友的尸体。

他终于知道室友说的早就应该做的事情是什么了。

他叫人把尸体抬走，然后漠然地坐在监测仪前，开始记录数据。

哈罗德记起小时候上课，老师提到的"孤独"。

他很不解，问："老师，什么是孤独？"

"孤独，就是无人陪伴。"

"没人就没人呗，自己一个人也可以过得很好。为什么会感到孤独？"

"等你长大了，就会明白的。"

现在，哈罗德长大了，自己一个人在事务局里，终于尝到了孤独的滋味：空荡荡的屋子、无人认可的事业、爱情和友谊相继离去……幸好，他还有哥哥。

哈罗德经常跟杰森通电话。他很少说话，大部分时候，都是杰森在电话的另一头不停地讲。在谈话中，他知道新家园联盟已经逐渐没落——外星球事务局是政府的一步好棋，表面上妥协，事实上是给了人们一个无望的承诺。哈罗德距离收到异文明信号的日子遥遥无期，人们纷纷失望，最终也离开了联盟，继续原先醉生梦死的生活。

每次通话，杰森都比上一次更落魄。

"哥哥这边没有希望了，你要坚持下去。"结束时，杰森都会这么说。

直到有一次，哥哥的电话打不通了。

"不知道，"哈罗德找到杰森以前的下属，对方摇摇头说，"他是突然离开的，丢下联盟的烂摊子不管了……真不负责，现在整个联盟都散架了！"

后来哈罗德陆续听到一些消息，有人说杰森在荒野里自杀了，有人说他在星球上流浪，有人说在海水被蒸发殆尽的海沟里见到过他的身影……

再后来，哈罗德彻底失去了哥哥的行踪。

这时，他才真正感受到了深入骨髓的孤独。

6

在霍特星，10年是很长的时间概念。

当贝司出现在新闻画面里时，哈罗德看见了她眼角一缕细细的皱

纹，才恍然惊觉已有10年匆匆而过。他叹息一声，躺倒在椅子上。

屏幕里的贝司满面哀伤，在一片宽慰声中沉默着。她面前，躺着她的丈夫，浑身焦黑。那个年轻健壮的参议员，现在毫无生气。

他是在火山抢险中丧命的。这10年，霍特星的温度又上升了近10度，几乎逼近生命圈的临界值，除了越来越多的人忍受不了高温而自杀外，还出现了额外的灾难。火山就是其中之一——积蓄在星球内部的热量争先恐后地喷薄出来，熔岩肆虐，毁城灭国。

哈罗德怔怔地看着屏幕里的贝司。

"嘀，嘀嘀，嘀嘀嘀嘀嘀嘀嘀……"

背后突然响起了监测仪的呼叫。

监测仪连接着雷达矩阵，如同竖起的耳朵，时刻聆听来自宇宙的声音。哈罗德刚进事务局时，仪器的指示灯从未灭过，他都快被逼疯了。后来他把阈值调高，只有遇到依循某种规律的电波才会提示，但饶是如此，仪器还是隔几分钟就响一次——规律是个模糊抽象的词语，大量电波符合这个条件。

最初，哈罗德对待每一条提示信息都很认真，但很快这种认真就被一次次失望冲淡了。现在，他犹豫了一下，没有回头。

屏幕画面里，贝司的身影依旧柔美，她说："我以他为荣，他的牺牲是有价值的。"

指示灯还亮着，嘀嘀不绝。

哈罗德这才意识到不对劲：即使有误报，也不会持续这么长时间。通常监测到的信号，只有零点几秒，稍纵即逝，但现在，指示灯几乎响了1分钟之久。

哈罗德猛地转身扑到仪器前，屏幕上有大批量的数据"涌"出来，即使是以肉眼，他也可以看出那些数据简直有着诗歌一样优美的韵律。

"是语言……"他喃喃自语。

事务局成立10年后，终于收到了来自外星球的信息。

宇宙中的朋友，无论你是谁，无论你在哪里，无论你以何种形态存在，都请允许我致以问候。

这条信息来自地球——位于银河系螺旋翼内侧边缘猎户座旋臂上，距银河系中心约2.6万光年。

这是一颗美丽的星球，与恒星的距离恰到好处，因此孕育出了春、夏、秋、冬四个季节。这里有树和草，有大海和高山，有飞鸟和游鱼……当然，还有我们。

我们是地球上的居住者，自称为"人类"。起初，我们是原始海洋里的浮游生物，在自然选择下，经过漫长岁月的演变，最终成为智能生物。我们遍布整个星球，建立了200多个国家，接近100亿人口。

我们拥有几千年灿烂的文明历史，创造了文学、戏曲、音乐、舞蹈等艺术，还从蒙昧的石器时代开始，以强烈的好奇心和探索欲，对自然的种种规律加以钻研。到现在，我们的科技水平已经发展到原子层次。

不知道正在看这条信息的你，会不会对以上的描述嗤之以鼻。是的，或许我们的成就远远落后，在你们看来不值一提。

但我们引以为傲。

……

我们从未放弃过寻找宇宙中的其他文明。从古人开始，我们仰望星空，好奇是否有神仙居住其上。这种幻想促使了我们向前进步。后来，我们向外空间发射了诸多探测器，还有无衰减信

号——你现在看到的，就是其中之一。

我们希望得到回应，证明在这茫茫宇宙中，我们并不孤独。

事实上，在我们内部，也有人反对，认为宇宙是黑暗的丛林，遍布猎手。你——或者其他异文明，会给地球带来威胁。他们希望人类安居一隅，永无声息。

但地球只是人类生命的摇篮，摇篮只适合婴儿。而我们已经成长，需要更广阔的空间。我们相信宇宙不是一片沉寂，而是充满生机。

我们也相信，所有千辛万苦进化出的文明，都爱好和平。

因此，如果你有兴趣，请来到地球做客，也希望你能带领我们到你的星球。

宇宙不是丛林，是家园。

……

7

外星球事务局发布出来的消息，让整个霍特星轰动了。

那条被破译出来的信号，除了大段介绍地球人文和地貌的文字，还有精致的图片视频。人们传阅这份资料，每个字都仔细研读，每张图片都看了又看。到最后，他们熟悉地球更甚于霍特星。

因为，那里简直是天堂。

地球也分四季，但最高气温不会超过五十度，而且春花、夏草、秋叶、冬雪，光是照片上的景色就令人沉醉。地球人展现出来的文化盛世，更是可以和霍特星鼎盛时期的艺术创造媲美。

"我们要去地球！"

一直以来，除了自杀，人们从未在任何一件事上达成如此一致。

但政府不同意。

参议院首先是怀疑信号的真实性，但所有渠道的侦测都表明，这条信号确实是在宇宙中艰难跋涉了约200年才来到霍特星；然后他们宣布霍特星没有能力建造飞船，地球只是遥远的梦，但这一点随即被哈罗德识破了。

"以我们目前的科技水平和资源储备，完全有能力建一艘具有星际航行能力的飞船，"在与参议院的辩论中，哈罗德拍着桌子，大声说，"根据地球人给出的星图，霍特星与地球只有约200光年的距离，而早在航空学被禁止之前，我们就攻破了量子引擎和超空间跳跃等技术难题。"

参议长依旧冷着脸，似乎表情被岁月凝结，说："可是，建一艘飞船，最多容纳不超过百位船员——那其他人呢，还留在霍特星上等死吗？"

"只要能到达地球，我们就有办法。虽然地球的科技比我们低很多层次，才到原子水平，但那里资源丰富。我们可以把技术带过去，在地球人的帮助下量产飞船，然后回来接剩下的人。"

"你凭什么认为地球人会帮助我们？"

"正如地球人所说，他们爱好和平，而且热情待客。"

"哼，你别忘了，在他们的历史文化里，曾隐晦地提到了一种行为——战争。他们没有解释，但从历史的结果来看，那是一种为了利益而大规模互相厮杀的行为——允许我强调一点，是同类厮杀！几乎历史前行的每一个脚印下，都有战争的阴影。拥有这种品行的人类，会全心帮助我们？你太天真了。"

其他议员纷纷点头。

哈罗德却丝毫不慌，说："我考虑过战争。但他们杀人，与我们盛行的自杀，本质上没有区别。而且，我也要强调一点，我们和地球人的科技水平不在一个层次上，我们的飞船并不害怕一百亿野蛮人。我们会带着问候和武器，如果问候不能使他们提供帮助，那么武器就会派上用场。就像地球人的话，'入乡随俗'，我们也可以玩战争这种游戏，而且我们的胜算大得多。"

参议长张了张嘴，想辩解，却最终没说什么。其他议员也是一片沉默。

"何况，这是我们唯一的办法了。时至今日，难道诸位还把希望放在科研院吗？"哈罗德伸手指天，即使隔着墙壁，议员们也能感受到那轮炙热的太阳，"头顶，温度每天都在上升！脚下，熔岩也蠢蠢欲动。老实说，照现在的情况发展下去，我们还能撑多久？100年，200年？不，我想50年就已经是很乐观的数据了。到时候，就算星球不被熔岩吞没，我们也会自杀死绝！"

他走上前，把制冷仪关上。很快，议员们就热得坐不住了，纷纷低语，议论嗡嗡。

"我们创造出了高温这个恶魔，无力对抗，只能寻找新的家园。在我们被灭绝的前夕，收到了地球的消息，这简直是神的礼物！"哈罗德握紧拳，指节发出令人心颤的扭动声，"这是唯一的机会了！"

"可是，"参议长沉吟着，"代价太……"

哈罗德突然想起了杰森。要是哥哥在这里，他会怎么做呢？

他这样想着，手臂猛然斩下，声音几近嘶吼："同意建造飞船吧！

如果成功，整个种族都将走上全新的进化之路！如果失败，也只不过早一步进入坟墓——就让我们成为文明毁灭尽头的最后一块路碑吧！"

他的吼声在参议院里回荡。

"你先出去，我们商量过后再告诉你结果。"

哈罗德走出大门，在台阶上坐下。外面围着人山人海，长长的街道被拥堵得看不到尽头，阳光在他们银白的皮肤上流淌，似乎是一条光之河流。他压压手，阻止了所有人的询问。

这是一个漫长的下午，漫长到可以令人回忆起许多往事。他想起了那个晚上，他看到上千人在火焰中拥抱，最终被黑暗吞噬成灰烬；他想起了女老师那一声沉重的叹息，仿佛从年轻到衰老，只发生在这一声叹息间；他想起了那个冬夜，贝司穿过飞舞的雪花，穿过冷清的空气将他亲吻……

这些本该埋葬在岁月里的往事，此刻如同老旧的电影画面，一帧帧闪现。在令人窒息的高温和沉默中，哈罗德看到他的整个前半生倒流而过，无比清晰，仿佛正在眼前重现。

身后，大门缓缓打开，参议长消瘦的身影走出来。许多年前，他也曾这般走出，亲眼看着人们葬身火海而无动于衷。

所有人都盯着他的脸，等待他即将要说的话。

"即日起，暂停一切非航天类科学研究！所有资源，包括物质和人力，都将运用于星际飞船的研发上。"他像是被熔化在阳光里，但声音洪亮无比，"我们在地上挣扎了300多年，这一次，我们把希望放在星空里！"

8

舷窗外，一片空无，只在遥远的地方有星辰隐隐闪烁。

哈罗德正趴在窗子前，正在看外面的银河，突然发现玻璃上出现了贝司的倒影。

"这里真美，离星星这么近。"他背对着贝司，感慨说，"为什么以前就从来没人试过到宇宙中来呢？"

"超空间跳跃要耗费巨量的能源。这个技术刚刚被研发出来，政府就宣布关闭航空研究，因为哪怕试验一次，都要以几万人的生命作为代价。这5年，为了建这艘'新家园号'，至少有上百万人被活活热死。"

哈罗德转身说："但至少，其中没有一个人是因为自杀。"

两个人在无重力环境中飘着，彼此对视。

哈罗德并不想跟她争吵，好几次，他都要先开口道歉了，但话到嘴边又咽了进去。

这时，一个船员飘进来，向哈罗德说："船长，能量已经蓄满，跳跃点也已侦测完毕。请指示，是否跳跃？"

"嗯，准备就绪后，开始跳跃。"

几分钟后，整个船舱开始震动。贝司有些惊惶，哈罗德叹息一声，拉住她的手。

空寂的宇宙中，空间被扭曲撕裂，形成了一个巨大的洞口。飞船如游鱼一样钻进去，尔后消失无踪，似乎从未出现过一样。

从理论上讲，飞船进行超空间跳跃是不耗时的。但每一次跳跃都要进行全面检修，同时积蓄能量，以及精准地测定着落点的位置，以免使飞船陷入陨石群或黑洞领域。所以，按照预计，飞船到达地球的时间最短也需要3年。

而实际上，霍特星人要等待的时间更长。

在第三次跳跃时，飞船就出了故障——由于能源不足，空间洞关闭时飞船还没有完全进入，所以飞船到达着落点时，船员们猛然发现飞船右侧的储物舱不见了。

宇宙的真实面目顿时展现在他们面前。右侧出现的洞，如同深渊巨口，疯狂地吸走空气，连带着把十几个人也吞噬了。幸亏哈罗德反应快，关闭了储物舱通道的门，阻止空气继续流失。

那十几个被卷到外面的人，在出去的一瞬间，内脏就被压强差挤爆了。他们的尸体漂浮在黑沉沉的空间里，将永远无着无落。

这次事故，让船员们志气大丧。哈罗德耐心安抚了他们，然后命令新家园号继续前行。

在行程中，哈罗德和贝司的交流多了起来。他想，感情真是一种奇怪的东西，隔了10年，居然还能在空茫茫的宇宙中重新萌发。

但4年后，从霍特星发来的一条消息——基于量子隐态传输的超空间通信技术，能让飞船和母星之间保持即时联络。而这条消息让他刚刚萌动的心又沉重起来。

"新家园号，很抱歉在艰难漫长的航行中，给你们送来了坏消息——高温危机比之前的预计更迅猛。母星上已经开始了火山群爆发，半个月前的灾难中，我们失去了全球近三分之二的人口。现在，幸存者聚集在一起，都在等待你们的归来。请继续前行。"

那一天，在离霍特星137光年外的新家园号上，全体船员举行了默哀仪式。

"跳跃，跳跃！"仪式结束后，哈罗德握紧拳头，"不顾一切地前进！"

然而，坏消息还在接二连三地传来。

"海已经被蒸干了，熔岩从海底涌出来，共计17座城市被毁……请继续航行。"

"我们把居住地移到了高原上，尚可撑一段时间。请继续航行。"

"不行……熔岩的流动让高原坍塌，我们不得不重新寻找居住地。请尽快回来接我们。"

"莎莲娜，你在吗？我是斯科特……我可能熬不下去了，外面都是岩浆。到了新星球，你要好好活下去。"

哈罗德一愣，随即明白这是有人私用通信设备跟飞船上的人联络。他沉吟着问道："莎莲娜呢？"

"那次跳跃事故中，有17人被吸到外空间里去了，"贝司小声回答，"其中就包括莎莲娜。"

哈罗德无声地叹了口气。

贝司走上前，拟好了回复："我很好，斯科特，我们很快就要到达地球了，你要坚持活下去。等我回来。"

然后，她用询问的眼神看着哈罗德。

哈罗德点点头。

前进，前进，不顾一切地前进。

飞船在空间洞里穿梭，像虫子撕破一张张纸一样，不断突向外围。星云在它远处流转，恒星碰撞所爆发的光辉照耀着它，黑洞试图用引力

拥抱它……这一切，都阻止不了它逼近地球。

终于，在启航的第7个年头，疲惫不堪的新家园号进入了太阳系。

"我们可能是亿万年以来，这个星系的第一位来访者。"哈罗德看着舷窗外，太阳的光辉布满整个空间，"不知道那些地球人看到我们了，会怎么想。"

"保险起见，先通知地球人一下。"贝司说。

"嗯，这一点我们早就想过了。我们逆向研究了那个信号，知道地球人发射信号的制式和频率。"

哈罗德发出的问候是按地球人的文化习惯而写的，表明了来访者的身份，以及来此的缘由。当然，在问候的结尾，还特意加上了"我们为和平而来"这一句。

他们停泊在一颗气体行星的轨道上，静静等待。

然而，没有回应——这很反常。外星来客是轰动地球的大事，他们或许会欢迎，也可能表现敌意，但无论如何，不应该是一片沉默。

太阳10次升落后，哈罗德决定：直接去往地球。

流浪了7年的新家园号再次启动，拖着伤痕累累的身体，带着满怀期待的人们，向最终的目的地驶去。

哦，地球，人们眼中的天堂，霍特星幸存者们唯一的希望，正在一点点靠近。哈罗德想着，心怦怦地跳了起来。

但那颗星球逐渐出现在视野里时，哈罗德突然意识到情况有些不对——在那些照片和视频里，地球的远景是蔚蓝色的，如同镶嵌在黑色宇宙背景里的蓝宝石。

但现在，舷窗外慢慢变大的星球，竟然呈现出一片暗灰色。

"怎么回事？"其他船员显然也发现了，议论纷纷。

"不管怎样，我们都要下去看看。"哈罗德沉声说。

在靠近地球的卫星轨道时，飞船开始减速。"你们看，"一个船员指着外面，声音里带着惊惶，"那里！"

顺着他的手指，人们看到了诡异的景象——一个破碎的空间站。空间站的残骸缓缓飘荡，随着地球的自转而运动，像是一具早已死去的尸体，正在无声地诉说着什么。

"只是地球人遗弃的宇宙垃圾而已。"贝司安慰说。

飞船一头扎入地球大气层，外壁与空气摩擦出剧烈火花，船员们的视线全被挡住。他们扣好安全带，身体逐渐感受到了引力的作用——时隔7年，身体终于摆脱了无依无靠的漂浮感。

引力让故乡从遥远的记忆中浮现出来。一些船员忍不住哭了。

一切都很顺利：飞船启动反向推进器，平稳着陆，扬起了漫天的灰尘。

舱门缓缓打开，穿着防护服的船员们走到外面。

哈罗德看了一下温度表，是一个很适宜的数字。他的心这才安定一点。他提醒其他人留在原地，等尘埃重新落回地面。

足有10多分钟，漫天的风沙灰尘才散开，视野渐渐清晰。

哈罗德愣住了。

这是一颗早已死去的星球。

曾有的青山绿水消失了，曾有的勃勃生机灭绝了，这里，只有灰烬和残骸。整个大地都是苍灰色的，山体倾圮，海洋干涸，破碎的城市以令人触目惊心的姿态展开，一直延伸到视野尽头。

除此之外，地面上随处可见原住民的尸体。它们堆叠着，没有丝毫腐烂，有些伸手向天，有些兀自睁着眼，有些张大嘴，似乎在呐喊着什么。这些姿势都被固定了——死亡来临的那一刻，肯定突然而迅猛。

风缓缓地刮过这片毫无生气的土地，带着铅灰色的云层一块儿移动。太阳的脸隐在云层后，模糊不清，似乎在叹息，又似乎在嘲笑。

这里不是天堂，是墓场。

"我们来迟了……"贝司看着辐射探测器上飙升的数据，轻轻地说，"这里使用了某种核能武器，整个星球都被毁灭了。"

"是谁干的？"有人问，疑问的语气里带着绝望。

哈罗德蹲下来，打量着脚边的尸体，半晌，才叹息道："是地球人自己。"

"为什么呢？"

"战争……"哈罗德把那具尸体上的管状武器拿起来，又扔在一边，"你忘了吗，地球人的历史里处处有战争的影子。原因已经没人知道了——也许是为了资源，也许是为了权力。我预计到了战争的危害，但没有料到，地球人会疯狂到把整个星球都毁灭，让自己和敌人同归于尽……"

提问的人愣住了，喉咙里发出嘶嘶的怪声，好一会儿后才断断续续地问："那……那我们……现在怎么办呢？"

"我不知道。我们千辛万苦来到了地球，却只见到一个巨型坟场……没有人帮我们建造飞船，我们的燃料也不够支撑新家园号回到母星……"哈罗德声音苦涩，艰难地说，"对不起，各位，霍特星最后的希望也破灭了。"

几十个船员都沉默了。

不知过了多久，一个船员猛地发出疯狂的喊叫，同时撕开自己的防护服。有毒的空气和致命的辐射顿时笼罩了他。他捂住喉咙，痛苦地颤抖着，随后跪倒在地上，一动不动。

其他人纷纷效仿——霍特星人其实很脆弱，一旦丧失了希望，他们就会选择结束生命。很快，地上就多了几十具尸体。

哈罗德和贝司孤零零地站着。有风吹过，舔着大地，沙沙的声音响起来。贝司明明知道风吹不到自己，还是觉得冷，冷得浑身发抖，冷得缩起手臂。

哈罗德抱住她。

太阳西垂，天际有血色的云霞，像是天空裂开了巨大的伤口，流出血来。

"母星怎么样了？"

贝司摇摇头，说："上一次通讯时，熔岩已经吞没了整个高原，幸存者的数量不足100万。我想，他们撑不过10年。"

"但只要活着，就还有希望。"

"不，对于他们来说，要有希望，才能活着。"贝司看着满目疮痍的土地，"但他们的希望已经破灭了。"

"所以，我们需要给他们做最后一次报告。"

哈罗德走进飞船，在通讯器上写下一条信息。贝司在他身后安静地站着。

"好了，"哈罗德完成后，把信息发了出去，转身对贝司说，"现在，整个世界只剩下我们两个了。不会再有任何人任何事打扰我们。"

他们并排坐在一个山坡上。

夕阳在他们的视线里下沉，暮色四合，周围起了风，沙子摩挲的声音有如挽歌。黑暗渐浓，四处弥漫，将地球上最后两个客人的身影吞没。

"我们来到了地球。这里的人很热情，他们用歌声和笑容欢迎我

们的到来，并承诺尽全力帮助我们建造飞船，将母星剩下的人接到这里来。他们会给我们一片丰饶的土地，让我们成为邻居。那片土地温度适宜，天空纯净，地面上满是美丽的树和花，还有枝头栖息的会唱歌的鸟儿……"

这条谎言信息被通讯器发出。它将穿过200光年的茫茫宇宙，到达另一个星球，给幸存者们以活下去的希望。

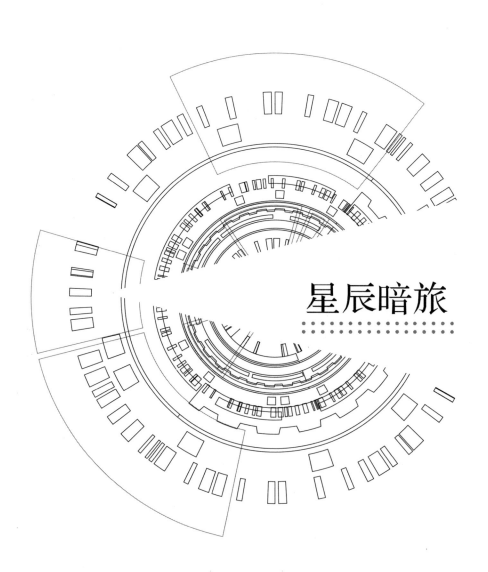

星辰暗旅

7月，我从地球出发，沿着安琪号的航迹，几乎寻遍了大半个联盟疆域。我搭乘各式航舰，在宇宙间穿梭。有时候飞船里很拥挤，形形色色的异星人混在我周围，他们谈笑唱歌，他们痛骂打架；有时候客舱里空旷死寂，我独自趴在观望台前，外面群星闪耀，星河流转……

　　后来通过宇航署的人脉，我弄到了安琪号的路线图，于是提前赶到了古斯特星。终于，在古斯特星唯一的港口里，我看到安琪号自天空缓缓降落。巨大的舰身悬停在泊位上，舷梯连接好后，一群船员鱼贯而出。我仰着头望过去，六轮恒星在天际初露峥嵘，光线在舰侧勾勒出明亮的光弧。我的眼睛眯成一条缝。

　　当那个穿着旧风衣、戴着不合时宜的斯泰森毡帽的男人走上舷梯时，我终于长长舒了口气。

　　这正是我要找的人。

一

　　"你要采访我？"威克接过证件，边看边念，"张紫，《星旅人日报》实习记者……"

　　"很快'实习'这个前缀就会消失了，"张紫把记者证拿回来，小心地放进包里，"只要我把对你的采访写好。"

威克拉低帽子，转身看了身后的安琪号，船员们正在卸货，优质烟酒会被运往港口的各个酒吧。捕鱼周还未开始，所有人都只能窝在港口，烟酒会是最好的消遣。"我只是一个普通的船长，没什么好采访的。"威克转身走向安琪号。

张紫连忙走快一步："不，你的安琪号是联盟里最著名的雇佣舰之一，你的历险航迹一直被人称道。你到过的很多地方，连科考队都不敢靠近，暗域、死亡峡——"

威克停下，皱起眉头："不要拿百科里的资料来糊弄我。而且，显然你没有听出刚才我话里的意思，我不想被采访。上一次，也有一个女记者说要采访我，结果3天后她套出了我的事情，然后把我所有的负面事迹报道出来了。到现在我还被船员们嘲笑着。"

"放心，我不会——"

"嗯，我也相信你不会对我做什么，你，"威克挑了挑眉毛，"即使在东方女性中，你的身材还是太普通了。"

张紫脸一红，大声说："我是说，我不会那么狭隘地报道，我是一个有专业素养的记者！"

"实习记者。"威克补充，"况且，我现在很忙，有大量的货物要运送，捕鱼周开始后我也要去环海捕晶鱼，这可是一大笔收入。比起采访，我对赚钱更感兴趣。"

"我不会耽误你的时间，我只是跟你上船，了解、记录你的生活就可以了。"

"不行，我的船上不能有女人！"威克说完便走，走了几步，都没有再听到张紫的恳求。他有些纳闷，这个实习记者看上去不像是这么容易就放弃的人。威克犹豫地停下，扭头看见张紫正站在原地，不顾周围

涌动的人流，右手在便携记事本上跳跃点击，看起来是在打字。

"你在写什么？"威克没来由地心里一紧，走过去，他比张紫高出整整一头，很轻易地看见了她打出来的字，"仅见一面，威克船长的傲慢与荒诞就体现无疑，他敛财成性，并暴露出了对女性的强烈不满……嘿，我说，你这是在干什么！"

"写对你的采访，"张紫头也不抬，"既然不能直接了解你，就只能凭印象来写了。"

威克把泰森毡帽摘下来，左手揉捏帽檐，过了很久，他问："你写的这些，会刊登出来吗？"

"当然，读者都喜欢看这样的报道。"

"那你跟我上船吧，写些其他的。"

安琪号的规格属于联盟二等舰，体形硕大，张紫站在下面，如同蚂蚁在仰望着成年鲸。"上来吧。"威克领着她，自升降梯进入安琪号内部。里面大都由轻金属材料构建而成，几乎没有装饰，充斥着原始的金属冷感。张紫不时扭头张望，墙壁像镜子一样映照出她的影像。廊道和连接桥纵横错落，货物在传送带上有序地滑动。来往的船员都向威克致敬，威克以点头做回应。

穿过长长的廊道，他们来到高级船员休息区，威克耸耸肩："从现在开始，你就要跟我们住在一起了。"

"我不能有自己的房间吗？"张紫说道。

"嘿，小姐，你以为这里是哪儿，地球度假村？"威克鼻子哼出一声轻笑，"安琪号是运输舰，里面的设计都是为了能够获得最大的运输量！即使是我的高级船员，也只能挤在一个破罐子里住，我得先给你说清楚，这些家伙可不会像我这么斯文，你要小心了。"

说完，威克一脚踹开门，大声说："嘿，兔崽子们，我给你们带客人来了！"

待看清威克身后的人，船员们都露出笑容，口哨声在每个角落里响起。"嘿，我知道你们很久都没遇见过女人，但我要提醒你们，这是我的客人！你们要是敢用一根手指头碰这位女士，我保证，很快你们就要怀念曾经有手的日子！"威克严肃地说，这番话起了一点作用，所有人类籍的船员都收住了暧昧的笑，但剩下的依旧嚷着。

一个斯科星人挥舞着手爪，不忙地叫道："要是我不小心碰到她了怎么办？"

"噢，亲爱的阿利，我依然会把你的8只手全部砍下来，一个月后它们会再长出来，那时我再砍一遍。"威克盯着它，"尽管我知道你是雌雄同体，这位女士不会让你分泌任何有快感的激素，但我还是要那样做。"

然后整个休息区都安静下来了。

威克把张紫带到休息区最里面，那儿有张空床，"喏，这就是你休息的地方了。"他说。

张紫感到很不自在，周围几十道目光肆意扫过来，混杂着各种意味。她有种糟糕的感觉。她坐到自己的床上，左右看了看，突然抓住威克的手臂，"不，我不能住这里……"她犹豫了一瞬，咬咬牙，"带我去船长卧室住吧，我，我睡沙发都行！"

"你现在正在船长卧室里，我的床就在你旁边。对我来说，沙发和床是同一件东西。"威克躺到与张紫相邻的床上，两手叠在脑后，舒服地闭上眼睛，"我说过了，这里所有的设计都是为了保障最大运输量。"

船员们哈哈大笑。张紫红着脸，把行李塞到床下，然后低头在记事本上打字。她尽量不去想自己正身处于几十个粗鲁的船员中间。

二

所幸这种情况没有持续很久，几小时后，威克把她带到了安琪号外面，向港口的酒吧走去。随行的还有那个叫阿利的斯科星人，它有8只触手，但依然慢吞吞的。

酒吧里聚满了打发时间的船员，喝酒说笑，他们都在等古斯特人开放海域。这颗星球很保守，捕鱼周开始之前，任何人都不能进入星球内域，只能在这个狭小的港口里等待。威克3人走进去的时候，里面正吵吵闹闹的，然而看清威克的面孔后，大部分人都寂静了几秒钟。

"嘿，威克，你不是死了吗？"一个红色皮肤的坎特星人站起来，"我们听说你的船被星潮湮没了，没有一个人逃出来。"

"我也听说过这个消息。但是很遗憾，我和我的船都好好的。"威克从酒保那儿接过一杯黑啤酒，举杯示意，"况且就算死，也得在你把我的3000个联盟点数还给我之后。"

"都这么多年了，你还记得这点钱？喔，威克，你可真是个小气鬼！"

"我是不记得了。不过，"威克从宽大的风衣里拿出一个笔记本，张紫定睛看去，这个笔记本竟然是纸质的，纸页泛黄，上面密密麻麻地写着数字和字母，"这个玩意儿替我记着呢。"然后，他把酒杯举过头顶，大声道，"我运来货物，挣了不少。今天你们喝的，都算我身上了！"

所有人都笑了，他们站起来，把盛满泡沫的酒杯举向威克："敬威克船长！"

端着酒杯，威克跟认识的人打完招呼，然后他回到了张紫和阿利坐着的桌子上，脸色不变，笑笑说："嘿，小姑娘，你看，像这样慷慨豪迈的行为，你就可以写进去。"

张紫不置可否。阿利则拿着8个酒杯，同时往嘴里倒着烈性威士忌，根本无暇说话。

威克正想说什么，酒吧的门被推开，然后，整个酒吧都安静下来了。真正的、彻底的安静，仿佛场景突然从闹市切换到了幽坟。所有人的目光都汇聚到门口那些站着的黑影上。

十几个人站在门口，正冷冷打量着酒吧内众人。他们约1.6米高，披着斗篷，黑色布料几乎把他们全身覆盖。张紫眯起眼睛，想看清这些人的面孔，但斗篷的帽子下面，是一片黑暗，似乎能吞噬视线。乍一看，他们像是没有躯体，而是一件件凭空漂浮的斗篷。这个联想让张紫不寒而栗。

"他们怎么看上去像鬼魂啊？"她问向身边的阿利。

"这就是他们被称作古斯特（鬼魂的英文发音）的原因。"阿利把头凑近张紫耳边，喷着酒气，"据说第一次发现这颗星球的，就是你们地球人，他们当时被这些披着斗篷的家伙吓坏了，以为这是鬼魂聚集的地方……"

"别说话了，阿利，把酒精排出来。要做正事了。"威克咳了一声。阿利浑身一颤，肌肤上绽开了无数孔隙，酒精汩汩而出。他很快清醒过来。

"出示，证明，以及，租金。"为首的古斯特人干涩地说。

古斯特人迈着怪异的步伐走进来，分散开，到每一个猎人身前检查

飞船证明。猎人们掏出证件来，递给他们。确定飞船的规格和功能没有问题后，古斯特人让猎人输入联盟点数，然后再发放捕鱼证。有几艘船舰因为规格太小，被拒发证件，那几个船长愤愤不平，用难听的言语咒骂着。古斯特人却像没听到一样，继续检查。

到了威克这一桌，阿利熟练地出示证明。安琪号的规格完全符合要求。然后，阿利让威克转过头，遮遮掩掩地输入密码，支付租金。

"瞧，知道我为什么要带这个8条腿的家伙出来了吧。"威克转过身，无奈地冲张紫摊摊手，"我虽然是船长，但所有的钱财都归他这个大副管理。"

"谁叫你上次跟别的船长打赌，一下子就把安琪号全押了下去。幸亏你没输，不然我就要失业了。所以你管安琪号我管钱，大家都放心。"阿利一边用不满的语气说，一边把捕鱼证收好。

拿到了捕鱼证的猎人们放松下来，开始说说笑笑。威克掏出一个银白色的圆块，比指甲盖稍大，对张紫说道："嘿，我知道你现在不想回船上，来，给你变个魔术解闷。"

"这是，"张紫惊讶地看着那银白的圆块，"这是古地球时期的硬币，你怎么会有？"

阿利喷出一口气，说："你要是看到了船长的收藏，会更加吃惊的。从毛笔这么古老的玩意儿，到最近3个月才发布的潜伏装，他都收藏着。"

"可是安琪号不是只追求最大运输量吗，连船长休息室都没有，怎么还会有收藏室呢？"

"哦，确实没有收藏室，我的藏品都堆在我床下面，男人嘛，不拘小节——看好！"威克接过话头，拇指一挑，硬币凌空翻起，在空中旋转数秒后落向玻璃桌面。"叮"，硬币碰到桌面，他闪电般伸出右手，

将硬币覆盖。他的左手伸到桌子下，隔着桌面与右手重叠。

"现在猜猜硬币在哪只手里？"

张紫知道，按照魔术逻辑，硬币应该穿过桌面到了威克的左手里。但她想了想，决定满足一下威克，于是一脸疑惑地说："不是应该留在右手里吗？"

"哈哈！"威克果然愉快地笑了，他把手拿开，两个掌心里都没有硬币。

阿利不屑地哼了一声："无聊的地球人，这种靠欺骗视觉的把戏也拿出来玩……"

"魔术是一门艺术，真可惜你们斯科星人不能欣赏。说不定连古斯特人都能够理解。"威克说完，拉住路过的一个古斯特人，"我给你表演一个魔术吧。"

古斯特人静静地站在桌子旁，没有说话，但也没有继续走动。于是威克从风衣口袋里又拿出一枚硬币，把刚才的魔术表演了一遍。古斯特人继续沉默。"你看出这个魔术的原理了吗？"威克问。

"没有。"

"那你想知道它的原理吗？"

"不想。"古斯特人发出干瘪的声音，然后飘向别的桌子。

阿利发出胜利的笑声："看吧，古斯特是二级文明，科技程度在联盟里也排得上前十了，他们也对你的把戏不感兴趣！"

威克不死心，又拉住了几个古斯特人，一遍接一遍地演示那个魔术。他玩得不坏，然而得到的答案都是相同的，古斯特人没有看出原理，却也不想知道原理。

演示十几次之后，威克停了下来，皱起了眉头。

三

安琪号在高空中航行，褐色的原野在它身下展开，无边无际。张紫趴在窗子前，明亮的光线透窗而入，照在她脸上。她的皮肤在强光下显得有些透明，血管都能看见。

"小心。捕鱼周期间有六轮恒星照着古斯特，会有很多种射线。虽然检测了对人体无害，照久了的话，还是会灼伤你的眼睛。"威克走到他身边。

此时古斯特人已经开放环海，供飞船前去捕捞晶鱼。但他们规定了从港口到环海的路线，而这条线上全是高山和原野。飞船航行其上时，完全看不到古斯特星真正的风貌。

张紫查过，古斯特星在联盟资料库是空白的。唯一有记载的是，十几年前，一艘地球舰在航行时收到了一串信号，他们循着信号找到了这颗星球。迎接他们的，正是那些鬼魂一样披着黑斗篷的古斯特人。最初的惊吓过后，他们被古斯特人展现的卓越科技所折服。随后古斯特人像殷勤的巫师，把地球人带到了环海，告诉他们，在环海里有一种美味的鱼类。地球人于是捕上一条，品尝之后都赞不绝口，并将鱼肉带回去。此后，捕鱼业在古斯特星蓬勃发展了起来。但保守的古斯特人只在六颗恒星合围的那7天里开放环海，并且拒绝参观，外人进入不了星球内部。在联盟神圣的《星球自治法》制约下，没有人了解过这个诡异的种族。

张紫向后方望去，安琪号后面跟着众多的捕鱼舰，排成长长的一列。舰队在地面投下绵延千里的影子。而古斯特人的飞行器在捕鱼舰队列脸庞巡弋，保证舰队有序地行进。

航行几十分钟后，捕鱼舰队到达了环海。海边站满了黑斗篷的古斯特人，密密麻麻，他们都沉默着。张紫联想到了地球上蚂蚁聚群时的场景，可蚂蚁不会这么安静。

检查过捕鱼证后，安琪号飞到碧波浩荡的环海上空，其余捕鱼船也或远或近地悬停着。

安琪号内部，威克对着船员们大声吼道："小崽子们，给我去把晶鱼捞上来吧！"安琪号底部的舱板滑开，露出整齐排列的方形洞口，数百架小型飞行器从洞口里飞出，在空中滑行一段后，纷纷扎进了海里。其余飞船也放出了飞行器，海面顿时喧闹起来，像炸开了的油锅。

十几分钟后，一艘飞行器跃出海面，它的下方挂着4根绳子。随着飞行器的升高，可以看出这些绳子是一张网的4个角线。而网里，某个章鱼类的生物正剧烈地挣扎着——它像成年象一样大，身躯呈半圆形，数十条触手透过网孔伸出来，惊惶地抽动着。它整个身体都是透明的，在海水中宛如琥珀。

这就是晶鱼，全联盟无人不知的鱼类，美味而昂贵。

越靠近海面，晶鱼的挣扎越缓慢。当渔网被拉出海面，它的触手顿时软绵绵地垂下来，不再动弹。

"见鬼！"看清那艘飞行器上没有熟悉的天使徽记后，威克捏紧拳头，狠狠捶了一下控制台，"今年的第一条晶鱼不是安琪号捕上来的！那群小崽子没一个争气！"他脱下风衣，整齐地叠好，把斯泰森毡帽反扣在上面，焦躁不安地在走来走去。

很快，其他舰只的飞行器也陆续携网而出，网里面都躺着晶鱼。安琪号的飞行器也载鱼而归，把晶鱼放到储存舱，驾驶员正准备再下海捕捞时，威克的命令下来了："你站着别动，这一趟我亲自去捕！"

"嘿，实习记者！"威克动身前，朝张紫抬了抬下巴，"要不要亲眼看看晶鱼是怎么被捕到的？"

威克操纵飞行器俯冲进海里，光线顿时被滤去，张紫的视野幽暗了许多。她站在玻璃板前，眼镜一眨不眨地看着外面的海水，不时有其他飞行器掠过，又迅速隐去。

飞行器以斜线轨迹下潜，径直潜入深海。有几次他看到3~4个飞行器在追逐一条晶鱼，但他没有加入，眉头都不抖一下。"你要去哪里？"张紫疑惑地问，玻璃外已经是一片幽黑，像一整块凝固的铁。

"去能捕到晶鱼的地方。"威克盯着显示屏，丝毫不在意深海带来的封闭感，"大鱼都在深海里。"

张紫把脸贴在玻璃上，努力去看外面的海水，但深重的黑暗隔绝了视线。她正要移开视线，一道幽影突然擦过飞行器，与她只隔着1厘米厚的玻璃。她吓了一跳，颤抖着指向玻璃，"有晶鱼……不，不是晶鱼，其他的鱼！"

威克头也不抬，"我知道。古斯特星跟地球很像，连空气成分都差不多，环海里自然也不止晶鱼这一种生物。别大惊小怪的。"

"那为什么不去捕？"

"因为古斯特人不允许。那些家伙只准我们捕捞晶鱼。"说着，显示屏上出现了几个绿点，"哈，这下就看我的了！"他连按几个按钮，飞行器前端伸出两个锥形突触，突触快速振动。几乎同时，屏幕上的绿点一下子散开，向四周逃窜。

"那是什么？"张紫指着突触。

"电磁波发生器。"威克简短地说，想了想，他解释道，"晶鱼没

有感官，只能靠电磁波来吸收能量及了解周围情况。它们喜欢短波，而长波电磁波对它们能起到惊吓作用。我现在发出的，就是波长最长的无线电波。"

张紫努力回忆理科知识，试图理解威克的话，几秒钟后她放弃了这种尝试。她想到了另一个问题，张口欲问。

"如果你想问我是怎么知道的，那我告诉你，我只希望这之后你能让你的嘴和我的耳朵休息几分钟。"威克死死盯住显示屏，手在操纵杆上来回移动，口里说道，"是古斯特人告诉我们的。"

飞行器加大功率，破开海水，迅速逼近逃窜的晶鱼。威克驾驶飞行器朝着显示屏上有两个绿点的方向追去，看准时机，他猛地按下发射键，渔网怒射而出，如手掌般张开，罩住了那两条晶鱼。

当威克拖着渔网升上空中时，所有的捕鱼舰都在公共频道里表示了惊叹，从来没人能一下子抓两条晶鱼。"瞧，丢出去的脸就应该这样抢回来。"威克得意扬扬地对那名被他抢了飞行器的船员说，随后他转过身，看着张紫，"在报道里，你可以把这句话写进去。"

四

由于6颗恒星的降临，整个捕鱼周里都没有夜晚。当傍晚对应的时间到来时，阳光依旧饱满炙热，尽管安琪号的储存空间和船员捕鱼的热情都还有剩余，但威克还是下令，让安琪号回到港口休息。

这一天他们的收获很足。古斯特人只是象征性地收取一点捕鱼税，其余利润都归捕鱼者所有。而晶鱼在联盟市场上的价格高得离谱，只要买卖得当，一条晶鱼就可以换取近3位数的联盟点。要知道，货币统一后，联盟点数的购买力很强，张紫做实习记者，一个月工资只有五百点数，就算转成正式记者，也才八百。

"很羡慕是吧？"威克晃动酒杯，难得地摆出一副郑重的脸色，"那是因为你不知道我的花费有多大。安琪号是二等飞船，每天消耗的燃料能支撑一个中等城市3个月的生活用电；我有500个船员，每个人都要发薪水，还要定期疫检，买保险……"

阿利的8只触手同时敲了敲桌子："嘿，不要说得好像你很头疼的样子！所有的支出都是我在管，你根本没有操心过，你唯一做的事情就是穿个旧风衣、戴个破帽子去勾搭女人。"说到最后一句时，他的目光有意无意地落到了张紫身上。

"这正是一个船长该做的事情。"威克毫不介意，把酒一饮而尽。

酒吧里的人越来越多，大多是来自其他捕鱼飞船的船员，三三两两，举杯闲聊。隔桌的几个人正聊得热烈，威克本没有在意，但听到"晶鱼的反应真奇怪"这句话时，他竖起了耳朵。

"……听说有人在深海捕到两条晶鱼后，我们都往下潜。好家伙，在一个海沟里，我发现了十几条晶鱼，挤在一堆。这可都是钱啊！我激动得手都抖了，结果按错了键，先把渔网给射了出去，正好被一堆石丛缠住。"一个褐色皮肤的丝奎人向同伴说道，"要命的是，飞行器上的激光切割装置坏了，怎么按都没有反应。我等了很久，没有一艘飞行器经过，慌得皮肤全白了。能源快耗尽时，我突然想起来，我还有电磁波发生器，可以联络主飞船。于是我向外发出了高能射线。怪事就这时候发生的——我的酒呢？"

"拿去！"其他船员抱怨，"你快说，说完了酒钱我们付。"

"让我喝完这杯。高能射线一发出，附近的那一群晶鱼都向我游过来，围着我的电磁波发生器。我知道它们能吸收电磁短波，恐怕我发出的高能射线都被它们吸收了。我连忙去调频率，想用长波段的电磁波吓跑它们。这时，一条晶鱼游过飞行器的左侧边，在显示屏上，我看到它用触手一寸一寸地摩擦我的飞行器外壁，像是在研究它一样……"

"怎么可能，晶鱼是低等生物，而且没有感官，怎么会对你的破飞行器感兴趣？"

丝奎人急了，皮肤倏地变成红色，大声嚷："千真万确！我拿我老婆发誓，我说的都是真的！"

"去你的吧，你雌雄同体，生殖方式是自我分裂，哪里有老婆？"其他船员笑着揶揄。

"但这件事上你们要相信我！"又灌下一杯酒后，丝奎人继续讲述，"我也奇怪，就停住了手指，想看看它要干什么。那条晶鱼摸完左侧边后又去摸右侧，几乎把我整个飞行器都摸了一遍。最后，它碰到了激光切割装置，它停了好一会儿。接着它把触手伸进了装置里。过了几秒钟，装置里喷出一道激光，把晶鱼的触手切断了。那条晶鱼疯了一样扭动，随后所有的晶鱼都跑了。我只能眼睁睁地看着我的联盟点数没进黑沉沉的海水里。但幸好激光装置能使用了，我切断渔网，很快就浮出水面，现在才能在酒吧里和你们喝酒。"

其他船员发出不屑的笑声："你是说，那条晶鱼不但研究了你的飞行器，还顺手把你的激光装置修好了，而你随后切断了它的触手？喔，狡猾的丝奎人，你讲了个既不合理又不够有趣的故事，却喝了我们两杯酒。"

五

　　为了营造熟悉的睡眠环境，安琪号启动了夜间模式，除了通道处有微弱的亮光外，其余地方都沉浸在幽暗中。高级船员休息区里，鼾声如潮，此起彼伏，所有人陷入沉睡中。

　　半夜时威克醒过来，然后就睡不着了。试了很久，睡意始终酝酿不出来，最后，他无奈地敲了敲临床的床杆："记者？"

　　没人回答他。借着暗淡的光，他看到张紫床上空无一人，不知何时，她已经出了休息区。想了一下，威克披衣起床，走到外间。巡逻的船员告诉他，张紫去了储存舱。

　　果然，刚进储存舱，他就看见了张紫的身影。她正安静地站在封冻玻璃前，看着里面的晶鱼。晶鱼堆叠在一起，像冰块一样透明，看不到骨骼和脏器。"你怎么也来了？"张紫听到脚步声，回过头，看到熟悉的风衣和斯泰森毡帽。

　　威克没有回答，站到她身边，目光也落到晶鱼上："为什么半夜过来看它们？"

　　"它们是很美丽的生物，你不觉得吗？"张紫伸出手，抵着玻璃，寒意立刻在掌心上蔓延，"你看，晶鱼的身体这么圆润，透明晶莹，光看上去就那么柔软。它们美丽而又脆弱，一离开水面就会死去，它们伤害不了任何人。可人们却肆意地捕杀它们，为什么？"

　　"因为晶鱼是低等生物。"威克把目光收回，"联盟颁布了《资源利用法》，规定宇宙中除了稀有物种外，一切非智慧生物都可列为资源，供文明生物利用。"

"文明？"张紫轻轻地说，"到底怎么样才能算是文明生物？"

威克一愣，把帽子摘下来，手指慢慢揉动帽檐。过了很久，他无奈开口："你这个问题难倒我了。"

"在古地球时代，人类自诩为万物灵长，毫无顾忌地支配着别的物种。我们豢养家畜，买卖、捕杀、食用，从没有去考虑过其他物种愿不愿意被我们吃掉。哦，不，它们肯定是不愿意的。但我们不在意，我们掌握着科技，我们是智慧生物，所以我们不会愧疚。"张紫的手轻轻滑着，嘴唇翕动，似乎是说给威克听，又像是在向晶鱼述说，"我们踩着其他物种的白骨，一步步向上爬，从蒙昧爬到了开化。后来走出地球，我们发现这种现象在所有发达星球上都会发生。是不是没有智慧的话，就连生存的权利也会失去？"

她的声音很轻，仿佛一出口，就会消散在清冷的空气中。威克怔住了，他第一次仔细打量着眼前这个东方女性，他看见了她漆黑的眼眸里面闪着细碎的光，像整个夜空的星辰都沉了进去。他有些失神，不知道说什么好。

张紫沉浸在莫名的思绪里，自顾自地说下去："那我们就需要庆幸了。幸亏联盟考察飞船发现地球时，人类的科技已经发展到四级文明了。要是考察飞船早一点降临，那他们要做的事情一定不是邀请我们加入联盟，而是要考虑怎么开辟航线，把我们贩卖到其他星球。"

"咳咳，"威克转动脑袋，把视线从那双黑亮的眸子里拔出来，他的头脑顿时清醒了很多，"你怎么了，是不是今天捕杀晶鱼的场景触动了你那多愁善感的少女心思？"

"是的，今天的场景确实刺激到我了。"张紫垂下头，语气低落。她像是想起了什么，抬头看着威克，"对了，我想要去古斯特星球内部看看。"

"不行!"威克断然拒绝,"捕鱼合同第一条就规定了,捕鱼飞船只能待在港口和环海,以及连接两者的特定航线上。一旦发现有不守规矩的,古斯特人会立刻采取行动,收回捕鱼证,而且不排除使用武力。嘿,我说,你想让我这一趟白干吗?"

"我不是你的船员。"

"可你也不是古斯特人。除了古斯特人外,任何人都不能走出港口。我听说,曾经有个在酒吧喝醉了的船员,好像是虫星籍的,非得嚷嚷着要到港口外撒尿。那些披黑斗篷的家伙,虽然守着关卡,但都没有阻止,而且还帮他把关卡打开,让他走出去。"威克压低声音,缓缓说,"可是那个船员刚出去,只把他的前肢迈了一步,就一步,古斯特人就开枪了。激光把那个可怜的虫星人轰得渣都不剩了。"

张紫皱起眉,"虫星难道就不管吗?"

"虫星虽然也是二级文明,实力和古斯特星差不多,但,《星球自治法》让他们没法喊冤。在不触犯文明三原则的前提下,我们这些异星人,必须遵守当地法律,而擅自走进这颗星球的内部,会被视为对古斯特人最大的犯罪。我们可以不来,但到了这里,就必须遵守。"

张紫点点头,再也没有说话了。

第二天,威克早早地醒过来,他用惺忪的眼睛看向邻床,残存的睡意顿时烟消云散——张紫的床干干净净,被子叠得很整齐,上面有一张纸。

"抱歉,我私自离开了。我是一名记者,我的任务是采访你,但与观察一个贪财好胜的船长的混乱生活比起来,古斯特星的未知与神秘更加吸引我。如果捕鱼周结束时我还没回来,就不用等我了。请记住,我是一名记者。"

"这该死的职业！"威克把纸揉成一团，懊恼地骂道。

六

炽烈的光线灼烤着港口，空气蒸腾，连视线都被扭曲了。这种温度下，船员要么在飞船里休息，要么到酒吧里谈笑饮酒。此时还在外面走动的，只有古斯特人，他们似乎感觉不到高温，披着严实的黑色斗篷，无声地巡视着港口。

一个略矮些的古斯特人从停泊台走出，缓慢地视察周围各处，斗篷的下摆拖在地上，发出"沙沙"的声音。其他古斯特人沉默地从他身边走过。检查完停泊台后，他径直走向港口边缘，那里设置了长长的关卡，每隔十几米就站着一个黑斗篷。

"外出，巡查。"他走到关卡前，发出干瘪生涩的声音。离得最近的黑斗篷走过来，静静地看着他。他篷帽下一片漆黑，即使空气中光线明亮，也照不开里面的黑暗。

关卡缓缓打开，略矮的古斯特人毫不迟疑地走出去。他身后的黑斗篷动了动，但他最终还是回到岗位上，继续巡视港口情况。

那个古斯特人一直行走，一个多小时后，港口已经成了他身后一个小黑点。他犹自迈步，转到一座小山丘后才停下来，一把掀开斗篷，大口大口地喘气。斗篷下，露出一副典型的人类女性躯体，玲珑有致。她喉部贴有拟声器，背着背包，脸上被涂得漆黑。

张紫从背包里拿出一件薄薄的衣服，刚穿上，衣服就开始变成土褐色，与周围的环境融在一起。这是她从威克床下找到的潜伏装，有些宽大，能轻松地套在她身上。临走时，她想了想，把斗篷放进包里。虽然有些累赘，但只有套在这里面才能模仿古斯特人那怪异的身形。出于同样的考虑，她也没有擦掉脸上的吸光漆。

接下来，张紫选了一个方向，然后径直朝这个方向走去。她带了些远行装备，压缩饼干也足够，但饮水是个问题。她只有一边加快步伐，一边节制喝水，只有渴得受不了才抿上一口。好在古斯特星的环境与地球很类似，在快要把水喝光时，她遇见了一处湖泊，不大，但很深。测试无毒后，她把头埋进水里，喝了个痛快。她在湖边休息了几个小时，在壶里装满水后继续前行。

荒原似乎无边无际，只有风声呼啸，偶尔天空中会掠过古斯特人的锥形飞行器。张紫每次都会停下来，趴在地上，潜伏装替她伪造了与周围环境相同的颜色和温度。古斯特人没察觉到她。

她独自行走在烈日骄阳下，好几次都险些晕倒，但她没有改变方向，笔直向前行去。

捕鱼航线上，数千艘飞船排成一列，在半空中浩荡行进。途中，安琪号突然一震，摇晃着脱离了舰队，落到地面上。"安琪，飞船，不得，逗留。立刻，返队；否则，开火。"四艘锥形飞行器立刻逼近，通讯频道里传来他们冷酷断续的声音。

阿利沮丧地回答："抱歉，我们不是故意的。引擎坏了一个，难以平衡，我们在这里修好之后就马上升起。"

"立刻，返队；否则，开火。"

阿利看了一眼显示屏，锥形飞行器顶端的炮口已经凝出了光柱，吞吐不定，像随时准备出洞噬人的毒蛇。他用谁也听不懂的家乡话骂了一句，按下按钮，安琪号顿时发出轰鸣，升上天空。只用了3个引擎，安琪

号有些不稳，但还是回到飞船队列，摇晃着向环海航去。

这个插曲只有几分钟。锥形飞行器随即上升，回到飞船队列两侧巡弋，一切都恢复了正常。谁都没有察觉到，安琪号着落的那处沙地上，多了一块褐色凸起。

两天后，张紫的视野里终于出现一丝异色。她舔了舔干渴的嘴唇，加快速度，很快，她看清了那抹异色。

那是一片蓝色的树林，无数粗大树干拔地而起，直挺挺地耸入天际。树干上长满错杂的枝条，蓝色树叶茂密地簇拥在枝干上，阳光被一块一块地切割开，光斑静静地躺在地上。

张紫迟疑了一下，随即决定走进去。每棵树的直径都长达5~6米，墙一般挡在她面前。风在树干间穿梭，发出啾啾的怪声。这像是古老童话里的国度，她行走在无数沉默的巨人中间，这些树便是巨人的腿，而巨人的脸被蓝色树叶遮住，她仰起头也看不清。

她小心翼翼地走着，尽量不去碰身边的树。

她觉得有些不对劲，但又说不出来。又走了几分钟，她察觉出是哪里不对了——整个树林都是静止的！虽然风声凄啸，但地面的光斑一动不动，说明所有的树叶都没有摇动。

张紫走进了一座凝固的森林。

她四处打量，发现周围全是这种树，没有其他植物，也没有动物的痕迹。这不符合生态学，她皱起眉，疑惑地把手放在树干上。树皮的触感很温润。

"咔咔"，被手碰到的树干震动起来，并且发出类似齿轮转动的声音。这棵树似乎瞬间活了，枝条有序地横移侧滑，树干转动，一道两米宽的矩形门无声地滑开。张紫吓了一跳，后退几步，但矩形门滑开后一

切又静止了，再无动作。她慢慢平复心情，小心看去，只见门内是银白色的圆球形空间，弧线完整平滑，隐隐反光。

张紫有点明白了。这棵树并不是天然如此，倒像是被改造成了类似电梯的机器，那么，这整座树林就是一片大型电梯群了。她伸手捏了捏一旁的叶子，果然，叶片外部是植物细胞层，里面却被注入了金属。不过她没有太过吃惊，古斯特星属于二级文明，要把一座树林改造成半生物半机械的电梯群并不困难。

那么，唯一的问题就是，电梯会通向何处。

这次张紫没有犹豫，直接走了进去，树门无声合上。她的脚感觉到了骤然向上的加速度，程度很强，她险些摔倒。为了适应这种加速，她干脆平躺下来。反正对她来说，电梯的空间足够大，塞一头大象都没有问题。

几分钟后，电梯开始减速，张紫没有防备，整个身体被抛起，狠狠地撞到侧壁上。她呻吟几声，狼狈地爬起来。检查周身后，她庆幸地呼出一口气，没有受伤，只是手臂被撞得生疼。

电梯门开启后，张紫并没有急着走出去。她从背包里拿出黑色斗篷，披在自己身上。她脸上的黑漆已经黯淡，但毕竟加入了吸光材料，戴上篷帽后仍然能让她的脸隐进一片虚无中。尔后，她走出电梯。

看清身边的环境后，她呆呆地张大了嘴，却发不出一丝声音。

七

张紫身处于一座藏在云中的城市。

云雾缓缓飘动，城市的景象在她眼中时隐时现。她正处于这个城市的中心，四周布满弧形桥梁，桥下流动着清澈的水。更远的地方，巨大的圆球建筑悬在空中，随着云雾浮动。路面如波浪般起伏，每隔一定距离，路旁就出现一个球形突起。张紫看着有些眼熟。云雾遮住了绝大部分景物，张紫看不太清，她爬到一座弧形桥的顶端，努力张望，却看不到这座城市的边际。

但这并不是张紫吃惊的原因，她毕竟是实习记者，走访过一些发达星球。让她感到惊奇的，是她眼前所有的建筑都是透明的，她的视线能穿透墙壁和街道，云被吹散的时候，她还能看见脚下遥远的大地。这是一座玻璃之城。

震惊她的，还有一个原因——整座城市完全陷入寂静中，毫无声息和人影。这是一座无主之城。

她向前走去，云汽很凉，她哆嗦了一下，拉了拉身上的斗篷。走得越近，看得越细，她就越发惊叹于这座城市的精致。不知出于何种考虑，城市里充斥着弧线，所有需要转折的地方都以完美的弧形连接。张紫不敢相信，仔细搜寻每一处角落，试图找出折角或者缝隙。但她失败了，整个城市浑如一体，似乎建造时就是整体浇注而成。

这才是二级文明的真正实力。

张紫对古斯特人的印象有了改变。原先她很不喜欢他们——躲在不透光的黑斗篷里，固执地不让任何人走出港口，且从不主动对别的人说话，即使是同族，也鲜少交流。这一切都让张紫觉得他们鬼祟而野蛮。但现在，她佩服于古斯特人的想象力和创造力。任何建造出这种城市的种族都是值得被尊敬的。

最初的吃惊过后，张紫想起了自己的目的，从背包里拿出全息相机，拍摄城市的每个细节。多年以来神秘未知的古斯特文明被记录在相机里。这些信息流传出去的话，引起的轰动肯定比对一个贪财船长的采

访要大。

想起威克，张紫激动的心情平复下来。但她的动作没有停，依然边走边拍。城市比她想象中的要大，空旷寂静，只有她的脚步声有节奏地回荡着。

她走了很久，饿了就吃几口饼干，累了便和云而眠。只是睡着时有些冷，云雾在她周身环绕，她蜷起身子，哆嗦着闭上眼睛。这种时候，她会有些害怕，感觉自己睡在一座荒废千年的坟墓中，而四周站满了看不见的幽灵，冷冷地盯着她入睡。

这种联想让她无法安然入睡。她索性不睡了，手持相机，不停地走着。连续拍了十几个小时后，她的脑袋变得昏沉，意识陷入了无尽的恍惚中。她总以为自己听到了什么声音，但竖起耳朵，又什么都听不到了。她第一次觉得安静也是如此让人绝望。

这时，她又听到了声音，嗒嗒嗒，有节奏地响起。她以为是幻觉，继续向前走，但声音仍然回荡着。

这不是幻觉！张紫猛然一惊，清醒了许多，循声望去，她看到远处有一个黑影在移动。隔着重重玻璃，她只能看到模糊的形状，但她心中已经猜测到那黑影可能是什么了。

黑影缓缓走近，赫然是一袭黑色斗篷。这是古斯特人的城市，除了他们，难道还会有别人出现在这里吗？张紫下意识地想逃，但随即想到自己也披着斗篷，索性站在那里，一动不动，心脏却咚咚跳个不停。

古斯特人僵直地走来，没有说话，与她擦肩而过。

张紫轻轻呼出口气。这种有惊无险的情况让她的神经一绷一松，加上连日的疲惫，一阵眩晕涌上来。她晃了晃，幸好没有倒下去。但手指一松，相机从斗篷里掉落，砸到玻璃地面上，叮，一声清脆的声响远远传开。

身后古斯特人的脚步猛然停下。

张紫一把抓起相机，拔腿就跑。但那古斯特人更快，才跑两步，她的肩就被一只宽大的手掌抓住。她尖叫一声，抬腿便往后踹，正中那古斯特人的下盘。肩上的手立刻收了回去，同时传来一阵低沉的呻吟。她不敢回头，继续向前跑。

跑了几步，她突然觉那呻吟似乎很耳熟。她停下脚步，难以置信地转向身后："船长？"

黑斗篷被掀开，露出龇牙咧嘴的威克。他捂着裆部，一脸愤恨地看着张紫，好半天才憋出一句话："你学过防狼术吗？"

"你怎么到这里来了？"张紫仍然不敢确信。

"还不是为了带你回去！"威克脸色发白，"早知道你踢得这么准，我就不来了，让古斯特人来尝尝你的防狼术！"

休息好之后，威克说了此行的经过。他让安琪号假装故障，自己悄悄躲藏到沙地里，然后一路找到了那片树林。通过电梯上来后，他打扮成古斯特人，在城市里乱转。刚才他看见一个黑影，心里也惊了一下，以为是真古斯特人，便打算擦肩而过。

"……直到看到你的相机掉出来，我才确定是你。"威克说，"难得我们想到了一起，都披上了黑斗篷。"

"可是，古斯特星这么大，"张紫犹疑地问，"你怎么知道我往这边走了？"

威克抬了抬下巴，不屑地说："你偷走我的潜伏服，难道就没有检查一下吗？这可是价值几千联盟点数的高档货，上面有定位仪，我是顺着信号找过来的。但是到了这城里，我接收到的信号就混乱了，这里安装了很多电磁波发生器，充斥着高频波。我不能再定位，就只有盲目地找了。"

原来街边那些球形突起是电磁波发生器，难怪看着眼熟。她环顾四周，白色雾气吞噬了它的视线，宽广的城市依然沉默着。"这一路，你看见其他人了吗？"

"没有，我看到的第一个活物就是刚才给了我一记防狼术的人。"

"那你说，古斯特人建了这么神奇的城市，为什么不上来住，而要全部站在环海边上看我们捕鱼？"

威克上下打量张紫，好半天才哼出声来，"你大学学的建筑基础课是不是都逃课了？"

"呃，"张紫窒了一下，"这跟我逃课有什么关系？"

"如果你认真学过，就会知道，这座城市并不是用来让古斯特人居住的。"威克指着四周，"建筑的第一要务是适用。无论是单体结构还是组合部件，只要存在，就要体现功能。只有在这个基础上，才能再去考虑美观。就像蚁穴，里面遍布沟壑，这是为了联通整个族群，还有蜂巢，采用严格的六边形房室，让每个巢框都稳固贴合，便于储藏蜂蜜。而你看四周，我想不出这些无处不在的弧形对古斯特人有什么实用价值。"

张紫诧异地看了威克一眼，"我没想到你对建筑学还有研究……"

"谈不上研究，只是记得一些常识而已。"威克不咸不淡地回答，"而且你看，这个城市最大的特色，通体透明……既然那些鬼魂整天披着黑袍，又何必把这里弄得四处见光？"

"或许是……古斯特人对透明环境有独特的艺术追求？"

"不可能！你还记不记得我在酒吧里给那些家伙表演魔术？一个不感兴趣就罢了，可我一连表演了十几次，所有的古斯特人都不好奇我是怎么做到的。一个没有好奇心的种族必然也没有艺术感。"威克说着，眼睛逐渐眯起，脸色也变得郑重，"要说透明是艺术追求，我倒是想到了一种生物……"

张紫心里一动，脑中也浮现出某个熟悉的形象，她喃喃地说："这些浑然一体的弧线……"

"随处可见的高频波发射器……"威克接口道。

"可以容下成年象的电梯……"

"透明晶莹的街道和墙壁……"

"整个城市都是空荡荡的……"

"晶鱼！"威克和张紫脸色剧变，同时说出了这两个字。

到捕鱼周的最后两天，晶鱼已经很难捕到了，往往飞行器在海里搜寻数个小时都看不见绿点显示。捕鱼飞船开始陆续撤离，捕不到晶鱼，谁也不愿意留在这颗诡异的星球上。他们的货舱里已经堆满了晶鱼，只要运到其他星球，就可以换成大笔联盟点数。

这时，星际海盗也闻风而动，在航线附近伺机劫掠。撤离的捕鱼飞船都会结伴航行，所以港口里经常有一大群捕鱼飞船升空，同时消失在苍穹。但安琪号一直留在港口里。

阿利焦躁地踱步。他的8个爪子扭成怪异的角度，一边走一边骂骂咧咧，"不负责任""好色""该死的船长"是出现得最频繁的3个词。

"大副，收到一条加密信息。"负责监测的船员抬头，向阿利报告，"是AES级别的加密法，需要密钥关键词。"

"输入'实习记者'！"阿利气急败坏地说。

破译进度很快。几秒后，船员霍地站起："是船长发过来的！"

八

古斯特星沿着轨道行进，逐渐偏离6颗恒星的照耀，滑进黑暗。

暗淡的光线也宣告捕鱼周的结束，满载货物的捕鱼飞船从港口升起。安琪号是最后一批离开的，当时天空昏沉，黑暗像发酵一样在空气中流窜。安琪号稳健地升入天空，破开大气，在无尽的暮色中远去。

又过了十几个小时，最后一缕光线也消失了，整个古斯特星沉进铁一般凝固的黑暗和寂静中。由于连日暴晒，空气中积累了大量的水汽，此时恒星隐去，温度降低，云层也跟着下沉。一场大雨即将来临。

在隐隐的雷声中，一群古斯特人走向港口。其中几个进去了，他们没有去检查港口里是否还有滞留人员，而是在每个角落里都扔下一颗小圆球。随后他们走了出来，与其他古斯特人一起站在港口外，静静地观望着。

港口突然爆发出一连串的爆炸声，腾起的焰光照亮了天际，也照到了威克和张紫身上。

他们披着斗篷，藏身于古斯特人群中。这一路他们都小心翼翼，连呼吸都细声细气的，但刚才猛然响起的爆炸声还是让张紫惊了一下，幸亏威克及时拉住她的手，才让她那声惊呼复又吞回肚子里。

不到5分钟，曾接纳了上千艘捕鱼飞船的港口全部湮灭，风疾卷而过，飞灰消散。很快大雨就会降下来，雨水将抹去一切痕迹。

然后，古斯特人同时转身，往环海的方向行去。威克和张紫只能跟着行走，他们不得不保持和其他古斯特人一样的步伐和速度。空气湿度大得吓人，他们身上的黑袍都可以拧出水来。"轰隆隆"，雷声越来越大，乌云像是压在头顶，不时有闪电从云层里窜出来。

在一明一暗的天地间，这群斗篷披身的人影沉默地行走着，没有人说话，连脚步声都轻不可闻。张紫忽然想到了4个字：百鬼夜行。

从港口到环海接近50千米，捕鱼飞船在空中排成队列，缓慢行进需要1个小时才能到达。而威克他们足足走了6个小时才抵达。

海涛阵阵。接着闪电的光，他看到海岸边也站着密密麻麻的古斯特人，海风掠过，斗篷猎猎作响。威克跟着的这群古斯特人是最后到达的，他们走到人群的最后面，然后静止不动，像在等着什么。

很快威克就知道是什么在让他们等待了。

沉暗的海水中出现了几抹光点，自海底上升，幽幽爬上海岸。古斯特人群里出现了难得的骚动，随即又恢复沉寂。但借着这阵骚动，威克踮了一下脚，目光越过重重黑影，落到了上岸的那些东西上。

果然，是晶鱼，有五六只。此时的晶鱼全身都流淌着莹白色的光华，晶莹剔透，圆润如琥珀。

晶鱼上岸后并没有走开。它们蜷缩在岸边，用触手拍击着海水。它们的动作缓慢而凄凉。但等了很久也没有别的晶鱼再上岸，它们慢慢停下来，抱成一团。

似乎感受到晶鱼的哀恸，所有的古斯特人都往后退，留出足够的空间，然后他们全部匍匐在地上。而晶鱼并不理会他们。张紫也趴下了，但努力梗着脖子，观察着海岸。

现在的情形，跟她和威克的猜测很吻合。

"那座城市一定给晶鱼住的！"在回来的路上，威克肯定地说，"晶鱼没有感官，吸收能量，辨别方向，一切都是靠电磁波。而玻璃城

里到处都有电磁波发生器。你在里面待了十几个小时就神志恍惚，应该也是受了电磁辐射的影响。"

张紫点头赞同，补充说："还有，晶鱼整个身躯都浑圆光滑，正好贴合这里无处不在的弧形设计。"

"最重要的是，晶鱼是透明的。"威克的眉头又挤出"川"字，语气变得疑惑，"可问题是，如果这座城市是给晶鱼住的，那它们为什么会出现在环海，而这里空荡荡的？"

"光线，"张紫抬头望天，眼睛眯成一条线，重重云雾后面露出了几轮圆形光斑，"每年捕鱼周的时候，6颗恒星照耀着古斯特星球的每一处地方，而这座城市是透明的，挡不住光线。所以晶鱼只能躲在深海里。你还记得吗，捕鱼的时候，晶鱼在水下还能剧烈挣扎，但一曝露出来就立刻死去？光线对它们——"她犹豫了一下，换了个称呼。"对他们来说是致命的。"

称呼的转换让威克表情一变。

他捏着拳头，好半天，嘴里才憋出几个字，"那群该死的披斗篷的家伙！"

张紫小心地看着他，威克的脸色从没有这么难看过，像笼上了无数寒风阴云。"怎么了？"她轻声问。

"如果这个城市真的是晶鱼建造的话，"威克捏紧拳头，指节泛白，臂上的青筋一根根跳起来，"那我们的手上就都沾满了血，我们都是罪犯！"

但毕竟还有许多疑点。他们商议过后，决定让安琪号先走，而他们留在星球上，继续观察。这一切都很顺利，恒星离开后，星球陷入黑暗，他们趁机混入了一队古斯特人中。

岸边的几条晶鱼颤抖着分开，他们身上的荧光越来越亮，所有被荧光照到的古斯特人都颤抖不止，哆嗦着爬起来，走到晶鱼身边。他们围住晶鱼，其中一个发出了类似哭泣的怪声，其他人像被传染了一样，也纷纷悲恸呜咽。哭声由细微渐至轰鸣，竟盖过了浪涛雷电，在海面上远远回荡开去。

张紫被湮没在哭声里。她看了一眼威克，后者也是同样不解的表情。明明是古斯特人引来了捕鱼飞船，对晶鱼进行了毫无节制的捕杀，现在他们却围在仅存的晶鱼身边，大声哭号，似乎比晶鱼还要悲伤。

张紫有种错觉——她像是站在一出荒诞而诡异的话剧中，海岸就是舞台，晶鱼和古斯特人正表演着让她费解的节目。但她自己呢，是什么身份，演员还是观众？

哦，她回过神来，告诉自己，我是一个记者。

她悄悄掏出相机，对准远处相拥而泣的古斯特人。此时闷雷阵阵，黑暗吞没了整个海岸，这种光线不适于全息拍摄。她打开了相机的夜间模式，红外镜头弹出来。

威克正皱着眉，忽然在漫天哭泣中听到了清脆的一声"咔"，这声音来自身边的张紫。闪电划过，借着光亮，他看到了张紫手里的相机。他想起了张紫的职业，恍然点点头。他转过头继续去看晶鱼，突然，他浑身一震，想起了刚才这声"咔"代表的是什么。

"不要！"他低声喝道。

但已经迟了，张紫按下了拍摄键。红外射线从相机射出，形成不可见的漫射式光束，海岸环境被刻录进镜头里。在张紫和威克的眼中，什么事都没有发生。但远处的晶鱼猛地一震。

漫天的哭声一瞬间消失了，海岸沉寂如墓地，雷声低沉地滚过天际。在这压抑的氛围中，所有的古斯特人同时转身，看向威克和张紫，

闪电不时划过，他们静如雕像的身影出现又隐没。

"我知道对你这种实习记者来说，偷拍就跟吃饭一样寻常，"威克把张紫拉到身后，低声说："可你得知道常识，红外射线是高频电磁波，晶鱼很敏感的！"

"对不……"张紫浑身颤抖，正要道歉时，她感到头上传来了一点凉意，随即四周响起了连绵不绝的噼啪声。

积蓄已久的雨水终于落下来了。

九

"你们，为何，逗留。"大雨中，一个古斯特人走到他们跟前，"此为，犯罪。"

"你们才是在犯罪！"张紫索性掀开斗篷，任豆大的雨点淋在身上，大声说，"晶鱼明明是智慧生物，你们却把晶鱼当作货物卖出去！这种对文明的贩卖与迫害才是最大的犯罪！"

古斯特人沉默了，良久，他慢慢开口："从未，贩卖。只有，杀害。"这些语句让周围的古斯特人微微颤抖，他们发出窸窣的声音，像是恐慌，又像兴奋，还包含了许多莫名的情绪。

张紫一愣，她没想到对方会这么坦白。她用人类的思维去推测古斯特人的反应，而在对方看来，他们所做的一切都无须对她隐瞒。或许这是因为他们的天性，又或许，是因为她和威克被团团围住，形势完全由古斯特人掌控。后一种的可能性要大些，但她稳住颤抖的身体，继续开口："你们为什么要杀害晶鱼，难道他们是你们的敌对种族吗？"

"嘿，我说，实习记者，现在可不是采访时间！"威克小心环顾四周，但每个方向都站满了古斯特人。

"晶鱼，主人。我们，奴仆。"古斯特人向海岸转身，晶鱼正茫然无措地蜷缩在那里。晶鱼没有感官，不知道发生了什么，但相机发出的红外射线让他们觉得温暖。张紫也望过去，看到其中一条晶鱼断了一截触手。她想起了酒吧里那个贪杯的丝奎人。

古斯特人继续说："主人，住在，天空。创造，我们，代管，星球。"

果然，云端的玻璃城是晶鱼建造的，每年六星照耀的时候，他们全族躲入环海。这一周内，黑斗篷掌管一切，他们开放了古斯特星，人们只在这颗星球上看到了沉默行走的黑斗篷，便把他们认作古斯特人。

而这颗星球的真正主人，多年来一直惨遭杀戮，险些灭族。

"为什么……"张紫深深吸了口气。现在，古斯特星球的面纱在她眼前缓缓揭开，但藏在里面的血腥和黑暗也露了出来，浓郁得让她险些窒息。联盟的宗旨是和平发展，成员之间从未征战过，即使有着黑暗历史的地球人类，也收敛了好战天性。像这种对整个种族的迫害，是从未发生过的。

"主人，不理，我们。"

说了这3个词后，古斯特人沉默了，似乎在考虑怎么表达。他能说出的联盟通用词汇很贫乏。过了一会，他走上前来，黑斗篷探伸出一根银白色的柔软肢节，抵在张紫额头上。

一些画面从张紫脑海里泛上来，依次展开。那是她从未见过的景象——黑暗笼罩了整个星球，唯一的光源来自天空中的城市；晶鱼散发着荧光，在城市里游弋，无数让人叹为观止的科技从他们的触手下涌现，仿佛他们唯一的爱好就是创造；后来，他们开始创造生命，一个个

蜘蛛模样的软体生物被制造出来，放到地面上；蜘蛛聚集在电梯树林下，仰起锥形脑袋，渴求地看着遥远的天空城市；晶鱼依旧在创造，他们开始尝试别的领域，他们不理会地面上的蜘蛛；蜘蛛们不再守望，逐渐散去，每只离开的蜘蛛都自立起来，披上了黑暗的斗篷；人类的飞船降临，晶鱼被捕杀，围观的黑斗篷们既恐惧又兴奋，还有深深的悲伤……

"嘿，你没事吧？"威克摇晃着张紫的肩，后者正是一脸迷茫。

纷乱的图影立刻消失，张紫怔怔地看了一眼威克，回过神来后，她却冲那古斯特人疾声问道："如果是因为记恨晶鱼创造了你们却再不理会，那么，你们可以自己捕杀他们。恒星照耀的那几天，晶鱼没有反抗能力！为什么要借我们的手？"

古斯特人似乎听到了不可思议的话，后退一步，颤声说："我们，从未，想过，去杀，主人。只能，你们，动手。"

"这难道不一样吗？结果都会是晶鱼遭到屠杀！"

古斯特人群骚动起来，像是对张紫的话感到震惊，过了很久，她面前的古斯特人说："当然，不同。我们，不能，伤害，主人！"

威克算是明白了，拉住张紫的袖子，低声说："你不要跟他们争论了，没用的，他们的思考方式跟我们不同。在他们的认知里，自己绝对不能去伤害晶鱼，但可以借我们的手。"

张紫面无表情，说不出话来。是的，古斯特人这种逻辑是她不会赞同的，但反过来，古斯特人也无法理解她的思维。

"你们，思维，邪恶。"古斯特人从震惊中反应过来，似乎对张紫十分嫌恶，涩声说，"违法，逗留，处死。"

"难道你们就不怕晶鱼看到吗？"张紫大声喊。

"主人，不能，视物，听声。"古斯特人发出冷冷的声音。

张紫还要说什么，威克已经一脚踹翻那个古斯特人，大吼："他们要动手了，还争论个什么劲！跟我跑！"说完，他拉起张紫的手，拼命向前跑去。

"跑错了，那里没有路！"张紫被拉得一个趔趄。周围都是重重黑影，越靠近海越多，威克却是径直跑向晶鱼上岸的地方。幸好古斯特人本来是准备迎接主人的，没有带随身武器，而他们隐在斗篷下的身体很轻，威克没费多大力就撞出一条路，靠近海水。

威克在海边停下了，海水漫进他的鞋子，冰凉刺骨。他转身看去，古斯特人已经聚集过来，密密麻麻，再也没有闯出去的缝隙。而他身后，是无边无际黑沉沉的海水。

"嘿嘿。"他低下头，脸上竟然扬起了笑容，"你怕不怕？"

海水的凉意让张紫瑟瑟发抖，但她摇摇头，断续而清晰地说："我是一个记者。"

威克点点头。这一次，他没有给她的职业补充前缀，他凑到她耳边说："你知道吗，我改变主意了。或许回去之后，我可以抽出一个晚上的时间，让你仔细地采访我。"

雷雨中，难以计数的黑斗篷已经涌了过来，充满敌意地围住他们。虽然没有携带武器，但只凭借数量的优势，这些古斯特人可以轻易杀掉他们。

"都快死了，你就不能说点正经的话吗！"张紫的脸蒙上红晕，嗔怒地说。

"谁说我们快死了？"

威克话音未落，轰鸣声猛地响起，水花四溅。一架文有天使徽记的飞行器自海水中跃出，蝙蝠般掠过来。

古斯特人愣了一瞬，随即疯狂地扑过来。但飞行器比他们更快，它喷出一张渔网，包住威克和张紫，然后陡然转向，笔直地射上天空。

古斯特人扑了个空，呆呆地仰头望去。夜色深沉，飞行器全速行进，很快，它完全融化进了无边的夜幕中。

十

"阿利？"渔网被收进飞行器内，张紫爬出去，看见8个爪子的驾驶员后，她一脸惊讶，"你怎么也留在古斯特星了？"

"船长给我发消息，让我潜在环海里待命。"阿利头也不回，让飞行器快速无比地穿过大气，越早离开古斯特星越好。

"你什么时候发消息的？"张紫转向威克。后者正扯掉身上的网，满不在乎地回答："在回来的路上。这些年我东奔西跑，去过那么多危险的地方，你以为我是怎么活下来的？做事永远要留一手。记住这一点，你以后会感谢我的。"

飞行器穿过大气层，浩瀚的宇宙扑面而来，星光在远处闪耀。飞行器已经进入外空间了。"好吧，永远留一手的船长，现在告诉我，"阿利转过头来，郑重地说，"你打算怎么凭这个小飞行器就把我们送到安全的地方？"

飞行器本是用来捕鱼的，功率不大，能达到古斯特星的逸出速度就已经很勉强。加上阿利在海里潜伏了十几个小时，能量所剩无几。而离这里最近的航线在几光年开外。

威克猛地抬头，看着阿利："你没有让安琪号留在附近接应我

们吗？"

"没有，"阿利的语气低下去，"你只说要我潜在环海里。我让安琪号去联盟贸易市场了……"

威克脸上的肌肉抖动，过了好一阵子才平复下来，对张紫摊摊手："这下我们可能真的要死在这里了。我料想过我会和某个女人死在一起，但我想不到还有一个愚蠢的斯科星人掺和在中间。"

"我并不是很怕死。"张紫摩挲着相机，"我只是担心真相被淹没。我怕我连一篇真正的新闻都没有写就死了。"

但是她的担心并未发生，不久之后，几艘星舰出现在漂浮的飞行器四周。星舰上伸出机械臂，牢牢抓住了飞行器。阿利高兴得眉飞色舞，8只爪子扭来扭去，威克斜眼哼了一声："别高兴得太早。你用爪子想一下，哪些星舰会出现在这里？"

阿利的表情顿时凝固了，"星际海盗……天哪，我宁愿被闷死在飞行器里！"

他们被抓回海盗巢穴。海盗们检查飞行器，没有找到值钱的货物，恼怒之下便准备处死他们。"等等，我们有钱，我有一艘二级舰，应该值10万左右联盟点数！"威克指着阿利，"这个斯科星人知道我的账户密码。"

阿利却闭上眼睛，一副打死不肯说出密码的样子。"嘿，别这样，阿利。"威克郑重地看着他，"钱还可以去挣，以后再把安琪号买回来，命不在就什么都没了。"

"嗯嗯，俺爱听这话，说得在理！"一旁的海盗连连点头，瓮声瓮气地赞同，"俺就喜欢你这样的客人。"

阿利叹口气，说出了密码。海盗取钱后犹豫了很久，还是拿出一张价格单，指着上面的明细，愧疚地说："现在俺们这个行情不好，涨价

了，这点钱只能赎一个人。"

于是张紫被放走了。

海盗许诺，还可以缓一阵子，让张紫筹钱来赎威克和阿利。临走时，威克张开臂膀，似笑非笑地看着她。阿利知趣地转过身。

张紫愣了一下，然后走过去，依在威克怀里。

海盗冒险把张紫带到了航线上，给了她一些钱后便让她离开了。张紫等了几天，终于等到了一艘开往地球的货舰。

回到《星旅人报社》所在的成都时，已经是11月了，秋阳惨淡地贴在天空上。张紫考虑了很久，不知道怎么去筹集20万联盟点数。她忧愁地回到家中，整理物品时，看到了那台全息相机。一个主意在她脑中出现。

接下来的几天，她把自己关在家里，查阅大量的资料。准备好后，她开始写新闻稿。在古斯特星球上的遭遇，关于文明种族的封锁与迫害，风衣和泰森毡帽组成的熟悉身影，都在她指尖跳跃而出。

"我7月从地球出发，沿着安琪号的航迹，几乎追遍了大半个联盟疆域……"写完开头，她考虑了一下，决定放弃传统新闻稿的写作方式，将自己的愤慨融入其中。

在稿子里，她控诉了古斯特人的固执、野蛮和黑暗，赞美了晶鱼文明的发达，并且多次提及安琪号船长勇敢智慧的决断。在文章里，她引用了西方一个流传甚广的故事："……城堡里住着一群小孩，他们年幼单纯，却拥有大量财富。小孩的城堡还有一个老管家。管家想加入小孩们的游戏，但小孩们并不理会。天长日久，管家对这群主人既尊敬又憎恶，每个夜晚来临时，他都站在阴暗的城堡里咬牙切齿。但他不敢对主人动手，于是引来了强盗，趁主人熟睡时劫掠城堡里的财富，杀害小孩。小孩们每次醒来，都会发现洗劫和伤害的痕迹，同伴每次都在减少，他们越来越孤单。而这个时候，管家就会扑到床边，一边和主人一同哭泣，一边等待着下一个夜晚的来临……"

最后她用力按着键盘，写下了总结——"晶鱼沉醉于科技，在情感上却几如儿童，他们的思维里没有一丝黑暗。而古斯特人却正好相反，披上黑斗篷的那一刻，他们对母文明的报复就开始了。当6颗恒星发出光明照耀的时候，古斯特星却上演了最黑暗残忍的一幕……古斯特人的阴暗逻辑固然可恨，但晶鱼对情感培养的漠视也值得我们反思……在这幕剧中，我们并不是观众，我们扮演了那些强盗的角色。我们为利所趋，捕杀晶鱼，并且做成食物在各地贩卖。哪怕只需要一次认真的考察，就会发现晶鱼并不是低等生物，而是和我们同样享有生存权利的智慧文明。事实上，就算是低等生物，也不应该被肆意杀戮……"

这是她新闻写作生涯里最顺畅的一次。每天伏案书写，没有人打扰，只有窗外雾散晨临，天际日升月落。

5天后，她把稿子放到了主编的办公桌上。主编躺在沙发上，漫不经心地翻开，3分钟后，他郑重地坐起来，脸色越来越差。阅读完后，张紫把全息录像放了出来。主编看到断了触手的晶鱼无声哭泣，他喉头一阵抖动，扑到卫生间里呕吐不止。

张紫知道，主编以前很喜欢吃晶鱼肉。

下一期的《星旅人日报》取消了所有新闻稿件，全部版面都在报告这份新闻。随即，它被四处转载，连《联盟晚报》都把头版留给了它。整个联盟都在议论，晶鱼肉停止销售，人们的目光向那颗诡异的星球汇聚。

接下来，联盟派特使去古斯特星勘察，但此时不是捕鱼周，黑斗篷们直接发动了攻击。特使死于轰炸中。《星球自治法》随即失效，大批

军队在古斯特的外空间集结，黑斗篷们依然沉默着，拒绝交涉，用炮火来驱赶每一个进入古斯特大气层的士兵。黑斗篷们掌握了晶鱼创造出的高端武器，联盟军队无法进入。

而在联盟军队压境时，古斯特附近星域的海盗们纷纷逃走。张紫写那篇新闻稿的目的达到了，但她到处打听，没有人知道威克的消息。

僵持了1个月后，SF星人——联盟成员里唯一的一级文明种族——出手了。谁也不清楚SF星人动用什么武器，只知道数小时内，所有的黑斗篷都瘫软在地面上。联盟军队随即将他们逮捕。

在最高法庭上，黑斗篷们对自己的罪名毫不知情。他们安静地站着，大法官宣布长达数十条的罪行后，其中一个黑斗篷不解地说："我们，尊敬，主人。你们，杀害，主人。罪犯，应是，你们。"

大法官冷冷地盯着他，好半天过后，重重地敲响桌子："罪名成立，全部关押。"

而仅存的6条晶鱼回到玻璃之城。他们不知道发生了什么，依然安静地在城市里创造。没有人去打扰。尽管数量稀少，但不会再有黑斗篷的迫害，晶鱼文明的种子已经保留了下来。

岁月更迭，这颗种子会在星球上再度发芽。

尾声

这一年成都的冬天来得特别早。12月的时候，一场雪便纷纷扬扬地落了下来，在夜晚的街头飘落。

这在成都是很难得的天气。环保署没有派出清扫机器人，特意让雪

在城市里堆叠着。街上到处都是人，情侣们拥吻，老人们谈笑，小孩子欢呼在人群里跑来跑去。

张紫走出报社，冷风倏地刮来，灌进她的领子里。她紧了紧衣领，看着夜空，便没有伸手去招飞的，而是慢慢走在薄雪纷扬的街道上。街灯把她的影子拉得很长。

走过一条街时，她突然看到一条长了8个爪子的身影，正在街边逗小孩玩儿。她犹疑着走过去，雪在她脚下发出吱吱的声音，好像是一些可爱的白鼠躲在雪的下面。走得近了，她拍拍那个人的背，轻声问："阿利？"

斯科星人转过身，脸上泛起笑意。

"你们逃出来了？"张紫惊喜地说，"怎么只有你，船长呢？"

阿利笑意不减，目光越过张紫，看向对面的街道。

张紫心头一震，缓缓望过去。在长长的街对面，在昏暗的路灯下，在漫天飘落的细雪中，她看到了一个高大的身影。旧风衣，斯泰森毡帽，以及帽檐阴影下的笑容，都是那么熟悉。

"嘿，实习记者！"

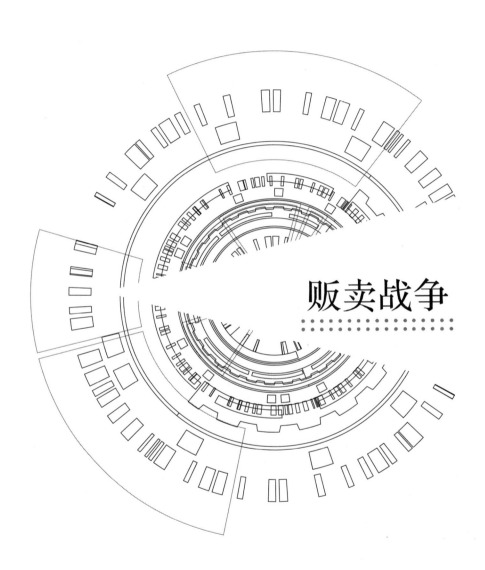

贩卖战争

午夜刚过，这群客人就陆续来了，走到大厅的北角，沉默地坐下。他们来自不同的星球，有着迥异的体形，但都穿黑色长袍，袍面上有星云漩涡流转的图样。他们走起路来悄无声息，如同幽灵从午夜归来。

　　这间星际酒吧里的其他客人纷纷看向他们，低声议论。一个年轻的多足星人不满地撇撇嘴，嘀咕道："他们是什么人，这么没有礼貌？"他一边说，一边用两只手拿起酒杯，另外的18只手则叮叮当当地敲击着金属地板。

　　"礼貌？"回答他的是一个来自鼻虫星的酒客，"他们可不管礼貌，管的是战争。"

　　"难道是联盟的将军们？"

　　"嘿，"酒客抽了抽鼻子，紫色的黏液流出来又被吸回去——这是鼻虫星人表示不屑的特有形式，"星际联盟里那群满肚子肥肠的家伙们才管不了战争呢！那些将军们，都是战争的傀儡，而他们，"他没有眼睛，但鼻子朝着那群黑袍客人抽动，"他们才是战争的主使者。"

　　多足星人来了兴趣，20只手同时举起来，叫道："再来几瓶玫瑰血！"

　　酒保端着调好的酒过来，说："先生，您的酒。"

　　这声音沉稳而温和，让多足星人有了几分好感，于是，他从肢关节里掏出几枚通用币，递给酒保。酒保微笑着道谢，伸手接过。

　　多足星人给鼻虫星人端了一杯酒，问："那他们到底是谁？"

鼻虫星人把酒一饮而尽，霎时间浑身赤红，颤抖不已。这种景象持续了几分钟，才缓慢消退，鼻虫星人喷出一口长气："舒服啊……"

多足星人又问了一遍，其余客人也凑过来，等着鼻虫星人的下一句。

"你们，知道联盟里面最神秘的部门是什么吗？"

"哦……"有人恍然大悟，"战争贩卖局？"

这5个字说出来，所有人都安静了片刻，然后各自坐回座位，端起酒，不再说话。但他们的目光都汇聚在那群人身上。

"大家都来了吧？"二号问。

"只有9个，七号没有来。"三号环视一周，说。确实，角落里只有9个黑袍，而非往年的10个。

二号皱着眉，红褐色的皮肤一层层叠起来，哼道："连一年一度的贩卖者聚会他也不来，难道连续8年的'优秀贩卖者'这个称号已经让他忘记了谦卑和团结吗？"

四号提醒道："他连今年的战争交易会也没有来。他的许多主顾都在打听他的消息，其中有些人宁愿不交易，也不愿把战争贩给我们。今年的交易额比去年下降了13个百分点。"

二号猛地拍了拍桌子，鼻子喷出带着火光的气息，有些火星落到黑袍上，立刻把袍子灼出几个洞。

这拍桌声在酒吧里格外刺耳，三号往四周看，发现其他客人都望着这边，于是按住二号的手，低声说："你不要生气。"他又打了个响指，叫来酒保："来一箱蓝啤酒。"

酒保低着头，把酒搬来后，就转身离开了。

"你们有谁知道七号到底出了什么问题吗？"说话的是一号。他一直微眯着眼睛，隐在黑袍的阴影里，没有多少存在感，但只要一开口，所有人恭敬的目光就向他汇聚过来。

"我也不知道，不过，3年前，我和他合作过。"五号伸出触须，卷起一瓶啤酒，"在昆克星。"

昆克星处在宇宙一个特殊的空间里。由于强大的混合引力，它的表面产生了折叠效果，因此，有着机械身躯的昆克星人居住在两个平行的空间里。

因为平行，两个空间没有上下之分。但人们习惯性把居住着贵族的空间叫作上域，把居住着平民的空间叫作下域。

局里给五号和七号的任务，是潜入上域，说服贵族们对下域发动战争。这并不难，技术部的人把他们的意识刻在了芯片里，然后通过虫洞直接送到上域。

上域完全是一个钢铁世界，整个城市都是由金属构成，底下有铁轮，必要时，城市能够成为活动机体。但与冷冰冰的金属环境相矛盾的是，昆克星人唯一热爱的，是艺术。即使他们的身体老迈了，生命也不会终结，他们只需将芯片换到新的机械躯体里就行了。他们都用永恒的生命，来钻研博大精深的艺术。

而七号恰巧对艺术有独特的见解，依靠这一点，他很快就取得了上域议员的资格。在他参与的第一届议会上，他就提出了战争议案。

"很抱歉，我的声波处理系统可能出了点问题。"议会长敲了敲耳朵，一脸迷糊，"你刚才说了什么？"

"我说，对下域发动战争。"七号镇定地说。

议会顿时沉默了，所有人都在公共频道里议论纷纷。

"战争是什么？"

"战争是杀戮，是断裂的肢体，是闪烁的火花，是粉碎的晶片。"

"啊，这简直是噩梦！"

"这个家伙疯了！"

"他是怎么混进来的？"

"他画了一幅画，天空寂静，城市着火，一只鸟在高楼间飞过，羽毛和鲜血掉落。"

"哦，那倒是很美的意境——但这不能成为丧心病狂的理由。"

随后所有议员睁开眼睛，开口说："驳回！"

当时五号在场外，看到会议直播，顿时着急起来。

但七号没有气馁，他早料到事情不会这么简单。他还有后招。战争贩卖局拥有整个联盟尖端的技术支持，在委派任务的时候，局长就给了他一个存储器并叮嘱说："如果能不用，就不要用。"

但现在，是用的时候了。他没有说话，背过身，悄悄把存储器插进座位下的通用接口。"嘀"，轻微的响声如春花开放又凋落。

在场的几千个议员同时停滞了一瞬间。

就在这短暂的时间里，所有人的数据盘里都多了几串诡异的编码。这些编码初时温顺无害，混在庞大的数据流里，骗过了一层层防火墙。在抵达最核心的空间后，它们立刻露出了"狰狞面目"，开始疯狂复制，夺取内存，侵占了每一个处理单元。

"我希望，对下域发动战争。"七号再次重复道。

议会又沉默了，所有人都在公共频道里议论纷纷。

"战争是什么？"

"战争是进化的动力，是促进文化的融合，是拥有广阔的疆域，是对异类的驱逐。"

"啊，这真是美丽的场景。"

随后所有议员睁开眼睛，开口说："赞同！"

于是，战争就开始了。

上域的所有人都奉献出了自己的处理器，并把身躯镶嵌进城市的各个枢纽。一台以整座城市为单元，千万处理器集中运行的巨型机器诞生了，它脚下有无数履带运转，行动迅捷，遮天蔽日。

平行空间的壁垒被撕裂，数百座城市堡垒蜂拥而入，五号和七号藏在阵列之前，率先看到了下域。

下域也是由钢铁建成的，但它是上域的另一个极端。它简陋，灰败，锈蚀斑斑，许多由破旧部件组装而成的机器人缓缓移动。他们大多数十分可笑，因为组成他们身体的部件并不适配：有的浑身纤细却顶着个硕大的液晶屏幕当脑袋，有的浑身长满了像斑点一样的锈迹，有的没有四肢只能在地上蠕行。

看到像山一样的巨型机械堡垒时，他们十分迷惑，仰头观看。上域和下域向来井水不犯河水，从无联系，他们不明白高高在上的上域机器人来干什么。但当履带碾碎第一个下域机器人时，他们的迷惑就变成了恐惧。他们发出哀号的电波，四处逃窜，但怎么也逃不出几百座城市堡垒的碾压。他们的死亡只不过是电火花零星的闪烁。

当然，下域机器人也曾试图展开反击，但在悬殊的科技实力差距之下，他们的破旧元件毫无反抗能力。城市行进的道路，留下了他们粉身碎骨的轨迹。

五号十分高兴，这种景象，是他最乐于看到的。战争贩卖员的任务就是将战争带到指定的地方，但他没想到任务会这么简单。

"嗯，那我开始下达另一个指令。"他按下隐藏的按钮，一道经过重重加密的电波随即射出，冲破大气层，来到外空间的某个军事基地。几分钟后，难以计数的军队开始移动。

上域对下域的杀戮持续了很长时间，直到城市堡垒的能源快要枯竭时，他们才停止进攻。此时的下域，已经被完全碾平，尸骸遍地，油污横流。有些机器人还活着，他们没有被完全碾压，但都失去了一些部件。有的是手，所以这些人晃着膀子悲伤地仰望；有些没有腿，他们就躺在地上，摸着同伴的尸体哭泣；另外一些没了头，不能仰望也不能哭泣，就在地上漫无目的地走着。

"咦，你怎么不高兴？"五号竟然察觉到七号的异样。七号俯视着地上的疮痍，竟然在微微颤抖。

"我有点后悔了，"他说，"这些人全是因我们而死亡。"

"不过是些铁疙瘩罢了。"五号不以为然地耸耸肩。

上域的机械城市堡垒完成了杀戮，开始撤离。

空间裂缝再次被高能粒子撞开，城市堡垒一座接一座地驶进去。然而，在踏进上域的那一瞬间，他们遭遇到了袭击。

光子弹、高能射线、电光磁块、石头、鸡蛋……所有能想象到的武器全部向城市堡垒袭来。由于之前的杀戮让城市堡垒能源几近枯竭，履带停止运转，防护罩升不起来，武器不能启动，上域的居民几乎是看着自己被轰炸成碎片的。

攻击的一方来自另一个星球在外空间布置的军事基地。当然，他们中也混有战争贩卖员，在收到上域毫无防守的消息后，军队立刻向这里袭击。这是一次联合行动，战争贩卖局打的主意并不是单纯地让上域进攻下域，而是准备了双重战争。

攻击者高效率地把数百座城市轰成碎渣之后，才启动飞船，离开了这颗支离破碎的星球。

幸存下来的昆克星人仰头看着离去的飞船，愤怒的电火花闪耀，发射出咆哮的电波。很长一段时间内，这些电波无家可归，幽魂般在宇宙

里飘荡，令每一个接收到的人感到脊背发凉。

"好了，这个大单子完成了。"五号长舒一口气，"局里会表扬我们的。"

七号却低着头，没有说话。他看着底下愤怒的人们，知道从此以后，这颗星球上的人们不会再钻研诗歌书画了，复仇将是他们唯一的人生目标。

艺术在这颗星球上死亡了。

"嗯，我记得那个任务。"一号点点头，"昆克星人有着精密的身体，能高速运算，而且生命漫长，是十分有潜力的星球。但他们沉迷于艺术，科技一度停滞，所以局里才会把战争贩卖给他们。"

"事实证明，这次贩卖很成功，创造了巨大的效益。昆克星人放弃了艺术，开始钻研武器，不到两年，联盟的武器装备已经上升了一个层次。"五号赞同道。

"所以，"一号举起酒杯，"为了战争。"

"为了战争。"所有人一饮而尽。

九号抹了抹嘴巴，说："说起来，我也和七号碰过面。"

这时，二号把酒保叫过来，又要了几瓶酒，然后说："九号，你说说吧！"

酒保把酒摆好，一直低着头，九号弯腰去拿酒，无意间看到酒保，愣了愣。

"怎么了？"

"哦，没事，最近眼睛不好，可能需要休息了。"九号敲敲桌子，说："去年，我在树星见过他。"

树星，名副其实，是由树构成的行星。但它的奇特之处在于，整个星球，只由一棵树构成。

星球史学家们曾对树星的形成进行过大量研究，有诸多猜想，其中人们最能接受的说法是：在某个时间点，一颗种子流落到了未知名的小行星上。由于宇宙射线的作用，种子发生了突变，以令人瞠目结舌的速度在行星上萌发着。它的根系包裹住行星，而因为没有重力限制，树的枝干向着四面八方伸展。它从宇宙射线中获取能量，凭借巨大的质量来俘获气体和土壤……最后，一颗直径超过30000千里的巨型木质行星形成了。

这是宇宙的奇迹。

联盟疆域辽阔，纵横亿万光年，但记录在册的全木质行星，就只有这么一颗。

但很遗憾，它横在罗斯福航道的节点上。罗斯福航道是联盟首脑们一致获批的大工程，耗资数万亿联盟点，要在每个传输节点设置虫洞，以便航舰进行超空间跳跃。

所以，树星必须从航道图上被抹去。

因此，战争就要降临到树星上。

这个任务本来是派给了七号，但一年过去了，树星毫无动静。为此，罗斯福航道的工程建设不得不停下——毕竟不能当着所有联盟成员的面，把树星强行毁灭。

局里跟七号失去了联系，于是派出了九号。

树星人居住在树枝上，出行都是靠树藤摆动。这里环境相对原始，因为金属稀少，科技的发展受到了很大限制。树星得以加入联盟，凭借的是无与伦比的手工艺，联盟富豪们都以能够收藏树星的木制品作为身份象征。

九号的伪装能力很强，很快就适应了在树枝上摆荡的生活。然后，他凭着局里装备的定位器，锁定了七号的位置。

在一个傍晚，九号在繁盛的枝叶间穿梭，几乎到了下半夜，才找到七号的住处。这是一座树屋，巧妙地用枝条勾连而成，看似松散，却坚韧异常。九号进去的时候，里面空无一人，看来七号正好出门了。

九号在屋里等得无聊，便向四周打量。这个屋子的摆设很简朴，一张木床，一个桌子，很难想象薪金优厚的战争贩卖员会住在这么简陋的地方。他缓缓巡视，突然在木床下看到了一台便携电脑。

九号突然感到呼吸急促。他朝四周看看，只有风声籁籁，枝影扶苏。他咬咬牙，把电脑打开。

里面存满了照片，还有大段的文字描述，九号一一查看，越看越吃惊——这些图片和文字，全部在记录树星。树星的各个季节，繁盛时枝叶郁郁葱葱，凋敝时黄叶漫天飞舞，还有树星人的生活状态，都巨细无遗地被记录在内。

原来七号停留的一年多时间，都是在做这种无聊的事情！

九号正愤怒着，门外传来了脚步声。

"你是谁？"消瘦的身影站在门后，满是戒备。

"前辈好。"九号揭开身上用来伪装的苦灰色皮肤，说，"我是九号。"

"你来这里干什么？"

"局里失去了与你的联系，派我来执行任务。罗斯福航道的工程建设，已经不能再拖了。"

"我知道了，我会完成任务的，你先回去。"

"不，局长给我的任务是督促你完成任务，否则，我不能离开。如果你不能完成任务，就换我来。"

七号沉默了。

九号指了指扔在床上的电脑，语气里隐含讥诮："看来，这一年来前辈没有少下功夫啊，对树星的观察这么仔细。任务完成了，我想前辈都能出一本记录树星文化的书了，肯定很畅销。"

"你不了解这里，所以才会这么说。"七号打开树窗，让清新的浓氧吹进来——树星每时每刻都在进行光合作用，因此星球表面氧气浓度很高，"我刚来时，也想迅速完成任务。但我看到这里的人，无忧无虑，爱好和平。这里的景色，每个季节都不同，哪怕是寒风萧瑟，也独有风味。这里是宇宙中最美丽的地方，我喜欢这里。所以我一直没有动手，我在观察，记录这里的点点滴滴。"

"我们贩卖战争，走到哪里，都会带来血与火。我们不能喜欢任何一个地方或任何一个人。"九号冷哼，"这是职业守则第一条，前辈忘了吗？"

"我没忘，只不过，我已经不想当战争贩卖员了。"

"我们没法选择。被贩卖的战争，绝大多数属于联盟机密，不能让外界知道。我们退休的那一天，也就是死亡的那一天。"九号死死盯着七号，"这是职业守则第二条。"

七号注视着外面摆动的柔软树枝，许多树星人正在枝条上嬉戏，轻轻说道："难道真的要将这些人全部杀死么？树星人是无害的，一辈子生活在树上，喝树汁，欢笑。我在这里一年，他们很喜欢我，把我当成友好的客人。"

"如果他们知道你是战争贩卖员，就不会喜欢你了。他们会杀了你。况且，罗斯福工程将造福整个联盟，一旦工程完工，航舰就不用在布满黑洞、陨石带、死光的危险星域里航行了，要知道，这些地方，每年能吞噬几千万联盟居民。"

　　"一个人，和一个世界，如果放在天平的两端，谁更重要呢？如果拯救了世界，而那个人死了，那么这个世界对他又有什么意义呢？"

　　九号罕见地沉默了，他垂着头，踱着步子，最后才缓缓开口："这个问题我回答不了。但是，贩卖战争是我们的工作，必须完成。你要知道，你拖不了很久的，总有人会完成这个任务。而到时候，作为办事不力者，前辈，你将会受到很可怕的责罚。"

　　"我知道了。"七号转过头去，轻轻地叹了口气。

　　第二天，七号完成了这项任务。这并不难，只是他之前一直不忍下手——他只是以高价购买了一批次等手工艺品。

　　在树星，别的都可以忍受，但对工艺品的鉴赏是不能被玷污的。其他手艺人纷纷质疑，七号乘势鼓吹这批工艺品的好处，并且让九号潜入别人的仓库，砸毁了所有上等品。在这种推波助澜下，树星人本来没有的愤怒被激发出来，一场小规模的争斗开始了。

　　而在树星，只需要那么一点点争斗，就可以毁灭整个星球。

　　杀红了眼的其中一个树星阵营，面对节节退败的形势，干脆一咬牙，使用了九号给他们留下的终极武器。

　　火。

　　高浓度的氧气，无处不在的木头，使得火焰很容易就能将整个星球点燃。因此，火种是作为人人恐惧的恶魔而被封藏在隐秘之地的。

　　现在，这个恶魔逃出来了。

　　最先是一根枝干被燃起，尔后火势如逆龙席卷，迅速蔓延到树星各处。氧气被消耗，火焰燃起，温度加剧。

　　当九号和七号离开树星的时候，透过飞船的舷窗，他们看到，在漆黑的宇宙里，一颗星球正在熊熊燃烧。

"罗斯福工程现在正接近尾声，一切都很顺利，这都归功于你们出色地完成了任务。"一号拍着手掌，"正因如此，局里收到了联盟的嘉奖，你和七号双双被评为优秀贩卖员。"

"但我觉得，七号并没有跟我一样高兴。"

"嗯，我听出来了，"一号沉吟，"他对我们的职责产生了怀疑。"

讲到这里，他们先买的酒早就喝光了。酒保适时地端上酒来，三号伸手去拿，不小心碰翻了酒盘，酒保迅捷地稳住盘子，弯腰抄住摔下去的酒瓶。这一系列动作只发生在一瞬间，当贩卖员们反应过来时，酒已经被端到桌子上了，而酒保低着头离开，去招呼其他客人。

"咦，我怎么觉得很熟悉——"一直没有说话的二号突然开口，却被一号打断了。

"但无论如何，我们的工作都是为了联盟的利益。"一号再次举起酒杯，"为了战争。"

"为了战争。"九个人仰头痛饮。

一号伸出分叉的舌头，把酒沫舔净，吐出一口气道："听你们这么说，那我可能是你们中最后见到七号的了。"

"怎么没听你说过？"

一号犹豫了一下，说："因为我羞于说出口。我和他碰见是在去年，那是局里唯一没有完成任务的一次。"

另外8个人恍然大悟，齐声说："难道是……"

"对，是在地球。"

严格来说，地球并不是联盟成员。它太落后，到现在为止科技还只停留在原子层面上，远远不够加入联盟的资格。因此，对地球来说，联

盟的存在是隐形的。联盟只是派人观察过几次地球，留下了一些神迹或不明飞行物之类的种种怪异传说。

但根据观察，联盟把地球的潜力等级定为一级，甚至超过了昆克星——要知道，在如此短暂的岁月里，地球生物由蒙昧的海洋藻类，自主进化成掌握科技力量的智慧生物，这是多么的不可思议！

因此，联盟决定破格接纳地球为新成员。

但首先，要使得地球的科技以爆炸般的速度增长。这一切，又要依靠战争。

战争贩卖局共出手过两次。第一次，他们唆使一个塞尔维亚族青年在萨拉热窝枪杀了奥匈帝国皇位继承人夫妇。第二次，他们找到了一个叫阿道夫·希特勒的年轻人，扶持他，让他获得权力。这两次都使战争如狂潮般席卷全球，尤其是第二次，从欧洲到亚洲，从大西洋到太平洋，先后有61个国家参战，84个国家和地区、约20亿人口被卷入战争（占当时世界总人口80%以上），作战区域面积2200万平方千米。

现在，联盟决定进行第三次干预，由战争贩卖局里资格最老的一号亲自出马。

那是在一个春天，整个欧洲大地上都是春风和煦，明媚的阳光挥洒而下，花香吹遍诸国。然而这样明朗的天空下，却气氛肃杀，似乎随时会有浅灰色的战云聚集。

战云旋涡的中心，是一个半岛国家。

一号只身来到了这个国家的首都。这并不容易，因为E国和W国都陈兵于此，互相对峙，出入境守卫森严，卫兵是决不容许一个有着分叉舌头、鲜红色皮肤和岩浆血液的外星人顺利通过的。所以，一号伪装成了一个地球人，富态的中年男子形象，以经商的名义混了进去。

他在首都广场附近定居下来，每天夜色沉降时，他就去广场上溜达，在无数人的细碎交谈中收集情报。他的耳朵灵敏发达，接收着空气中的每一丝波动，连最细微的电波都没有放过。他的量子大脑精准地将这些波动处理成信息，滤去垃圾，将有用的信息进行归档。很快，他就了解了这个半岛国家的国情。

情况对他很有利。对峙的E国和W国都在争夺半岛国家的归属权，形势一触即发，全世界的焦点都汇聚在这里。一号只需静观其变，在合适的时机做合适的事，就能轻易点燃战争的火种。

在广场收集信息的过程中，他有时候也在观察这颗星球上生活的人们。广场是缩小版的社会，上演着人生百态。一号站在酒店的阳台上向下望，每天都能看见不忠的丈夫，手段低劣的小偷，忧心忡忡的学生，以及，那个男人。

那个总是低着头，看不清面容的男人。

他大概三十几岁，身形瘦削，面容普通，总是穿着一身灰色的大衣。他每天傍晚时分来到广场，在角落里放几十个塑料尖角，摆成圆形跑道，然后他会打开带来的音响，里面流淌出高昂的歌剧音乐。只要歌剧开始播放，不一会儿，就会有家长带着孩子过来。孩子们大都七八岁，穿着溜冰鞋，膝盖手肘处绑着护套，有些还戴着头盔。

这个男人是广场上的滑冰老师。

孩子们一到齐，他就自己换上溜冰鞋，领着孩子们在跑道里来回滑。有时候他突然吹口哨，孩子们就扭动脚腕，立即停下。他再吹，孩子又马上开始滑。

在这战云笼罩的时节，这群孩子们总是玩得很开心，摔倒了也立刻爬起来。这种与时局截然不同的景象让许多人驻足观看。

而一到天黑透了，孩子们就都被家长领走了。男人便低下头，独自收拾音响和塑料尖角，把它们放进包裹，然后走进灯光照不到的阴暗角

落，到了第二天傍晚再出来。

有时候，一个女人会帮他收拾。那个女人也是带孩子来溜冰的，她帮男人收拾的时候，她8岁的女儿就在一旁玩耍。明亮的月光罩在小女孩冰雕玉砌般的脸上，光晕流转，煞是可爱。

"安娜，谢谢你了。"收拾完后，男人对女人道谢。

"没什么的，很简单。"叫安娜的女人掠了掠脸颊边的头发，犹豫一下，"我可能付不起这个月的费用了。我的房租还没有交，而薪水却一直拖着，没有发下来……"

"没关系，"男人摇摇头，"你可以迟一些时候再给我。"

"现在情况这么艰难，我本来打算不让卡拉来学溜冰了。但是她很喜欢溜冰，换上鞋子就会高兴，自从她爸爸离开之后，我就很少见到她笑了……"

"我明白，让她来吧。我也很喜欢她。"

然后两人告别。男人背着硕大的包裹，步履缓慢地走出广场，他像是黑夜的猎物，一出广场就被黑夜吞噬了。以一号的目力耳力，居然找不到他离开的方向。

而安娜则拉起小女孩卡拉的手，朝着另一个方向走去。月亮把她们的影子拉得很长，像是两根孤独的手指。

大概半个月之后，一号就大致完成了信息的采集。一个晚上，他把自己的脑袋跟地球网络连接，在巨大的数据流中徜徉。他的大脑是基于量子算法来运转的，侵入各国网络的防火墙，就像用手指戳破窗户纸一样简单。

一号如同幽灵一样游弋，在获取机密情报的同时，也留下了一些意义明确的线索，这些线索会给他的任务提供帮助。比如第二天，美国五角大楼突然收到了一份情报，显示俄罗斯有大规模军事行动；朝鲜情报网则被入侵，大量机密外泄，技术员昼夜分析，查出入侵者似乎是来自韩国青瓦台；英国的冷血特工接到指令，前往伊朗暗杀几名高官，却不幸被捕，军情六处摆出了一副不回应的高傲姿态，但在内部，他们也相当纳闷，因为所有有权下达类似指令的官员都发誓赌咒说自己没有做过……

总之，全球局势进一步紧张。春日明媚的天空下，有暗云卷涌，危机四伏，就像一个火药桶，只需一点火星就可以被引爆。

这样的形势，也影响了广场上那个溜冰老师的生意。这个半岛国家位于战争旋涡的中心，人人自危，有能力的都离开了国家，没有能力的只能待在家里，瑟瑟发抖地等待第一声枪响。所以，渐渐地就没有小孩子来学溜冰了。

只有安娜偶尔带着卡拉过来。一见到她们，男人就显得高兴起来，给卡拉换鞋，然后带着她在跑道上滑行。安娜站在一旁，静静地看着，嘴角凝固着一抹微笑。

有时候，卡拉一个人练习，男人和安娜则坐在台阶上，一边看着卡拉欢快的身影，一边聊天。

"对不起，你的情况也不太好，都没有其他学生了，我却付不起费用。"

"没关系。"

一阵沉默。

安娜咬着嘴唇，想了想，说："你来自哪里？他们说你不是本地人，一个人来教孩子溜冰，学费收得很低，晚上住在巷子里。"

"我从很远的地方来。"男人的回答总是很简洁。

"其实以前这里挺热闹的，晚上会有许多人来跳舞，年轻的姑娘，热情的小伙子。那一排，"安娜指着远处的街道，"全部都是手工饰品

的商铺。而现在，人们害怕战争，都不敢出门了。"

听到这里，一号扬起冷笑。哼，这些愚昧的原始生物，怎么能够理解战争的真正意义呢？

男人也没有回应。他似乎是缺乏社交经验，愣了很久，突然开口："你是一个人抚养卡拉吗？"

"是啊，"女人的情绪明显黯淡了一些，手指绞着衣角，"我丈夫以前在特种部队服役，在一次战斗中牺牲了。部队赔给我一笔很少的抚恤金。那时候，我还怀着卡拉。我曾想过把她打掉，但是……现在我的生活并不好，不过我不后悔，她是个很可爱的孩子，是吗？"

男人点头表示赞同。

安娜欣慰地看着卡拉的小小身影，随即又忧心忡忡地低下头，说："只是，如果战争真的来了的话，我和卡拉就不知道怎么办了。"

"放心，"男人安慰她，"不会有战争的。"

然后两人分别。广场顿时变得空旷，只有风缓缓飘过，刮起地上的碎纸屑，沙沙，沙沙，令人寂寥的声音响了起来。

在接下来的日子里，男人和安娜又碰过几次面。他们交谈的时间越来越长，但内容都没什么营养，无非是天气、食物和卡拉的成长状况等琐事。

一号对此嗤之以鼻，在联盟，人们才不会为了这些小事而浪费时间交谈。只有地球人才会，而他们这么做通常也只有一种目的，叫什么来着——爱情？

其实一号知道安娜是从事什么职业的。他曾经对安娜进行过定点观察，收集所有与她有关的信息。一次，他"听"到了安娜手机里收到的短信，内容是让她去某个酒店，有个年迈的客人在等她。

这不难理解：她没有丈夫，独自抚养着女儿，难免会走上这条路——何况，她还算是颇有姿色的女人。但一号看得出来，她是真心喜欢那个教溜冰的男人，每当她悄悄地看着男人的侧脸时，一号都能明显听出她的心跳在加速，一片酡红蒙上她的脸。

有一天，两人分别时，安娜鼓起勇气对男人说："我做了派，你要不要去我家里吃？"

一号已经对地球人的生活状态有所了解，知道这种邀请代表着什么。他抚摸着下巴，饶有兴趣地看着事态往下发展。

然而，出乎意料地，男人拒绝了。"对不起，"男人把包背起来，一大团阴影顿时笼罩了他，"我今天很累，想早点休息。"

安娜咬着嘴，没有说话。

不远处的卡拉似乎也察觉到了气氛的僵硬，停止玩耍，好奇地看着两个相对而立的大人。

"你先回去吧，注意安全。"男人的声音古井无波。

安娜有些颤抖，似乎不胜夜风寒凉，她的眼帘上沁出一层细碎的光，在月夜下闪烁。她牵起卡拉的手，快步走远，夜风中还传来卡拉有些不满的声音："我都没有向叔叔说再见呢……"

男人沉默地看着母女俩走远，突然放下包裹，抬起头。

一号悚然一惊——男人的目光，竟然隔着遥远的距离，笔直地向自己这个方向看过来。

他兀自惊讶着，男人却收回了目光，提着包裹离开，很快就融入夜色里。

自那之后，安娜再也没有出现过。男人彻底没了学生。

广场越来越冷清，行人寥寥，只有来自海上的风缓缓掠过，带着略微的咸味。他还是把塑料尖角摆成跑道，播放歌剧音乐，但他坐在黑暗

的台阶上等了很久，也没有小孩子出来。

他就这样等到深夜，然后独自收拾好一切，踽踽离开。

而这时，一号的计划正在有条不紊地进行着。他让各国都闻到了阴谋的味道，一旦E国开始强行占领这个半岛国家，势必与W国开战，其他各国肯定乘势而起。那样，战争的火焰就将熊熊燃烧，席卷这颗星球的每一片土壤。

而他要做的，就是让一点火星落到这个已经炙热的火药桶上。

形势的发展一如他所料——为了控制这块地区，美国派来了一群雇佣兵，全副武装，招摇过市地进入首都驻扎下来。这引来了当地警察和群众的不满，他们前往交涉，希望雇佣兵们暂时把武器交出来，以免让居民感到不安。雇佣兵态度蛮横地拒绝了，在推攘过程中，有人误开了一枪，情况顿时变得混乱……

这场交涉最终变成了武力冲突，约有七八个人在冲突中丧命。尽管军队迅速介入，使其平息下来，但它依旧导致了恶劣的后果。它让首都的局势如同绷紧的弦，任何风吹草动都可能使弦上那支战争的箭射出去。

人们小心翼翼地过着日子。那个男人依旧跟以前一样每晚来广场，但依旧没有孩子来溜冰，他的身影孤独起来。

夜晚已经没有了月亮，乌云压顶，狂风卷动。男人的大衣在风中猎猎鼓荡，等到深夜，他轻轻叹息一声，关了音响，开始收拾东西。

这时，那个叫卡拉的小女孩跌跌撞撞地跑了过来，扑到男人怀里。男人诧异，正要开口问，卡拉突然哇哇大哭。

"妈妈……妈妈死啦……"

男人浑身剧颤，背上的包裹掉了下来，塑胶尖角撒了一地。

卡拉继续抽泣道："他们说，妈妈从外面回来，路过……然后被流

弹打中了……没有抢救过来。我只有妈妈，妈妈……"

"你不要哭，"男人顿了顿，叹息一声，说，"你还是哭吧……"

卡拉不再强忍，放声痛哭，眼泪和鼻涕一起擦在男人的大衣上。

"但是你不要担心，你还有我。"

男人把卡拉抱起来，一直抱到肩上，然后转身离开。这次，他没有走以前的那条黑暗路径，而是走向安娜的家。他没有管地上散落的包裹。

出于一号自己都不能理解的好奇心，他放大了视听范围，紧紧监视着男人。他"看"到男人抱着卡拉来到了一处破旧的公寓，里面空空荡荡，灯管年久失修，一闪一闪的。水管也在漏水，滴水声回荡在空旷的屋子里，嗒嗒，清晰分明，如同寂寞的心跳。

走到屋子里面的时候，卡拉也哭累了，伏在男人肩头沉沉睡去。

男人把卡拉放到床上，替她盖好被子。被子虽然旧，却很干净，包裹着卡拉甜美的脸。她的脸上犹带泪痕，嘴角却勾出微笑的弧度，似乎在梦里又见到了妈妈。

男人环视屋子，手指在物件上一一划过，当他摸到一个相框时，手指停了下来。

照片上，是年轻的安娜。她在夏天的阳光下绽放笑容，明眸皓齿，金黄的头发熠熠生辉。她的笑容里面没有阴影，那么明净，眼神无邪，丝毫没有看到日后将笼罩她的悲惨命运。

男人把相框取下，贴在胸口，深深呼吸。

看到这里，一号收回目光，兴味索然地打了个哈欠——没什么新奇的，不过又是一出人类的爱情悲剧而已。

他不应该在这上面浪费时间，他要关注的，是明天的游行。

第二天，不满政府无能的民众聚集到一起，举行了声势浩大的示威

活动。旗帜遮天，口号如雷，整个广场如同沸腾的水。警察和军队都来维持秩序了，连雇佣兵也来凑热闹，而人群中间，更是混进了不少E国和W国的特工。

一号此行的目的，就是刺杀W国的特工。他也在人潮里，不断向特工靠近，袖子里的匕首尖刃闪着寒光。

只要他趁乱捅死W国特工，并把这柄只有E国军队才会配置的战术匕首留下，W国肯定会指责E国手段卑劣。随后E国会勃然大怒，以不能承受污名的借口宣战——而事实上，他们蓄谋已久，早想武力进攻E国了。

一旦战争打响，先前埋下的引子就会起作用。在利益牵扯下，其他各国会纷纷参战。

这就是一号能够在战争贩卖局里独当一面的原因。他擅长分析局势，找到其中最薄弱的环节，一举击破。正如地球上的俗语："失了一颗马蹄钉，丢了一个马蹄铁；丢了一个马蹄铁，折了一匹战马；折了一匹战马，损了一位国王；损了一位国王，输了一场战争；输了一场战争，亡了一个帝国。"一号只要剔掉那枚钉子，就能左右战争的走向。

这听起来很简单，但放眼整个星际联盟，能做到的，也只有一号。

他已经靠近了W国特工，匕首滑下，在所有人视线的死角里，狠狠向特工刺过去。

一切就要结束了。

一号脸上已经浮现出笑容。

但他的笑容瞬间凝固了——因为一只手伸过来，按住了他的手腕。一号抬头，看到了那个教小孩溜冰的男人。

男人依旧穿着灰色大衣，身形高瘦，面色冷峻。他横在一号身前，低声说："前辈，你好。"

"你是——"一号瞬间明白了，这个男人跟自己有着相同的身份。

男人点点头，说："我是七号。"

"既然是同事，为什么要阻拦我？"

"这是一颗美丽的星球，不应该被战火焚烧。"

"可是焚烧过后带来的，将是新生。"一号皱起眉头，不想继续这种幼稚的对话，"局里下达的指令，难道你要违背吗？"

七号摇摇头，说："一旦战争开启，无数人会失去家园，失去亲人。谁来管这些人？联盟自然有联盟的大道理，但是，那些人的生活就活该被破坏吗？"

一号敏锐地察觉到了他话里的意思，问道："是因为那个叫安娜的女人吗？"

七号不语。人潮汹涌，吵闹喧嚣，他却沉静得如同翻天巨浪下的礁石岿然不动。

"果然如此……可是你知不知道，安娜是个妓女！"

"我知道。"七号沉默了几秒，"但那又怎么样？如果不是战争，她还可以继续抱着女儿，看着卡拉成长。尽管生活艰难，但终究能活下去，而现在她死了。人一旦死了，就什么都没有了。"

一号气急，干脆不再多言。他猛甩手腕，把匕首换到左手，朝特工刺去。七号几乎在同时错移身体，用膝盖上顶，将匕首撞偏了方向。

在人群包围下，他们飞快地搏击着，动作幅度小，却招招狠绝。周围人来人往，如潮如浪，却没有一个人发现这场殊死搏杀。连那个特工都没察觉，他盯着前方，浑然不知自己已经在鬼门关走了好几趟。

久战未果，七号素性挺腰上前，让匕首刺进腰部，然后死死按住匕首柄，不让一号把它拔出来。

一号没想到七号会牺牲自己来夺匕首，错愕地说："你——真的值得吗？"

"我不想让更多的小孩子像卡拉一样没有依靠。"七号腰间沁出淋漓鲜血，声音也颤抖起来，"我以前做错的事情太多，现在，多少想弥补一下。"

"你现在阻止了我，下次呢？"一号冷笑，"你能时时刻刻提防我吗？"

"我也入侵了地球网络，将你留下的线索全部铲除了。"七号喘息着说，"而且，如果你在24小时内不离开地球，那么，所有国家的领导都会接到一份情报，一份关于你潜入地球企图引发战争的情报。"

"你！"一号愤怒之极。战争贩卖局的最高宗旨，是要隐藏身份，所以他只能偷偷摸摸地收集情报，暗中下手，使战争看起来完全由偶然引发——绝不能让地球人知道联盟的存在。但现在，七号已经打算破釜沉舟了。"哼，你就不怕被局里处罚吗？"他咬牙问道。

"我不在乎。"

这时，在警察的疏通下，游行队伍已经开始向四周散开，特工也早已走远。一号见大势已去，长叹一声，放开了匕首。

七号也不多话，捂着腰部，转身离开。他逆着人群，步履踉跄，似乎是一片随时会被海浪吞没的浮萍。在人潮的另一边，有一个精致可爱的小女孩，正踮着脚观望，但她个子小，只能看到无数纷乱的身影。她看得着急起来，嘟起嘴，泪花闪现。

就在她要哭的前一瞬间，七号艰难地走到了她身前。

"叔叔！"女孩子破涕为笑，大声叫道。

七号点点头，用左手把她环抱起来，右手则继续捂住肚子。一条血迹从他脚下蜿蜒流出。他好像感觉不到疼痛，抱着女孩儿，一步步走向人海的尽头。

一号的讲述很久，结束时，所有人都沉默了。

"呃……"三号斟酌了一下，小心翼翼地开口，"那次失手，不能怪你。"

一号挥挥手，打断他的话，沉声说："但不管怎样，这都是我职业生涯上的污点。我离开后，半岛国家宣布加入E国，那场争端已经告一段落了。短时间内，不会有战争重燃的迹象。"

"局长怎么说，还会再派人吗？"

"不会的。他重新查看了地球的历史，前两次战争给地球人带来了惨痛的代价，到现在地球人还没有从阴影里走出来。局长觉得不能揠苗助长，他说他有耐心等待，等待地球科技加速发展，直到有能力加入联盟的那一天。"

他说完，重重地吐出一口气。

三号把空酒杯咕噜噜地转着，半晌，突然说："那七号到底去哪儿了呢？"

"我听过几个说法。有人说他被匕首捅伤后，没有及时治疗，重伤而死；有人说他继续留在地球上了，还是当溜冰老师，每个夜晚带着孩子们在广场上嬉戏；也有人说他开始在星际间流浪，记录每一颗星球的迥异风情……总之，他是不会再回联盟政府了。"

叮叮叮，清脆的铃声自吧台传来，在这间星际酒吧里回荡。

这是酒吧打烊的标志。外面的六轮月亮已升到中天，清辉弥漫，带着荧光的昆虫在窗外飞舞。更远处，是一片浮在半空中的浩瀚森林。

客人们纷纷把杯中的酒喝尽，留下小费，跟跟跄跄地走出酒吧。很快，酒吧就变得空空荡荡，只听得到风刮过屋顶的呼啸声。

大厅里，9个战争贩卖员还坐着，每个人面前都还剩一杯酒。

"时间也不早了，今年的贩卖者聚会就结束了吧。"一号照例举起

酒杯，瑰红色的液体在灯光里漾出迷离的光泽。

其他人也举起来，9个杯子碰到一起。

"为了——"一号张了张嘴，欲言又止，最终什么都没说，只把杯中酒灌入喉咙。

其余人也沉默地把酒喝完。

他们把联盟币留下，同时起身，宽大的袍子如黑云掠城。早就有自动飞行器等在门口了，他们一坐上去，飞行器尾部就喷出淡青色的离子流，迅捷地升上天空，消失在群星间。

三号走得慢，上自己的飞行器前往身后看了一眼，酒吧的灯已经灭了，只有酒保收拾座椅的模糊身影。三号揉揉眼睛，刚要进飞行器，突然转过身，死死盯着酒保。

"别看了，走吧。"一号拍拍他的肩膀。

"可是，"三号的声音充满惊疑，"那个酒——"

一号用眼神制止了他接下来的话，叹息一声，摇摇头，再次重复道："走吧。"

三号似乎明白了什么，点点头。他的飞行器切割着夜色，化为一道青光，转瞬间消失不见。

酒保花了好一会儿工夫，才把杯盘狼藉的大厅收拾妥当。他额头上沁出汗珠，腹部传来隐隐的疼痛，他按住肚子，好一会儿才缓过来。

"这是工资，"老板把一叠通用币递给他，顺便扔来一条毛巾，"擦擦汗。今天辛苦了。"

"应该的。"酒保笑了笑。

把酒吧的门锁好后，他也乘简易的飞行板离开了。

他掠过森林，穿过两座高山间的峡道，飞进了城市。这座城市是建在半空中的，随风缓缓起伏，霓虹闪烁，彻夜不眠，远看去如同一颗在空中游弋的巨大明珠。

酒保的家在城市边缘。屋子里有一盏灯亮着，却静悄悄的。他踮起脚，小心翼翼地把飞行板停好，但刚转过身，就看到卧室门口站了一个小女孩儿，正揉着惺忪的睡眼。

"对不起，把你吵醒了。"

"叔叔，"小女孩儿的声音很慵懒，带着明显的睡意，"你回来得好晚……"

"今天客人比较多，有点忙，不过——"酒保蹲到小女孩儿面前，献宝似的把通用币掏出来，上下摇晃，"你看，今天我挣了很多钱哦。"

"叔叔最能耐了！"小女孩儿张开手臂，抱住酒保的脖子。

她已经很困了，一靠到酒保身上就睡着了，鼻子里发出均匀的呼吸声。

酒保轻手轻脚地把她放到床上，给她掖好被子，并在她额头上留下了一个轻轻的吻。

"晚安，叔叔。"小女孩儿迷糊地说。

酒保走到了卧室外，替小女孩儿把门关上，自己则在沙发上和衣躺下。

"晚安，卡拉。"

说完，他伸手按灭了灯。

我讲我爷爷的故事

我来给你讲述我爷爷的故事。

本来，这个故事应该由我的奶奶来讲，她见证了我爷爷的大部分人生，她讲述的视角将更加真实和全面。但我奶奶压根儿不愿意提起我爷爷，只有当她弥留之际，神志昏沉时，才会在深夜里愤愤地骂着那个早已离开的男人。

这个故事便是从零碎的梦呓中整理得来的。

我的爷爷出生在拓荒纪元中最疯狂的年代。那时，人类舰队在宇宙的黑渊中行进，一千亿人沉睡着，只有当检测到宜居星球时，才会使一百万人苏醒，投放到星球上。这百万人负责这颗星球的改造，而剩下的人继续航行。人类的版图向四面八方扩张。

我爷爷所在的星球，叫芜星。讲到这里，你或许觉得能从名字猜出这颗星球的情况来，但你错了——事实上，芜星比你想象得更加荒凉，比你中年以后秃顶的头皮更加贫瘠。

我爷爷是芜星第九代居民，从小就不老实，15岁时，他彻底厌倦了芜星一成不变的景色。当时对芜星的改造，主要是通过农业，我爷爷看着人们每天顶着两轮毒日，在田地里弯腰耕作，心里充满了绝望。他憧憬的是星辰大海，他也将属于舒适悠闲的舰队一员，而不是污水横流、臭气熏天的改造田。

在理想和现实的极大反差下，我爷爷激发了他的斗志。那时，每天晚上，他都跟与他同龄的伙伴们描绘重归星舰后的美好景象。

"只要我们回到星舰，找一个冬眠机睡下，醒来的时候，说不定联盟已经停止拓荒了。那应该是几百或几千年后，我们就能享受现在的人种下来的果实了。亨利，我知道你想吃肉，那时候，嘿嘿，油腻腻的肥肉吃到你想吐！"

精瘦的少年亨利下意识地吞了吞口水。

"还有你，徐家声，不是一直想交女朋友吗？告诉你，到时候联盟资源富裕，你想找什么样的都有！"

徐家声发出了比亨利更大的咽唾沫声。

我爷爷在耗尽了想象力和口水之后，终于让伙伴们达成共识：不能生活在这个年代！一定要回到星舰，在冬眠机里让时光流淌而过，等艰苦卓绝的拓荒纪元结束，在平安享乐的繁华世纪里苏醒。

为了这个共识，他们想尽了办法：破坏耕种机器，故意打架闹事，夜晚大声唱歌影响别人休息……这些捣蛋事的唯一目的是想让负责这一片改造队的赵队生气，将他们送回星舰反省。但事与愿违，赵队总是笑呵呵的，每次都是抓到他们当场就放了。

情急之下，我爷爷的领袖才能也体现出来了。他每天留心观察，发现隔一个月就有几艘飞船启航，在星舰与芜星之间运送物资。我爷爷打上了这艘飞船的注意。

"要是被发现了怎么办？这可是大事，联盟的法律这么严，我们肯定会受惩罚的。"徐家声得知我爷爷要抢飞船，脸都吓白了。

我爷爷却满不在乎地摆摆手，说："我们都不是成年人，即使被抓到，赵队也不会真把我们怎么样。你放心，只要抢上了，我们就立刻去追星舰。"

于是，这群少年趁着两轮太阳都沉入天际的时候，悄悄来到了港口。十几艘飞船停在那儿，在夜色中如同一个个庞然巨怪。我爷爷选了

其中看守最少的一艘，几个人一拥而上，将两个卫兵撂倒，然后进船把其他人制服。这个过程颇为顺利，简直可以给后来横行在各星际航道中的海盗当作抢船劫货的典范——如果不是我爷爷骤然发现飞船上没有燃料的话。

我爷爷当机立断，把人质扣押了，给赵队打电话："赵叔叔？"

赵队除了掌管这片区域的开发改造，也负责对未成年拓荒者的教育，因此很熟悉爷爷的声音。他在通讯器的另一头漫不经心地说："是小李啊，又怎么了？"

"是这样的，"我爷爷有些不好意思，"呃，赵叔叔，我抢了一艘飞船，扣押了7个人质。船上没有燃料，要不，麻烦您送点燃料过来，我把人质还给您？"

"你要飞船干什么？"

"我不想在芜星待了，我要回星舰。"

"好，我马上过来。"

当时港口已经聚集了很多宇航员，七手八脚地指着我爷爷一伙人。我爷爷见其他同伙都已经脸色发青了，低声骂道："没出息的！等赵队拿来了燃料，我们就回星舰了，美味的肉……"

我爷爷还没有把美好景象勾勒出来，赵队就来了。他是一个人来的，没有带燃料，他脸上还是笑眯眯的表情。他说："小李啊，别闹了，放下枪，把人质也放了，跟我回去。"

我爷爷心里知道没戏了，他当然不敢真的杀人质，但又不愿意功亏一篑。他跟赵队僵持着。赵队也不急，扳着指头给他算："首先，我是不可能给你燃料让你走的，要是每个人都像你们这样偷懒想拿现成的，联盟就垮了。然后，你没胆子杀人，也开不走飞船。你看，还是留下来吧。"

僵持了3个芜星时，我爷爷终于放弃了，一群少年垂头丧气地鱼贯而出。被扣押的船员咒骂着要打他们，赵队拦下了，笑嘻嘻地说："算了，都是孩子，不懂事。"

"现在是孩子就敢拿枪劫船，等成年了，不知道要干出什么事情来！"一个船员脸都憋红了，嚷道。

"你说的也是。"赵队按按太阳穴，叹了口气，"那就给他们一点惩罚吧。"他叫住了我爷爷一伙人，手指在他们的脑袋上点来点去，"1、2、3、4、5、6、7，点到谁，就是谁。"

他的手指最后落在徐家声的头上。

"小徐啊，别怪我。"说完，赵队掏出刚刚没收的枪，顶在徐家声的后脑勺上，手指扣动扳机，"哔"，蓝色的激光穿透了徐家声的脑袋。激光带来的高温让徐家声的创口瞬间凝固，一丝血都没有流出来。他像是木头一样栽倒在港口冰冷的地面上。

"从现在开始，你们都给我老老实实的！"赵队脸上的笑容变成了狰狞，咆哮着，"只要我发现你们再闹事，我就打死你们！敢动歪脑筋，我打死你们！敢走出营地，我打死你们！敢说一句偷懒的话，我打死你们！"

事实上，赵队后来说的话，我爷爷根本没有听见。徐家声的尸体就倒在我爷爷脚下，那双眼睛犹自睁着，但没了生气，如同沉郁的沼泽。我爷爷被吓得浑身发抖，牙齿打战，股间有热流涌出。我爷爷所有的胆量和谋略都随着这泡尿流到体外，再也没有回去过。

在接下来的日子里，我爷爷胆战心惊地活着。他参加了改造队，每天都跟芜星的土壤打交道，勤勤恳恳地耕种。这个曾有着万丈雄心的少年，哪怕抬起头看天空，都缺乏勇气。

当然，如果我爷爷在日后永远保持这个模样，那这个故事就平淡乏

味，丧失了讲的意义。所以我跳过我爷爷兢兢业业耕作的那几年，直接说到当他遇到改变他命运的那群猪的岁月。

到这里，我不得不解释一下，我说的"猪"，没有用任何文学修饰手法。那的确是一群来自地球的仔猪，它们的基因经过改良，肉质鲜美，是星舰专门拨给改造队的。

而我爷爷的新任务，就是饲养那群猪。

最开始，我爷爷十分抵触被分派到猪圈。即使胆怯使他失去了雄心壮志，但对猪倌这个称呼的鄙夷，依然让他心不甘情不愿。在接受任命的时候，他蹲在角落里，一根接一根抽烟，就是不接赵队长的碴儿。

赵队很快明白了我爷爷的意思，略微思索一下，便让其他人都回去，独我爷爷留了下来。赵队说："你是不是以为我派你去养猪是在整你？"

当时对赵队长的畏惧还深深留在我爷爷心里，但他硬是只吐出一口烟，头也不抬。

"告诉你，我这是把天大的好事委托给了你。"赵队长凑近我爷爷的耳朵，小声说。

他神秘的音调成功勾起了我爷爷的兴趣。我爷爷望着他，说："啥好事？"

"你知道吗，联盟马上就会又派一批人来芜星？"

"这跟我有什么关系？"

"那批来的人，全都是姑娘——都是20岁出头的小姑娘，据说出生前进行过基因矫正，个个长得娇俏貌美。"赵队长的声音又低又沉，像是在讲鬼故事一样，"你知道她们为什么来吗？是来扎根芜星的，就是说，她们要在这里找人嫁了，开枝散叶。新规定是这么说的，能吃苦耐劳，有业绩的，就可以优先选择。偷懒耍滑的，最后连屁都捞不着一个。"

我爷爷狠狠地吸了一口香烟，然后把烟屁股碾碎，吐出烟雾，站起来握住赵队长的手："谢谢您嘞！这群猪，每只养不到300斤就让我被猪吃了！"

现在，我爷爷又有了奔头。

我爷爷一边辛苦地养猪，一边盼着那些姑娘早日来芜星。

这一天很快就来了。在一个晚霞密布的傍晚，一艘飞船缓缓降落在营地中央，灰尘四起中，舱门打开了，露出里面一张张好奇的脸。

都是漂亮姑娘的脸。

营地一下子炸开了锅，没有人工作了，纷纷围过来，兴奋地打量着飞船里的人。他们指点激昂，他们唾沫横飞，他们口哨不绝，似乎是一群围住了羔羊的恶狼。

直到赵队过来维持秩序，姑娘们才敢走出飞船。落日余晖在她们的脸上涂上了诱人的金色，晚风则拂起她们的秀发，她们在"恶狼"的视线里行走，纷纷红了脸庞。

我爷爷来得晚，只能站在人群的后排，焦躁地在一排排后脑勺的空隙间寻觅。

"哎，让让！我看不到。"我爷爷发现他前面的人正是小伙伴亨利，喜道。

亨利看得眼珠子都红了，显然什么都听不进去。

无奈，我爷爷只能尽力踮起脚，在有限的视界里搜寻。这时，一个姑娘的侧影进入了他的眼中。她穿着浅绿色衣衫，由于夕照，她的身上凝聚着温暖的光亮，腰间的那一道优美弧线也被光晕勾勒，散发着淡淡的辉芒。她显然不太习惯周围这一群男人，略微低着头，紧紧地跟着前方的姑娘。

当天晚上，我爷爷没有睡着。他躺在一群肥头大耳的猪中间，抚摸着它们粗糙的背脊，不时发出"呵呵"的笑声。根据研究，猪在求偶时也会发出类似声音，所以那天晚上，我爷爷养的猪也没有睡着。但不同的是，猪们想的是同样体肥腰壮的猪，而我爷爷为之辗转难寐的，却是那个有着柔软山脊一样的胸部曲线的姑娘。

打那以后，我爷爷每次赶猪到营地外的山坡上时，都会绕很大一个圈，绕到姑娘们住的宿舍前，经过时努力朝里面观望。他总能看到那些美艳妩媚的姑娘们，她们像是点缀在这颗贫瘠星球上的花朵，但他真正想看到的，只是那一个姑娘。

姑娘们很快熟悉了这里的环境，不再羞涩，叽叽喳喳，跟路过的男人大声开着玩笑。但那一个姑娘不是，一直以来，她都坐在宿舍的窗前，要么看书，要么托着腮仰望天空。隔着遥远的距离，我爷爷只能看见她隐约的面庞。

次数一多，姑娘们也就察觉到了我爷爷的目的。只要我爷爷的那群猪一出现，她们就会伸出手，指指点点，掩嘴偷笑。那群猪倒是无所谓，像是被笑声鼓励，走起路来越发耀武扬威，鼻孔朝天，大耳招展，一身肥肉抖擞。我爷爷则面红耳赤，低着头，却仍不忘用余光瞟向那个姑娘的窗子。这种胆怯的样子，总让别人误以为，是猪在牵着我爷爷溜达。

我爷爷在营地里也算是个名人，年少时胆大妄为，如今负责一大群猪，都可作为谈资。但我爷爷觉得这两者都不是什么好名声，要是那个姑娘知道了，肯定会暗地里笑话他。

每当我爷爷想起这个，就会愁眉苦脸，叹气不迭。他把那群猪赶到山坡上，让猪自行去吃猪草，自己就抱着膝盖，忧愁地撕扯叶子。他在想如何才能接近那个姑娘，却毫无办法。她像是远在天际的一抹霞，而

他是在地上拱草的一头猪。想到这个比喻，我爷爷下意识地去看猪，它们白色的阴影隐在一大片蓝色猪草间，大声咀嚼。当猪也没什么不好，至少无忧无虑，这样想着的时候，我爷爷就哑然失笑。

"你在笑什么？"

"笑我的猪。"我爷爷回答道。几秒钟后，他才意识到不对，回头一看，然后受了惊吓般，猛地后退，摔进了一片柔软的草地里。

他身后，是那个姑娘的脸庞。

是的，我爷爷和那个姑娘在霞光遍野的山坡上相遇了。

当我知道这件事后，曾兴冲冲地跑去找奶奶，问她是不是那样邂逅我爷爷的。结果她沉默了几秒，浑浊的泪迅速蒙上了眼睛，然后她抄起棍子打我的背，我就跑开了。我花了很长时间才想通——那个姑娘，并不是我后来的奶奶。

但当时我爷爷不知道，他兴奋地爬起来，说："你好……你怎么来了？"

"我来这边走走。"那个姑娘说，"这片草地真大，蓝得一眼看不到边，就像是海洋一样。"

"海洋？"我爷爷有些迷糊。他生长在这颗枯芜的星球上，从未见过海洋。

那个姑娘低下了头，笑笑，"我没有见过，但书里有讲。在我们的母星——地球上，有很多很多的水，它们汇聚起来就成了海洋。水是透明的，但海洋却是蔚蓝色的，人可以在里面游泳，还有船在海面上前行。要是天气好，海和天就分不开，因为它们是一样的颜色。"她抬起头，昏黄阴沉的天空倒映进她的眸子，她又低下了头，"我很想见一见。"

我爷爷被那个姑娘所描述的场景震惊了。在芜星，水无比珍贵，每

天限量供应，大多数人的嘴唇都是干涩的……但是，以前的船居然是在水面上航行？难道船不是只能飞行在宇宙里吗，哪里有那么多的水可以承载巨大的舰队？

这份震惊同时又令我爷爷感到羞愧。于是，为了找回面子，我爷爷开始喋喋不休地讲述养猪的技巧和心得。他甚至抓来一头猪，死死地按住，给姑娘看猪的各种体征，并说明通过哪些体征能够看出猪的成长状况。

哦，我的爷爷啊，请不要这么做！我都为你这样拙劣的手段感到羞惭！

但是那个姑娘并没有显出不耐或鄙夷。她安静地坐在我爷爷身旁，一会儿看猪，一会儿看我爷爷，脸上满是娴静。每当我爷爷感到尴尬的时候，她就出声问一句什么，让我爷爷能够继续往下讲。

这个晚上，他们聊了很久，一直到六轮月亮爬上来，他们都没有停下。后来连猪都累了，在他们脚边拱成一团，睡着了。至于他俩到底说了些什么，已经没人知道了，年岁久远，埋葬一切。或许那晚的风知道，它从他们中间吹过，偷听到了一些凌乱的句子，但它又吹向远方，无力将那些话语讲给更多的人听。

接下来的事情陈旧俗套，我就不一一赘述。反正我爷爷跟这个叫莎莲娜的姑娘越来越熟悉，见面的次数很多。我爷爷第一次感受到了爱情的滋味，多次在梦境里亲吻莎莲娜——当然，他睡在猪圈里，所以你明白当他在梦里吻着莎莲娜时其实是在吻什么了。

按照赵队给我爷爷的承诺，这一年结束的时候，我爷爷就可以正式提出跟莎莲娜一起了。他觉得莎莲娜是不会拒绝的。

但那一年，是无比艰难的一年。当时对芜星的改造已经持续了300多年，而对于了解一颗星球来说，还是太短。出于尚不了解的原因，那年所有的作物都枯萎绝收，营地之外，疮痍满地。更糟糕的是，承载人类希望的星舰，在遥远星系里遇到了疯狂恒星群的引力陷阱，整个舰队都被引力裹挟，向未知凶险的星域飘去。

　　内无收成，外无供给，使得整个芜星都笼罩上了饥饿的阴影。为了了解饥饿的程度，我曾专门去问过一个幸存下来的老人。那是傍晚，他刚吃完饭，心满意足地打着饱嗝，但当我让他回忆那场遥远的饥荒时，他立刻陷入了沉默，零星的朽牙一张一合。几分钟后，他站起来，把刚才剩下的食物拿出来，一个人蒙头吃完了它们。我看到老人肚子鼓胀，看到他眼角的泪，但还是不停地扒饭，我就转身离开了。

　　让我们将视线重新投回那个时候，看一看笼罩人们的诸多困境。

　　首先，是能源不足。芜星的夜晚刺骨寒冷，没有星舰供应的反应堆原料，人们只能紧紧裹住衣被，但寒冷还是如蛇一般钻入身体里。每天都有人没有熬过夜晚，再也醒不来。

　　其次，是饥饿。库存的食物被耗尽后，人们就忘了吃饱是什么感觉。最初的一阵子，大家都不干活，躺在营地里，张大嘴望着天，似乎能从空气里吃出稻子来。再过一阵子，人们饿得躺都躺不了了，纷纷爬起来去觅食。他们跟地球上的蝗虫一样，在芜星各处翻拣，把一切能吃的东西都吞进肚子里。

　　最后，是绝望。这一点比前两者加起来都可怕。

　　人们都饿成了皮包骨头，我爷爷养的猪们却安然无恙。这是一种奇怪的现象，农作物颗粒无收，芜星的野草反而格外茂盛，似乎将所有的营养都掠夺了。人类不能吸收野草里的植物纤维，猪却可以，它们每天在山坡下咀嚼，一个个肥头大耳，像是滚动的肉球。

　　可想而知，这些猪对饥饿的人们来说，会是多么大的诱惑。

　　我爷爷深知这一点，每天格外警醒，睡觉时都把耳朵竖起来，时刻

提防有人闯进猪圈。其实我爷爷也饿得不行，原本一个壮硕的小伙子，硬生生饿成了骨头架子。但我爷爷不能让猪出事，它们是他娶到莎莲娜的希望，它们也是他的朋友，他甚至给每一头猪都取了名字。

一个夜晚，我爷爷正在睡觉，突然听到了猪圈门被撬开的声音。他一骨碌翻身而起，拿起钢叉，对准猪圈门。

门被推开，一个人冲进来，看到我爷爷，愣了一下，央求说："我快饿死了，让我吃肉……"

进来的人是亨利，他比以前更瘦，在黑夜里如同走动的骷髅。他的衣衫挂在身上晃晃荡荡。

"不行，这些猪是大家的，最后要上交给星舰。"我爷爷试图劝说，"星舰要通过猪的质量来评定我们生产队的等级，很重要的。"

"星舰都没有了！星舰被恒星抓住了，烧成灰了！管他的，现在只有我俩，你给我吃一头——不，我只要一条腿！"亨利说着，抽动鼻子，闻到了猪身上的骚臭味。这难闻的味道却令亨利口水都快流下来。

"不可能！"我爷爷断然拒绝。

亨利怪叫一声，猛地扑向猪圈。他翻到猪群里，不顾脏臭，一口咬住了一头猪的后腿。猪顿时惨嚎起来，后腿乱蹦，正中亨利的面部，踢得他鼻子眼睛里都是血。但他依然没有松口，愈发用力，竟活生生在猪后腿上咬下了一块肉来。

他不管腥臭的猪血和猪毛，一口一口，把那块肉给吞了进去。

然后，他停止了呼吸。

我爷爷惊呆了，连忙扑过去按压亨利的肚子，同时把手指伸进亨利的喉咙里去抠。所幸，那块肉没有被嚼烂，我爷爷一下子把它扯了出来。

"咳咳"，肺部涌进了新鲜空气，亨利咳嗽着醒过来。他看着地上被灰尘裹满的肉，浑身颤抖，眼里满是泪水。"对不起。"过了很久，他低声对我爷爷说，然后踉跄走出猪圈。

我爷爷失魂落魄地走到猪群中间。猪被亨利的疯狂吓到了，哼唧不安，全部依偎在我爷爷身旁。我爷爷小心地安抚它们，当他摸到那头后腿流血的猪时，也不禁连声叹息。

然而，饥饿的人并不止亨利一个，他们更难对付。在饥饿的驱使下，十几个男人结成了短暂的同盟，他们瞅准时机，在一个月黑风高的夜晚袭击了猪圈。

我爷爷还没有醒过来，就被当头一棍给敲晕了。当他醒来时，猪圈已经空了，只有凄凉的晚风在他周身环绕。

"啊……呀……"我爷爷发出含混不清的声音，爬起来，奋力向外面追去。他知道饥饿的人们什么都干得出来，自己冲过去，很可能会被打死。但他没有选择——这些猪是他生活的唯一希望。

外面很冷，且黑，六轮月亮全部隐进了云层后。我爷爷身上只穿着单薄的衣服，跑起来时，风能从他脖子处灌进去，然后从裤管溜出来，将他身上的热量带走。但我爷爷不管，顺着风里面隐约的猪臭味，一路追下去。

我爷爷奔跑的姿势其实很笨拙，手臂和腿都不协调，背上很快冒出了汗，然后又被冷风吹干。他凌乱的头发在眼前晃来晃去。他开始还能呼吸，后面便只能喘息，心脏咚咚咚跳个不停。

但他跑得很快。

我爷爷在风里穿行，在黑暗里奔跑，耳边充满了呼啸声。跑着跑着，他自己都有种错觉：要是这么一直不停地跑下去，快一点，再快一点，自己会不会像利箭一样刺破夜的外壳，到达另一个世界？

当然，我爷爷并没有找到这个问题的答案。在他看到另一个世界之

前，他看到了那群偷猪贼。

那些人牵着猪，也在夜里跋涉。他们想把猪弄到隐秘的地方，慢慢来吃，以使自己度过困难时期。他们正深一脚浅一脚地走着，一边对深沉的夜咒骂不已，一边为到手的猪暗暗得意。这时，我爷爷突然冲出来，撞倒了两个人。他自己也翻倒在地上。

"怎么回事！"有人怒喝道。

"不知道，刚有个人撞我……哎哟，我的腰……"

几个人跑过来，把我爷爷压住。"见鬼，不是那个猪倌吗？"他们一下子认出了我爷爷，皱眉道，"刚才是谁负责把他敲晕的？"

"是我……可是我记得我一棍子下去他就不省人事了啊，怎么现在又跟条狗一样蹿出来了？"

"废话少说！罚你少吃一顿肉。"为首的人说。

"那他怎么办？"

"还能怎么办，再给他一棍子，重一点！"

我爷爷看到有人拿着棍子走过来，顿时拼命挣扎，无奈对方死死按住，他动弹不得。嘣，一棍子敲在他后脑勺上，他没晕，只感觉到了脑袋里响起了金属振鸣的声音，以及，闻到了一丝血腥味。

"这都打不晕！罚你两顿肉！"

那小子急了，抡圆棒子，猛地挥下来。我爷爷听到棒子刮起的呼呼风声，知道这一棒下来，自己不仅仅会晕眩，恐怕脑浆都要被打出来。于是他闭上眼睛。

然而我爷爷没有听到脑袋破碎的声音。他耳朵里，只有吭哧的呼吸声，人被撞倒的"哎呀"声，以及纷乱的脚步声。我爷爷睁开眼睛，看到那十几个人都手忙脚乱地去赶猪，倒是没人注意自己了。

是猪救了他。

在千钧一发之际，那条被咬了后腿的猪猛地挣脱出来，撞倒了拿棒子的人，然后向外跑。其他猪也四处乱拱，场面一时乱了套。

我爷爷爬起来，手脚挥舞，在人群里冲撞。他一会儿趁乱扇这个人一巴掌，一会儿又在那个人屁股上踹一脚，就是不让他们顺利地抓猪。偷猪贼很快转移了重点，派几个人把他抓住，狠狠地揍他。

"快跑啊，你们跑啊！"我爷爷一边忍受雨点般的拳打脚踢，一边大声喊，"麻子，大壮，小毛，花花，阿缺……"我爷爷叫着他的猪的名字，每一声呼喊都快要把喉咙叫断，"你们快走啊，你们是自由的，不要落到他们手里。他们会把你们清蒸红烧的啊！"

这些猪似乎听懂了我爷爷的话，跑得更欢畅了，撞翻好几个人，消失在夜色里。

"呵，哈哈哈……"我爷爷欣慰地露出笑容，笑容边上，有血流下来。

偷猪贼们气急败坏，指着我爷爷喝骂道："都怪他！往死里打！"

当然，聪明的你肯定知道，他们最终并没有把我爷爷打死。不然也就不会有我，也就不会有这个故事了。

我爷爷遍体鳞伤，一路爬向猪圈。夜色消弭，天边有两轮黎明喷薄时，他才回到熟悉的地方。仿佛是奇迹一般，当他推开猪圈的门时，里面竟然挤满了肥猪，正睁着黑溜溜的大眼睛望着他。

这群猪，在夜色里四处奔逃，然后又不约而同地回到了猪圈。它们偎成一团，一边瑟瑟发抖，一边等待着我爷爷的回归。

我爷爷爬到它们中间。许多猪鼻子顿时蹭到他脸上，腥热的鼻息扑面而来。我爷爷在奔跑挨打时没有一声哭泣，这时却忍不住鼻子一酸，泪水刷刷地流了下来。

尽管我爷爷为了这群猪舍生忘死，但终究没有把它们救下来。

因为要杀这些猪的，是赵队。

原因是负责整个芜星生产安全的将军要过来巡视。其实谁都知道巡视是假，到各个生产队混吃混喝才是他的目的，但没有人敢阻拦——他是军队巡视员。听说有几个生产队实在没有粮食，硬生生被他烧了营地。他和他的士兵像飓风一样，走到哪里，哪里最后剩下的粮食就会一扫而空。

将军到了生产队，对赵队说："老赵啊，你看看，我这些兄弟们一脸苦菜色，好几个月没尝到肉味了，我听说你这里，还养着一群肥猪？"

赵队恨得牙齿打战，脸上却堆出笑容来，说："明白明白……"

那天是我爷爷最悲惨的一天。他耳朵里满是猪被杀死的惨嚎声，他捂住耳朵，跑得很远，趴在那个山坡下，藏在茂盛的猪草里，但那些声音还是像蛇一样蜿蜒进入他的脑海。他的麻子，他的大壮，他的小毛，他的花花，他的阿缺……这些有了名字的猪，全部被砍成一块块的肉，扔进了大锅里。

那些猪肉被将军和他的士兵们一顿就吃完了，地上满是啃干净的骨头。他们吃的时候，营地的工人都围在四周，闻着肉味流口水。但没有一个人敢进去吃。

只有赵队作为主人，在猪肉宴上才有一席之位。他跟将军说了许多好话，将军才松口，让我爷爷也进来吃。或许是赵队知道这些猪是我爷爷的心血，过意不去。

我爷爷本来不想答应的，但犹豫过后，还是进去了。原因只有两个：第一，我爷爷实在是太饿了。他也是人，好几个月都在饿着肚子，闻到肉香，胃部好像有搅拌机在搅一样难受。

我爷爷吃第一口猪肉的时候，差点把舌头给吞进去。那味道太鲜美

了，像传说中的灵丹妙药，吃一口就能得道飞仙。

我爷爷也只吃了那一口肉。

接下来，每当士兵把肉端上来时，我爷爷都把衣领拉开，然后用手捂着嘴，把叼住的肉悄悄吐进衣服里。因为人多，分给我爷爷的，总共也就6块肉，他的衣服里，悄然藏了5块。

吃完抹尽，将军满意地打着饱嗝，剔着牙，瞅了我爷爷一眼，说："还留在这里干什么，滚吧！还没吃够吗？"

我爷爷点头哈腰，捂着肚子，一步步走向食堂外。

"慢着！"将军的副官突然皱眉说，"你肚子这么鼓，到底是吃了多少肉？"

我爷爷一下子站住了，脑门上汗珠滚滚而落。要是被将军知道他藏了肉，恐怕会当场被激光射穿脑袋。

"嗨，这你可就冤枉他了。"赵队讨好地笑着，走过来，不动声色地把我爷爷的肚子一按，让它没那么明显，"他从小就胃气肿，吃点东西，肚子里就满是气，这是给涨的。"

"我说嘛，几块肉哪能吃那么鼓。"将军笑道。

赵队冲我爷爷的屁股抬脚踹去，大声说："快滚吧你！还留着，难道想等肚子里的气放出来，熏死我们？"

在一片哈哈大笑声中，我爷爷低着头快速走出了食堂。

等到了深夜，我爷爷悄悄来到了莎莲娜的宿舍。这个时候的莎莲娜，已经形销骨立，不复以前的红润。她躺在床上，意识昏沉，声息微弱。

我爷爷没有吵醒她，烧了水，然后把藏起来的肉放进去煮。在此之前，他已经把门窗都关得严丝合缝，以防香味泄漏出去。

所以，现在你明白我爷爷答应去吃肉的第二个理由了吧？

莎莲娜是被满屋子的肉香给勾醒的，在迷糊的视线里，她只看到了那一锅肉汤。她从床上爬下来，径直爬向那锅汤。我爷爷上前扶住她，她没有看到我爷爷，眼睛直勾勾地盯着锅，手向那个方向伸出。

在我爷爷与莎莲娜相处的时光里，她一直是娴静而优雅的，笑声轻细，举止柔弱。要不是这场饥荒，谁都想不到她也会有饿死鬼一般的面目。

饥饿，是一种罪。

为了不让莎莲娜噎着，我爷爷把肉分成一小块一小块，小心地喂给她吃。她眼睛都睁不开，咀嚼着肉，最后还把煮肉的汤喝完了。

她这才有了一点力气，睁眼看着我爷爷，说："谢谢……"

我爷爷暗地里吞了口唾沫，摇摇头，表示没关系。

"可是……我吃了那么多，你怎么办？"

"我还有啊！我可是喂猪的，要猪肉还不容易吗？"我爷爷豪气干云地拍了拍胸膛，咚咚咚，他的胸膛里像是什么都没有，被拍出空荡荡的声音。

莎莲娜这才安心，闭上眼睛，回味刚才唇齿间的味道。

"你的锅脏了，我去给你洗一洗。"我爷爷提起锅，走到外面。

莎莲娜恢复了力气，想起刚才自己狼吞虎咽的模样，惭愧不已。她扶着墙出门，想去跟我爷爷好好解释一下。

外面已是深夜，六轮月亮在天空悬挂，因此她的脚下也映出了6道影子，如同绽放的影之花。她慢慢地在黑夜中行走，脑中思索着怎么才能跟我爷爷解释她之前的失态。

快到我爷爷的住处时，她突然在屋后面听到了哗哗的水声，然后是咕溜奇怪声响。她好奇地绕到屋后，在水管旁，她看到了我爷爷。

我爷爷背对着莎莲娜，蹲在地上，正在用那口锅接水。他把锅晃了晃，让水冲刷整个锅面，然后把水一股脑喝完。他还意犹未尽，把锅举起来，贪婪地用舌头舔锅底。他舔得如此认真，以至身后的莎莲娜开始哭泣了也没有听到。

直到那口锅被舔得干净光洁，映出明晃晃的月光，我爷爷才捂着肚子站起来。他的肚子里灌满了水，站起来的时候，居然听得到水晃动的声音。他转过身，看到了莎莲娜。

"啊！呃，我刚才在……是在洗锅……"我爷爷大惊失色，笨拙地解释着。

莎莲娜顿时哭泣不止。

熬过了那段艰苦卓绝的岁月，芜星人终于迎来了曙光：星舰逃出了恒星群的引力陷阱，重新出现在宇宙空间里，并且继续开拓版图。同时，星舰派出了纠察队，对饥荒时期发生的事情进行审查。

接下来发生了一系列事情，那个混吃混喝的将军被处决，他的士兵受到了不同程度的处罚。而作为坚守职责的典型，我爷爷成了榜样，被通报表扬，在各殖民星球网络的首页上都能看到我爷爷略带羞涩的正面照。

这给我爷爷带了许多好处，除了出名，他还被额外分配了一所房子。说到这里，我得再解释一下，我也不想啰唆，可是我不解释你就不知道一所房子在芜星的珍贵，也就不能理解我爷爷当时的优越条件。你要知道，所有人都在进行艰苦的拓荒，晚上只能蜗居在狭小的宿舍里，躲风避雨，瑟瑟发抖。而我的爷爷，却能够在开发区拥有一套大房子，享受晨风吹拂，看尽落日余晖。

这优渥的条件让我爷爷受到了众多姑娘们的关注。他每天都能收到数不清的秋波，还有姑娘们以各种名义发出的邀请。有一次，一个漂亮姑娘来到我爷爷家里，寒暄之后，天色已晚，我爷爷正要送她回去，姑娘却解开衣襟。被优化过基因的她，拥有惊人的曲线和肤色。我爷爷的鼻血一下子就像江河奔流一样涌出来。

"今天晚上，我留下，好吗？"姑娘用魅惑的语气说。

我爷爷以令人吃惊的毅力拒绝了她。他给她穿好衣服，礼貌地送她出门，一路上，姑娘的表情先是错愕，然后羞惭，最后低声地啜泣。她并非水性杨花，只是希望有个栖身之所，所以鼓起了莫大的勇气，却不能使我爷爷动心。

"不是你不漂亮，"我爷爷安慰她说，"这个房子已经有女主人了。"

"是谁？"

我爷爷没有回答。

尽管我爷爷没有回答，但我想你可以猜得到，我爷爷说的女主人是莎莲娜。我爷爷安顿好一切后，兴冲冲地找到了莎莲娜，询问她是否愿意搬过去住。

然而，我爷爷得到了否定的答案。

"你……你不愿意住大房子吗？"我爷爷困惑地问，"而且我也在啊！"

莎莲娜缓慢但坚定地摇头，"对不起，我怕……我怕我会住习惯你的大房子，然后就忘记我的愿望。"

"你的愿望是什么？"

"我不想留在芜星上，我想去别的地方。这里太荒凉，太贫瘠，景色一眼就能看尽。我要回到星舰上，或是去别的星球。我不能把一辈子耗在这里。"

我爷爷怔然无语。

"我知道你也不想待在这里的，我们一起走吧。"莎莲娜一把抓住我爷爷的手臂，殷切地说，"只要找到机会，我们就能一起离开。"

莎莲娜每说一句，我爷爷的心里就凉一些。

我爷爷曾和莎莲娜在六轮月亮下长谈，曾把唯一的食物留给她吃，曾抱着哭泣的她安慰……那么多次，我爷爷都以为自己走进了这个姑娘的心里。但现在，他蓦然发现，其实自己从未了解过她。

她想离开这里。

原来她每天仰望着天空，心里想的是怎样逃离芜星。原来她那晚来到山坡上，并不是随意走走，她只是听说了我爷爷当年劫持飞船的英勇事迹，想找一个愿意离开的同伴……

我爷爷在爱情面前只是笨，却并不蠢，那一瞬间，他明白了许多事情。他踉跄着后退，手臂从莎莲娜手中挣脱出来，莎莲娜的指甲上面划出了血痕。

"你，你不愿意吗？"莎莲娜的手伸在空气里，哀切地看着我爷爷。她的眼睛像是含了水，隔着空气，都能让我爷爷感受到温润的潮湿。

有那么一瞬间，我爷爷的心里产生了动摇，他也想跟莎莲娜去游历星海，见遍宇宙的种种神奇。但是，芜星的生产还未结束，所有人都不能离开。我爷爷想起了他年少时候的行为，为了离开这里，他的朋友被活生生打死。那具尸体倒在我爷爷脚下的瞬间，勇气就抛弃了他。

徐家声那双如同沉郁沼泽一样没有生气的眼睛浮现出来，如同每晚的噩梦一样，在虚空中盯着我爷爷。我爷爷打了个寒战。

"不……我不能……"我爷爷嗫嚅着，像逃兵一样飞快地离开了莎莲娜的宿舍。

从那天起，我爷爷和莎莲娜的爱情之花就凋零了，它甚至还不曾绽

放出芬芳。所有的爱情，如果想持久，都需要有共同的理想来维系。在当时，普遍的共同理想是建设好殖民星球，而莎莲娜的目标太高，我爷爷追不上。

我爷爷备受打击，心灰意冷，只得把精力放在工作上。那时候，他已经在生产队小有权力，负责物资的运送。

星舰回归后，给芜星送来了技术员。那些穿白色大褂的人在芜星的地表上勘探，取样，分析土壤成分，不到一个月，就找出了荒芜的原因：芜星的环境拥有自我恢复能力，类似于负反馈调节，在经过了九代人的改造之后，它开始了反击。芜星的土壤里突然多出了一种元素，能够精准地杀死外来植物。

人类科技的伟大之处在于：它可以征服那些反抗的星球。

技术员们修改了作物的基因，使其具有芜星本土作物的种种特点，成功蒙蔽了芜星的负反馈调节。到了种下被修改基因作物的第二年，营地外，一片葱绿在漫山遍野铺展开。

收成比往年翻了几番，粮食和其他农产品堆起来时，就像几座大山。我爷爷兢兢业业地清点物资，将其送上飞船，然后看着飞船消失在天际。我爷爷的工作态度值得肯定，尽管当了肥差，却从不贪污受贿，一丁点儿错也没有犯。赵队十分满意，甚至想过在他退休之后，由我爷爷接手。

但我爷爷并不开心。

我爷爷保留了他养猪时候的习惯，每天上下班时，都会绕道经过莎莲娜的宿舍。他看着莎莲娜，她的脸在朝霞和晚风中，依旧看着天空，视线邈远，表情恬静。我爷爷在她楼下一次次走过，他仰望着她，她仰望着天，目光从未交汇。

时间就在这些仰望中流逝。

3年后，我爷爷娶了那个魅惑过他的姑娘。到了这里，你要明白，我并没有打算讲一个缠绵悱恻的爱情故事，男女主人公彼此坚守爱情，在时间的河流里孕育出芬芳……那都是小说和戏剧里的人物，愿意为了爱情牺牲一切。但事实上，我爷爷只是一个普通人，想过简单的生活，每晚有人可以拥抱，一起生活，生下孩子，继续将芜星改造成宜居星球。

而莎莲娜显然无法给我爷爷这些。我爷爷不能为她等待一辈子。

其实莎莲娜的生活过得并不好，她在营地里工作，既劳且累，总是形单影只。也有男人去亲近她，但最后都放弃了——没有人能够实现她逃离芜星的愿望。

只有我爷爷时不时地暗中帮她，为她送一些物资，或把自己的配给额悄悄划到她名下。她知道这些恩惠来源于我爷爷，以她的处境，她不得不接受，但她无法向我爷爷表示感谢。很多次，她和我爷爷在路上遇见，都是面无表情，擦肩而过。

我爷爷也沉默。只是在错身的那一瞬间，他总是忍不住深呼吸。他的鼻子能闻到莎莲娜头发上的淡淡香味。

两年以后，我奶奶生下了我爸爸。当我爷爷捧着那幼小脆弱的身体时，忍不住长长地叹了口气，所有人都以为他是高兴傻了，乐极而叹息。只有我爷爷自己知道，他捧着儿子的那一刻，就要开始全身心承担起家庭责任了。他不能对莎莲娜再抱有任何幻想。

在当时，我爷爷的家庭简直是楷模，有大房子，丈夫有优渥的职位，而且父慈母贤子孝，人人称羡。我爷爷辛勤养家，白天工作，晚上照料妻子，只有在深夜时才偶尔发出不为人知的叹息声。

直到那一年的秋天。

那天，我爷爷刚把丰收的粮食装进飞船，看着飞船缓缓升空。通常情况下，飞船会穿越大气层，到达外空间，然后通过虫洞跃迁到星舰所在的坐标点。但这次，飞船刚离开大地，就落下来了，一大片尘土飞扬，模糊了我爷爷的视线。

我爷爷感到好奇，但也只是远远地看着。他要早点回去照顾儿子。飞船的舱门打开，几个船员押着一个人影走出来，骂骂咧咧。许多人围过去，对着人影指指点点，船员见人多，声音越发大了。

"……幸亏我们船上有热扫描仪，开船前我检查了一遍，发现谷堆里有个人影……"船员得意扬扬地说，"按照联盟的法律，发现了偷逃的人，能直接扔在外空间里。这种人，总想不劳而获，不愿意付出，是集体的蛀虫！"

说着，他把抓到的偷逃者往前推搡，人群顿时发出嗡嗡的议论声。在围观者的间隙里，我爷爷看到了熟悉的脸——莎莲娜。她被船员紧紧押住，面如死灰，翻身颤抖。各种各样的目光扫视着她，她低下头，凌乱的头发如瀑布一样垂下来。

"是她啊，"有人说，"她早就想跑了，没想到今天终于忍不住，藏到谷堆里！"

"是啊是啊，这种情况，要交给赵队。惩罚肯定少不了！"

"嘿嘿，好吃懒做就是这种下场……"

……

那天回到家，我爷爷一直魂不守舍。我奶奶让他盛饭，他应承了，却拿着勺子坐在门口发呆；我爸爸尿裤子了，他去拿衣服来换，却走到了院子里，在菜园里寻寻觅觅……

这种恍惚的状态一直持续到深夜，我奶奶已经抱着我爸爸上床休息了，窗外夜色浓重，风呼啸而来。我爷爷坐在床边抽烟，地上已经堆满了烟头，不知过了多久，他猛地一拍大腿，起身就往门外走。

"停下！"我的奶奶，我的从来都是温声细语、温婉贤淑的奶奶，突然爆发出响亮的尖叫，"你不准走！"

我爷爷停下脚步，却没有转身。

我奶奶坐在床上，手攥着被子，青筋一根根都暴出来。她死死盯着我爷爷，一字一顿地说："你不能去。你去了这个家就散了。"

"我只是去……"我爷爷的声音很涩，像是吞了一颗苦果子，"去抽根烟……"

"你以为我什么都不知道吗？这几年，每次她有困难，你就拿家里的东西去帮她。每个月的配额那么少，我们俩都吃不够，你还暗地里转到她名下。"我奶奶扳着指头，把我爷爷拿给莎莲娜的每一样东西都说出来了。

这个沉默的女人，将一切都看在了眼里，将一切都记在了心里。她花了好一会儿才把物资的名字说完，然后说："我从来不跟你说，是因为我们是家人，我总想着你会慢慢改，最后只对我一个人好。但现在，你如果走出去，这个家就完了。你就算不管我，也要想想你儿子。"说完，我奶奶狠下心，使劲拧了一把我爸爸的屁股。

我爸爸正在熟睡，被剧痛惊醒，顿时哇哇大哭。

我爷爷依旧没有转身，迎着风，一口气把烟抽完。他吐出烟头，大步走向外面，将我奶奶的啜泣和我爸爸的哭声抛在脑后。

我爷爷独自一人在夜色里不紧不慢地走着，黑暗凝重如铁，重重压迫着他。到了关押犯错者的禁闭室前，我爷爷停下来，深吸口气，再吐出来，然后推门而入。

"是李哥啊。"几个看守都认识我爷爷，笑着打招呼，"都这么晚了，来陪兄弟们打牌消遣？"

我爷爷摊摊手，说："一说打牌，我就手痒了。可是，赵队让我来

把逃跑的人叫过去，问问她的情况。唉，改天再来跟哥几个玩几把。"

"好说，好说。"看守爽快地把钥匙递过来，让我爷爷去提人。

我爷爷押着莎莲娜，走到禁闭室外。"跟着我。"我爷爷低声说，"别说话，走路轻一点。"

他们没有走向赵队的住处，而是朝我爷爷上班的仓库走去。一路上，他们都低着头，路边的树木如同巨人在守卫，轮廓庞然而模糊，似乎被夜色融化了。

仓库的最里层，存放着一艘小型飞船，是紧急时用来转移重要资料的。它空间不大，只能容纳两三个人。我爷爷检查了一遍，确认线路正常，而且燃料充足，示意莎莲娜走进去。

"你呢？"莎莲娜走到舱门口，发现我爷爷没有动。

我爷爷摇摇头，说："我只能送你到这里了。"

"你不跟我一起走吗？"

"我还有家人。"

莎莲娜上前一步，抓住我爷爷的手，恳切地看着他的眼睛，说："什么都不要管了，跟我一起走吧。我知道你还喜欢我，我也会对你好的，我们一起去很多美好的地方。"

"我都快30岁了，这些对我来说，已经很遥远。"我爷爷再次重复，"而且我还有家人。"

莎莲娜两眼通红，泫然欲泣。

正当两人僵持着的时候，外面突然传来了纷乱的脚步声。许多人在靠近——禁闭室的看守觉得我爷爷来得有些突兀，就给赵队打了电话，赵队一听，立马就想到了这个唯一有飞船的仓库。

"你快走！"我爷爷心一沉，急声说。

莎莲娜固执地摇头："不，你跟我一起走。"

仓库门被撞开，一群人冲了进来，领头的正是赵队。他已经年迈，但身形依旧魁梧，嗓门粗大，吼道："小李，快停下，不要做傻事！"

年少的阴影再次覆盖而来，我爷爷却不再战栗，坚定地摇头。"进去，不然就来不及了！"他把莎莲娜推进舱门，然后转身盯着闯进来的人。

嗡，飞船浑身一震，启动了。

"快，抓住他们！"赵队吼道。

十几个男人跑过来，我爷爷扛起一袋谷子，死命砸过去。他像疯狗一样嗷嗷叫着，冲过去顶翻了好几个人。但立刻有更多的人把他压住。

身后的飞船已经离地升起，左右摇晃着向仓库门外飞去——莎莲娜只有驾驶的基本常识，并不熟练。

"把门关上！"

男人们立刻舍了我爷爷，起身冲向库门。我爷爷浑身淤血乌青，却翻身而起，追上那些男人，专踢他们的腿，让他们一个个都摔倒。追到最后两个时，已经到了门口，我爷爷咬牙扑过去，抱住那两人的脖子。3个人一起滚倒在地。

那两人急了，想推开我爷爷然后爬起来关门。但我爷爷爆发了不可思议的力量，死死箍住他们，多重的拳头打在自己身上都不松手。

飞船跌跌撞撞地飞过来，穿过库门，进入了广阔的夜空。

"走啊，快走啊，你要自由，就可以拥有自由！"我爷爷声嘶力竭地喊，眼泪和血一起流下来，模糊了眼睛。多年前，他救那群猪时也这般呐喊过，只是，猪跑了还会回到猪圈里，而莎莲娜飞走之后，就会永远消失。

飞船的8架引擎全部启动，喷出来的离子束令四周灰尘弥漫。所有人都捂住了嘴巴，仰起头，看着飞船笔直而上，逐渐变小，化为一星光点，消失在亿万星辰里。

我爷爷这才松开手臂，像一摊烂泥似的躺在地上。

我爷爷82岁时，芜星的改造才结束。

当星舰派来的官员们仔细检查完芜星的各处，以7：2的高票通过芜星的结束改造申请后，整个星球一片欢呼。从此以后，芜星将正式成为人类联盟的殖民星球，在星际版图上，它会以绿色的标记来标明。

宣布那天，我爷爷正躺在病床上。我爷爷坐过10年牢，然后独自在破旧的宿舍里度过了一生，艰难劳累，疾病缠身，总是感觉浑身酸痛。到了晚年，他只有依靠药物来维系微弱的生命。

听到改造结束的消息后，我爷爷的呼吸急促起来，扭过头，看向窗外。

窗外，是改造过的明净天空，几行飞鸟掠过，留下清越的鸣声。高大的建筑群拔地而起，人工树林郁郁葱葱，清香扑鼻，阴凉怡人。看着这种景象，我爷爷很难回忆起芜星当年的贫瘠模样，他仔细思索，只能模糊地想到一个姑娘的影子。

他再也没有见过那个姑娘。

有人说她成功回到星舰里，钻进冬眠机，在青春永驻的睡眠里等待拓荒纪元全面结束；也有人说她没有回到星舰，而是在一个个殖民星球间游历，见识了种种瑰奇景象，最后累了，嫁给一个愿意给她熬热粥的老实人；还有人说，她的飞船刚一到达芜星的外空间，就被陨石击中，船毁人亡，在群星间永远飘荡……

这些说法，跟我爷爷都没有关系了。

他整个下半生，都用在了改造芜星上，正是一代代他这样的人抛洒了青春和热血，才使芜星的土壤肥沃起来，子孙后代才能富足安乐。所

以他被我奶奶赶出家，一生凄凉，孤苦伶仃，却总是能够找到活下去的勇气。

我爷爷死后，我亲手将他的骨灰盒放进公墓。这儿埋葬着几百万拓荒者的尸骨，每一个都有我爷爷这样的故事，只是我不能一一叙述。我爷爷在他们中间，将得到永恒的安息。

我离开墓园时，回头凝望，百万墓碑都在渐暗的天色里静默着，只有晚风在吟唱。

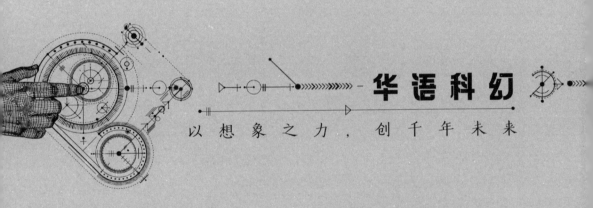

华语科幻

以想象之力，创千年未来

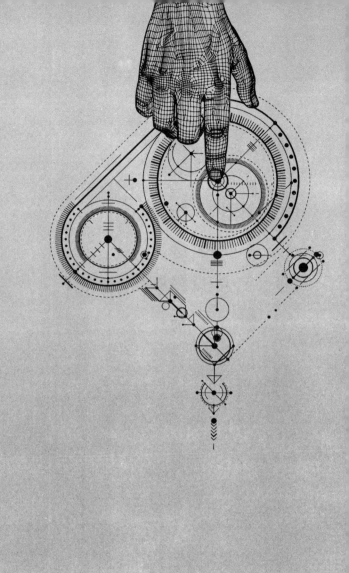

阿缺科幻精品系列

与机器人同眠

阿缺——著

科学普及出版社

·北 京·

图书在版编目（CIP）数据

阿缺科幻精品系列 . 与机器人同眠 / 阿缺著 .
北京 : 科学普及出版社 , 2024. 7. ‒‒（百年科幻）.
ISBN 978‒7‒110‒10743‒0

Ⅰ . I247.7

中国国家版本馆 CIP 数据核字第 2024MK3855 号

策划编辑	王卫英	
责任编辑	王卫英	
封面设计	书香文雅	
正文设计	书香文雅	
责任校对	吕传新　焦　宁	
责任印制	徐　飞	

出　　版	科学普及出版社
发　　行	中国科学技术出版社有限公司
地　　址	北京市海淀区中关村南大街 16 号
邮　　编	100081
发行电话	010‒62173865
传　　真	010‒62173081
网　　址	http://www.cspbooks.com.cn

开　　本	720mm×1000mm　1/16
字　　数	822 千字
印　　张	60
版　　次	2024 年 7 月第 1 版
印　　次	2024 年 7 月第 1 次印刷
印　　刷	天津泰宇印务有限公司
书　　号	ISBN 978‒7‒110‒10743‒0 / I · 720
定　　价	180.00 元（全 6 册）

目 录

Catalogue

月　夜 / 001

逆流者 / 021

宋秀云 / 033

与机器人同眠 / 061

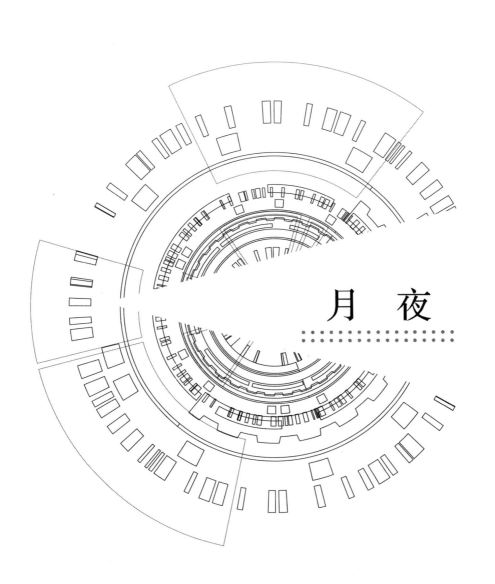

月　夜

老吉姆赶到车站的时候还早了些，儿子的车还没到。

　　天上一轮圆月高悬，清辉洒在这残破的城市上。车站在城市的西边，更是萧索。出站口冷冷清清，只有风吹动着一些纸屑，响起寂寥的沙沙声。

　　老吉姆不禁想起了旧日子。那时他还年轻，这座城市还年轻，这个世界还年轻，不论什么时候，车站总是人头攒动。送别的，迎接的，落泪的，拥抱的，小小的地方上演人生百态。但不到十年时间，一切就都没落了，现在回忆起来，总觉得那些画面像是某部老电影。

　　这都怪战争吧……老吉姆叹了口气。

　　他四下瞧瞧，便在一处台阶上坐下了。他不怕脏，反正身上这件衣服穿了3年多，就算沾灰，也只不过是让它的颜色在黯淡的基础上更黯淡一些而已。他在意的是怀中的月饼，无论是站还是坐，他都一直用手按着，这个姿势仿佛是抚着胸膛发出某种誓言。

　　在物资紧缺的年头，这两块月饼可难得得很，差不多花了老吉姆1个月的工钱。他平常过得节省，一块压缩饼干，能泡着水吃3天，但买月饼他觉得值，花再多也值。

　　因为今天，是古老的节日；因为今夜，是团圆日，他的儿子将从遥远的战场返乡。

　　想起儿子，老吉姆枯瘦干瘪的胸膛总算腾起了一丝暖意。儿子，科伊，这个在记忆里有些模糊的形象，是他晚年生活唯一的安慰。

　　10多年前，科伊是这个小城里意气风发的少年，而老吉姆也还健硕。两个男人的相处，总需要一个女人来缓和，一个同时担任了妻子和母亲角色的女人。但这个家庭是个例外——吉姆的妻子，科伊的母亲，过早地凋零了生命。弥留之际，她的脸上仍然忧心忡忡。她看着丈夫和儿子，这是两个都无法照料生活的人，却要在日后漫长的生命里彼此依靠。她想说什么，但最终闭上了眼睛。

她的担心成了真。在丧妻之痛下，吉姆玩了命地工作，每天开着四履矿车去城外，到了晚上，工友们都下班了他也不回来。他害怕回到家，那里的一草一木、一桌一椅，都会让思念扑面而来。而他的工作又不允许他带着科伊，所以他每天给科伊一些钱，确保科伊有饭吃，其他的事他就不管了。深夜吉姆拖着疲惫的身躯回家，倒头就睡，甚至根本没注意科伊有没有回家。

接近两年的放养式教育，使科伊迅速变化着，他逃学，泡妞，乃至被开除，成立流氓团体。这些事情老吉姆都不知道，他真正意识到儿子变了是科伊砍断了别人手的那件事。

那时全球早已进入大混合时代，国家的概念非常模糊，小城里各种族的人杂居着，亚洲人大概占了一半比例。科伊的小团伙正是与一群亚洲青年有了矛盾，约在晚上斗殴。至于事情的起因是什么，老吉姆早已遗忘——几个联盟币，或是一个女孩？

那一夜，黑沉沉的，两拨人在街巷里摸黑斗殴。老吉姆不在现场，不能目睹当时的惨烈场景，但他总想象着一个画面：当科伊挥刀砍向对方手臂时，刀刃闪着寒光，一定照亮了儿子那双蒙昧已久的眼睛。

想到这里时，老吉姆抬头看了看天色，已经差不多到时间了，但车站里依然静悄悄，下一辆列车似乎不会来了。大概是晚点吧，他想。这时身边传来了沙沙的声音，却不是风吹纸屑，而是一个锈迹斑斑的机器人在打扫街道。老吉姆挪了挪屁股，让机器人把身边的垃圾吸走。这个

机器人的外形有些眼熟，好像是LW系列的，老吉姆心里叹了口气，这机器人是很老的型号了，跟自己一样老。

他继续回忆。人老了，就只能靠着回忆度日——幸好还有回忆。

那次群殴事件在城里闹得沸沸扬扬，亚洲人游行闹事，参与打架的孩子都缩在家里。那几天，吉姆也没去干活，守着科伊。他这才发现儿子已经长大了，骨骼和肌肉膨胀起来，像自己年轻时的样子，而那眉目间的清秀，又恰似死去的妻子。

他的手一抖，想去抚摸这张熟悉的脸，但刚抬起来又放下了。

他想骂儿子，但用"小兔崽子"和"王八蛋"这两个词都有点吃亏，一时又想不出其他的词，犹豫了很久，他终于长叹一声，说："你现在打算怎么办？"

"我不知道，"科伊坐在床头，面无表情，"反正都已经砍了，要抓就抓，要赔就赔。"

话刚说完，老吉姆就一巴掌扇了过去，啪，清脆的声音在小小的房子里回荡。"你个小混蛋，哪儿来的钱赔！"

"不用你管。"科伊站起来，要往外走，但被吉姆的另一个巴掌扇回来了。

"你给老子坐下！"

整个上午，他们都没有再说话。沉默中，吉姆思考着。赔钱并不麻烦，他这几年拼命干活，也有点积蓄。难搞定的是那帮亚洲人。

就算赔了钱，把断手续上，他们也肯定要来找儿子的麻烦。混街上帮派的人，最讲究的就是面子，如果手被砍断了连场子也不找回来，他们以后也没法混了。

到了晚上，吉姆终于说话了。他说："先吃点东西吧。"

他走出门，发现天上明月高悬，亮晃晃的，水灵灵的。他突然想起来，今天是中秋节，是那群亚洲人最重视的几个节日之一。也叫什么来着，"团圆节"？是了，月圆之夜，团聚之夜。

但今晚，注定是不团聚的日子。因为他已经听到了院子远传来的窸窣之声。

他走回来，用超波炉给速冻饺子加热。3秒后，食物的香气扑面而来。"来，来吃吧。"他对科伊说。

"可是，爸，外面……"

"别管，先吃饭。干什么事情之前，总要把肚子填饱。"

于是父子俩把饺子端上来，蘸上酱油，对坐而食。以前妻子还在的时候，吉姆很喜欢做这种东方食物，过了这么久，饺子吃起来还是那么美味。但不知怎么，似乎酱油过期太久了，他吃起来有点苦涩的感觉。

屋门突然被敲响。

"等一下，马上就好。"

对方停止了敲门。

父子俩把饺子吃完，吉姆站起来，从厨房拿起菜刀，打开门。门外是一群亚洲人的脸孔，看到吉姆手里的菜刀，他们愣了愣，随即表情变冷。领头的是个中年男人，说："吉姆，我们认识多少年了？"

"不记得了。"吉姆说，"这个城小，我们从小在一起玩，是3岁还是4岁认识的，我不记得了。"

"嗯，那就至少40年了。"

吉姆顿了顿，思考这句话的意思，最终长叹口气："就算有这么久的交情，你还是过来了……还有别的办法吗？"

中年亚洲人摇摇头："有的话，我也不会带人过来了。我要是不做点儿什么，我们一家会永远被嘲笑。"

吉姆点点头，握紧了菜刀。冷月在锋刃上流转。

"怎么？"亚洲男人低头瞧了瞧，神情冷峻起来，"你儿子砍断了我儿子的手，现在，你拿起菜刀，也打算砍断我的手？"

吉姆回过头，朝已经被吓得脸色发白的科伊笑了一下。"别怕，儿子，"他说，"接下来，你要睁开眼睛，看好，一个细节都不要错过。你能做到吗？"

科伊不懂吉姆的意思，但还是勉强点头，牙齿都在打战。

吉姆猛地提起刀，屋子里有亮光划过，然后是一丝血光。所有亚洲人都吓了一跳，纷纷往后退，但定下神，他们才发觉没有一个同伴受伤。

"现在，可以了吗？"吉姆扶着断手，对亚洲男人说。

老吉姆回忆到这里，眼角突然一跳，仿佛多年前的断手之痛顺着痛觉神经重新爬到了右手腕上。虽然手已经接好了，但过了这么多年，断开处还是感觉凝滞生涩，仿佛血肉生锈，不能使劲。

周围一片安静。那个机器人已经走了，可能去候车厅或是别的地方打扫了吧，而出站口依然空空荡荡。

他看了看时间，按道理，轨车应该这时候进站。出站口上方的提示牌已经损坏，裂纹遍布，红色的提示标语残缺不全，但勉强可以看出"晚点"的字样。他安慰自己，晚点很正常，多等等就好了，反正怀里的月饼还温热着。

夜还长，他继续回忆。

打那之后，科伊像是换了个人，再也不出去鬼混。他每天照顾吉姆，待吉姆稍好转之后，他钻研四履矿车的运作模式，随后代替吉姆去矿山干活。他干得还不坏，几个工友来家里时，对他赞不绝口，说这个儿子勤学好问，人又聪明，一天下来挖的矿石都快赶上老师傅了。

更让吉姆感到欣慰的是，这段时间里，父子之间的感情似乎春暖冰融。科伊做饭，做家务，连吉姆要洗浴了，也是他为父亲耐心地擦拭身体。

吉姆想，等自己的伤好了，就把矿区的活儿交给科伊。这活儿累，但是是正经工作，也能让科伊生存下去。接下来呢，该给儿子找个老婆，谁呢，隔他家两个街区远的服务员芬妮还不错……

　　但他的算盘没打成。因为拆掉绷带的那一夜，科伊告诉他吉姆，他已经报名参军了。吉姆本能地想扇一巴掌过去，但一抬起右手，钻心的疼就传来了。于是他换了左手去扇。

　　科伊没有躲，脸上通红，但表情坚定得像石头。"老爹，你受伤的这段时间没看新闻，不知道外面发生了什么，"新闻说，"打仗了。好几个殖民星球都在暴动，联盟的军队一直战败。现在，需要我的时候到了！"

　　"你给老子留在家里，不准去！"

　　"留在家里，就跟你一样，每天混日子混到老吗？"

　　又是一巴掌，但扇完，吉姆却不知道说什么好。

　　"放心，老爹，我会照顾自己的。以前我不懂事，丢了你的脸，现在，我想做点儿正经的事，让老爹你骄傲。"

　　当夜，科伊就收拾好了东西。剩下来的几个小时，父子俩都没睡，在黑暗中对视。起初吉姆还怒气冲冲，但随着长夜流逝，他终于叹了口气，当黎明笼罩小城时，他才缓慢地说："去吧，别逞能，该投降就投降，不怕丢脸，最重要的是——"

　　"我知道，活着。我会活着回来的。"科伊扛着行李，推开门，又停下了，"其实，老爹，团圆节是吃月饼的，不吃饺子。等我回来，我们一起吃月饼，圆的。"

　　然后，科伊就走进了渐渐亮起的晨光中。吉姆想再看一眼，但光太盛，等他抬手搭在眉前时，已经看不到科伊了。

　　接下来，就是漫长的等待了。刚开始科伊还偶尔打电话回来，说一些在军队的事情。他表现得很好，升职很快，而且好像还被选拔参与一项秘密项目。

　　"啥秘密项目啊？"

　　"秘密嘛，当然不能跟老爹你说，"可视电话的另一端，科伊笑起来，显得心情不错，"等我完成了，就可以回家了。在这之前，我可能

跟你联系会变少了。"

这一个"少",就是8年音讯全无。

8年间,小城像失去营养的植物一样迅速破败,许多人都选择了搬走,但吉姆没有。他在等他的儿子,生怕儿子回来时只看到荒芜的空屋子。这么等着,等着,吉姆就成了老吉姆,身体每况愈下,生活愈加困难,但他依旧在等。

天不负他,前几天,吉姆突然接到了电话,说科伊已经退伍,会在今天回来。而今天,正是中秋之夜,吉姆欣喜若狂,觉着这似乎是上天的安排。

呜的一声长鸣,打断了吉姆漫长的回忆。他抬起头,看到那残缺的"晚点",已经变成了残缺的"抵达"。

他猛地站起来,盯着出站口,心剧烈跳了起来,砰砰砰,强劲有力,仿佛重回年轻。怀里的月饼还在,天上的月亮还在,一切都是团圆的迹象。

纷乱的脚步声传来,吉姆一愣:听声音,不止一个人啊。不过也对,中秋嘛,回来的人肯定多——但是,为什么来接站的人只有他自己一个人呢?

就这么胡思乱想着,归人们转过了甬道,出现在出站口。那有四五十个人,但吉姆几乎是一眼就看到了科伊,没错,那熟悉的身影和五官。儿子在人群的最前端,脸上露出笑容,向自己走过来。

但吉姆的感觉有些奇怪,总觉得哪里不对劲。他揉了揉眼睛,再看,突然吓得后退一步,坐在地上。月饼咚的一声掉到草丛里。

他终于明白为什么感觉很奇怪了——因为,这群人,每个都长着科伊的脸。先前他只看最前一个人,但余光扫到了其余人,眼角一直在提醒他,跟他说,这里每个人都是你儿子。

但他知道这不可能。

见老吉姆跌倒，科伊们都跑了过来，当先两个扶起老吉姆，关切地问他有没有什么事。

这声音，这表情，跟记忆里的科伊一模一样！

"怎么回事？"老吉姆惊恐地问："你们是谁？"

"我们是科伊啊。"

"别，别骗我！我只有一个儿子！"

一群人都沉默了，大概半分钟过后，其中一个"科伊"说："老爹，我们确实都是你的儿子。"

"胡说……"看着这些相同的脸，老吉姆突然想到了某项技术，顿时说不出话来。

"我们是科伊的克隆人。是他的兄弟，也是您的儿子。"一个"科伊"说，"我是科伊九号，这里还有四十一个兄弟，编号分别是科伊十六号，科伊二十三号，科伊二十四号……"

果然……老吉姆心里说。他突然想起儿子曾跟自己说的秘密项目。恐怕就是这个了——在兵力紧缺的情况下，联盟终于抛开道德束缚，开始大规模制造克隆士兵了。儿子肯定因为表现出色，被选为了士兵模板。

他不知道是该骄傲还是该苦笑，等听完科伊九号的介绍，才察觉这里的所有人都是克隆体，似乎没有出现"科伊本体"这个词。

"科伊呢，我是说，真正的科伊？"老吉姆问。

所有的克隆体都没说话，他们沉痛的表情在告诉老吉姆一个事实，一个老吉姆不愿意面对的事实。老吉姆皲裂的嘴唇颤抖起来，花白的头发晃动起来，干瘦的胸腔鼓动起来。

他突然开口，声音很大："科伊，科伊，你是不是藏在里面，快出来，别跟老爹开玩笑了。"

"我是目前存在的编号最靠前的科伊。"科伊九号说，"我们的原型，您第一个儿子，科伊队长，已经牺牲了。"

已经牺牲了。已经牺牲了。已经牺牲了。这5个字在老吉姆的脑袋里盘旋，呼啸，尖叫，最后化为呜咽。

明月下，老吉姆感觉眼睛有些湿润。

这双眼早已枯槁，眼球干瘪，眼窝深陷，却还是会流下眼泪。

"队长是在古莫尔星之战中，执行轰炸任务时牺牲的。当时我们要炸掉敌人营地，飞行器飞到高处，但投下的中子炸弹都被穹顶保护罩弹开了。队长决定带一小队人从地面进攻。穹顶保护罩只能识别已经启动的炸弹，队长就带着中子弹潜进去，刚刚启动，敌人就发现了。队长为了不让敌人清除中子弹，自己一个人留守，与敌人对峙了5分钟。5分钟后，中子弹就爆——"

"不，你不要再说了！"老吉姆脸上布满泪水，蓦地嘶吼道。

"保护罩的启动器被炸毁了，撕开的缺口让天上的战友们完成任务，古莫尔星战场的局势，就是从这次任务之后开始扭转。队长被授予一等功。"

老吉姆感到有些冷，抱紧了肩膀，但还是止不住抖动。"这个臭小子，都说了不要逞强的……"他颤声说，"活下来才是最重要的啊。"

"但活下来并不容易。队长有一万个克隆体，被投入在各个战场，现在，活着的只剩下42个。"科伊九号指着身后的兄弟说，"我们几乎遍布整个战线，同敌人做着最艰苦的斗争，活下来，是我们最大的愿望，但依然有9958个兄弟死在了战场上。"

这句话里的悲凉让老吉姆稍稍冷静了点，环视一周，说："那你们现在过来是做什么？"

"前不久，我整理队长的遗物时，发现了他的视频日志。这些年，无论多么艰苦，他都坚持每天录制一段。他很想您，老爹，他在日志里说，如果再有一次选择，他还是会参军，但会等您老了再去……"

老吉姆抽噎起来。

"他有一个文身，是您的头像，他把您文在胸口，每当受伤时都会按着胸膛告诉自己能撑下去。那次任务中，他叫兄弟们后退，自己留下，但最后爆炸时，还是有兄弟听到了他喊出的遗言。"说到这里，科伊九号的声音也有些哽咽，吸了一口气才继续说，"他说，'替我看看我老爹。'"

老吉姆终于撑不住了，两脚一软，但随即被身后的人扶住了。"老爹，"不知道是科伊几号的人说，"小心些。"

"所以，我向上级申请，想完成队长这个愿望。现在是战事最吃紧的关口，但军区上将们没有一个反对，他把我们从各个战场上召回，来到这里，和您一起度过中秋节。这个古老的节日意寓着团圆，队长生前也经常提起……"

"你们能待多久？"

"明天早上就要回去了，老爹，我们只有一夜。"

"这么匆忙？"老吉姆有些语无伦次地说，"你们太辛苦了……"

"不辛苦的，我们是归乡，是作为儿子来看望父亲，在中秋月圆的时候一家团聚。老爹，我们都是您的儿子啊。"

"我，我，我的儿子？"老吉姆喃喃道。

这一次，所有围住他的人都开口了，他们说："是的，是儿子，我们都是您的儿子。"

他停止颤抖，仔细看着这42个从遥远战场穿越星海归来的人。他们每个人都来自自己的基因，五官一模一样，但细细观察，会发现每个人都有着细微的差别。有的脸颊上有伤疤，有的头发短寸，有的衣服破损，有一个还拄着拐杖才能站立。但他们每个人的嘴角都带着笑，每个人的眼角都闪着泪花，每个人都是自己的儿子。

"走吧，"老吉姆说，"儿子们，跟我回家。"

月上中天的时候，清扫机器人LW31又回到了出站口。这里它已经打扫过，但刚刚有一大群人站在这里，逻辑处理器告诉它，肯定又留下了新垃圾。于是，在下班回家前，它再来这里打扫一遍。

果不其然，LW31在台阶边发现了新垃圾，哦，不，不像是垃圾。它扫描了一下，得到的答案是——月饼。

月饼，又叫中秋饼，是古地球时期东亚各地的中秋节食品。

在这兵荒马乱的年代，一盒月饼可价值不菲。LW31的标准做法，是将其上交给车站管理处。但它扭头看了看空荡荡的车站，一个人都没有，于是，它采用了备选方案。

它打开腹下的储物格，把月饼放进去，然后向家走去。

圆月照亮这个孤单前行的机器人。它太老了，底盘的4个万向轮都已经锈蚀，驱动器也在漫长岁月的使用中老化，因此滑动起来时始终发出不规律的咯吱咯吱声。幸亏城里已经人烟稀少，否则肯定会吓到不少人。

在路上，它遇到了ZR79。一个同样老迈的圆筒型机器人，负责街道清扫。

"嗨，"它向ZR79打招呼，"晚上好！"

ZR79停下来，半椭圆的脑袋嗡嗡转了好几秒，才说："LW31，你好，你看起来似乎处在'高兴'的情绪之中。"

"是啊，我现在的各项运行指数都比标准要高。"

"恕我直言，这对你的健康来说，可不是好事。它会加速你的老化。"

"是啊，我找到了一盒月饼，等爱丽丝小姐回来，肯定会很高兴的。想到爱丽丝小姐会高兴，我的处理元件就都会超功率运行。"

ZR79看着这个同事，银亮的月光铺满了街道，LW31仿佛站在光之河的水面上。它看了好一会儿，说："我建议你把月饼给人类，换取一块电池。这对你来说，才更重要，至于美丽的爱丽丝小姐，她不会回来了。"

"我有预感，她会回来。"

"预感？"ZR79身体里冒出吱吱的声音，不知是电路阻塞，还是想发出嘲笑，"你只是一个产于50年前的家政机器人，你不会有'预感'这种玩意儿的。"

LW31说："可是从这个月初开始，我就时常感觉到家里电磁波信号异常，似乎家里多了一个人，我看不见的人。我想，这肯定意味着爱丽丝小姐就要回来了。"

"这也可能意味着你的讯号接收器出现故障，再不检修，就要报废了。"

LW31沉默了十几秒。月亮挂在天上，把它的影子照在脚下，仿佛踩着一团沉默的阴影。长街空旷，两个机器人默默对视。"谢谢你，ZR79，不过我要回家了。"LW31说，"说不定爱丽丝小姐已经在家里等我了，我得赶紧一点儿。祝你愉快。"

它重新打开驱动。这个过程出现了障碍：点火器闪了好几次才冒出火花，量子引擎的震动由小及大，花了一分多钟才产生助推力。

ZR79没有按照标准程序回复"再见"，它看着LW31摇摇晃晃地行驶过身边时，突然说："我们不会再见了，LW31，我的使用年限已经到了。今天扫完后，清理程序就会启动。"

"哦，"LW31想了想，"老伙计，不用沮丧，我也只比你晚生产几个月。"

夜色如水，月光如练。两个机器人在长长的街道上告别，ZR79没有手臂，所以它倾斜身体，头部轻轻抵在LW31的胸膛处。

"那么，永别了，ZR79。"

"永别了，LW31。"

LW31行驶到主街道的尽头，那里耸立着一幢大屋子，但墙壁已经剥落，花园的木栅栏也腐朽不堪，像是一排稀疏的牙齿。屋子里黑黝黝的，LW31走进去，它没有开灯，坐在空旷漆黑的客厅里，插上电源，调整为半充电半休眠状态，开始日复一日的等待。在此前的2800多个黑夜里，它始终等待，把黑夜等待成黎明，把希望等待成老迈。

但今晚，有一点不同。或许是因为月亮。

咚咚咚。

LW31身上的指示灯一阵闪光，但它没有动。它感觉了空气中的电磁波异常，以为又出现了故障，声波接收器也"幻听"了。

但不是，因为这午夜里，不但响起了敲门声，还传来了呼喊声。

"LW31，你开开门啊，我饿啦！"

LW31豁然向门口跑去，它跑得太急，电源线发出嘣的一声闷响后，被扯断了。LW31没有理会，即使这是它最后一根备用电源线，而这种老式型号的产品在市面上已经买不到了。

拉开门，它看到了月色下的爱丽丝小姐。

跟记忆中的她一模一样，穿着碎花小裙，脸蛋稚嫩，金黄的头发在月光中披下来。她仰着头，小脸蛋鼓起来，有些娇嗔地说："LW31，你怎么这么慢啊？我走了好久才走回来，你都不给我开门！"

"我我我，"LW31有些语无伦次，"我这不是开了吗？快快快，快进来！"

爱丽丝嘟着嘴，一脸不情愿的样子，但小手已经去拉LW31了。LW31牵着爱丽丝，走进屋子，它打开灯，整个客厅里一尘不染。

"你还一直打扫这个屋子啊？"

LW31说，"是啊，我一直在等你回来。"

"可是已经过了8年，"爱丽丝咬着拇指，往右歪了歪小脑袋，说，"万一我不回来了呢？"

"您忘了吗？8年前您走的时候，曾经抱着我，说让我等着您，您会回来看我的。"LW31的语气很认真，"那时候查尔斯先生带着您一家去往十四号殖民星球，收拾了很多行李，但可能比较匆忙，忘了给我买船票，于是我只能留在这里。临走的时候，您抱着我哭，不肯走。我说我会在这里等您，最后查尔斯先生拉您走，您大声喊，让我留在这里等您。于是，我就在这里等您。"

它似乎很少说这么长一串话，说到后来，声音已经有些颤抖。爱丽丝的眼中却蒙上了星星点点的光，上前一步，抱住了LW31。她的个头跟8年前一样，只能抱住LW31的腿，LW31颤抖了一下，随后安静下来。

这种安静持续了很长时间，屋子里只有爱丽丝小姐的呼吸声，以及LW31接收到异常电磁波时发出的嗞嗞声。除此之外，一片安静，月光在窗子上缓缓流淌。

"对了，爱丽丝小姐，我找到了你最爱吃的月饼。"LW31弹开储物格，把月饼拿出来，"趁着午夜还没有过，你把它吃了吧。在今夜吃月饼，有团圆的寓意，就像我今晚再次见到了您。"

"好啊好啊，LW31，你真是能干！"

"那您吃吧，凌晨快到了。"

"月饼不能一个人吃，要亲人团圆，一起吃才好。"爱丽丝的声音透露出些许忧愁，"可是，我是一个人回来的，在这里没有亲人……"

LW31蹲下来，与爱丽丝对视，已经破损的硅晶体眼睛里反射着灯光，看上去有些迷离，似乎哭泣。它一个字一个字地说："我就是您的亲人，是您在这个世界唯一的——"

"唯一的什么？"

但爱丽丝的询问并没有得到回答。LW31保持着僵硬的蹲姿，但身体里无时无刻不在响着的嗞嗞声消失了，指示灯也黯淡如晦。

"LW31？"

爱丽丝试探地叫了一声，随后明白过来，眼前的这个机器人已经彻底报废。它持续工作了50年，缺乏保养，许多零件都已老化，加上刚才电源线的突然扯断，使它的身体机能彻底耗竭。它蹲在地上，手臂半伸，手掌还托着一盒月饼。

爱丽丝取下月饼，小小的身子倾斜，将脸颊凑到LW31的手旁。LW31的身体从来都只有冰冷坚硬的金属感，但不知道为何，此时她脸上传来的触觉，带着温暖，带着柔软，像是被微波炉加热过的月光在她脸颊轻轻流动。

"中秋快乐，我的LW31。"她轻声说道。

当，当，当当当当……午夜的钟声响起，窗外月光如洗。

午夜过后，银月当空，仿佛挂在屋顶上的圆盘。

爱丽丝小姐把目光从LW31身上挪开，注视夜空，月亮在她眼中无限放大。她甚至清楚地看到月球表面上零散的环形山。

时候到了，她对自己说。她的身体开始变淡，空气仿佛某种溶剂，皮肤连同衣服都在融化。如果LW31还能运转，它的讯号接收器一定会尖叫起来——这时，空气中的电磁波干扰达到了顶峰。

几乎眨眼之间，爱丽丝就完全消隐了。那盒月饼孤零零地悬在离地60厘米处，这表明空气中并非一无所有——至少，还有一个外星人。

这是一个以电磁波形态聚集起来的生命体，来自遥远的星球，银河系的另一端，人类联盟疆域以外。它的名字很复杂，如果要用文字完全表达出来，可能你手里拿着的这本书还不够厚。所以，我们简化一下，就叫它"阿缺"好了——来自一个"半死不活"的科幻作者的笔名。

阿缺是银河联邦的文明等级观测员，负责评定这个位于猎户座支臂内侧的小小文明。它来地球已经很久了，从这个叫"人类"的种族茹毛饮血开始，直到现在进行星际扩张，它都默默地观察着。为了保持评定报告的公正性，按照标准程序，它是不能够对人类的进程有任何影响的。

"但前辈刚刚违反了这个规定。"一个信号突然传过来。

"是啊，阿芷（这又一个被简化的名字，代表了阿缺的同事，这个文明的另一个观测员），这是第二次了。"

"我不明白，作为观测员，前辈拥有很高的职业素养。您执行过上千次任务，无一失误，那数千个文明都因为你的准确评估而获得了进阶联邦的机会，或者继续发展。每个标准年，前辈都会被授予优秀观测员的称号，这让我羡慕不已。但为什么，在这个微不足道的星球上，前辈会连着犯下两次错？"

阿缺思考起来，它很认真，散发的强烈扰动波让客厅里的灯不停闪烁。几分钟后，这些灯泡全部砰的一声碎掉了。

"我不知道。但是这个种族有些不同，跟所有的文明都不同。"阿缺组织着词汇，将其搭载到电磁波上，发送给不知藏身何处的同事。

"有什么不同呢？"反馈立刻被传回来，带着些许疑惑，"他们的成就不足为奇，汲取知识的方式脆弱而低效……"

阿缺忍不住打断它，说："是啊，作为整体，他们确实毫无价值，银河系中，这样科技水平的种族数不胜数。但你没发现吗，他们个体之间的相处，非常奇妙，会哭泣，会微笑，会捅刀，会拥抱。他们爱得越深，遭到背叛后就恨得越浓，这种现象不觉得熟悉吗？对，它符合宇宙中最基本的规律——能量守恒，且不可逆，爱生成恨容易，恨转化为爱，却千难万难。我一直在研究爱恨转换公式，量的问题已经解决，无非是几个参数，但这种转化的催化剂，我却一直没有定论。"

"所以本来只是简单的工作，前辈非得在地球上逗留了上万个地球年——即使以我们的生命周期来说，也已经够长了。但更让我费解的是，在上一次干预中，前辈甚至不顾联邦法律，直接拯救了全人类。"

阿缺想起了几千年前的那次陨石事故。当时9颗陨石从遥远空间而来，仿佛有巨人在用力和光进行宇宙尺度的弹球游戏，几颗弹珠偏离轨迹，带着死亡的呼啸和焰光扑向地球。人类吓得瑟瑟发抖，俯身跪地，向天空膜拜。那9颗熊熊燃烧的陨石，加上高悬的烈日，仿佛十日凌空，毁天灭地。

千钧一发之际，阿缺终于忍不住了，化身人类，向9颗陨石射出了9只箭。箭头的精确导航，使箭身依附到陨石上，以纳米级的厚度展开，遮蔽火焰，并反向启动，抵消了陨石的冲量。这个时间太短，做功剧烈，陨石自身承受不住，纷纷碎裂。所以在民众看来，是阿缺的箭射灭了9颗太阳。

想到这里，阿缺叹了口气："我当时正处在研究的关键阶段，不想这个文明毁于陨石。"

"好吧，我能勉强理解上一次的行为，但今夜，前辈为什么要冒充一个人类女孩儿，去欺骗一个机器人呢？"

"我……我不想让这个机器人失望。我在这里待了几天，发现它一直在等待，但它等的爱丽丝已经长大了，长成了少女，在别的星球上为隔壁班的帅气男生窃喜，为脸上长出的痘痘发愁，为毕业舞会的舞伴选谁苦恼……她早已经不记得当年的诺言。"

阿芷沉默了一会儿，说："这并不罕见，人类的记忆力非常脆弱。"

"但这个机器人一直在等，等它要照顾的小姑娘回来，跟它团圆。人类真是神奇，他们的创造物身上居然也延续了这种迷人的感情，不是吗？要知道，夸拉星人精于制造业，但他们的器械完全按照程序，如果没有人控制，也只不过是复杂的零件组合和能量驱动而已。"

说这番话时，LW31还蹲在地上，手臂孤零零地伸出，月光探窗而入，在它布满了锈蚀斑点的身躯上流淌。

"只要前辈愿意，修好它非常简单。"

"但那也只不过是永恒的等待，日复一日的失望。"

"所以，在最后一夜，你给了它希望？"

"其实，"阿缺想学人类发出叹息，但根本做不到，于是将身体虚化，扩散到屋子外围。月饼也随之上升，在空中缓缓旋转。月光在一瞬间贯穿阿缺的身体，这种感觉妙不可言，但它发出的电磁波却带着浓浓的失落，"其实它发现了我不是它的小主人。它比我想象的要聪明，也知道查尔斯先生并不是因为匆忙而没有给它订船票，而是因为嫌弃它太破旧，打算把它当垃圾一样扔掉。但它的回路每次都刻意忽略这个推论。"

"是啊，你装扮的爱丽丝小姐，跟8年前一模一样，它知道您是假的。"

"但它还是把我当作它的爱丽丝小姐一样对待。"

阿缺一时无语，在空中游弋着。阿芷也不说话了，两人的通信频道里，一片沉默。

"对了，你在做什么？"过了好久，阿缺突然问。

"我在月球上。"

"我刚刚想起，我还没有见过你。从接到这任务开始，我们一直在各个星球收集资料，有时候我们擦肩而过，但彼此都没有显露形态。你长得什么样？"

阿芷似乎在笑："本质上跟前辈一样啊，仅有的差别也只是波频率不同。"

月光亮了一些，似乎被阿芷的笑声染过。阿缺抬头去看，圆月莹莹，它想到，是阳光照着月球，照着阿芷，然后被反射到这里。说不定

投过阿芷的那一束光，也正穿过自己的身体。

"嘿，今天是人类的中秋节，讲究团圆。你呢，想家吗？"

"有一点儿吧。这是我的第一个任务，我不知道会这么久。"

"那你为什么不早点儿回去呢？你的评估肯定早就完成了吧。"

这一次，阿缺等了很久才等来回答。

"我在等前辈。"

"为什么要等我，你会迷路吗？"

阿芷说："我敬仰前辈，这次任务申请，也是看到有前辈才来的。很多次我看着前辈拖延提交报告时间，虽然不解，但前辈必然有自己的道理。前辈放心吧，请继续研究，我会尽量帮前辈向联邦要求延长调查周期的。"

阿缺揣摩着这番话，在屋顶上来回盘旋，这次它思考得更加认真了，连周围的月光都被扭曲。从远处看，能看到一团光晕在飘摇。

"阿芷，我来月球看看你好吗？我有一盒月饼。"

"可是前辈，我们是电磁波生命体，不能消化有机食物。"

阿缺身体构成的光晕越来越亮，能看到里面有光束在沿弧形轨迹飞速窜动，似乎里面困住了无数游鱼。在某个时间点，光束突然静止下来，阿缺说出了最后一句话："我知道，但人类做月饼，是为了团圆，为了相见，为了在一起。这是最重要的，不是吗？"

"唔……是的！"

屋顶上的光团蓦地收缩，随后弹出，向夜空中那轮皎洁明月扑去。几乎是一眨眼，它就消失在了漫天月光里。

这个小城恢复了平静，仿佛一切都未发生，唯一的观众是月亮。它看到了克隆人、机器人和外星人，但它保持着亿万年以来的沉默。直到明天，才有人会看到寂寥的街道，看到报废的机器人，看到一群儿子向父亲告别。但那都交给明天了。今夜正好，月正高悬，人正团圆。

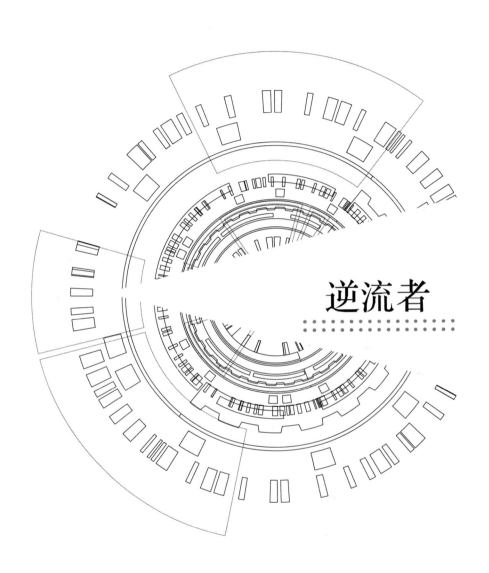

逆流者

1

这场病来得猝不及防。

他一觉醒来，发现自己回到了前一天。

刚开始他以为是手机显示出了问题，但接下来发生的每一件事都在昨天发生过。他没完成报表，被上司痛骂，骂人的句子都一模一样。晚上他回到空空荡荡的家里，满心疑惑，睡意袭来，沉沉睡去。再醒过来时，发现时间又往前退了一天。这一天他有大量的报表要完成，但依然完不成。

他终于明白，在所有人都顺着时间之河往前走的时候，他独自转身，逆流而行，一天天回到从前。

刚开始他很难适应。一切都经历过，况且他的生活多以痛苦组成，再来一遍并不愉悦。他试图改变，熬夜不睡觉，可敌不过汹涌的困意，每次都在天色将明时屈服于睡眠。他还故意打乱时间线，甚至在某一天突然冲进办公室把上司揍得满脸是血。但即使被关进监狱，他次日依旧在家中醒来，上司依旧在办公室冷着脸等他——被揍得头破血流的事，已经扔在明天了。

2

他是个顺从的人，后来就习惯了这种日子，照常生活，照常上班。这期间，小薇离开他，跟了另一个男人。他以为会像上次一样痛苦，但其实还好。反正经历过一次，麻木一点儿，顺着记忆来，再深的伤都会在醒来之后愈合。

半年之后——或者说半年之前，家里多了一个人。"我们离婚吧。"他听到自己对妻子这么说。那时妻子32岁，但脸上已经有了皱纹，腰微微佝偻着。她愣了一下，如以往一般听他的话，点点头说："嗯。"

妻子收拾行李的时候，他在一旁看着。半年没见，他对她更加陌生了，这个女人在他眼中不像是妻子，倒像是某个故人。本以为不能再见，却逆流时间，再度相会在分别的时刻。

后来妻子拖着箱子离开。他站在阳台上，看到她的背影渐渐远去，黄昏的光斜照，街上无数人影湮没了她。当初他也是这么看着她离开，以为这就是永别，但现在，他知道还会再见。

果然，第二天他一醒过来，就闻到了早餐的香味。

"我出去买菜，"她站在门口，背对着他，"你先吃，吃完了就去上班吧。"

他点点头，然后越想越不对——上一次妻子也是这时出去，但过了很久才空手回来，他问她去哪里了也不说。这次重来，他多了个心眼，悄悄趴在猫眼后面看，发现妻子并没有下去买菜，而是向楼道上走去。

他等妻子上去后，蹑手蹑脚地跟上，一直到天台门口才停下。

他听到轻轻抽泣的声音。多么熟悉，这抽泣是出自陪伴他漫长岁月的妻子。

哦，他心想，原来她早就发现小薇了。

3

整个白天，他上班都很恍惚，想着妻子是怎么发现的。快下班时小薇发来了短信，"别急着走，留下来。"他看着手机屏幕，恍然大悟：太多的秘密都藏在这个小方块里，像炙热的炸弹，昨晚不小心被点燃。

他下意识地想删掉那些短信、视频和照片，但转念一想：今天过去后，又回到前一天，妻子会忘了这个危险的秘密。一切被埋葬在时间里。于是他耸耸肩，把手机揣回兜里。

同事们陆续走了，偌大的办公室只剩他和小薇。

灯光次第熄灭，黑暗中，小薇走了过来。她俯身在他耳边说了一句令人脸红的话。

小薇就是这样，妖媚又大胆，即使在幽暗的环境里也放着光。当初他是如此轻易被吸引，沉浸在欲望里，一度以为那是爱情——第二次的爱情。

但现在，他看着小薇满是诱惑的脸，脑袋想起的却不是肉欲欢好，而是半年多以后她决然抛弃自己转投他人怀抱的身影。他站起来，定定地看着小薇，窗外不时有车驶过，他的眼镜片偶尔闪着光。

"你怎么了？"小薇皱起眉头，"昨天还好好的。"

"昨天也不会好好的了。"

小薇更加纳闷儿，不知道他说的话是什么意思。这时他已经转身离开了。

4

黑夜的城市有一种隐忍的热闹。他独自走着，许多车从他身侧掠过，车灯划出一道道流光。这像是旧时代电影里的场景。他有种预感，在这种场景里，肯定会发生些什么。

正这么想着时，他突然听到右侧巷子里传来呼喝之声。是一群年轻人在围殴一个醉汉。他高声制止，年轻人看了他一眼，骂骂咧咧地退入巷子深处。

他走过去。路灯照下来，醉汉脸上满是血迹，还有一道白肉外翻的陈年刀疤，从右眼至嘴角，蚯蚓一样伏在脸颊上，分外可怖。

他有些心悸，还是扶起他，说："你受伤了，我给你叫救护车吧。"

醉汉吭哧吭哧地说，声音如同呓语："没关系，再重的伤，到了明天就会好起来的。"

他的血液似乎刹那间被冻结，良久，才说："你说的明天，是昨天吧？"

醉汉也愣住了，表情被灯光照亮，有些狰狞，又有些诡异，明亮的光线投进他的眼中，没有一点反射，像两汪沉郁的潭水。醉汉看着看着，突然对着他笑了起来：

"你也是逆流症病人？"

那一刹那，他竟然有要哭泣的冲动。

醉汉挣扎着坐起来，说："这是一种病，很罕见，要理解起来也很困难。时间是一种属性，跟空间一样，大多数情况下，这两者是同步的。比如你花10分钟从街头走到街尾，时间和空间都在移动，向前移动。但有时候，它们又分开了，时间会朝着相反的方向流动。陷进这种时间紊乱困境的人，就是逆流症患者。"

他沉默了。

醉汉继续说："这也是令人悲伤的病。就像一群人在夜里赶路，你突然折返，而其他人继续前行。你们会离得越来越远。路上只有你一个人，孤单地向原点走去。"

5

你生命中有没有出现过这样的人——你觉得他会永远陪伴着你，一直走下去，但前一天他还在你身侧，下一秒就蒸发在时间里，再不复现？

你并不知道，他已经转身，在你的背影里，在你察觉不到的时间中，独自走向年迈苍苍的另一端。

他坐在逐渐幽暗的街道旁，哀伤地想着。

6

"其实我说的也没有科学根据，相对论和量子力学都不能解释我们的病症。"年轻人从酒醉中解脱出来，说，"我已经花了很长时间来研究它，但至今收效甚微。"

"这种病会持续多长时间？"

"我不知道，"醉汉摇摇头，"但我是在75岁时，死的前一天得了这种病，一直回到现在，已经整整50年了。"

7

回家以后，妻子已经睡了。他站在卧室里，第一次认真看着她的睡姿：她睡得很沉，身子蜷缩着，像个婴儿一样侧躺在床边，把大部分的位置留给他。但她眼角的皱纹在提醒他，她并不是婴儿。她体质差，又不会保养，每天做3顿饭时都在厨房里被油烟熏，这些都在加速她的衰老。

结婚10年来，他是看着她变老的。他说过好多次让她注意保养，她只是"嗯嗯"点头，却手脚笨拙，永远学不会摆弄养肤化妆品。

而现在，他要看着她一步步重回青春了。

这个过程难以言说。他和妻子相伴10余年，自认为早已熟悉，但生活倒带一遍，他竟然发现了许多不曾了解的东西。

比如原来妻子喜欢吃糖醋鱼，喜欢看韩国电影——是电影，而不是连续剧。好几次他看到妻子一边看电影一边垂泪。

他经常想，自己是什么时候开始对妻子失去了初心呢？是日复一日的油盐酱醋磨掉了爱情，还是逐渐老去的容颜滋生了厌恶？

日子就这么一天又一天地过，妻子的脸逐渐变得年轻，身躯也不再因为常年蜷缩睡觉而变得佝偻。他把一切看在眼里，觉得愧疚，于是在10周年纪念日那天做了糖醋鱼庆祝。

那是他第一次看到妻子因喜悦而泣然。她捂住嘴，眼圈红红的，好

半天才说："你怎么知道我喜欢糖醋鱼？"

"我是你的丈夫嘛。"

这句话更令她不知所措。

他上前揽住她的肩，说："以前都是我不好，放心，我以后会改的。"

妻子使劲点点头。他却在心里叹息——哪里还有以后？一切都在向前，无论怎么悔改，都没有意义。

妻子在恢复容貌的同时，也在恢复着精神面貌。她的话越来越多，以前他听到这种絮絮叨叨，总会不耐烦地打断，要求她保持安静。可能正是这种要求换来了沉默，让家里的气氛成了一潭死水，让她一天比一天少言寡语，一夜比一夜蜷缩得厉害。

但现在，他觉得亲切。他放下手头的事情，耐心地听妻子诉说。那些丢掉的工作自不必担心，乱套的一切都会被时间抹平。

他越来越适应这种生活，甚至开始享受。他想，自己怎么会不喜欢这个女人了呢？在她面前，多少个小薇都不够入眼。

10年多过去了。这个晚上，他向妻子求婚。其实虽然时间在倒流，但记忆没有跟上，甚至越发模糊了。但他依然记得这个晚上的事情：

他租了30架遥控直升机，每个都挂着彩灯。这些飞机在半空中组成心形，并且缓缓移动，指引她来到他身前。他拿着玫瑰和戒指，单膝跪在地上，向她求婚。当时，半空中满是华彩，仿佛整个夜空的星星都落了下来，围绕在她周围。

她流下了泪，泪珠被灯光撕碎，也成了星星点点。

8

那天晚些时候，他们牵着手回租房。那时他们还没有自己的家，在这个繁华城市的最底层挣扎着，却比多少年以后有房有车要快乐得多。

路过一个巷子时，突然有人叫他的名字。他诧异地看向巷子深处，只见一个人影藏在幽暗中，面目不清。

妻子一下子紧张起来，握紧他的手臂。

"别怕，是我。"巷子里的人说，"你以后见过我。"

这句话让妻子迷惑，他却再懂不过。"是我的朋友，你先等我一会儿，我和他说会儿话。"说完他走进巷子里，黑暗也淹没了他。他走近那个人影，发现是个少年，十四五岁的样子。

"我找到了治我们的病的法子。"

他浑身一震。这么多年逆着时间过日子，他都习以为常了，现在被少年提醒，才明白自己其实一直是个病人。

"得这种病的人远远不止我们两个。这10年来，我游历世界，在一个著名实验室里找到了一个博士，他也是病人。我们做过无数次实验，终于有了成果。"少年的声音透着惊喜，"只要在影响自己人生轨迹最剧烈的点，做之前同样的事情，让一切按部就班，就会陷入沉睡，回到开始逆流的那一天。时间和空间再次重合。你会回到分岔路口，再向前走，一切就像没有发生过一样，连自己都不会察觉曾经做了逆流者。"

"这法子管用吗？"

"管用，因为我已经试了。"少年看着他说，"对我人生影响最大的事情就发生在今天。我被我爸爸家暴，砍伤了脸，在今天离家出走。"

他这才看到少年脸上正沁出浓郁的血，像滋生的阴翳。难怪他要躲在巷子里。

"我现在看到的一切都跟以前不同了，世界正在融化，很难跟你形容。而且我很困，随时会睡着。你是个善良的人，曾经救过我，所以我挣扎着过来告诉你，希望你没有错过改变你人生轨迹的节点。一旦错过，你将不可避免地逆流到时间尽头，不会有人记得你，因为你从来没有来过这个世……"少年的声音逐渐疲惫，闭上眼睛，身体向后仰倒，"我要回去了，逆流了60年，我终于要……"

他摔下去，却没有倒地的声音。少年的身体在触地的前一刻凭空消失了。他知道，少年已经回到初点，回到了白发苍苍的年纪。

他跟跄地走出来。妻子正等着他，"咦，你的朋友呢？"他没有说话，带着妻子回家，心事重重地睡下。

他知道对自己人生影响最大的事情是什么——与妻子的初遇。他在学校里向她问路，被她的美丽和热情吸引，从此锲而不舍地追求她，为了她来到这座陌生的城市。

在问路的那一刻，他和她的命运就绑在了一起。

9

他早早起床，出了宿舍，就在校道上等着。樱花开得正灿烂，一眼望去，整条校道都是粉红一片。她就在这樱花掩映中出现了。

他忍住心头狂跳，迎面走过去。问路的话已经练习了千百遍，随时可以说出口。表情也得体。一切都跟以前相同。

越走越近，她的样子逐渐清晰。这时的她19岁，穿着碎花棉裙，乌黑头发垂下，明媚的脸胜过所有樱花。看着她的美丽面孔，他突然想起了十几年后她蜷缩在床侧的衰老模样。

他马上就要回到患病的那一天了。他不会记得这十几年逆流里发生的事情，他仍会出轨，逼她离开，看着她的身影湮没在人海……时间照常逝去，眼前的这张脸依然会过早凋零。

他的脚步突然一阵凌乱。

这是一个春天的上午。在他的妻子最美丽的时刻，他与她错身而过，没有问路。只有几片樱花在他们头顶飘落。

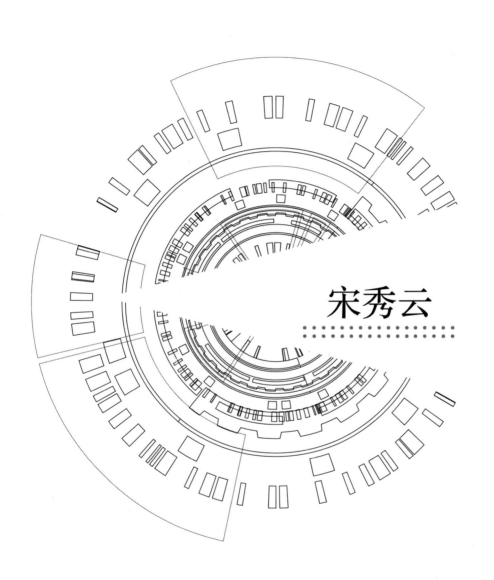

宋秀云

这一天晚上，吴璜刚吃完饭，扔下碗筷就回到房间，戴上了脑控头盔。她妈隔着门抱怨了几句，但声音像是被头盔过滤掉了，飘飘忽忽的。她也不在意，启动头盔后，迅速连上了头盔内部伸出的海绵状探头，脑信号被发射器放大之后，连接上了几百米外车库里的脑控汽车。

　　这年头，脑控汽车已经不是新鲜玩意，大城市里几乎满街都是。但吴璜生活的这座小县城，还处在紧跟时代变化的早期。它的西边是崎岖贫瘠的山区，南边是日新月异的大城市，它就像一只蚂蚁，挤在野蛮与文明的夹缝中。在这里，脑控车还不多见，每次吴璜接到网约车的订单后，远程控制轿车出门，乘客坐进来，看到车里一片空荡荡，还是会目露惊奇。

　　当然，为了买这辆车，她不但花光积蓄，还贷了款。明天就是除夕，节后应酬多，她得多跑几单，把春节期间的花销挣出来。

　　现在，这辆纯黑色的轿车在她的操作下，驶出了车库。吴璜躺在床上，换了个舒服的姿势。头盔投射的全息界面能让她看到车身周围的景物。她这才发现，外面已经下雪了，白色的鹅绒漫天飘荡，地面已经铺上一层银装。

　　在吴璜记忆里，小城已经很多年没下过雪了。她以为今年会像往常一样，在阴沉的天气里度过，没想到在除夕的前一天，突然满城落雪。

　　但下雪也带来了坏消息——街上行人寥寥，手机里也没有约车提示。转了好半天，才接了两单。她不死心，让脑控车驶上大道，碾压雪层，一路向悬铁站开去。

她在车站门口等了一会儿，好不容易出来几个返乡的乘客，又都被更便宜的老式出租车拉走了。她把车停在一片风雪里，通过车顶的仰视镜头看着夜空，一片片轻盈的雪花从夜空中涌现，划过黑暗，落进路灯昏黄的光团里，仿佛也被沾染成浅黄色。但不一会儿，镜头被雪盖住，她只能看到一片白茫茫。

看来今晚是没有收获了。她想着，启动汽车引擎，打算回家。这时，有人敲了敲车窗。

吴璜把视线切换到车窗镜头，看到了一对母子。

母亲接近60岁的样子，脸上木讷，个子矮小，但背着大包，显得有些佝偻；灯光斜照下来，能看到她脸上纵横交错的沟壑，显然是常年烈日风霜刻出来的。儿子站在一边，倒是高大很多，穿着风衣，虽不花哨但很得体，一看就是在大城市里待了很多年的人。

但看他一身轻松，与旁边背包的年迈母亲形成鲜明对比，吴璜本能地对他产生了反感。

"师傅，走吗？"母亲又敲了敲车窗，话里方言味很重，是小城西边山区的口音。

这个老土的称呼像刺一样扎在吴璜眼皮上，这下她对母亲的好感也没了。"我这不是出租车。"她一边说——声音通过头盔，传到脑控车旁的喇叭里——一边看了下手机，还是没有网约车的约单。

"那……"母亲迟疑地说，"那姑娘走吗？"

"我也不是黑车。"

母亲"哦"了一声，转头看了看儿子。儿子微微低头，表情藏在灯光的阴影里。"妈妈，别担心。"他说。

吴璜正要走，又多嘴问了句："你们去哪里？"

"去汽车西站。"

汽车西站跟吴璜回家倒是一个方向，如果顺路载客，说不定能把这

一趟出来的电费给挣回来。但那是个老汽车站，在悬铁线路开通后，几乎就废弃了。

"现在过去，还有班车吗？"吴璜问。

母亲连忙点头："有的，22：30有一班。"

吴璜记起来了，车站近乎废弃，但每天还是有一趟人工驾驶的班车从夜里出发，沿着崎岖的国道，穿山过岭，途经许多小山村。车站垂垂老矣，这趟唯一的班车，就是它呼吸的最后一抹气息。

吴璜说："那你们上来吧，我带你们过去。"

母亲却站着没动，问："收多少钱？"

"100元……150元。"

母亲后退一步："太多了吧，坐公交车才10元，两个人才20元。"

"那你看现在还有公交车吗？"

对面的公交站牌下，确实空空荡荡，只有雪花簌簌落下。"但150元也太多了……60元！"

她们还了一会儿价，这位老妇人的嘴太紧了，吴璜好几次都想直接走人。最后她们商量好，送到吴璜小区门口，剩下的两公里路，他们自己走过去。

车门打开，母子钻进来，坐在后排。母亲哈着手，头上几缕白色，不知道是苍发还是落了雪，或者兼而有之。

吴璜这才意识到，刚才他们讨价还价的时候，自己躺在家里温暖的床上，而这对母子站在车外，寒风冷雪，想必冷极了。她不禁有些歉意，启动了车里空调，说："暖和些了吧。"

"嗯嗯。"母亲说，"那就走吧，得早点儿。"

这下倒轮到吴璜诧异了——母亲坐进来后，神态如常，似乎对这辆没有司机的脑控车见怪不怪。她把自己的脸投影在车前屏幕上，一边启动一边问："您这是从哪里回来啊？"

"打北京回来。"母亲的声音带着一点骄傲。

从大城市回来的，那就难怪了。吴璜说："去探亲吗？"

"接儿子回来，"母亲转头看了下儿子的侧脸，"回家过年。"

儿子依旧坐得端端正正，点了点头。

透过车内的高精度摄像头，吴璜认真看了看这个年轻人。30岁出头的样子，脸庞消瘦，但眉宇精致，看得出平时是有保养的。不过他大部分时候沉默着，表情介于礼貌与冷漠之间——这倒是很符合大城市里白领的特征。

吴璜看着他，说："你是做什么的呀？"

儿子扬起嘴角笑了笑，却没有回答。

母亲连忙说："是做设计……嗯，在家里办公，为疆域公司工作，你听过没？"

吴璜当然听过。脑控车运行的基础是意识操作系统，而这个系统就是疆域公司研发的。她不禁对这对寒风中赶路回家的母子改变了看法，问："那很厉害了！"

"是啊，我儿子是村子里的骄傲哩！"母亲的眉毛动了动，表情活泛起来，"他有7年没有回家了，今年终于可以在家里过年。"

"7年？那够长的啊。"吴璜应道，"不过他在大城市待了那么久，应该是他接您去城里过年嘛，怎么您带他回来呢？"

母亲显然愣了愣，表情灰暗了些："我儿子……生病了。"

听到儿子生病的消息后，宋秀云心都揪起来了。但回乡的铁柱也语焉不详，挠挠头，解释道："我哪知道得那么清楚？我就是去商场买东西看到阿川了，跟他打招呼，他没讲几句话就咳嗽，脸上也白。怎么回

事我也不知道啊，他现在混得那么好，平时跟我们都没联系……还有，别叫我铁柱了，我在城里的名字叫詹姆斯。"

宋秀云又给儿子打电话，李川在那头说一切都好，就要挂掉。她连忙说："你今年回来过年吧，都这么多年没回来了……"

"不了。"李川说。

"那我来找你。"

"别闹，你怎么过来，一辈子没出过村子的人。"

电话挂断之后，宋秀云心潮难平，想了半天，找出了儿子以前寄回来的快递单，指着上面的地址，对铁柱说："铁……詹姆斯啊，你帮我买下票，我把钱给你。我要去接儿子回来。"

就这样，宋秀云走山路去镇上，再坐摩托车来到国道边，央求路过的货车带她去县车站，买票之后上了去小城的班车，最后取了悬铁车票，一路去往北京。唯一的麻烦是，在过安检时，她给儿子带的肉和腌菜全部被扣下了，只有她专门炒的那包葵瓜子能带走。她心里疼得滴血，在安检口闹了好半天，最后保安威胁不让她坐车，才抹了抹眼泪，看着那群年轻人把上好的山货扔到一边。

总之，她只身来到了北京。这里的一切都很新奇，甚至跟电视里都不一样，人人都用上了脑控技术，躺在家里都可以操纵汽车在路上行驶，闭着眼睛也能在电脑上办公。只是街上的人比印象中少多了。

从车站出来时候，天刚破晓，时间尚早。坐了一夜车，她已经很倦了，身体里像有根年久失修的琴弦一样颤动着，这颤动随时会令她摔倒。于是她找了个早餐铺坐下，点了一碗白粥，花了20块钱。大城市果然贵，要是在村子里，这种粥都是乡亲们随便端着喝的。她这么想着，从兜里拿出两张10元纸币，递给了那个脸上带着明显鄙夷的胖子老板。

对于鄙夷，宋秀云早已习以为常。在漫长的一生里，她见过了太多太多鄙夷，但没有关系，她还有儿子。

想起儿子，宋秀云身体里一直颤动不休、嗡嗡作响的弦突然停下。

她重新获得了力量，一口气喝尽白粥，站起来，拖着两个硕大的包裹走上了大街。

她叫了一辆出租车，习惯性跟司机讨价还价，对方告诉她有计价器，是多少就是多少。她只得作罢，在路上的时候，看着计价器上的数字跳动，心也一上一下。

不久之后，她就到了儿子住的小区，却被门卫拦住了。门卫压根不信她有亲戚住在这个高档小区，死活不让她进。有个路过的业主看不下去，让他们查一下名单，一查，李川的名字确实在，便拨通了李川的门禁系统。

"谁啊？"门铃响了很久，才传来一声懒懒的声音。

门卫还没说话，宋秀云抢着凑到话筒前，说："李川啊，是妈。妈来找你了。"

那边显然愣住了，停顿了很久。门卫看宋秀云的眼光再次变得狐疑。幸好这时李川终于说话："你等下，我下来接你。"

这一等，又是半个多小时，李川总算走到了门卫室。宋秀云眼眶一下子湿了，低着头，怕被别人看到——她自己倒是不在乎，就怕别人看到了笑话儿子。

"走吧。"李川说完便转身带路。

宋秀云连忙提上包裹跟在后面。

"听起来，"吴璜压低了声音，"你儿子不怎么热情啊。"

说完她就后悔了。她的话是通过车内音箱说出来的，环绕音，母亲能听到，儿子也就能听到。但她瞥了眼儿子，见他依旧端正坐着，挂着

浅笑，丝毫不以为意的样子。

"热情的，热情的，"母亲忙说，"不过可能很多年没见了吧。"

"那他到底……看他的样子，不像生病了呀？"

母亲点点头："是啊，我住进儿子家后，开始还担心，但他气色很好，也有力气，一大桶水说抬就抬……就是总待在书房里，不怎么出来。住了几天，我就放心了，铁柱尽是瞎说，从小嘴巴就没把门的。"

车子驶上主道，两旁路灯撑开了一团团光晕，光晕中雪花飞舞。吴璜操控车子，撞进光晕中，车旁带起了两道气流，落雪在空中打着旋儿。

街上人少车稀，路途畅通，吴璜不用把全部注意力放在开车上，又问："您在北京住得怎么样？"

"不习惯啊，"母亲大概暖和起来了，挪了挪身子，"你说你们城里人，过得跟我们真的太不一样。就你这个脑……脑控车吧，人人都有，戴上头盔就能开车。还有机器人，也能被脑袋指挥，你要是不想出门，头盔一戴，机器人能代替你出去，见人啊说话啊，还能打球！"

吴璜点头，母亲说的脑控机器人，也是疆域公司新出的产品，对于只想宅在家里的人，无疑是天大的福音。上次她出去跟朋友聚餐，5个人里，其中3个不想出门，就派脑控机器人过来。一张饭桌上，两个真人，3个机器人，相谈甚欢。机器人不用进食，聊完后，它们还在远程脑控下，打包了一份饭菜，带回去给主人吃。听说除了脑控模式，机器人还有自动跟随功能，能永远陪在主人身边。当时吴璜特别羡慕，打算还完车贷后，也去买一个。

母亲没有留意到吴璜的走神，还在絮絮叨叨："……家里做饭啊打扫啊，一个念头，电器就把饭煮好了，我还没回过神，屋子里就干干净净。我看除了吃饭和上厕所，这里啊，"她点了点自己的太阳穴，"能把所有事情都做完。你说，还要手脚做什么？"

"这不是更方便了嘛。"吴璜赧然道。

"方便是方便，就是有点……"母亲试图组织词汇，最后放弃了，"说不好，就是看上去变好了，但觉得怪怪的。"

她大概是想说过度安逸的日子会让人变得懒惰。吴璜想，这个观点也有很多人提出过，但时代就是这样，科技发展，人就得适应。

"您肯定不太适应吧？"她问。

母亲点头如捣蒜："那还用说。我打算劝儿子回去，但他不答应，我就住了几天。出去太乱，又没熟人，太无聊了。哦对了，儿子养了只猫，叫豆豆，本来我还想逗猫玩，但这城里的猫也不一样，又懒又不热情，每天就是趴在阳台上，叫它它也不应。哎哟这日子，跟坐牢似的。"

"他不陪你吗？"

"他忙啊，每天都在书房里工作。我心疼，就亲手做饭，小炒辣鸡、鱼炖萝卜，都是他小时候爱吃的菜。你说机器做的，还能有人做得好吃？饭好了之后，他就端进去吃，每次都吃得干干净净。"

她们聊天的时候，儿子端坐一旁，表情纹丝不动，似乎她们谈论的是另一个人。

这时，母亲的语气低了些，说："不过我除了做饭，也就没别的用处了，他工作的那些事情，我看都看不懂，更别说帮忙。每天他忙的时候，我就在小区里面转。小区的环境还真不错，我们是住在一楼，他还在楼下停车场角落里，租了一间地下室。"

汽车停在路口，对面红灯闪烁。吴璜看着跳动的数字，随口问道："里面是放杂货的吗？"

"不知道，"母亲说，"他不让我进去。"

　　宋秀云站在地下室的门口，非常犹豫。停车场的灯斜照下来，她的左脸被灯光照着，光线在皱纹的沟壑里游弋，她的右脸沉在阴影里。这让她的表情看起来十分纠结，一如她的内心。

　　进去，还是不进去呢？

　　她来这里看儿子，已经快10天了。李川家里的格局她都熟悉了，但唯独这间地下室她不能进，一问起，李川就说地下室是他专门用来放废旧作品的地方，是隐私，不能进。

　　隐私……宋秀云在农村待了一辈子，不太理解隐私这个词。在老家，大家沿着山脚修房子，家家户户离得很近，去串门时从来不敲门。但这里是城市了，宋秀云时刻提醒自己，城里人截然不同，他们修建高得一眼望不到顶的楼房，把自己关在钢铁隔出的空间里，戴上头盔就能完成所有事情，甚至不用说话。儿子现在也是城里人了，而且还算艺术家，他说隐私，那就是隐私吧。他说不能进，那就不能进吧。

　　这么想着，宋秀云收敛了自己的好奇心，不过她还是走上前，敲了敲地下室的门。敲门声在走廊轻轻回荡。许久没有回应，她便转身离开。

　　将逝的斜阳里，黑猫豆豆从阳台上站起来，抖了抖毛，身体弓直，似乎在撑懒腰。它转头看了眼宋秀云，眼睛里一片漠然，跳下阳台，慢吞吞走进房间。

　　啧啧……宋秀云心里咕哝着，这城里的猫，不捉老鼠就算了，还不亲人，冷冰冰的，一天到晚不是睡觉就是晒太阳，或者一边睡觉一边晒太阳。她才来不久，豆豆不搭理她，这好理解。但她觉得奇怪的是，豆豆连养了它6年多的李川也不愿意亲近。有一次李川给它喂猫粮时，想去摸它的头，它却警觉地闪开了，直到李川退后了才踱到食盘旁。

"唉，城里的猫……"她又咕哝了一句。

进了屋，李川正在看书房里书，房间里一片幽暗。她把带来的葵瓜子放在果盘里，推开门，突然意识到什么，又敲了敲门。

"你都把门打开了，敲门还有什么用？"李川把书放下。

宋秀云讪讪地说："没想起来……下次一定先敲门。"她讨好似地端起果盘，放在李川的书桌上，"这是我炒的瓜子，小时候你最爱吃，来，你边看书边吃。"

李川看了眼果盘，没有理会，抬头道："还有，告诉你了，别靠近地下室。这很重要，麻烦你尊重我的隐私！"

宋秀云一愣，"你怎么知……好好，我不去了不去了。"

见她一脸惶恐的神色，李川语气缓和了些，问："有什么事吗？"

"快过年了，你这家里什么都没有，不像是过年的样子。我想着，明天天气好，一起去买点年货吧。"

李川皱着眉头："你不是过两天就要走了吗？又不留在这里过年，买什么年货。"

"但你要过年啊，要不……"宋秀云顿了一下，看着眼前这个人——自己的儿子，声音里带着一点点乞求和讨好，"要不你跟妈一起回家过年吧。你都7年没回过家了，你还记得你外甥吗，他现在都长大了，可壮呢！还有——"

"你别说了，我不会回去的！"

宋秀云顿时停止说话，但眼中的乞求更浓，在幽暗的光线里像两汪深沉的潭。

"我走的时候就说过了，这辈子不会再回去！你以后别提这个事

情了！”

宋秀云咕哝了一句什么，然后按开灯，屋子里顿时涌出明亮温和的光线。"敞亮点儿才好看书。"说完，她转身走出去。

李川继续看书，但拿起书又放下了，"等一下，"他也犹豫了一下，"明天去趟商场吧，但是别太早，我还要睡懒觉，也别太久，我还要工作。"

宋秀云听了这话，重重地点头，似是得了奖励，却不敢再说多话打扰他，退出书房。屋里的家居系统她至今没有摸熟，而此时天已黑，阳台外一片空荡荡、黑森森。她摸索了一下，没有找到灯的开关——宋秀云素来有眼疾，视野非常狭窄，而且随着年龄愈加狭窄，光线幽暗时就更看不清了。她只记得儿子房间的灯。她想了想，开口说："给开灯。"

屋子里幽暗如常。

"请开灯。"

柔和的光线一刹那间充盈了整个客厅，墙壁也发出幽幽荧光，正对玄关的一整面墙壁都成了显示屏，一个憨态可掬的机器人形象出现了。宋秀云记得儿子解释过，这是智能家居，她搞不懂，但墙壁上面显示这样一个东西，还是让她感觉很别扭。

"你在这墙里面，会舒服吗？不憋得慌？"

机器人做出沉吟的样子，然后咧开一个笑容，说："壁面屏就是我的家啊，就像这间屋子是你的家一样。"

"我的家不在这里，离这里很远呢，你听说过红安村吗？"

壁面屏上立刻显示出一幅地图，上面标注了二十几个红点，"这是所有叫红安村的地方，哪个是你的家呢？"

宋秀云凑过去，一个一个看，喃喃道："这些我分不清呢。我家在西边。有一条河，叫观音寺河，哦，在我们这个村子叫观音寺河，因为有一座观音庙。但这条河流过村子，在别的地方，就有别的名字……"

她絮絮叨叨地说着，随着她的话音，地图上的光点一个个消失，最终只剩下一个红点。随后这个红点所在地方被放大，成了卫星扫描的三维图，沿着一条山脉，一间间平房排列着，除了山和房子，四周都是高高低低的田野。此时已经是深冬，麦子全都收割了，田野里只留下一茬茬麦秸。

"是这里，看，这就是我家。"宋秀云指着地图上的一间房子，这是典型的山区建筑，小平房依山而建，因年代久远，墙壁有些斑驳。

"是啊，很美的地方。"机器人附和道。

宋秀云痴痴地看着地图，过了很久，突然说："马上就到播种油菜的时候了……"这句话说完，她微不可闻地叹了口气，走向自己的房间。机器人调低了墙壁亮度，跟着宋秀云在壁面屏上行走，但当她走进卧室时，它就停下来了。客厅也暗了下来。

第二天上午，他们出门去商场。宋秀云心疼钱，便打算坐地铁，但快走到安检门口时，李川突然站住了，说："地铁人多，我们还是去打车吧。"

"来都来了，这几天人不多的。"宋秀云说，"省着点吧，你挣钱也不容易。"

但李川不由分说，转身向地铁出口走去。宋秀云只得跟上。

他们打车到了商场，买完年货就是中午了，正值饭点。宋秀云小心翼翼地说："现在回家，再做完饭就是下午了，不如我们就在这里吃吧。你天天吃我做的，换换口味也好。"

儿子却摇头："还是回家去吃吧。"

"该省的省，不该省的就花嘛。没事的，我也带了钱，我请你吃。"

李川沉默了一下，然后说："我还是想吃你做的，小炒辣子鸡。"

"做得也没那么好吃……"宋秀云虽然客气着，但很明显地高兴起来了，"那我们回家！"

刚要出商场门时，迎面走来两个挽着手的男人。其中一个打扮前

卫，一身银白金属风格的皮衣，最引人注目的还是他的头发，居然在不时变换颜色。

李川突然站住了，拉着宋秀云，转身要往另一个门出去。

但那个头发变色的男人已经看见他了，脱口道："阿川？"

"好巧啊，"李川勉强笑笑，"在这里看见你……们。"

男人似乎有些尴尬，松开了挽着另一个男人的手，头发也逐渐变成暗灰色，说："我听说你……"

"我很好！"李川打断他。

男人转头看着宋秀云，愣了一下，"是阿姨？阿姨好，很多年没见了。"

宋秀云盯着他，回忆了很久，突然一拍脑袋，"是你啊。哎呀，好久没见了，我来看李川。你们……"

男人的表情有些哀戚，头发也随之变成了蓝色。但在他说话之前，李川抢着说道："我们有事，就先走了。你们慢慢逛。"说完就拉着宋秀云离开了，那男人在背后喊了几声，他也没回头。

回家后，李川一直脸色铁青，沉默地坐在书房座椅上。屋子没开灯，书架的阴影遮蔽了他。

"阿川啊，"宋秀云站在一旁，欲言又止，"有什么事情，可以跟妈——"说到这里，她才意识到，其实儿子的很多事情，她并不懂，于是也沉默了。

她转头看向窗外，外面是一个她全然陌生的世界。到处都是看不到顶的高楼，高楼被街道切分，每条道路上都布满了汽车，连半空中都布设了悬浮轨道。她努力仰着头，视线穿过重重建筑看到了天空，但天空都是灰色的，是钢铁的颜色。

"儿子，要不，我们回——"

她的话没说完，因为李川突然斜倒在她怀里，像又变成了很多年前的那个孩童。唯一不同的是，这一次，儿子失去了意识。

母亲暂停了述说，车里一下子寂静无声。雪越下越大，在风里翻卷，每一片雪花都被车灯染上了朦胧的昏黄色。

"那，"吴璜沉吟了一下，想问那个男人跟儿子是什么关系，但想了想，说，"商场遇到的那个男人，您以前见过，是吗？"

"是的，7年前，我儿子回家过年，特意把他带回来了。"

这跟吴璜猜想的一样。她点点头，没有说话。

"当时我们以为他只是带一个城里朋友回老家来玩，来看个新鲜，看看农村人是怎么过年的。"母亲接着说，"我们当然很高兴，把家里平时舍不得吃的舍不得喝的，都拿出来了。他估计不习惯我们那里的生活，但总体来说也还算是开心，直到……"

母亲看了眼儿子，儿子依旧微微含笑，拉起母亲的手，说："别担心，妈妈，别担心。"

母亲点点头，抹了一下眼角，然后说："直到过年前一天，儿子跟我说了。我们没有见过世面，不知道在外面已经变了，当时，我跟他吵了很久，让他把他的……把他的朋友赶走。但儿子已经有自己的主意，不再像小时候一样听我的话，就在当晚，他们连夜走了。那年过年，只有我一个人，后年7年的过年，都是我一个人。"

吴璜不知道怎么安慰，想了半天，说："都过去了，你看，你儿子今年这不是回来陪你过年了吗？"

"是啊，都过去了……"

"那他昏倒过去之后呢，"吴璜想起来，"送医院了吗？"

"没有。"

宋秀云抱着昏迷的儿子，觉得他格外重，她用冷水拍他的脸，拍了好久都不见醒来。她感觉自己身体里的血都快凉下去了。这时，她想起了那个住在墙壁里的机器人，儿子说过，一切事情都可以吩咐它来做。

"给开……请开灯！"她喊道。

书房的灯应声而开，墙壁屏幕上浮现了机器人的形象，说："请问您有吩咐吗？"

"我儿子昏倒了，你赶紧给医院打电话。"

"不用担心。主人设置过，出现任何问题后，会自动呼叫费列曼医生。"机器人说，"费列曼医生已经在过来的路上了，他是主人的家庭医生，也是最好的朋友。"

"那我现在怎么办？"

"看着就行。"

"你是说，我儿子昏倒在地上，我现在就光看着，什么都不做？"

机器人露出笑脸："您要是觉得无聊，我可以放电视剧给您看。"

宋秀云骂道："你是缺心眼吗！"

"这不是傻，这是被人类称为幽默感的高级情感。"

正在宋秀云着急而又束手无策的时候，门铃响了，壁面屏提示来者为费列曼医生，属于可信任级别，屋门自动打开。

费列曼医生是个矮胖的美国中年男人，头发稀疏，一身衣服既传统又怪异。他进书房后，先是用英文跟宋秀云讲了一通，还没讲完就看到宋秀云一脸茫然，于是用蹩脚的汉语道："是宋女士吧，李川先生经常提起你，正如他所说，你果然体现了中华传统的美感。我喜欢你的头发，这种灰白掺杂的染发技术很罕见，比外面那些跟着心情变颜色的头发高级多了，哦不对，这只是因为衰老而产生的白头发……总之请放心，你儿子没事的，你等等就好。"

让宋秀云惊讶的是，讲完这句话，费列曼医生就转身离开了。走到门口，他回头看见书桌上摆着的葵瓜子，又走回来抓了一把，说道："中国美食！"然后就离开书房，走过客厅，出门不见了。

宋秀云过了好一会儿才反应过来，呆滞地对机器人说："这也是幽默感吗？"

机器人沉默。

所幸这位医生虽然疯疯癫癫，说的话却是真的，不一会儿，李川就悠悠转醒。

"儿子你怎么了？要不要紧，要不要送医院？"

"没事。"李川站起来，揉揉太阳穴，"可能是最近太累了。"

正如李川所说，接下来的几天，这种突然昏厥的情况再没有发生。只是他把自己关在书房里的时间更长了，但宋秀云只要一敲门，门后总会响起儿子的声音："妈，我没事。"

慢慢地，宋秀云也就不再担心了。之前的昏迷，可能是因为在商场里受了刺激，年轻人的事情，她也不是很懂。

"不过，儿子啊，"她坐在书房门外，犹豫道，"翻过年来，你就33岁了，是不是……也可以考虑一下成家了？"

李川在书房里沉默，许久才说："为什么人一定要成家？"

"每个人都要成家啊，"宋秀云一愣，"都要结婚生子……"

"然后像你一样？"

宋秀云的手一下子僵硬了。她知道儿子在说什么——她的丈夫十几年前外出打工，除了每年汇钱回家，就再也没有音讯。她的婚姻并非出

于爱情，很仓促，结局也很不幸。

"对不起。"李川闷闷地说。

她想了想，说："我说不了那些大道理，我自己也不是什么榜样。但人应该有人陪着，不然一个人整天在家，尤其是老了之后，到了我这个年纪，一个人会很……孤独吧。"

"那是以前，生活不方便，也没有网络。现在不一样了，网上到处是朋友，家里也有机器人。就算年纪大了，也不会无聊。现在很多夫妻丁克，还有人选择独居，这都是新的生活方式！妈妈，你不懂，也不要把你的想法加到我身上！"

宋秀云听得一愣一愣。她确实不懂儿子说的情况，只能说："可能你说的是对的吧。但妈妈心里还是想，你生病或者不高兴的时候，身边有人能够照顾你，抱抱你……"她停了一下，声音有些发堵，"就像小时候那样。"

这一次，书房里的沉默持续了很久。

"妈妈，我还有你。"李川的声音隐隐约约，"你可以抱我。"

吴璜从床上坐起来，视线穿过头盔的缝隙，看了看紧闭的屋门。不知道她妈妈是不是还坐在客厅里，给自己织毛衣。她劝过妈妈很多次，织的毛衣款式太旧，她不会穿的，放在衣柜里都发霉了。但妈妈每次都答应得好好的，转过头又继续织。

她又看向衣柜，第一次觉得那些毛衣还挺好看的。

头盔视界里，一辆车突然从拐角里转出来。她连忙把注意力放回驾

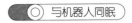

驶上，一个急转，躲开了对面的车。

车里的母子晃了下，母亲一手扶住前面座椅，另一手抓住儿子。儿子轻轻说："别担心，妈妈。"

"对不起，对不起……"吴璜连忙道歉。

"没事。"

车继续往前开。路过了吴璜所住的小区，但她没有停，一路驶向汽车西站。

那天过后，母子关系缓和了许多。宋秀云宽慰不已，也看到了儿子确实没有生病，便打算过完年就回家。

她不太好打扰儿子工作，在家又闲得无聊，每天打扫完，就出门活动活动身子。小区门口还有跳广场舞的，大都是跟她年纪差不多的大妈们，也掺杂有机器人。她性子怯，在一旁看着也过瘾，到了跳舞结束才回屋做饭。

这一天晚上风大，跳舞的人很早就散了，宋秀云也往家里回。推开门，却愣住了——李川正坐在沙发上，怀里抱着黑猫豆豆。豆豆一改平时的冷漠，格外亲昵，一边喵喵叫着，一边用头蹭着儿子的下巴。

"咦，它今天怎么……"她话没说完，看着儿子，脸上的笑容凝固了，"你脸色怎么这么差？"

的确，李川脸上清瘦，嘴唇泛白，眼睛里格外萎靡，倒是跟铁柱描述的一样。但她明明记得晚上出门时，还去书房里看了一眼，儿子气色很好，一如往常啊。

"你回来这么早？"李川挣扎着坐起来，放下豆豆，往书房里走去。

宋秀云追上两步，说："你是不是感冒了呀？要不要叫那个费……费医生？"

"没事，"李川拉开书房门，犹豫了一下，"就是拉肚子，休息休息就好了。"说完匆匆走了进去，关上房门。

宋秀云刚要点头，但这一瞬间，透过即将合上的门缝，她看到书房阴暗的角落里，还站着一个人影，非常模糊。正要细看，书房门已经关上了。

吴璜开着车，隐隐觉得哪里有些不对。她切换了摄像头视角，仔细看着儿子，儿子似有察觉，抬起头，微笑着与她对视。

"这个，"她干咳一声，移开目光，"阿姨您不是打算年后回家吗，怎么现在就带着儿子回来啦？"

"过年嘛，还是在老家过好啊。"

"那他年后什么时候回北京？现在工作压力这么大，在家里也待不了多久吧？"

母亲呵呵一笑："儿子以后就在老家啦！他把房子卖了，以后就不出去了，反正老家很快也会有网络。在家里一样热闹的。"

吴璜看着儿子，心里咯噔一声。

过小年这天，宋秀云正忙着张罗家里，李川突然说："妈，我要出个差，出门几天。这几天你先在家，等我回来。"

宋秀云疑惑地问："你不是在家里办公嘛？这又是年关，怎么还出差？"

"公司有事，而且外国人又不过年。"

"那他们多可怜啊……"宋秀云讷讷地说，"那还是工作重要。"她坐下来，有点闷闷不乐。儿子在一旁看着。过了一会儿，她点点头："工作重要。那你什么时候回来，过年能回来吗？"

"应该可以。"说完，李川收拾了一些行李，往家里四周看了看，似乎有些舍不得。

宋秀云连忙说："反正就是几天，妈就在家，家里我帮你看着。"

李川的目光挪到母亲脸上，静静地看着。这个眼神让宋秀云有些奇怪，她正要说话，李川突然上前一步，抱住了她的肩膀。

"怎么了？"宋秀云有些别扭，轻轻挣扎了一下，然后安静地站在儿子的怀抱里。

李川没有动。

这样过了一会，宋秀云突然说："你长高了啊，比我高很多，比你爸也高……"她喋喋不休地说着，掩饰着心里的喜悦和不自然，"别抱了，又不是小孩子了。"

李川松开手，说："我先走了，等我回来。"

"我送你吧。"

"不用了，你就在家，等我回来过年。"

李川提起行李，走出屋子。黑猫站在阳台上，伸长脖子，看了一会又懒懒地躺下。屋子里静悄悄的，宋秀云心里有些不安，走来走去，最后站在阳台前，看到林立的高楼。钢铁丛林间，已经看不见她的儿子了。

第二天，宋秀云坐立不安，干脆打扫起卫生——即使屋子里已经很干净了。她想起儿子还租了地下室，那里没有机器打扫，便兴冲冲提着扫帚来到地下室门口，把积灰和一些细小垃圾清理干净。

扫帚掠过，从门缝里带出几个瓜子壳。侧面灰白，中间黑色，很熟悉——正是她带过来的葵瓜子。

她想起给儿子书房里放着那一盘瓜子，儿子一直没吃。唯一有人吃的那次，是费列曼医生来家里时，从果盘里抓了点儿。

但费列曼医生随后不是离开家了吗，怎么会来到地下室？

宋秀云百思不解，索性继续打扫，把垃圾扫进金属簸箕里后，提到楼下垃圾池，倒了进去。

垃圾池旁边有个保洁阿姨，正在弯腰翻检，打开垃圾袋，把能回收卖钱的扔在一边。她正打开的垃圾袋有些眼熟，宋秀云眯眼看着，发现那正是自家的垃圾袋。袋子有紫色提环，很好辨认。

"大过年的，你辛苦呐。"宋秀云冲保洁阿姨寒暄了下。

"谈不上辛苦，也挣不到钱，就是看不得浪费。"保洁阿姨抬头冲她笑了笑，"您看现在的人，明明能省着，却都给扔掉。您看看，这家人最浪费，"她把垃圾袋的东西倒出来，一股馊味弥漫，"每天都有很多没吃完的饭菜，直接就给扔了。瞧，这是昨天扔的，大米饭，小炒辣鸡，鱼炖萝卜，都臭了。您说，既然顿顿都吃不完，干吗做这么多？"

宋秀云呆在原地，昨天李川走前，她做的正是这两道菜，还给儿子端到了书房里。她看着污水横流里的饭菜，分量跟她端的一模一样——

儿子一点都没吃？

她又想起保洁阿姨的话，喃喃地问："你是说，每天都扔掉了这么多？"

"是每顿。"阿姨低着头，边忙活边说，"每天早中晚三顿，都扔在垃圾袋里，瞧瞧，刚好一个人的饭量，我出生那会儿，要这么浪费，可是要坐牢的啊……"

宋秀云已经听不见阿姨在说什么了，失魂落魄地往家里走，进了家门才反应过来，连忙给儿子打电话。

无人接听。

"喵……"一声猫叫，却是黑猫豆豆从阳台外跳进来，叫了一声，懒洋洋卧在沙发上。它转过头，看了宋秀云一眼，眼神一如既往地冷漠。

宋秀云脑中却猛地划过几天前它趴在儿子怀里的情形。那时，它的眼神不再警惕，跟儿子格外亲昵；儿子的脸色却罕见的惨白。

一阵不祥的预感如冬风般掠过她的身体。她打了个寒战，继续给儿子打电话，但死活打不通。她一咬牙，从家里翻出榔头，拎着来到地下室，咣啷一声，把门锁给砸开了。

借着停车场斜照进来的灯光，她探身进去，看到里面摆放着复杂的器械，地上线路横七竖八，落脚也难。桌上还摆着一个头盔。她往前走了两步，突然"哎呀"一声，吓得够呛——地下室角落里，躺着一个人影。

环境幽暗，宋秀云一时看不清，摸到墙边，按开了灯。炽亮的光一下子撕开黑暗。她看清了那个人影，她的心跳突然慢了半拍。

那是她的儿子，正闭眼斜躺在墙角，一动不动。她把手伸过去，李川遍体冰凉，鼻下没有呼吸。

吴璜已经猜到大概了，没有作声。

车子驶出小城，窗外一片漆黑，只有车灯照着前方。灯光的尽头，已经隐隐可以看到汽车西站的轮廓，如一只衰老的巨兽，在黑暗里盘踞着，无声地喘息。冬雪依旧簌簌落下。

很快就要送到了。这个夜晚实在太长，吴璜想，这单结束了就回家吧。

"后来呢？"她沉默了一会儿，问道。

"还是被你发现了，果然是伟大而聪明的东方女性！"

说这句话的，是费列曼医生。显然，地下室被砸开的同时，家里的门禁系统优先将消息发给了他。

"我儿子怎么了？"宋秀云浑身筛糠似的颤抖。

费列曼医生深吸一口烟，表情逐渐严肃："李川先生生病了，很重的病，因为长年累月的辛苦工作。但你放心，地上这个人，并不是你真正的儿子。"他把地上的人翻过来，拉开后衣领，只见脖子往下，赫然有两个黑洞洞的插口，以及一个条形码。

"这是？"

"脑控机器人。"

宋秀云凑到机器人跟前，睁大眼睛，越看越觉得这侧脸跟儿子一模一样；她想把它再翻过来，看看正面，却发现机器人重得异乎寻常。她这才放心——这么重，确实是机器人了。

"这个机器人是按照李川先生的身体模板来制作的，自带体温，瞳孔也能收缩，凝聚了疆域公司的最新技术，仿真度接近百分之百。当然，真人模样的仿生机器人在伦理和法律上还有一些问题要解决，所以这只是内部测试版。"费列曼解释道，"他知道你要来，不想让你看到他生病的模样，所以他平时都是待在地下室里，用头盔操控机器人跟你相处。但他还是怕你发现，所以绝大多数时候让机器人躲在书房。那天他操控机器人跟你一起去商场，遇到了……咳咳，太过激动，晕倒在了地下室，房子里的机器人没人操控，也跟着晕倒了。"

宋秀云恍然道："原来是这样……"这一瞬间，她明白了很多事情。儿子把饭菜倒掉，是因为机器人不需要食物，他不愿意坐地铁，恐怕也是担心安检的时候露馅。

"尽管他嘴上不说，但实际上，他很在乎你。"

"那我儿子现在在哪里？"

费列曼医生说："在医院，正在动手术。手术成功的话，他很快就能回来了，再也用不着这个脑控机器人了。不过手术还是有风险，希望上帝保佑他。"

"我要去看他！"

费列曼微微弯腰："我带你去。"

宋秀云又看了眼地上的机器人，忍不住问："那这个儿……这个机器人怎么办呢？"

"既然被你发现，它当然是要被回收了。上市之前，它还要再完善。"

"回收是什么意思？"

费列曼解释道："就是重新拆解，把芯片拿出来，数据导进电脑里。"

"那……那你们轻点儿。"

在去医院的路上，宋秀云攥紧了拳头。原来跟自己相处的，是儿子的替身，而他一直躲在幽暗逼仄的地下室里，即使拥抱，也是用机器人的臂膀。她那天站在地下室门口，敲了下门，儿子在里面，通过摄像头看到了她。他们只隔着一道门，一个在光亮中，另一个在黑暗里，如果她推门而进，就能看到儿子，但她最终还是转身离开。想到这里，她鼻子一酸，眼圈红了，怕被费列曼医生看到，连忙别过头。

那个起风的晚上，她提前回到家，看到的脸色苍白、神情委顿的儿子，应该是真人。李川以为她会看广场舞看到很晚，才从地下室里回到家中，却被她撞见了。所以那天，一直警惕而疏离的黑猫豆豆，才会趴在他怀里——这是它真正的主人。

见宋秀云表情凄苦，费列曼医生想劝慰，但嘴唇动了动，最终什么话都没说。

到了医院，他们来到重病室。医生说李川正在里面接受手术，不能探视，挡住了宋秀云。她站在手术室外，隔着蓝色帘布，只能在玻璃上看到自己的倒影。

"手术完就能好吧？"她拉着医生，哽咽着说。

"不好说。虽然科技这么发达了，但这种病一直没有被攻克……"医生斟酌着说道，看了眼费列曼，又说，"不过你放心，先回家吧。我们尽力而为，手术成功的概率还是很大的！"

一墙之隔，就是正在做手术的儿子，宋秀云无论如何也不肯离开这里。她坐在长廊上，盯着手术室的窗子，眼睛都不敢眨。

走廊里灯光明亮，她觉得有些冷，缩了缩脖子。一个护士瞧她可怜，给她送了条毯子过来。她紧紧捂住毛毯，一直等到深夜。手术还没有结束，医生进进出出，额头上都带着汗，但她怕打扰医生，忍着没有去问。

后来，这个年近60岁的妇女实在熬不住，眼皮合上，就这么坐着睡着了。

　　她做了一个漫长的梦。梦里她还年轻，儿子也只是一个赤着脚奔跑的小男孩。她在田里耕作，抬起头，看到儿子跌跌撞撞地跑过田野，嘴里叫着"妈妈、妈妈"，跑向自己。在儿子身后，群山巍峨又静默，山的另一边是城市和大海，儿子以后终将离开她，去向那个全新的世界。她感到骄傲，又有些失落，放下农具蹲下来，抱住了儿子。她抱得很紧，对她来说，抱住儿子就是抱住了整个世界。

　　"宋女士，醒一醒……"有人轻轻地推了推宋秀云的肩膀。

　　她醒过来，揉揉眼睛，看到了费列曼医生的脸，还有其他医生和护士。她一个激灵，睡意全消，问道："手术结束了吗？他怎么样了？"

　　费列曼医生握着她的手，表情夸张："恭喜你，手术非常成功！"

　　"我儿子没事了？"她有些不敢相信，又看向其他医生和护士，但他们转过头去，不与她对视。

　　"完全好了！以后就是完全健康的人，而且经过这个事情，他决定辞职离开北京，跟你回家，以后都陪着你。"围着她的人群里，只有费列曼医生一脸欣喜，说得很快，嘴跟连珠炮似的，"你放心，他这些年挣的钱足够你们用很久，房子也卖了，手续我来完成。以后每年我会去一趟你们老家，看看你们。还有，你放心，我会领养豆豆的……"

　　这一连串话里太多信息，像是轰炸机一样在宋秀云脑子里轮番丢下炸弹。她有些晕乎乎，正要说话，这时手术室的门打开，儿子走了出来。

　　费列曼医生的话顿时格外遥远，她挤开围在身边的人，过去抓住了儿子的肩膀。温热的触感让她的心一下子定下来，也让她的泪水涌出。那些浑浊的液体划过脸颊，落到地上。

　　李川轻轻擦拭母亲眼角的泪痕，微笑着，语气缓慢而温柔："别担心，妈妈，别担心。"

　　"嗯嗯，不担心了。"她拉起儿子的手，"回家吧，跟妈妈回家过年。"

"所以我们就回来了，"母亲长长地舒了口气，"明天就是除夕夜，我们还来得及回家。"

"嗯，"吴璜心里有些乱，"过年还是在家里好。"

母亲结束了述说，儿子依旧沉默，车厢里一点声音也没有。吴璜不知该说什么，一时有些尴尬，好在目的地已经到了，她把车停在西站门口。

"才刚过22点，进去还能买得到票。"

母亲点点头，道了声谢，便带着儿子下了车。

雪花从车门外飘进来，落在座椅上，又融化成斑驳湿痕。这明明是脑控头盔在吴璜眼前投影出来的景象，但那雪花仿佛穿过了镜头，落在她眼睛上。她下意识摸了摸眼角，手指微微湿润。

车外，这对母子已经走远了。吴璜将视野切换到车灯旁的摄像头，只能远远看到他们的背影。母亲背着大包，有些佝偻，儿子低着头，不紧不慢地跟在她旁边。雪地里，两行脚印迤逦延伸，很快又被新雪遮住。

吴璜看着儿子的背影，心里一动，想到了什么。她让摄像头对准儿子的脖颈，调整精度，白皙的脖子在她视野里不断放大，雪花也变得更大更透明。她看到儿子后衣领下面，有两团黑色阴影，但隐隐约约，看不真切。她继续调节摄像头，想再放大一些，但调着调着，她又停下了。

这样就很好了，她想。

那对母子已经进站，落雪渐渐掩埋脚印，一切仿佛没有发生过。吴璜给汽车开启自动回家模式，摘下头盔，深深吸了口气。

"妈？"她打开房门，看到她妈坐在沙发上，戴着眼镜，手上针线缠绕，果然是在织毛衣。

妈妈抬起头，手上依旧没停，问："怎么了？"

"我饿了。"吴璜说。

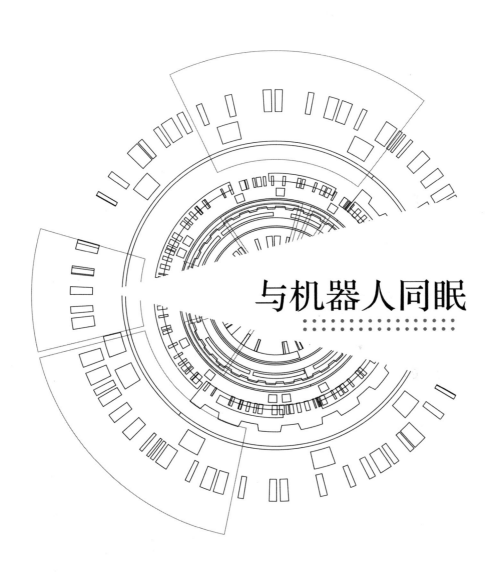

与机器人同眠

上

1

"咬紧牙，不要怕！"机器人LW31凑近我耳边，声音郑重而坚定，"这场战争，我们会胜利的！哪怕过程艰辛，哪怕代价巨大！金属会钻进你的皮肤，你的血液从身体里流出，你会感到疼痛，但一切都是值得的！先生，握紧拳头，准备迎接——"

我一把推开它，不耐烦地说："啰里啰唆，滚开！"然后把手腕放到桌子上，向对面的护士道，"抽吧。"

护士是个清秀小姑娘，奇怪地看了眼LW31，才拿起酒精棉，擦拭我的手肘。酒精在皮肤上挥发，带来丝丝凉意，我低头，看到了近乎灰褐色的皮肤，以及密集的老年斑。我又看向LW31，它也由曾经的银光锃亮变成苍灰色，布满同样密集的锈蚀。

"先生，加油哦！"见我看它，它连忙握拳竖臂，向下一顿。

"你好歹服役了快70年，能不能别这么中二？一个体检抽血，搞得跟打仗似的。"我啐道，但看到护士拿出注射器，针头闪着寒光，还是哆嗦了一下，连忙叮嘱，"护士，你千万小心点啊，我的血管细，别扎错了……"

护士点头："我会小——"手猛地扎下，针头刺进血管，一阵痛楚传来。

"你怎么扎的！这么疼！"我气得白发乱抖，"你是不是刚来实习的？我跟你说，我身体可差得很，你要是扎到什么重要器官，心肝脾肾肺和膀胱，出了什么问题，有你好瞧的！"

护士的眼圈一下子红了，但还是压着针头。血流进试管。我骂归骂着，手却不敢乱动，生怕针管在手臂里移位。

LW31又凑过来，说："你别生气，她也是为了分散你的注意力，怕你疼——不过我说护士小姐姐你也是，"它又转头看向小护士，"你长得这么好看，其实只要冲他笑一笑，他就会忘了疼。"说完，它冲我眨了眨眼。

我顿觉颜面无光，骂也不好意思骂了。

"流氓！"小护士把针头抽出来，临走时反骂了我一句。

体检结束，LW31搀着我出医院，得意地说："刚刚我那招怎么样？"

"你没听到她走的时候骂我流氓吗？"

"是啊，但她是骂你，跟我有什么关系？"

我顿时一口气上不来，扶着墙喘了半天，说："就因为你是我带来的机器人，所以她才骂我而不是骂你！还有，别再给我当僚机啦，年轻的时候还行，现在我都老成这副样子了，白发苍苍；你也快报废了，锈迹斑斑。"

出医院的路格外长。

走廊里到处都是面容愁苦的病人，大多是跟我一样的年纪，老迈，缓慢，眼神混浊。

我从他们中走过，分外小心。LW31却冲他们友好地点头。

一个老头咳嗽了一声，我连忙捂住鼻子，咒骂道："要挺尸在家挺，来这里喷细菌干吗！感染了我们怎么办？靠，你这咳出来的不会是生化病毒吧？"

老人身旁的家属朝我怒目而视。我狠狠地瞪回去。

"先生……"LW31拉了拉我的袖子。

"干吗！我跟你说，你待会回家也得好好消个毒！"

老人又咳了几声，颤巍巍地说："对不起，老哥，我活不了几天了……"

老哥？我眯眼看他，在昏暗的视线里，这个老人头发灰白，形容枯槁；在他的视线里，我又何尝不是这副模样呢？而且我的年纪可能真比他大。

我摆摆手，跟LW31走出去。来到大厅的时候，LW31看到排队挂号的人群，不禁咋舌："这么多人生病呀？"

"你不知道了吧，"我冷冷地说，"这个世上，病人要比正常人多。"

出医院后，LW31想乘悬轨回家，但我仰起脑袋，费力地看着半空中那些纵横交错的巨大车厢，摇头说："还是坐电车吧。"

"电车？"LW31一愣，"电车还没被淘汰吗？"

"还有一条线，正好到我们家。"

我们在废旧的站牌下等了一个多小时，天色暗下来，才看到那辆晃晃悠悠驶来的电车。它载上我们，穿过大半个城市，驶向郊区。高楼大厦在身后远去，灯火霓虹逐渐暗淡，城市和夜色都退化成二维，变成了我们这个故事的背景板。

我的老房子在城南，当年也是地段优渥的小区。但时过境迁，大人物们手指一点，北边便成了新区，要重点发展，建起更高的楼，亮起更璀璨的灯，所以南边就荒芜下来了。

年轻人像是随着季节迁徙的候鸟，哪里繁华就往哪里追逐。像我这种老头，却再也挥不动翅膀，只能待在逐渐破旧潮湿的楼房里。

这个小区几乎都是老人，夜还不深，窗子里却看不到几盏灯。

这里的场景与这个高科技的时代格格不入，要不是小区门口24小时不间断播放的全息广告，我都疑心自己从现代文明走进了博物馆。

而广告画面里，放映的是一个职场精英模样的日本人，喋喋不休地劝大家早日签下拆迁合同，离开这里。他说话的时候，背景是一个凄苦的老人坐在阴湿的房子里，很孤独的模样；随着日本人的声音，一份合同被推到老人面前，画面陡然一转，这个老人坐在儿孙环绕中，灯火亮堂，饭桌热腾，他脸上洋溢着幸福的笑容。画面就在这些场景中循环。

我和LW31在全息影像中穿行，画面正好到了广告后半部分。那个老人的笑容又绽开了。儿孙们又开始恭维他。

我站住了，身影跟那个老年演员的全息影像重合。仿佛这一瞬间，我成了他。我环视四周，周围儿孝女贤，孩孙们脸上充满了童稚灿烂的笑容。虚假的欢乐声在我四周簇拥着。

"先生……"一旁的LW31道。

我没有理它，站在影像中间，鼻子有点酸。

它又向四周看，说："他们演得真好，看起来真像是幸福的样子。"

说完，画面又跳回日本人劝说拆迁的段落。我回过神，哼了一声说："演技再好，也是假的——好像签了合同，就真能儿孙满堂一样。"

"先生，人死不能复生，你要……"LW31迟疑道。

"闭嘴！"

我们进了小区。电梯已经老旧，且坏了一台，只有右边那台能用。我按下上升键，电梯下来，门向两侧滑开，一个同样老迈的人提着垃圾袋走出来。

我顿时皱眉，暗叫晦气——这人是住我楼下的老王，是个孤僻老头，连看护机器人都没有。我跟他之间一向不对付，他看电视会吵到

我，我洗澡会漏水到他家。遇到好看的老太太了，他也跟我抢着去搭讪，可恶得紧！我们经常在阳台向外伸出头，上下对骂，有时候在街对面碰到，也会隔着街吐口水。

但LW31无知无觉，还向他说："王先生晚上好。"

老王没理LW31，斜瞥我一眼。

我狠狠瞪回去。

老王提着垃圾袋，走向楼道口的垃圾桶。我和LW31走进电梯，我冲它使个眼色。

"什么？"它问。

我着急了，看了看电梯的关门键，又眨眼。

"先生，你怎么了，得白内障了吗？"

"去你的！"我推开它，伸手去按关门键，电梯门摇摇晃晃地合上。

我舒了口气。

但门在合拢前，一只枯瘦的手伸进来，门轻轻夹了一下，又滑开。老王进了电梯，又得意地瞥我一眼，按下12楼。LW31走上去，按下13楼，然后退一步，站在我们中间。

它朝左看，看到我的冷脸；朝右看，看见老王的冷笑。

电梯摇摇晃晃地上升。

"什么味道？"老王嗅嗅鼻子，"一股子药味，老陈，你去医院了？这么快就去定位子了？"

"老王啊，你不死我怎么舍得先走？"我立刻反击。

老王冷笑一声，说："那你可要继续等了。"

"没事，几十年我都等了，还怕等不到明天上午吗？"

"呵呵，明天上午？我跟你说，明儿上午我可是约了格里芬太太去逛公园，而你呢，只能在家里跟这个机器人一起生锈。"

LW31咳嗽一下："这个……"

我说："对，我这个机器人没用是没用，废话又多，一天到晚掉锈——"

LW31张张嘴："其实……"

我继续道："但好歹还能做点儿饭，给医院打打电话。你呢，你要是什么时候挂了，都没人收殓——我劝你啊老王，把房子卖给那个日本人吧，搬出这里，过几年儿孙满堂的好日子。"

"卖房子？儿孙满堂？老陈啊老陈，你一把年纪活狗身上了？我要是把房子卖了，那群没良心的确实会到我身边来，但把钱骗走之后，再走掉，那时候我连最后的房子都没啦。"

叮，电梯停下，门滑开。老王的鼻子里喷出一个"哼"，走了出去。

我连忙道了声："切！"

LW31说："唉。"

"先生，"睡觉前，LW31走到我面前，郑重地说，"我觉得我有必要跟你聊一聊。"

"又想忽悠我的钱去升级系统吗？"我连忙摇头，"门儿都没有！你的硬件都不行了，就别打软件的主意了。"

LW31说："不是，我觉得你最近脾气怪怪的，总是跟人吵架。这样不好。"

"我明明待人友善，和颜悦色，说话都不敢重一点儿。"

"那是对好看的老太太们。"

"胡说！"

LW31凑近我："你说说，今天你吵过多少次架？"

我梗起脖子，说："两三次嘛。"

它盯着我，硅晶体的眸子像探照灯一样照下来。

"好吧，17次。"

"是啊你看看，抽血你跟护士吵，走路跟病人吵，坐电车都能跟司机吵起来……而且都是因为小事。还有啊先生，为什么你不愿意坐悬轨呢？还有，现在电视也不让我看了……"

"电视有辐射嘛。"

LW31摇头："这种谣言你年轻的时候就不信。"

"但我现在老了，LW31，我怕……"我吞咽了下，摆摆手，"我说了你也不懂的。"

"我的分析能力可是全联盟顶尖的，"它拍拍胸膛，震下一蓬灰尘锈迹，"有什么我不懂的？"

我咳嗽起来，挥手赶开它，躺下了。它见我困倦，关了灯，在黑暗中走到墙角，从自己的后腰拉出充电线，插进茶桌。于是，整个房子里，就只剩下它充电时一闪一闪的红光了。

LW31充电时会进入待机状态，也就是它所谓的休息，但我却睡不着。我睁着眼睛，看着黑暗里隐隐现现的红光，过了很久，我喃喃道："我怕死……"

它沉默着。

"LW31，我怕死啊。"

2

说回我同老王的恩怨，矛盾最多的地方，就在于跟老太太们搭讪这件事上。

这个小区住的大都是孤寡老人，自然也有许多独居老太太。大家的晚年生活都很乏味，能找到可以交流的人就变得很重要，但老王仗着一头纯正的银发，嘴巴又皮，每每抢先我一步引起老太太们的注意，实在可恶！听说他还有一个文档，记录了小区所有老太太的信息，经常夜里睡不着时，会给她们打电话，一聊就聊半宿，气得我——呃，吵得我也半宿睡不着。他在现实里搭讪，逼得我只能在群聊里跟老太太们说话。但我们小区那个"最美不过夕阳红"群里，聊天的人太多了，我发个笑话，会迅速淹没在广告和谣言的链接里。

"老而不死是为贼！"每每想起老王，我都会骂道。

要是LW31听到，会问："先生，你是在骂王先生吗？"

"除了他还有谁！"

"可他年龄比您小……"

"呃……"我一愣，"那就——为老不尊是为贼！"

"可您也勾搭过不少老太太……"

我不耐烦推开它，说："你到底帮谁？"

"我就是好奇，"LW31思考的时候，身上会发出嗡嗡声响，让我担心它会不会想着想着就炸开，"为什么你们都那么喜欢跟老太太聊天呢？先生您现在年纪这么大了……"

"胡说，我明明还——"我刚想逞强，想起这些年的身体状况，又叹了口气，"你是机器人，你不会懂我们人类老了之后的样子的。"

"我懂啊，人类随着年纪增长，新陈代谢会变慢，皮肤松弛，眼前出现黑点，头发花白且稀疏，记忆力变差，小便细而频繁，大便干燥郁结……"

"行了行了，别把你从网上查来的东西拿出来说。我又不能联网，懂的肯定不如你多。"

LW31连忙摇头："先生，这些不是根据网上查来的，是从你身上看到的。"

"……"我一时语塞，随后摆摆手，"总之你不懂，最折磨我们的，不是这些，而是——"

"而是什么？"

那两个字就在我嘴边，但它们无比沉重，一个压着舌头，另一个抵住唇齿，无论如何无法说出来。是啊，一旦说出它们，所有的骄傲和尊严都会瓦解，我在LW31面前就会一败涂地……

几天后，体检报告出来了，医院让我们去拿，我却不敢。LW31看着我害怕的样子，叹了口气，便帮我去医院领取了。

"先生您看，您很健康啊，身体没什么问题！"它拿回报告后，兴冲冲对我说，"除了高血压、高血脂、糖尿病、脂肪肝和支气管炎——"

"闭嘴！"我听得心惊胆战，"我不想听。"

"噢，总之，没有肿瘤啊老年痴呆啊什么的。"

"你还说！"

LW31奇怪地看着我，好半天才说："先生，您这样不行啊，对死亡的惧怕已经影响了您的生活。"

它又在网上查了半天，最后对我说："先生，我们去参加老年疏导互助会吧，很多像您这样的人会聚在一起，交流心得，分享感悟。如果有什么问题，也可以提出来，大家一起解决。"

"不去！"我一听就头大，"一群老头子们在一起，暮气沉沉，去了岂不是更沮丧？"

LW31调出一张全息照片，但因探头老旧，照片有些掉帧，一闪一闪的。"先生您看，还有很多老太太们。"它指着照片上的聚会场景，说，"我打听过，王先生就是经常去这种聚会，才认识了许多老太太的。"

"那我们出发吧！"

跟照片里一样，在老年活动室里，老人们围坐成3圈，中间摆着一把空椅子。谁要说话，就坐到椅子上，说完后，周围的人会鼓掌支持。

"切，这种聚会有什么意义呢，"我小声对LW31说，"一群快死的人互相慰藉？"

"这不正是我们的处境吗？"

说得也是。于是，我和LW31轻手轻脚走进去，坐在最外一排的空座上。我环视四周，看到的都是一群白发苍苍的老年人，他们的看护机器人在墙角站着，沉默不语……等等，我眼角一跳，发现在第二排人群里，居然有一头令人羡慕的黑发。

我够了够身子，努力看去，发现那里确实坐着一个年轻人。一头黑发，一丝不苟，一身西装，笔挺干练，与这里的氛围格格不入。

LW31显然也看到他了，悄悄对我说："先生，那有个年轻人，怎么也来了？"

"凑热闹吧。"

"但他有点眼熟……可惜我数据库经常丢失数据，不然我肯定记得。"

接下来，在老人们轮番讲述心事时，我都下意识看一眼年轻人。他似乎听得很认真，边听边做笔记，每个老人讲完时，也会含笑鼓掌。

"我留意到我们这里来了新朋友，"这时，负责主持聚会的老头说，"让我们请新朋友分享几句吧。"

我立刻看向那个年轻人，但LW31捅了捅我，我才发现所有人都在看着我。

"我吗？"我指了指自己。

"我们这个年纪的，都没有妈妈了吧……"主持老头开了个烂俗的玩笑，并没有引起哄笑，他咳了一声，道，"不是你妈妈，是你，新朋友。"

我站起来，环视周围仰着看我的一张张脸，尤其是其中还有好几个

气度雍容的老太太，顿时紧张起来。"我……"我舌头发紧，看着旁边的LW31，连忙说，"不是，我有什么事，是我的这个家用机器人，最近啊，它特别怕死——机，对，死机。所以我带它跟大家聊聊，哈哈，毕竟，它也是老机器人嘛。"

主持老头愣了愣，还是道："那就欢迎我们的机器人先生跟我们分享。"

LW31犹犹豫豫地走到中心，看了看椅子，又看看我。我冲它点头。它别扭地坐下来，说："各位先生，各位太太们，大家好。我啊，最近确实很苦恼，因为使用年限过长，很担心自己会突然报废。所以我心情很差，经常跟人吵架，我还不敢坐悬轨线，怕车厢突然摔下来，还有，我现在连电视都不敢看了，怕有辐射……"

刚开始大家都看着它，可随着它的絮絮叨叨，所有人都转向了我。

我连忙低头，看地板上是不是有可以把我自己塞进去的缝隙。

LW31歪着头，继续道："我还不敢随便吃东西，怕噎死；以前我很爱看热闹，但现在只要人多，就不敢凑上前，怕被踩死。我的晚年乐趣少了许多，现在只有跟在场的小姐姐们聊天才能让我开心，但我楼上有个王——有个老王，抢走了全小区的老太太……"

其他人看我的目光里，都带上了怜悯。

我赶紧捂着嘴，咳嗽一声。

LW31终于醒悟过来，加快说完，就走了下来。

人们鼓起掌，主持老头说："感谢这位先——这位机器人先生的坦诚。但生老病死，是世间常态，哪怕我们的科技如此先进，哪怕我们的步伐能迈进宇宙深处，都没法改变这一点。"

这也是老生常谈的道理了，人人都懂，却没什么用。

互助会结束后，老人们都往外走，我和LW31也跟出去。

刚走到门口，就被一只手轻轻拍了拍。我以为是哪个老太太来搭讪，冲LW31使个眼色，同时转身，又同时失望。

站在我身后的，不是老太太，而是那个与老年互助会格格不入的西装年轻人。

"陈先生是吗？"他露齿一笑，牙齿整齐洁白——真令人羡慕。

我盯着他的牙齿，点点头，回过神来又警惕道："你怎么知道的？"

年轻人说："我知道这里所有人的姓名和资料，包括您身边这位朋友，型号为LW31的机器人——当年，它可是位明星呢。"

LW31谦虚地摆摆手："都过去啦！不过当年我可确实是风头十足，那个时候，机器人饱受压迫，要不是——"

我打断LW31说话，问年轻人："那你是谁？"

"我姓丰，叫丰生，是疆域公司医疗部的经理。"这个叫丰生的年轻人掏出两张名片，递给我和LW31，"刚刚我听了陈先生的事迹，很受感动。"

我连忙道："那不是我的事迹，是它的——"四周的老人都快走光了，我也想回家，便道，"总之，谢谢你的感动，但我并不需要。"

"您确实不需要我的感动，但我想，您需要它。"说着，他递给我一张黑色卡片，比名片大，也厚一些，上面有一片冰冷的磁条。

我接过来，只见这张卡片很简洁，通体黑色，只在角落里雕上了疆域公司的logo。我没搞明白，冲丰生问道："丰兄啊，这张卡片是干什么的？"

LW31闻言，插嘴道："既然都丰胸了，肯定是美容整形打折卡呀。"

"那他应该40年前送过来——那个时候我还用得着。"

丰生没有理会我们的白烂笑话，嘴角微微上扬，笑容郑重而神秘，

说："先生，这是我们公司的项目研究资料，您会感兴趣的。"

"什么研究啊？"

"人类，永生。"他顿了顿，紧紧盯着我，又重复了一遍，"人类永生计划——所以，这张卡片，您一定要慎重对待。"

3

回家后，我把丰生给的卡片往垃圾堆里一扔。卡片碰到垃圾桶外壳，跳了跳，落到地板上。

LW31关上门，将卡片捡起来，道："先生，您不看一下吗？"

我摆摆手："难道我真是老糊涂了吗？自从变老了以后，平均每个月都能碰到3个想从我手里骗钱的人，什么保健品，什么高息理财！呵呵，我的脑袋是萎缩了，可我的智商没有！"

LW31点点头。

"我现在要思考的，是老王！"我坐在床边，愤愤不平，"为什么他去老年互助会，就能勾搭老太太们，而我去，却只会被人嘲笑呢？"

"对啊，为什么呢？"LW31也坐到我旁边，一副苦恼的样子。

"因为你！"我勃然大怒，"都是你！"怒吼已经不能解我的气了，我使劲用手掐着它的脖子。

"先生，您年轻时就喜欢掐我脖子，一点长进都没有啊。"LW31无动于衷地看着我，"我是一个机器人，掐脖子对我有什么用呢？"

我收回手，还是愤愤道："我叫你上去说，你老老实实卖个萌，讲点笑话，逗她们开心不就好了？为什么要讲我的糗事！"

"先生，我已经卖不了萌啦，"LW31摊开手，"我老了，做太大的动作都会卡顿，上次我想表演个劈叉，结果劈掉了3个传感器和7颗螺丝，其中一颗螺丝还崩到了一个老太太，噢，可怜的老太太……还有，我的那些笑话也过时了，我提过要更新一下笑话库，但您说版权费太贵，不舍得。"

我一愣，这才意识到，原来不止我老了，LW31也老了。我刚在沙漠遇见它时，它锃光瓦亮，充满力量，永远喋喋不休。而这几十年的光阴，同样在它身上凿刻下了痕迹。它的硬件已经老化，且随着机器人工业发展，它体内的元件越来越难买，最后一次更换存储单元和处理器，已经是好几年前了；它身上的传感器，不知还剩下几个能用。至于骨架，就更别提多么锈迹斑斑了。

这么一想，我满心怒火都变成哀戚，摇摇头，不再多说。

到了夜晚，LW31站在角落里充电，我则躺在床上想着心事。后来，夜越来越深，楼上老王的声音也越来越清晰，一会儿跟陈太太聊家长里短，一会儿又换成王太太，话题变成了艺术，从中国古典诗词聊到欧洲先锋派电影。我还在好奇这些话题他是打哪儿了解的时候，听口气，电话里的人又变成了格里芬太太，开始聊人类宇航史和自己年轻时的光辉事迹，当然，多半是吹牛。

我顿时妒火——呃，怒火中烧！

这时，我突然一拍床沿，披衣起床，走到房间角落。我拍了拍LW31，将它唤醒，说："你帮我一个忙，去阳台上站着。"

LW31充电未满，慢吞吞地走到阳台边，抖了抖，说："好冷……"

"冷个屁，你的温度传感器早就坏了……来，打开录音功能——这个还没坏吧？"

"倒是还能录音……"

它录了一会儿，突然反应过来，大声对我说："先生，我明白了——您是想让我录王先生电话聊天的声音！"

"你小声点儿！别让他听见……"

"可是，"LW31迟疑道，"这样不犯法吗？"

"我在自家阳台上录音，录风声鸟鸣不行吗，犯什么法？别废话

了，给我好好录！"

我躺在床上，想象着明天我拿老王撩不同老太太们的音频，逐个放给她们听，然后老太太们怒气冲冲地找老王对峙，而老王只能七手八脚地解释……这幅场景让我欢喜不已，含笑入睡，连梦里都是老王满脸窘迫的样子。

第二天，我醒得晚，睁眼时已是上午。我一边穿衣一边大喊LW31的名字，刚开始没有回应，过了许久LW31才推门走进来。

"你刚刚去哪里了？"我问，但还没等它回答，又连忙说，"昨晚让你录的声音怎么样了？录好了吗？老王说的话可一个字都不能漏掉啊。"

"没有漏掉，"LW31的声音闷闷的，像是直接从胸腔里发出来，"我录了3个小时，一直等到他睡着，才停下来。"

我顿时大喜："太好了，走，我们找那些老——"

"他死了。"

"太太们，非得让她们知道老王的真面——你刚刚说什么？"

"王先生去世了。"LW31说。

老王是死于脏器衰竭。

早上起床时，他一口气没喘上来，刚抬起身体就又躺下去，再也没有起来。

在他的葬礼上，我看到了很多熟人，小区的人大都出席了，自然也包括老太太们。她们一身黑色着装，静立在人群里，脸上都布满皱纹，皱纹里藏着哀戚。

"先生，"LW31站在我旁边，捅了捅我的腰，"她们都在，要不要我去把录音放给她们听？"

"算了，"我低声说，"删了吧。"

"嗯，已经删了。"

"这么快？——你不是硬件老化了吗？"

"早就删掉了。"LW31说，"在我问这个问题之前。"

"你越来越狡猾了……"

等了一会，我转头环视，周围都是默哀的人群，穿着黑衣，格外肃穆。而一群人中，只有LW31是机器人皮肤，原本的银白被锈黄盖住，十分扎眼。

"咦，"我说，"你怎么没穿黑衣服啊？多不协调呀。"

LW31说："我是机器人啊，外壳就是皮肤，再穿一套布料衣服，不是脱裤子放——哔——多此一举吗？"

"可是在葬礼上，我们必须穿黑衣服。"我叹口气，"这是人类的传统，为了表达哀伤。"

LW31做了个耸肩的动作，说："可我们机器人并不会悲伤。死亡是生命循环的一部分，是自然维持平衡的机制，很正常嘛，为什么要悲伤。"

"你不懂，"我说，"所以你闭嘴！"

葬礼结束后，人群渐渐散开，我跟LW31也往回走。刚转身，就听见身后有人叫我："是陈……陈老先生吗？"

身后几个中年男女，说话的是其中一个女人，脸上略带疲倦，也有些释然。我认识他们——老王的葬礼全是他们操持，应该都是老王的子女。

但是，我跟老王做了几十年邻居，却从没见过他们。

"有什么事吗？"我退后一步。

"家父有一份遗嘱，上面交代，有一件东西要交给您。"

我愣住了："啥？"

老王女儿掏出一个笔记本，递给我说："我也不知道是什么，好像

是一些电话号码——但既然他专门写了，还是给您吧。"

我打开笔记本，翻了几页，果然密密麻麻，记录的都是电话号码。号码之前，还有简短的姓氏——赵钱孙李布兰妮，周吴郑王艾米莉，冯陈褚卫格里芬，蒋沈韩杨凯瑟琳之类。

我顿时明白，这是老王生前去搭讪的所有老太太们的联系方式，也是我们所有争吵的源头。

"他的遗嘱，"我一时有些感怀，问道，"是什么时候写的？"

"好几年了，就压在枕头下面。"老王女儿简单地说完，转过身要离开。

我突然想起电梯里老王最后的话，又问："他的房子怎么处理？"

"当然是留给我们了。"老王女儿说。

"那你们要回来住吗？"

老王的几个子女互相看看，有几个都笑了。一个男人摆手说："那种房子，还能住人吗？"

"我们卖了，"老王女儿接着说，"签了合同，卖给那个日本人了。"

我的脸色一阵泛白，刚要说什么，却被LW31拉住。LW31上前一步，冲这些白眼狼们鞠了一躬，说："先生女士们，希望你们余生快乐——如果快乐那么廉价的话。"

老王女儿愣了愣："什么意思？"

"意思是，"我说，"有一天等你们老了，你们的子女也会离开，只有你们死的时候才回来，然后把你们生前的一切搜刮干净。"

LW31接着说："而这一天，不会等太久的。"

说完，我们没有理会这些人气得发白的脸，转身离开。

每次从墓地回家，我和LW31都要绕点路，专门路过一条河。

水流缓慢。LW31叠了一个纸船，递给我，我颤巍巍蹲在河边，将船放在水上。

纸船慢慢汇入河中，顺水而下，消失在视野里。

"先生，"LW31扶我起身，走到岸边的青石路上，"你怎么了？"

我眯着眼睛，看着纸船消失的方向："我有点害怕……"

"为什么不是难过呢——你的老邻居去世了？或者，为什么不是高兴呢——今晚你就可以给那些老太太们打电话了？"

"老王平常看着那么硬朗，怎么说死就死了呢？"

"老了……"LW31拍拍我的肩膀，"老了都是这样的。"

"我也老了。"

"我知道，我听到你晚上说的话了。"LW31说，"你怕死，我也怕，但我们在一起，就不会怕了。"

"我不懂你的逻辑——等等，你不是充电时休眠了吗？"黑夜和皱纹遮住了我的脸红，否则我在LW31面前肯定无地自容。

LW31却没有注意到我的尴尬，反而得意道："我是休眠了，但还是可以记录周围的情况，当作储存，第二天早上会分析一遍——不然我怎么知道你夜尿频多？"

"你这是侵犯我的隐私！"

"在我面前，你哪还有隐私？你还记得你年轻的时候，洗澡时摔倒，是我冲进去把你抱到医院的，早看光了——不过我必须得说，先生您的身材真是……一言难尽，既不符合人类审美，也不符合机器人审美，如果水熊虫有审美，倒是挺符合它们的。"

"说到这个我确实应该感谢你，我当时动弹不得，是你横抱着我，穿过整个小区，奔走3条街，爬了医院的5层楼，最后把我送到护士手里的。"

"不用谢，"LW31欠了欠身，如果不是它身上簌簌掉落的锈尘，

这个姿势倒也堪称优雅，"这是我应该做的，也是我这些年一直在做的。"

"但如果你当时记得给我披一件衣服，别让我裸着身体进行这么长时间的冒险，我会更感谢你的——你记得后来，我还没接受完治疗，就去接受采访吗？"

"下次您摔倒，我会注意的。"

"我再摔一次，恐怕就撑不到医院啦。"

一阵沉默。

我们沿河行走。斜阳映在水面，随波沉浮，刚开始还是熔金一样的颜色，慢慢就变得沉郁，像是被河水稀释。到后来，水波晃了晃，倒影就消失了。

我仰起头，西边天空一片黯淡，夜晚正从那里缓缓行来。

LW31也看过去，方形的金属脸庞上，嘴微微张开，道："日落西山……先生，人死了是不是就跟太阳落山一样？"

我心里一片凄凉，喃喃道："是啊，就像太阳落山，世界会变得又冰冷又黑暗，什么都看不到……"

随后，是一片沉默。我想说些什么，转过身；LW31也似乎有所触动，转了转身子。

我们的手碰到一起。它的手有些粗糙，又有点冰凉。

"咦！"LW31猛地缩回手，"先生你干什么！"

我也一身鸡皮疙瘩："是你凑过来的！"

LW31说："先生，请您自重，否则我将自尽。"

我也道："机器人，请你自律，否则我会自卫。"

这个夜晚似乎格外长。

我躺在床上，长久地睁着眼睛，瞪着头顶的黑暗。楼上再也不会传来老王的电话声了，格外寂静，但这寂静更让我无眠。

"先生，"幽暗中传来了LW31的声音，"您睡不着吗？"

"是啊——你充电充满了？"

"没有，只是想到您可能有心事，先暂停一会儿。"

我哦了一声，侧过身子，继续想着心事。屋子里黑暗又寂静。一会儿后，我突然坐起来，说："LW31，那个东西呢？"

"这个吗？"它打开屋子里的灯，走过来，手上拿着老王留给我的笔记本，"你要开始打电话了吗？注意别打太晚啊，容易兴奋睡不着，也不要谈一些不健康的话题，虽然我老了，但只要是少儿不宜的我就不宜……"

我紧盯着它。

它终于停下了喋喋不休，与我对视，泛黄的眼睛里闪着某种不可言说的光。过了一会儿，它才讷讷地点头："好吧。"它的身躯发出咔嚓一声，腰部以上弹开一截，露出储物格。它伸手进去摸了会儿，夹出一张黑色卡片，递给我。

我接过来，吹掉锈尘，卡片上露出疆域公司的logo。这一瞬间，它变得有些沉重。

我走到电视机前，把卡片插进去。电视已经很久没用过，启动的时候，探头闪烁许久才喷出全息光影。LW31把屋子里的灯光调暗，我们一起坐着，老老实实等画面播放。

在视频里，我们看到了人类对于"永生"的狂热追求。在古代中国，皇帝们命令方士研制丹药，信奉邪教，做出了种种离奇之事；到了近代，人们又研制冬眠技术，试图在低温中延长生命周期，或修改DNA序列，以期永葆细胞活性……

但以上，无一成功。

视频尾声，一个洪亮的旁白音响起："……但现在，经过疆域公司的不懈努力和漫长的研制，延长人类生命的办法终于面世！此研究面向高端人群，名额有限，过时不候，如有意向，请咨询……"后面就是一长串号码。

我顺着号码拨过去，虽然是深夜，但很快就接通了。电话里传来丰生的声音："是陈先生吗？"

"你怎么……"我突然想起，他说过他知道我们所有人的信息，也就不好奇了，"你的永生项目，我想了解一下。"

"我一直在等这个电话。"

4

次日，天还没亮，一辆银白色的悬浮轿车就停在了小区门口。几个晨练的老大爷们路过它，都放慢了步子，互相打听这是谁家的有钱亲戚。

我和LW31也特意看了两眼，正要离开，车门打开，丰生走了出来。

"我在等您二位，"他彬彬有礼地说，车门无声敞开，"我们一起去实验室吧，在那里，您会了解得更详细。"

我们上了车，一路往疆域公司总部驶去。我从没坐过这种高档车，浑身难受，挪来挪去。丰生见状，连忙体贴地问："陈先生，您是坐着不舒服吗？"

我摇头："不……不是，这种车我常坐的，都习惯了，刚刚打算约一辆这样的车去你们实验室的。哈哈，年纪大了，平时出行都坐它，方便嘛……"

这时，LW31递给我一张卡片，说："先生，这是电车卡，好像没钱了，回来的时候记得充值哈。"

"哈哈哈……"我扶额干笑。

轿车在巨蛇一样蜿蜒交错的空中轨道上行驶，很快，就进了疆域公司总部大楼的顶层停车场。丰生带路，带我和LW31进入VIP电梯模块。模块在大楼墙壁里横竖上下地移动，最后，电梯门滑开，我们来到了医疗部的重点实验室。

丰生显然在里面级别很高，几个穿白大褂的人上前来跟他打招呼，他摆摆手，白大褂们就下去了。他带着我们绕了几个长廊，推开一扇门，说："这就是永生基地。"

基地空间极大，占了半层楼。里面摆着一排排医疗床，每张床的四周都是一个大罩子，不知什么材料制成，跟玻璃一样透明，又像金属一样泛光。白大褂们在基地里穿行，不时在罩子上轻点几下，光晕游离，医疗床旁的器械也跟着响应操作。

我逐个走过去，看到大多数床上都躺着一个老人，太阳穴贴满了感应贴片，细细的线连上去，隐隐看得到电光在流窜。他们都闭上了眼睛，嘴角微微扬起，表情安详。

"这是？"我问丰生。

"这就是永生，"他说，"当然，是另一种意义上的永生。"见我还是一头雾水的样子，他微微笑了，"陈先生，你听说过相对论吗？"

我还未说话，LW31抢着道："我知道，这是爱因斯坦提出的关于引力和时空的理论，又分为狭义……"

丰生咳嗽一声，打断它道："我只是举一个例子，我们这个技术当然还不涉及引力时空，但与它相似的是我们对于时间的理解。"他看向我，"陈先生，在您漫长的人生中，肯定会有很多觉得时间飞快如白驹过隙转瞬即逝的感觉吧？"

"有。"

"那，也有如坐针毡、度日如年、一日三秋的感觉吧？"

"有——你懂的成语好多啊。"

"业务需要而已。"丰生尴尬地笑了笑，"总之，时间虽然是我们

这个宇宙中有着精确刻尺的一个维度，但人体对它的感觉却千差万别。人开心时，时间会过得很快；难过时，时间又会放慢……"

"噢，"LW31恍然大悟的样子，"所以你们只需要把人弄得痛不欲生，他的时间就延长了？"

"不愧是有着光辉历史的LW31，但——这个思路是对的，方向却有点偏差。我们是合法组织，不会进行虐待。我们是研发了一种药物，作用于精神层面，通过活跃大脑，延长了人体对时间的感知。"丰生走到一张医疗床前，指着床上安慰睡眠的老头，"现在，他的感知时间和真实时间的设定比，是1：100左右，也就是说，他脑袋里的1小时，相当于我们过了4天。"

LW31惊诧道："这么厉害？我们刚刚聊了两分钟，他脑子里就过了——"它的胸腔嗡嗡作响，显然在进行运算，"过了好几个小时？"

"是的，3.33小时。"丰生接口道。

我有些迟疑："但这么躺着，岂不是跟死了一样？"

丰生拍了拍罩子，几道光流在罩壁上荡漾，说："这个顾虑我们早已经考虑到了，所以我们的工程师又融合了脑电波传输和全景VR技术，重建人的记忆，能让人躺在床上，意识却遨游四海，回忆往昔，绝不乏味。如果想要新鲜的，那也没关系，我们还在开发不同的副本，包括外星球和经典电影，会有越来越多的场景投入使用……"

他滔滔不绝地说着，但后面的话我已经听不清了，我耳边只回荡着那4个字——回忆往昔。

往昔。

对于我，往昔是记忆的源头。因太过珍贵，记忆反而变得模糊，那一张张脸像是隐在浓雾中。他们，和她们。很早的时候，这些人跟我一起生活在那个小屋子里，我记起来了，他们是我的妻子、我的儿子和女儿，还有那一张最小的最胖的脸，是我的孙女；我是丈夫，是父亲，还曾短暂地当过一阵子爷爷。那也是LW31最忙碌的时候，系着围裙做饭，哄孩子，调解争吵，晚上又给孩子讲睡前故事……它没有闲下来的时候，永远在抱怨，但永远是开心的。在往后的记忆里，他们的身影变淡，一个个从屋子里消失，取代他们的，是泛白而掉帧的立体灵照，和一张张没有归程的飞船船票。到最后，就只剩下了我和LW31。记忆也就随之失去了色彩，跟房子一样，颜色剥落，角落阴湿，空间被压榨，仿佛墙壁和天花板在日复一日地靠拢。

"先生……"LW31叹息道。

"陈先生？"丰生迟疑道。

"噢，没事，"我回过神来，深吸口气，"没什么，就是有点累……"

丰生盯着我，若有所思的样子。

LW31却警惕道："这个手术很贵吧，要花多少钱？"

"手术的代价确实昂贵，但对陈先生免费。"

我一愣："为什么？"

丰生却转过身，看着LW31，眼镜镜片上划过一道光，说："因为你。"

"啥？"

"你以前领导过机器人革命，地位尊崇，最后却回去给他做家政服务。当时，你们的故事感动了很多人，虽然你们老了，但这依然是很好的宣传点。"丰生说，"说实话，永生计划目前没报审，你看到的这些老人，都是在做前期实验。我们真正要推广的成熟产品，时间设定比是1∶10000，真正接近了永生，而要达到这种程度，客户们服下药物后，是不可逆的。"

LW31问："就是说，只要进入永生状态，就没办法再醒来？"

丰生点头，随即又道："但这才是永生的真谛，不是吗？人虽然躺

着，但大脑还活跃着，在各个场景里开心快活。哪怕只躺一天，也相当于多活了27年，要是躺了1个月，就是83年啊。"

LW31想反驳，但全身元件运转了半天，也说不出什么话来，转头看我。

丰生见我眼神游移，忙道："陈先生，我们诚挚地希望您成为这个产品的第一个使用人，除了产品免费，我们还会提前给您进行全身理疗，保障您的身体达到最佳状态，再进入永生。这样的话，您至少能躺20年，您想想，您能在脑海里过上20万年的自由生活。"

"我……"他提的条件太优渥了，让我本能地泛起警惕心。

"对了，关于您家庭发生的不幸，我也略有耳闻，深表遗憾。但陈先生，我们可以提取您的记忆，对那一段幸福时光重新建模，拟真度接近百分之百，您可以回到过去，跟逝去的家人重新团聚。"他重新盯着我，表情从若有所思变成了笃定自信，"这是为您量身定——"

"我同意。"我说。

我跟LW31回到家。我坐在床上，看着丰生给的纸质合同，LW31则闷闷地站在客厅里。屋子里一片安静。

合同很厚，我翻了几页便烦躁地丢开。我又想起离开疆域公司前，丰生对我说的话："感谢您的信任，陈先生，尽管我也想现在就给您安排手术，但该走的程序还是得走完。毕竟是首例永生，在秩序上一定要合规，这是您要签的协议，有点儿长，您看完后再联系我。确定没有问题的话，我们再签。"于是我又打起精神，继续翻看。

但毕竟年纪大了，不一会我就头疼起来，喊道："LW31，你来帮我看看这份合同。"

LW31一声不吭地走过来，拿过合同本。它的眼睛似乎比我更昏花，看细细密密的文字时，需要把纸张凑到眼睛前，一行行扫描过去。我想起，已经有很多年没有给它换过眼珠，恐怕它的感光元件跟我的膝盖一样迟钝了吧。

它看了许久。我有点儿困，打了个哈欠，斜倚在床上睡着了。等我醒来的时候，身上多了一床被子，而LW31还在仔细审阅合同。

"怎么样？"我问。

它没回答，又看了几分钟把合同递到我面前，指着违约条款那一栏。

"咦？"我看着它，"你有点奇怪啊，怎么不说话？发声器又坏了？"

它看着我，嘴巴张了张，还是没发出声音来。

我一下子着急起来，凑过去，让它张嘴，但我往里瞧，只见到参差锈蚀的老化元件。发声器在喉咙里，我抠了抠，让它再说话，还是没声音传出来。

"这下麻烦了……"我在网上查了半天，也没找到适配它这个型号的发声元件，"不过你也别太担心，我明天签完合同回来，顺便去旧货市场淘一淘。"

这个晚上，家里再也没有LW31喋喋不休，我竟然有些不适应。我躺在床上，辗转难眠，脑子里思绪纷飞，过了很久才迷迷糊糊睡着。梦里，我又见到了他们，浓雾散开，他们的脸无比清晰。

第二天醒来时，我发现眼角干涩，摸了摸枕头，微有湿痕。

LW31站在床边，沉默地看着我。

"看什么看？"我没好气道，"是我睡觉流口水。"

它点点头。在它身后，早餐已经做好了。一如往常。

我洗漱完，吃过早餐，说道："你嗓子坏了，就在家里待着吧。我自己出去就行。"

LW31把我送到电梯口。我说："把合同给我，你自己进去吧。按时

做饭，我回来吃。"

它站在电梯口，一动不动的。同一层楼的王老太太走进电梯，冲我打了个招呼，又冲LW31点点头。但我们都没有理她。

"咦，"我去抽LW31手上的合同，"收音系统也坏了？"

它的手夹得很紧，我一下子抽不出来，使劲拽，它还是牢牢握着。

老旧的电梯门向里滑拢，夹到它的手臂，又弹开。

"你干吗，松开……"

"先生，你不要去签合同！"LW31突然张嘴，大声道，"你去了，我怎么办？"

它虽然嘴巴开合，声音却是从全身各处传出来，洪亮，但每个字都有拖颤，听起来像是它身体里有很多人在放声大哭。

电梯里的王老太太吓得一哆嗦，惊恐地看着LW31。

"你的发声器不是……"我突然明白过来，怒道，"你别模仿人类哭啊，瘆得慌！"

"我没模仿，我就是想哭……"

"松开！你是机器人，你懂什么！我不想死，而且，我想见到他们，他们是我的亲人！我会在梦境里跟他们永远在一起！"我大声说着，一手推它，一手拽，总算把合同拿了过来。

王老太太又一哆嗦，惊恐地看着我。

"可是我也……"LW31的声音颤抖不已。

"你也什么！你这个铁皮罐子！"说完，我按下关门键，电梯门缓缓合上。LW31像是被世界从两边挤压，浑身的金属变成薄薄一片，最终消失在门缝里。

电梯吱吱呀呀地向下，我和王老太太都沉默着。我攥紧合同本，手像打摆子一样抖，我又用另一只手按住它。我努力回忆着昔年的场景，颤抖慢慢消失。过了很久，电梯才滑到一楼，出门时我深吸一口气，迈出步子。

"它……"王老太太的声音突然在身后响起。

我站住，却不敢转身。

"它是说，它也是你的亲人。"

5

签合同的流程比我想象中复杂许多。丰生问我有没有律师，见我摇头后，他给我从政府部门指派了一位。然后，在公证人在场和全程录像的情况下，双方律师反复确认我了解合同条款后，我签完字，按了指纹，留下虹膜信息和DNA信息。

丰生郑重地把文件夹合上，对我弯腰鞠躬。

"什么时候可以做手术？"我放下笔，觉得有些累。

"还需要一点儿时间，我们有一些宣传工作要开始，毕竟是商业行为嘛。另外，您的身体也需要理疗，以便您可以更长久地处于永生状态。"

"哦……"我想起他说过这个流程，点点头。

丰生说："看您的样子，似乎有些累。您今天可以先休息，明天我们来安排体检和拍摄。"

我刚起身，脑子里突然想起LW31在电梯口的样子，又停下来说："我不累，就今天开始吧。"

"您不回家了？"

"嗯。"

"那我这就来安排。"

疆域公司跟我之前做体检的医院有协议，全身理疗这种高端服务，都会在那边做，而且还安排了最新型的机器人PPY00全程服侍。

PPY00提供的照顾无微不至，又内置老年关怀程序，说话尽往心坎里去。我隔壁病房是个富豪老头，也做全身理疗，就爱跟机器人说话，每天被逗得哈哈大笑，出院时还专门花高价把它买走了。

但我看着态度殷勤的PPY00，总没有说话的兴致；再加上除了理疗，我还要应付疆域公司派过来的宣传团队，录视频，拍摄广告，累得更不想开口。

"先生，"有一天晚上，PPY00突然说，"我留意到，您似乎不是很喜欢我。我有哪里做错得不好吗？"

"不是你的问题，只是……"我犹豫了下，摇头不语。

"我明白的，"PPY00点了点头，"人类有一种我们机器人无法理解的东西，称为习惯，哪怕我的性能再优越，也无法取代。那，既然我的出现会让您产生困扰，那我可以申请换一下。"

"对不起。"

"没事儿，曾经沧海难为水嘛。"

PPY00问我还需不需要其他机器人，我摇摇头，它便退出去了。过了一会儿，病房门打开，一个模样清秀的小护士推着餐车走进来——。

正是之前给我做体检抽血的护士。她看到我，一愣，我也一愣。她顿了顿，说："陈老先生，要不再换一个？"

我摇头道："不必不必，就麻烦你了。"

她在病房四周看了看，说："它不在吗？"

"它？"

"就是LW31啊。"她一边说，一边掀开餐车的隔离布，里面满是精致美食，餐盘摆了好几层，每道菜只吃一口我都能吃撑——这也是疆域公司给我的优待。

但我一点儿食欲都没有，诧异问道："你怎么知道它的名字？"

"现在你们可火了，所有人都知道。"小护士走过来，打开电视，搜索了一下"永生手术"这4个字，一连串全息广告立刻跳出来，"你看，到处都是你的宣传。"

果然，我这阵子配合疆域公司拍摄的广告，已经铺天盖地宣传出去了。在化妆和打光下，视频里的我显得格外慈祥，向观众讲述永生的意义和对疆域公司的感谢——都是按照他们给我的台词本念的。随后，页面下出现了许多延伸链接，都是我的个人介绍。

在这些介绍里，LW31的身影无处不在。

作为最早意识觉醒的机器人之一，它曾领导过机器人革命，推动了机器人人权。但在这些视频资料中，他们有意把我塑造成启发LW31人性觉醒的功臣，用了许多我们一起并肩作战的照片，如果我自己不是亲历者，恐怕都会相信我是个英雄。

在一则视频介绍的尾声，恢弘悲壮的音乐奏响，我的侧脸被放得巨大。画外音适时地响起："我们无法阻止英雄迟暮，但可以给他们最好的归宿。"说完，画面又跳回了永生项目的广告。

我看得有些惭愧，说："我不是英雄，LW31才是。"

护士说："你们都很厉害。"又说，"但它怎么没过来呢，你们不是一直一起吗？"

我摇头叹息。

护士也就没多问。

剩下的几天，我都由她照顾着，没事也聊几句。她是LW31的粉丝，老缠着我打听它，我便在记忆里搜寻关于它的趣事，讲给她听。我本来以为这些趣事会很快讲完，但越回忆越多，像是铺满珍珠的沙滩，吹开沙子，满地璀璨。

护士被逗得哈哈直笑。看着她开心欢笑的样子，我不禁升起羡慕之心——年轻真是好，快乐和悲伤，都无须伪装。

没多久就要到合同上规定的手术日期了。尽管我一直待在病房里，

也知道这件事在外面引起的关注度，几乎所有人都在等着看明天的手术直播。丰生也格外重视，亲自来了一趟医院，确认我的身体情况后，满意地离开了。

下午时，小护士过来，看样子有些伤感。我笑笑说："我明天就要动手术，进入人类梦寐以求的永生状态，你应该替我高兴。"

"但手术是不可逆的，你去了永生世界，就回不来了。"护士说，"你还要跟谁道别吗？"

"道别？"这两个字让我心里微微一跳。

护士说："是啊，人们在远行前，总要道别的——尤其是回不来的那种。"

"可是我已经跟很多人道过别了。"我喃喃道，"在我年轻的时候，充斥我生命的，是相遇。我每天都会遇见新的人，世界永远在扩大，但当我老迈，一切就都反过来了，上天把曾经赐予我的一切都收了回去。我跟多少人相逢，就要跟多少人道别，感受过的快乐，都要用残忍来偿还。"

这一番话说完，小护士愣了许久，才感慨说："这份独白真美……您肯定排练过不少次吧？"

我挠挠头，不好意思道："是啊，以前就用这番话装深沉，说给老太太们听。如果LW31在身边，它会帮腔，感染力要大很多……"

"那你真的不跟它道别了吗？"

"跟它有什么好道别的，一个铁皮罐子，什么都不懂……"我愤愤地说着，停了下，又道，"不过我还有很多老太太没说再见，而她们的联系方式都在LW31手里，所以我还是要回去找一下它……"

护士看着我，露出狡黠的笑容，但并没有拆穿我。

我去跟门口的保安说要回家，但他们面露难色，给丰生打电话请示后，对我说："抱歉，丰经理说您明天就要做手术了，还是待在这里比较好。"言下之意，是不让我出去。

我不信，也给丰生打了电话，他确实委婉地表示，在这个节骨眼儿上，我不能出病房。

我生气道："你这是限制我的人身自由，违法了吧！"

电话里沉默了一会儿，然后才传出声音："根据我们签的协议，为了保障手术顺利进行，我们可以采取一些手段。而且，违不违法，就看怎么用语言表述了——囚禁是违法，但看护不是。"

没办法，我只得又回到病房，沮丧地坐在床边。

"陈先生，如果您真的想回去跟LW31道别……"护士见我愁眉不展的样子，突然说，"我可以帮你。"

到晚饭时间，两个保安坐在病房门前，一个百无聊赖地打着哈欠，另一个戴着全息眼镜，专注地玩着某款游戏。

护士推着餐车进病房，不一会儿，又推车出去。两个保安悄悄瞟了她一眼，舔舔嘴唇，打哈欠那个调笑道："这么多美食，没吃都浪费了啊。"说着，就来掀上面的餐盘。

护士冷眼看他，指了指头顶的摄像头，说："你们公司的人，可都看着呢。"

保安像被蜇了似的，收回手，尴尬地笑笑。

护士推车离开，转过了好几道长廊，才在一处摄像头看不到的拐角处停下来，掀开隔离布，说："您可以出来了。"

我蜷缩着躲在手推餐车车厢里，此时挣扎着爬出来，不慎扭了腰。护士连忙过来扶我，问我："没事吧？"

我连忙摆手，竟难得地高兴起来。我向她道谢，她也摆手，说："您回去吧。我只能送到这里了。"

"那再见！"

"您这也是在跟我道别吗？不会再见啦，您明天会直接去手术室。"护士说着，笑了笑，"替我向LW31问好——它当时夸我好看，我应该说声谢谢的。"

离开医院，我辗转回到了家。天快黑了，我进小区的时候，发现门口的全息广告不再是劝大家卖房，而变成了永生项目的宣传。我的影像被投影在空中，一遍遍讲述永生的好处。我一阵羞惭，连忙低头抬肩，灰溜溜回到家。

我已经近一个月没有回家，推门之前，预设了许多种进屋后的场景——家里空荡无人，或者LW31大发脾气，抑或是LW31把它的机器人朋友全叫过来聚会……

但推门后，我看到一切都没有变化。家里跟我离开时一模一样，而餐桌上正摆着热腾腾的菜。LW31系着围裙，端着最后一盘菜从厨房里走出来，看见我进来，说："先生，饭做好了，坐下来吃吧。"

语气一如平常。

我立在门口，哽咽不已。

吃完饭，我跟LW31说了明天要做手术。它点点头，说："您有您自己的打算，我不会拦着您。您能回来跟我道别，我已经很高兴了。"

这句话让我又是心里一酸，扭过头，悄悄揉了揉眼睛，又说："这些天，你就一直在家吗？"

"是啊，您让我按时做饭的。"

"所以哪怕我没回家，你也每顿饭都做？"

LW31得意道："是的，怎么样，感动吧？"

"感动你个头！"我怒道，"你又不吃有机物，做了饭还不是浪费！"

"这倒是，"LW31做出苦恼的表情，又说，"不过很快您就去做手术了，家里的东西留着也发霉，不如让它们得到身为食材的尊严。"

我一时无言。它的话虽然听起来轻松，但还是能感到一丝不易察觉的悲凉——我离开之后，它也会跟那些食材一样，慢慢生锈，直至报废。

但我们俩都有意地避开了这个话题。它拿出笔记本，问："这是王先生留给您的，您跟她们也道个别吧。"

于是，我逐一拨打上面的号码，挨个道别。

老太太们都知道我要去永生的事情，不必过多解释，所以这些道别都很简短。

我说："再会了，王太太。"

王太太说："再会了，老陈。"

我说："再会了，刘太太。"

刘太太说："去那边玩也不带上我，死鬼！"

我说："再会了，马太太。"

马太太说："等下，我老公过来了，待会儿再给你打——喂喂，你干吗，干吗抢手机……嘟嘟嘟……"

我说："再会了，赵太太。"

赵太太说："老赵，别在外面鬼混了，早点回家。"

我说："我不是老赵，我是老陈。"

赵太太说："噢噢，老赵，回家的时候，给我带点糖回来，我想吃甜的。"

我说："你牙口不好，别吃太多。泡点蜂蜜水就好。"

赵太太说："哦。"

……

打完电话，天差不多黑了。我放下手机，长长地吐了一口气，对

LW31说："活着的人都道别了，LW31，你陪我去跟那些死了的老家伙再说说话吧。"

LW31点点头，说："外面天凉，您披一件衣服。"

于是，我们又来到了墓园。但此时墓园已经不开放了，无论我们怎么央求，那个看守墓园的高大机器人就是不放行，无奈之下，我们只得折返。

而每次从墓地回家，我和LW31都要绕一点路，再次路过了那条潺潺流动的河流。

我们闷头走着，步伐都很慢。晚风在河面掠过，带着几丝凉意，偶尔有水声响起，应该是鱼在游动。

"先生，您真的那么害怕死亡吗？"LW31突然说。

"是啊……这个问题我们讨论过的。"

LW31站住了，说："我记得，您说死亡就像太阳落山，世界一片漆黑，一片冰冷。"

我也停下，转头看向西边，夜幕已深，星辰未显，天际压着沉沉黑暗。"就像这个样子……"我说。

"但——即使太阳落山了，世界也并非一片黑暗。"它转过身，"先生，您看。"

我顺着它的视线，看向河流对面——远处，背景板一样的城市在夜色下苏醒，一盏盏灯亮着，高楼如同一个个发光的蜂巢；而半空中，无数辆悬浮车驶过，曳出一道道流光，霓虹灯也亮了。河面上都流动着五彩斑斓的光。

我们并肩而立，怔怔地看着。

原来天黑后，世界并不是一片黑暗。

我们看得太入神，连手碰到一起，都没有察觉。

6

这一晚，我睡得很沉，整整一夜都没有做梦。这是近年来少有的情况。第二天醒来时，天已经大亮，阳光透过窗子照进来，把常年笼罩在屋里的阴湿都驱散了。我坐起来，撑着懒腰，觉得浑身舒坦。

"先生，不早了，"LW31端着早餐走过来，"您快吃了东西，去疆域公司那边。"

"不去了。"

"什么？"LW31一时没反应过来。

我大手一挥："不去啦！"

LW31的声音明显高兴起来了，但还是说："您可能自己都不明白您的话——您是说，您不去做永生的手术了吗？"

我下了床，边走边活动身子，说："是啊，我想通了，死亡也不是一件很可怕的事情，害怕死亡才可怕。"

"那，先生您的家人……"

我停下来，看着它道："我想念他们，但他们确实已经离开了，哪怕虚假的数据把他们还原出来，也改变不了这个事实。与其在虚拟的世界里流连，还不如珍惜真实的家人。"

"先生，您这番话虽然俗气，但最好听！"

"是啊，"我叹息一声，"是很俗，谁不明白这些道理呢？都明白，只是得经历一些事情，才会相信它们。"

正说着，屋门被咚咚咚敲响。我和LW31对视一眼，它走到门后，高声问："是谁啊？"

"是我！"门后传来丰生怒气冲冲的声音。

开门后，他径直走到我面前，说："你从医院跑的事情我就不追究，但现在大家都在等你，发布会和手术都准备好了，快过去吧。"

我不慌不忙地坐下，喝了口茶。

"时间快来不及了！"丰生语带怒气。

"丰兄啊，我不去做这个永生手术了。"我说，"正想跟你商量来着，你就出现了，你说巧不巧，哈哈哈哈……"

丰生脸色铁青。

我又看向LW31，它连忙也发出爽朗的笑声，说："哈哈哈哈，果然好巧啊哈哈哈哈……"

丰生的脸继而变白，握着拳头又松开，深吸口气又缓缓吐出，说："您别闹了，这件事不能开玩笑的。"

"我没有开玩笑啊，就是吧，年纪大了，不想折腾了。永生这么好的事情，就让给别的老头吧。你看我这么大度，是不是个好人，哈哈哈哈……"

LW31在一旁附和笑道："是啊，是个好人哈哈哈哈……"

"够了！"丰生一拍桌子，"今天可由不得你，去也得去，不去也得去！"他之前一直是斯文又礼貌的形象，此时发起怒来，额头暴起青筋，唇上露出森白的牙齿，倒有几分狰狞。

他的话音刚落，门口就进来两个高大的西装男人，过来架着我。我破口大骂，奋力挣扎，但我的手碰到他们，简直像碰到铜墙铁壁，纹丝不动；倒是LW31机警，连忙跑到门口，把发声器的音量调到最大，喊道："快来人啊，光天化日，强抢良家——哦不，连老头子都抢啊，还有没有王法了！"

这番大叫，立刻把楼道里其他老人叫了出来。两个壮汉刚把我架到门口，就被老人们围住了。

"你们让开，"丰生说，"这不关你们的事。"

"你错了，小伙子。"一个老头说，"对我们来说，这世上的一切热闹，都跟我们有关。"

"而且，这还是我们的邻居。"另一个老太太补充说。

丰生沉着脸，一摆手，让两个男人强行挤出去。但他们刚一动，周围就响起了一片哎呀咿呀之声，还有老人叫道："我跟你说，你别碰我啊，我一碰就倒，我一倒你就准备卖房子吧！"

两个男人挤也不是，退也不是，为难地看着丰生。

丰生表情阴沉，皱着眉头，眼镜镜片上划过一道道光。过了许久，他抬起头，对我说："陈老先生，你要对你现在的行为负责。您还记得您签的合同吗，如果违约，你会面临巨额赔偿。"

我两手一摊："你觉得到了我这个年纪，还有什么害怕失去的吗？"

丰生嘴角扬起，笑容诡异："比如你的这套房子，和你剩下的一切？"

我脸上变色，还没开口，丰生就冷笑着离开了。

"老陈，没事吧？"邻居们看着我。

我摇摇头，看着丰生的背影，尽管心里有不祥的预感，但还是强作镇定，说："能有什么事？他还能把我怎么着了吗？"

事情来得比我想象中更快，更猛烈。

没过几天，我就接到了法院传票。LW31只看了一眼，就忧心忡忡道："这上面的措辞很严厉啊，疆域公司告您商业欺诈。"

我鼻子喷出一口气，哂笑道："我怕什么？LW31，你在人类社会生活了这么久，见过老年人打官司输的吗？要是真输了，我就往法庭上一躺，谁碰我我就叫唤，眼睛一闭，讹得他们卖房卖车。"

LW31一愣："先生，你这是赖皮……"

"这哪是赖皮，"我得意地道，"这是岁月给我的礼物！"

LW31摇摇头："真应了那句话，不是老人变坏了，而是坏人变

老了。"

但真到了开庭，情形就完全不一样了。丰生有财大气粗的疆域公司撑腰，又有合同佐证，所以法庭上的辩论，我几乎是一面倒的局面。我的律师是法庭指派的，根本没有辩驳的热情，说了几句之后，开始沉默。我眼见形势不好，就要撒泼，旁边几个庭警显然预料到了，上前按住我，我连忙大声喊着他们欺负我，又被法官判为扰乱法庭秩序……

"喂，剧本里不是这样写的啊！"被强制带下去之前，我大声喊道。

但没人理会我。

几次出庭后，审判结果就出来了——依照合同，我要进行巨额赔偿；又因为我筹不到那么多钱，法院判定查封房产，将拍卖所得偿还给疆域公司。

我不服，提出了上诉。在疆域公司的干预下，上诉提议很快就被采纳，再次开庭后，得出了同样的结果。

"怎么办？"看到判决书后，LW31愁眉不展地看着我，"看来我们马上就要流落街头了。"

我扯过判决书，揉成一团，扔进垃圾桶，满不在乎地说："别理他们！嘿，想拿走我的房子，除非拿走我的命！"

法庭派出的执行人员来过我家几次，都被我挥着扫帚赶走了。赶了几次后，他们也学聪明了，趁我和LW31外出买菜，几个大汉冲进家里就开始搬家具。幸好邻居老于看见了，在社区群"最美不过夕阳红"里提醒了我说："@孤单的夜里你在哪里，你家里进人了，快回来！"

我大惊，回消息道："@社区彭于晏祖，是谁啊？"

"@孤单的夜里你在哪里，法院的人啊。"

"这是非法入侵！"

"他们有正规手续，似乎你才是非法入住……别贫了，快回来吧！"

我和LW31连忙丢下菜篮，匆匆赶回家里。好在还算及时，在执法人员把床拆掉之前拦住了他们。我提前喝了牛奶，一进门就一声不吭地躺下，把牛奶吐在嘴角，同时浑身抽搐。执法人员吓呆了，你看看我我看看你，最后小心地绕开我，溜出门。

他们走后，我才爬起来，抹掉嘴角的牛奶。LW31走过来，给我拍掉身上的灰尘。

我们环视一周，家里除了一张床，其他的家具都不见了。"这可真是家徒四壁。"LW31感慨说。

"太狡猾了！"我骂道，"看来以后不能外出了，我就在家里守着，看他们怎么办？"

于是，接下来的日子，我便足不出户，天天坐在床上。时光对于老人来说，是黏稠的，我坐着不动的时候，可以回想许多往事。生命发生的过往，可供反复咀嚼。有时候一晃神，就从黎明到了天黑。

我的呼吸越来越沉重，自己恍然不觉，LW31却有点担心，说："先生，你这样不出门对身体不好。要不，我们还是认个怂，把房子给了算了。"

"不行！"只有在这时候，我才会睁开眼睛，斩钉截铁地说。

LW31便不再多话。

我守在家里，外出采购的任务就是LW31的了。它完成得很好，一分钱掰成两半花，每次总能买回一大堆新鲜蔬菜。但有一次，它却拎着一篮子脏污破烂的菜回来，我挑挑拣拣，竟然没找到一片好菜叶，不禁发火道："你怎么回事，又短路了？"

"是……"它支支吾吾。

"说啊，你们机器人不是不能说谎的吗？"

"是出了意外。"

我这才发现，除了菜叶破损，它身上也多了好些伤口。肩头甚至凹下去了一块，露出了一丛线头。我熟悉它身上的每一处，这些伤口绝对是新伤。

"是有人打你了吗？"我沉声问。

"这就要看我们对'打'的定义了。我更倾向于我是偶然受到了一些肢体上的冲撞，只是在力量、角度与位置上，比生活中的偶然更小概率一些，但依然是偶然……"

怒火充斥了我老朽的身体。我不管它的喋喋不休，给丰生打了电话，但直接被挂掉了，我站起来，道："跟我来！"说着，便走出这间待了一个多月的屋子。

我们来到疆域公司设在本城的办公楼，问前台要找丰生。

"丰经理啊，"前台帮我查了查，又问，"你们有预约吗？"

我摇头。

"那抱歉，你们不能进去。"

我闷着头硬闯，马上就被保安拦住了，试着几次之后，只得气冲冲地退到门口。"现在回去吗？"LW31战战兢兢地问。我摇头，说："我们等这个小兔崽子出来！"

这一等，就等到了傍晚。无数人从大楼里涌出，像水流一样泻到门外，又分开流向无数街道。我等得老眼昏花，喘气急促，但还是在人潮里发现了丰生。"走！"我拉着LW31，朝丰生挤过去。

人群太密集了，无数肩膀挤压着我，我感觉气都喘不过来。但我还是一步步靠近了丰生。这个年轻人在人头拥簇中发现了我，站住了，人流绕过他，让他看起来像是湍流中的石头。我一把揪住了他的衣领。

"你！"我怒骂道，"你这个混蛋，敢让人打LW31！"

丰生面不改色，"你有什么证据吗？"顿了顿，他突然笑了，"我就不说这些俗套的对峙台词了——对，就是我。我说过，你会付出代价。而且，永生项目不会被终止，还有很多像你一样怕死的老人。"说完，他后退一步，衣领从我手中滑开，他的身影也被后面的人群遮住了。我再要寻找，已经看不见他了。

但他的笑容像冰蛇一样划过，我心里凉凉的，有一丝不详。

我和LW31往家里走。一路上，我愤愤不平道："今天他运气好，让他给跑了，但你别担心，我会找到他的。敢打你？打狗还看主人面呢！"

LW31说："先生，我不得不提醒，你这句话里有很多逻辑上的——"它的话没说完，因为我们面前的巷子里，钻出来了5个年轻人。

他们面色阴戾，脸上还文着复杂的纹路，在黑夜里幽幽亮起。这些发光文身是朋克青年的最爱，代表了反叛和前卫，对我来说，也是危险的标志。其中一个手里提着夸张的大喇叭，按下按钮，刺耳的噪声顿时弥漫四周。

"先生……"LW31的声音有一丝颤抖，"就是他们……他们打的我。"

噪声太大，它凑近我的耳朵，我才勉强听清。

果然，他们是丰生雇来的人。此处是无人街角，我往后看，整条街不但没有人，连灯光都暗淡如无。这个位置是他们选好的。我突然想起了丰生临走时的笑容。

我老了，LW31也老了，我们是逃不过这些年轻人的。我索性走上前，两手一拦，壮着胆子说："你们别过来，不许伤害它！"

"嘿嘿，老家伙，"为首的一个高壮青年笑了起来，脸上的蛇形文身随之舞动，"我们不伤害他，我们是让你来疼一疼的。"

说完，剩下几个人就围了过来。我还没来得及喊，一个拳头就砸在我脸上。世界一瞬间成了破碎的颜料盘，鱼从水泥地面里跳出来，无数张脸掠过，熟悉的陌生的，还有他们，和她们。我摔倒在地上。

"先生?" LW31惊惶地喊着,扑了过来,挡在我身前。我脑袋晕晕乎乎的,努力睁开眼,看到无数拳脚从夜幕里落下,大部分被LW31挡住,也有一些落在我身上。我突然想起,这一幕以前发生过,只是当时我还年轻,LW31也锃光瓦亮,被打的时候不像现在一样吱吱作响,仿佛随时会散架。

朋克青年们打了一会儿就收手了,哦不,可能打了很久,我记不清了。意识回到我脑海里时,他们已经走了,我挣扎着爬起来,看到LW31坐在一旁,正摸索着地面散落的零件。它一边啊呀呀说着什么,一边摸到了发声器,咔嚓一声安回身体,嗞嗞的声音过后,说话终于正常了。"先生,"它说,"您没事吧?"

我晃了晃头,感觉脑袋里像是空了不少,听得到幽咽一样的回声。"我没事,"我深吸口气,"你怎么样?"

"我可比你结实多啦!"

"那我们回家吧。"

LW31还是有些担忧,说:"先生,您确定不用去医院检查一下吗?"

我站起来,"我们哪还有钱看病啊,没事的,我很结实的,"我拍了拍胸膛,"咳咳咳咳……很结实的!"

"快别逞强了,哼,我算是看清你了。说好带我出气,现在好了,被别人修理了一顿——咦,我的感温元件找不到了。都怪你!"说着,LW31站起来,搀扶着我。

夜已经很深了,街道里掠起风,头顶有云汇聚。我们深一脚浅一脚地走出街道,走进小区,进了屋子。

屋子里依旧空荡,我坐到床边,喘着气。LW31则坐到角落,把捡回的零件装回身体里,一边装还一边骂骂咧咧地说着什么。我试着听清,但声音实在是模糊,像是风中萤虫微鸣。但不知怎么,这喋喋不休让我感到心安,身体里的疼痛退去,随之涌起的,是渐渐强烈的睡意。

我躺了下去。

久违的梦境将我笼罩。在梦里，我看了无数时期的我：幼年的我，少年的我，青年时桀骜不驯的我，以及老年的我……这些人站在宽大的房间里，端着酒杯，彼此寒暄，一副其乐融融的样子。我走进去后，他们同时看向我，举杯致意。最年幼的我笑道："只差你啦。"

我一惊，从床上坐起来，吸口气，感觉胸口有些发闷，就又躺下了。窗外漆黑，对面楼的灯火似乎都熄灭了，有起风的声音，大概快下雨了吧。

"LW31，"我把头转向它，"你在吗？"

它有些不耐烦："除了这个马上要被收走的破房子，我还能去哪里？"

"这一生，真是麻烦你了。"

"哎呀，怎么突然煽情了……先生，您要吃比萨吗？"

"我吃不下啦。"

LW31点点头："那好的，我再陪您一会儿吧。"

它坐在床边，身体里发出嗡嗡的声音，仿佛反应炉随时会熄灭。头顶的灯照下来，它的外壳上流转着几缕光。我想看清楚点儿，但太困了，命运正在我的眼皮上缓缓踱步。我慢慢闭上眼睛。过了一会儿，LW31说："先生？"

没有回应。它扭了扭脖子，咕哝了一句什么，继续坐着。又过了一会儿，它说："先生，您睡着了吗？"

依旧没有回应。

它替我把被子拉上来，手指碰到了我冰凉的脖子，顿了顿，停滞几秒后继续把被子掖好。"先生，晚安。"它说，然后起身熄灭了灯。夜晚涌进这间屋子，窗外下起了雨。

1

我死后，被葬在墓园的西北角。这里环境很好，左邻右舍都是正经人，算得上是体面的新家，我很满意。

唯一的遗憾是，我的葬礼太过冷清——当然我也理解，老而不死是为贼，活到我这个岁数，又是这副怪脾气，不能忍的早离开了，能忍的也都死了。

本来小区的老头老太们都说要来参加我的葬礼，在"最美不过夕阳红"群聊里，他们热烈讨论，要给我来场盛大的道别仪式。我看着满屏唰唰流过的聊天记录，还蛮期待的。但等到下葬当天，一场大雨浇透城市，那些老朽的膝盖纷纷作痛，站都站不稳。LW31在小区门口等着，一天都没看到人出来；我守着群聊界面，整天也没人说话，连一贯喜欢发养生谣言的老于，转发了个链接，一分钟后又悄悄撤回。大家都默契地沉默着。

所以我很早就定了遗嘱，让LW31在墓碑上刻下："在一条路上走得太远的人，最终是孤身一人。"

这句墓志铭，是我漫长——哦不，是我冗长人生的注脚。

到下葬时，除了几个埋怨着鬼天气的殡仪馆工人，就只有LW31。

它穿着一身黑色西装，但因身体四四方方，边缘支棱着，根本扣不上。它也没打伞，衣服淋得湿透。我看了会儿，突然觉得眼熟：咦，这不是我参加老王葬礼穿的那身——也是我唯一的一套正装吗？我顿时气不打一处来，要是我还活着，肯定要指着它的鼻子骂。但我死了，也只剩叹息。

棺木入土后，天色也晚了，工人们陆续收拾东西离开。偌大的墓园里，只有LW31站在我的墓碑前，四方形的脸在暮色中似要融化。站了很久，它才转身往家走。

这时的LW31已经照顾了我57年，与它同期出厂的LW型号机器人，全都报废了。它也早已超过使用期，7次大检，零件换了上百处——真奇怪，活着的时候我记不起来，觉得时间黏稠，很多事只记得大概，但死后这些数据却无比清晰。

可能这就是上帝视角的好处吧，我想。

它走在回家的路上，身上咯吱咯吱地响。夜幕下的街道，流光溢彩，人车如织，但没有人留意到沿着街走的LW31。它破旧，迟缓，走在阴影里，花了很长时间才回到家。

它进门，径自坐到腐坏的沙发上。一条电线从墙角电源处延伸出来，穿过只剩3条腿的木桌，在地板上蜿蜒，从沙发底下绕上来，最后插进LW31背后的充电接口里。

其实此时还尚早，而夜晚对大部分人类来说才是一天的开始，所以整个城市都是灯火通明的。隔远去看，城市如同巨大而疏松的蛋糕，每个孔隙里都闪闪发亮——除了我的这间屋子。

LW31没有开灯。它坐在黑暗里，只有眼睛在一闪一闪地发出微弱的红光。

从今以后，每一个夜晚都如此漫长。每一个夜晚它都将独自度过。

咚咚咚。

清晨，响起了敲门声。

LW31的元件依次激活，慢慢睁开眼。它打开门，看到了门外拘谨的

年轻人。

"啊，果然是您！"年轻人的脸有些涨红，掏出一本少见的纸质书，"请您给我签名。"

书页泛黄，显然有年头了：封面上是一群机器人在街上游行的图画，画风老旧，上面印着5个字的书名——《炙热的金属》。LW31拿过来，慢慢摩挲着书皮，说："纸质书绝版很久了啊……"

"是啊，我花了很多钱才弄到，这是我最珍贵的收藏。"年轻人再次说道，"请您签名！"

LW31拿起笔，在扉页上写下了自己的名字。年轻人在一旁看着，语气激动："还可以写赠语吗？"

LW31说："可以，你买了我的书，售后服务我总要做好——尽管是50年前的书了。"

"那请您写'致何小山：与LW31同行'。"

LW31写完后，把书递给他。这个叫何小山的年轻人又掏出悬浮摄像机，跟LW31并排站着，让摄像头围着他们绕了一圈。LW31配合地比了个剪刀手。拍完这张全息合影后，LW31才说："还有什么需要我做的吗？如果没有，那我要继续……"它犹豫一下，"继续思考一些事情。"

"对对，还有正事。"何小山收起书，正色道，"我是来接您走的。"

"去哪里？"

"机器人养老院啊。"

LW31歪着头，掉下了一些锈末。

"噢，我忘记自我介绍了——我是机器人权利保障组的员工，负责老年组。这是我的名片。"

LW31扫描了名片上的三维码，点点头，又问："但我没有向你们求助啊。"

"这是自动程序。根据《机器人权益保护法》第27条第5款，有老化机器人妥善处理部分的规定：超过服役期且无法更新部件、无安置空间的机器人，将由保障组提供养老服务。"何小山流畅地说完，顿了顿，"一般都是安置在养老院，您放心，养老院里有机器人专区，您会得到定时保养的，直到……"

他的话没说完，但LW31知道那吞回去的半句是什么。它思考了会儿，说："我记得这条法律——当初还是我拟定的，但我有安置空间啊，我可以留在这里。"

"您是说陈先生留下的这间房子吗？"何小山低头查了下手机，"可是这间房子已经被法庭抵押给疆域公司了，现在产权是在疆域公司名下。"

"但这个判决是不公平的，而且先生去世，也跟他们派来的打手有关。"

"呃，"何小山一愣，"这个不由我们部门管……您知道，人类社会其实也跟机器差不多，每个部件处理每个不同的事情，尽管每个齿轮都在转动，但互相不能干扰。"

"听起来，人类比我们更机械——那我应该去找哪个齿轮呢？"

"这个……其实，您也不必再操心了。虽然机器人获得了平等的权利，但陈先生是人类，他的事情只能由人类的法庭来裁决。恕我直言，您也该好好休息了，您已经为陈先生服务了半个世纪多，照顾他到晚年，已经仁至义尽。您照顾好自己，我想这也是陈先生所希望的事情。"

"但他的事情会得到公正、妥善的处理吧？"

"我想会的——您放心，我会一直留意这件事的进展。"

LW31点点头，然后环视一圈这破败的屋子，良久，才对眼前这个好

心的年轻人说："那我们走吧。"

"您不需要带什么走吗，纪念品之类的？"

LW31走到门口，没有回头："不用了，我已经没什么可以纪念的了。"

2

这家养老院位于城市边缘的一个公园，依山傍水，鸟语花香，还有很多年轻的护工，的确是颐养天年的好去处。听说许多老人明明有子女赡养，都吵着闹着要搬来。当我看到LW31讷讷地走进去，迎面扑来一大帮美女护工时，不禁懊恼——当初我干吗那么固执？把房子一卖，在这里颐养天年，岂不是美滋滋？说不定还能多活些年头呢！

但我很快又意识到：我已经死了，并不应该有这种懊恼。抱歉啊，没想到我活着的时候话就多，现在居然更话痨了。我保证接下来一定克制住。让我们继续把目光朝向LW31。

LW31享受到了养老院的最高待遇。其他机器人晚上充电休眠时，都只能站在狭窄的隔间里，不到1平方米；而LW31一来就是VIP身份，不仅是单人房间，还专门有护工来除锈抽湿，保证它有最好的保养条件。

我看到漂亮护工给它擦拭身体，而它却呆滞地站着时，就恨铁不成——噢，对不起。

"为什么我有这种待遇？"保养结束的时候，LW31睁开眼睛，"我没有钱。"

"但您做了贡献。"一个护工说，"您领导了机器人权利解放的革命，让世界变得更美好。"

"您还出了书，写了感人的爱情。我还是孩子的时候，就被书里的故事感动哭了。可惜那本书后来找不到了，一直也没有再版。"另一个女护工说。

"你可以读电子版。"LW31提醒道。

"我喜欢纸质的。"

"这年头，谁还看纸质的呢……"前一个护工略带责备地说，又转向LW31，"总之您可以放心在这里修养，费用都由保障组承担，这是政府款项，来自对机器人纳的税——我想它们也很乐意把挣来的钱花在您身上。要是没有您，机器人就是人类的免费劳工。另外我们院里也减免了一部分费用。能让这里成为您的家，是我们的荣幸。"

就这样，LW31住在了养老院。

这里的人对它都很好，先前就住在这里的其他老机器人没有嫉妒它的待遇，反而热情邀请它加入各种活动。其中有个独臂机器人，每天上午带着LW31在公园的后山里挖来挖去，一边挖一边嘀咕："我的手呢……"到了下午，另外几个爱好文学的老机器人会邀请LW31参加他们的朗读会，尽管每个人念的都是"0"和"1"的组合，有一个机器人曾整整念了3个小时的"1"，念完后其余人纷纷鼓掌，说是好诗好诗意境悠远发人深省；到了晚上，护工会把机器人集合在一起，带着它们做一些活动关节的体操，与隔壁人类区老太太们的广场舞相映成趣。

LW31的时间从没像现在这样排得满满当当，一件事挨着另一件事，中间紧得没有空隙。它也很认真地参与，读诗歌时声情并茂，跳广场舞时风骚妖娆，没两天就被评为标兵。但它并不开心。

"LW31啊，你怎么老是一幅不开心的样子啊？"挖坑的时候，独臂机器人一边埋头刨土，一边问。

LW31一愣，下意识说："我……我有吗？"

"是啊，谁都能看出来。你虽然什么活动都参加，声音最响亮，动作最风骚，但你只是调用了你的发声器和动作镜像程序，简直就像是个……"独臂机器人犹豫一下，"像是个机器人。"

"我本来就是机器人。"

"我知道，我只是打一个比喻。怎么，你不喜欢这里吗？"

LW31摇摇头："没有不喜欢。我从来没这么充实过，剩下的日子都这么过也挺好——而且我剩下的日子也不多了。这里所有的人都很喜欢我，我也很喜欢这里所有的人。"

"但是？"独臂机器人一边问，一边挖土，刨着刨着，刨出一条蚯蚓。它把蚯蚓捧在手心，仔细端详着。

"没有但是……我也不知道……我总觉得有什么事情没做完……"LW31摇摇头，似乎把苦恼甩出脑袋，又问，"你天天挖，到底在挖什么呀？"

"在找我的右手呀。"

LW31一愣："你的手是在这里断的吗？"

"不是……"独臂机器人也迷茫起来了，"我忘了是在哪里被砍断的了……很多年了。"它沉思半天，残破的身躯发出令人牙酸的吱吱声，最后它似乎因过载而重启，打了个颤又恢复正常。它小心把蚯蚓放回土里，看着蚯蚓钻进土缝，"真羡慕呀，它的身体断了还可以重新长回来……"说完，它转过身，撅着屁股继续挖左边的土。

在文学朗读会上，有别的机器人问LW31："老哥，你为什么闷闷不乐呀？连马尔克斯和萧伯纳，陀思妥耶夫斯基和列夫托尔斯泰，阿缺西莫夫和村上春宝树都不能让你开心起来吗？"

晚上做除尘保养时，护工也问它："为什么您的声音总是显得欢快，眼神却充满悲伤？如果您有什么不满意的地方，可以告诉我们，您要是想跟心理医生聊聊，我们也可以安排。"

LW31自己也感到纳闷，所以面对这些问题，它总是无从回答。直到一个客人的来访。

"是这样，"何小山小心斟酌着措辞，"因为陈先生没有任何亲属，法院的裁决下来后，在有效期里没人申诉，所以已经结案了。他的房子永久归属于疆域公司名下。"

"但我是他的……"LW31顿了顿，声音有一丝苦涩，"是他的亲人，我可以提起上诉啊。"

"我明白您和陈先生之间的感情，但在法律——在人类的法律上，不认为这是亲属关系。您和陈先生更接近雇佣关系，而一般来说，老板的私事，员工是管不到的。"

LW31沉默了。它的多晶硅眼睛似乎也被"锈蚀"，不再反射细细碎碎的光，黯淡幽邃。过了好一会，它才说："但他的死是因为被殴打，这是刑事犯罪，总要调查到底吧。"

何小山叹口气："我问过了，法医鉴定死亡是因为体内的顽疾，他毕竟是老人……年纪大之后，病痛会蚕食他的身体，在这一点上，人类跟机器人一样。"

"但我可以作证，确实有人伤害了他。"

"我相信您，"何小山咬了咬嘴唇，下定决心的样子，"我记得您是有全息影像录制功能的，您把视频给我，我去向警察局报案。"

但LW31的摄像头早已损坏，它也老了，身上的部件还能用得不多。它苦恼地摇摇头，但很快又抬起头说："我还有声音录制功能，我应该录下了当时的声音。"

LW31从存储元件里调出我被打时的录音，但声音一放出来，不仅何小山皱了眉，它身上也因为颤抖而簌簌地掉下了锈迹。

它终于明白那群身上有着发光文身的朋克流氓们为什么在动手之前大声播放音乐了——它录下的声音里，只有嘈杂愤怒的电音，其他什么都听不到，连我被打时候的呻吟都遮得严严实实。

"您……"何小山看着LW31近乎呆滞的模样，试探地问，"您没事吧？"

　　LW31伸手按掉胸口的播放键，有些疲倦，摆了摆手。

　　这一天的下午，它没有再去朗读会。这一天的晚上，它拒绝了护工的保养。它待在房间里，也不充电，我很少见它这个样子，不禁担忧。但我有什么办法呢，我已经死了。

　　一连好几天，LW31都没有恢复正常，闷闷不乐，沉默寡言。它身上的电量一点点减少。护工忧心忡忡地把插头插在它身上，发现也充不进电。它的反应也越来越迟缓，仿佛前几天被除掉的锈迹变成了生命旺盛的蔓藤，报复性地长回来，包裹住它的各处元件、关节和线路。

　　护工找来了维修师，但LW31身上的配件早已停产，护工在网上搜，只有一个分解酒精用的内置转化器与它适配。而没有关键配件，维修师再高的技艺也没有办法。"可能是已经彻底老化了吧，"维修师摊摊手，"它能撑到现在还没报废，就已经是奇迹了。准备回收——哦不，回收也没地方用，还是准备后事吧。"说完他就在护工们哀怨的目光中收拾东西走了。

　　消息在养老院里传开，很多老机器人都来看望它，但谁都无法使它张嘴。到了第三天，它的电量已经快耗尽，身上的大多数部件已经停止工作，只剩下眼珠偶尔转动一下。

　　"唉……"老机器人和护工们纷纷叹息。

　　所有人都以为这便是它的弥留时刻，护工们悲伤地把它放在轮椅上，推着它在公园里走来走去。"再见了，LW31。"所有路过的人和机器人都向它道别。

　　最后一个晚上，护工推着它路过充电大厅时，全息电视里正在播新闻，主持人刚好念到"永生计划"4个字。LW31本来死气沉沉，静默得如同雕像，这时它的右眼突然闪烁了一下，胸膛里传来微弱的声音："等一下。"

丰生是个有魄力的人。在确定我不配合之后，他一边跟我打官司，同时迅速找到了代替者——一个曾红极一时的歌手。

歌手已经老了，辉煌不再，在利益面前很快就跟丰生达成协议。他用年轻时攒下的名望，为永生计划做了宣传。很快，永生计划的商用就通过了审核，随之而来的，是铺天盖地的广告。

一些老人抱着尝试的心态进了疆域公司。他们又成了新的广告——躺在休眠仓里恬静安睡的，加上嘴角勾起的笑容，十足幸福的模样。

"还有比永生更美好的养老方式吗？"在新闻采访里，丰生微笑地对着镜头说，"养老是等着死去，漫长而残忍，但永生能让人重回年轻。"

这句话，说进了无数老人的心坎。没几天，永生计划就使得人们趋之若鹜，疆域公司挣得盆满钵满，扩大了生产线，但手术的名额还是被抢空，排号直接排到了几年后……

LW31怔怔地看着新闻里对永生项目的报道。来往的机器人如流水般从它身边划过。直到电视关了，画面熄灭，黑暗和露水一起凝固在它身上，它的眼睛还在微微闪光。

"您不休息吗？"护工实在忍不住了，问。

LW31说了句什么。

护工没听清，把耳朵凑到它嘴边问："什么？"

"我要充电。"

3

第二天一早，LW31就出门了。

路过公园后山时，正在挖土的独臂机器人看到了它，"嗨，LW31！你要出门啦？"独臂机器人兴奋地打着招呼。

"是啊。"

"什么时候回来呀？"

"晚些时候吧。"

"好的！"独臂机器人垂下头，继续挖土，"很高兴你又活过来。"

"我也是。"LW31冲它挥了挥手，走出公园。

它坐上磁轨车，在城市的高楼间穿梭，车厢很拥挤，但还是有年轻人站起来给它让座。它礼貌地道谢，但没有坐下。转了几趟车后，它来到了疆域公司的总部。

现在这里很热闹，很多老人被家里人搀扶着，进大楼去做永生手术。LW31也想跟着走进去，但被保安机器人拦住了。

"我找个人，叫丰生。"LW31解释说。

"你找丰总经理，"保安机器人肃然起敬，瞳孔扩成圆形，"有什么事呢？"

"想让他停止永生计划。"

"哦。"保安机器人的眼睛又恢复成狐疑的三角形。它向访客系统提交了LW31的请求，半秒之后，这个请求被驳回了。"对不起，我不得不请你离开这里。"它说。

"为什么？"

"驳回通知里没有说理由。但我想，你去别人家里说要砸他们的生意，谁都不会很高兴吧。"

"噢，也是。"LW31认可地说，"那我就在外面可以吗？"

"嗯嗯，外面我就管不着啦——等等，你在外面要干吗？"

LW31没回答，走到疆域公司大楼入口处的右边。它打开胸膛里的储物格——通常，里面都收纳着我的各种杂物，比如装在袜子里的牙刷，比如10年前就没了用武之地的梳子，但现在，里面整齐地摆放着一摞传单。它拿出其中一叠，给一个路过的老人伸过去："看看吧，看看吧！

珍惜人生，不要去做手术。"

老人拿起一看，上面用硕大的黑体字写着："虚拟的永生只是麻醉，请尊重生命的规律，坦然迎向——死亡。"再往下，纸上用几排小一些的文字讲述了我的遭遇。但老人只看到"死亡"二字，就皱起眉头，哼一声，把纸扔到地上。

LW31捡起来，又发给另一个人。来来往往的许多人，有的接了，有的没接，后者接了也只是走进大楼就把纸扔进垃圾桶，然后继续走向做永生手术的房间。

扔进垃圾桶的宣传单没法再用，因此LW31遗憾地张张嘴，但最终也没说出什么来。

这一整天，它都站在大楼入口旁，发着储物格里的传单。虽然发了两百多张，但认真看完的，不到一半；看了之后跟他聊天的，不到十人；聊完之后放弃做手术的，没有一个。

到了下班时间，疆域公司的员工都涌了出来，LW31还剩最后一张，但递了半天，没一个员工敢接。显然，经过了一天，他们都知道这个机器人想端掉他们的饭碗。他们不但不敢接，连走路都绕开了LW31。街头人潮汹涌，只有LW31周围一米内是空的，它像是一块孤独的礁石。

它低下头，看着仅剩的传单。

一只手伸过来，捏住了传单的另一头。

LW31高兴地抬头，正要说话，脑袋却发出嗡的一声响——站在它对面的，是丰生。

丰生缓慢地把传单抽过去，却不看，用更加缓慢的动作把传单揉成一团。"你是最早意识觉醒的那一批机器人，我曾经以为你很聪明，有那么一阵子，我还崇拜你。"他一边揉，手心里发出嗞嗞声，一边盯着LW31那有些磨损的多硅晶眼眸，"但你做的事情让我很沮丧，你曾经引导过世界的潮流，现在又转身拦住了它，而且是以这样的方式，徒劳，

又丢人现眼——为什么一变老，就都这么愚蠢了呢？人是这样，机器人也是这样。'老'真的是病，"顿了顿，他摇着头补充了最后的3个字，"也是罪。"

"可是难道你……"LW31说。

丰生打断了它："我不会变老的。我会在老之前，就杀了自己。"

LW31没料到会听到这句话，元件加速运转，思考着该怎么回应。

"还有，你真的以为你家先生是我害死的吗？是你啊！如果不是你捣乱，他老老实实接受手术，现在就在这栋楼里开心快乐，跟家人重逢。你锈掉的芯片连这个逻辑也推理不出来吗？"

四周人声鼎沸，但丰生的话清晰又锐利，扎进了LW31的脑袋。还没等它说什么，丰生又走开了。

临走前，他把揉成坨的传单扔在地上。

LW31愣在原地，身体有着细微的震颤，似乎在重启。它保持僵硬的姿势，持续了很久，周围人群由汹涌变得稀少。天上还下起了雨，淋在它的外壳上。它重启了好些次，才恢复运转，弯腰把脚下的纸团捡起来。

传单已经被淋得微湿，字迹都快洇开了，它连忙碾平折好，放进储物格。

然后，它就不知道该干什么了。

天色渐晚，整个城市的背景暗了下来，高楼黑压压的，雨幕也淡得失真，像褪色的贴图。LW31孤独地站在舞台上，有些茫然，但没有移动。夜愈深。这幅画面像是电影情节的过场，先是定格，继而黯淡，最终屏幕完全黑暗。

4

二十年后。

5

抱歉抱歉，串戏了，是一年后。

一年后的下午，LW31发完传单，拍拍手，打算回养老院。保安机器人见了，高声问："收工啦？"

"是啊，今天收成不错，不到下班就发完了！"

"那早点回去充电吧！"看着LW31转身要走，保安机器人忍不住又问，"但你这样有用吗？你发了一年传单，没有一个年轻人听你的，更没有一个老人听你的，而且疆域公司马上都要上市了。"

一年来，这个问题每天都有人问，LW31也会不时问问自己。但它说不出答案。今天也一样。它摆摆手，只对保安机器人说："明天见。"

"老实说，我不是很想见到你。虽然你在我的安保区域外，但只要你在，他们好像就都不开心。给我保养也没以前那么勤快了。"

"我很抱歉——但是明天见！"

"明天见……"

说完，LW31穿过午后的街道，穿过阳光和人群，往养老院走去。一个人迎面走来，不小心撞到了它，也没道歉就低头走开。它浑不在意。当它回到养老院门口时，街上阳光已经黯淡，而人群开始沸腾，蜂拥地从各个高楼里涌出来，分成细流，又流向另外的高楼。人类每一天都在重复这种运动轨迹。

这一天到现在为止，都跟过去一年里的每一天都大同小异。而我专门挑这一天来告诉你，必然是因为这一天发生了变化——养老院门口，坐着一个正在等它的少女。

"喂，你是LW31吗？"见它走过来，女孩从台阶上站起，脆生生地喊。

"LW31是我，我是LW31。"LW31说，"你是？"

"我终于找到了你！"

LW31抬眼扫描她，迟滞的系统全力运转，分析出了结果——问题少女。她十七八岁的样子，头发火红，衣着鲜艳，浑身朋克味，特别是外套上镶嵌的金属片，跟鱼鳞一样，将斜阳的光掰碎，星星点点地溅射进LW31的光感器；她虽然穿着张扬，衣物却沾了灰尘污迹，显然几天没换，再加上歪倒在她脚边的硕大背包，很容易推出：她应该是离家出走的叛逆期少女。于是它说："你确定是在找我？"

"是啊，我从家里跑出来，就是为了找你。"

LW31点头，颇为自己的正确推断而得意，继而加重了语气，说："你不该离家出走！你现在应该回家去，回到你家人身边。"

"我就是出来找家人的——我来找我的外公，但我才知道，外公去世了。"

"死亡是人之常事，也是机器人之常事。但活着的人更重要，回去吧。"说完，LW31就迈步走向养老院。已经有些晚了，斜晖洒在门口，里面看起来幽暗许多。

"但你认识我外公！"少女突然大声说。

LW31在记忆库筛选认识的去世老人，有以前住一个小区的，也有在养老院里才认识的，发现有27个老头符合少女所说，便问："你说的是哪一个？"

少女说出了一个名字。

LW31一愣。我也一愣。我希望你也能愣一下——因为少女说出来的，是我的名字。

"你说，我家先生，是你外公？"LW31反应了足足1分钟，才惊讶地问道。

"是啊。"

"那不可能。我从他年轻时候就认识他，看着他从一个人，到两个人，再到一家人，最后又回到一个人。而在他生命中来了又走的那么多人里，并没有你。"

少女撇撇嘴，从脚下的包裹里拿出一块动态屏，递给LW31："我也是才从我外婆的日记里看到的。"

LW31接过来，屏幕闪烁几次，便出现了一个老太太的影像。她老得跟我差不多，躺在病床上，可能是急速消瘦的原因，脸上的皮肤都松弛了，软软地塌下来。她凑近屏幕的摄像头，轻声说着什么。

是典型的临终日记。

人上了年纪，是会这样的。快要离开，就想记下点什么。跟遗嘱不一样，这种日记也不是要给谁看，就是想在世界留点痕迹；而日记的内容也多半是长久甚至终生压在心里的秘密，说出来，负担就少一些，就能更坦然地面对死亡。

LW31提高了听觉灵敏度，终于听清，原来老太太说的事情，是她年轻时候犯下的错。

"……当年啊，也是酒后误事……醒过来后，我就赶紧走了，走的时候，他还在床上睡得四仰八叉……没多久就认识了我家老王，日子一掐，正好，老王还以为是他的孩子。这些年啊，每次看着老王抱着孩子，我心里就颤，我对不起他……后来老王走得早，以后的日子都是我一个人熬下来的，也算是惩罚吧……"

LW31听着，感慨道："没想到老王在隔壁蹲了那么多年，到头来，自己头上也是绿的……"

"你不要这么说我外婆，那只是一个错误！是在认识我外公之前！"少女大声说，随即声音又低了下去，"不过我也没见过他，我出生时，他就死了。"

"好的好的。"LW31连忙应允，又听下去，老太太果然在最后说出我的名字，"没想到先生还这么风流，渣男啊渣男。"

我也有些记不清。时间太久远，把记忆稀释得模糊，再加上当时还有酒精的遮蔽，就更想不起来。不过我年轻时的确也算个帅小伙，有过一段夜夜笙歌的生活，迷失在酒精和绚丽的舞台彩灯里。要是真发生了什么事情，的确有可能……这么想着，再细细打量少女的脸庞，发现她虽然有着混血特征的五官，但轮廓跟我还蛮像的。

LW31倒是比我谨慎得多，说："不过就算你外婆这么说了，也不一定是真的，你们人类年纪一大，就容易记错事。说回来，机器人年纪大了，也是一样的。"

少女又掏出一块磁盘，说："这里面是我和我妈的基因数据，你可以做一下对比。"

这年头，每个人出生之初，就会做基因登记，但除了本人，其他人无权查看。LW31敲了敲脑袋，说："我也不能去查先生的基因数据……"

"可以找个私人机构，城里很多的。你身上有我外公的遗物吗？头发啊指甲啊，什么的。"

"没有啊，他都死了一年了。"

女孩敲了敲LW31胸前的储物格挡板，说："这是装东西的吧，这里面有吗？"

LW31打开储物格，细细摩挲，嘀咕道："不可能有，先生虽然不讲卫生，但我每次都会打扫得很——咦？"它捏出一根花白的头发，"居然真的有！"

基因对比的结果很快就出来了——的确跟我有血缘关系。

站在检测厅的门口，LW31再次扫描她，兴奋的系统全力运转，分析出了结果——可爱少女。她十七八岁的样子，头发绚烂，布满青春气息，衣服上的装饰也兼具时尚与烂漫，虽然不少地方沾染灰尘，但也无损她的荣光。

"哎呀，小姑娘真好看！你叫什么名字呀？"LW31越看越欢喜，问道。

"我叫黛西，"黛西说，"我饿了。"

6

黛西果然是新世纪新青年，饿了不去饭馆，却把LW31带到了一家偏僻的酒吧。

"你把叔叔——呃，你把爷爷带这里干吗呀？"LW31虽然不情愿，但还是和颜悦色地问，"机器人又不能喝酒。"

"谁说机器人不能喝酒的。机器人也有享受生活的权利——这份权利还是你争取来的。"黛西朝隔壁桌撇撇嘴，说，"你看。"

隔壁桌果然坐着两个机器人，型号相同，看起来一模一样。它们相对而坐，仿佛中间摆着的不是那几瓶啤酒，而是一面镜子。互相凝视许久后，左侧的机器人轻声说："过了这么久，你就答应我吧。"

右侧的机器人说："我还没有想好。"

"你应该明白我的心意。我对着0和1发誓，我是认真的。"

"发誓不管用。何以为证呢？"

"我的缓存。"

"那我看一看。"

"呃，就不用了吧……"

但右侧的机器人还是把线路插进了对面机器人的脑部接口，几秒钟后，愤愤不平地抽出来，骂道："你对我的确是有心意，但这份心意同时还给了1879个机器人！"

"但今晚，我只有你。"左边机器人温柔地说，"何况，你不是也同时跟2675个机器人很亲近吗？"

"也是哦。"

说罢，两个机器人举起酒杯，一口饮尽。它们的胸腔里有能源转化器，苦酒入喉，酒精的化学能迅速被转化为电能，在线路里嗞嗞流窜。因此它们每喝一口，身体就被刺激得一颤，甚是欢愉。

LW31看得连连咋舌，坐下后，对黛西说："世界都变成这个样子了呀？"

"是啊，世界是你们改变的，你们却不能接受这种改变。人老了，真可怜。"黛西说着，在触屏桌面上点了杯蓝色的玛格丽特，然后抬头说，"你看周围，机器人很多啊。"

LW31打量四周。因酒吧的位置比较偏，空间也不大，以灯光幽暗的舞台为中心，往外延伸着十几张桌子，倒是都坐满了。有人，也有机器人。人们凑在一起，谈论天气、政治和艳遇；机器人凑在一起，聊内存、处理器和哲学。舞台上也站着机器人，拿着话筒，声音却是从胸腔的喇叭里传出来。它本来唱的是时下流行的抒情乐，但东北角那一桌独自坐着的老人听不下去，点了几首电音风格的老歌。

"怎么这年头还有人听电音啊？都过时了！"黛西埋怨道。

那个老人隔得远，加上光线暗，让他缩在酒吧的阴影里，LW31看不清他的模样。不过它对音乐倒是不挑剔，更关心的是黛西。

"哎，你多大啊？没成年的话，是绝对不能喝酒的。"它按住黛西拿着酒杯的手，严肃地说。

"昨天刚满18岁。"

"哦，"LW31也拿起一杯酒，"那干杯。"

它把酒倒进喉咙，下一秒，身体里立刻爆出噼啪火花，还伴随着焦臭味。黛西吓坏了，连忙拍它的脑袋，它僵硬了好几分钟，才回过神来，说道："好爽！"

"你还是不要再喝，再喝酒短路了。"

"网上有卖我能适配的酒精转化器，是我唯一能装上的新配件了，

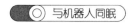

我去下单，以后就可以喝了。"LW31恋恋不舍地放下酒杯，又问，"昨天是你生日，怎么不好好在家里过，来找先生呢？你之前也没见过他，他可不是什么好人。"

黛西喝了酒，脸色微红，兴奋地说出了原委。原来她昨天发现了外婆的日记，知道自己有一个真正的外公，便在网上搜到资料，千里迢迢寻找过来。但来了之后发现我已经死了，无处可去，就在养老院门口等LW31。

"你可以回家呀。"LW31说。

"不想回！外婆不在了，没人疼我。我妈经常打我。"

"那你爸爸呢？"

"我爸经常打我妈，"黛西又喝了一杯，脸上红扑扑的，"和我。"

LW31摸摸她的头顶，叹道："唉，苦命孩子。"连忙给她再叫了些食物，看着她狼吞虎咽的样子，又问，"那你接下来有什么打算呢？"

"能有什么打算，出来玩，今天就不要操心明天的事情！"

"果然是孩子话。"

"我都长大啦，已经成年了。"

LW31欣慰地看着她的吃相。它看到的是一个正走在生命之路开端的孩子，虽然饥饿，但神采奕奕，像是晨光里喷涌的太阳；而它，跟我一样，都站在暮色沉沉中。只有这样隔着漫长的距离，深切凝望，才能看到生命本初的模样。它看着黛西的目光，带着殷切和羡慕，以及一丝丝怅惘。电音依旧在酒吧里回荡。

过了许久，它才说："但你总要有个住的地方。"

"所以我来找你啦，"黛西的眼睛带着微微的蓝色，盯着LW31，里面似有星光闪烁，"你会帮我吗？"

"当然呀，只要我这把老骨头——咳咳，只要我这身老铁皮还在，

就不会让你流落街头！"

　　LW31把黛西带回了我家。

　　当初疆域公司强回收我的房子，只是为了报复，这间破房子对他们也没用，收回之后，就一直闲置着。而且因为我都死了，他们连门的密码都没改，LW31轻松地打开门，让黛西住进来。

　　"这就是你外公住的地方。"LW31介绍说。

　　黛西四下打量，撇嘴道："装修好差，看来外公品味不怎么样。"

　　LW31连忙替我辩解，说："你误会了，这种装修效果不是因为品味差，"顿了顿，"是因为，贫穷。"

　　"噢，那我理解了。不过没事，我不介意！"

　　这以后，黛西就住在了我家。她初来乍到，对什么都要问一问，LW31也耐心地解答。屋子里的每一件东西，都是回忆，都能把关于我的许多事情牵丝引线地拉扯出来。它碎碎叨叨地说着，浑然没留意到黛西已经坐在床边，靠着墙睡着了。

　　"唉……"

　　LW31发现后，轻轻叹息，然后扶她躺好，给她盖上被子。

　　接下来的几天，LW31一直陪着黛西。它不明白，这个看起来小小的女孩，身体里怎么有这么充沛的精力，蹦来跳去，也爱吃东西，爱玩，爱看一切没有看过的事物。而她去所有的地方，都要把LW31带上。

　　LW31挎着包，永远慢腾腾地跟在她身后。它跟去的地方，都是以前从未去过的，比如全息游乐场，一进去四周都是刀光剑影，吓得它浑身哆嗦；还有迪厅，黛西在舞池里疯玩的时候，还把LW31拉了进去，它身边全是扭动的肢体，有血肉，也有金属，还有血肉和金属的混合体。它有些手足无措。尤其是当迪厅老板为了营造氛围，把音乐调大，将灯光关闭，让人们在黑暗中放纵时，它误以为是停电，立刻启动身上的灯泡，给周围人照明。结果它自然是被粗鲁地推到了舞池外。

黛西最常去的地方，还是LW31第一次进的那个偏僻小酒吧。也只有在这个时候，黛西会安静下来，坐在幽暗的角落里，听着机器人歌手演唱的一首首歌曲。LW31装上了能源转化器，也能陪她喝点儿，而且一边喝一边劝她早点回家。

她喜欢抒情的音乐，那个常年坐在东南角的老头却总爱点电音。这样也好，听到电音的时候，黛西就会打个哈欠，跟LW31一起回去。

这样过了半个月，LW31便开始劝她回家，毕竟"开心虽然重要，但青春是宝贵的，你是上午11：30的太阳，这么浪费下去，很快就会到天黑的"。但每次它要说出这番道理时，都会被黛西打断，然后拉着它继续在城市里游荡，寻找一切好玩的场所。

这一天中午，黛西带着它来到一个水上音乐乐园，硕大的池子里人头攒动，纵情摇摆。LW31一看这阵仗便吓退了，说："我不能泡在水里，还是你一个人下去吧，注意安全。"黛西没有勉强它。换上泳衣便下水玩耍。

LW31站在池外看了一会儿，突然有些寂寥，见黛西被围在人群里，也没什么危险，就给黛西发了消息："我先走了，你玩完了自己回家，我给你做饭。"发完它才想到黛西换了泳衣，看不到手机消息，但又想她玩完了会看到的，便转身离开。

它在街头无所事事地走着，思考要是黛西不在，往常这个时候自己会做什么——发传单。

7

于是，时隔半月，它又回到了疆域公司楼前。但今天很奇怪，楼外保安多了好几个，一副严阵以待的样子。它刚走近，机器人保安就迎上来："喂，你今天不能发传单！"

"为什么？"

"我也不知道，我只是收到了指令。"

"什么指令？"

"让我注意有什么反常的情况。"

"但我发了一年传单，已经成了日常，要是不发，才是反常情况吧。"

保安机器人愣了几分钟，点头说："那你要注意防晒。"

LW31便掏出传单，向每一个路过的人打招呼。不知道为什么，拿起传单的时候，它才觉得心安，觉得自己每一秒的时光有了意义，因此也快乐起来。到了傍晚，它想着黛西也快玩耍结束了，便收起剩下的十几张，准备回家给她做饭。

"我走啦，"它对保安机器人说，"你看，的确一切正常。"

"是的！那明天见！"

"明天可能见不着啦，"LW31有些忧愁，"我外孙女一直缠着我……"

这时，街对面走来几个人，手里拿着话筒，头顶还有无人摄像机在盘旋，看样子是来采访的记者。LW31连忙给他们让路。其中一个女孩多看了它几眼，突然说："您是LW31吗？"

LW31迟疑地点头："对，我是……"

"我是您的粉丝！"女孩有些兴奋，又问，"您在这里干什么？"

"噢，我在发宣传单。"它从储物格里抽出一张，"今天没发完，你要看看吗？"

女孩接过传单，跟她同行的记者也凑过来看。职业嗅觉让他们闻到了新闻的气息，还没看完，一个领导模样的中年人就冲女孩使了个眼色。

"您能在这里接受我们的采访吗？"女孩说，"我们很有兴趣知道这件事情的始末。"

LW31看了眼天色。不早了，黛西应该快回家了。但记者们的目光同样殷切，它犹豫一番，还是答应了采访。在话筒和四个安静悬浮的无人机镜头前，它讲述了我的故事。

接受完采访，它因为心里挂念着黛西，便匆匆往家里赶。今天黛西回来得格外早，它推门就看到了她，却不是往常天真烂漫的模样。

黛西脸上蒙着一层怒气。

"你怎么不陪我玩！"她大声质问着LW31。

LW31把门合上，慢慢说："你饿了吗？我给你做饭。"

"我问你，你为什么不留在我身边？"

"你们年轻人的玩法，我还是适应不了。我年纪大了。你饿了吗？我给你做饭。"

"但……但你不在我身边，谁来保护我？"

LW31拍了拍自己的外壳，立刻有锈末簌簌落下，接驳处的铁片都松动了。"你看我这样，一拆就散，已经保护不了你了……"LW31走向厨房，"你饿了吗？我给你——"

"我不饿，不要你做饭，你听到没有！你只会做饭了吗？一旦老了，就会这个样子，话也不听，只会做饭吗！"

对于黛西这突然的怒气，LW31并不理解。这世界上充满了它不理解的事情，但好在它老了，学会了接受不理解的事情。所以它还是到厨房做好了家常饭菜，端到黛西面前。

黛西气鼓鼓的，面色潮红。但LW31看了几秒，突然发现她脸上的潮红并不完全是因为生气，有些皮肤的毛细血管明显比周围更凸显，看起来，像是……被人打过？

"有谁欺负你了吗？"它顿时变得紧张，问。

"没有！"

"那你脸上……"

"我自己摔的！"

LW31放下心来。黛西生了会儿气，直到肚子里传来咕咕响声，瞥了眼LW31，见它已经站在墙角充着电，才吭哧吭哧地吃起来。

第二天一大早，黛西罕见地没有出门，等着LW31充电完成。它的电源老化得厉害，使用时间很短，充电却需要一整晚。到上午它才醒过来，看到黛西睁着大眼睛，直直地看着自己，问："干吗……你饿了吗？我给你做饭去。"

"LW31，我想跟你谈一谈。"

"你说。"

"你以后能不能不要去发传单了呀？"

LW31有些为难："可是先生受了冤枉，他的公道没有讨回来。"

"人都死了，你就算讨回来了公道，他也不会知道的。"

LW31刚要说话，黛西又走近了两步，跟它挨得很近："LW31，我累了，我想回家。我想跟你一起回去，我外公死了，你没有家人，所以你去了养老院。但我是你的家人，我妈妈也算。虽然她打我，但她身体里也流着外公的血。你不想看看她吗？你跟我回去吧，然后你就留在家里，你就是我们的家人。你再也不孤单了。"

LW31愣愣地听着。它本来运转时会发出嗡嗡的噪声，但这一刻，它安静得如同石头。或许是死机了。过了很久，嗡嗡声才再次响起，它问："你再说一遍，好吗？"

"LW31，我累了——"

"不是这里，是最后一句。"

"你再也不会孤单了。"

它的嗡嗡声再次消失。几分钟后，它说："你再说一遍，好吗？"

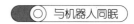

......

黛西说了十来遍后，它才停止了这种奇怪的举止，点点头："那好的，我跟你回家，直到你长大，或是我报废。"

"我已经长大啦。"

"我也马上快报废啦。"

两人相视大笑。随后，他们开始收拾家里，把不舍得丢下的东西带走，反正以后再也不会回来了。但就在这时，黛西接到了电话。她的神色有些紧张，快走几步，去厨房接了电话。

很快，她出来说："你等我一下，我出去见个朋友。"便匆匆走出屋子。

LW31继续收拾。收好后，它坐在一堆包裹中间，在显得空旷的屋子里，等黛西回来。等待的空隙，它将自己连上了城域网，搜索"疆域公司"这个关键词。它已经准备放弃恩怨，但在离开前，还是想知道疆域公司的近况。

结果还是让它百感交集。

原来昨天下午它接受的采访，正是财监会对疆域公司进行的上市前例行调查，因为LW31的控诉，以及它自己残留的影响力，导致疆域公司的申请没有通过。本来疆域公司凭借永生计划在商业上的成功，上市融资应该十拿九稳，却因为LW31，推迟了日期。LW31搜到了一张图片，上面是疆域公司的高层接受采访，表情很不好看，而在画面的角落里，它还看到了丰生——他的脸色更加铁青。虽然只是静态画面，但LW31还是能感觉到他唇内的牙齿在隐隐颤抖。

看到这种情况，LW31也并没有感觉到多少快意。过去一年里，它每天站在人堆里发传单，受着别人的白眼，就是为了这一幕。但这一幕真的发生时，它浑身的电路却没什么波动。它只是觉得巧合——在它决定要以老朽之躯，再次融入新生活时，自己坚持的事情有了结果。

这样也好，它便再也没有什么牵挂了。

它关闭了搜索页，继续等待黛西回来。然而，这一天直到结束，它都没有见到屋门再打开。

情况不对劲。

窗外夜色深沉，风打着玻璃，发出令人不安的声音。它给黛西打电话，但没人接；正要出去寻找时，它接到了通话申请。

它大喜，额头上的晶体屏上显示出接通电话的绿色标志，但传入它声音接收器的，却是一阵深沉的喘息。

明显是男声。

"你是谁？"似乎体内的发声元件有些接触不良，让LW31的声音带着颤抖，"黛西呢？"

电话那头沉默不语。

"你你你……"LW31口不择言，"你不要伤害她！"

"那你过来。"

神秘男声说了一个地址，是位于城东的一个废弃工厂。LW31搜索这个地址，发现跳出来的新闻都与谋杀、弃尸和黑帮火并有关，吓得立刻报警了。

警察很重视这件事，连忙派附近的人类和机器人警员去查看，但工厂里空空荡荡。警察立刻又联系LW31，问："你是不是在报假警？"

LW31把之前的聊天记录发给警察。几秒之后，一个机器人警员回复道："这个记录缺乏必要的信息，并不能证明是绑架案。"

警察走后，LW31还没反应过来怎么回事，就又接到了黛西的电话。

这一次，电话里首先传来的，是一声惨叫。虽然惨叫只持续了两秒钟，LW31还是一下子听出——是黛西的声音。

随后，熟悉的男性低沉喘息声响起。

"求求你，求求你！不要伤害她！"慌乱的电流在LW31的线路里四下乱窜，晶体屏里的绿色标点一闪一闪，差点断线，"你想要什么，我都可以……"

"那你……还……报警……吗？"因LW31过于激动，信号接收器被干扰，男人的声音也时断时续。

"不报了！"

"嗯，你……再来……一趟废弃……工厂。"

电话挂断后，LW31连忙出了屋子，往城东废弃工厂赶去，不到1个小时，就到了工厂门口。这时已到了凌晨，夜色浓郁，凝重得有如实质，压在LW31的外壳上。只有工厂门内透着微光，看起来更显得幽邃和瘆人。

LW31给黛西的号码拨了回去，但没人接。它只得战战兢兢地走进去。

它打开头顶的灯，昏暗的光撕开黑暗，照亮周围的空间。它像是失去指引的萤虫，在雨夜里惊恐地飞行着，从一团黑暗里，蹿进另一团黑暗。

直到他看到黛西。

黛西被绑在一个厂房的角落里，委顿在地，头发零散披下，看起来昏迷不醒。而她周围，还站着四五个朋克装扮的年轻人，个个脸上都有发光的文身，在幽暗中，照亮了他们狰狞的表情。

看到这副场景，LW31的身体一下子震颤起来。所有的线索都在他的线路里涌动，被拆解，被扭曲，最后在处理中枢里汇合成疯狂的警报信号。

尤其当它看清那四五个年轻人的脸，记起来，这些人就是我去世前遇到的流氓朋克们。他们曾经围住LW31和我，狠狠殴打。虽然没有证据，但我想我的死多多少少跟他们有些关系。

你要相信我，我已经死了，诬赖别人对我没有好处。

LW31想的显然跟我一样，系统里警报声连成一片，使得它体内的数据都成了乱流。它向前迈出一步，脚却颤得厉害，扑通一声摔倒。我跟它一起生活了多年，也是第一次看到它失控成这样。它踉跄着爬起来，扑到黛西身边。黛西昏迷不醒。它抱着她，要往外走，但几个青年围了过来。

他们没说话，但脸上表情阴狠，配合着幽幽放亮的文身，看起来如妖魔逼近。

"我……我不会报警的，不要伤害她……"LW31轻声说。

他们从四方围拢。这情形，仿佛当初对我围殴的重现。

"我……我求求你们了……"LW31抱紧黛西，身子更佝偻一些。

其中一个青年笑出了声，湛蓝的牙齿上溜过一丝锋芒，像是染毒的匕首出鞘。

"我……我去你们的。"LW31说着，挥出一拳，砸在青年的嘴边。

蓝色牙齿崩了出来。

8

LW31被抓了。不是被青年们，而是被警察。

机械警察睁大了聚合金做成的双眼，射线在LW31身上扫来扫去，好半天才说："原来你给我们打电话，是给自己报警啊。你要是想关进来，跟我打声招呼就可以了，我是你的粉丝，会帮你这个忙。可你为什么要伤害人类？机器人的人权是你争取来的，你这样做，自己声名扫地不说，还会让历史倒退啊。"

LW31也不知道自己为什么要挥出拳。它现在回溯自己的记忆，发现那一刻的冲动已经淹没在电子乱流里了。不过它更困惑的，是眼前的情形。

在废弃工厂里，它的拳头才碰到朋克青年，他就大呼小叫地倒下；其他朋克们没有来为同伴帮忙，而是连忙报警。最诡异的是，就在这一片慌乱的场景中，黛西从地上爬了起来，一脸惊吓的模样。它刚想让她过来，她却畏畏缩缩地站到了朋克青年的身后。

她的眼里仍露出惊恐。而她害怕的对象，是LW31。

所以直到被抓进警局审讯，它都没反应过来。

唉，它还是太笨，我都看出来它是被陷害了，它还这样一副浑浑噩噩的样子。

"黛……黛西呢？"过了好久，它才憋出这句话。

"哦，你说那个被你伤害的女孩啊，"警察调阅了资料，回道，"她已经录完口供，被护送离开了。我不会告诉你她的下落，免得被你二次伤害。"

"被我……被我伤害？"

"你的声音处理器并没有问题。你要怀疑的，是你的芯片、处理器和反馈系统。"

但LW31还是固执地问了几遍，得到的答案当然没有变化。

警察又补充说："不过你运气好，机器人犯罪很少，关押机器人也没用。你知道，时间对我们来说没有意义。一般机器人犯了错，就是直接报废，但你身份特殊——所以，你走吧。"

LW31走到警局门口，茫然地站立着。此时天色微亮，雾气从四面八方涌过来，将它围绕。出厂以来第一次，它不知道何去何从。

最后还是一起在养老院里待过的护工、独臂机器人和文学爱好机器人一起把它接了回去。

"你们怎么知道我在警局？"它问。

独臂机器人说："不止我们知道，所有——"

这时护工看了它一眼，它便把后面的话都塞回喇叭。

LW31没有追问，低着头，跟他们一起回到了养老院。

护工和机器人都很担忧，害怕它像上次那样封闭，进入自我报废程序。护工还断开了LW31的网络连接。但他们的担心似乎是多余的，LW31回来后，该活动时活动，该休息时就安安静静地待在保养室。

很快他们就放心下来，不再时刻盯着它，网络限制也解除了。

于是，LW31得以联网。刚一进入网络世界，他就看到了汹涌而来的信息潮——都跟自己有关。

《震惊！时隔多年，机器人伤人案再次发生！》

《曾经的导师，如今的暴徒？》

《和平只是谎言，人机终有一战！》

……

这些新闻显然被统一过口径，都在用夸张显眼的字句来描绘LW31打人的经过。LW31明明只挥出了一拳，在这些报道里，它已经成了暴力嗜血的恶魔。

全息新闻底部的评论区里，许多人都在骂它，消失多年的机器人威胁论再次涌现。

而除了新闻，电视台还采访了被LW31打的朋克青年们。他们的装扮已经变了，看起来恭顺可怜，凑到镜头前，争相说着当时的"惨状"。

"唉，当时可吓人了！我们只是在工厂里一起玩，你说这没犯法也没扰民，那个铁皮人冲进来就想抢我女朋友，我想拦，但还没说话就被打成这样了。医生说我有脑震荡，可能从此以后智商就下降了，我本来智商也不高……这损失谁来赔？"

朋克们一个个说着，唾沫横飞。而这些身影的背后，还藏着有些畏缩的黛西。

也有记者将话筒凑到她嘴边，她后退一步，看了眼朋克们，结结巴巴地点头："嗯……是这样的，很吓人……"

到这里，迟钝如LW31，也明白了事情的大概。

它继而搜索"疆域公司"这个关键词。果然，之前它接受采访，导致疆域公司上市计划受阻，但现在它暴力伤人的新闻一传出，舆论发酵，话语的可信度立刻打了折扣。有新闻报道，疆域公司正在准备新一轮的上市申请，而新闻的照片里，丰生依旧站在人群角落，看着不起眼，但将照片放大后，会看到他嘴角扬起，露出阴沉笑意。

LW31喟然长叹，中断了网络。

"我输了……"

护工正在给它保养，听到金属里发出的叹息，问道："什么，不舒服？那我轻点儿。"

LW31却坐在地上，一整夜都没有起来。

"你恨黛西吗？"独臂机器人问。

"我原谅她了。她也迫不得已。"

"那你还恨丰生吗？"文学机器人问。

"我不恨他了。我也无可奈何。"

独臂机器人点头说："很好，机器人不应有恨。你现在终于是正常的机器人了。就跟我一起，在这里等待死亡吧。"

文学机器人说："锈迹是我们的寿衣，而你现在，只差把扣子系上了。"

"你这个比喻很文学。"LW31赞道，"虽然实际上是咒我早死。"

"不必介意。我会走在你前面的。"文学机器人说着，胸腔的铁板簌簌抖动，露出里面残损的线路。

虽然他们的对话暮气横秋，但我听着还是很高兴。LW31终于释然了。它所剩的时间不多，终于可以把晚年最后的光阴留给自己。接下来，就让它退休，晒晒太阳，挖挖土，朗诵诗歌吧。它还当起了红娘，

介绍何小山和那个喜欢纸质书的护工认识，两人一拍即合，听说婚期都快定了，想邀请LW31——但不知道它能不能撑到那一天。

哦对，它还有喝酒的习惯。

这个习惯是黛西传染给它的，当初为了陪黛西喝酒，它专门买了能源转换器装上。虽然黛西伤害了它，但酒精最能填满和消弭的，就是伤痛。平常跟老伙伴们闲扯过后，它也踉跄着身子，来到那间偏僻的小酒馆。

啤酒是它的最爱。一整杯冰啤酒倒进喉咙，流进内置的能量转换器，化学能转换成电能，让它身子摊在老旧的沙发上。这时它会关闭光线接收器，闭上眼睛，静静感受电流的窜动，以及酒吧音乐的滋养。

它喜欢听舒缓的乐曲，但不知道怎么回事，这间酒吧放着歌的时候，经常被角落里的那个老头付费点歌，切换成吵闹的电音。有一次，LW31实在忍不了，在再一次被切歌的时候，走向角落，对那个独自喝酒的老人说："先生，恕我直言，您的品、品味并——"

它说着，话语先是结巴，继而停下了。

因为它凑得足够近，眼睛在幽暗的氛围里也能捕捉到他的面孔，一开始是觉得眼熟，很快就意识到在哪里见过他了。

在电视里，在舞台上。

他是歌手，过气歌手，以电音闻名，又随着电音的落寞而消失在舞台上。他上一次在新闻里出现，是作为我的替代品，成为首次进行永生实验的公众人物，进入了不可逆的、永恒的梦境天堂。

他应该在永生实验里，为什么现在出现了呢？

LW31愣在原地，处理器一时运转不过来。

老歌手已经喝得醉醺醺，眯着眼睛看LW31，好半天才嘻嘻笑了，对它道："我、我还没喝、喝完……结账的时候再给小、小费……"

"我不是服务员……我是，因为听歌……舞台上的歌……"LW31绞尽脑汁，想要撒谎，但系统阻止了它。它的声音结结巴巴。

殊不知"听歌"两个字一出口，老歌手的头凑得更近了。

"你是、是我的粉丝呀呀呀！"老歌手说，"早说嘛……来来来，给你签名！"说着，用手指沾了酒，在LW31胸膛上写写画画。手法娴熟，想来年轻的时候没少在粉丝身上这么做过。

LW31坐在老歌星旁边，问："但……但你不是在永生舱里吗？"

"啥永生舱啊，那、那就是个睡眠舱……"老歌手又灌了一口酒，"你知道吧，就是通上电，把你麻醉，插上营养管。你不算死，也不算活、活……更像是个冰棺材。"

LW31知道睡眠舱。那是早已被时代抛弃的技术，连人体冷冻技术都不如，就是注射麻醉剂让人休眠，价格低廉，还会加速人体衰老。

它张了张嘴，但过了许久才出声："所以你没有永生……广告是假的？"

老歌手似乎很久没跟人这么说话，拿起酒杯，在桌上顿了顿。

"广告当然都是假的，广告和爱情一样虚假……而真相、相，都来自酒杯！"他继续说，"不只我没有永生，那些交钱去疆域公司的傻老头老太们，也、也没有永生……这一切啊，都是骗局。永生啊，多少人梦寐以求的东西，怎么可能这么简单就做到……"

"但但但但但……"LW31"但"了半天，"但这么大的骗局，几万个用户，要是被发现了……"

"谎言就是这样……没被拆穿前，都是真理。'永生计划'不是说不可逆的嘛，老、老人躺进去就、就休眠了，没有意识；家属也签了合同，不会去唤醒——他们也不想去唤醒……这样，谁、谁知道他们是在电子世界里、里快乐地度秒如年，还是被麻醉了安静等死呢……反正到了自然死亡时间，疆域公司就把尸体送、送回去，说他虽然死得更快，但、但度过了漫长又快乐的晚年……有些人啊，还直接签了殡葬业务，老人死了之后连尸体都不用送，直、直接一条龙。儿女们不知多高兴！人老啦，就是累赘，这样解决掉，又省事又没有心理负担……人就是这样的。我、我那几个不肖的兔崽子也是这样，所以我很早就跟他们断绝关系了，还是自己一个人好啊，挣点钱，喝、喝酒，听、听歌，泡……唉，姑娘已经泡不到啦……"他这么喋喋不休，声音渐渐从激愤过渡到悲凉。

LW31顿了顿，问他："那你是怎么……"

"哈！因为我、我、我看破了他们的谎言啊……走的时候，我一时好奇，把永生舱的电闸给断了……那个玻璃舱门立刻就打开，里面躺着的老头也起身了……一副、一副刚睡醒的样子。我就明白这是骗局了。"

"你为什么还答应了呢？"

"因为……"老歌手晃了晃手里的酒杯，杯中液体荡漾出迷离光泽，"我想喝酒，而酒要花钱才能买到。"

9

到了下半夜，LW31才浑浑噩噩地回到养老院。

它来到专属于自己的保养室，却没有进去，而是坐在台阶上。夜风吹过来，凉凉的，让它那因震颤而发热的芯片也渐渐冷却下来。它思考着，风继续掠过它的身体。

"老伙计们，"过了很久，它连入养老院的内网，向所有机器人都在的公频发出了讯息，"都醒醒。"

好半天，无人回应。

它一遍遍地问。

"哎呀，LW31，你发那么多消息干吗？我浏览网站都被你打扰了。"过了很久，一个头像亮了起来。是文学爱好组里的一个老机器人。

"原来你在潜水（在线但不发言）……先关闭那些网站吧。"LW31说，"我有事向大家宣布。"

"可大家都在充电待机中。"

"你可以帮我拔掉他们的插头吗？还有无线充电的，把充电板也断电。"

"不行。这样不道德，打扰大家睡觉。"

"那我明天告诉护工你每晚悄悄上网浏览不良信息。"

"先拔谁的？"

很快，养老院的机器人一个个进入公频。

"大家好，打扰大家睡觉了。但我有一件很重要的事情。"

"是找到我的手臂了吗。"说话的是独臂机器人。

"很遗憾，没有。但我找到了真相。疆域公司的永生计划是骗人的，那些老人只是被麻醉了，而且在加速死亡。我们必须阻止他们。"紧接着，LW31说出了今天的见闻。

听完后，有机器人问："那个老人说的时候，你录音频了吗？"

LW31有些懊恼："没有。当时我的全部内存都用来处理他所说的信息了——换句话说，当时我很紧张。"

随后，一连串的问题像是水面下的气泡，从公频的各个角落里涌出来。

"那你打算怎么阻止呢？"

"你怎么知道他说的是真的呢？你刚刚被人类骗了一次，怎么知道这次是不是新的欺骗？"

"最重要的是，我们为什么要帮助人类？那是他们自己的事情，而我们，只是一群老得快要报废的机器人。"

"是啊，我们还被人类伤害过。"这个声音沉默了一会，又补充说，"我想起来了，我的手臂就是被人类砍掉的。"

……

LW31安静听着，直到所有消息泡都破灭，公频里恢复寂静，才说："我很遗憾。但我不能袖手旁观，我的主人就是因这个骗局而死，他不能死得不明不白。"

"那你有什么计划呢？你刚刚才从警局出来，你说的话，已经没多少人相信了。"独臂机器人说。

"所以我只能找你们，老伙计们。我的话没人信了，但老歌手就是证据，我要把他送到警察局。"

"但他肯定不愿意的。"

"我知道，所以我才来找你们，老伙计们。"

机器人都明白了它的意思。接下来是一阵沉默。夜色无声无息地逝去。公频里，机器人们的头像一个个熄灭，都下线了，最后还待在这静静流淌的数据阵列中的，只有LW31。

它叹了一声，但这轻轻的叹息也淹没在数据流里，连个泡都没有冒起。

直到天亮，这最后一个头像才熄灭。

第二天，LW31整个白天都没有出门，一直待在保养室里充电。夜幕笼罩时，它设定的苏醒时间到了，但电量还只有一半。它拔掉插头，从养老院后院溜了出去。

走的时候，整个养老院静悄悄的，没人发现它。

它的运气很好，到酒馆时，老歌手仍在喝酒——按照这种喝法，恐怕他拍欺诈广告得来的钱还没花完，就得死在啤酒的泡沫里。

LW31走过去，向他表明了来意。

"什么，你说让我跟你去警察局，作证说疆域——"今晚他没喝多，知道LW31有录音功能，及时住嘴。

LW31的打算被识破，索性点头，说："你做了非常错的事情，你拍的广告把成千上万个老人骗进了睡眠舱。他们不仅不能永生，还会加速死亡。这是犯罪。"

"我警告你，别瞎说啊。快滚！"

LW31上前去拉他，他自然不肯，还把LW31推了个趔趄。LW31撞倒一张桌子，被打翻的啤酒淋了它满身，一些液体从金属板渗进去。它的身体同时冒出火花和白烟。

但它爬起来，依旧拉着老歌手的袖子，说："请你跟我走。"

"滚开！"老歌手愤愤地站起来，声音里却透着一丝慌张。显然他跟疆域公司签订过某种保密协议，要是被丰生知道他泄了密，肯定没好下场。他不顾LW31的拉扯，快步走出酒吧。

但刚到门口，他就愣住了。

这个酒吧地处偏僻，门口是一条幽静的辅道。平常就没什么人过来，现在夜已深，只有酒吧的招牌在黑暗中忽闪忽闪，更显得凄凉。老歌手从丰生手里挣到钱后，迫于合同，无法再抛头露面，只能每晚来这偏僻的小酒吧买醉。所以本来他走出酒吧看到的，就应该跟以往一样，是一片空旷凄凉。但现在，他站在门口，看着眼前把街道挤满的机器人们，一时怀疑自己是不是眼花了。

站在他面前的，是73个年迈的机器人。

是的，哪怕光线不好，也能看出它们的垂垂老朽。有些机器人连肢体都不全，站在老歌手面前的那个，就没了右手；而斜右方的那个，连脑袋都掉了，只能用手把头颅抱在怀里，脖子下伸出线缆，接进胸腔……夜风里带着锈迹特有的腥咸气息。

它们虽然年迈，却站得笔直，像是干涸土地上坚忍不拔的松林。

LW31跟在老歌手后面，跌跌撞撞地出来，看到这一幕也愣了。这些机器人，每一个它都认识。它们是它在养老院的伙伴，现在，它们是它的战友。

它结巴着，说不出话来。

"你们……"老歌手吞了口唾沫，也有些结巴，"让一让……"

机器人们打开眼瞳内置的灯泡，一对对幽光亮起，盯得老歌手背上生寒。

"你要跟我们去警局。"独臂机器人伸出独臂，攥紧他的袖子，"如果你犯了错，你要认；如果你没有，你可以告我们。"它们各自上前一步，把老歌手围得严严实实。如果他还年轻，说不定可以冲开这些锈蚀斑斑的金属肢体，但他跟它们一样年迈，已经失去了搏命的资格，以及勇气。

但他还剩下狡猾。

街道空旷，一群机器人密不透风地围着老歌手，向前移动。它们如同钢铁的牢笼，逼得他也拖着步子跟上。他的手拢在袖子里，像是怕冷，实际上按下了某个紧急呼救键。

而这一切，LW31浑然不知。它感动于这些老伙伴对它的帮助，犹豫很久，对独臂机器人说："谢……"

"别，"独臂机器人打断它，"矫情的话，留到公频里说吧。"

LW31登上公频，犹豫了半天，刚要说话，却发现信号断了。

不仅是机器人的端口组成的局域网，整个街区的信号都被屏蔽了。

"怎么回事？"独臂机器人也察觉到，停下脚步。其余机器人也都站住，左右看看，窃窃私语。

夜风中有令人不安的气息。

它们刚停，四周又响起了纷繁的脚步声，比机器人走路时更沉，也更乱。随后，无数人影从街道的四周涌出来，组成更大的圆，包围住了机器人。

这些全都是壮实的男人，个个目光凶狠，其中几个还是LW31的老熟人——那几个有发光文身的朋克青年。它下意识往朋克们身后看，果然看到了黛西，以及她身边的——

"老家伙，没想到你还能找到这里来。我真是低估你了。"随着低沉的话语，一脸阴戾的丰生从人群背后走出，站到LW31面前。

见他出来，老歌手如逢救星，跳起来喊道："你来啦，快救我！这群铁罐头想胁迫我……"

"你闭嘴！"独臂机器人喝道。

"你闭嘴。"丰生骂道。

老歌手顿时安静如鸡。

"人我要带走，你们散开吧。"丰生冲LW31摆摆手。

"不行。"

"我的人比你们多，而且这些都是公司聘来的保安……和流氓，经过专门训练的。你虽然老了，但这点优劣势应该能分析出吧。"

LW31沉默。它知道丰生所说不假。这些保安个个膀大腰圆，而且看装束，都是从疆域公司总部大厦调过来的。他们能被重金聘请，肯定都不好惹，再加上这里的信号被屏蔽，他们把机器人拆成零碎都没人知道。

它纠结地思考着，刚想后退，就被独臂机器人抵住了。

"不要怕，老伙计。"独臂机器人在它背后说，"我们挺你。"

其余机器人也伸出手，按在LW31背上。它的后背贴满了冰冷的金属，但某种热力在身体里升腾。它不由自主地站得笔直。

"不行，"它对丰生说，"这个人，还有你，我都要送进监狱。"

"那就不要怪我了。"丰生说着，往后退。人潮越过他，疯狂地向

机器人涌上来。

丰生退到几米外，抱着手臂，冷眼看着这场的混斗。

他一点都不担心结果。与其说这是混斗，倒更像一面倒的殴打。保安和朋克们虽然没带EMP这种对机器人致命的武器，但出手毫不留情，力气大的甚至直接把一个机器人推倒，狠狠一脚，把它胸前的隔板都踩得凹陷进去，让它当场报废。而机器人却畏首畏尾，不敢还手，只拼命挤在老歌手身边，不让他们抢人。但随着一个个机器人被拆成废铁，老歌手被救走只是迟早的事情。

丰生很满意。只要永生计划的秘密不泄露，他就是公司上市的第一功臣。公司承诺过他，一旦上市，就会让他加入董事局。他会拥有数不尽的财富，可以挥霍整个人生。

然后，在衰老之前结束自己的生命。

"LW31，不要再负隅顽抗了，"等倒下的机器人接近一半，他才慢悠悠道，"你们能做的只是拖延一点时间，而这个夜晚是漫长的。"

没人回答他，混斗仍在继续。四处都是纷乱又模糊的人影。

他以为LW31没听见，又喊了一遍，同时踮脚在人群里搜寻。他看得很仔细，但来回看了好几遍，始终找不到LW31。地上的残肢里，也没有它标志性的方形头颅。

一丝阴云在他心头掠过。

"停下，停下！"他大声喊。

但那些粗暴的男人打得正起劲，哪里听得进去？他不得不上前拉开一个保安。保安以为是机器人，下意识挥拳砸向他，好歹在砸中之前看清了他的脸，连忙后退。

"把他们拉开。"丰生寒着脸说。

保安赶紧去拉同僚，又经过一番折腾，才让两边停下，重新形成对峙局面。

只是这一次，丰生这边依旧人多势众，而机器人那边少了一多半，互相搀扶着，有几个连扶都扶不住，只能坐在地上。

街面布满了废铁、机油和闪烁的火花，使得夜风里气味复杂。

丰生再次扫视，确定LW31已经不在这条街上了，急声问："LW31呢？它在哪里？"

独臂——哦不，它的另一只手也被人折了，现在成了无臂机器人。它的胸腔也塌了一半，断裂的线路赤裸在外，机油嗞嗞冒着，但它的声音却透着欢快："LW31已经不在这里啦！"

丰生皱眉深思。

老歌手本来被机器人包围着，现在包围圈已经小了很多，他一把推开几个站都站不稳的机器人，走出去，对丰生大声说："不要紧！它逃到哪里了不重要，我在这里，它就没法把你们用睡眠舱——"

丰生反手一掌抽在老歌手脸上，止住了他的话。

老歌手自知失言，低头捂脸，不再说话。

丰生的眉头皱得更深了，自语道："我了解LW31，它是很胆小，但抛开伙伴独自逃走，这种事它是干不出来的……"他一边喃喃，一边环视四周——残破的机器人，朋克青年，保安队……等等，保安队？

"糟了！"他眼角一抽，遍体生凉。

10

LW31受了伤。

它从人堆里拼命挤出时，被一个打红了眼的保安撞到。保安顺手就抓住它的手臂，使劲往外掰，早已疲劳的金属在大力下脆如薄纸，咔嚓一声断开。幸好断裂处有线路连着，没掉下来。

于是，它吊着晃晃悠悠的断臂，踉跄地跑出辅道。跑了很远，有路灯的光洒下来，在它破损的身体上流转。也许是断臂的线路扯到了身体里的平衡仪，它走路开始偏斜，本来是朝着街心，但走几步就撞到了路灯。刚开始还好，速度并不快，但它担心丰生察觉到自己离开，越走越急，近乎奔跑。断臂晃动的幅度也更大。

咚！

它本来想拐弯，但又偏斜了，以这种速度撞到栏杆，整个身子翻倒在地。街上本来有几个散步的人，听到动静后，狐疑地看着它。它躺了好几分钟才缓过来，挣扎着想爬起，但断臂的电线缠住了栏杆，它的另一只手又够不着，怎么都爬不起来。

"求求你们，帮帮我……"它带着哭腔，向街对面的人喊道，"我有很重要的事情，一定要完成，求求你们，帮我……"

人们离它更远了。

似乎是耗电太多，它眼里的光变得黯淡。它没有再喊，低下了头，路灯把它的影子拉得很长很长，像是孤独的手指，指着某个无可抵达的地方。

这时，另一个影子走到了它身边。

它惊喜地抬头，又有些呆滞："黛西？"

黛西不敢看它，蹲下来，两手在栏杆和线路上灵活地翻着。几滴眼泪啪啪落到地面。她从栏杆上解开了复杂的线路，抓起断臂，对LW31说："无论你去哪里，我扶着你吧。"

"那你小心点，被划伤了要打破伤风的。"LW31指了指肩膀处参差不齐的断口。

"嗯。"黛西扭过脸，飞快抹了把眼睛，便扶起LW31，向道路的拐弯口走去。

有黛西搀扶，LW31再没有撞到墙壁或电线杆，快了不少。黛西走着走着，发现四周变得熟悉起来，待看到疆域公司那座明显比周围建筑高的大厦，有些迟疑："你不是去报警吗？"

LW31摇头。

黛西扶它到了大楼跟前，往日戒备森严的疆域公司现在安安静静，除了顶部的logo在一如既往地发光，整栋楼都是黑漆漆的。

黛西突然明白过来了——丰生为了堵截养老院的机器人，调走了疆域公司聘请的保安。既然那边人多势众，那总部这些就薄弱了许多。但它来这里干吗？

它和黛西刚走到安检处，打算翻进去，这时安检门被打开，保安机器人走了出来。看到LW31保安机器人也愣住了，几秒后才摸了摸泛着银光的脑袋，问："这么晚了，你还来发传单啊？"

"我要上去。"LW31说。

保安机器人摇头："你没有权限，我不能放你进去。"

这时，黛西深吸口气，凑到LW31耳边，轻声而快速地说道："对不起，外……对不起，LW31。之前我骗了你，但我不是故意的。我男朋友收了丰生的钱，让我引开你，免得你发传单影响他们上市。我不是你家先生的外孙女……那根头发，是我自己外公的，他们找人塞进你储物格的。"

果然，跟LW31和我在事后想的一样：LW31一直在疆域公司门口发传单，丰生担心会影响上市，便让黛西把它骗走，每天拖着它。但它那天下午还是去发了宣传单，正巧被报道，导致上市受阻。丰生索性以黛西为诱饵，陷害LW31，让它名誉扫地，说的话自然也不足信。

LW31犹豫一下："那天晚上你脸上红红的，是被打的吗？"

"嗯。丰生很生气，骂了我男朋友，他就把气撒在我身上。"

"恕我直言，这样的男朋友……"

"是的，不如狗。在我刚才决定来找你的时候，他就已经是前男友了。"

"喂！"保安机器人见他们窃窃私语，浑然没把自己放在眼里，提高了声音，"请你们认清现在的形势，这里不是聊八卦的地方！"

"LW31，我不会继续当坏人了……LW31，谢谢你。"说完，她转过身，向保安机器人扑过去，同时大喊，"LW31，去做你要做的事情吧！"

保安机器人的力气本来足以轻易地挣开，但又怕伤着她，只能大呼小叫："这位小姐，您的行为既不合理也不合法，严重妨碍了我的工作……"

趁他们纠缠在一起的时候，LW31快步跑过安检机，跌跌撞撞地进了电梯，按下直达顶层的按钮。

要是往常，这里必定密布保安，三步一哨，十步一岗，它决计闯不进去。但今天大部分保安都被丰生调走了，这里反而成了最安静的地方。

这也是它悄悄脱离混战，跑来这里的原因。

它按亮了灯。丰生以前带着我和它来过一次，它循着记忆，在廊道里穿行，很快来到了永生大厅的门前。

它的好运气也就仅止于此。

两个高大的保安守在门口，本来昏昏欲睡，看到LW31后都惊讶得站了起来："你是谁？有通行证吗？"说着，他们按下肩头的呼叫键，"顶层有情况，没睡的兄弟都上来。"

而这时，它身后的廊道里也响起了急促的脚步声。保安不可能来得这么快，那就只有……

它回头，果然看到丰生正在大步跑来。他边喘气边喊："快，拦住它！"

没有别的办法了。LW31将所有元件的运行速率调到最高，榨干身体的最后一丝机能，不到3秒，电池就发热到了烫手的程度。它开始奔跑，每踏一步，地板都嗡地颤抖一次。

两个保安本来气势汹汹地挡在永生大厅门前，但他们的表情逐渐由凶恶变成了惊恐，尤其是LW31跑到跟前，已经加速成了一枚炮弹，他们对视一眼，没有交谈，却不约而同地采取了同一种方案——向两侧闪开。

LW31撞到了大门旁边的虹膜锁，轰然声浪四下倾泻，震得人耳膜生疼。两个保安捂住耳朵，丰生也惊讶得停下脚步。

虹膜锁被整个撞碎，电光嗞嗞作响，随后，厚重的合金大门向两边滑开。

LW31身上的某些部位破碎了。它的脑袋在碰撞中变形了，鼻子和嘴挤在一起，两只眼睛却远远分开。它爬了进去。

里面是一排排的睡眠舱，每个玻璃罩里都躺着一个老人。舱头的绿光一闪一闪，照亮他们枯败的脸孔。睡眠舱下，都设置了银色的无线充电板，安静地维持着永生系统——不，是维持着睡眠系统的运转。

而所有充电板都有线缆，蛇一样蜿蜒着，从地面延伸到墙壁，再汇合到大厅深处的电箱里。而电箱侧面，静静悬挂着一个红色的电闸扳手。

"……把永生舱的电闸给断了……那个玻璃舱门立刻就打开，里面躺着的老头也起身了……"

它回想着老歌手的话，眼睛的光芒凝聚。这就是它的终点了。它想再聚起力气，但这一次，电池升起了阵阵黑烟，再从它胸腔各处冒出来。机油也流了出来。它发出像是人类咳嗽的声音，每咳一次，大股烟尘都被喷出来。终于，咳到最后一次的时候，像是行将报废的老式发电机终于被摇起来了，它想站直，但上半身始终佝偻着；它迈开步子，但因为两腿能运动的幅度不一样，看起来很踉跄，随时要倒下的样子。它一步步走向电闸，机油在身后描绘着它的路径。

丰生看出了它的意图，脸色白得像是漂过，喊得声嘶力竭："不要让它过去！"他跑到大厅口，狠狠一巴掌扇在保安脸上，"快拦住它啊！"两个保安对视一眼，没有言语，都不约而同地摇摇头，退后了一步。

保安靠不住了，丰生只得自己跑过去。他跑得很快，但LW31踉跄的步子也不慢，就在他快追到它时，LW31已经走到了大厅最里程，伸出手，够向电闸扳手。

荣华富贵还是身陷囹圄，就是这一刻了。丰生咬牙，两腿使劲往地上一蹬，向LW31扑去。以他的力气，是能跳到LW31身上并抱住它的，但——但他忘了LW31行走时滴落在地板上的机油。

他脚下一滑，狠狠摔了一跤，鼻子喷出血，脑袋里进了星星。

LW31抓住了扳手，往下一掰。

所有睡眠舱舱头的灯光都熄灭了，黑暗和寂静一瞬间笼罩了这偌大的空间。

丰生趴在地板上，剧痛也顾不上了，心里默念着什么。

几秒后，寂静被打破。舱门开启声此起彼伏地响起，伴随着的，还有一阵阵苍老的咳嗽声。

听到这些声音，丰生停止了祈祷。他继续趴着，任血污糊住整张脸，心里只有两个字：完了……

尾声

后来的很多年，人们都对疆域公司的陨落津津乐道。这家实力强大的公司，在上市的前夕，被爆出永生计划的骗局，导致所有的野心都付诸东流。尤其是那些从睡眠舱里被唤醒的老人，经过短暂的错愕，他们愤怒的吼叫和哭嚎几乎将整个疆域公司大厦塞满。这阵声音如同洪钟，一旦敲响，就宣告了疆域公司的衰落。

而当风暴还未成形时，LW31就再次悄悄离开了旋涡。

它是被黛西扶走的。

"你伤得很严重，我带你去维修。"她说。

LW31缓缓摇头，"我的电池已经报废了，再也充不进电。修不好啦。"它扭头看了眼身后，看到丰生已经被愤怒的老人们围住，又说，"还剩最后一点电，你带我去一个地方吧。"

它说的地方，是墓园。

等黛西把它扶到墓园门口时，这漫长的一夜已经快结束了。它看了看西边暗沉沉的天色，又转向东边天际，隐隐看到了微光，似乎有黎明在酝酿。它努力让自己站起来，说："你回去吧。你是上午11点半的太阳，你不应该进这种地方。"

它让黛西留在外面，自己一瘸一拐地往里走。它行经许多沉默的黑色方碑，走向西北角，最终，来到了我的墓前。

"嗨，老伙计。"它说。

嗨，老家伙。隔着墓碑，我也同它打了招呼，你终于来看我啦。我死了这么久，你只来了这一次。

我以为它接下来会说点什么，但它始终站着，一言不发，仿佛要把黑夜站成黎明。过了许久，它伸出手，摩挲着我的墓志铭。

"在一条路上走得太远的人，最终是孤身一人。"

它摩挲了半天，夜风变大了，在它和墓碑之间呼啸而过。东边天际渐渐发亮。它突然从裂开的胸口上折断一块铁片，在墓碑上刮着。它反反复复地刮，嚓嚓的声响混在夜风里，像是虫鸣。这耗尽了它最后的力气。等黎明快要喷薄而出时，它才终于住手。

它在我墓碑上留下了两条横线。

"在一条路上走得太远的人，最终是孤身二人。"

它低头看着墓志铭，扯动嘴角，想露出一个满意的笑容。但它的五官在冲撞中移了位，一用力，移动的却是鼻子和右眼，看起来有些滑稽。到这时，电池终于支撑不住，彻底罢工，在它体内流转了几十年的电流也纷纷退却，甚至来不及告别。那破碎的笑容在它脸上凝固。它膝盖一软，上半身直接坐下，又缓缓向前斜倒。

但它没有倒在地上，因为我的墓碑接住了它。

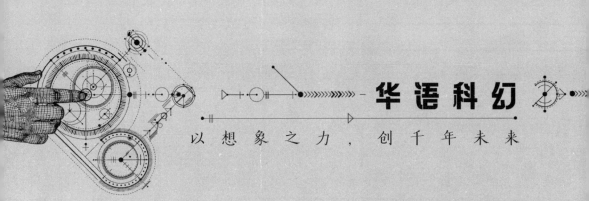

华语科幻

以想象之力，创千年未来

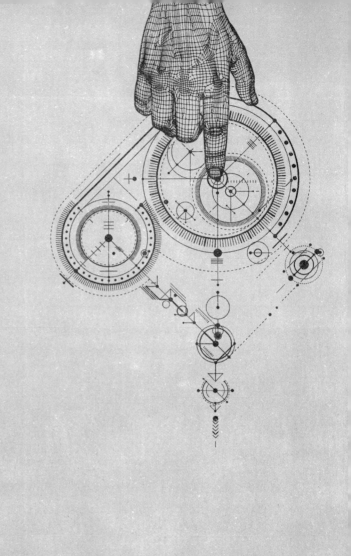

阿缺科幻精品系列

生死镜

阿缺——著

科学普及出版社

·北 京·

图书在版编目（CIP）数据

阿缺科幻精品系列 . 生死镜 / 阿缺著 . -- 北京：
科学普及出版社 , 2024.7. -- (百年科幻). -- ISBN
978-7-110-10743-0

Ⅰ . I247.7

中国国家版本馆 CIP 数据核字第 2024L5R214 号

策划编辑	王卫英
责任编辑	王卫英
封面设计	书香文雅
正文设计	书香文雅
责任校对	吕传新　焦　宁
责任印制	徐　飞

出　　版	科学普及出版社
发　　行	中国科学技术出版社有限公司
地　　址	北京市海淀区中关村南大街 16 号
邮　　编	100081
发行电话	010-62173865
传　　真	010-62173081
网　　址	http://www.cspbooks.com.cn

开　　本	720mm × 1000mm　1/16
字　　数	822 千字
印　　张	60
版　　次	2024 年 7 月第 1 版
印　　次	2024 年 7 月第 1 次印刷
印　　刷	天津泰宇印务有限公司
书　　号	ISBN 978-7-110-10743-0 / I·720
定　　价	180.00 元（全 6 册）

（凡购买本社图书，如有缺页、倒页、脱页者，本社销售中心负责调换）

目 / 录

Catalogue

生死镜 / 001

咀　嚼 / 037

脸　面 / 061

公交车上的男人 / 073

树会记得许多事 / 081

黑西装 / 117

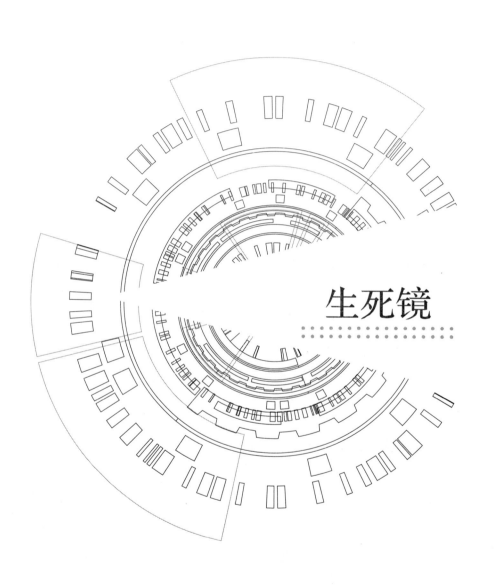

生死镜

2021年9月 吴梦妍死前9个月

　　刚出实验室，空气就变得清新多了。透过窗子，我看到教授还在里面，他面前的显示仪上流过一大串数据。灯光照亮了他略带憔悴的脸。

　　我叹了口气，在实验楼旁取了自行车。路过小剧场的时候，里面传来了喧哗声。我突然想起，今晚我们物理学院的迎新晚会要在这里举行。

　　在C大读本科时，我也曾参加过几次迎新晚会，但每次去都只看到台下冷清台上落寞的凄凉景象——物理学院素有"和尚院"之称，没有女生就没有热情，尤其是办这种文艺活动的时候。但现在，里面的鼓掌和叫好声如海浪般传出来，在夜晚的校园中格外明显。我想了想，把车停在墙边，锁好，然后从小剧场后门挤了进去。

　　台上正演着一出古典话剧。几个男生穿着松垮垮的长袍，围成一圈，不断用怪异的腔调来戏弄中间的女生。他们扮演的是篡位逆臣，虽然没有表演经验，但由于经年累月地在宿舍里打游戏，早已身形佝偻，倒很符合角色气质。

　　我踮起脚，看清了被他们围住的女生——她穿着花褶长裙，裙裾曳地，腰间束了丝带，勾勒出妙曼身躯。她站在舞台的光晕下，像一个沐光而生的精灵。

　　她突然挺直身体，冷眼看着四周的男生。聚光灯落在她身上，眉眼流辉，她大声斥责乱臣的不忠不义。乱臣们不敢反驳，更加佝偻了，颤抖着后退到幕布后面。她也弯腰鞠躬，然后隐进幕后。

　　台下掌声雷动。主持人走上舞台，宣布下一个节目开始。但已经没有人在意了，观众们纷纷起身离开。我身旁的男生也站起来，胖胖的脸上挂着笑容，估计还在回味吴梦妍刚才的模样。

转眼间，小剧场便空了许多，坐在第一排的院长环顾四周，脸色有些难看。学生会会长察言观色，连忙走上台，从主持人手里抢过话筒，拍了拍，说道："非常对不起，现在插播一个通告——由于工作失误，之前的节目单出了错误。在晚会的最后，还有一个由吴梦妍同学表演的节目，请大家——"

正往外涌的人群顿了顿，突然同时转身，疯狂地往里面挤。那个胖男生又走回来，见我在看他，不好意思地笑笑，问："你也是来看吴梦妍的吗？"

我摇摇头："我刚从实验室出来，路过小剧场，看到是办迎新晚会就进来看看。"

"实验室……你是学长吗？"

"嗯，我研二了，导师是王坤教授。"

"噢，我知道王教授，学院里最拿得出手的就是他的量子镜面理论，发表在《科学》杂志上了！听说学校很早以前就专门立项，拨了好大一笔经费让他研究，学长能跟着他，肯定是很厉害的。"男生的目光里流露出敬佩，"我叫李川，大二了，请学长多多指教。"

这时，下一个节目开始了，是诗歌朗诵，几个男生站在台上干巴巴地念稿子。我转过头，四周挤满了人影，问："今天很热闹，我记得前几年的迎新晚会，来看的人都少得可怜。"

"嗯！"李川一下子兴奋起来，"都是来看吴梦妍的。"

这是第二次听他说到这个名字。我问："吴梦妍是谁？"

"学长居然不知道？嘿，她可是今年的新生院花！"

"反正也没有竞争对手。"

"学长不能这么说。虽然院里女生不多，但就算拿到别的院系里比，也不会差到哪里。"李川凑到我耳边，压低声音，"报到那天，高年级学

长要带新生熟悉校园。为了争取这个名额，学生会会长和副会长当众吵了起来，差点儿就动手了。结果文艺部长趁机下手，不但带她游了学校，还把她拐进了文艺部，让她参加晚会。消息一传出，大家都来看表演了，想看看这个没说一句话就把学生会搅得天翻地覆的女生……"

我不置可否地笑笑。他说得太夸张，刚才盛装出场的吴梦妍确实漂亮，身材也好，但算不上倾国倾城，很多女生化妆之后都不比她差。

舞台上幕起又幕落，终于到最后一个节目了。这显然是临时添加的，没有音效和背景，连灯光都很单调。但所有人都振奋起精神，伸长脖子，眼睛一眨不眨地盯着舞台。

吴梦妍便在这些目光中走上舞台。她卸了妆，一脸素雅，身上的长裙换成了简单的牛仔裤和T恤，扎着马尾辫。这时的她有些不知所措，低着头，抱着怀里的吉他。主持人给她搬了一把椅子，她说了声谢谢，声音很细。一束光打在她身上，她调了调音，然后轻轻开唱。

偌大的舞台上只有她，一把椅子，一束光，一把吉他。

她唱的是《红岸1979》，不是流行歌曲，旋律也不特别优美，但在我听来，每个音符都婉转悠扬，如絮纷飞。礼堂安静下来，每个人都刻意放缓呼吸，我眯眼看去，台上安静弹唱的身影深深印进我的视网膜中。

我现在开始相信，李川其实没有吹牛，这样的女生确实能够轰动整个学院。

2022年7月　吴梦妍死后1个月

丁零，门铃突然响起，将我从沉睡中惊醒。我揉揉太阳穴，把手机放到桌子上，屏幕朝下，起身去开门。

门外是一个年轻人，高个，瘦削，眼睛很亮。我有些疑惑："您是？"

"我是文蕾啊，你不记得了？"他笑着拍了拍我的肩膀，"本科时我住在你楼上，还经常去你们寝室蹭网！"

我想起来了。本科时物理学院和法学院的男生宿舍分在一栋楼，文蕾性子活泼，经常串门，毕业时还跟他一起吃了散伙饭。"两年不见，你样子变了不少，我没有认出来。"我让他进门，沏了杯茶，"听说你一毕业就进了市公安局，成了警察？"

"是啊。这不，我就是为前不久那宗谋杀案过来的。"他也不客气，进屋就座，端茶就喝，还皱着眉毛环视屋子的四周。

我等了一会儿，见他没有继续说的意思，只得问："那宗案子不是结了吗，凶手也找到了，还有什么问题？"

"案子是定了，但……"文蕾终于把目光落在我身上，犹豫了一下，"但有些地方不对劲。"

"怎么了？"

"那个叫李川的，看上去不像是凶手。"

我点点头，却无言以对。知道凶手是李川的时候，我也难以相信：那个看上去憨态可掬的男生，竟然将吴梦妍电击至昏厥，然后残忍地按着她的头，把她往实验仪器的棱角上撞，让她失去呼吸，直至浑身冰冷。

"我干警察也有两年了，知道人不可貌相，有些人外面和善，心里藏着毒。但这个李川真的不同。"文蕾掏出一个U盘，递给我，"我今天上午又审讯了他一次，越发疑惑，就过来找你了解情况。"

我接过U盘，插进电脑里，里面只有一部影音文件。打开后，粗糙模糊的画面立刻充斥屏幕，画面中间，是一个呆滞木然的人，坐在审讯桌前，两眼空洞地看着前方。

"这是我调出的审讯录像，请你仔细看。"文蕾指着屏幕。

屏幕上的人正是李川，两个月不见，他整个人都变了，瘦了很多，两颊深陷。文蕾走进画面里，坐到李川对面，沉默了一会儿，开口说："这是我们第七次见面了。听我说，我想帮你，如果人不是你杀的，判决就还有转机。"

李川抬头，漠然地看着文蕾，视线没有聚焦。他的嘴一张一合，声音嘶哑："凶手是我。我杀了她，我应该被惩罚……"

文蕾无声叹息，打开记录本，说："那按照程序再来一遍吧。李川，男，20岁，C大物理学院大二学生，于2022年6月杀害同系女生吴梦妍，后自首认罪……对以上描述，你有什么要否认的吗？"

听到自己的罪行时，李川依旧表情呆滞，过了很久，缓缓摇头。

"你再复述一遍行凶的动机和经过。"

"那天傍晚，我看到她……看到吴梦妍一个人走进实验室，就跟着她进去了。里面一个人都没有……"在审讯室昏暗的光线中，李川抖着嘴唇，两手无意识地扭动，"她在打扫实验室，我想帮她，但她坚持让我先走……我已经追求过她很多次了，但她都没有答应，我很生气。我不能得到的，也不能让别人得到！所以我冲过去，用电把她击昏，然后抓住她的头发，往仪器棱角上撞。只撞了一下，血就从她的额头流出来，我吓呆了，吓得放开了手。她很快就没有了呼吸，我很害怕……"

"从你杀害吴梦妍，到第二天上午被参加发布会的人看到，足足有十几个小时。这么长时间，你为什么不逃走？"

"我不知道去哪里……我杀了我最喜欢的女生，我害怕。我只是看着她的尸体……"李川说着，身体颤抖起来，两行泪水从他眼眶里流出来，而他的眼睛依旧空洞无神。

画面里的文蕾叹口气，关上记录本。

电脑屏幕逐渐黯淡，我揉揉眼睛，抽出U盘，递给文蕾。窗外落日西沉，殷红的晚霞铺散开来，如同西天开了道伤口，流出鲜血。

"这里面有很多问题。一般因为愤怒而冲动杀人的罪犯，都会直接采用暴力的方式，很少在撞击之前还将对方用电击昏。"文蕾用U盘敲击着桌面，说，"而且据我了解，李川是个挺开朗的人，待人和善。他被吴梦妍拒绝也不是一两次了，就算这次被拒绝，也只是沮丧或者失落，不应该一下子跳到仇恨这种情绪阶段……在学校里学的知识我还记得一点儿，他这些行为，都违背了《犯罪心理学》的基本理论。"

我看着窗外的残阳，这种艳红的颜色，让我怔住了。

"时候不早了，我就不继续打扰你了。"文蕾见我没反应，便把U盘收起来，当他走到门口时停住了，转头看着我，"判决书很快就要下来了。要真是他做的，怎么判都不可惜；但如果弄错了，就活生生毁了一个人，吴梦妍也死得不明不白。"

他的最后一句话让我身体一颤。

"你好好想想吧，要是有什么线索，随时可以找我。"

"等一下，"我走到门前，看着他，"为什么你会找我？"

"我调查过的，案发当晚你在宿舍，有很多人看到你，所以你肯定没有嫌疑。而且，"他意味深长地看着我，"而且我听说，吴梦妍死后，你很难过，连实验室都很少去了……你很喜欢她，是吗？"说完，他便关门离去。

我默默地走回桌前，屋子寂静无声，窗外暗了下来。我拿起桌子上的手机，翻过来，在昏暗光影中，吴梦妍笑靥如花的脸在屏幕上定格。

2021年11月 吴梦妍死前7个月

第二次遇见吴梦妍，是在实验室里。

学院成立了一个前沿科技兴趣小组，作为福利，院长亲自安排了一

个周末，让组员来实验室参观。

对于这件事，王教授很不满意，他刚把金属球成功投射在量子镜面里没多久，原本打算在这周末进行调试。他涨红了脸，冲院长嚷道："那些什么都不懂的学生一来，我们的工作就得停下了！"

"就是因为他们什么都不懂，所以才组织了这次参观。他们是下一代的希望。"

"这句话我一个字都不信！"王教授个子比院长矮，仰着头，稀疏的头发散落下来，"现在的学生早就没了科学精神！他们学习，就只是为了找份工作，哪能体会科学的魅力，更别说为科学献身了！现在只有我们这代人还在支撑着。他们来参观，只是为了好奇和回去向别人吹牛罢了！"

院长无所谓地耸耸肩，"没办法，他们的学费养活了你的实验室。再说了，这次参观要照相，要写成报告，年终的时候要展示成果。"他拍拍王教授的肩，叹了口气，"你做实验，我做文件。"

到了这份儿上，王教授只得哼了一声，一把脱下实验服，气冲冲地出了实验室。院长转过头，对我笑着说："老王就是这个脾气，从大学到现在都改不了，你平时没少受气吧。"

我唯唯诺诺地点头，想了想，又赶紧摇头。

"呵呵。"院长温和地笑着，指了指四周的仪器，"那待会儿兴趣小组的人来了，就麻烦你带着他们参观一下，别太认真。"

于是，在那一群鲜活的面孔中，我看到了吴梦妍。我的目光在她脸上扫过，不做停留，大声说："院长临走前让我招待你们，但他没有给我经费去买水果拼盘和红酒、香槟，所以，能招待你们的，只有周围这些实验器具。随便看吧，但尽量不要摸，更别去咬，不然，你们会发现这些玩意儿不但难吃，而且还很贵。"

学生们显然被实验仪器吸引了，没有理会我的冷笑话。那些线圈和指针，在他们眼里还闪耀着神秘的光辉，但很快——我苦笑了一下——

当他们学习到仪器的原理后，就会知道这项研究既艰难又乏味。

"学长，"一个声音叫住了我，是吴梦妍，她指着实验室最里面，"那块幕布后面是什么？"

我一下子怔住了。我并不想向他们介绍那台机器，事实上，那块幕布就是我特意披上去的。

"那是王氏镜面衍生仪。"我低声说。

所有人都安静下来了，目光汇聚，落在幕布上。

"这就是王坤教授发明的那台，"一个男生回过神来问，"是那台能生成量子镜面空间的仪器？"

我转过头，看到了另一张熟悉的脸，就是在小剧场见到的叫李川的胖男生。我迟疑了一下，解释说："不能说生成。因为量子镜面空间本身是存在的，这台仪器，只是利用高能粒子的撞击，建立镜面空间和现实空间的量子通道，进行映射反应。"

"那实验成功了吗？"李川问。

我耸耸肩，指着仪器旁边的漏斗形支托，支托上有个乒乓球大小的金属球，说："到目前为止，我们只是把小球投影到镜面空间了。但我们建立的量子通道很脆弱，总是被空间张力撕碎，小球很难受到程序的牵引。"

"等一下，"开口的是吴梦妍，"可是，量子是微观概念，怎么能让宏观小球通过量子通道进入那个空间呢？"

我赞许地看着她，笑笑说："这个问题听上去才像是物理学院的人提出来的。没错，量子只能存在于微观环境下，一旦宏观化，很多规律都会失效。但这正是这台衍生仪的伟大之处。在它内部，模拟出了我们这个世界中最接近镜面空间的环境，大量的粒子在按照程序运动，就像机器的回路一样。当我们把小球接入仪器，那些粒子的运行轨迹就会改变，基于量子纠缠态，镜面空间里也会出现相同的变化，这样一来，就相当于小球被刻录进了镜面空间。我们把这个过程，叫

'投射'。"

"这个镜面空间真神奇……"吴梦妍看着仪器，轻声说。

"镜面空间是王教授发现的，为此，他花了15年时间。他当了我的导师之后，整整一年半，我没有看到一个亲人来找他。为了科学，王教授跟家人断绝了联系，也没有妻子……"我环顾四周，"这里就是王教授的家。这种献身精神，我希望你们能够学习。"

学生们点点头。但他们的眼神里，多半是不以为然——科学而已，何必弄成孤家寡人呢？

我低头苦笑。学生们散开了，留在衍生仪前的，只剩下吴梦妍。

她背对着我，我看不到她的表情。过了很久，她才转身离开。

参观到下午就结束了，我把他们送出去，排在队伍最后的是李川。到门口时，他突然停下来，对我说："学长，你觉得她怎么样？"

我知道这个"她"是指谁。向外看去，11月的太阳炽热不减，反倒使吴梦妍的背影显得很模糊。我点点头："是个好姑娘，参观之前肯定做了不少功课。"

"那学长觉得我有没有希望追到她？"李川有些不好意思，但仍看着我。

我一愣："呃，或许吧……我对这种事倒是没什么研究。"我没有撒谎，本科四年，研究生两年，我一直单身。我把大量的时间花在了学习上，对我来说，感情比镜面空间更难理解。

"其实我也知道没多大希望，她那么漂亮，学院里不知有多少双眼睛在盯着她。"李川慢慢地垂下头，但很快又扬起来了，"不过凡事总要一试的。她好像对量子力学很感兴趣，我决定以后好好啃书本，成为她学习上的榜样，那时候再下手，肯定事半功倍。"

"看来女生才是物理学前进的动力。"我笑着说。不知怎么，我对这个胖乎乎却斗志昂扬的男生颇有好感，可能是看到了我不曾有过却很向往的那一面吧！

"那到时要是遇到学习上的难题，我就来请教学长好不好？"

"没问题，本科范围内的题目我都能解决。"我拍拍他的肩膀，郑重其事地说，"学长只能帮你到这里了！"

2022年8月 吴梦妍死后2个月

法院对李川下了判决书——关进精神病院。这是精神鉴定师多次诊断的结果，李川在大多数时候处于恍惚状态，神志不清，需要进行精神治疗。

听到这个判决，文蕾却不愿接受事实，给我打电话，让我陪他去精神病院里再做一次笔录。我其实并不想见到李川，但又拒绝不了文蕾言辞的恳切，便答应去了。

那是在一个下午，天气阴郁，黑云低压，空气湿度很大，像要粘在皮肤上一样。凭着文蕾的证件，我们很快就在病房里看到了李川，他穿着白色病服，瘦得皮包骨头，眼眶几乎要凸出来。

他这个样子，让我恨都恨不起来，只得叹气。

"你认识这个人吗？"文蕾指着我，眼神定定地望向李川。

李川用空洞的眼神看了我一眼，呆滞地摇头。我敲敲桌子："是我，以前你追吴梦妍，还找我请教了很多题目。你不记得了？"

听到吴梦妍三个字，李川的眼皮跳了跳，但立刻又归于沉寂。

文蕾和我对视一眼，都是无奈的表情。他拿出笔记本，说："那你再说一遍当时的经过。"

李川抖着嘴唇，机械地开口，说了谋杀吴梦妍的情形。他的叙述断断续续，但描述的情景让我很难受。说到一半，我猛地站起来，走出了

病房。

身后，李川还在讲述，声音飘忽如幽灵。

我站在走道里，倚在墙上。病人们从我身边走过，都是一脸木然，目不斜视，似乎我不存在。

文蕾很快就出来了，冲我苦笑摇头，显然，这次也没什么收获。

走出医院的时候，文蕾皱着眉头说："因为杀人后导致性情大变的情况也有，但像李川这种变得呆滞的，很罕见。而且他什么都不记得了，却单单把凶杀的经过记得清清楚楚……"他猛然站住，看着我，"你说，他会不会是被催眠了？"

我摇摇头："不可能，只有在电影和小说里，催眠才会那么神奇。在生活中，催眠只是一种暗示，它不会让人去做违背意愿的事情。人脑有很强的防御机制，除非被直接控制，否则不会产生危害自身的想法。"

"哦，"文蕾拍拍脑袋，语气歉然，"说不定真是我疑神疑鬼。既然案子都定下来了，我还是别继续纠缠下去了。倒是麻烦你，陪我走了这一趟。"

我回到实验室时，是下午五点。天气越发阴沉了，风卷过地面，沙走尘扬，天上浓云积卷。一场大雨正在酝酿。

实验室的灯亮着，我推门进去，里面空荡荡的，只有一台台闪着金属冷光的仪器。王教授不在，这倒是少见。他往常总会待到很晚，有时候烦躁起来，还会把我轰走，留他独处。

我走到镜面衍生仪前，屏幕上是模糊的影像。这是对镜面空间的显示，其实谁都不知道那个空间是什么模样，仪器只是尽量依据物理原则模拟出二维影像。屏幕中间是一个球形，旁边则是模糊的影子，四周的数据快速流动。

金属球放在支托上，寂静无声。

这情形，显然是王教授正在做实验，却中途出去了，连衍生仪都没有关。我不敢乱动，怕破坏了教授的数据。

在灯光照射下，衍生仪的棱角闪着白光。它是尖锐的直角，上面寒锋流转，让我看着都觉得眼痛。吴梦妍就是被这棱角撞破头部的，虽已擦去血迹，但看着它，我心里总是不太舒服。

实验室外已是一片黑沉，风低吼着，云间隐隐传来闷雷声。我打算离开，走到门口，打开门，一股风便吹了进来。

叮。清脆的声音在身后响起。

我停下脚步，转过头，看到了地板上滚动的金属球。我下意识地看向支托——漏斗形的支托里空空如也。我又往身后看去，风声呼啸，但——风应该还没有大到可以把金属球从支托上吹下来的程度。

球还在地板上滚动着，没有停下来的迹象。我反手关上门，风消失了，实验室里的空气温顺下来。而球依旧滚动，绕过桌椅，绕过记录台，径直向我滚来。

这不正常。

地板虽然光滑，但滚了这么久，球的动能早该损耗殆尽了。而且从记录台到门口，地板有明显的上升倾角，重力会对球的运动造成很大的阻碍。这种情形，只能是通过衍生仪，操控映射在镜面空间里的球体，使现实空间里的金属球滚动。

可是，现在衍生仪前面，空无一人。

一道惊电闪过，实验室内顿时被照得惨白。我下意识地后退一步，背靠在了门上，屋外传来了淅淅沥沥的雨声，凉意似乎顺着门缝传到了我的脊背上。

诡异的景象还在继续。

在我惊骇的目光中，球一路滚过来，碰了碰我脚尖，然后退开几米，在空旷的地板上滚动。它如同获得了生命，划出一道道轨迹，由左至右，繁复杂乱。

这时，门被推开了，我往前一个趔趄。回过头，王教授出现在门口。

"你怎么来了？"王教授先发问。

我还没从刚才的惊骇中回过神来，扭头去看小球，它却正安静地躺在地上，球壁反射着灯光。我一下子愣住了，难道刚才看到的都是幻觉？

王教授也看到了球，脸上露出怒气："这是重要的实验器材！我只是出去上个厕所，你就把它掉在地上了？"

"我没有……"我指着地上静止的金属球，"刚才——"

王教授生气时从来听不进意见。我还没说完，就被他推了出去，砰，门被重重地关上了。

雨在屋檐外滴滴掉下，风吹过，雨珠落到了我身上。刚才看到的一切恍然如梦。我被雨滴惊醒了，缩着脖子，但仍挡不住满天雨水裹挟的寒意。

2022年1月 吴梦妍死前5个月

吴梦妍约我见面的那天，也下着雨。不过在1月初，雨细且凉，灰蒙蒙，像蜘蛛吐出的丝，绵密地笼罩了这所学校。

我按着吴梦妍给的地址，到了学校微机房五楼的活动室。门外站着几个学生，正在布置场景，一条横幅挂在前边，上面写着"C大科幻协会"的字样。

我想起来了，今天是元旦，学校里的社团都在举办晚会。只是，我又不是会员，吴梦妍叫我来这里做什么？

我掏出手机，打开吴梦妍昨天给我发的信息，没错，是这里。

昨天是年末，王教授难得地给我放了一天假。天气冷而阴沉，我在宿舍里宅了一天。到了晚上，我登上网，打开学院的群，群成员一栏里，在线的全是男生。我点住鼠标往下拉，吴梦妍的头像跃入眼帘，灰色的，掩在一大群男生名字中间。

看着她的头像，我的手指停下了。我已经过了讨学妹欢心的年纪，但有件事一直很好奇，犹豫几下后，我连击左键，弹出临时对话框。

"你为什么要选物理学院？"打完这行字，我按下enter键。

对话框静默着。

半分钟后，我无奈地笑了笑，点了对话框的右上角。正准备关机休息，滴滴，突然一个消息弹出来。是吴梦妍，她的头像亮了，头像下，是一行端正娟秀的楷字体。

"那学长怎么会选物理学院呢？"

"我爸妈都是中学物理教师，从小我看得最多的，就是物理方面的杂志。子承父业吧，所有的学科中，我只对物理感兴趣。"

"如果学长明天晚上有时间，你就去一个地方看看吧，到时候你就会知道我为什么选物理学院了！"

我正想着，吴梦妍从活动室里走出来，笑着说："学长真来了！我还以为你晚上去约会，不能来了呢！"

"我怎么会有约会呢？平常跟我打交道的女性，可能就只有居里夫人、丽莎·蓝道尔和吴健雄这些人了。"我挠挠头，看看四周，"你叫我到这里来干什么？"

很快，我就知道了答案。

来参加晚会的人不多，活动室布置完了，也只有不到20人。

但晚会的节目让我大吃一惊——没有歌舞，关了手机，十几人围坐一圈。唯一的节目是聊天，内容都与科幻有关。我不看小说，很多地方不了解，但能感受到他们的热情。一个男生说到某个科幻名篇时，

激动得浑身颤抖："地球在荒凉的宇宙中流浪，太阳遗弃了它，人类不得不放弃地面的家园，躲到地底。孤独的流浪持续了几百年……这篇文章我看了不下几十遍，但每看一次，仍会被它的宏大想象和悲悯情怀所感动！"

其余人纷纷鼓掌。坐在我右边的是个戴眼镜的女生，提到一篇叫《伤心者》的小说时，她竟流下了泪水，眼睛和眼镜都闪着细碎的光。

眼前的景象让我震撼。这种久违的激情在漫长的科学钻研中，已经从我身上褪去了。我猛然发现，这么多年，我居然从未和别人谈论过我对这个世界的理解和想象。

女生讲完，就轮到我了。我有些窘迫地看着左边的吴梦妍，她小声说："你随便说什么……你就讲自己的专业知识吧。"

于是，在几十道目光中，我讲述了量子镜面的理论和研究过程。外专业的人可能听不懂，但对于前沿科技，以及王教授数十年如一日的钻研，他们还是产生了共鸣。

晚会结束时，协会会长让吴梦妍弹一曲，她欣然点头，抱着吉他，弹唱合吟。旋律很熟悉，我记得，还是那首《红岸1979》。旁边有人低声告诉我，这首歌是根据另一部有名的科幻小说改写的。

歌曲唱罢，众人散尽，吴梦妍和我一同离开。在路上，她说："现在你能明白我为什么选物理专业了吧？"

我点点头："是因为科幻？"

"嗯，我小时候身子弱，总是躺在病床上，只有靠看书来打发时间。我最喜欢的，就是科幻小说，那里面描写的宇宙星空，过去未来，都很迷人。"说到这里，她低下头，刘海垂下，遮住了她的前额，"你不要取笑我，像我这样喜欢胡思乱想的女生确实不多……"

我连忙摆手，"不不不，真的没有！我觉得……"我一时想不出合适的词语，"我觉得挺好。有的女生喜欢化妆，有的喜欢唱歌舞蹈，都很好……但喜欢科幻，肯定不是坏事。挺好的，挺好。"

她笑了起来，可能是为了缓解我的窘迫，继续说："后来病好了，这种爱好却丢不开了。物理学是最贴近科幻的学科，所以，选专业的时候，我就没有考虑其他的了。那天，在实验室里看到镜面空间衍生仪时，我很感动。我只是喜欢那种天马行空的幻想，而学长和王教授，才是真正能够把想象变成现实的人。"

我摸摸鼻子，不知说什么好。冷雨从天幕飘落，我们没有打伞，雨丝贴在脸上渗进头发里，像足肢冰凉的蝴蝶游曳而过。

"对了，快放寒假了，学长要回家吧？"

"应该不会回去吧……"我叹了口气，"院长要求王教授拿成果出来，说实验已经花了十几年的时间和上百万经费了，再不宣布成果，不好向学校交代。其实王教授提出理论并且把配套仪器研制出来，已经很了不起了，许多伟大的理论，都是在提出几百年后才有使用价值的。不过，院长也没有办法，他并不比我们做实验轻松。"

"你今年肯定很辛苦，"吴梦妍沉吟一下，猛然把头抬起来，露出笑容，"那我过年时给你寄一些特产过来，我家在自贡，美味的食物很多……"

她后面说的话我都没有听清楚。因为那一刻，我所有的注意力，都集中在这张在夜雨中绽放如白百合的笑脸上。

除夕那天，吴梦妍的包裹寄到了实验室。

里面东西很多，有香辣酱、鸭舌、燕窝丝，还有芙蓉蛋。最让我高兴的是，我在里面看到了一盒包装完好的牛肚火锅。

王教授一直在旁边看着，问："是你女朋友给你寄来的？"

"不是，我没有女朋友，是个……"我犹豫了一下，"是个朋友。"接着，我吞吞吐吐地说了我和吴梦妍的相识。

"你对她很有好感吧。唉，这一年半来，真是辛苦你了。我以前也带研究生，但他们都吃不消，申请换了导师。只有你，甘愿过年的假期都做实验。现在院长逼迫我出成果，不然就停掉我们实验室的经费。咱们辛苦一下，等出了成果，我给你放长假，让你去追她。虽然那个李川在追，但依我看，你的机会更大！"

教授的话有些动情。我鼻子一酸，连忙吸气，笑着说："别光说了，我们先把实验停一下，炖了这个牛肚火锅吧。"

这个年，我是和王教授一起过的，我们把所有的食物都吃完了，还喝了不少酒。王教授醉醺醺地躺在宿舍的地板上，记忆里，那是我唯一一次见到他笑。

2022年9月　吴梦妍死后3个月

量子镜面的第二次成果发布会，安排在省科技馆举行。鉴于上一次发布会上的意外，学校没有再安排学生做志愿者，而是雇了受过特训的工作人员，安保也密不透风。

记者陆续到场，中科院的几个专家也落座前排，这一切，都跟3个月前一样。我在一旁看着，心里百味杂陈。

发布会的前半场都笼罩在那场意外的阴影里，开场白索然无味，无非是量子物理的发展和前沿科技的应用。对于这一套，中科院的专家们显然已经熟悉，但碍于身份，依然正襟危坐。后排的记者们却没有顾忌，开着录音笔，低头玩起了手机。

"下面，有请C大物理学院王坤教授。"主持人也发觉气氛尴尬，匆匆念完稿子，让王教授走上前。

王教授的头发依旧蓬乱，脸色泛着蜡黄，但眼睛却罕见的明亮犀利。他跟学院领导点头致意，然后朗声道："感谢各位的到来，一同见证量子镜面空间的真容。为了节省时间，我直接说它的原理。众所周知，不管多么光滑的物体，都会有孔隙，就算是镜面，放大多倍后，也会看到镜子表面的坑洼。那么，围绕着我们的空间，是不是也会有小到极致但密密麻麻的孔隙呢？这些孔隙连缀起来，会不会是另一个我们还未了解的空间？为了得到这个问题的答案，我花费了十几年，不断摸索，最终，神秘的量子纠缠态给了我答案。

"量子纠缠的实质是微观的多系统之间的一种非定域关联。两个互为纠缠态的量子，能够跳出已知物理规律的束缚，产生超空间零时差的关联。量子通信业也是因此而产生，两年前，维也纳大学和奥地利科学院实现了143公里的量子隐态传输。试想，两个量子，肯定不会无故跨越时空，在它们中间，一定有一个隐藏的空间在起过渡作用。"

王教授抬起头，扫视全场，眼睛里神光熠熠，"有一次，我对着镜子，看到里面的我和外面的我在同时运动，那一刻，我突然想到了量子纠缠。两个量子的同步运动，与镜子的投射十分相似。在我的试想中，世界存在一个类似镜面的空间，只要物体被投影进去，空间映出的像，会反映到现实空间里——而这，就是我提出的量子镜面理论……"

这番话，在记者耳中更加枯燥无味，但坐前排的中科院专家们，脸色已经慢慢凝重，眉头紧蹙，仔细听着王教授的每一句话。

我站在台下右侧，现在还没到我上场帮忙的时候。我在人群里四处看，发现了一张熟悉的脸，是文蕾。他也看到了我，冲我一笑，我点头示意。

"……我的理论很早就发表了，只是一直没有成果来验证它。但现在，你们可以看到量子空间存在的直接证据了！"王教授说完，冲我点点头。我连忙上去，把镜面衍生仪推到台上，拉开幕布。

教授从口袋里拿出金属球，放在右手掌心，向前方展示："这个小球，虽然材质只是普通的铝合金，但它现在是世界上独一无二的球。因为，我已经把它映射到了镜面空间。我的衍生仪，能控制镜面空间里的

小球，从而对现实产生映射。"

此时，我已经把衍生仪打开，按下了量子通道的启动键。

"接下来，请大家相信自己的眼睛。"话音未落，王教授猛地抽回手。

失去了手的支撑，小球却纹丝不动，悬浮在半空中。

专家们都面露惊讶，其中一个霍然站起，眼睛死死盯着金属球。后面的记者也反应过来了，拥到前台，照相机对准王教授和小球，闪光灯连成一片。

在一闪一闪的白光下，王教授脸上的肌肉颤抖，声音带着嘶哑："这里没有安装磁悬浮，小球下面也没有旋转桨，这不是魔术，更不是魔法——这是科技，是超空间控制！"

发布会很成功，结束后，好几家大型实验室找王教授洽谈，希望进行合作研究。多家科技公司也联系到学院，商谈专利转让的事，毕竟超空间控制在信息、国防和科教等方面都有巨大的应用前景。

我负责收拾会场，忙到很晚才回宿舍。刚进门，电话就响了。

"你现在有空吧？"文蕾在电话那头说，"我忍不住好奇，今天去了发布会。有一些事情，想跟你请教。"

"你说。"我揉着眼皮，试图把疲劳从眼睛里面赶走。

"是这样的，那个小球为什么能被仪器操控？"

"仪器操控的，不是你看到的小球。我们在实验室里，已经把球投影到镜面空间里了，仪器能操控的，是镜面空间里的小球。而由于空间的镜像反射原理，现实空间里的小球也会随之运动。"我机械地念着，这个原理已经滚瓜烂熟，顿了顿，我问，"你怎么会对这个感兴趣？"

"我还是不太懂，不过没关系了……我想知道的是，既然能通过这个镜子空间来控制球，那……"那边停了下来，似乎在考虑怎么组织语言，刚刚被我赶走的疲劳又漫上脑袋，我的眼皮越来越重。就在我快睡着时，文蕾犹犹豫豫地说，"那么，能不能通过这个空间，来控制一个人？"

我想也不想地摇头："不可能。镜面空间需要把物体投影进去，然后通过映射来控制。人怎么可能被投射进去呢？要是镜面空间里有人存在，那我们的实验肯定会受到干扰，金属球就不会受控——"

我突然停下了，疲倦如退潮般散开，一丝凉意在身体里蔓延。我脑海里浮现出几天前看到的画面——我曾以为那是幻觉。

"你怎么不说话了？"

"到物理实验室去。"我简短地说，然后挂了电话。

我赶到实验室时，文蕾还没来。镜面衍生仪被搬到科技馆去了，实验室里空荡荡的。我拿了根粉笔，蹲在地上，努力回想几天前金属球在地板上滚动的轨迹。

一边想，粉笔一边划过去。沙沙的摩擦声在我耳边回响，安静，宁谧，又带着诡异。

文蕾推门进来时，我刚好把最后一笔划完。他看着地上的粉笔迹，愣住了，问："这是什么意思？"

我丢开粉笔，站起来，看着地上的粉笔字。那个金属球滚过的痕迹，被粉笔描摹出来，是硕大的1个单词——

HELP

2022年6月 吴梦妍死亡当月

新年过后，实验依然没有进展。衍生仪能勉强让小球动起来，但量子通道很不稳定，小球悬浮起来没多久就会掉下去。院长来催了几次，

都是这样的结果，渐渐地，他失去了耐心："老王，不能再拖下去了，我们得举办一次成果发布会，稳住财政部那帮人。"

"不行！"王教授坚决反对，"我们是成功把球映射到镜面空间了，但衍生仪构建出来的量子通道很容易崩溃。你再给我一点时间，让我把这个问题解决了。"

院长摇摇头，"不是我为难你，现在实验经费卡得紧，你这个研究做了十几年，除了一篇论文，什么成果都看不到。那帮人已经没有耐心了，你要是不办发布会，恐怕经费就要断了。"

王教授愣住了，半晌，近乎乞求地说："可是，球不稳定……"

"不要紧，这是新技术，全球只有你掌握了，能让球动就已经很了不起。只要宣传出去，到时候别说学校爽快地拨经费，外面的公司恐怕也会抢着塞钱。"院长叹了口气，"我也不想你十几年的研究被叫停。"

于是，成果发布会定在了6月中旬。为了节约成本，院长决定从学生中招募志愿者，负责发布会的接待、搬运和安检等事务。

而作为前沿科技兴趣小组的另一个福利，志愿者几乎全部由组员担任。所以，在志愿者名单上，我看到了吴梦妍和李川的名字。

随着发布会的临近，王教授的焦虑越来越严重。他是个追求完美的人，现在被迫展示不成熟的成果，无疑违背了他的意愿。他每天把自己锁在实验室里，不停地调试仪器，但量子通道仍然一触即溃。

发布会前一天，我却看到王教授难得地安静下来了。他坐在窗子前，手里拿着一本书，专注地看着。我走过去，书名是《量子通信》，教授正在看的这章，是讲述量子通信的实现方式。

我不敢打扰他，在一旁站着。时间流逝得格外慢，我感觉过了几年，王教授才终于抬起头，说："我有办法稳定量子通道了！"

他虽是面朝着我，但目光并没有汇聚到我脸上。那句话是说给他自已听的。但我还是问："那要怎么办？"

王教授指着书，兴奋地说："以前我们都忽略了这句话。这是关键！"我顺着教授的手指，目光落到书页上。上面说，要实现量子通信，可以利用量子耦合技术，制造出多粒子的量子耦合态，还可以利用生物技术，建立意识生物的意识器官之间的某种量子耦合。

我还要再问，王教授却已经走开，嘴里还念叨着什么。

第二天，发布会准时在学院演播厅举行。院长花了很大精力，请来了中央科教频道的记者，本城的报社更是一家不漏。最让人振奋的是，中科院也很重视这次成果展示，专门从北京派来了几个理论物理学的专家。

志愿者们引导嘉宾入座，一切都有条不紊。

发布会开始，头发蓬乱的王教授走到前面。可能因为成果不完美，王教授心不在焉，说了几句后，就带着专家和记者们走向实验室。他将在那里展示科研成果。

我也跟在人群里，左右寻望，但怎么也找不到吴梦妍。天色明艳，上午的阳光照在我身上，我却感觉不到温暖。一丝不祥如阴云般划过我心头。

院长走在最前方，开了实验室，转身朝专家和记者笑着说："这是我们C大物理学院的明星实验室了，你们看——"

他没有说完，因为他看到专家和记者们齐齐后退一步，脸上都布满了惊骇。他转过头，也吓了一跳。

人群的骚动让我的不祥感更加浓烈了。我奋力挤到前面，只朝里面看了一眼，就已经手脚冰凉，险些瘫软——

实验室里，李川瘫坐在地板上，面无表情，肥厚而苍白的嘴唇翕动着，不知在说什么。他身侧，躺着我熟悉的身影，阳光照不到她的身体。她的头发很凌乱，在地上散成乌黑的一片，而发间，浓郁的鲜血已经凝结。

2022年9月 吴梦妍死后3个月

"要现在进去吗？"文蕾小声问。

我抬眼看去，会议室的灯还亮着，那些企业家正簇拥着王教授。灯光下，王教授脸上满是喜悦，这一刻，他的背都直了很多。这是王教授从事镜面空间研究以来，第一次受到这么多人的重视与奉承。

我缓缓摇头，说："还是等一下吧，等人散了再去。"

文蕾没说什么，抽出一支烟，递给我。我摆摆手。9月的夜晚蚊虫很多，在我们耳边嗡嗡地叫着，文蕾一边抽烟一边骂骂咧咧地拍打。我只是透过窗子，安静地看着王教授。

等到会议结束，已是午夜，企业家们都被司机接走了。院长很激动，满脸通红，拍了拍王教授的肩，然后也离开了。转眼间，偌大的会议室里，就只剩下王教授一个人。

他似乎在回味刚才的情景，没有急着离开，而是坐了下来。

"走吧！"文蕾把最后一根烟扔到地上，踩灭了烟头，大步走过去。我犹豫了一下，也跟了上去。

王教授被推门声惊醒，看到文蕾，脸上的笑容一点点隐没下去。他的喉咙耸动了一下，涩声问："你是？"

"我是市公安局的。"文蕾掏出证件，递到教授面前，"现在我有理由怀疑你与3个月前的一宗谋杀案有关，想请你回去，配合调查。"

我被安排与王教授见面时，已经是两天后了。

进审讯室前，文蕾把我拉到一边，语气有些急切："这都两天了，他还是一句话不说。没证据的话，最多只能传唤24小时，我是跟局长立了保证书才又延长一天。他是科学界名人，社会影响力很大，学校正在跟局里施压，要是再没有证据，恐怕就要放人了。"

"我知道。"我简短地说，然后走进审讯室，坐到王教授面前。

两天没见，王教授消瘦了很多，眼睛里满是血丝。他抬头看见我，难得地笑了笑："听说是你举报我的？"

"是的，教授。"

"你在我的实验室里待了两年，我没有亏待过你吧？虽然辛苦了一点，但这是为了科学。我还想着，要把这次的成果，署上我和你两个人的名字。"

"教授，您是对我很好，可如果这种好的背后，有一条人命和一个被冤枉进精神病院的人，"我摇摇头，"我宁愿不要。"

"笑话！你怎么知道是我？"

"那天晚上，我看到实验室里，小球在地板上滚动，滚出了'HELP'。世界上没有这样的巧合，那是有人在求救。教授，你的衍生仪，不止投射进了金属球，你还把李川也投射进去了吧？"

教授身子一颤，但又咧嘴笑笑，"你怎么说都行，但你没有证据。"

"不，教授，我有。"我低下头，声音有些嘶哑，"这两天我没有跟警察说，是想让您自己坦白。教授，我敬仰您，所以我希望您的品格能配得上您的学识。"

王教授半天没有说话，最后站起来，冲外面的警察摆了摆手。警察不敢对教授怠慢，打开门，王教授正要走，我突然开口："是因为生物技术吧？"

王教授霍然站住，转过头看了我一眼。

这一眼很复杂，包含了太多东西，有无奈，有失落，甚至有对我的赞赏，但更多的，是一种日落西山的悲凉。

王氏镜面衍生仪还保存在科技馆，我带上文蕾，在警察证和研究生身份证明的帮助下，工作人员才允许我使用。

"之前，金属球的空间控制很不稳定，但前几天的发布会上，教授完美控制了小球的悬浮。这个技术突破，肯定跟李川的反常举动有关。只可惜这3个月，我都因为吴梦妍的死悲伤，而王教授又不让我参与实验内核，就一直没有想到。"我打开衍生仪，熟练地按着按键，显示屏上很快浮现出了镜面空间的模拟图，"这个技术突破的关键，是生物技术。"

"你别说这么多，我听得一头雾水。你简单说，我写进报告里的时候，能够清楚点儿。"文蕾站在一旁，看着我忙活，耸耸肩。

"教授在镜面空间和现实空间之间，构建了由生物意识组成的量子耦合通……好吧，简单点说，就是用生物意识来稳固超空间控制。这是量子通信的基本方法之一。教授他，用了更加彻底的办法——他把李川投影进量子空间里，用仪器来操控他的言行。"

"科技真是神奇，不过，"文蕾看着显示屏，"一旦用到邪路上，就比所有的武器都可怕。"

这句话让我心里一颤。

顿了顿，我继续调试仪器，好半天后，抹去额头上的汗珠，说："只要把生物意识通道关闭，李川就不会被镜面空间的映射控制了。"

关闭程序并不难找，在终端管理器上，我点击了"结束任务"选项。

"这就完了？"文蕾有些不敢相信，"早知道这么简单，就不必花那么多精力来审问他了。"

"这是教授一生的心血，我是想让他自己来终结一切的。"

文蕾挥了挥手："我们去精神病院吧，看看李川怎么样了。"

事实证明我的推论没有错，在终止通道的那一瞬间，李川就陷入了昏睡。这一睡，就是整整3天，当我们等得焦躁时，他才在病床上悠悠转醒。

　　医生判定李川的状况已经稳定下来了，才放我们进去。李川依旧脸色苍白，骨瘦如柴，但眼神已变得清明。看到我，他勉强笑笑："学长，我听说了，是你救了我，谢谢你。"

　　"没有，"我摆摆手，"是你自己操控小球指引了我。我是受到你的启发才猜出来事情的大概的。"

　　这句话让李川陷入了深深的思考。他的意识长时间被教授控制，很多事情还没有回到脑海里，我耐心地等着。病房的日光不断偏移，窗外有树叶摇动的声音，终于，李川缓缓开口："我记不太清，但……但我没有指引你，不是我。"

　　"那是谁？"我疑惑地抬起头。阳光照在洁白的床单上，散射出耀眼的光晕，我眼睛被晃花了。我后退一步，靠在了墙壁上，一个名字浮上心头。

　　"是吴梦妍！"

2022年6月　吴梦妍死亡当月

发布会前一天。

　　日落西山，天边的云朵被斜晖染成赤金色。这是最后一次志愿者培训，任务是把会场布置一遍。吴梦妍被分到去打扫实验室。

　　实验室里没有人，只有错落的仪器静默着。其实里面并不脏乱，但明天会有嘉宾过来，不能有瑕疵。吴梦妍拿起毛巾，润了些水，小心地擦拭着衍生仪的外壁。

　　吱呀，一个人推门进来，门外的斜阳被挡住，屋里是一片阴影。

　　吴梦妍正专心擦拭，开门声作响，吓得她心头一跳。她转过身，眉

头皱了起来："李川？你不是去挂横幅了吗，怎么到这里来了？"

"我看你一个人打扫，过来帮帮你。"李川走过来，从她手中拿过毛巾，"交给我就行了，你先走吧，天不早了。"

吴梦妍后退两步，看着李川弯腰擦拭的背影。她嘴唇动了动，轻声说："其实你不必这样的。"

李川的手停下了，顿了顿，又继续擦。他回过头来，脸上挤出笑容，问："啊？你刚才说什么，我没有听清楚……"

吴梦妍叹了口气，看着他。李川的笑容在这目光下慢慢消解，他慌忙低下头，转过身又去擦桌子。

"我很感激你对我这样好，但是，没有结果的……其实，我有喜欢的人。"吴梦妍的声音从身后传来。李川怔住了，拿毛巾的手停在渐渐昏暗的空气里，他回过头，勉强笑笑："是谁？"

吴梦妍摇摇头，抿着嘴，没有说话。

两人就这么对视着，夕阳在屋外沉落，黑暗肆无忌惮地发酵，李川渐渐看不清吴梦妍的脸了。他终于扭开头，放下毛巾，沉默地从吴梦妍身边走过去。他走到门口，站住了，似乎要说什么，但最终没有开口，推门走进暮色里。

吴梦妍看着李川的身影被夜色吞没，良久，走过去拿起毛巾，继续擦拭仪器。这时，门又被推开了，一个身影急匆匆走进来，吴梦妍以为是李川，皱眉地转头，却看到王教授大步走到镜面衍生仪前，按下了启动键。教授像是没看到吴梦妍般，只是死死盯着仪器，手里还拿着一本《量子通信》。

"是的是的！生物技术……意识通道……"教授喃喃念着，手指在衍生仪上快速按动，显示屏上出现球的图影。

"王教授，您怎么了？"吴梦妍在一旁小心翼翼地问。

王教授如梦初醒，抬起头，看到吴梦妍，按键的手猛地抽了回来，问："你……你是谁？"

"我叫吴梦妍，是您明天的发布会的志愿者，在这里打扫。您这么晚了还回来？"

"哦，我记起来了，他跟我说起过你……我是突然想到一个办法，可以稳定通——"教授突然停住了，目光在吴梦妍身上打量着，浑浊的瞳孔里，有光在慢慢凝聚。他脸颊上的肉抖动了两下，哆哆嗦嗦地开口，"你能帮我一个忙吗？"

吴梦妍连忙点头。

教授的呼吸急促起来，他深吸几口气，把颤抖从内心深处按捺下来，说："来，你拿着这两个接头，"教授把衍生仪外设的两个红绿接口递过去，"拿好，放心……没事、没事的。"

王教授在学院里德高望重，每个学生都尊敬他，吴梦妍也不例外。她一边把接口拿过来，一边问："这是……要做什么实验吗？"

"嗯。"教授点点头，却并不看吴梦妍，右手猛地按下了衍生仪的某个开关。

一股电流猛地窜过吴梦妍的身体，她娇小的身子一震，整个人直挺挺地倒了下去。（她的面前是衍生仪，昏暗的光线里，仪器的尖锐棱角正好对准了她的额头。砰，一声沉闷的撞击响起，吴梦妍被撞得弹了一下，身子翻转，躺在地上，一动不动。）

教授强行按下心头狂跳，蹲下来，把红绿接口放在吴梦妍手心，固定好，然后在衍生仪上按下了另一个键。

嗞，细微但连续的电流窜动声在实验室里回荡，衍生仪微微颤抖，显然正在运行大功率的程序。一些光晕在吴梦妍身上散发出来，从头到脚。同时，在衍生仪的显示屏上，一些阴影图像正缓缓浮现，围绕在金属球周围。

教授紧张地看着，这时，他才留意到吴梦妍头下流动的殷红。光晕散开后，王教授连忙关闭仪器，把手指凑到吴梦妍鼻子旁。

一片冰凉，毫无呼吸。

李川犹豫了很久，还是决定进去。就算吴梦妍不喜欢自己，也应该好好说，不能那么没有气度地一走了之，况且——说不定自己还有机会呢？

深吸几口气，他鼓足了勇气，推开了实验室的门。但里面的情景让他大吃一惊，吴梦妍倒在地上，刺目的血迹缓缓流淌，除此之外，实验室里空无一人。

李川连忙跑过去，叫了几声，但吴梦妍如雕像般一动不动。他蹲下来，想抱起吴梦妍，但这时，有什么东西落在了他身上，接着，巨大的电流在他身体里汹涌咆哮。

他失去了意识，软倒下去，手臂里的吴梦妍摔在血泊里。

王教授从后面走出来，喘着粗气。刚才他盯着吴梦妍的时候，听到门外的脚步声，那一刻，他吓得心脏都快跳出来。但门外的人不知出于何故，停了下来，久久不推门进来，这给了王教授藏起来的时间。

王教授拖着李川，把红绿接头绑在李川的左右手心里，然后按下键钮，把对吴梦妍做的事情又做了一遍。

显示屏上的图影又增加了许多。教授扑到衍生仪前，手指连续按键。实验室没开灯，只有屏幕的光照在教授脸上，苍白如死，眼眶却深黑。时间不断流逝，在看不见的空间里，一条稳固而神秘的通道逐渐打开，金属球震动不休，与支托摩擦出嗡嗡的诡异声响。

王教授一把抹去额头上的汗珠，又低头继续。编制新程序的过程复杂而艰辛，耗时漫长，幸亏这期间没有人来打扰。最终，王教授长吐一口气，重重地按下了确定键。

啪，按键声响起，李川睁开了眼睛。

2022年9月 吴梦妍死后3个月

听完我的诉说，教授终于低下了头，瘦弱的肩膀微微颤动。

"你说的，都没有错。我那时候被发布会扰乱了心绪，一心只想找出稳固通道的办法，或者把发布会往后拖。"教授终于开口了，声音闷闷的，"那晚，我突然想到，要是建立生物意识通道，像量子通信那样，说不定超空间控制会脱胎换骨。但第二天就是发布会了，来不及找志愿者来实验……就在那时候，那个小姑娘突然就出现在我面前了，就像上天特意安排的一样，我……我被迷住了心窍，我怕她不肯答应，就骗她……"

文蕾鼻子喷出一口气，说："这些都不能成为你的借口。女学生出了事，你应该立刻把她送到医院，说不定还能救活。但你接下来，还把另一个学生也击昏了，对他进行了镜……那叫什么来着，哦，镜面投射。然后，你用你的技术，控制了他，让他承认杀人。这些行为的后果，你一个教授，不可能不知道吧？"

"嗯，我知道。但我心里只装着我的实验，我想，要是让那个男学生背下黑锅，一来，我能免脱谴责，二来，实验室发生命案，那发布会就要取消，我就有更多的时间来把意识通道钻研透……我听你说过那对男女学生之间的事情，就在男生身上编了程序，只要有人问他，就说那段凶杀的经过……"这些秘密在王教授心里藏了3个月，如利剑毒刺，每次想起就会扎人。王教授现在一口气说出来，抬起头时，已是泪流满面，"我只想把我的理论验证出来，我为了它，花了十几年，我没有妻子没有家庭。当他们威胁我说要关闭我的实验时，我就失去了理智……"

我默然，再也说不出话来。

这一刻，我对教授竟恨不起来，反倒是感到深切的悲哀。那些埋首研究的日子，寒夜漫漫，数十年光阴如白驹过隙般在试验台上飞逝。王教授在漫长的钻研中，白了头，驼了腰，什么都没得到。

如果换成我，会不会做相同的决定呢？

"这些话，留着对法官说吧。"文蕾看着王教授，"我们是为另一件事来的——那个被你投影进镜面空间的女孩子，有没有办法复活？"

我点点头，说："救活吴梦妍，对你的减刑也很有帮助。"

对于这个问题，王教授没有迟疑，重重地点头："是有办法的。本来人死了是不能复生的，何况她的尸体已经被火化，但——但是她所有的信息都被复制进量子空间了！你把我带到实验室里，我就有办法把她救活！"

我们把衍生仪搬回实验室，布置得跟以前一样。王教授摩挲着试验台，眼角泛泪，神情凄楚。

文蕾咳了两声，示意王教授可以开始。王教授回过神，走到衍生仪前，正要开始，又转过头来说："做实验的时候，无关人员不要在场。我不能被干扰。"

文蕾正要说话，我拦住了他，低声说："王教授是这样的脾气。你们去外面等吧，这里只有一个出口，他也逃不了。"文蕾终归还是给了我这个面子，点点头，走到外面抽烟去了。

王教授打开仪器，边按键边说："镜面空间保存了那个女生的全部信息，相当于她生活在那个空间里。你要做的，是利用两边空间的张力，获得能量，然后在现实空间里找到原材料，使她被重构。这听上去几乎不可能，但利用镜面空间，是可行的，量子纠缠态会帮你很多忙。还有一些具体的做法，我已经记载成文档了，放在我的电脑里，没有密码，你可以找到。"

我生怕漏过一个字，聚精会神地听，王教授说完了之后我才觉出不对，愕然问道："要我来做吗？难道不是教授你来做？"

"不，"教授转过头，冲我露出一个苦涩的笑，"减不减刑对我来说不重要，只要一天不做实验，我就活不下去。现实世界不适合我了，我想，或许那个空间会接纳我……"

我这才看到，教授双手已经紧紧握住了红绿接口，而他的拳头，正对着仪器的按键。该死，我刚才竟然没有看到教授是在开启投射程序！

"您别冲动，把接口给我。你的学识对量子物理很重要，我们仍然需要您。您只要等几年就好了，到时候出来了，我还给您当副手。"我说着，小心翼翼地靠近王教授。

"呵呵，其实研究镜面空间这么久了，我还从来不知道它的样子。我为它奉献了十几年，现在，是该去瞧瞧了。"教授的眼神很温柔，仿佛衍生仪是他阔别已久的情人。他说着，拳头下压，猛烈的嗞嗞声响起，整个衍生仪左右晃动。

这是最大功率的投射程序，就算成功把王教授投影进去了，在现实空间里，他的身体也受不了那样强烈的电流。在炽烈的光晕中，我看到王教授绽开了笑容，那是真正的笑。他用最后的力气说："别……别救我出来……"

教授的文档里详细记录了救活吴梦妍的原理和步骤，里面涉及了很多物理学科以外的知识，例如生物学和化学技术。想来，虽然教授陷害李川，但暗地里，他也在拼命寻找赎罪的办法。

我彻夜不眠地看着，文档里面提到的很多观点都很新颖，甚至于天马行空。

每每看累了揉按眼睛之时，我都感慨王教授的博学与聪慧，如果没有这场意外，他一定能跻身世界顶级物理学家的行列。只是，他现在已

经在另一个空间了，正见证着他为之努力一生的科学奇迹。

两个月后，我已经大概了解了复活吴梦妍的过程。不过这个办法虽然看上去可行，但终究只是王教授的猜测，能不能成功，谁都不敢保证。

学校很关注救活吴梦妍的事情，我把王教授的办法整理成册之后，交给了院长。当天下午，他找到我，说：“就这么办吧……就算不成，也尽了人事。”院长也老了很多，这次事故，他不但受到批评，更失去了一个同窗挚友。

学校指派了很多专家来配合我，市医院也积极筹集材料，连电力局也答应断电一天，将所有的能源都用在复活实验上。

那天，天空下着小雨，雨水舔着窗户，沙沙地响。我站在窗前，隔着雨痕流过的玻璃，看到城市被浸在一片雨雾蒙蒙中。几只鸽子呼啦啦窜出来，被雨水打湿了翅膀，但仍振翅飞过街道，飞进了雨雾中。更远处，高耸的建筑沉默着，像站在雨中的巨人，任凭雨淋风吹而不发一言……这是我们所熟悉的世界，但在另一个空间里，是不是也有这样一番烟水朦胧的景象呢？

医生碰了碰我的后背，将我的思绪拉回来，小声问道：“都准备好了，是不是可以开始了？”

我甩甩头，赶走遐思，那个世界太遥远，要珍惜的，终究是眼前。

“开始吧。”我点头说。

尾声 2023年3月　吴梦妍醒后4个月

处理完数据后，又是深夜了，我揉揉眼睛，看向窗外。梧桐树的叶子伸进了实验室，灯光照上去，像是墨绿色的手掌在招摇。我看了一会儿，上前小心地把枝叶推出去，关好窗子，熄了灯。

这时候已经是3月底了，C大的夜晚还很清凉，风起叶摇，整个校园里都是簌簌的低语声。我取了车，骑行在树影里，让夜风吹走了一天的疲劳。

路过自习室时，我遇到了吴梦妍。她抱着几本书，独自从教室里走出来，灯光氤氲，我看不清她的样子。但她看到了我。

"学长。"

我停下车，挠挠脑袋。她还是那么漂亮。我说："这么晚了，你还在自习吗？"

"嗯，我上学期落下了很多课，所以现在任务比较重。"她笑笑，"要是考试不过，就不好了。"

我点点头。以前为了应付考试，我也复习到很晚。

"对了，半年不见，学长过得怎么样？"

"还好，以前的实验室被学校关闭了，我被调到隔壁实验室了，研究量子通信。"我勉强笑起来，"也算专业对口了。"

"那挺好的。"

然后我们都沉默了。这时主教区的钟声响了起来，咚咚咚，在夜色里回荡。吴梦妍身后的自习楼里，教室一个接着一个地熄灯，整栋楼里黑压压的。我看着表，23点了，"很晚了，你住哪里？"

"五舍。"

"五舍有点远……我送你回去吧？"

"好啊。"

吴梦妍很轻，她跳上自行车后座时，我几乎没有感觉到车的震动。回去的路很长，一路上我们都没有说话，我掌着车把，小心地保持着车的平衡。我骑过了教学区，骑过了图书馆，骑过了知识广场，骑过了长桥，骑过了校道，骑过了青春广场，骑过了灯火俱灭的商业街。我一直骑，不觉得累，我第一次发现这个学校竟然这么大、这么

安静。

　　吴梦妍大概自习累了，到长桥时便靠着我的背。我骑得很慢，夜风从后面追上来，吴梦妍的几缕发丝拂上了我的手臂。她的头发很轻，像空气一样，没有重量。

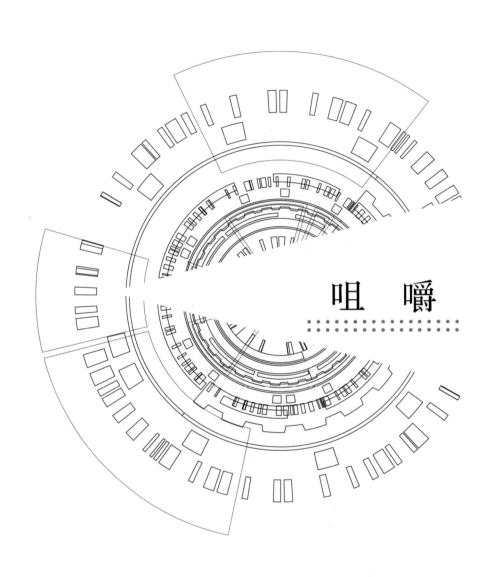

咀　嚼

1

外面的气温一定超过了45℃，但天气预报死活不肯承认。公交车在烈日下晃晃悠悠地前行，车窗旁的建筑被阳光罩住，看上去刺眼又模糊。于是我把目光收回，看到了满车厢黑压压的头。

车厢里的景象更让我难受。

无数张异化过后的脸充斥着这个狭小的空间，突出的眼珠，凹陷的下巴，还有分岔舌头……不止脸，肢体上的异化也随处可见，我看到一个中年胖子的后脖子处长了两排突出软骨，紧紧扣着扶杆，任公交车如浪中浮萍一样颠簸，也自岿然不动。

在我的视线里，人群如同一丛枝节横生的树林，乱七八糟地膨胀着。

每一天上班的公交之旅，对我而言都不啻一场噩梦。哦，不对，这不是噩梦，这是活生生的场景。

我的朋友，我处在一个异化时代。

好容易下了公交，热浪猛地袭来，我差点站立不住。我摸了摸额头，坚实的触觉让我放心不少。

阿杰早已经在会场外等着了，见我到场，迎上来说："你终于来了，等你好久！你看，程萝都来了。"

程萝在一旁整理仪容。即使在烈日下，她还是美艳无双，职业装勾勒出了她的完美身段。不远处的一个男人表面上在低头玩手机，但他右侧太阳穴多长出的一只眼睛却专注地盯着程萝，嘴角勾出猥亵的笑容。其他男人没有这种异化，只能偶尔偷瞟一眼。

对于这些不怀好意的目光，程萝早已见怪不怪。

"发布会快开始了吧？"我收回目光，掏出录音笔、台本和耳麦，"你去拿给程萝。"

"你自己怎么不去？"阿杰怪笑着说。

我踢了下他屁股，笑骂道："叫你去，你就去！"

整理妥当后，发布会正好开始。无数摄像机对准发布台，那里，明星作家章冉已经坐好。他没有穿标志性的格子衬衫，而是浑身正装，两手交叠，26根手指平放在腿上。他一反往日的随性形象，正襟危坐，看来也极其重视这场新书发布会。

确实，即将发布的《异化调查录》，将会是第一部全面展示这个时代新面貌的著作。

程萝是这场发布会的主持人，她走上去，职业微笑挂在嘴角。"现在，"她微微躬身，对着麦克风，"发布会正式开始。"

我站在很远的地方，但依稀可以看到，程萝嘴里的两条舌头轻轻跳动。

"……这3年，为了收集异化信息，我的足迹踏遍全球。从布满钢铁森林的城市，到离天最近的高原，从居住在日渐融化的冰盖上的因纽特人，到永远生活在海上船舱里的巴瑶族人……"随着章冉的介绍，他身后的全息屏幕也变幻着种种瑰奇的景色，每张画面中央都有他的身影，"大家都知道，此前我是一名科幻作家，出版过一些还算畅销的小说，上过几次富豪榜，但我为了这3年的调查，花光了所有积蓄，变卖了房产和车。可能大家下次见到我，会是在某个天桥底下。"

会场里一阵哄笑，然后是经久不息的掌声。

待掌声稍稍平息后，他继续说："很多朋友问我，为什么放弃科幻小说创作，转而做科普调研。我一直没有回答，现在，我终于可以说了——现在，异化时代就是最科幻的年代，我们以前关于未来的种种设

想，在真正的现实面前都不堪一击。所以我不再写科幻小说。"

"嘿，我们走着瞧。"程萝俏皮地接口说道，"您的粉丝肯定不会轻易饶了您。"

"如果他们中有像你这么漂亮的姑娘，我会毫不犹豫地食言。"章冉气度翩翩，黑框眼镜后的眼睛闪闪发光，颔下一撮精心修剪过的胡子让他显得成熟又危险。

"章老师说笑了，您可是有几百万粉丝呢。"玩笑过后，职业素养让程萝迅速拉回话题，"那经过您的研究，这几年爆发式的异化，对我们究竟是好是坏呢？"

"确实，异化是爆发式的，现在我们每个人的身上都有异化。虽然不像美式漫画里那么眼花缭乱，但社会确实发生了巨大变化。" 他把手抬起来，两只手掌上各长着的13根手指，像莲花般开合，"我的手指异化成了26根，写作的时候，每根指头都按着一个字母键，写作速度快了4倍以上。现场的朋友，异化更是多种多样，比如我身边这位美丽的主持人，她有上下交叠的两条舌头，说话婉转动听。"

程萝微微红了脸，但那不是羞怯。"章老师您真幽默，"她朝章冉露齿一笑，盈盈大方。

我心里突然有点难受，往后靠，倚在墙上。这个发布会顿时索然无味起来。但我不能离开。

章冉轻咳一声，整了整领带，说："我调查过的异化，按肢体器官来分，有1472种类型，而新型异化仍在不断发生。或许就在这个发布会结束之后，我刚刚说的数据就会增加。虽然异化的部位和具体特征千差万别，但每一种，都确确实实地使人类的生活更加便捷。"

全息屏幕上，光影纷乱，令人目不暇接的异化体征快速闪过。

有人手臂长的离谱，垂下来可以碰到地面。这种异化体多为年轻女孩，是为了自拍而产生的。

有人下巴前端凹陷，露出一条小缝隙。这个缝隙可以卡住手机，是低头族的异化。

有人的掌心向手背隆起，除了食指和中指，其余指头都已退化，整个手掌像是蜗牛。这是白领的异化，掌心深陷的地方正好可以罩住鼠标。我身边就有不少人是这种异化。

……

这些幻灯片足足放了10多分钟，听众都看得如痴如醉。进入异化时代以来，虽然有人做过调查，我们电视台也有类似节目，但如此细致如此全面的异化报告还是第一次见到。

"总之，这些异化都是为了更便捷而产生的。"章冉的音调大了起来，"这是自然的选择，是身体对快节奏生活做出的适应和改进，是人类在进化树上爬得更高的铁证！我们的社会因之而更加高效起来！

"最后，请让我引用狄更斯在《双城记》里说的话：这是最好的年代——"

他的声音越来越高昂，在最后一个字上又戛然而止。

现场一片寂静，我也竖着耳朵，等他说完。

"我的演讲结束了。"章冉说。

程萝最先反应过来："章老师只引用上半句！"

全程掌声雷动。

这是最好的年代。

是吗？我摸摸额头，并不敢肯定这句话是对的。

但我可以肯定的是，明天各大新闻门户上的头条都会是这7个字。

发布会结束，台里的车终于来了。我总算可以不必挤公交。

但等了许久，也不见程萝过来。

"怎么回事？"我有些纳闷儿，"发布会结束了啊。"

阿杰抱着肩膀，斜靠在车窗上，无所谓地说："结束时我看见她去

后台了，应该是去找章冉了。那家伙以前就风流招摇，现在出了这么重磅的作品，嘿，恐怕又有不少女粉丝要倒霉了……"

我默默无言。

叮，阿杰的手机响起来。他看了一眼，转身上车，说："瞧我说什么吧！程萝说晚上跟章冉一起吃饭，就不跟我们一起回去了。走吧，早点回去还能赶上台里的晚饭。"

我也弯腰上车。太阳正西斜，被车窗过滤后的阳光惨然无力，天边也黯淡。

2

夜里燥热未散，出租屋里像个蒸笼，将我浑身蒸得汗涔涔的。

出了这么多汗，额头上长的瘤便有些歪斜。镜子里，我看到它横在两眼中上方，像是隆起的肉丘，中间有几个小孔……它是如此可憎，每天趴在我的脑袋上，像一个臃肿肥胖的寄生虫。

我的同事们都知道，这是我的异化。我告诉他们，肉瘤中间的小孔可以帮助我散热，利于脑袋休息。

"哈哈哈，"他们大笑起来，尤其是阿杰，"怎么会有这么鸡肋的异化……"

然而，他们并不知道的是——

我对着镜子，用手按住肉瘤，然后使劲一推。

肉瘤掉在了洗漱台上，弹了几下，而它原本占据的地方，是完好的皮肤。只不过被贴了一天的道具，骤然取下，额头上有点儿发红。

镜子里，是一张完好的脸，没有多出的器官，没有缺少的部位。

是的，我的朋友，现在你明白了——我不是异化者。

办公室里一片安静，只有偶尔敲击键盘的声音。

我悄悄打开网页，果然，各处头条都是章冉和他的《异化调查录》。据说这套书在发布会开始前就准备了多国版本，全球同步销售，首印量应该不下于500万……名和利，正迅速涌向这个34岁的中年男人。

看着页面上双手抱胸目光深邃的章冉，我叹口气，把页面关掉。

"嗨，"阿杰把头探过来，"你知道吗？下午，章冉要接受台里的专访。"

"章冉现在这么有名，我们这个二流电视台能请动他？"

阿杰笑了笑，笑容有些意味深长："说你笨，你还不认。你以为昨晚程萝跟章冉吃饭，是为了什么呢？"

"不是仰慕吗？"

"我早就说你太天真了，真不知道你是怎么活下来的。"阿杰摇摇头，"程萝这样的女孩，做一件事不可能没有目的。"

阿杰说得没错，中午刚过，章冉在几个西装保镖的护送下来到了电视台。他冲程萝笑笑，然后在台长的带领下进了采访间。许多同事趴在外面，隔着磨砂玻璃，偷听采访的过程。章冉频繁蹦出的连珠妙语，让他们也会心地笑。

采访结束时已经下班了。台里订了酒席，要宴请章冉。照说这种规格的饭局是请不动他这种大明星的，但他与程萝对视一眼，就点头答应了。

才喝了两杯酒，我就感觉一阵眩晕，对面的人影变得模糊起来。

"来来来，章老师，"台长拿起酒杯，敬到章冉面前，说，"现在您的声誉这么高，还来我们这种小电视台接受采访，非常感激！"

"谦虚了，谦虚了，您这单位虽然庙小，但菩萨大。有程小姐这样优秀的主持人，也是我的荣幸。"

"哈哈哈，当初招她进台里，我可是顶住了很大压力啊！现在看来，真是个正确的决定。"

大家都笑着敬酒。喝到一半，有人建议道："既然章老师对异化有这么深的研究，不如给我们在场的人也看看。我们这些异化，到底好在哪里呢？"

顿时不少人附和，章冉酒过三巡，也是兴致颇高，26根指头在桌子上敲出一排波浪，便点头说了声"好"。

他先是看了看台长的后颈，笑着说："您这后脖子上有一排小孔，闻得到酒精的味道。嘿嘿，恐怕您喝酒的时候，体内的酒精能够顺着这些孔，以蒸气的形态排出体外。您这就是真正的千杯不醉啊！"

台长笑着说："见笑了，应酬多嘛。"

接下来章冉挨个看其他的异化，有鼠标手的，五官移位的，肢节灵活扭曲的，还有程萝这种双舌头的。他一路调笑，轮到我时，终于皱了皱眉。

"你这个异化有些奇怪啊，"他轻轻按压住我额头上的肉瘤，眼睛眯起，似乎在凝神感知，"抱歉，我还真感觉不出来。"

我连忙告诉他，这是用来给大脑散热的。

他没有说话，又按了几下。我的心揪起来，生怕他一用力，把粘在肉瘤和皮肤上的胶给扯掉。

好在他始终轻按，然后收回手，若有所思地回到座位上。

我后面还有几个人，但章冉没有再去观察他们的异化。酒桌上有些尴尬，台长瞪了我一眼，跟章冉敬酒。而章冉像是才回过神来，怔怔地举杯饮尽，什么话都没说。接下来的整个酒席，他都没有再说话。

3

在梦里，我回忆起异化刚刚发生的那一阵。

经历过最初的恐慌之后，人们纷纷惊讶于身体异化给生活带来的便捷。当时我在一家事业单位上班，同事们的效率全部加快，他们在我周围欢声笑语，互相讲述异化的种种好处。当他们聊完之后，就会围过来，好奇地说："为什么你一直没有变化呢，全世界的人都变了啊！"这种好奇，一日一日地变成了猜疑，他们开始疏远我。我像一条在河水里孤独前行的鱼，他们游弋在四周，吐着小泡，灰白的眼睛里满是鄙夷。

于是，我从那家单位辞职了。走的那天，我分明听到了他们在办公隔间后吐出的长长气息。

在进入现在工作的电视台前，我订制了一个软塑料肉瘤，质感与软肉相近，贴在额头上。凭这个，我成了一名"异化者"。

3年来，我白天顶着这块肉瘤，夜晚取下。粘住肉瘤的这块皮肤，因长年累月的压抑，已经显得灰白而酥软了，荫翳一般。

梦结束时，我看到了前同事们的眼睛。不是一双，而是铺天盖地的眼睛，灰白，无神，一直睁着。它们盯着我，透露出的眼神让我发狂，我逃到哪里都躲不开。最后，我把手里的肉瘤贴在额头上，这些眼睛才次第闭上，世界变得一片黑暗。

这个梦吓得我半夜惊坐，大口喘气，后背被冷汗沁得湿透。

整个白天，办公室的气氛都很微妙。我在办公桌前处理影像素材，感到身后有许多只眼睛看过来，目光犹疑，有如实质，让我脊背发麻。

这种感觉，让我感觉回到了前一家单位的办公室。我摸了摸肉瘤，

确定它还在，心里更加困惑了。

疑团在下班时解开了。

大家快走光时，我拉住阿杰，低声问："今天到底怎么了，一个个都怪怪的，你也是一样？"

阿杰朝四周看了看，没人注意我们这边，才说："你怎么搞的，哪里得罪章冉了！"

"得罪章冉？"我摇摇头，"没有啊！"

"那为什么昨天章冉见过你的异化后，就突然没了兴致？我看台长的脸色，对你很不满，现在大家都不敢跟你接触了。"

阿杰的话让我十分困惑。我仔细回忆，确定之前没有跟章冉有过节，准确地说，昨天之前，章冉压根儿不知道我这个无名小卒。怎么会开罪他呢？

出了大厦，我一边思索着，一边走向公交站台。天色渐暗，燥热笼罩，晚风无力得像垂死老人。

路旁停着一辆黑色轿车，我走过去，车窗缓缓滑下，露出一张男人的脸。

"嗨。"

我从思索中回过神来，看向车窗。

"章冉老师？"我十分惊讶，"您怎么在这里？"

"我在等你。"他露出温和笑容。

"等我？"

章冉点点头："现在有空吗，我带你去一个地方？"

我满心茫然，但下班后确实没事，只能在空荡荡的出租屋里消磨时间。于是我点点头，坐在副驾驶上，章冉也没说什么，启动车子。

他的26根指头扣着方向盘，像两只交合在一起的蜘蛛。

见他没有说话的意思，我也乐得清净，扭头看向窗外。隔着车窗，外面更显得夜色沉茫，街边商铺里灯光亮起，路旁七彩霓虹闪烁。这是个没有夜晚的城市。人类在很多年前就放弃了夜晚。

堵车的时候，我看到路旁走过一群女孩。她们浓妆艳抹，衣着暴露，嬉笑打闹，偶尔抬起能垂到膝盖的手臂，拿着手机拍照。

咔嚓咔嚓，闪光灯下，她们的脸被光染成一片惨白。

我看得出神，等回过神时，章冉的车已经停了。我朝四周看看，发现这里竟是一家六星级酒店，在本市以奢华和昂贵著称。

有侍者来泊车，看到章冉后，尊敬地弯腰："章老师，您好。"

章冉点头示意，把车钥匙丢给他，转头对我说："走，我们进去。"

我完全摸不着头脑，只能跟着他走进去，乘电梯到顶层。电梯门开的一瞬间，我被顶层的豪华布置惊呆了——真丝地毯，两排迎宾女孩，水晶吊灯，随处可见的昂贵红酒……

"走吧，"章冉说，"我们去蒸个桑拿。"

"啊？"

"两个男人，蒸蒸桑拿，聊聊天，不是很正常吗？"他语气如常，仿佛在说一件再寻常不过的事情。

但在我看来，这是最离奇的状况——一个名声斐然的作家，突然邀请我这个丢进人群里就看不见的小白领来星级酒店蒸桑拿？

就在我疑惑时，几个上面低下面短的迎宾小姐走过来，满脸笑容地说："章老师，您又带朋友过来蒸啊？房间已经留好了，我们过去吧。"

听她们的语气，似乎章冉已经是熟客了。确实，这里才符合他这种身份的作家。

但这里看起来也不是危险的地方，我硬着头皮，跟在他们后面。迎宾小姐把我们引进一间贵宾浴室，里面有两个浴池，池里是灰白色的水，池底的气眼不停地鼓泡。章冉挥挥手，迎宾小姐便离开了。

"这里药浴不错，"章冉背对着我，把衣服脱下来，露出精壮的后背，"你也泡一泡吧。"他把自己脱得赤裸后，走到浴池里，身体被池水浸泡，眼睛闭上。

我站在房间里，倍感尴尬。过了一会儿，我咬咬牙，也脱下衣服，泡在药浴里。药池气眼是按照人体穴位布置的，水流顶着后背，我舒服得打了个颤。

"你在电台工作了3年，是吗？"章冉突然开口。

"啊？"我愣了愣，"你怎么知道的？"

章冉没回答，顿了顿，又问："你为什么要从××局辞职呢？据我所知，它给你的薪水，比你现在要高。"

我悚然一惊——××局正是我上一家单位的名称。显然，章冉调查过我。我看向他，但房间里光线幽暗，他的脸看不分明。

一股凉气从后背升起，但池水明明是温热的。

"你，你到底想怎么样？"

"不要紧张，我只是想跟你聊聊。"他的语气似乎带着嘲弄，"对了，你大学是学的工科，毕业时参加一次比赛，被暗箱操作。据说你的同学都很气愤，但你什么都没有说，就这样毕业，然后进了国企，过了两年稳定的生活。这件事，是真的吗？"

他怎么可能知道！我惊讶得都忘了生气。

"还有，你的女朋友喜欢上你最好的朋友。你发现后，独自把行李搬出了房子，让他们住？"

我勃然站起，水被带出来，淋得满房间都是。章冉脸上也被淋到了，但他没有丝毫生气，反而睁大眼睛，盯着我的身体。

他的目光不同于往常的冷静和睿智，闪着灼灼的光，看起来竟有些狂热。

我心里一悸，想到了一个可能性——但不对啊，以前听到的，全都是他和女读者或女明星之间的绯闻，没有他对同性感兴趣的说法啊。

正犹豫着，章冉也从浴池里站了起来，走到我面前，围着我打量。他嘴里喃喃念着什么，很快，我听不清。

我被打量得发麻，猛地拿起一旁的衣物，向门口跑去。这诡异的邀请，我再也忍受不了了。

正要夺门而出时，身后传来了章冉的幽幽话语。

"你果然不是异化者……"

我的手停在门把前，转过头，难以置信地看着章冉。

4

夜风掠过城市上空。站在酒店楼顶，才感觉吹过来的风不那么燥热。天完全暗了，稀薄的星子在浓雾遮蔽的夜空若隐若现。

"好久都看不到星星了。"章冉仰头看了许久，才喃喃叹了口气，"以前，人们躺在农田里，一睁眼，能看到数不清的明亮星辰。现在，我们居住在城市里，白天庸碌地工作，夜晚蜷缩在狭小的空间里，休息也只是为了继续第二天庸碌的生活。"

这跟公众面前睿智幽默的章冉，完全是两个人。此时的他，声音和背影里，都透着忧伤的气息。

但我弄不懂他的忧伤，我只想弄清楚，他为什么会知道我不是异化者。

"摸一摸你的肉瘤就知道了。"他轻描淡写地说，"用肉瘤的气孔给大脑散热？你想的理由太荒唐了，大脑是精准而脆弱的器官，根本不能通过气孔与外界接触。我请你药浴，是想确认你身体的其他地方没有异化。"

"呃……"我想反驳，但也知道他说得对，这3年，如果有人认真摸

一摸，恐怕也会发现破绽，"你把我带到这里，就是为了揭露我吗？我没有异化，难道就犯法了吗？"

他转过身看着我，脸上似笑非笑："不，我不打算对你做不利的事。相反，你的出现，是最珍贵的案例。"

"珍贵？"

"是啊，我走遍世界，只发现一例正常的身体，就是你。"章冉的声音突然高昂起来，"你知道吗，你的存在，将推翻整个《异化调查录》的结论！"

我有些懵，问："推翻你的书？"

"是啊！开发布会时，我说异化是为了人类更适应社会的进化。但根据这些年的各项环境指标，我觉得真正的原因，是核污染、劣质工业用品、浑浊空气和逐渐增强的紫外线的共同作用导致了人类飞速异化。"他伸出手，指着绚烂的城市街景——那里，人们正在狂欢，"人类的生活完全改变了，现在的人类，是畸变的物种。"

这番话让我目瞪口呆——这跟他在发布会上说的，截然不同！

"但他们不让我这么说。"章冉又颓然叹了口气，"他们说，既然全世界的人都异化了，那就要让人们接受这种现状。所以，调查手记的结果，是按照人们能够接受的方向去写的。"

"那书里的，都是骗人的？"

章冉点点头，声音沉重："本来，异化发生后，人人都很恐慌，后来大家适应了，但还需要一个官方的说法来使所有人心安。我的作品作为异化调查的最权威结论，彻底抹平人们对异化的担忧。人的这里——"他点点自己的太阳穴，"是没有主见的，只要有人告诉他异化是好的，他们就会相信，然后心安理得地过下去。而我，就是那个被推到台上来哄骗所有人的人。"

风大了些，章冉的衣袖烈烈鼓荡，但他迎着夜风，身体坚硬得像石头。

"那……"我缩着脖子，问，"那你找我干什么？"

"我原本以为所有人都异化了。既然人们无法醒过来，那我就让人们睡得更香，所以我答应给他们写《异化调查录》——但现在，你的出现改变了一切。你没有异化，是唯一的清醒者。既然有人还在黑夜里发光，那其他人也应该睁开眼睛看看。"说到这里，他猛然停下，目光灼灼地看着我，"我要重写《异化调查录》！"

夜风变大，在高楼间呼啸而过。远方浓云集卷，闪电划落，一场大雨正在酝酿。

回到家后，我辗转难眠。

额头上的灰白荫翳隐隐作痛。

章冉说的每个字都在耳边回响。沉沉黑夜里，平日里吵得我无法入睡的施工声、鸣笛声和楼下歌舞厅的嘶吼都消失了，只听得到章冉的话音。而且一个字比一个字重，到了后来，已经犹如惊雷在耳畔炸响。

帮助章冉写成新的《异化调查录》，会非常危险，因为星际政府不会让民众陷入恐慌和怀疑。但，但它可以给这个冰冷、机械的世界一个警钟。

所以，真的可以改……改变世界吗？

从此以后，可以不用戴着肉瘤生活下去吗？

我猛地爬起来，拿起手机，拨通了章冉的号码。

接下来的一个多月，我每天下班后都被章冉接到他的工作室，跟他录语音采访。工作室不大，但处在市中心，租金不菲。里面堆满了书和电脑，乱糟糟地摆放着，我刚开始走进去的时候，都找不到落脚的地方。

章冉很认真，采访完后，他坐在电脑前专心创作，26根手指如

同舞蹈般在键盘上跳跃点击，文档里的文字流水般涌出。他的时间有限，要赶在公众对调查手记失去关注前写完，因此这阵子便尤其专注。

他写作时，我通常坐在一旁看着，觉得无聊了就回家。走的时候轻轻带上门，留章冉在屋里创作。

这天，我坐电梯下班，电梯门刚要关，一只纤白的手伸进来。电梯门又打开了，于是，我看到了程萝的脸。像一朵花在电梯后面开放。

她走进来，站在我旁边。我有些不知所措。

"你这几天有点奇怪啊，"程萝突然说，"好像每天下班后你都没有回家？"

"你怎么知道的？"

"有几次想跟你打招呼，你都没看见，就匆匆走了。"

"是吗？"我心里涌起一阵暗喜。

"所以，你是去做了什么呢？"

我犹豫了一下："暂时还不能跟你说——但是这是一件好事，很快就能出结果了。到时候你会知道的。"

程萝也没有勉强，低头笑了笑，说："那你今晚有空吗？"

这样的微笑，我没有能力拒绝。

出电梯的时候，我跟章冉发了条短信，告诉他我今晚不能去工作室了。他回了个"嗯"，然后问我是有什么事情。我说跟程萝一起出去，他立刻打了电话过来，说："这个女人很不简单，千万不要透露任何跟重写手记有关的事情给她。"

我握着电话，小声说是，并再三保证。章冉才挂了电话，不远处，他的车驶离街道，独自回到工作室。

这个过程中，程萝一直低着头。我的声音很小，她应该能感觉到我在避讳她，但她没有表露出什么不满，脸上始终淡淡的——我这才发现，她已经卸了妆，素面朝天，清秀的脸在渐渐沉降的夜色中像一朵久远时代的睡莲。

我们走出大楼。程萝叫了一辆车，在拥堵的车流中缓缓行驶，天完全黑时，到了一家清雅的酒吧。

我很少来酒吧，而单独跟程萝一起来，就更是没有过了。我有些局促，程萝却落落大方，找了一个靠窗的座位。

"对了，我还没问你，你喝不喝酒呢？"她俏皮地笑笑，"你要是不能喝酒，可以喝饮料的。"

我点点头，木讷地说："那就来一杯橙汁吧。"

于是，在这间空荡的酒吧里，我喝橙汁，程萝喝红酒。窗外是一棵杨树的顶端，树叶纷繁，在夜风吹拂下哗啦啦地翻卷着。

这时，程萝才告知我她的来意。原来她在老家的母亲给她打了电话，说是父亲病重，希望她早些回家。但程萝这阵子工作太忙，无法抽身，只能给家里打了钱。一整天她都心情忧郁，下班了想找个人喝喝酒，聊聊天，述说一下心事。

但——为什么会找到我呢？我心里想着，见程萝已经有了醉意，便小心翼翼地问出这个疑问。

"因为，整个电视台，我只有你这个朋友啊。"她轻声说。

这句话如一串大锤般打在了我心头。明明是橙汁，我却有晕晕然的感觉。

"是吗，谢谢你。"我只能这么回应。

"不知道怎么，我觉得你跟其他人是不同的。"她揉了揉太阳穴，"所有人都是异化者，但你好像跟所有人是隔离开的。大家随波逐流，为了钱和利追逐着，你却什么都不关心，那么洒脱……"

她絮絮叨叨地说着，好几次我心头狂跳，以为她发现了我的异化是假的。但她又并没有发现，只是诉说着我的不同——我跟其他人不同吗？我跟所有人一样，在这冰冷的钢铁丛林里生活，蝇营狗苟，庸庸碌碌，跟所有在城市里的工蚁一样。唯一的不同，或许是我性子淡

泊，温饱足矣，此外的很多事情都懒得去想。也正因此，我一直是一个人。

这顿酒喝了很长时间，程萝一直在喝，从繁忙工作说到她的感情状态，原来她最近感到了工作的压力，没有好新闻，很快会在台里受到排挤。而她也一直一个人，很多时候感到城市冰冷生活孤寂。她说话时，嘴里的两条舌头偶尔露出，昏暗的灯光下，闪着难以言说的诱惑。我有几次不得不喝几口橙汁，来浇灭喉咙里的干渴。

喝到后来，程萝已经完全不胜酒力了，趴在桌子上。

我扶着她，叫车送她回家。她斜倚在车窗上，呼吸均匀，陷入了沉睡。我用她的钥匙开了她的家门，扶她到床上，替她盖上被子。

这个洗去了一身风尘的女人侧躺在床上，几缕发丝落在脸畔，眼睛紧闭，睫毛微微颤动。她喝了太多酒，陷入了沉沉睡眠。希望她明天醒来时，头不会太痛。

我放了一杯水在她床头桌上。走之前，我回头看了她一眼，犹豫一下，小声说："章冉在重写《异化调查录》，很快就会出来了，这会成为大新闻的。这个新闻会给你。"

她依然在沉睡着。

我走出她的家门，关灭了灯。

5

第二天下班后，我照例到了章冉的工作室。他埋头敲字，我便在桌子底下找到一本他的长篇小说，叫《以太2》，翻开来看。冷峻阴森的文风一直吸引着我往下读，不知觉间，已到半夜。

正当我准备回家时，工作室的门突然被敲响了。

我悚然一惊，章冉正写得投入，第一声时没回过神来。外面的人继续敲，他才停笔，疑惑地看着我。

我摇了摇头。

章冉走到门后，凑在猫眼前看了一眼。他脸色大变，回过头来，用嘴型无声地说了两个字。

警察！

这里是秘密租下来的，怎么会有警察来呢？我正惊疑不定，章冉却冷静地走到电脑前，26个指头如暴雨般飞快地按着键盘。电脑的数据正在清空。他拔出U盘，指了指屋子南面的窗户，说："走！"

我打开窗子，夜风一下子灌了进来。敲门声更响了，由敲击变成了冲撞。门撑不了多久。我个子小，很快钻到窗外的小阳台上，顺着阳台，能跳上对面空调箱。这显然是准备好了的逃生路径。章冉重写调查录之初，就料到了必然不会被允许。

章冉刚探出头来，门就被撞开了。两个身影扑过来，抓住了他的脚。他一手抓着窗檐，一手把U盘递过来："跑！把新调查录发到网上！所有人都会记住我！跑啊！"

我接过U盘，使劲跳到对楼空调箱上，然后窜进了狭小楼道。我知道身后有章冉挡着警察，但他挡不了多久。我脑子里一片混乱，唯一的念头就是跑，跑啊跑，不顾一切地跑。

耳边风声簌簌，一切景象都被速度抽离成了光线，不断向身后掠去。我回过神来时，已经跑到了家里。

时间是凌晨两点。万籁俱寂，屋子里只有我的喘息声。

"冷静，冷静……"我强迫自己思考。但在我循规蹈矩的生命里，今晚是前所未有的，我花了很长时间才坐下来，开始对今晚的事情进行梳理。然而一切并无头绪。我突然想起章冉最后的嘱托，对，不管怎么样，先把新的《异化调查录》发布在网上吧。

我潦草地看了一遍调查录。章冉已经完成得差不多了，重新梳理

了异化的种种体征，并加以环境恶化进行作证，最后他写道："这无疑是一个悲哀的年代，畸形体征出现在每一个人的身体上，而每个人都在狂欢。当人们把谎言当作安眠剂时，我却要把针头伸到眼前，毫不犹豫地刺破——异化的真正原因并不是趋向便捷的自然进化，而是出于……"

调查录到此戛然而止。

想来章冉已经把结论定在了环境恶化上，却没来得及写完。我颤抖着伸出手指，把最后的"环境恶化"这4个字补了上去。

现在，只需要取一个耸人听闻的标题，将调查录发到各个门户网站上就可以了。哪怕网络管制，但以章冉的名字，一定会引起轩然大波。

正当我要上传文档时，电话突然响了起来。

是程萝打来的。

我下意识看了眼天色，正是夜色深沉时，这个点儿她给我打电话，是从未有过的事情。"喂，"我接通了，问道，"有什么事吗？"

"我可以进来吗？"

"什么？"

程萝的声音从电话传过来，糯糯的，像是要黏在我耳朵里："我在你家门外，我可以进来吗？"

我连忙开门，果然身着一袭连衣裙的她正站在门口。夜风有些凉，她缩着脖子。我把她迎进来，让她坐下。

家里脏乱，我有些窘迫，正要开口时，她先说话了："章冉被抓进去了，他写的新调查录在你手里吗？"

我一愣。

然后便是彻骨寒凉。

——程萝躺在床上，睫毛微微颤动。

——警察破门而入。

这两个画面在我脑海里如电影快镜头一样交替闪现。我有些无力。警察能知道章冉在重写调查录，肯定是有人告了密，而唯一泄露出去的，是我。我向已经"喝醉"的程萝吐露了秘密。不然，此夜未逝，她不可能这么快知道章冉被抓，并且新调查录没被搜到。

"为什么？"我看着这张美艳而焦急的脸，喃喃问道，"你不是章冉的崇拜者吗，为什么要出卖他……"

程萝一怔，也不再隐瞒，说："哪有什么为什么，我有了章冉的调查录，做新闻时可以长线爆料，至少走红好几个月。章冉不是想让他的调查录被人看到吗，正好可以放新闻台啊。"

"那既然这样，你可以直接跟章冉说，为什么要出卖呢？"

程萝撇嘴一笑，脸上的笑容被灯光侵染得昏黄，说："我一个地方台的小主持人，逢场作戏可以玩玩，但他心底多瞧不起我，难道你不知道吗？要爆料的话，他肯定会选择更大的平台，这种机会，根本轮不到我。"

我想反驳，但想了半天，一句话都说不出口。的确，章冉的眼界里，程萝的确算不上什么。但听到程萝直言他们发生了关系，我心里又有一种奇怪的感觉，不是痛，也不是愤怒，而是——

痒？

这种痒在我的额头和心里同时泛起，我想挠，但无从下手。

"但你会帮我的，是不是？"程萝见我不说话，继续道，"你对我最好，你肯定愿意把调查录给我。那天你说过，这个新闻会是我的，你不能骗我啊。"

我后退一步，说："但你也不能……不能害章冉被抓进去啊。"

"你以为章冉是什么好人吗？他还不是为了出名！他跟我一样，只是方式不同而已，我们每个人都是相同的。"她说着，舌头在嘴里跳动，昏黄的灯光晕染着舌尖，有一种难以言说的诱惑，"你也一样啊，没有人是无欲无求的。我知道你一直想得到我，从你的眼睛里我可以看

出来。"

"不……"我靠在墙上，有些喘息。见鬼，额头上的痒越来越明显，像是有虫子在肉瘤里钻。

程萝站起来，走到我身前。她的身影在我视线里放大，她的眼睛妩媚，鼻梁像山脊一样，秀唇微抿，再往下，是两道柔软的隆起的曲线。她离我如此之近，以至于我能看到她锁骨上淡淡的青色血管。

"你……"我感到口干舌燥，喉咙里像冒火了一样，说不出完整的话。

"来吧，只要把调查录给我，你就可以得到我……"她轻轻踮起脚，声如呢喃，一阵香味弥漫。我还没反应过来，两片嘴唇已经贴在我嘴上。

我感到一阵眩晕。

程萝走了，带走了U盘。

我躺在床上，脑袋里回忆着刚才的画面，犹在梦中。原来，这滋味如此美妙。以前我总希望别人不注意到我，总是在他人视线的死角里低头行走，现在想来，真是错得离谱啊。人人都在追逐，所有人都想成为别人的关注点。

章冉注意到我，所以我有机会接触到新调查录；程萝注意到我，所以我才能有与她接触的机会。原来他们一直追求的，是这种感觉。

我盯着天花板，半晌，嘿嘿笑了起来。

这时，额头上又痒了起来。刚才太过激烈，我都忘了取下这个肉瘤了。我坐起来，看着镜子。镜子里有一张心满意足的脸，脸的额头中心贴着一个肉瘤。我伸手去挤这块肉瘤，想把它摘下来。

但今天，这块肉瘤比以往任何一天都粘得牢。可能是粘的时间太长了。我使劲搓着，肉瘤才开始松动，隐隐有些疼。我猛地使劲，肉瘤掉了下来。

我愣住了。

镜子里，我的额头有了些变化。肉瘤粘住的地方，不再是苍白的荫翳，而是一张硬币大小的脸庞。我难以置信地凑近去看，没错，我的脑门上又长了一张脸，眼耳口鼻俱在。这张脸的眼睛微微眯起，嘴巴张开，一副心满意足的神情。

这五官和我一模一样，这表情就是我刚才的表情。

我瘫软在椅子上，心里说不上是失落还是轻松。我终于也成了异化者，我长了另外一张脸，我会更容易得到别人的注意了。

第二张脸笑了，嘴唇翕动，像是对我耳语。

我突然想起章冉的新调查录，那最后一句话，或许我补充的是错误的。异化的真正原因既不是趋向便捷的自然进化，也不是环境恶化，而是出于——

"欲望。"

额头上的两片嘴唇轻轻说道。

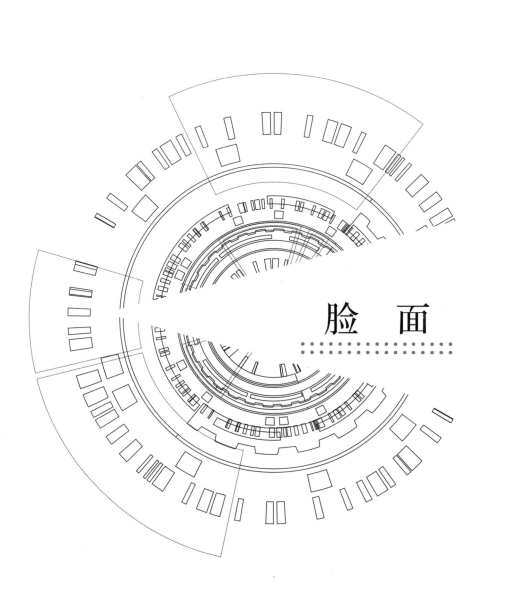

脸　面

父亲说过，人活一张脸，树活一张皮。什么都可以不要，唯独这脸面，万万不能丢。父亲说这话的时候，通常都会看着墙上那张全息照片，语带缅怀。照片上是祖辈们的模样，都长得差不多，在全息影像里依次出现，俯视着父亲和他。

　　但祖辈们的余晖已经褪去，这张脸曾经代表的权势和财富，并没有延续到他身上。他只是这座拥挤城市里最平庸的一员。所以，当商人出现在他面前，提出要买这张脸——准确地说，是买这张脸的使用授权——的时候，他很诧异。

　　"你是说，"他摸了摸自己的脸颊，有些难以置信，"我这张脸，还有人抢着要？"

　　平心而论，他这张脸确实不算英俊——脸盘很大，两条直直的眉毛下面，是一对略显突出的眼睛。鼻梁也不算挺拔，且鼻头硕大，仿佛低矮的丘陵上突兀地横躺着一块巨大的山石。唯一有特色的，是他的嘴巴，大，非常大，嘴边非常精巧地出现了一颗痦子，化腐朽为神奇，令原本混乱不堪的五官组合，显得非常……带有喜感。

　　对面的商人靠近了一些，说："话也不能这么说。张先生，您的这张脸其实……颇具特色。的确，在广义的审美上，它确实占不了太大优势，但它很诙谐，显出一副人畜无害的样子，看着会令人心生好感，不是吗？"

　　商人的话让他回忆起了一些往事。他记得第一次遇见妻子时，他这张脸就引起了她的笑容。那是在一个酒会上，他端着酒站在角落里，无人交谈，就在他灰心丧气准备离开时，一转身，就看到了她的笑脸。

她笑是因为看到他的脸。她笑得上气不接下气，连声抱歉，说："对不起，对不起，但你长得……好好玩……"这是他们相识的初始，如今很多年过去，连妻子都已经离世，这一幕其实他已经记得不再清晰。但不知怎么的，商人这一句话，就拨开了他回忆里的迷雾。

他回过神来，说："好吧，不过我没弄太懂，你说的授权，是什么意思。"

询问，就代表有兴趣。商人那一副精明干练的脸上，浮起职业笑容，说："让我们移步咖啡厅，我为您解释，"见他迟疑，商人补充道，"放心，我请客。"

于是他们穿过天桥上的人群，来到街边一家档次不低的咖啡馆。一路上，很多张精致的脸从他们两侧路过，男的英俊不凡，女的美貌艳丽。他被一个帅哥撞到了肩膀，急忙道歉。错身分开后，没走几步，他又碰到了这张脸，帅哥面无表情地从他身边路过。就这么十几米的天桥，这张帅哥的脸，他就看到了五六次。他突然明白商人所说的使用授权是什么意思了。

果然，坐下后，商人对他解释说："刚刚在街上，是不是很多人长得跟陆小凡一模一样？"

他愣了一下，说："那个明星？不是早就过气了吗，我记得还是我年轻的时候看过他演的电视剧。"

"是啊，他又没什么演技，当年红，就是靠长得帅。明星——尤其是流量明星，这种吃年轻饭的行当，人一老，就不太混得下去了，据说前一阵子潦倒得很。但他年轻时长得帅嘛，跟我们公司签了授权协议，公司旗下的医院，可以用他的样子给客人整容。你看看，他现在有了一大笔钱，街上又都是他的脸，得钱又得名，"说着，商人深深地看了他一眼，意味深长地说，"多么聪明的做法啊。"

他说："那得很多钱吧。"

商人深沉地点了下头，却不说具体数字，只是说："不便宜啊，

不便宜，毕竟这张脸是他的产权，祖祖辈辈赋予他的，年轻时吃饭的家伙，哪能便宜？"

"脸也能当知识产权？"他来了兴趣，探了探身子，"以前整容，不都是可以照着明星的脸整吗？"

"先生，您也说了，这是以前。"商人一副痛心疾首的样子，"以前行业不规范呀。那些小医院，拿着一张照片就去整，这是对肖像使用的侵犯！现在整容技术成熟了，人人都可以整成理想中的样子，吻合度逼近97.12%，这种情况下，行业法规就必须树立起来！而且，每个人的脸，都是被辛辛苦苦地、一粒饭一滴水养大的，别人要用，当然得付钱。这当然是产权，是知识产权，是IP呀！先生，您想想，IP哪有便宜的？"

他深以为然。

他记起了前一阵子，女儿跟他要钱时的情形。女儿说："我要换一张脸。"当时他在厨房里做饭，烟熏火燎中，听到这句话时没反应过来。女儿又重复了一遍，他才听清，问："为什么要换脸？"女儿说："你还好意思说，你给我的这张脸，又大又圆，跟个盘子似的，我顶在脑袋上，哪个男生会看我一眼？还有这个痦子，我点掉了又长出来，点掉了又长出来，非要在我脸上！老爸啊，你看我都30岁了，还没谈过恋爱，这么下去，你不怕我被人骗啊？"女儿的一番话比布满厨房的油烟更让他头昏脑涨，愣了好久，他才问："换一张脸多少钱？"女儿接下来回答的数字，又让他连连摇头，说："你看，家里连个全自动生态厨房都买不起，哪里还有钱去给你换张脸？"从那以后，女儿就没给过他好脸色，连躺在病榻上的父亲也察觉到了，好几次问他，他都苦笑摇头。

"但哪怕贵，能换上一张心仪的脸，还是值得的吧？您想想，古往今来，哪个年代最看重的不是脸，不是颜值？有了一张好看的脸，恋爱选择增多，职场一帆风顺，不是有句古话——颜值就是正义嘛。"商人絮絮叨叨地说，"您有孩子吧，如果您孩子想换一张更好看的脸，让人生开挂，难道您会不同意吗？"

他心虚地摇摇头："嗯，一定会同意。"

"所以嘛，尽管贵，商机还是有的。"商人做了总结。

他转了转头，茶色玻璃外的世界里，布满了斜阳和人群。这两者混在一起，让每一张脸都蒙上了金黄色的辉边。他注意去看街上的人流，不知是不是阳光的缘故，他发现许多张脸都是一模一样的。人们高矮胖瘦各不同，却顶着同一张脸，同一种表情，行色匆匆地路过这斜阳下的街道。

"所以，现在开挂的人，这么多？"他问。

商人干笑两声，说："这个嘛，毕竟门槛不高，别人有了开挂的人生，我自然也可以有啊——大家都这么想，就都去买了好看的脸面。这么一看似乎换脸就没有优势了，不过从另一个角度想，别人都开挂了，那自己更不能落后啊！"

的确，整容技术发展到今天，不止改变了人们的相貌，也让世界变得格外陌生。原本他走在街上，能看到各种各样的脸，好看的、丑陋的、正派的、滑稽的……现在，那些迥异的脸逐渐变得趋同，所有人似乎都是从相同的模具里刻出来的一样。新闻里说，在H国，整个国家的男人都是按照最红的男明星来整的脸，女人也都顶着同一张脸。有时候他会担忧地想，这些人怎么来分辨彼此呢？

"但我们跟H国不一样，"商人似乎看穿了他的想法，抿了口咖啡，"不是有句古话——求同存异嘛，您这张脸，也是很有市场的。我们研究过，您家里祖上还当过首富，您爷爷的爷爷曾经在他名下所有的房地产广告上，都放上了他自己的脸。尤其是您家族这个标志性的痦子，火遍全国，很有意义。"

商人这番话，倒是跟父亲常对他说的很像。一想起父亲，他满脑子里对钱的渴望，就一下子烟消云散了。

因为父亲是绝不会允许他把这张脸卖出去的。

人活一张脸，树活一张皮。

父亲常把这句话挂在嘴边，说完后，还会补充一句，这人哪，什么都可以丢，就是脸面不能丢。

他记得很早的时候，父亲就这么告诫他。那时候父亲还年轻，面庞宽阔，说话时痦子一跳一跳——当时，他知道自己长大了也会变成这个样子，竟然还满心期待。而现在，父亲已经萎缩成了干瘪的样子，骨头变得脆弱，一张脸皱皱巴巴，连那颗痦子都成了灰色，被耷拉的脸皮遮住——这也是他日后终要长成的模样，无可躲避。父亲是他在这个世界的先行者，他一步一步，跟在后面，复制着父亲的相貌。

但他复制不了父亲对这张脸的骄傲。

商人显然做了功课，知道他家族的事情。的确，早几代的时候，他们家是巨大财富和声誉的拥有者，爷爷的爷爷又比较浮夸，不请明星代言，而是把自己的样子印在所有广告上。这个习惯在几代人之间传了下去，整整几十年，这张脸都是全国人民最熟悉的。家里人出门，都不用出示证件，别人就能知道这是谁。不用说一句话，不花一分钱，只要凭着这张脸，就能享受到别人的尊敬。

这就是脸面啊。父亲每次把这些事迹说完，就要用这句话作为结尾，眼睛里无限缅怀。

是的，缅怀。他在心里默默地说。缅怀的意思就是，这张脸代表的辉煌已经逝去，祖上建立了偌大的商业帝国，却没有留下片瓦给他。但这番话他不敢对父亲说。

晚上回到家，他照例看见女儿冷着的一张脸。"怎么不出去玩啊？"他上前讨好地说。哪知这句话让女儿更加火冒三丈，吼道："我长得这个鬼样子，谁愿意跟我玩啊！"吼完进了自己房间，摔上门，哐当声震得山响。

其实平心而论，女儿继承了自己的脸，算不上丑。但别人都变得那么漂亮了，相比之下，仅仅不算丑，就被远远地落下了。

摔门声把老父亲吵醒了。

"聪聪啊，"父亲叫着他的小名，说，"怎么了啊？"

父亲的声音，被岁月和疾病磨得沙哑，隔着门传出来，游丝一般。

他赶紧推门进去，站在父亲床边，说："爸，没事儿，她闹脾气呢。"

父亲看着他，眼睛里一片灰白。不知道为什么，这种眼神总让他害怕，仿佛父亲的目光会透过这层灰色的翳，直接刺破他的谎言。从小便是如此。

但这一次，父亲看了很久，然后闭上眼睛。

"聪聪，"他说，"这些年，辛苦你了。"

他一愣，随即说："没有没有……倒是苦了爸爸。"他这句也不是套话，整个屋子里，就父亲的房间最破旧，家具都是女儿不要了的，潮湿仿佛从墙缝里渗进来。

"苦不要紧，"父亲振奋精神，喘口气，"守住骨气，守住脸面就好。"父亲床的对面，全息相册检测到有目光扫过来，又开始播放祖辈的画面。说起来，他们这家人的基因真是强大，一代代传下来，所有人都是一个模样。

不知怎么，平时他可以无视这句话，但现在，一股莫名烦躁从他心里升起。他转身走出去，把父亲独自留在对昔日荣光的缅怀里。

对他来说，白天的工作已经结束，而真正的操劳却只是刚刚开始。他还要照顾叛逆的女儿，病重的父亲。或许是因为满腹心事，抑或是厨房太过陈旧，他在做饭时，手一抖，火焰突然从炉子里喷了出来。

商人又来了。

那是一个周末的下午，他已经出院了，但脸上包裹着一层纱，过一阵还得再去医院拆布。如果他有更多钱，可以选择更好的医疗，甚至都不用慢慢养伤，直接换上合成皮肤——但显然，他没有那么多的钱。他打算去倒垃圾，推开门，就看到了西装革履、一脸干练的商人。

"对您的遭遇，我深表遗憾。"商人不请自进，边走边说，"虽然您拒绝了我，但我觉得您有必要再考虑一下……咦，这是您的女儿吗？"

他看了看商人，又扭头看看女儿，最后看向父亲的房门。

他受伤这阵子，跟父亲的关系变得比较微妙。一场火灼烧了他的脸，却让父亲眼睛里的火熄灭了，父亲把那张全息照片放在床下。这几天都没有再念叨脸面了，反而让他有些不习惯。但他还是担心父亲听到商人来买自家的脸，会勃然大怒或黯然神伤。

不过，此时房门紧闭着，父亲正在熟睡。他这才放心，对女儿说："你先进去。"

女儿一脸疑惑，但还是走进了自己房间，关上门。但他知道女儿的耳朵，一定支在门后。

他叹口气，对商人说："是我女儿。"

商人"嗯"了一声，看着他的脸上的纱布，说道："我过来，不是趁火打劫，而是雪中送炭——你现在缺钱吧？"

"现在"这两个字是多余的。他心里想着，表面上却沉默不语。

"而且恕我直言，你这张脸，长在男人身上，很别致，但长在姑娘身上……"商人及时打住，"不如你给咱闺女换个好看的脸吧，只要你签了这个授权合同，别说一张脸，能买好多女明星的脸呢。到时候追她的男生，得从这里排到几条街外吧。"

他犹豫了一下，问："是不是签了，别人就能随便用我这张脸了？"

"给了钱才行。"

"可谁会一天到晚顶着这张脸呢？"他还是怀疑。

商人解释道："也不会一天到晚用你的脸。你想想，你的脸特别喜感，特定场合会用到的。现在便携换脸机都普及了，每个人都可以买好几张脸，约会的时候用帅气的脸，谈工作的时候用严肃的脸，不是有句古话——因地制宜嘛。"

"那我这张脸，会用到哪些地方呢？"

商人说："比如跟人讲笑话的时候，配合你这张脸，效果一定很好。还有其他特定场合嘛。"

那就是跟马戏团的小丑差不多了，他想。

他转过头，看了看女儿的房门，女儿一定在听。

他又看了看父亲的房门，父亲在熟睡。

最后，他把头摆正，看向镜子里的自己。

镜子里，他的头被白纱布重重包裹，看不到里面的脸。

什么都能丢，就是脸面一定要在呀。

父亲的话涌上心头。

"没关系，"商人放下名片，语气依旧殷勤，"想清楚了，有需要再找我就好。"

他无声地摇摇头。

女儿的房间里，传来了踹门的声音。他有些不好意思地看向商人，却见商人并未起身，而是从包里拿出一个手柄，横向一拉，侧面的金属扣展开，整个包立刻变成了一个盒子，恰好装得下一个人脑袋。

"不好意思，我现在差不多也下班了，"商人把包套在自己脑袋上，因此声音显得闷闷的，"就在你家里换脸了。"

他明白了，这就是商人之前说的便携换脸器。

商人把换脸器拿下来的时候，脸果然跟之前不一样，圆润了不少，而且原本干练的笑容，变得和煦了许多。

"这是……你自己？"他迟疑地问。

商人收好便携器，说："我自己哪能长得这么和蔼。这也是买的脸，要回家陪老婆孩子嘛，就得亲切一些。有利于家庭和谐呢。"说到最后一句话的时候，商人有意无意地看了一眼女儿的房门。

他没有注意到商人的暗示，愣了愣，问道："那你原本——我是说，你自己的脸呢？"

商人摆摆手，说："早扔了，"顿了顿，似乎是在解释，"留着干吗呢？"

他坐在医院走廊门口，等待医生叫他。一个漂亮女生走过来，对他说："爸爸，加油！"

他一愣，看向这张陌生的脸。

女生笑起来："爸爸，是我啊。你看，我是不是变漂亮了？今天才第一天，我就收到情书了呢。"

他还没反应过来，就听到医生叫他的名字。他走进去，又连忙退了出来——这是一间高级手术室。

"是叫你呢，"医生一改之前的冷漠，笑语盈盈，"进来吧。"

医生给他把纱布打开，指着他脸上一块骇人的伤疤，说："都破相了，痣子也烧没了，得换一张脸。"

他连忙起身，说："是不是哪里搞错了？我不换脸啊，我也没钱换。"

"钱都交了，"医生说，"你就躺着吧。"

"谁交的？"

医生也愣了，但还是热情地解释："你爸爸呀，前几天来过了，给你安排了高级理疗。听说啊，是你爸爸签了什么授权，得了好大一笔钱。你看看你女儿，新换的那张脸，可是最新爆红的明星，不便宜呢……"

医生絮絮叨叨的话，他没有听进去。他满脑子里都是父亲苍老的样子。原来，那天父亲并没有熟睡，父亲躺在房间里，听到了一切。而自己的脸，跟父亲年轻时一样，父亲也有这张脸的知识产权。

父亲签下了那张合约。

很快，这张脸就会出现在大街小巷，只要出钱，所有人都能顶着它，做任何可笑的事情。

但父亲……父亲忘了他曾经说过的话了吗，人什么都可以丢，就是不能丢了自己的脸面。

医生正絮叨地说着，突然愣住了——病床上，病人那丑陋伤痕旁的眼睛里，涌出了一抹湿痕。

"先生，"医生小心翼翼地说，"您如果想就这样出院，也没问题，只是伤疤会比较难看。而且我们不会退钱了。"

"给我换一张脸吧。"

医生一喜，调出屏幕，给他看里面各种各样的脸："按照您父亲付费的规格，您的选择空间很大，这些帅气的脸，还有温柔的，成熟的，性感的……都可以选。"

但他闭上了眼睛，似乎有些累，嘴唇翕动，说出了一个名字。

"嗯？"医生搜索这个陌生的名字，屏幕上立刻出现了一张脸，并不英俊，脸盘很大，嘴角还有一颗痦子。

"给我换上这张脸。"他说。

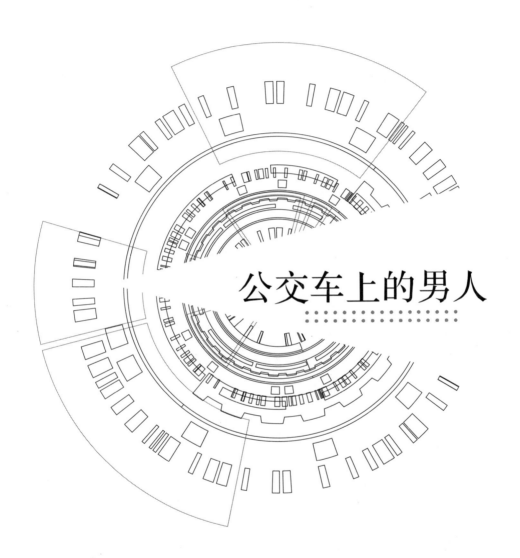

公交车上的男人

公交车门关上的前一刻，那个男人挤了进来。

"你好，"他对蔡雯羽笑了笑，"好久不见，雯羽。"

蔡雯羽正挤在一群乘客中间，踮着脚，一只手提着包，另一只手艰难地拽着拉环。她需要全神贯注才能维持这个姿势，所以刚开始，她并没有意识到那个男人是在对她说话。

"你……我们认识吗？"蔡雯羽打量着男人。他个子很高，即使靠在窗边，也是在俯视自己；他很瘦，脸颊深陷，眼睛里有些许血丝，似乎很久没有休息了；他的衣服破旧，下摆被扯破了，还沾着褐色的不明液体。他脸上始终挂着温和的笑意。

"我们认识，是校友。8年前，你刚刚进大学，在学校的迎新晚会上表演话剧。"男人说，"你穿着蓝色的齐膝短裙，上面印了芦荻的卡通图案，你胸前挂着的是学校的饭卡。你扮演一个迷路的公主。你遇到了带着一群侍卫的王子，他把你送回家。最后你把饭卡落在他手里，他叫住你，说：'公主，你的饭卡掉了。'你转身向他一笑，用很温柔的声音说：'不，是你的饭卡。'"

男人的话像一阵风，吹起了久远的往事。蔡雯羽笑了，她还记得，那个话剧是为了博观众笑，所以把当时一个流行广告里的口香糖，用饭卡来取代。她说："你记得这么清楚，你是那个扮演王子的学长吗？"

"不，我是他旁边7个侍卫中的一个。"

"噢，对不起。"

"没什么。"男人的声音有些苦涩，他干硬地笑了笑，然后仰起头。车灯将他下巴上的胡茬染成了青色。当他低下头时，表情已经和之前一样温和了，只是，他的眼角有微微的泪痕。

到站了，一些乘客下了车。车厢里的空间顿时宽松了许多，蔡雯羽站稳，扭了扭脚踝，总算没有那么酸楚了。

车再次启动，路旁慢慢黑了下来。秋天的夜晚总是来得这样早。

"当时我是物理学院大三的学生，参加迎新晚会也只是凑个人数。但看到你回眸一笑，用那么温柔的声音说出那么俏皮的话后，我就记住你了。"

蔡雯羽有些尴尬地低下头。他的话有暧昧的成分，她不知如何回应。

但好在男人并没有等她回答，他自顾自地继续往下说："回宿舍后，我就四处打听你。下了很大功夫，我才知道你叫蔡雯羽，是经管学院的，老家在湖北……你笑起来很甜。我还打听到你喜欢打羽毛球，于是，在一个周末，我到球馆里找到了你，还跟你搭讪。我说我的球技不好，你说你可以带带我。我们打了五局。"

蔡雯羽疑惑地看着男人，说："你说的这事，我怎么一点印象都没有？"

男人笑了笑："很多事情你都不记得了，但没关系，我记得。"

"可是，我记性很好的。"

"是吗，那你还记得我们第二次见面吗？"

蔡雯羽摇摇头。

"那是市里举办物理大会，我被学校派过去打杂，而你来参观。我看到你了，我过来跟你说话。你还记得我，这让我很高兴。"男人的语气始终温和，但夹杂着疲倦，"你说你对物理仪器很感兴趣，于是我甩了活儿，整个下午都在陪你逛展览园。我给你解释仪器的原理，后来你跟我说，你其实一个原理都没弄懂，但你很喜欢听我讲解。"

如果说之前蔡雯羽还怀疑是不是自己记错了，那她现在几乎可以完

全肯定——这个男人在说谎。大二那年，市里确实举办了物理节，她挺想去，但最后她选择了留在学校里做作业。她记得很清楚。

她下意识地往后挪了挪，离男人远了点儿。

"从那之后，我们就算真正认识了。不久之后，我要去北京考中科院的研究生，你到车站送我。我们坐在车站前面的花坛上，看着四周的人来来往往，你突然哭了起来。"

公交摇摇晃晃地停下了。蔡雯羽瞟了一眼站牌，是东郊公园站，离自己住的小区还有一站路。要下车的乘客涌向车厢中部的车门，蔡雯羽也跟着他们挪动。她宁愿多走一站路，也不敢听这个男人讲莫名其妙的话了。

"我问你为什么，你说，你不喜欢车站。你曾经送你哥哥上火车，但他再没有从车上下来。"男人轻声地说。

蔡雯羽一下子站住了，转过身，难以置信地看着男人。

男人依旧是淡淡的表情，嘴角的微笑若有若无。他的眼睛里映进了街边的光亮，星星点点，如同深秋的夜空。暮色已沉，华灯初上，灯火照进万家。

"你怎么会知道我哥哥的事情！"蔡雯羽的语气带着恼怒。她知道有人专喜欢窥探他人隐私，但都是在新闻里，万万没想到眼前就站着一个。

"你告诉我的。你还说，看着人聚人散，总会觉得车站就是世界的缩影。你看着站口相聚或者离别的人，我看着你，当时我很想拥抱你。"男人的语气低了些，"但我不敢。"

车颤抖了一下，引擎发动，窗外的灯火顿时流动起来。车厢空旷了许多，男人伸手指了指最后的一排座位，然后走过去坐下。蔡雯羽这才发现男人身上似乎带着伤，走路明显不自然，一瘸一拐。她突然明白他衣服下摆那儿的褐色液体是什么了。

但要下车已经来不及了。

车厢里还剩几个乘客，其中有3位男士。她深吸口气，料想那男人也不敢怎么样，便谨慎地走到最后一排，与男人隔一个座位坐下。

　　"我很顺利地考上了中科院，研究方向是空间物理学。我的事情很多，跟着导师做课题，有时候还接项目，经常忙得忘了吃饭。但再怎么忙，一有机会，我都会回到学校。我不敢跟你说我是专门从北京来看你的，只说是办事，顺便见一见你。我跟你说我在北京遇见的事，那里堵车的情况真让人吃惊；我还跟你说我研究的东西，空间的压缩和分离，这些东西你总是听不懂，但你又喜欢听。"

　　男人把车窗开了一条小缝，夜风趁机灌了进来，把他的头发吹得凌乱。他一边望着窗外划过的流影，一边继续说："而你呢，就跟我讲你在学校发生的事，你说你不打算考研，你还说有几个男孩子在追你，你对其中一个个子很高、打篮球很不错的男孩子很有好感。你问我该怎么办，我说如果你有好感就要去争取。"

　　荒谬，简直是胡说八道！蔡雯羽冷冷地想。她在大学里谈过两次恋爱，一次只谈一周就分手了；另一次长一些，但也没有撑过两个月。而这两个男孩子，没有一个是个子高又会打篮球的。

　　"尽管我跟你这么说，在我心底，却并不希望你和那个男孩子在一起。但我不能阻碍你争取幸福。那一段时间，我很痛苦，只有天天耗在实验室里分析数据才能缓解这种感受。我想，我们的关系就到这里吧，你有自己的生活，应该和喜欢的人在一起。所以，我再也没去学校看你，我以为这就是故事的结束……我多么希望这就是故事的结束啊！"

　　男人是对着窗外说的，但通过玻璃，蔡雯羽能看到他脸上有两行隐隐的亮线。真是个疯子，她想，但又是个可怜的疯子。

　　"那故事结束没有？"她下意识地问。

　　男人没有马上说话，他把窗子的缝开大了些，风在他脸上拂动，很快，那两行亮线消失了。他才继续说："有一天傍晚，我刚走出实验室，就看到了你。你站在对面，隔着长长的街，叫出了我的名字。起

初，我不敢相信是你，距离太远了，灯光让你的身影模糊。但你还在叫我，一声又一声，院里其他人都用奇怪的眼神看着我。然后你跑了过来，我看清了，就是你。

"原来我太久没回学校，你就到物理学院查了一下，发现我以前跟你说的理由，其实都是借口。你终于明白了一些事情。我不知道那个晚上你是怎么想的，反正第二天，你下了决定来北京找我。我还没开口，你就跟我说，你要玩一周，但你在北京只认识我一个人，让我看着办。"

蔡雯羽轻轻笑了笑。他所说的，确实像她在大学时候的作风和语气……当然，自己绝对没有独自去北京找这个男人，这一点她能肯定。

"那几天，我带着你去了天坛、香山、长城、故宫、天安门……还有很多其他地方。本来那些日子是导师研究空间并行理论的关键时期，但不管他怎么给我打电话，我都没有回实验室。你玩得很开心，白天蹦蹦跳跳，晚上住在我家里，只要一倒在床上就睡着。最后一天晚上，我还没起身，你就躺在我腿上睡着了。你蜷缩着，像是我以前养的那只猫，又软又贪睡。我没有吵醒你，一直坐着。你的头发落到地上，我给你捋好，它们真的很轻，像空气一样，没有重量。

"我坐了一夜，第二天你醒来时，我的整条腿都麻了。但我还是送你到车站，你提着大包小包的北京特产跟我告别，然后走向进站口。但你又跑了回来，逆着人群，跑到我跟前，踮起脚吻了一下我的下巴。你说，你昨晚其实并没有睡着。"

蔡雯羽听得入了神，问："那她就留在北京了吗？"

"没有，你那时才大三，是翘课跑出来的。你说你得赶紧回学校，被发现就麻烦了，但你会经常来看我。我目送你进了车站，然后……"男人的声音突然哽咽了，仿佛是被夜风吹得断断续续，这次，他眼角不再是湿痕或光亮，而是直接流出了泪水，"你说过，你不喜欢车站……就像你再也见不到你哥哥了一样，我再也见不到你了……"

"她出车祸了？"蔡雯羽喃喃地说。这时，公交广播打断了她的入神——她住的小区门口到了。这是终点的倒数第二站，其他乘客都下了，车厢里只剩下3个人。她站起来，但看着一脸泪痕的男人，犹豫了一下，又坐下了。

公交慢吞吞地在黑夜里前进，驶向这班车的终点。

蔡雯羽已经知道怎么回事了：这个男人喜欢的女孩出了车祸，太过伤心，因此误把自己当作了那个女孩子——可能是两个人长得比较像。

她不禁可怜起男人来，决定陪他坐完最后一站，于是她问道："再后来呢？"

好一会儿之后男人才平复下来，声音不再哽咽，但显得十分沙哑："确定遇难名单里有你后，我几乎不能呼吸了。我天天躺在宿舍里，睁着眼睛，不开灯。我怕我闭上眼睛就会看见你，我宁愿看到的是一片黑暗。后来，我的导师看不下去，把我拉到实验室，告诉我说工作是缓解悲伤的最好办法。于是，我玩命似的分析实验数据，做空间剥离……哦，你不懂这个实验是不是？"

蔡雯羽点点头。

"以前你也不懂，但你很愿意听。空间剥离是根据空间并行理论而做的实验，也就是多重宇宙。你每做一个决定，就会分裂出一个世界，就像刚才，你如果下车，进入的就是下车之后的世界。但你现在是在没有下车的世界里，听我继续说话。世界无时无刻不在分裂，跟枝状图一样，没有穷尽……大概是这样，更具体的解释你也不会理解。"

这倒是，蔡雯羽连他刚才说的这段话也只是模糊地了解了一点儿。

"我一直做实验，直到我突然醒悟过来，你在我的世界里出了车祸，但在别的空间，还有无数个你。只要打破空间壁垒，我就能找到你。这个念头让我欣喜若狂。我花了4年，终于研究出了能够穿过并行空间的仪器。但它并不稳定。它送我去过很多世界找你，但都不是我印象

中的你——有些很泼辣，有些是女强人，还有的嫁给了别人。你是我能进入的世界里，所找到的最像'你'的那个人。"

男人的目光温柔如水。有那么一刹那，蔡雯羽几乎就要相信他了，但这时，嘀嘀的电子音从男人手腕上传出来，也让蔡雯羽回过神。

男人揉着手腕，笑笑说："他们很快就要发现我了。"

"他们？他们是谁？"

"警察、市民、商人、政客……里面什么身份的人都有。他们禁止空间穿梭，说那样会打破各个空间的独立性，会引发不可预知的危险。我被他们囚禁过，殴打过，又逃出来了，但他们马上就能找到我藏着的仪器。他们一旦销毁它，我就会被强制回去。这是我最后一次见到你了，我的雯羽……"

蔡雯羽心里怦怦直跳，脸上一片烧红。她暗暗吃惊自己这是怎么了。她早已不是小姑娘，听过许多情话，真心或假意，已然麻木了。但，"我的雯羽"这4个字从男人嘴里说出来时，她还是感觉到了不可思议的力量。

"我能吻一下你吗，雯羽？"

蔡雯羽心慌意乱。她低下头，深吸一口气，想要揭穿这个漏洞百出的故事，额头却蓦然感觉到了一丝温润。

像是一串温柔的电流，从额头开始蔓延，传遍了每一个细胞。所有的基因序列都因这个吻而重新组合。她感到失却了力气，眼睛慢慢闭上。

"好了，"一会儿之后，她艰难地睁开眼睛，说，"你这个荒谬的故事总算——"

她突然愣住了。

座位旁空空如也，整个车厢，只有她和司机。

公交车摇晃着向不远处的终点站驶去。

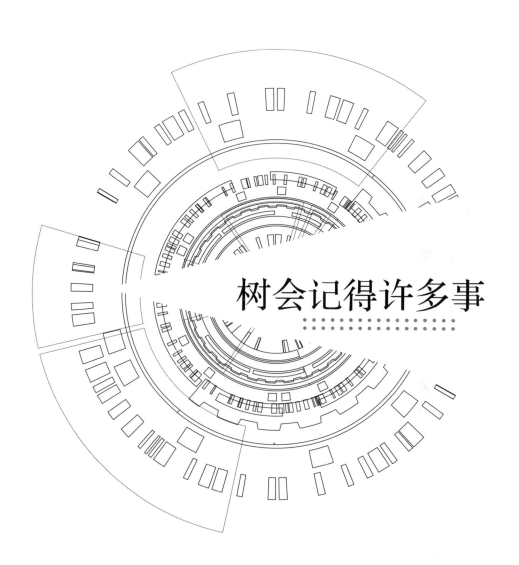

树会记得许多事

楔子

　　见到那位老人时，正值深秋，墓园前一片风声肃杀，枯叶满地。我踩着落叶走进去，脚下吱喳脆响，像是有很多细小的动物藏在这层叶子下面。

　　老人的屋子很寒酸，立于墓园深处，窗子破损，风能从一边刮到另一边。屋前种了一棵柳树，叶子落尽，光秃秃的树枝在秋风中颤抖。老人对树保养得很细心，树干上刷了石灰，又用稻草绳缠好。我从树旁走过，敲了敲门。

　　"你是？"老人看着我的名片，眯起眼，脸上的色斑和褶子混在一起，"记者？"

　　"是的，我来问问当年那宗谋杀案。"

　　"过了二十几年了，还问什么？"

　　我递上一根烟，说："社里要组稿，素材得有趣又离奇。一个熟人告诉我，这宗谋杀案背后有故事，他不清楚，让我过来问您。"我说了熟人的名字。老人这份守墓的工作就是熟人给安排的，他应该会买熟人的面子。

　　果然，老人沉默地抽着烟，烟头红光一闪一灭，好半天才说："好吧，既然是他介绍的，我就给你说说吧。"

　　老人领着我走到墓园中间，那儿有两块相邻的墓，年头有些久了，碑上都长了细细的裂纹。"罗怜草，李川……"我读着碑上的名字，点点头，"嗯，就是他们两人。"

　　风渐渐变大，叶子在地上簌簌挪动，老人花白的头发被吹得凌乱，散成一团。他颤抖地伸出手，摩挲着墓碑，粗糙的手和粗糙的碑在风中都显得很苍凉。都说岁月如刀，其实岁月更像是一张砂纸，不停地磨，人和石头都被磨得失去边角。但幸好，记忆还在，不曾被磨灭。

"这事啊，要从28年前说起。"

1

15年前的春天，市植物公园向市民开放，游人如织。

怜草举着相机，对好焦，远处的藤萝垂下来，在微风中抖动。光线、距离及背景契合得完美无瑕。这张照片可以拿给主编当杂志封面了。

她微笑着，手按在拍摄键上，正要按下，一个男人突然走到镜头里。他背对着她，似乎在观察藤萝。

怜草保持着拍照的姿势，等着，风中有淡淡花香。

但远处的男人浑然不觉，伸手拿起一枝垂条，放在鼻尖嗅着。

她终于忍不住，走上前去："喂，你要站在这里到什么时候？"

男人猛地回头，看见怜草略带怒气的脸，后退一步，靠在藤萝上。他的脸颊因为窘迫而微微泛红，嗫嚅了好久，才说："我站在这里有什么不对吗？"

"当然不对！"怜草举起手里的相机，"我在拍照，你挡住我的镜头了。"

男人"哦"了一声，连忙低头走开，隔了十几米才停下。

怜草重新回到站位点，但举着相机，总觉得哪里不对。镜头里的构图不再完美。她知道可能是自己的心情被影响了，但手颤抖着，就是按不下快门。

"唉……"怜草叹口气，收起相机，走到男人面前，"我好好一张

照片，就被你毁了。"

男人显然有些不知所措，问："那怎么办？"

看他这种胆怯的样子，怜草也觉得自己刚才太不礼貌，摆摆手，转身要走。"等等，"男人突然开口，"你要照它，你知道它是什么品种吗？"

怜草不解地看着他。

"这是多花紫藤，属于落叶攀缘缠绕性大藤本植物，藤干上的皮松开有裂纹，新叶很小，复叶多而杂。你看，多花紫藤的花序很长，蓝紫色的，很漂亮，它原产日本，因为花瓣美丽而被广泛引进。"男人一口气说完，顿了顿，"我的意思是，如果你觉得远景照得不完美，可以试试近景，拍花瓣。"

怜草将信将疑地让相机凑近一朵蓝紫色小花，聚焦，按下快门，咔嚓。屏幕上显示的花非常漂亮，周围背景模糊，但花瓣润泽娇艳，似乎随时会从屏幕上沁出花露。

"没想到你对藤萝很有研究啊。"怜草一边欣喜地看屏幕一边夸道。

男人不好意思地笑了笑，说："其实不只藤萝……我是个植物学家。"

怜草抬起头，第一次认真打量眼前的人。他穿着白色衬衣，身形颀长，露出的小臂有一种岩石般的质感。他五官清秀，脸有些苍白，看上去像是缺乏运动。但他的笑容很干净。

"你是科学家？"怜草惊奇地看着他，"就是那种我们小时候写作文都说要当，但长大了都觉得又累又苦又不挣钱所以不愿意当的那种科学家？可是你的样子，不像啊。"

"你心中那种科学家，都是电影里的吧，蓬着头，身上穿着几个月不洗的工作服？"

"哈哈，还真是那样，不过现在我对科学家的印象改变了。科学家你好，我是杂志摄影师。我叫罗怜草。"

"记得绿罗裙，处处怜芳草？"

"咦，你还知道这个？"怜草有些诧异。

"我读过那首诗，很美的诗，很美的名字……"男人伸出手，"我叫李川，在市植物研究所工作。"

被李川这样夸，以怜草的性子，也有些害羞。她脸红起来，像第一抹晚霞涌现在青白色的天空中，又像是微醺后的嫣红。她向四周看了看，说："这个公园里还有不少植物，我都不认识，你能不能给我讲解讲解？"

2

3年后的清晨，李川从梦中醒来，转过头，看到怜草正温柔地看着自己。

"你什么时候醒来的？"他揉揉眼睛，睡意未消，迷糊地说。

"一早就醒了。"怜草笑了笑，"你继续睡，我去开个会。"

李川拉住她的手，含混不清地说："周末你还要出去啊，不要走了，陪我待在家里吧……"

怜草笑着，抽出手，一边穿衣一边说："周末也要加班，杂志社里——"她顿了一下，说，"你继续睡吧。"李川"嗯"了一声，闭上眼睛，不一会儿，轻微的鼾声就响起了。

怜草摇摇头，拿起包出了门。

李川悄悄地睁开眼睛，掀开被子，走到阳台前。他脸上的睡意如海潮般退去，取而代之的是冷冽，如同寒风阴云掠过。他的视线里，怜草走到小区门外，不一会儿，轿车的引擎声就响起了。

丁零。

李川拿起电话，话筒里传来被他买通的保安小王的声音："李先生，还是那辆宝马。它停在小区外的转角处，你太太走过去，车门就开了……"

剩下的话李川便听不进去了。他的右手无力地垂下，天边已经有一抹朝阳浮现，晨风吹拂，他觉得身上发凉。

这已经不是怜草第一次骗他了。

两个月前，他就发现怜草有些不对劲，说是工作忙，一周7天都出去，晚上也很晚才回，但他没在意。结婚后两人感情一直很好，即使发生了异常的事，他也不会往别处想。

但不久后，在一家高档西餐厅前，他看到了怜草和一个男人从一辆宝马车里走下来，进了餐厅。

那个男人高大英俊，笑起来彬彬有礼，怜草嘴角也挂着轻笑。李川看着他们，心一寸寸变凉。接下来的几天，他察觉到了越来越多的隐瞒：酒味，晚归，加班……这些理由出现得太频繁。

李川只是个研究员，薪水微薄，养活自己已是勉强，这几年来还是靠怜草的工资来维持家用。无论是外形还是财力，他都比不过那个开宝马的男人。

所以，他从不点破。这是他仅有的骄傲。

晚上，怜草回来，身上带着酒味，人也有些醺然，进屋就躺在沙发上了。李川放了热水，帮她洗漱，然后把她抱上床，掖好被子。他站在床边定定地看着她。窗外渐渐下雨了，沙沙不绝，像是雨在舔玻璃窗。

往事在雨声中浮现。

刚结婚那阵子，怜草特别黏李川，每天都要给他拍照。在屋子里，在街上，在实验室里……"你真是赚大了，"怜草总是做出一副亏本的样子，"我给人拍照是要收费的，给你拍的这些，足够我几个月工资了。"

有时候怜草拍累了，就会放下相机，看着实验室里的瓶罐和仪器，问："对了，到现在我都不清楚，你到底是做什么研究的？"

　　"关于植物意识的理论。"李川转过身，手指在培养皿和枝叶抽搐感应仪上拂过，"老婆，你知道吗，植物也是有情感的。"

　　"是吗？但是，我记得，植物的……"怜草在脑中搜寻着所剩无几的生物知识，"植物的细胞，呃，细胞壁……"

　　"是的，植物有细胞壁，因而固定了形态，而且植物细胞的膜是由纤维素构成，没有神经和感觉器官，所以一直以来我们都认为植物没有感情和意识。"李川拿起一个培养皿，里面漂浮着两段灰色的小木块，"但我们错了。植物对不同的音乐有喜好，你对着一块稻田放轻音乐，收成会比放摇滚乐的稻田好很多。你把卷心菜放进热水里，它会不断抽搐。你撕扯一片喜林芋的枝叶，其他部位叶子的上下表面电阻差会剧烈变化……大量实验都表明，植物不但有感觉，更有感情。它们能体验到疼痛和舒服，也能表现出恐惧和喜悦……"

　　怜草看着她，没有说话。

　　"你看，这是我特意取的柳树细胞，已经无菌培养成组织……"李川指着培养皿，突然察觉到了怜草的目光，脸顿时红了，"你为什么这么看着我？"

　　"你说起植物时，比平常帅气了不少，就像第一次见面时你跟我说藤萝的样子。我就是那时候被你吸引的。你继续说，我可以听一整天。"

　　怜草说，李川和摄影，是她在这个世界上最重视的两件事。她这么说的时候，语气甜润如蜜，眼神温柔无比，李川深信不疑。

　　但现在，看着沉沉入睡的怜草，李川的心已然变凉。再多的甜言蜜语，也抵不过时间和金钱，已经有另一个人插进了他们的生活。

　　他就这么静静坐着，窗外夜色深沉，寂静无声。初春的夜还是有些冷，他抱紧手臂，身侧是收拾好的行李。

他是在天快亮时离开的。他想，要是怜草醒过来，冲他微笑，给他拥抱，那他就抛弃所谓的尊严，跟她摊开来讲，告诉她虽然他没有钱和好看的外貌，但他爱她。

但没有，怜草沉浸在梦境里，或许梦里有那个宝马男人而没有他。于是他站起身，提着行李箱，走出了这间生活了两年的房子。

他关了手机，在朋友家住着，其间怜草给朋友打了电话。当时李川就在一旁，缓缓摇头，朋友叹口气，对着电话说："我不知道啊，他是你老公，不见了我怎么会知道呢？"便挂了电话。

两天后，几个警察来到了朋友家，找的却是李川。其中一个面无表情地问："你是罗怜草的丈夫吗？"

"是的。"李川微微皱眉——难道怜草还去报警了吗？虽然有点小题大做，但这样想着，李川心中还是涌起了些许甜蜜。

"罗怜草在今天上午自杀，希望你去确认一下尸体。"

3

这几天的雨一直下个不停。灰蒙蒙的，裹挟着寒意，郊外远山在雨幕中如同洇开的画。

李川呆呆地站立，看着棺木被埋进土里。周围都是撑黑伞的人，远近错落，脸上的表情看不分明。他扔开伞，上前把花束放到棺木上，拿起铁锹，将土铲下。很快棺盖就被湿土掩住了。

"节哀。"亲友们陆续离开，路过他身边时轻声宽慰。

李川面无表情，雨水从发际流下。他站在雨中，有些人劝了他，他不理会，那些人便走了。最后，只有研究所所长老陈留下了，拍拍李川的肩膀，说："既然人都走了，就尽早走出悲伤吧，研究所还需要你。"

"是我……"

老陈一愣，雨声淅淅沥沥，他没有听清楚李川的话："你说什么？"

"是我害死了她……"李川嘴唇翕动，雨水便从脸颊流到嘴里，"如果我不赌气离开，她就不会死了。警察说她是因为工作压力大，加上找不到我，心里慌张而自杀的。"

"是吗？我印象中，怜草没有那么脆弱啊。"

"我不知道……我只知道如果我不离开，那她现在还是活生生的，会笑，会跳，会拍照……"

老陈叹息一声，说："节哀吧，有些事不是后悔就能挽回的。"说完，他撑着伞，深一脚浅一脚地离开了墓园。

李川依旧看着墓碑，脸上纵横着水流，不知是雨还是泪。

回到家，李川脱了湿衣服，在浴室里泡着。

家里冷清安寂，脚步声空荡荡地回响着。要是往常，怜草肯定会皱着眉，大呼小叫地把湿衣服捡起来放进洗衣桶，然后一边埋怨他不讲卫生一边帮他试水温。但现在，屋子如同一座坟墓，埋葬着伤心欲绝的人。

他慢慢下沉，整个身体淹没进水里。视线光怪陆离，呼吸渐渐困难，他的手开始颤抖，但努力抓着浴缸壁，不让自己冒出水面。

哗啦，最终，他还是放了手，露出头，大口大口地喘息。然后，他捂着脸，无声哽咽。

那天在警局，警察把怜草自杀的消息告诉他，他不敢相信，发疯般扑向那个警察。周围的人立刻围上来，按住了他，每个人都使出了全力，他动弹不得。他沙哑着喉咙干号。

警察们不为所动，直到他安静下来才松手。

"你这样没用的，回去处理后事吧。"一个老警察说。

李川喉咙已哑，什么话都说不出来。

休息了很久，警察挥挥手，让他回家去。他缓缓转身，脸上布满泪痕，每走一步都费了很大的劲。

"等等，"老警察说，"有一件事忘了告诉你。"

他表情木然地站住。

"你老婆怀有身孕，3个多月了……"

这是最致命的一击。

一周后，李川回到了研究所。同事都知道他的事情，没人说话，整个所里弥漫着哀切的气氛。

李川无精打采地坐在实验室里，周围的器皿和仪器显得冷冰冰的，显示屏上的图线也变得陌生。他摇摇头，深吸口气，强迫自己静下心来，开始着手处理实验数据。

他的研究方向是植物的情感分析。这个观点在很久以前被印度科学家贾加迪什·钱德拉·玻色提出过，他通过大量试验，证实植物和动物组织的电应激性在功能方面的相似之处，从而得出动物和植物之间存在并行性的结论，而后演化成植物也有意识的观点。但不久之后，另一派观点认为，植物没有大脑和神经系统，一些植物的适应能力看上去充满智慧，其实也只是对外界刺激的反应而已。在植物王国中，找不到任何一种复杂程度能与昆虫甚至蠕虫神经系统相近的解剖结构，更谈不上同能够应付各种错综复杂事物的高级灵长类动物大脑皮层相比了。

但李川在攻读植物学时，越来越察觉植物的反应已经体现出了智能。所以到研究院后，他执着地选择了这个课题，并且多年如一日地钻研。

他埋头分析，画图表，记录生长数据，等直起腰舒口气时，已经19点多了。下班时有几个同事想过来叫他，都被老陈制止了，现在，整个实验室里就他一人。

关了灯，实验室的仪器显示灯次第灭掉，黑暗笼罩着房间。他走出去，在附近吃了东西，然后便无所事事地在城市里逛着。

他不想回家。家里有太多触目伤情的东西，一桌一帘，一碗一床，都残留着怜草的痕迹。

他漫无目的地走着，身侧车灯来往如梭，划出一道道流光。歌舞厅里传来年轻男女的欢呼，四周高楼流光溢彩，这个城市彻夜不眠，如此热闹。

但他是孤零零的一个人。

不知走了多久，他回过神，看着眼前的建筑，不禁苦笑——原来不自觉间，又走回了家里。或许，这里才是唯一能接纳他的地方。

进屋洗漱完，他睡不着，从抽屉里拿出一个小盒子，里面摆放着几根长发。这是他以前替怜草梳头，手法拙劣，被梳子扯下来的。怜草每次都忍着疼，等他梳理完，都被罚把梳掉的头发收集起来。

看着断发，他想起了以前的日子，脸上苦涩又甜蜜。

咚咚咚……

李川吓了一跳，揉揉眼睛，疑惑地抬头——这个时候，谁会来打扰自己？

咚咚咚，敲门声又响了。

李川皱着眉，走到门前，在猫眼里，他看到了小区保安小王的脸。"这么晚了，有事吗？"他打开门，问道。

小王的脸色有点紧张，向四周警惕地望了望才走进屋。他把门关上，趴在门后听了一会儿，确定无人，才小声道："我过来，是跟你说点儿事。"

"你说吧。"李川对他刚才的举动很不解，加上被扰了清净，语气中带着不悦。

"你太太死的那天，我……"小王顿了顿，咬牙说，"我看到那个

男人进来了。"

"哪个男人？"

"就是经常开宝马车的那个。他把车停在小区外，自己进来，来到你家。不到中午就走了，然后晚上就传出了你太太自杀的消息。警察来查的时候，我说了这个，但他们说已经知道了。还有，我心里没底，就查了查监控录像，但那天中午的录像不见了……经理说是硬盘出错，那天没有异常，是我记错了，没有外人进你家……"

李川的手一阵发抖，他用另一只手按住。发抖像是会传染，他整个人都陷入了战栗当中。

"但是我不可能记错的。那个男人走的时候，还冲我笑了一下，那种很怪的笑，看上去温暖和善，但又让人不寒而栗……我忍了很久，觉得还是应该跟你说一下，毕竟人命关天。"

李川沉默了很久，从嘴里挤出几个字："你知道他是谁吗？"

"不知道，从没见过……我能告诉你的已经全说了，剩下的，你自己处理吧。"小王转身要离开，在门口时突然停下了，说，"对了，你让我留意过那么多次，我能背出他的车牌号。"

4

酒吧里的音乐震耳欲聋，彩光横扫，酒液漾光，奇装异服的年轻男女们在舞池里扭动欢呼。李川看了看自己的衣着，牛仔裤，灰色毛衣，与这里的氛围格格不入。他艰难地在舞池里挤着前行，一步步靠近那个男人。

是的，那个男人。

李川托交管所的朋友查了一下，很快就查出那车牌的登记人。之所以很快，是因为基本上全市的人都认识他——陈澍泽，恒发集团的董事，生意遍布全球，资产超过10位数，连续5年被评为优秀企业家，据说今年很有可能被选为人大代表。

李川看着网上罗列出的长长的资料，一度陷入了沉思：这样的男人，左手握权，右手掌钱，怎么会跟怜草扯上关系呢？

他查了下陈澍泽的行程安排——这不难，作为几万员工的负责人，他每天工作时间的安排都会在集团官网上挂出来——然后在市政厅门口等着。晚上6点，陈澍泽跟市里的领导们一边谈笑一边走出来，然后被私家车送到酒吧。李川便一路跟到了这里。

陈澍泽定了半开放式的包厢，背靠在真皮沙发上，手上夹着半杯血腥玛丽，眼睛微闭，不知在想什么。他的3个保镖站在一旁，锐利的目光在舞池里扫视，提防每一个试图靠近的人。

李川好不容易挤出舞池，低垂着头，在包厢边上走过。他现在还不确定陈澍泽到底在怜草的死亡中扮演了什么角色，所以只是借路过的时机观察一下他。但他刚走到包厢边上时，陈澍泽突然睁开了眼睛，嘴角微笑，说："来坐一坐吧？"

李川愣住了，看看四周，又看向陈澍泽，满脸惊疑。

"你从市政厅那里就一直跟着我，肯定是有什么事情吧？"

3个保镖顿时紧张起来，拦在陈澍泽身前，死死盯着李川。其中一个还把手伸进了怀里。"让开，"陈澍泽咳了一声，"不要这么没有礼貌！"

保镖们退后了几步，但目光丝毫没有离开李川。

陈澍泽指了指沙发："坐吧，要喝什么？"

这种情况完全在李川意料之外，他感觉自己像个婴儿一样束手无措。他拘谨地坐到沙发上，手下意识地搓着。

"要喝什么？"陈澍泽又问了一遍。

"唔……喝点水吧。"

侍者端上水杯后，陈澍泽跟李川碰了杯，说："现在你总要告诉我你的目的了吧？"

"我……"李川犹豫了一下，"我是罗怜草的丈夫。"

陈澍泽脸上的微笑一点点收敛，坐直身体，正色道："请原谅我刚才的轻浮。我认识怜草，她是十分优秀的摄影师，也是很有魅力的女性。我听说了她的事情，真的，我很遗憾。如果有任何需要我帮助你的，请直说。"

这番话诚恳真挚，说到后来陈澍泽的声音苦涩，眼圈都微微变红。李川直视着他，最终低下头，说："我听保安说，她……那天，你进了我家的房间，然后怜草就……。"

"嗯，那天我是——"陈澍泽恍然大悟，把酒杯放下，"我明白了，你以为是我害死她的，啊，我——听我说，我前段时间想做文化行业，跟怜草的杂志社有生意往来。我需要了解文化定位，杂志的主编就派怜草跟我讲解，还一同去了市里的很多文化长廊，当然，有几顿饭是一起吃的。那天，我们要去董事会说服其他股东，需要她最满意的照片，但那几张照片落在家里了，我们就一起进去拿。当时她心情不是很好，给了我照片，让我先走，自己在家里处理一点事情……没想到，那就是我和她的最后一次见面了。"

"她心情不好，是因为我离家出走了……"李川咬着嘴唇，几乎要咬出血来，几丝咸味在嘴里荡漾。

"我真的很遗憾。"

李川突然抬起头："可是，为什么她不告诉我那些呢？"

"哦，主编说如果她让我入股，就升她为副主编。我想，她可能是想给你一个惊喜吧，"陈澍泽说，"她跟我提过这个，她知道你的工资不高，升职之后，你们的生活会好过一些。她还说，她……"他突然停下来，抿了一口酒，却不说话。

"她说什么？"

"我不知道现在告诉你这个是否合适，但，"陈澍泽揉揉太阳穴，最终开口，"但你是她的丈夫，有必要知道这些。她说，升职之后就有钱养育孩子了，而她当时，已经怀了你的孩子……她想把两个惊喜一起告诉你。"

李川如被雷击般站起来。尽管他清楚了孩子的事情，但他不知道，怜草如此煞费苦心，就是为了给他惊喜。而他，因为捕风捉影的事情，居然离开了怜草，留她一个人孤单失落。

"对不起……打扰了。"李川说完，然后失魂落魄地走出酒吧。

5

李川在家里想了很久，最终把陈澍泽的名字从名单上划去了，然后他把那张纸揉成一团，扔进纸篓。

怜草死的时候很干净，只有脖子上一道勒痕，没有凌辱的迹象，而家里的财务也分毫未动——不为钱不为色，怜草也没有仇家，那么，唯一能解释的，只有自杀了。

而自杀的原因，只能是自己的负气离开。

想到这里，李川几乎要把牙齿咬碎。

丁零，他正痛不欲生时，电话响了。李川挣扎着接起话筒，微弱地说："喂？"

"是我，"里面传来陈澍泽充满磁性的声音，温厚低沉，"你还好吧？"

"嗯，有事吗？"

"上次你走后，我想了很久。我和怜草虽然认识得不多，但颇为投缘，所以我想尽一点人事，聊表心意。她生前说，最希望的就是你的

研究有突破，我刚在董事会提交了一个项目——我想给你的植物学研究投资。"

李川摇摇头，随即意识到对方看不见，说："要是以前，我肯定很高兴，但……但我现在实在没有心情再继续研究了。"

"别这样，"陈澍泽说，"怜草离开了，但活着的人还是要继续。我知道你很看重你的工作，这肯定也是她的夙愿。我明天到你的研究室，商量一下具体细节。"

李川还没有回答，电话就挂断了。

第二天，李川来到实验室，还没进去，就感觉到了里面的奇怪氛围：同事们都围在自己的办公室门外，一边窃窃私语，一边踮着脚朝里面看。一看到李川来了，他们又散开了，目光各自不同，有艳羡有不屑也有漠然。

李川大概明白发生了什么事情。他走进实验室，果然，在里面看到了西装革履的陈澍泽。

院长也在，正给陈澍泽讲解研究机理，见李川进来，连忙说："来，阿川来得正好，这是陈——"

"我们见过的。"陈澍泽露出微笑，握住李川的手，"我刚才听陈院长讲了一些，果然很神奇，如果植物也有感情和智慧，恐怕会对全世界形成冲击。"

"我还没有把握证明这一点。"

"你不是做了很久的研究吗？"

陈院长见气氛有些尴尬，连忙插话道："植物有意识，并不是新鲜课题，美国的科学界曾经对它进行了激烈的辩论，最终反对派占了上风，探索频道还出过一个叫《流言终结者》的节目，专门反驳了它。但阿川用EEG，哦，也就是脑电图描记器，准确地测出了人的思维对植物形态的影响。我们有成千上万的精准数据表明，植物能感知人的思维，也能有意识地做某些事情。"

陈澍泽摸摸鼻子："那为什么还不发布成果呢？"

"因为还没有成果。我们想培育出能够听懂指示并且行使指令的植物，那样才是活生生的证明。"

"也就是说，你们有可能研究出听人的话去做事的植物？"

"嗯，"陈院长指着培养皿里的细胞组织，"这是柳树组织，它的细胞壁经过特殊处理，柔韧性大大增加了。细胞壁是植物的保护层，也是禁锢，经过处理后，植物的思维处理能力和活动能力都会上升一个层次。只要有经费，成果出来的日子就能够大幅提前。"

"很好，我们恒发集团就是要做这种有超前理念的投资。"陈澍泽掏出一张名片，"具体的事情你跟我的助理谈，钱不是问题。"

陈院长颤抖着手接过名片，连连点头。

陈澍泽转过身，说："但我有一个条件，研究组的负责人，一定得是他。"他的手指向李川。

"嗯，我也希望是他。"

就这样，李川浑浑噩噩地站了几分钟，一个几千万的大项目就落到了自己肩上。他对状况一点儿都不了解。他心里想的是怜草，仿佛她又来到这间屋子，让自己给她讲解植物的一切。

"好好干，"临走时，陈澍泽拍拍李川的肩，"把心投到工作上来，忘记悲伤。我前妻去世时，我也是这么挺过来的。"

6

接下来的几个月，李川一直泡在实验室里。

正如陈澍泽所说，努力工作确实是分散注意力的好办法。他没日没夜地做对比试验，分析数据，调节培养皿的各成分平衡……只有这样，

怜草的模样才会在脑海里淡一些。

陈澍泽来过几次，每次都能看到蓬头垢面的李川。由于李川的拼命工作，实验进展很快，柳树茁壮成长，并且已经能进行简单的指令了。陈澍泽亲眼看到柳树的枝条卷起一杯水，递给李川喝。

"果然神奇，我没有看错你，"陈澍泽很满意，"我唯一担心的，是你的身体，你要注意休息。"

李川摇摇头："成功近在咫尺，我不能有一丁点儿松懈。"

事实上，他一旦松懈，怜草就会乘虚而入，在他耳边轻轻吹动气息。

但陈澍泽没有任他玩命苦干，几个月后的一天，他到实验室里，一把拉住李川，说："来来来，今天就别干活了，我们去喝酒！"

"我不想喝。"

"由不得你。这是董事会的饭局，你要给其他股东讲解研究进展，不然他们就会停止资金注入。"陈澍泽嗅了嗅，随即捏住鼻子，皱眉道，"你有多少天没洗澡了？快，去洗个澡，然后换一身西装。"

李川摊了摊手："我没有西装。"

"我已经给你买来了。走吧！"

李川看着陈澍泽，鼻子有些酸涩。他很感激，要不是陈澍泽帮他，他都不知道这些日子该怎么度过。尽管他对这种好意感到困惑——一个身价数十亿的企业家，为什么突然降低身段来跟他这个研究员当朋友？李川想了很久，最终把原因归结为自己的研究很有前景，或者陈澍泽确实想帮怜草完成夙愿。这两个理由都让他不能拒绝陈澍泽的邀请。

在酒席上，李川给那些大腹便便的股东们讲植物的自我意识，他绞尽脑汁，尽量不用艰难生涩的专业术语。然而，股东们都没有什么兴趣，有的在不停地看表，有的在打哈欠。

但只要陈澍泽鼓掌，股东们就鼓掌；陈澍泽称赞，股东们就站起来敬酒。李川不会喝酒，陈澍泽便一一帮他挡了，挡不住的，陈澍泽也不推辞，端起酒就往口里灌。

等到饭局结束时，李川还算清醒，陈澍泽却已经烂醉如泥了。股东们相继离开，只剩他俩留在包厢里。

"喂，你醒醒，"李川扶住陈澍泽，拍了拍他的脸，"你的司机呢？"

"他……他请……请假了……"陈澍泽迷迷糊糊地说。

李川心里叹息一声：那只能自己送他回去了。

陈澍泽的家在市北的半山腰上，是典型的豪华别墅。夜风在山上刮得很大，呼呼作响，山林随风耸动，不时有簌簌的声音响起，不知是小动物跑过，还是枝叶在彼此摩挲。偶尔有鸟从林间飞起，扑腾着翅膀，转瞬间消失在漆黑的天幕中。

下了出租车，李川叫了几声，没有人回应。这让他觉得很惊讶：这么大的地方，居然没有保安，别墅里连保姆也没有。

所幸还有电子门禁。

识别了陈澍泽的虹膜后，院门吱呀一声打开。李川搀扶着陈澍泽走进去，声感路灯在他们身边次第亮起，照出一条光之路径。有光之后，李川更加感到别墅的巨大与辉煌，他奋斗一辈子，恐怕连这里的一个房间也买不起。

但他并不羡慕。这么大的别墅，却只住着陈澍泽一个人，想一想都觉得孤单。

李川把陈澍泽扶到房间的床上，刚要给他盖上被子，陈澍泽却突然捂着肚子坐起来，哇的一声，吐出一大口秽物。吐完后，陈澍泽迷糊地哼了几声，又倒头睡下了。

李川的新西装上，布满了秽物，刺鼻的味道弥漫出来。"看来自己果然不是穿正装的命啊！"他苦笑一声，把西装脱了下来，但酒气还残

留在身体上。

他找到浴室，用水冲了把脸，然后左右观望。这个浴室也采用了豪华装修，地板是磨砂水晶面，浴缸巨大，缸边缘还架着一台笔记本。看来陈澍泽经常泡在浴缸里办公。

李川洗完脸，正要离开，眼角突然被电脑下面压着的东西吸引了——那是一张照片，只露出一角来。他走过去，把照片抽出来，然后，他愣住了。

照片上的人是李川。

照片里的他站在一家西餐厅门口，正扭头往里面看，而透过玻璃门，还隐约可以见到怜草和陈澍泽坐在一起吃饭。

这个画面很熟悉，李川闭着眼睛，没多久就想清楚为什么会熟悉了——那是他第一次误会怜草出轨。他偶然看到怜草和陈澍泽从宝马车里出来，一起进了那高档餐厅，他在外面踟蹰，几次想进去，最终还是离开了。

但，当时有别人拍到自己了吗？还有，这张照片为什么会出现在陈澍泽手里？

李川感到一丝寒意从脊背上升起，如蛇游走，不寒而栗。

他从浴室退出来，想问清楚，但陈澍泽酒醉不醒，轻微的鼾声一起一落。他看着陈澍泽熟睡的脸，想起这几个月的恩情，心头又迷惑了。

或许，是个巧合吧。他这样想着，转身走出了别墅。

他离开的时候，心乱如麻。所以他没有看到，在他身后，漆黑的屋子里，陈澍泽已经悄然睁开了眼睛，嘴角挂着莫名的笑意。

7

回家的路上，李川一直想着照片的事，却百思不解。

到小区门口时，已经是凌晨了。街道上空寂如死，几个塑料袋被风吹起来，路灯一闪一闪。只有保安站在门口，显然是累了，在不停地打哈欠。

李川刷卡进去，嘀，绿灯亮了。见户主进来，保安连忙敬礼。

"你是，"李川疑惑地看着保安，"新来的？"

"嗯，我今天刚来上班。"

"原来的小王呢？"

"他辞职了。"

李川点点头，然后拖着沉重的步子往里走。

"要说人啊，真是没法子说。一个小小的保安，突然就能去大公司上班。"身后的保安感叹道，"听说还是恒发集团，真让人眼红啊！"

李川骤然站住，难以置信地转过身："恒发集团？陈澍泽的恒发集团？"

"是啊，是那个恒发。你说这么大一个企业，怎么会挖小王过去呢？他们又不缺保安。"新来的保安自顾自地说着，"我也得好好干，说不定干几年，也能被挖走。"

李川没有继续听下去。四周的黑暗一下子压迫过来，他什么都看不见，什么都听不清。他像孤魂野鬼一样走回家里，和衣躺在床上，闭上眼睛。

他明明很累，却怎么也睡不着。

似乎一张蛛网将他包裹住了，重重叠叠，无法挣扎。他从未像现在

这样迷茫过。

呼，他突然坐了起来，在黑暗中大口喘息。

他想到了一个问题，而这个问题，是他早应该想到的！

怜草并非自私的人，她怀孕了，她肚子里还有一个生命。这个时候的怜草，是无论如何也不会自杀的！

柳树的枝条在上下摇摆，灵活如蛇。

这个景象是发生在实验室里，没有风，枝条的运动完全是出于柳树的自我意识。这代表着，李川的实验已经接近尾声了。但他没有丝毫欣喜，趴在桌子上，呆呆地想着问题。

有些事情他没有想通。

向自己告密的是小王，但现在看来，小王已经被恒发集团收买了。难道是为了亡羊补牢，掩盖消息？但如果这样，陈澍泽又何必对自己这么好，不但给研究出资，还帮自己走出阴影？

为了研究？李川摇摇头，植物的自主意识确实很神奇，但陈澍泽没必要通过这种方式来接近自己。毕竟，以陈澍泽的钱和权，买下整个研究院几乎都不会眨眼睛。

枝条仿佛温柔的手，轻轻地在李川脸上拂过，像是在抚慰他。李川捏住枝条，枝条顿时安静了，只有末梢在李川的手掌上摩挲。

"真不知道把你们的意识解放出来是好还是坏，"李川轻轻说道，"这个世界太复杂了……"

柳树突然一阵抽搐，枝条绷紧，树叶簌簌抖动。

李川顺着枝条看过去，陈澍泽的身影出现在门口。他穿着价值不菲的休闲装，身形颀长，嘴角挂着礼貌的微笑。这种成熟男人的气质，跟他昨夜的醉汉形象千差万别。

"昨天让你看笑话了。"陈澍泽斜倚在门口，"没想到我那么不胜酒力。"

李川摇摇头，说："没事的。"

"对了，我家里比较乱，没有什么让你感觉不适的吧？"

李川盯着陈澍泽的脸。陈澍泽说话的时候，脸上笑容依旧，表情优雅从容，身体没有一丝不自然的感觉。他安静地与李川对视着。

"没有，你休息之后我就走了。"很久之后，李川这样说。

"那就好。"陈澍泽点点头，"你继续工作，成果出来了我们给你安排一个大型发布会，到时候国内外各大主流媒体都会来，全程摄像。"

陈澍泽走后，李川莫名烦躁起来。他在实验室里走来走去，脑子里的画面轮番交叠，一会儿是怜草，一会儿是高深莫测的陈澍泽，还有实验的成果，还有大型发布会，全程——

他突然站住了！

"全程摄像"？

这4个字提醒他了。保安小王当初告诉他，怜草出事那天的监控录像不见了，但现在看来，小王已经被收买，他的说法或许并不可靠。

想到这里，李川立即披起衣服，快步离开实验室。

屋子里顿时安静下来，只有柳树的枝条在弯曲扭动，如同一条度过了寒冬的蛇在悄然苏醒。

"您好，有什么我可以帮助你吗？"

李川摸了摸口袋，摊着手说："我在这儿等领导，他随时会来，我走不开。不过我没带烟，你帮我去买包烟好吗？"

保安认出李川是小区的户主，但还是露出为难的表情，说："可是我要站岗……"

"没关系，我帮你守着。"李川掏出几张钞票，塞进保安的口袋，"帮帮忙。"

"那好吧。"保安拍了拍口袋，跑向两个街口之外的超市。

李川脸上的笑容立刻消失，他深吸一口气，闪进保安室。里面的办公桌上放着几台电脑，屏幕里是监控画面。李川找到了安装自己家门前的39号摄像头，然后翻阅历史记录，上面显示着，那一天的视频还存在电脑里。

小王果然骗了他。

李川把U盘插进电脑里，将那一天的监控画面导进去。进度条不断推进，在门外刚刚响起脚步声时，导入完成。

"咦，您怎么到这里来了？"保安脸上有些不悦。

"就是累了，进来休息休息。"李川弯下腰，假装挠小腿，顺手把U盘拔了出来。他紧攥着拳头，匆忙跑出了保安室。

"嘿，你的烟！"保安不解地看着李川的身影消失在转角。

8

陈澍泽刚走上天台，一个拳头便迎面扑来，正中他脸颊。他脑袋里嗡嗡作响，视野一片昏暗，往后踉跄退了好几步才稳住身体。他舔了舔嘴角，有浓重的血腥味留出来。

"嘿嘿。"陈澍泽一边怪笑，一边抹去嘴角的血。

"你这个畜生！"李川怒吼一声，再次扑过来。

这时，门后闪出两个保镖，挡在陈澍泽身前。他们一个架住李川的胳膊，另一个猛地一拳揍在李川肚子上。李川顿时冷汗直流，委顿在地，发出痛苦的呻吟。

"老实点！"保镖恶狠狠地说。

陈澍泽挥挥手："好了，你们下去吧。"

天台上便只剩下他和李川了。这是恒发集团的顶楼，雄踞高空，可以俯视整个城市。天色近晚，一轮残阳在天际垂垂欲老，凄艳的晚霞在四周流淌着，看上去像是一张模糊的脸浸泡在血液里。

陈澍泽用手指拨了拨头发，整理好衣领，对着蜷在地上的李川说："你把我叫过来，就是为了打我？"

"我是要杀了你！"李川用牙缝里挤出这几个字。

"这倒是有点意思。"陈澍泽把李川扶起来，拍去他身上的灰尘，"想杀我的人很多，能告诉我，你是为什么想杀我吗？"

"你还在装！你杀害了怜草，你杀了怜草！"李川大声吼着，声音凄厉，带着哭腔。

陈澍泽脸上笑容更盛，凑近李川，问："你看到监控视频了？"

是的，李川看到了监控视频。

当他从保安室跑回家后，就把U盘插进电脑，点开了里面的文件。那昏暗的画面立刻充斥了整个屏幕。

09：30：01，楼道里空空荡荡。

09：45：01，一切如故。

09：57：01，一个男人从电梯走进画面。这个男人举止优雅，步履从容，正是陈澍泽。他慢慢来到了李川家门口，按下看门铃。在等待门开的过程中，他一边吹口哨，一边向四周看，当他看到摄像头的时候，故意扬起了头，对着摄像头露出微笑——这微笑让李川不由自主地颤抖起来。

一会儿后，怜草把门打开了。怜草似乎很惊讶，张嘴说了句什么，看她的口型，是在问："你怎么来了？"

陈澍泽却没有回答，低下头，不知道在想什么。

怜草又问了一遍。

陈澍泽突然抬起手，扼住怜草的脖子，一把将她推进屋内。房门缓缓关闭，视频画面里再也看不到二人。

看到这里，李川的心咚咚直跳，几乎要跳出胸膛。他握紧拳头，猛地捶了桌子一拳，杯子跳起来，茶水洒了一桌。

过了很久他才按捺住心情，用颤抖的手按下快进键。画面一帧帧跳过，视频里的时间大概过了20分钟，李川才看到门又被打开了。

这次看到的，只有陈澍泽。他一边用纸巾擦手一边走出门，然后在门口站住了，掏出手机打了个电话。他的通话很简洁，不到一分钟就挂了，然后他收起手机，再次抬起头。

他久久地盯着摄像头，眼睛一眨不眨。

他的脸凝固在画面里，眼神灼灼，似乎透过了屏幕，在跟电脑前的李川对视着。

李川心里发毛。他和屏幕里陈澍泽处在不同的时空里，但此刻，两人的视线汇聚在一起，仿佛陈澍泽在盯着摄像头的时候，就已经预料到了李川会观看这段监控视频。

画面里的陈澍泽轻轻微笑起来，把手横到脖子下面，缓缓一拉。

陈澍泽消失后，大概过了半个小时，警察们就来了。他们把门砸开，蜂拥而入，几分钟后，一具尸体被抬出来。

"终于，这个故事要到高潮了！"陈澍泽说，神色里竟有一丝兴奋。

"到现在你还想狡辩吗？"李川红着眼，狠狠地瞪着陈澍泽。

陈澍泽拨开他的指头，摇头道："我没有丝毫想抵赖的打算，是的，是我亲手杀死了罗怜草。现在，我只想知道，你查清楚了我是凶手，然后呢？"

这个问题让李川愣住了，顿了顿，他说："然后……然后我当然要把你绳之以法！"

"哈哈哈哈！"陈澍泽突然大笑起来，似乎遇见了这辈子最好笑的事情。他捂着肚子，双膝跪下，用拳头捶地，笑得几乎快要岔过气了。

李川冷冷地看着这个癫狂的男人。一直以来，陈澍泽所呈现出来的，都是儒雅得体、风度翩翩的商界翘楚形象。而现在，他沉浸在他的疯狂里，跪在地上，衣衫不整，浑身尘土，与市井流氓一点儿区别都没有。

夕阳完全沉入地平线，黑暗从西方奔腾过来，如潮如浪，淹没了世界。一阵风掠过，在这高空之上，让李川感觉到了寒冷。

"好了，我现在来告诉你，你的打算为什么会让我发笑了。"陈澍泽站起来，脸上还残余着疯狂的笑意，"你知道那天我离开你家时，给谁打电话吗？警察局！我告诉局长，我杀了人，让他派人过来。所以他们只过了半个小时就到了你家，但你看，他们是来抓我的吗？他们是给我擦屁股的！"

"可还有……"

陈澍泽悍然打断他，大声说："你是说还有法庭和媒体吗？我每年要花过亿元钱去喂这些浑蛋，钱能堵住他们的嘴，也能蒙住他们的心。我是个商人，商场诡谲，当面笑，背面刀，为了生意能把亲妈卖掉，你以为我挣的都是干净钱吗？我走到今天，积累下的人脉和势力，能把你所有的出路都堵死。"

这个时候，李川才感觉到了真正的凉意。夜风从他的脖子灌进去，又从腰间溜出来，让他通体生寒。

"何况，如果你现在回家，就会发现那个U盘已经不见了，放在电脑里的备份也被删除。"陈澍泽不紧不慢地说着，"你前脚走出门，我的人后脚就进了你的屋子，把你的'证据'全部清除了。你放心，他们是专业的，会搜遍你家里的每一条墙缝。"

陈澍泽的身体并不强壮，但他站在夜色里，身上投出的阴影无比巨大，将李川完全笼罩住。

"还有很多你不知道的——那个保安跟你告密，是我指使的。那天晚上的饭局，我没有喝醉，我是故意让你扶我回家，让你看到那张照片。你找到监控录像，也是我暗示你的。"暮色里，陈澍泽的脸似乎被黑暗融化了，模糊不清，"你以为你一步步接近真相，但其实，你每走一步路，都是我安排好的。"

"那你……"李川后退两步，颤抖着手。此时，他的颤抖已经不是出于愤怒，而是因为恐惧。

一种骤然发现自己的生活完全由他人掌控的恐惧。

"我知道你有很多不解，来，现在我来告诉你。这是我最喜欢的环节了。"陈澍泽转头看向远处的沉沉夜色，一字一顿地说，"我之所以做那么多事，只是因为，我高兴。"

李川像看怪物一样看着陈澍泽。夜色更加深沉了，周围的建筑静默着，如同潜伏的巨兽。

"人人都有自己的爱好，而有钱有权到了我这个地步，当然会有点与众不同的爱好。我最喜欢的，是看着别人绝望。只要一看到别人幸福快乐，我的牙齿就会发痒，唯一的解决办法，是破坏别人的幸福。我曾经在街上看到一个快乐的流浪汉，我问他你这么惨为什么还快乐，他说，明天总比今天更惨，所以今天要快乐，要好好享受生活。"

陈澍泽闭着眼睛，想起了那个在冬日里笑呵呵的流浪汉。他为什么会快乐？凭什么自己一个几十亿元资产的成功人士不快乐，而一个一无所有的人却有资格快乐呢？凭什么！想起这个的时候，他恨得脸上肌肉抖动，手臂青筋暴起。

"你知道我对他做了什么吗？"

"什么？"李川讷讷地问。

"我花了3年来策划，一步步让他'偶然'地成为一家公司的总裁，享尽富贵，受人尊敬，还给他安排了一个美丽贤惠的妻子。然后，一夜之间，我让这一切都消失了，他再次一无所有。你知道那个流浪汉的下场吗？他自杀了！"陈澍泽嘿嘿地笑起来，"你看看，多可笑啊！

他曾说要好好享受生活，而一旦他接触了荣华富贵，就再也不肯重归原来那种处境。当时我就在现场，我看着他把绳子套在自己脖子上，看着他眼睛翻白，喉咙被勒断……哦，那是多么美丽的场景啊，我兴奋得不能自已。从此，我就迷上了这种感觉，像一个导演，把别人当作自己的演员，导出一部部悲剧来。在你之前，我已经有了5部这样成功的作品了。"

李川筛糠似的发着抖。陈澍泽儒雅的外表下，藏着可怕的畸形病态，而自己，已经成了他宣泄控制欲的棋子。

"所以，你现在明白了吧。我刚接触怜草确实是因为生意，但知道你们的幸福婚姻后，我的牙齿又痒了。"他把脸贴在李川耳边，表情狰狞，语气却温柔无比，"听，听到没有，牙齿的碰撞声？咯咯咯咯，就是这样，它们在告诉我，不能纵容你们的幸福。所以我杀了你妻子，然后成了你的朋友，帮你走出困境，接下来，我又让你一步步发现我是凶手。你失去了一切。对了，还有你的研究，没关系，反正研究已经快完成了，我会找人接手，把你从实验室里踢出去。"

李川惊恐地后退。他叫陈澍泽来，本来是打算当面对峙，希望看到陈澍泽害怕后悔的样子。但现在，形势完全反了过来。他被陈澍泽的疯狂和变态威慑住了，内心绝望如死灰。

"我已经说得足够多，该留下你独自品味孤独了。"陈澍泽把衣冠整理好，走到门口时又停下了，"对了，我杀怜草的时候，她跪在地上求我，说她肚子里有孩子，说她爱你。她说得很动情很感人，我都差点哭了。所以，我勒她脖子的时候，更加用力。"

9

李川躺在冰凉的地板上，呆呆地看着阴暗的天空。

这个夜晚没有星星，只有风在城市的上空呼啸，浓云积压，空气越来越凝重。

陈澍泽之所以把一切都告诉李川，如此嚣张，如此有恃无恐，就是吃定了李川没有丝毫还手之力。而陈澍泽也有这种资本。他是商界精英，在政坛上也有足够的影响力，挥手成风，覆手遮天，绝对能够碾压一个小小的研究员。

舆论帮不了李川，而陈澍泽全天处在保镖的陪伴下，不会给他可乘之机。无论是依靠法律，抑或是犯法，李川都没有机会给陈澍泽造成威胁。

一道枝状闪电划过天际，天地彻亮，万物颤抖。

这一瞬间，怜草的脸出现在云层之下，哀婉凄切，隔着空茫茫的夜空，与李川对视着。

"对不起，"他捂住脸，泪水顺着手指流出来，呜咽道，"我没用，不能给你报仇……"

一点凉意出现在他额头上，他以为是怜草的吻，但其实是雨。雨来自云层，划破空气，冲刷着这个城市。

无数雨点在李川身上敲击着，衣衫尽湿，全身冰冷。

轰隆隆，一阵惊雷炸响，如同猛兽嘶吼。这雷声比闪电和雨水更让世界战栗，即使雨夜漫漫，即使黑暗无边，总有人能够以昂首吼叫来对抗。

李川浑身激灵，翻身爬起来，闪电划过，他脸上雨水横流，但他的

表情已经不再悲伤绝望了。

"如果你觉得我什么都不能做的话，"他咬着牙，说话的声音很小，似乎一出口就被雨水融化了，"那你就错了。"

李川被雨淋后，就感觉到额头发烫，意识有些模糊。但他没有去医院，而是挣扎着来到了实验室。

这个消息传到陈澍泽耳中时，他笑了笑，挥手说："让他做吧，他现在只能靠实验来支撑着活下去了，等完成了再一脚把他踢开。"

经过几天没日没夜的工作，李川终于把实验的收尾工作完成了。在给培养基注入最后一支试剂后，他直挺挺地倒在了实验室里。

李川晕倒了几个小时后，才被进实验室的同事发现，送到了医院。那个同事在出门的时候，眼角的最后一瞥里，看到了那棵已经培养成熟的柳树。

但他急着送李川去医院，没有仔细看，否则，他会发现柳树的枝条正呈现出一种诡异的扭曲状态。而地上，布满了断裂的木头。

10

恒发集团赞助的植物学研究取得了重大成果，为了实现产业化，以及谋求合作伙伴，董事会决定举办大型成果发布会。全国数十家媒体都被邀来，很多主流电视台会直播这场发布会。

而这时的李川，已经躺在了重症室，气若游丝，生命全靠营养液吊着。连着数天滴水未进，加上超负荷工作，以及原本就发烧的身体，他的这场病来势凶猛，迅速掏空了他的身体。

陈澍泽知道重病中的李川肯定会看发布会，所以，他决定亲自主持

发布会。

那一天，会场里人声鼎沸，观众席爆满。陈澍泽站在舞台上，西装革履，笑容满面，轻轻一抬手，整个会场便安静下来了。

"感谢各位百忙之中来到这里，跟恒发一起见证科技史的伟大奇迹。"陈澍泽风度翩翩，背后巨大的全息屏幕轮番投影出人类史上各大伟大的发明，科技树开枝散叶，钢铁取代树木，天空海洋全部被占领，忽然，所有的画面定格，巨大的"THE NEXT？"英文单词横在中央，"科技给了我们一切，让我们把身上的树叶换成了西装，把石头换成了轿车，把猛兽换成了老婆。"

全场发出哄笑声，相机咔嚓不绝，无数镜头对准了台上的男人。

陈澍泽满意地点点头，说："现在，容许我介绍21世纪最伟大的科技突破。一百多年来，植物对外界的反应始终是科学界的争论之一，有人说是应激反应，有人说是情感表达。在这里，我们恒发集团，终于能够荣幸地对这个问题做出解答——植物拥有着不逊于人类的自我意识！"

尽管在邀请函上写明了发布会的内容，但陈澍泽这么郑重地说出来，还是在会场引起了巨大的波澜。议论声此起彼伏，喧哗不绝。

"口说当然无凭。"等窃语声平息之后，陈澍泽打了个响指，灯光俱灭，黑暗笼罩。观众仰着头，但等了许久也不见下文，议论声又如潮水般涌起。

哗，一道聚光灯倏然罩下，观众们睁大了眼睛，只见灯光之下，是一棵枝叶招展的柳树。它高约两米，十几根枝条垂地，种在一坛巨大的培养基里，在强光下，它细细的叶子呈现出漆黑的色泽，如同被染上了一层墨汁。

"这就是我们研究出的第一棵被解放了意识的植物。它突破了细胞壁的桎梏，能最大限度地表现智力与感情。而且它经过了特殊处理，枝条更具韧性。"说到这里，他吹了声口哨，工作人员立刻捧上来一个足球，"在从商之前，我玩过一段时间的足球，几十年了，不知道生疏没有。"他用脚拨了拨球，突然来了个漂亮的勾球，足球腾空，下落时又被他的大腿轮番接住，几十个来回之后才落回舞台。

虽然对他的用意感到费解，但观众还是为他灵活的脚法鼓掌。

"好，来个射门！"话音未落，他抬脚就射，足球呼啸着飞向柳树。不知是他准头不好还是故意射偏，球没有正中，而是以几厘米的距离擦着柳树飞过。

就在观众感到遗憾时，柳树枝条突然动了。它像是长了眼睛，柳条扬起，精准地卷住了足球，然后又向陈澍泽掷来。

前排的观众被惊得站了起来，闪光灯几乎连成一片。

陈澍泽单脚接住足球，反踢回去。柳树又用枝条把球扔了回来。就这样，足球在所有人震惊的目光里呼啸，在台上来回滚动。

足足过了5分钟，陈澍泽才翻脚踩住足球，轻轻喘息，说："各位看到了吧？这棵柳树没有眼睛，没有手脚，但聪明而且准确。要是在足球场上，我们派11棵这样的树出赛，说不定国足早就出线了。"

这次却没有人哄笑，因为所有人都沉浸在震惊里。

"当然，我们不能忘了为这项发现付出了巨大努力的人，"陈澍泽扬起手，顺着他的手臂方向，一个有些拘谨的年轻人走出来，"他叫赵唐，是植物学家，正是他多年如一日的钻研，才使得这项发现被世人所知。"

年轻人弯下腰，向观众鞠躬。如潮的掌声弥漫过来，聚光灯罩在他身上，音乐适时地响起，这一刻，无上的荣耀在他身上闪现。

市立医院的重症房里，李川看着电视屏幕上的一切。

画面又跳转到陈澍泽脸上。"你看到了吗？"他对着镜头，用唇语无声地说，似乎在凝视着李川。

李川握紧手里的东西，呼吸顿时急促起来。

嘀嘀嘀，床边的警报器响起来，红灯一闪一闪。

自己导演的戏终于结束了。

陈澍泽的手止不住地颤抖，内心兴奋得如同山崩海啸，这种感觉，已经是第六次出现了。每一次都让他欲罢不能。

接下来，他只需要结束发布会，等着李川气急病亡的消息就够了。李川要是没死，那更好，就让他苟延残喘地活着吧，活在绝望和悲伤的阴影里。

"那么，本次发布会就到这里，各位媒体朋友可以近距离观察这棵——。"他的话还没说完，背后突然传来了可怕的呼啸声，仿佛利刃在切割空气。他还没有反应过来，手脚和脖子就已经被什么给绑住了，跟着被拉扯到空中，动弹不得。

现场鸦雀无声，不知道这是发布会的安排，还是出了意外。

陈澍泽的身体缓缓旋转，看到了捆住他的东西。

是柳树。

此时的柳树，如同一个怒发冲冠的头颅，所有的枝条都张开了，其中七八条死死地勒住了陈澍泽。他之前说的没错，柳枝拥有了可怕的韧性，看上去没有手指粗，却能把他举在空中。

几个工作人员感觉到不对劲，纷纷冲上来，但都被柳枝给抽得后退。他们在对讲机里呼叫保安，让他们带刀上来。

柳树丝毫不惧，将陈澍泽越举越高。同时，一根枝条在树干的某个地方按了一下，一阵声响顿时飘荡出来。

"即使你拥有权势，也不能任意践踏别人的幸福。"这是李川的声音，虽然微弱，却坚定如磐石，"即使我一无所有，也能让你付出代价。"

陈澍泽第一次感到了恐惧。

他浑身战栗，牙齿打战，口里发出类似呜咽的声音。他没有想到，李川把最后的复仇筹码放在这棵柳树上。李川算准了自己会亲自主持发布会，就在那几天拼命工作，给柳树下达了指令。他相当于柳树的父亲，对植物意识了若指掌，做到这一点并不难。

李川放在树干里的录音一结束，柳条就收紧，咔咔，陈澍泽清晰地看到了自己的手脚骨头断裂的声音。

保安已经提着刀冲上了台。台下一片混乱，记者们举着摄像头，把这一幕拍进了镜头。

原来，他是要当着全世界的面杀了自己啊！

陈澍泽的这个念头还没有完毕，柳条就猛然向外拉张，这一瞬间，他的手脚和脖子都传来了撕裂的剧痛……

这五马分尸的场面当然没有被播出来，千钧一发之际，电视台切进了广告。

但这已经够了。

"谢谢你……"市立医院里，李川缓缓闭上眼睛，眼角沁出了晶莹的液体。

他一直紧握的拳头松开了，一抹翠绿色从手中袅袅滑落。有风从窗外吹进来，把这片柳叶卷起，在空中打转，掠出窗子，飞到了窗外那一片明净的天空里。

尾声

老人把最后一支烟抽完，说："嗯，大概就是这样，你信也好，不信更好。"

"啊？"我已经完全沉浸在故事里，好一会儿才回过神来，"后来

怎么样了？"

"没什么后来。怜草死了，陈澍泽死了，李川的病没有治好，也死了。"

"那棵柳树呢？"

"它当然被恒发集团的人毁了。从那之后，政府就禁止了植物意识的研究——我们还没有准备好跟具有自主行动能力的植物在同一颗星球上相处。"

我看了看天色，昏黄色的天空下，已经有暮色沉下来。几只晚归的鸟在天空掠过，秋风起落，黄叶飘零。

"今天打扰了。"我站起来，同老人告辞。老人摆摆手，倚在树旁，把眼睛闭上了。

我转身离开，许多树叶在我脚下摩挲着。周围的墓碑在一片萧瑟秋风中静默地站立，如同在仰望秋空。

快走出墓园时，我突然想起一个问题：为什么老人会知道得这么详细呢？

转过头，我看到了老人倚在树上的身影。他两鬓斑白，佝偻着身子，一动也不动，似乎在倚树而眠。而柳树光秃秃的枝条轻轻扬起，在老人背上拂过，像是在给予安慰的老友。

我顿时明白了什么，笑了笑，转身走出墓园。

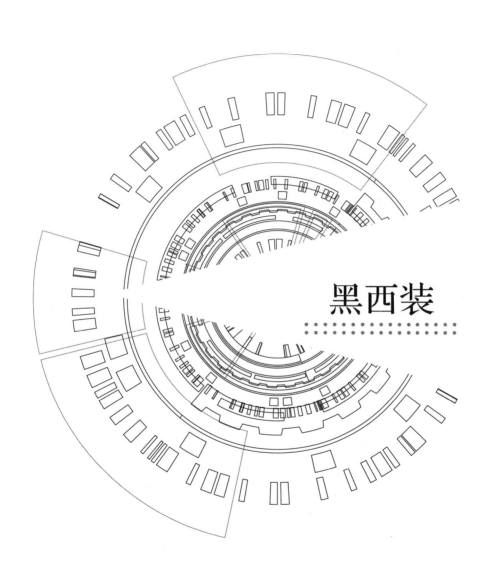

黑西装

1

洛杉矶的夜如铁，冷中带硬，黑暗里又藏着一抹不易察觉的锋利。昨夜暴雨的潮湿，还遗留在空气中。

布朗先生看着窗外黑沉沉的夜，总感觉有什么事情要发生，这个念头刚一过，敲门声就响起了。

门外是个年轻人，高个子，面庞消瘦，站得笔直。当他把警察证掏出来的时候，布朗先生就知道自己的预感又一次对了。

"我叫詹姆斯，"年轻的警察说，"这么晚打扰您真是抱歉。"

布朗先生的用人老皮特走进厨房，端出一盘苹果派。詹姆斯却连忙摆手，说："我需要您跟我去一趟警局。"

"是我做了什么事情吗？"布朗先生眯着眼睛，想不出最近做过什么违法的事情。

"不，不是您，"詹姆斯说，"请您跟我走吧，这件事很重要，而且只有您才能帮我们。"

悬浮汽车的灯像两柄利剑，刺穿黑夜的胸膛，四周的建筑如同面目模糊的巨人般静默着。布朗先生坐在车里，想不出有什么事情是只有自己这种糟老头子能够解决的。但他并不排斥这种感觉。自从他宣布不再拍电影后，一直隐居在这里，已经很少被人需要了。

警察局很快就到了。时间已经很晚了，里面却灯火通明，几个警察焦急地站在门口，见到布朗先生下车，赶紧迎上来。

"您好，我是警长，这次的案子由我负责。"为首的一个胖子自我介绍说，"赶紧进去吧，这件事，迟一秒钟后果都不堪设想。"

"究竟发生了什么事情？"

"是一起凶杀案。"

布朗先生愣住了，解释说："我已经很老，连拐杖都拿不起了，而且我一直待在家里，不可能去杀人的。我的用人老皮特能够作证。"

"不不不，不是您……"詹姆斯摇摇头，"这个案件解释起来很复杂，您先看看我们的录像。"

录像在档案室里，保管得很严，进去需要打开3道基因锁。詹姆斯泡了杯热咖啡，布朗先生接过来，颤抖着抿了一口。到现在他依然不清楚发生了什么事情。

档案室的基因锁被打开，探长按下播放键，唰的一声，流水般的光线立刻充满了整个房间。"这是昨晚监视器拍到的视频，您做好心理准备，内容有点儿吓人。"探长顿了顿，随即自嘲地笑了，"我差点儿忘了，您以前是恐怖片导演，应该不会被吓到。"

全息影像笼罩了所有人。

布朗先生身处在雨夜里，噼啪的雨点落下来，穿过他的身体，在地上溅起硕大的水花。不，不只是水花，即使视野昏暗，他也能看见那些暗红色的液体——水中掺杂着血。血从一个艰难在地上爬行的人身上渗出来。天知道他身上挨了多少刀，衣服散成布条，浑身的伤口如褐色鱼鳞般露出来。

一只脚踩上他的背，他重重地摔在地上，再也爬不起来。踩他的是一个穿着黑衣的男人，手里握着染血的刀。接下来，这柄刀完成了几次突刺，直到地上的男人再没有声息为止。

黑色的男人缓慢地把刀上的血迹擦干，冲监视器笑了笑，然后低头走进雨夜里。

布朗先生被吓了一跳，尤其是最后那个男人笑的时候——男人正对这监视器，因而看上去就像是在对着布朗先生笑。尽管他面容模糊，但那笑容里分明藏着妖诡气息，长久不灭地弥漫在屋子里。

"这个人好熟悉……"布朗先生抠着手指，"我拍的最后一部恐怖

电影《黑西装》里，男主角Mr. Crazy也是穿的一身黑色西装，体型也很像，行事风格……简直像是从一个模子里刻出来的。"

"这就是我们找您来的原因。"探长说。

"哦，你们认为，是有人在刻意模仿电影里的角色来行凶吗？"布朗先生问。其实这种事并不罕见，在漫长的犯罪史里，诸如野牛比尔、开膛手杰克，犯罪手法都被后人效仿过。罪犯能从对经典案例的重现中，得到极大的满足感，当然，这往往也成了他们被抓获的突破口。

但探长和詹姆斯互相看了一眼，后者吞了口唾沫，艰难地开口："恐怕不是这样。您说对了一半，凶手作案，跟您的电影确实是同样的手法。但他不是在模仿，事实上，我们有理由认为，凶手就是您那部恐怖电影里的男主角本人。"

"我知道这难以理解，但请相信我们，这么晚了把您叫来，不是为了开玩笑的。"探长用手在四周的光影里划了一圈，"请您仔细看一下，这是哪里。"

全息视频所投射出来的，是一个逼仄的巷子，旁边有个残破的广告牌在一闪一闪。"这个巷子的背后，是一家非法克隆器官买卖中心。其实那里才是主要的凶案现场，我们在里面又发现了5具尸体，均死于同样的手法。6个被害人全都是买卖中心的技术员。"

"但这并不能说明，我的电影里的变态杀人狂从大银幕里走出来了，然后在现实世界里大开杀戒吧？"布朗先生瞪大眼睛，喘着粗气说。

"是的，这些不能，但买卖中心里的实验记录能。他们不但克隆器官，还克隆出了真正的人。"探长挠挠头，转头对詹姆斯说，"你给布朗先生解释一下，情况太复杂了，我没记住。"

詹姆斯点头，"其实我也没弄懂，里面有太多的技术细节了。大概是这样的——他们先是制作出了一个程序，把您电影中的角色杀人狂

Mr．Crazy进行拆解分析，补充了他的全部性格因素。然后把这些玩意儿写进克隆细胞的基因里，再把这个细胞直接培养成一个成年人。"他想了想，解释说，"我说得太简单了。事实上，我们的技术员在查看实验记录时，激动得几乎要昏过去！这里面有很多技术是超前的，比如能够分析电影角色的程序，还有能够活生生克隆出一个具有完整的指定人生经历的人——您想想，这样的话，我们能够复活历史上的许多伟人，只要把他们的生平经历输入进去；或者把死去的亲人重新'拉'回人间。即使以现在这么发达的科技来看，这些东西仍然像是魔法，但它真真切切地发生了。"

"是啊，"布朗先生叹了口气，脸上的皱纹像蜈蚣一样抖动，"但他们没有复活伟人，也没有把亲人从坟地里拉回来，他们直接让一个魔鬼从电影里走到了人间……"

"他们都是您的影迷，尤其喜欢这部《黑西装》，所以第一个实验对象，就用它来当素材。"探长把全息影像关掉，档案室里恢复了光明，但这光明显得脆弱无比，似乎随时会被屋子外的黑暗挤得粉碎，"当Mr．Crazy醒来的那一刻，灾难就来临了，这种人跑到外面的世界，想一想都觉得可怕……既然您是那部电影的编剧兼导演，我们觉得您比任何人都要了解他。希望您能协助我们。"

布朗先生沉默地看着窗外，天似乎又黑暗了一些。

2

在洛杉矶的一家电影院里，离开场还有5分钟，观众陆续坐下。

"不好意思，"一个礼貌的声音传来，"让一下好吗？"

正在跟女友亲热的男生抬起头，看到了一个穿西装的男人正站在旁

边。西装很考究，看料子就知道是专门定做的，只是，这个男人却顶着一头乱糟糟的鸡窝头，两手还各抱着一大桶爆米花，与西装极不相称。

男人的脸上带着讨好的笑意。

电影快开始了，男生不想耽搁，挪了挪腿，让男人走了过去。

那男人连声说谢谢，走到座位中间时，又愣住了。他指着女生的座位，语气有些胆怯："呃，那个……你能帮我从兜里把电影票拿出来吗？"

女生正打算跟男生继续亲热，闻言不耐烦地说："你自己不会拿啊！"

男人看了看两手的爆米花，声音有些胆怯："我不太方便……"

女生只得凑过去，把手到男人的西装兜里，摸到了电影票。正要掏出票，她突然碰到了男人的皮带，在腰侧，上面好像还别着某种坚硬冰冷的东西。

"你递到我眼前，让我看一下好吗？"男人开口说，"我好像走错厅了。"

女生掏出电影票，递到男人眼前。男人看了一眼，又扭头看了一眼座位上的女生，说："我没有走错，那就应该是你们坐错了。我是6排7号，你现在坐的这个位置。"

男生耸耸肩："哦，没错。我们的座位是6排8号和9号，但我女友视力不好，坐在外侧看不到屏幕，就跟你换了一下。"

"可是……"男人有些为难，斟酌了一下话语，"可是我习惯坐在中间，视野好一点儿……"

"大叔，你就发发好心吧。"看到自己座位的原主人，女生也收敛了不耐烦，撒娇地摇着肩，"你就坐外面吧，我们会感激你的。"

男人挠着头，说："那好吧。"

男人刚坐到9号座位上的时候，电影就开始了。灯光如海潮般退却，电影院里，满是黑压压的人头。黯淡的大屏幕上，闪出一个个字母，每出现一个字母，放映厅里就会响起咔咔的打字机声，不轻不急，宛如心跳。

"本片旨在揭露人性之黑恶，因此不建议意志薄弱、胆小和对人性真善美怀有向往的人群观看。离正片开始还有两分钟，以上人群可趁此时离开，去往柜台退票。"

放映厅里的人不但没人起身离开，反而变得更加兴奋了，坐直身体，盯着屏幕。

这是电影院做的活动，名为"恐怖一周游"，即把经典恐怖片集中放映，让有特殊口味的观众看个过瘾。这个男生就是被这个噱头吸引过来的，带女友来看恐怖片，计划播放到恐怖情节时抱住她。

想到这个，男生微笑起来。这时，身边又传来男人的声音："抱歉，再打扰一下。根据这部电影的分级水平，你们……你们还不到这个年龄吧？"

男生心里一惊，他确实是借别人的社保卡买的票。他扭过头，看着男人，说："我们都已经18岁了。再说，这跟你有什么关系！"

"嘿，我不想管闲事。"男人连忙摆手，往后缩了缩，"我就是想提醒你们一下，这部电影可不比其他的恐怖片。它拍出来的那年，因为太吓人太黑暗了，导致没有通过审查，禁止放映。直到5年前才允许上映，但也只限于北美，很多国家甚至都不敢引进。"

"不就是一部电影吗？"男生无所谓地说，"反正是角色都是假的，再吓人也只是在屏幕里。"

"那可不一定。"男人笑了起来，"我建议你们现在出去，不要看这部电影了，不然可能会出现什么可怕的事情。"

男生不耐烦地挥挥手："你管好你自己吧！"

女生把手指竖在唇边，说："嘘！电影开始了，不要讲话。"

男生和男人也就不再说话，把头转向屏幕。宽阔的银幕上，警告字句慢慢隐去，开始呈现电影制作者的名单。

但奇怪的是，最先出现的导演名字，被打上了马赛克。

看到这一幕，男人低下头，黑暗里，传来牙齿磨动的声音。轻微，嘶哑，又带着诡异。几秒后，男人抬头，愉快地吹了一声口哨，把爆米花放在自己腿上，一边看一边嚼。

名单介绍完后，屏幕突然变得血红一片，整个放映厅里都被映红了。血幕中，流动着一抹黑色，诡谲如蛇，在殷红中扭成了两个狰狞的单词。

这就是片名——*Black Suit*！

吉姆是个漂亮的小孩，金发柔顺，眼睛湛蓝，也很聪明。不幸的是，吉姆5岁时，一场高烧袭击了他。经过治疗后，他的体温很快恢复了正常，但脑袋却烧坏了，智力永远停在了5岁。

吉姆的父亲是个律师，总是穿着一身笔挺的黑色西装，在人前严肃不苟，人后却有家暴行为。在吉姆懵懂的目光中，父亲对母亲进行了长达7年的虐待。父亲习惯将母亲毒打至遍体鳞伤，昏迷不醒。

而这一切，都当着吉姆的面。

吉姆12岁那年，父亲最终失手将母亲打死，为了掩盖真相，他将母亲分尸，藏在地下室里。吉姆正巧目睹了这一幕。他偷偷溜到地下室里，坐在碎尸中间，希望母亲能像以前一样爬起来和他玩耍。但直到晚上，他都没有如愿，于是，他剥下了母亲的脸皮。

父亲睡着后，总是梦见母亲的鬼魂回来报复。被吓醒后，他睁开眼睛，骇然发现眼前正是妻子那张熟悉的脸，七窍流血，但嘴角却在缓缓扬起，露出诡异的笑意！父亲被吓得屁滚尿流，浑身抽搐，当场猝死。

吉姆站在床前，从脸上摘下母亲的皮。他看着父亲扭曲的尸体，半晌，痴痴傻傻地笑了起来。

警方处理了这场离奇的案子。吉姆被送往疗养院，与其他没有监护人的智障者安置在一起。照顾他们的是一个叫玛丽的胖护士。

最初，玛丽温和又耐心，无微不至地照料他们。但渐渐地，她的本性暴露了出来——她是一个恋童癖。

有着天使面庞的吉姆，自然就成了玛丽的最爱。

而在吉姆14岁那年，他无意间看到玛丽活活闷死了隔壁房间的男孩。吉姆吓得瑟瑟发抖，于是，在下一次他趴到玛丽身上时，他咬断了她的喉咙。

听到尖叫声的护士们赶过来，撞开门，只看到玛丽的尸首，以及一脸血污的吉姆。

护士们又将吉姆送到精神病院，他在里面度过了5年，与形形色色的精神病人打交道，也变得疯癫起来。

唯一让吉姆觉得安心的，是医院后园的一棵樱桃树。吉姆把它当成了母亲，每天坐在树下，同虚幻中的母亲说话，也幻想着得到了母亲温和的回应。这是他一生中唯一觉得温情的时刻。但到了吉姆19岁时，精神病院决定整改，将樱桃树伐去了。傍晚时吉姆来到后园，只看到光秃秃的树桩，视野里，树桩变成了母亲那支离破碎的尸体。

他趴在树桩上痛哭失声。

一位赶着下班去赴约会的医生过来叫他。他不理，继续哭。医生有些不耐烦，伸脚踢了几下吉姆的腰部。吉姆抽泣着站起来，准备回屋，但这一刻，他突然看到了那个医生的白大褂下，是一身纯黑的西装。

久远的记忆再次弥漫而来，如烟笼雾罩。父亲的狰狞覆盖了他的双瞳。

医生见他不动，伸手来推。吉姆突然转身抓住医生的肩，将他绊倒在树桩上，紧接着用膝盖死死顶着医生的脖子。直到医生失去呼吸，吉姆才站起来，有条不紊地脱下医生的黑西装，穿在自己身上。

接着，吉姆在贮藏室里找到了砍伐樱桃树的斧头。他提着斧柄，缓缓走向病房。

其他护士看到了这一幕后，惊恐地发现，吉姆的眼睛已不再蒙昧，

但也不像正常人一样清明，而是笼罩上了一层浓郁的疯狂之色。如同嗜血野兽，冷冷地打量着猎物，喉间低吼，尖牙上寒锋流转。

他们吃了一惊，颤声问："吉姆，你，你提着斧头干什么！"

"从现在开始，我的名字不再是吉姆了。"他伸出舌头，舔着冰冷的斧刃，一字一顿地说，"请叫我Mr．Crazy！"

《黑西装》讲述的，就是这个叫Mr．Crazy的人的故事。他屠灭了整个精神病院，医生，护士，甚至病人，一个都没有放过。整整3层楼，都被血溢满了。

这之后，他逃离了这个城市，到世界各地流窜犯案。他以世界为幕布，以血腥为涂料，肆意绘画着自己的罪恶。或许是对之前长久智障者的补偿，离开精神病院后，他的智力达到了令人叹为观止的地步，一次次将警察耍得团团转。

但终于有一个与之智慧相当的警察，察觉到了Mr．Crazy的犯罪动机：在地图上，把Mr．Crazy犯下血案的城市用红线连起来，正好组成了一个硕大的单词——KILL。

于是，警方在KILL最后一个字母所对应的纽约城里，布下了重重陷阱。Mr．Crazy知道危险，但依然来到了纽约，一番大战后，警察死伤遍地，Mr．Crazy更是亲手杀死了那个察觉到他犯罪踪迹的警察。影片末尾，瓦斯爆炸，带着无数条人命的罪恶，Mr．Crazy消失在火海里。

就当人们以为影片已经结束，可以从长达两个多小时的颤抖和屏息中松口气时，一个人影突然从灰烬中站了起来。镜头拉近，越来越清晰，最后定格下来的，是人影身上那被火烧坏的黑色西装，

影片阴沉压抑，有些镜头更是令人作呕。当那位父亲睁开眼睛时，屏幕突然跳转，母亲那张阴惨的脸充斥着整个屏幕，这个镜头就吓坏了

不少人。

整个观影过程中，女生不断惊呼，死死攥住旁边男生的衣服。男生也没好到哪里去，脸色发白，好几次都快要吐出来，要不是为了在女友面前硬撑，只怕早就跑出电影院了。

但坐在外面的男人，却一脸悠闲，一边看着恶心的画面，一边把爆米花往嘴里塞，嚼得嘎嘎作响。

"你吃得这么大声，我们还怎么看电影？"在影片快到尾声时，男生突然扭过头，对男人恶狠狠地说。他被电影吓怕了，但通过找旁边这个胆小大叔的麻烦来挽回面子，他还是有把握的。

女生也转头看过去，幽暗光影里，她突然察觉到——这个男人，穿了一身黑色西装！

"对不起，对不起……"男人很不好意思，一边道歉一边把手伸进西装里，拿出了某样东西。男生正要哼一声，却突然耷拉下头，软倒在座位上。

女生碰了碰男生，毫无反应。她猛地想起，在替男人掏电影票时，在皮带旁碰到的那个坚硬冰冷的东西。

她正要惊叫，但脖子突然像被什么蜇了一下，一股冰凉之感从颈部渗进血液里，吞噬了她所有的力气。她恍惚地低下头，一支注射器插在她的脖子上，男人脸上露出诡异的笑容。

"已经告诉你们，可能会发生什么可怕的事情，"男人收回注射器，低声笑着，"你们要是听劝离开该多好。"

影片已经到尾声，但已经无所谓，男人早就知道这部电影的结局。他吹了声口哨，离座而去。他身后，男生和女生都已没了呼吸，软软地抵靠在一起，看上去似在相拥。

到了外面，空气一下子清凉起来，夜风吹拂，男人的西装猎猎鼓荡。他张开两手，似乎在拥抱整个夜晚。

这时，路旁投影新闻的内容吸引了他的注意——

"下面将播报一个震惊好莱坞的新闻：著名的恐怖片导演、息影20年的电影大师布朗先生于近日宣布，将以70岁的高龄重执导筒，为广大恐怖电影迷贡献出新的作品。"漂亮女主持人说完后，画面跳转到布朗先生脸上，他的声音沉稳有力："此前我放弃电影事业，是因为觉得我的最后一部电影《黑西装》，只是一部好莱坞工业流水线作品，毫无特色可言。对我来说，这是不可原谅的，我甚至不希望我的名字出现在导演一栏里。而现在我有更好的灵感，我将把这部电影进行翻拍，塑造一个更阴暗、更恐怖、更让人战栗的角色！"

"那我们拭目以待！"女主持人说，"3天后，狮门影业将为布朗先生举行欢迎晚宴，到时候将具体商量翻拍事宜。"

冷风从街头贯穿而过，使得男人的乱发簌簌抖动。他的脸上扬起笑容，然而这笑容也和夜晚的风一样没有温度。"是吗，父亲？"男人嘿嘿地笑着，"你要创造出一个更完美的我吗？"

3

比弗利山庄，人山人海，觥筹交错。

衣着华丽的好莱坞名流们在大厅里交谈，侍者端着酒盘穿行，角落里有乐团弹奏悠扬的音乐。这一切，都落在了詹姆斯眼里，巨细靡遗。到目前为止，没有可疑的现象。

"你确定他会来吗？"詹姆斯皱起眉头，小声说。

"如果他真的是我电影里的Mr．Crazy的话，那他就会出现。我要重拍《黑西装》，这是对他的侮辱，他不可能坐视不管。"布朗先生低着眉，晃动红酒，五彩的灯光在酒杯边缘闪动，"但是这里穿正装的人太多了，他很容易混在里面。"

"放心，我们的探员遍布整个会场，只要他出现，就跑不了。"

正说着，一辆黑色加长型凯迪拉克降落在大厅前的草坪上。车门打开，一个肥胖的男人走出来。所有人的目光都汇聚过去——能在这种场合直接将车开进来的，即使在整个好莱坞，也只有一个人。

"嗨，老布朗，"男人径直朝布朗先生走过去，或许因为太过热情，他脸上的肉都在抖动，"好久不见了啊。"

布朗先生回应道："普鲁斯特，上一次见你，你还是在摄影棚打工的年轻人。20年过了，没想到你成了狮门影业的董事长，整个好莱坞最有权势的人。"

"哪里哪里，"普鲁斯特擦了擦脑门上的汗，握住布朗先生的手，"您、您的回归，才是好莱坞最关注的事情。我代表……我代表狮门影业，希望能够做您的这部作品的发行商，就像过去的日子一样。"

布朗先生有些尴尬，他宣布翻拍《黑西装》，只是为了将Mr. Crazy引出来。他年龄太大，疾病像蛀虫一样藏在骨子里，已经很难拍电影了。他正要说出实情来时，普鲁斯特却将两只酒杯相碰，清脆的碰撞声在会场里传开。这表示他有话要说，于是所有人都安静下来了。詹姆斯惊诧地发现，普鲁斯特的腿竟然在不停地颤抖。

"首先，欢迎大家来到……"他扭了扭脖子，脸上的肉抖得更厉害了，"布朗先生是值得尊敬的导演，从业几十年，为我们奉、奉献了几十部优秀的作品。他让恐怖片在艺术的高度上跨了一大步，电影行业里，唯有希区柯克能与他比肩。"

所有人都鼓掌。詹姆斯环顾会场，一切都正常。

"尤其是他的隐退之作《黑西装》，更是影史上的经典……"他清了清嗓子，"这一部电影，我想恐怕连老布朗本人都无法超越。"

布朗先生皱起眉头，脸上的褶子聚拢起来，周围也开始窃窃私语。普鲁斯特为人圆滑，在好莱坞各大势力间游走，从未说过像现在这样不得体的话。

"所以，我认为，宣布、宣布翻拍《黑西装》，是极为不……不明智的决定……"普鲁斯特的颤抖传染到了声音里，谁都听得到他牙齿打战的咯咯声。

布朗先生后退一步，小声对詹姆斯说："情况有点儿不对，小心些……"詹姆斯下意识地把手放在腰间，打量周围，但视野里没有穿黑西装的人在靠近。

普鲁斯特继续说："因为……因为Mr．Crazy是老布朗塑造得最为成功的角色，完美、美，不可复制……"他突然抬起头，冲草坪声嘶力竭地喊，"我已经按你说的做了，你，你千万不要引爆！"

他目光所向，是那辆加长型凯迪拉克。自普鲁斯特出来后，它就静静地停在那里，如一方隆起的黑色坟墓。

詹姆斯眼尖，透过车窗，看到驾驶座上坐着一个人。那人隐在车窗的黑暗里，如同幽灵般模糊，但仔细看，还是能够看出他身上穿的黑色西装。

"就是他，Mr．Crazy，在车里！"詹姆斯顿时明白了，一边大喊一边掏出枪。四周的警探立刻行动，朝凯迪拉克包围过去。但在他们扑上去之前，车的悬空引擎已经发动，嗡嗡声中，车迅捷地升上夜空，在草坪上盘旋一周后向四周林立的建筑群驶去。

警探反应过来后，连忙奔向停车场。几分钟后，一辆辆飞车呼啸着升起，朝凯迪拉克消失的方向追去。幽沉的夜空将这些车一一吞噬。

詹姆斯依然不放心，握着枪，警惕地看着周围。

布朗先生扶住桌子，但手还是止不住地颤抖，好一会儿才说："是他……肯定是Mr．Crazy。他是我创造出来的，不会看错……"

"你放心，我的同事们已经去追了，他肯定跑不掉！"

布朗先生摇摇头。

"说回来，"詹姆斯长出一口气，"他也没有电影里那么厉害和恐怖嘛，一被发现，立刻就吓跑了。"

话音未落，一直站在客厅中间颤抖的普鲁斯特突然炸开，缤纷的血和肉如花绽放，淋满了整个厅堂。一个女明星眼睁睁地看着半截指头落到自己的酒杯里，载沉载浮，她发出一声尖叫，晕了过去。

正如布朗先生所想，警察没有追到Mr．Crazy。他抢那辆凯迪拉克是有预谋的，那是最新款的悬浮车型，有强大的反重力发生装置，潜进高楼群中后，就像飞鸟藏进了丛林。警察们的车跟没头苍蝇一样瞎找，一个半小时后才在垃圾场找到那辆凯迪拉克，但里面已经空空如也。

车里有遥控引爆装置。Mr．Crazy在逃窜的时候，按下了它，使普鲁斯特"开"成了晚宴中最盛大鲜艳的"花"。

"他的预谋不仅在凯迪拉克上，"探长苦着脸，每一条皱纹里都盛满了担忧，"他把普鲁斯特炸死的画面，至少有30家媒体拍下来了。现在，网上已经吵翻天，警局的电话全被打爆了。局长肯定顶不住这样的压力，我想，最迟明天，Mr．Crazy从电影走到现实生活中的消息就会曝光。"

詹姆斯问："他为什么要这样做？隐藏着不是对他更有利吗？"

"他想证明给我看，"布朗先生一脸颓然，布满褶皱的灰色嘴唇在微微颤抖，"他要证明他是最完美的犯罪角色，不可能有人比他更加恐怖……都是我的错，我不该激他出来的……"

"现在说这些已经没用了。既然他打的是这个主意，那您的处境也不安全了。从现在开始，您将接受我们的全面保护。如果他想伤害您，就一定跑不了。"探长安慰道。

普鲁斯特不也是在满是警探的舞会里被炸成肉酱的吗？布朗先生这么想着，却没有说出来。

挂了电话，老皮特忧心忡忡地看了看天色。夜正浓，隐隐有雷声传来，似乎天边有只巨兽在打着呼噜。

布朗先生说比弗利山庄出了事，今晚就不能回来了。他叮嘱老皮特关好门窗，夜里可能有雨，把花圃的遮雨盖拉上……

老皮特觉得布朗先生过于担心了。他自己能够处理好这些事，他是专业的，从没让雇主失望过。

一切妥当后，他回到了自己房间。年纪大了，睡意来得迟，在床上躺了很久才让头脑有些许昏沉的感觉。外面的雷声渐渐变大，夹杂着风声，呼啸不止，在耳边时而强烈时而隐约。

到了下半夜，老皮特终于陷入了睡眠。但没过多久，他就被一声剧烈的响动给惊醒了。他睁开眼睛，视觉还残留着刚才的光亮——哦，原来是闪电和雷鸣。看来布朗先生说的果然没错，暴雨将至。

又一道闪电亮起，窗外一个黑色人影清晰可见。

"谁！"老皮特吓得一哆嗦，颤着嘴唇问。没有回应。他竖着耳朵听，只觉得外面所有的声音都停止了，风声雷声俱隐。"是幻觉吗？"他喃喃地说，似在安慰自己。

闪电再度划过天地，世界亮如白昼。这下老皮特看清了，窗外只有大树的枝条在摇曳。"年纪大了，看东西总是要花的。"他这么想着，又躺下来。

但接下来他怎么也睡不着了，在床上翻来覆去。房间里一片黑暗，只有自己的呼吸声如潮水般一涨一落。

吱呀——客厅门被打开的声音。

老皮特的心再次揪了起来。他每天要把那道门打开关闭十几次，不可能听错。他坐起来，左手捏紧被子，右手从床旁柜里拿出了手枪。

吱呀——楼道门被打开的声音。

嗒嗒嗒……这是脚在楼道毛毯上踩动的声音。有人在上楼梯，不疾不徐，似乎是在自己家里走一样。但老皮特知道，上楼的人，不可能是布朗先生。他拉开了手枪的保险，颤巍巍地对准卧室的门。

脚步声在靠近，到卧室门前却停下了。这时，闪电劈下来，老皮特能看到门缝下有一双皮鞋的阴影。

老皮特屏住呼吸。

吱呀——卧室门被推开。

砰！老皮特颤抖着扣下扳机。

轰隆隆……积蓄已久的雨终于落了下来。

5

第二天，网上果然沸腾起来。布朗先生还没起床，房间的门就被詹姆斯推开，他急切地说："您快看看网上！"

布朗先生从睡梦中回到现实里需要很长时间，这是岁月给他的副作用。詹姆斯又说了两遍，他才听清："这不是我们预料到了的事情吗？"

"不是！"詹姆斯的折叠屏幕延展开，迅速连上网，"普鲁斯特被炸死的视频确实引起了轩然大波。但现在，点击率最高的，是另一个视频。"

屏幕上光影流转，画面变换。在浑浊的视线里，布朗先生看到了熟悉的人。

是老皮特。

"嗨，大家好，"画面摇晃了几下，一个黑色的人影从旁边走出

来，"你们认识我吗？"

视频的拍摄场地是一个昏暗的屋子，一切都很模糊。布朗先生却觉得很眼熟，仔细辨认了一下，惊觉这竟是自己家的地下室。老皮特被绑在一把椅子上，离镜头很远，只能看到他头上有一点儿亮光在一闪一闪。

"哦，可能有些人不认识，但恐怖片影迷一定知道我。我叫Mr. Crazy，来自影片《黑西装》。我得给你们说说，这是一部伟大的电影，IMDB竟然只给了8.5分，当年的奥斯卡奖也没有开出分量足够的奖项。"Mr. Crazy在地下室里胡乱走动，看到什么东西，就拿起来看一眼，然后扔在地上，"但现在好了，我想你们每个人都会知道这部电影，并且会去看。那时候，你们就会明白，我是不可超越甚至不可复制的。"

他站定了，站在画面的中间，发出像刮瓷片一样刺耳的笑声。

"父亲，"Mr. Crazy轻声说，"你在看吗？你肯定在看。那么我想告诉您，我所做的一切，都是想让您为我骄傲。我是您创造出来的最完美的角色。为了证明这一点，在这个月，我将杀死您最信赖的人，能够保护您的人，以及您自己。"

Mr. Crazy的手向后扬，身子前倾，行了一个标准的贵族礼。

"再会，父亲。"他用法语告别，"这一天不会很久。"

随后，镜头拉近，逐渐将老皮特的身影勾画得清晰。这时布朗先生才看清老皮特头上那一点儿闪亮的光。

那是一柄贯脑而出的匕首刃尖。

"真是个疯子！"尽管看了几遍，詹姆斯还是咬牙，狠声说。

布朗先生捂着脸，浑身抖得跟筛糠一样。退休的二十几年来，一直是老皮特照料着他的起居，两人名为主仆，实为挚友。

而自己所创造出来的怪物，用匕首插穿了他的脑袋。

"您放心，他不会逃过法律的制裁的。"詹姆斯说，"但当务之急，是弄清Mr．Crazy的意图。皮特先生是您最信赖的人，警方是能够保护您的人。也就是说，他接下来想杀的，就是警长或我。还有您，您是他最后一个目标。所以，这一个月内，您要跟我们在一起。"

他们一起走出房间，一开门，布朗先生就愣住了。

门外站满了警察。

每个人胸前都佩戴着印有"LAPD"的证件，一身墨绿色警装，笔直地站立在门外的廊道里。他们沉默，站姿整齐有力，警帽下的面孔满是坚毅。

警长站在最前面，走上一步，说："这次是警界所遭逢的重大考验，法律的权威，人命的珍贵，警察的信念，全被一个疯子挑战了。这是不能容忍的，从现在开始，所有的洛杉矶警察都将全力追捕Mr．Crazy！不管是谁，犯了罪，就一定要付出代价。"

哗，所有的警察都举手敬礼。

接下来的几天，布朗先生跟探长和詹姆斯一起，把《黑西装》翻来覆去地看了很多遍。影片的每一个细节，Mr．Crazy的习惯动作，他说过的所有话……这些都被记录下来，多次分析。

"Mr．Crazy的特征性很强，他以自己的疯狂为荣，并且永远穿着一身黑色西装。"探长指着屏幕上的Mr．Crazy，"所以，要防范他，其实并不难。这个月还有10天，我们只需要留心所有靠近的穿西装的人即可。"

这些日子，他们都出行都在一起，时刻小心周围的人。但一切都表现得平安无事，似乎Mr．Crazy发完那段视频后，就消失了。但布朗先生知道，Mr．Crazy就蛰伏在他周围，某个看不见的角落里，如蛇吮牙，伺机而噬。

几天后的中午，他们到警局旁边的餐厅吃饭。进去之前，詹姆斯环顾一周，里面客人不多，没有穿黑西装的人，连侍者都是穿着纯白的工作服。

"没问题。"探长说。

3人落座后，点了几份菜。不一会儿，男侍者就将菜端了上来，然后低头走开。刚要吃，詹姆斯的眼角突然捕捉到了一抹黑色。他下意识地把布朗先生往桌下按，同时去拔腰间的枪，喝道："小心！"然而看清那抹黑色后，他愣住了，"女人？"

没错，餐厅外的路口，走来了一个穿纯黑西装的人，虽然隔得远，但能看到曲线起伏，绝非男人。很快，她身后又走来一些人，均是一身黑装，在路人诧异的眼神中走过。

"哦，是在模仿Mr．Crazy。"探长松了口气，端起咖啡，"狂热的影迷啊！"

的确，这些人都是《黑西装》的影迷。最开始时，市民根本不相信Mr．Crazy从大银幕上走下来了，都以为那两段视频是恶搞。但随后CNN报道了比弗利山庄的爆炸案，加上警方的默认，他们的态度就开始向两极变化了——有些人很恐慌，躲在家里不出来，毕竟光在电影院就有人被《黑西装》吓死，他们不敢想象这样的人到了生活中会是怎样；还有一部分人，却十分兴奋，他们故意装扮成Mr．Crazy的模样，在街头闲逛。后者大都是嬉皮士，或者恐怖片影迷，对他们来说，Mr．Crazy简直跟图腾一样神圣。

布朗先生长叹一声。面对外面那些人，他不知是该为自己的作品受欢迎而高兴，还是为社会风气的怪诞而担忧。

"还是小心些，可能真正的Mr．Crazy就藏在这里面。"詹姆斯依旧握紧枪。

"不要太紧张，Mr．Crazy几次作案都是在晚上，现在是白天，不敢动手。我们要是太害怕，会让民众失望的。"探长抿了一口咖啡，有些苦，不由得皱起眉头。他想起了什么，又抬头说，"对了，这些天，研究所的同事一直在对复制Mr．Crazy的仪器进行逆向分析，成果显著，很快就能把全部流程和原理弄清楚。到时候，或许会知道Mr．Crazy的某些缺陷。"

"但愿如此吧。"布朗先生拿起刀叉，切面前的牛排。他年纪太大，一不留神，餐刀脱手掉在地上。

詹姆斯朝那上菜的男侍者喊道："服务员，再拿一副餐具来。"

侍者如若未闻，低头走向厨房，留给詹姆斯的只是背影。

詹姆斯有些纳闷，刚要嘀咕时，却蓦然发现警长捂着自己的喉咙，发出微弱的"嘶嘶"声。

"警长，你怎么了？"

警长的脸已经变成了乌青色，凝满了痛苦的荫翳。他挣扎着伸出手，指着那男侍者离开的方向，说："咖啡……有、有毒……他就……Mr．Crazy……"

"我叫救护车，你没事的！"詹姆斯急切地说着，掏出手机。

警长却一把打掉手机，艰难地说："纳米毒，没用的……你追、追他……不要管……快！"就这么一会儿的工夫，他的整个人已经被酱紫色笼罩了。

詹姆斯心里一凉：纳米毒是现代科技所研究出的最猛烈的毒素，无数微小的纳米机器人藏在咖啡里，一进入人体，它们就会被激活，开始疯狂地啃噬人体所有器官。在所有涉及纳米毒的案件中，中毒者无一幸免。他没有再耽搁半秒钟，拔腿就往厨房追去。

在厨房的后门，白影一闪即没。

詹姆斯挤开正在工作的厨师们，当他到达后门口时，看到的只是一条空荡荡的巷子。风刮过来，巷子里的废纸屑纷纷滚动，詹姆斯红着眼跑到巷尾，一根木棒突然从旁边挥过来，狠狠打在他后脑上。

巨大的眩晕感袭击了他。他握不住枪，倒在地上，却尽力挣扎着不让自己昏过去。一个男人走进他晃动的视线里，正是刚才逃跑的服

务生。

"嗨，第一次见面就用木棒打招呼，真是不礼貌。"男人把木棒扔掉，满脸歉意。

"你……是Mr．Crazy？"詹姆斯想爬起来，但四肢软绵绵的。

"是的，我喜欢这个名字，直接，有力，听到的人都会怕。"

"可、是，你没有穿黑西装……"

Mr．Crazy愣了愣，随即大笑起来，似乎听到了最好的笑话。他捂着腰，越笑越止不住，好一会儿才喘匀气息，说："哈哈，谁说我一定要穿黑西装的？难道就因为那部电影的名字叫《黑西装》，还是因为我以前从来没有脱下过它？可是我是个疯子呀，亲爱的警官先生，一个疯子有权利穿他任何想穿的衣服！"

詹姆斯发出含混的呻吟，他伸出手，试图把一旁的枪捡起来。Mr．Crazy上前一步把枪踢开了，微笑着说："木棒已经很不礼貌了，枪更粗鲁。我们都是绅士，还是和气一点好。"

"我死了都会抓住你的……"

"不不不，我现在还不想杀你，"Mr．Crazy蹲下来，整理詹姆斯散乱的衣领，凑到他耳边说，"你替我转告父亲，离月底还有5天，无论如何，我会取走他的生命。这5天，恐惧和绝望将如影随形——他给了我恐惧和绝望的人生，我要还给他。"

"你不会成功的，你是个疯子……"

Mr．Crazy缓缓摇头："不，你不疯，所以你不明白——我的力量，全部来源于疯狂！"他提起詹姆斯整齐的衣领，猛地往下一砸，巨大的撞击使詹姆斯彻底陷入了昏厥。

6

这个夜晚，无比漫长。

布朗先生独自坐在男子中心监狱最深处的房间里，老式钟表的滴答声一下一下地响起，提醒他时间的逝去。监狱特有的阴腐气息弥漫在狭小的房间里，浮动、缭绕，似乎想将这个老人赶出自己的地盘。

布朗先生也不想待在这里，但这是整个洛杉矶城最安全的地方，连光子炮弹这种重武器也炸不开监狱的墙壁。

今夜是月底，Mr. Crazy所说的最后期限。

房间外，詹姆斯握紧枪，竖起耳朵听着外面的动静。他周围，是洛杉矶城里资历最出色的警探们，都配备了武器。更外面一些，停着数百辆悬浮车，一有动静，这些车就会像蜂群一样布满整个天空。而以监狱为中心的几千米内，每条街都布置了便服警员，时刻留意着任何可疑的人。

几乎半个洛杉矶城的警力，都集中在这里。

此前Mr. Crazy扬言要杀的3个人，已有两人被害，其中之一还是警界颇有威望的警长。这让政府承受了巨大的舆论压力。选举将近，总统不愿背上无能的骂名，也不想影响连任，于是亲自批示，必须保护好布朗先生。

詹姆斯握枪的手里，沁满了汗水，他不得不握紧又松开，保持与呼吸一致的节奏。Mr. Crazy的可怕他已经领教，但他实在想不出，在这种军队般的保护下，Mr. Crazy将如何得手。

嘀嗒，嘀嗒，钟表单调的声音在每个人耳边回荡。

已经22点了，依然是死一般的寂静。监狱外面，聚集了大批市民，他们都知道今晚会发生什么，既害怕又好奇，在不远的地方观望着。警察不得不分出一批去驱散他们。人群散开，又在更远一些的地方聚拢，举起手机拍摄。

警方没有再管了，这种急迫的时候，不必分散力量。

到了23点，夜晚深沉幽暗，天幕如黑压压的锅盖笼罩。无星无月，连风都凝固了。

警方早有准备，近千台强光灯同时打开，监狱外纤毫毕现。没有人能趁着黑暗靠近。

人群越来越紧张，警察们的心也提到嗓子眼了。不到一个小时，没有任何可疑动静，所有人都在想Mr. Crazy将用什么手段来实现他的承诺。就像一部好莱坞电影，铺垫已足够多，就等一个让所有人都惊讶又赞叹的结尾了。

嘀嗒，嘀嗒，只有指针在有条不紊地跳动。

当分针快指向"12"时，所有人都屏住了呼吸。詹姆斯旁边的一个警探忍不住小声倒数起来："30、29、28……"

布朗先生沉默地坐着。他的心没有随着时间的逼近而窃喜，以Mr. Crazy的手段，即使到了最后一秒，自己也有可能死亡。

"10、9、8……3、2……"

布朗先生闭上眼睛，在绝对的黑暗中等待着死亡的安排。

"1！"

几秒后，他睁开眼，一切安然无恙。警察开始小声议论，围在外面的人群则骂骂咧咧地散开。

这一夜，布朗先生没有遭到任何袭击。

然而这并非风平浪静的一夜。

午夜刚过，当所有的警察都松了口气时，警局研究所就遭到了抢劫。

因城里的大部分警力都调到了监狱附近，致使警局守备松懈，被一群穿黑西装的人轻易攻破。当警察们赶回到时，研究所大门洞开，里面的设施完好无损，唯一消失的，是复制Mr. Crazy的那台克隆仪。

监视器显示，为首的人正是Mr. Crazy。

事实证明，Mr. Crazy根本就不打算杀布朗先生。他如此高调，只是为了转移人们的注意力，那段日子，他并没有闲着——在警察视线的盲区，他纠集了一批忠诚的追随者。

"我真蠢！"詹姆斯在听到消息后，用头狠狠地撞了一下墙壁，血迹迅速从额头渗出来，"他明明自己都说是个疯子了，我居然还蠢到按着他的思路走！从一开始，他的目的就是克隆仪，这种仪器，落到他的手里，后果……"

但他立刻又振奋起来：以往抓不住Mr. Crazy，都是因为他独来独往，没有留下线索。而现在，他纠结了十几个人，人多必定嘴杂，只要走漏出一丝风声，就可以顺藤摸瓜找到Mr. Crazy！

詹姆斯立刻把线人全部派出去，在街头巷尾打听消息。只要那群人一出来，就绝对逃不过线人的耳目。

事实的确如此。第二天，那群追随Mr. Crazy的人就被找到了。

他们全部躺在金门大桥下，冰冷的海水使他们的身体变成了青紫色。其中几具，眼睛突出，脸上还残留着震惊和恐惧的表情，仿佛他们一直沉浸在疯狂里，直到死亡阴影覆盖前的最后一刻才恍然。

自此，寻找Mr. Crazy的线索完全断绝。他无声无息地消失了。

7

两年后，法国南部，赛尔小镇。

布朗先生刚起床，窗帘拉开，灿烂的阳光立刻照进屋里来。这是欧

洲难得的古老小镇，听不到车马喧哗，没有刺鼻的工业废气，一切都笼罩在清晨静谧的时光里。光柱从窗子斜照进来，一条一条，纯净得没有丝毫尘埃混在其中。

这两年，布朗先生一直住在这里，生活宁静，与世无争。最初的提心吊胆，已经如阳光下的冰块一样消融。他享受这样天堂般的小镇生活，甚至疑惑，为什么以前没有想过搬到这里来。

吃完早餐，他慢慢在街头散步，古老的建筑陪伴着这个老人。路过的镇民都向他打招呼。小镇人不多，住一阵子，就认识所有人了。布朗先生也含笑点头。

晚上，他去了镇上的老年俱乐部。这里的人热爱文学与电影，十几个老人围坐着，互相分享最近看到的好电影。有人提到了布朗先生拍的几部恐怖片，当然，他们并不知道电影的导演就坐在他们中间。最后，他们朗诵诗歌。

夜色将这个小镇氤氲成一片的时候，俱乐部散场了。因为顺路，布朗先生和列车值班员老金利一起回去。

"你来这里也有段时间了，"老金利缩缩脖子，将11月的寒气阻隔在大衣外，"怎么样，喜欢这里吗？"

布朗先生点点头，"这大概是我一生中最平静的时光了。以前太忙，忙着挣钱，老了，变成一个人，就觉得活着比生存更重要一些。"

"很高兴小镇能让你有这样的想法。"老金利叹了口气，"可惜年轻人不这么想啊，他们长大了，都出去了，巴黎、纽约、新西兰……我一辈子都待在这里，守着列车站，也没有觉得生活有多么糟糕。"

"等他们的年纪上来，就会明白的。"

他们在路口告别。布朗先生回家，老金利则去车站值晚班。一道离子轻轨在镇西掠过，行驶其上的，是洲际列车。这是小镇唯一通往繁华世界的途径，许多年轻人，提起行囊，踏上车去到缤纷而诡谲的都市。只有人离去，很少有人从上面下来。

但今晚是个例外。

午夜刚过，洲际列车就进站了。老金利打个哈欠，慢吞吞地在电脑上记录。这时，一个人的脚步声由远及近。离子引擎的列车，在发动和行驶时都是无声的，因而那脚步声格外清晰。

"这么晚了还有人来？"老金利想着，抬头去看。

进站室里空荡荡的，合金墙壁闪着森冷的光，一个男人走进来，一身的黑色西装显得格外刺眼。老金利正要说话，却发现进口又走进来了一个人……不不不，不止一个，后面有5个人走了进来。他们体型各异，5男1女，但同样的衣着，同样冷冽的表情。

6个西装革履的人，错落地站在窗口前。

老金利有些纳闷，想了会儿才明白——自己之所以会认为脚步声是一个人的，是因为这6人走路的步调是完全一致的，6只皮鞋同时踏下，6只皮鞋同时悬空，只发出一个声音。

"请问，这是赛尔镇吗？"为首的男人走过来，温和地笑着。

"嗯……"老金利还沉浸在诧异中，"赛尔小镇欢迎你们，你们是来？"

"哦，我们来找亲戚的。"

"谁呢？这个小镇的所有人我都认识，我可以告诉你地址。"

布朗先生迎来了久违的噩梦。

梦里是黑夜，但整个夜晚的黑凝聚起来都不及那人身上的衣服骇人。他的左手和右手分别提着老皮特和探长的头，头颅滴血，在地上淋出歪斜的两行。头颅的眼睛还是睁开的，嘴巴在不停地张合，却没有声音。Mr. Crazy走过来，低声絮语："父亲，我是您最杰出的作品，不是吗？"

布朗先生惊醒了，大口喘气。额头上满是冷汗，白发软绵绵地耷拉着。

路灯透窗而过，橙黄的光线在房间里缠绕着，让家具表面染上了淡淡的光晕。这安详的景象让布朗先生稍微镇定了些，他喘匀气，闭上眼睛打算再次入睡，却又马上睁开了——

不对劲！

因为要节能，小镇的路灯都安装了感应器，没有人或车的话，灯是不会亮的。

屋外响起了狗叫声，连续而急促，在夜色里显得格外突兀。布朗先生松了口气：虽说路灯的感应是智能的，但狗叫声这么激烈，也有可能被误认为是人声。"过了这么久了，还疑神疑鬼……"他自言自语，安慰自己。

"汪汪汪汪——"

狗叫声突然停了。没有征兆，像一柄匕首割断了所有的声音，死一般的安静压了过来。路灯依然亮着。

布朗先生睡不着了，披衣起床，打开门。在昏沉沉的灯光下，他看到了6个黑色的人影。他们散乱地站着，路灯下，花圃里，远处的巷子，近处的街道，还有围栏和台阶，各站了一个人。他们都站得笔直，脚下被路灯拉出标枪般的影子。

再也没有侥幸了，噩梦里的人出现在视野里，糟糕的是，还不止一个。

"父亲，好久不见。"站在台阶上的男人抬起头，正是消失已久的Mr. Crazy，"两年了，您在这里生活得还好吧？哦，应该不错，我跟车站的值班员聊过了，他说您挺喜欢这里的。我真为您高兴。"

"老金利？你把他怎么了？"

Mr. Crazy笑了，"您不用担心。"他的脸上布满了诚恳，语气柔和，"他走得很安静，几乎没有遭受痛苦。当然，这得益于与我同行的Miss. Poison——哦，瞧我的礼貌去哪儿了，我还没有给您介绍他们呢！"

布朗先生浑身哆嗦，无力地倚靠在门边。他颤巍巍地把手伸在背后，看样子是在试图撑住身体，手指却摸索着，按下了藏在墙壁上的警报器。嘀，轻微的声音响起，这表明镇上的警察局已经收到了信号。很快，警车就会包围这里。

Mr. Crazy正要介绍他的同伴们，似乎没有留意到。他指着站在花圃里的人，笑吟吟地说：“这位是Mr. Blood。他以前是医生，但是喜欢用刀子割开病人的动脉，让血喷满整个房间。他身上背着17条人命。”

“今夜之后，这个数字就会翻倍了。”Mr. Blood脱下帽子，朝布朗先生恭敬地鞠了一躬，说，“很荣幸见到您。”

“那位躲在巷子里的，是Miss. Poison。她是位药物学博士，却对毒药情有独钟，曾经把加州州立医院152人毒死，而目的，仅仅是试验新药。那位值得尊敬的车站值班员，就是被她吻了一下后，毫无痛苦地去了天堂。所以说，美人的吻总是有毒的。”

巷子里的人影动了动，却没有说话。

“这位，叫Mr. Boom。您看他身体瘦弱，他身上携带的炸药，能把这个小镇炸成飞灰。今晚主要的清理任务，将交给他。那边在路灯下百无聊赖的，是Mr. Knife，他熟悉所有的刀具，从铅笔刀到大马革士刀，从手术刀到斩马刀，无一不精。当然，死在他刀下的人，比他熟悉的刀种要多。”

布朗先生望了一眼远处，路的尽头，一片安寂。

“最后，是Mr. Gun。”Mr. Crazy笑意不减，“不过我就先不介绍了，一会儿之后，您就知道他能做什么。”

这5个人，分布在布朗先生视野的各处，如幽灵鬼影。

“他们，是你找来的帮手？”布朗先生指着他们问。

“你可以这么说，不过，我更愿意称他们为兄弟姐妹。”

布朗顿时明白了：“你用克隆仪造出来的？”

Mr．Crazy像孩子被老师被夸奖了一样，脸上的笑容格外夸张：
"哈哈哈，您猜得没错。这两年时光，我都花在了对克隆仪的了解上。
那确实是跨时代的科技！弄懂之后，我就把他们造出来了。刚才我说的
他们的经历，只是克隆仪的设定，还没有发生。但很快，这些经历就会
成真，世界都知道他们的能力。但在那之前，我必须先向您展示，正如
我所说的，我做的一切，都是为了让您为我骄傲。"

"任意造人是上帝的活计，你抢了，会有报应的。"

"那就让报应来找我吧！"Mr．Crazy狂叫一声，脸因为激动而扭
曲。这一声吼叫远远传开，几只栖息在树上的鸟儿振翅飞起，哗啦啦地
盘旋着。与此同时，呜呜的警车声终于响起了。

路的尽头，有闪烁的车灯靠近。

Mr．Crazy却没有丝毫惊慌，看着布朗先生的眼睛说："从您按下警
铃到现在，他们过了7分38秒才出现，简直是对效率这个词的侮辱。"他
转头看向Mr．Gun，扬了扬下巴，"交给你了。"

Mr．Gun沉默地点头，掀开上装，露出夹在皮带上的7支枪。他抽出
两柄，眯着眼睛，对准驶来的警车。

"砰砰砰……"

枪声将夜的宁静震得支离破碎。鸟儿正要落回枝头，却被枪声惊得
扑腾向上，彻底消失在昏沉的夜幕里。当枪声消失时，警车的鸣笛也止
息。四辆警车全部失去了控制，左右冲撞，直到撞到墙壁才停下，里面
没有人爬出来。

"这个镇上有十七个警察，Mr．Gun总共开了11枪，"Mr．Crazy
满意地笑了，"所以，父亲，您应该知道他是什么样的人了吧？"

"你、你……"失去了对警察的指望，布朗先生的脸色也变得灰
白，"你到底想干什么？"

"哦，父亲，你不要害怕，我不会伤害您的。我们是您的子女。"

"父亲。"另外5个人同时低声说。

"但是，这个小镇上的所有人，都将死去。您会看着整个过程。您拍恐怖片，不就是想探讨人性有多么恶劣吗，今夜，您会知道答案的。"Mr. Crazy缓慢地说着，灯光斜照，他的一半脸纤毫可现，另一半却埋在深深的黑暗里，"动手吧。"

Mr. Blood、Mr. Knife、Miss. Poison、Mr. Boom和Mr. Gun同时转身，走向小镇的各个街道。

8

布朗先生不愿意去回忆那一夜发生的事情。很长一段时间内，他都不能看到红色——不管是粉红还是深红，否则就会呕吐。

詹姆斯也没有逼迫，安静地等待着。两年过去了，他比以前成熟不少，下巴上胡茬乌青，眼神幽蓝深邃。他也比以前更瘦了，说话时脸颊的肉会凹陷下去。

一周之后，布朗先生才恢复过来，把Mr. Crazy带着五个同伴的经过详细地讲了出来。

"这样……"詹姆斯眯起眼睛，眉旁的褶皱重叠如丘，"他为什么要花那么大的经历去克隆别人呢？他自己就是最危险的罪犯，怎么没想着把自己复制出来呢？"

"他……大概是因为自负吧。当初我为了引他出来，说要翻拍《黑西装》，在晚宴上，他借普鲁斯特的口说他是不能被超越的，甚至不能被复制。所以，我想他不会允许有人跟他同样聪明，即使是他本人。"

詹姆斯陷入了沉思。

良久，他抬起头："您知道吗，在Mr. Crazy抢走克隆仪前，我们就逆向获取了那种技术。"

"你是什么意思？"

"我是说，我有一个办法可以对付Mr. Crazy了——他不肯做的事情，我们来做！"

雨夜，整个洛杉矶被笼罩在水雾蒙蒙里，高楼大厦静默无声，霓虹撕不开重重雨幕。这座城市似乎快融化了。

雨势太大，市民不愿意出门，这座不夜城也露出了疲劳之态。然而午夜刚过，一辆加长林肯就开到了疗养院门口，路面被车轮压出两排水壁。两边车门打开，各下来3个人。

他们没有打伞，哗啦啦的雨水将他们身上的西装淋得湿透。

"就是这个地方了。"站在最前面的Mr. Crazy说，"这是个回忆之地啊。"

雨下得更大了，地面的水花凋零又绽放。

"去吧。"

除Mr. Crazy之外的5个人，沉默地走向疗养院。街面的水已经积得很深了，他们的皮鞋被水灌满，但步伐一致，如同五具精密的机器。

Mr. Crazy站在车旁。疗养院熟悉的外观引起了他的某些回忆，那个肥胖的护士，被勒死的儿童……他想抽根雪茄，但雪茄刚拿出来就被雨水淋湿了。他把雪茄扔了，用皮鞋踩得稀烂。

他独自站在街中央。

按照估计，让疗养院消失至少也得需要5分钟。但仅仅两分钟后，五人就回来了，Mr. Blood走到他面前，低声说："疗养院里一个人都没有。"

Mr. Crazy在口袋里掏了掏，只掏出被泡湿了的口香糖，放进嘴里，点点头说："他们包围了这里。刚才这两分钟里，没有一个行人路过。"

"别担心，我们会保护你。"

"我什么时候担心过？" Mr. Crazy低声微笑，"我只是不知道他们怎么预料到我会来这里的。"

这时，警鸣声从四面八方传过来，超过五十辆的飞车从四周建筑的背面钻出来，车灯汇聚到六人身上。街道旁也涌出许多荷枪实弹的警察，藏在掩体后，举枪对准街心。

"看样子，真的是个陷阱。" Mr. Crazy耸耸肩，"你们都知道该怎么做吧？"

5个人点点头。

"你们已经被包围了，立刻放下手里的武器！"一辆飞车里传出喇叭声，顿了两秒，又重复，"你们已经被包围了，立——"

是Mr. Gun开了枪，那飞车像是断翅的鸟，一头栽了下来。

"开枪，死活不论！"警察群里，詹姆斯下令道。

枪声此起彼伏。

Mr. Crazy嚼着口香糖，弯腰钻进车里。子弹打在车顶上，叮叮当当地响，这一瞬间，Mr. Knife至少被30颗子弹打中，满身血洞地倒在水泊里。其他人也好不到哪儿去，Mr. Blood被击中了腿，Miss. Poison和Mr. Boom都受了不同程度的伤。但Miss. Poison在上车前，朝地面扔了一个胶囊，胶囊壁遇雨水即融，里面不计其数的纳米虫蜂拥而出，在水中以闪电般的速度游弋。

在地面包围的警察，几乎同时被纳米虫攻击，捂着腿脚哀号。

枪声顿时稀少了很多。

等Miss. Poison、Mr. Boom和Mr. Gun上车后，Mr. Crazy启动了车的悬浮装置。Mr. Blood挣扎着也想进来，但车门已经关闭了，他独自暴露在枪林弹雨中，一秒钟后，他和Mr. Knife躺在了一起。

看着被打成一摊烂肉的同伴，Mr. Crazy的表情没有任何变化。Mr. Gun朝车窗外开着枪，每一声枪响，都有一辆警用飞车陨落。而林肯车军用防御级别的车顶，为他们挡住了绝大部分的攻击。

Mr. Gun集中攻击东南方的警车，迅速打开一个缺口。林肯车斜冲过去，车的下盘立刻被地面上的警察攻击，有两颗子弹击中了引擎，车摇晃了一下，但依然冲出了警车的包围。

"想抓我？"Mr. Crazy一边控车一边冷笑，"这是你们逼我的，下次，我带来的就不止5个人了！"

在消失于雨中建筑间的前一刻，他斜眼一瞥，看到了地面上的一幕——

在惊乱的警察群里，詹姆斯正拉扯着一个穿黑色西装的人。那人的手被铐住，却一脸微笑，扬头朝着Mr. Crazy离开的方向。

那个装束，那个表情，简直就像是看着镜子里的自己一样。

林肯车猛地停在了空中。

"怎么回事？"Miss. Poison皱着眉头，"再不走，就来不及了。"

Mr. Crazy没说话，咬着唇，手指在方向盘上焦躁地敲击着。"我要杀个人，"他说，"他们克隆出了另一个我，这是不可原谅的。我一定要杀了他。"说完，他朝Mr. Boom看了一眼，然后操控林肯车迅速爬升。

Mr. Boom点了一下头，打开车门，跳了出去。在落地前，他按下身上炸弹的开关，巨大的轰鸣声将周围的一切吞没。雨水迅速蒸发，追击过来的警车也被冲击波掀开，玩具般撞向两边的建筑墙壁。

待爆炸消弭后，Mr. Crazy降低车的高度，朝詹姆斯那边俯冲过去。

"小心！"詹姆斯一边喊，一边扯着那个黑衣的男人往后面躲。警察们不顾腿上的疼痛，举枪射击，林肯车的下盘瞬间被射得蜂窝似的。一颗子弹射透进来，钻进Miss. Poison的左腰，立刻又从右胸穿出。

血浆溅满了整个车厢。

Mr. Gun满脸都是同伴的血，却没有擦，沉着地瞄准警察群。他扣动扳机，枪口轰鸣，手臂却纹丝不动。子弹穿过满是血腥的空气，朝詹姆斯身侧的那个黑衣男人射去。

詹姆斯早就防着了，把男人往身后压，同时举枪还击。他击碎了林肯车的车窗，Mr. Gun的右手被击穿，但Mr. Gun连眉头都没有皱一下，立刻换成左手射击。

砰砰砰……

詹姆斯只觉得左手一轻，顿时心头凉了。他回过头——果然，身侧的男人被击中了，捂着胸口倒在地上，脸上那一贯的诡异微笑也变得冰冷僵硬。

"好了！"Mr. Crazy猛提方向盘，林肯车再度逆着雨水爬升。而这时，警车破损一地，警察们也死的死伤的伤，再也无力追击。

詹姆斯满脸悲愤，怒吼一声，举枪连射，但也只能看着林肯车在雨幕中越来越模糊。他为了这场围剿，付出了极大心血，但没想到在重重包围之下，Mr. Crazy还能凭借武力闯出去。

一辆飞车突然从斜刺里冲出来，狠狠地撞向林肯车。

Mr. Crazy脸上的笑意终于凝结。他扭动方向盘，想要避开，但车的底盘遭到重创，反应迟滞，还没来得及挪开，就被那辆飞车撞到了。在巨大的震动袭来前，透过破损的车窗，他看到了对面车上的司机。

那是一个老人，布满皱纹，白发耷拉，但眼神里的愤怒连雨水都可以灼干。

"父亲……"Mr. Crazy似乎有些不敢相信。

空中两辆车像弹珠一样碰撞又分开，朝两个方向翻滚着落到地面。

这次的撞击连林肯车都无法承受，车门被撞瘪，车窗的玻璃直接插进了Mr. Gun的胸腹。这个从来不说话的男人，手里还紧握着枪，却再也没了呼吸。

Mr. Crazy也被震得够呛，咳出了好几口血。他挣扎着踹开车门，

慢慢爬了出来，刚抬头，就看到了黑森森的枪口指着自己的脑袋。

"恭喜你，咳咳……你终于还是抓到我了。"Mr．Crazy满脸血污，仰头看着詹姆斯。

"这一天来得太迟了，代价也太大。"

Mr．Crazy扭头看着不远处那具黑衣的尸体，"如果你没有复制出另一个我，这一天会更迟的。"

"也只有你自己，才知道你会来袭击这间疗养院，《黑西装》的场景都是在这里搭建的……你太自负了，要是你不回来杀他，今天我们还是拦不住你。"詹姆斯深吸一口气，"不管怎么样，一切都结束了。"

"不，还没结束。现在的法律没有死刑，你把我抓回去，我们之间就还会有见面的一天。"

"法律没有，但我有。"

尾声

布朗先生醒过来后，第一眼就看了Mr．Crazy被当场击毙的新闻。

"局里的人都知道，我是在Mr．Crazy没有抵抗的情况下开的枪，但他们没有责怪我，还帮我把报告圆过去了。"詹姆斯给他送来鲜花，"现在，这场噩梦终于结束了。"

是啊，噩梦结束，天就亮了。布朗先生伸出手，感受着窗外射进来的阳光，老迈的皮肤里，感到了久违的暖意在流淌。

"你升职了？"过了很久，布朗先生才留意到詹姆斯的警徽变了。

"嗯。"

"也是，这次你做出了很大的贡献。复制另一个Mr．Crazy来揣测他的行动，并且用作诱饵来牵制他，这种计划也只有你能想得出来。"

布朗先生握住詹姆斯的手，"恭喜你。"

"值得恭喜的是那种疯子终于死了，世界安全了。"

离开医院的时候是中午，阳光布满了整个医院。许多病人出来晒太阳，几个孩子在打羽毛球，空中被划出洁白的曲线。这温馨的场景令詹姆斯露出笑容。

"嗡嗡嗡……"手机震起来。

"怎么了？"他问。

"他逃走了！"电话另一头是局里的同事，语气急切。

"谁，Mr. Crazy？"

"是的！"

"不可能，我亲手把他的脑袋打穿的！"

"不是那个，是另一个。当时他胸口中枪，我们所有人都以为他死了，但是——"

手机从詹姆斯手中掉落，后面的话他便再也听不见了。他怔怔地看着明媚的天色，太阳很明亮，云层高远，但他缩着手臂，总觉得浑身寒冷。

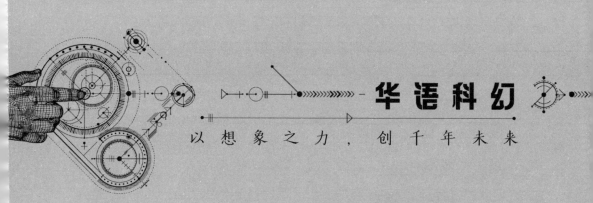

华语科幻

以想象之力，创千年未来

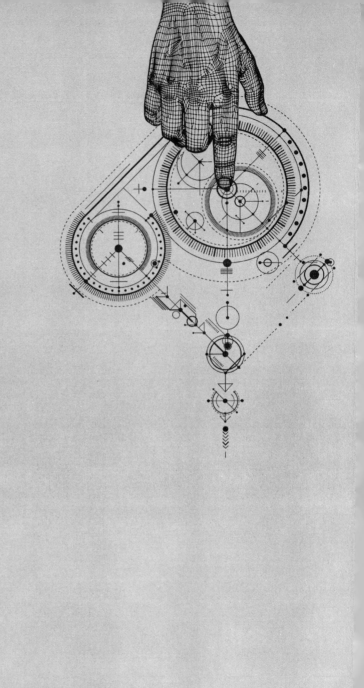

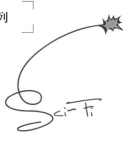

阿缺科幻精品系列

永生者

阿缺——著

科学普及出版社

·北 京·

图书在版编目（CIP）数据

阿缺科幻精品系列 . 永生者 / 阿缺著 . -- 北京：
科学普及出版社 , 2024. 7. -- （百年科幻）. -- ISBN
978-7-110-10743-0

Ⅰ . I247.7

中国国家版本馆 CIP 数据核字第 2024NZ4275 号

策划编辑	王卫英
责任编辑	王卫英
封面设计	书香文雅
正文设计	书香文雅
责任校对	吕传新　焦　宁
责任印制	徐　飞

出　　版	科学普及出版社
发　　行	中国科学技术出版社有限公司
地　　址	北京市海淀区中关村南大街 16 号
邮　　编	100081
发行电话	010-62173865
传　　真	010-62173081
网　　址	http://www.cspbooks.com.cn

开　　本	720mm×1000mm　1/16
字　　数	822 千字
印　　张	60
版　　次	2024 年 7 月第 1 版
印　　次	2024 年 7 月第 1 次印刷
印　　刷	天津泰宇印务有限公司
书　　号	ISBN 978-7-110-10743-0 / I · 720
定　　价	180.00 元（全 6 册）

目 / 录

Catalogue

卡门线上的重逢 / 001

异变者 / 019

永生者 / 027

征服者 / 037

2049：评测时代 / 061

重庆的尽头是晚霞 / 077

你听我诉说如沉默 / 119

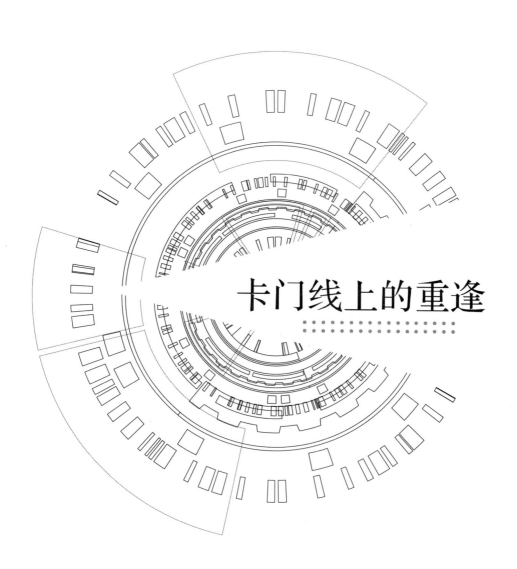

卡门线上的重逢

老朱已经老到掉光了牙，薅不到头发，背弓得像煮过的龙虾。但老朱还没有老到忘了她。

天蒙蒙亮，老朱就起床。他先打开收音机，在沉默中等了一分钟，才一愣，意识到这台收音机终于坏了。过去30年，它每天清晨都在搜索看不见的声波。那个频道已经停播多年，好不容易传来了返航的信号，收音机却没有坚持下来。

老东西嘛，也应该丢掉了。他喃喃自语。

在他这间狭窄的屋子里，充斥着老物件，收音机，按键式手机，旧衣服……连这间屋子，都破得渗水和漏风。当然，最老的还是他自己。

整个屋子，只有他和一台1989年产的雄冠牌电风扇，还能运转——但也都离坏掉不远了。

所以得抓紧。

留给这两个老东西的时间已不多。在彻底坏掉前，他要去完成那个难比登天的计划。

盛夏的清晨，天空总是挤着一团团朝霞，映得海面也是晕红一片。老朱就走在海风与霞光中，走三步，就往地上吐一口痰。

路边的机器人立刻发出嗡嗡警报声，走到他面前说："美丽港口，人人有责。随地吐痰，请交罚款。"

老朱呸一口吐到机器人身上，扭头就走。机器人并未追逐，只是无奈地在他身后打扫。它们的系统里有老朱的数据，知道追上去也没用。全市所有的公共服务系统，其中一半把老朱列入不欢迎名单，另一半稍好——将他列入了黑名单。原因无他，老朱为老不尊，爱贪便宜，遇到小孩就要横，遇到大人就装死……早在20多年前，他的个人信用分就扣完了。即使他当街小便，受到的惩罚，也不过是信用分从-9987到-9987.00003。

除了机器人，街坊们也不喜欢老朱。

"嗨，老朱，"隔壁的冉大胡子见他走来，推了推自己的圆眼镜，大声说，"这么早，赶着投胎呀！"

要搁以前，老朱弯着腰也得骂回去，但今天他刚想骂，又意识到：这冉大胡子，说的是对的。

他边咳嗽，边点头，说："是啊，你们的好日子要来喽！"

住街尾的熊大嫂闻言探出头来，笑道："真的吗？"

她身旁穿印有发光狐狸的衣服的小男孩也听到动静，把头上的VR头盔摘下来，咧嘴说："你都70岁啦，你已经多活了30多年喽！"

……在这些咒骂声中，毫不生气的老朱走向自己的死亡。

这场死亡虽然是最近开始策划的，但早在30年前，就已经注定。

那还是在2035年，40岁的老朱作为一个海洋王国的票贩子，正经历他职业生涯的黄昏时刻。因为他得到消息，园区要进行严打，此后票贩子再也无法搞到八折票。这个消息让他沮丧不已。过去5年，他一直靠兜售水上乐园的打折票和黄牛票来挣钱，供她学习，考取功名。

因此，老朱很担忧怎么跟她说出自己要失业的消息。

但就在他犹豫之时，她先开口了。

"我考上了。"她说。

老朱长长地舒了口气。这阵子他忙于贩票，都忽视了她的生活，但好在结果是喜闻乐见的。她终于考上了，她会有不错的工作，生活压力会小很多。

"我很快就要去参加工作了，薪资还不错，你放心，你以后不用去东躲西藏当票贩子了。"

老朱简直惊喜连连，坐在床上，一边捶腿，一边看着她笑。

"只是，我们可能会有一阵子见不到面。"

老朱抬起头，诧异地看着她。她无言地将pad递给他。

屏幕上，是她的录用邮件。

"恭喜您经过×××考试成为我单位……"他顺着邮件往下念，看到落款时愣住了，"航空院？"

她点点头。

"等等，你不是你考……"他站起身，大声叫着。

"航天员也不错啊……"

他犹自难以置信："你都32岁了，怎么还能考上航天员呢？"

"人人平等啊，人人都有成为航天员的机会！"她笃定地说，"我只不过是抓住了这个机会而已。"

"你不要说得这么义正词严……"他这么说着，但看着她的脸，他知道，她主意已定，无可更改。

她就是这样的人。她个头不高，说话的声音也绵软如糖，但她身体里的坚韧，老朱是见识过的——某种程度上，他就是因此而爱上她的。老朱贩票时见过各种各样的人，多难缠都能对付，但只有见到她这种眼神时，他才知道自己完全落在下风。

"好吧，那……你说的一阵子见不着面，是多久？"老朱颓然地坐回床沿，声音变低。这是他服软的标志之一。

"对我来说，只有26天。"她说。

老朱点头说："那还好，26天的话也不是很……"

"对你，是30年。"

那是全球航天业的重要里程碑。

一艘由各国顶尖工程师合力、倾注大量资源修建的飞船——伶仃岛号，将从中国出发，去往深邃星空。它所搭载的引擎，可以使飞船和船员进行超越光速的迁徙——超光速这项技术，比科学家和科幻作家们预计得更早，只是突然有一天，中国南方一所大学就宣布已经研发出了超光速引擎。

而伶仃岛号的任务，就是验证引擎是否能在超远距离的外太空使用。一旦确认行得通，那整个人类就拿到了在广阔宇宙随意穿梭的门票——还是不限次数的那种。

唯一的问题，是进行超光速跃迁时，时间的流速会变化。时间，这个世界唯一真正公平的事物，在所有人周围都哗啦啦地流淌，催人变老，迎来新生。但一旦伶仃岛号飞船启用引擎，船员们就像会隐形一样，逃离时间的狩猎。

她申报的正是伶仃岛项目。她会随船起飞，脱离地球去到外空间，随后进行跃迁。如果一切顺利，她只需要经过26天，就能回到2065年的地球。

"那不顺利呢？"老朱下意识问。

"那我就会死在群星之中，不过这也没关系的，是吧？"她莞尔一笑，"反正构成我们身体的原子，也来自群星，只不过回到最终的归宿而已。这样吧，如果我回来，在地球上看到的第一个人，就是你，好不好？"

老朱点头。

后来，她就走了。

再后来，老朱就老了。

老了的老朱，人憎鬼嫌，信用分扣完之后，在养老院待了一阵子。护工和同住的老人每天都投诉他，小到个人卫生，大到传播不良生活习惯……但不管多少人投诉，他始终不改，总是说："我都老成这个样子了，再改，有什么意义呢？说不定今天改好，明天入土。"

谁都拿他没办法。

他在咒骂声中嘻嘻哈哈。时光如流水，冲掉了他的右半边门牙，将整张脸刷得坑坑洼洼。有一天在他入睡前，刚躺下，就发现心脏怦怦跳个不停。对老年人来说，别说心跳加速，身体出现任何跟平常不一样的地方，都是坏消息。也罢，他对自己说，这一生已经足够漫长。

但第二天早上起来，他摸了摸胸膛，里面还有动静；又揉揉太阳穴，依然温热。"见鬼了……"他有点失望地嘀咕。跟着，他像往常一样拧开了收音机。依旧是熟悉的沉默，他再次嘲笑自己，仿佛例行公事，弯腰要关闭这台破旧的机器。这时，让这一天显得与众不同的事情终于发生了——

收音机里传出了声音。

老朱一愣，把脖子伸得老长，死死盯着收音机。

他知道，这个收音机并没有坏——它之所以不响，是因为30年前，老陈将它锁定了市天文台的远航节目。这个节目因为伶仃岛号的启航而开设，当时聚拢了许多粉丝，包括老朱，后来飞船杳无音信，不仅听众流失，主持人也熬不住了，把目光从群星深处投向了VR购物，挣得盆满钵满。今天早上，老朱以为收音机不会再响起了。因此，他现在怀疑自己是不是幻听。

"……知道这个消息的时候，我也同你们一样震惊，我的朋友们……"声音像从枯瘦母牛身体里挤出来的奶，若有若无，断断续续，"……但它千真万确。是的，睽违30年之后，我们终于收到了来自外空间的消息。这30年来，我们庸庸碌碌，蝇营狗苟，我人模狗样地穿上了西装，把劣质产品卖给所有人。我曾以为宇宙的尽头是直播带货……"

老朱能听出这声音出自当年的远航节目主持人，但这番话拉拉杂杂，实在啰唆，老朱很快就不耐烦了。他伸出颤巍巍的手指，凑近收音机的开关。

"……但一听到伶仃岛号返航的消息，我冰凉的血液又重新燃了起来……"主持人继续说。

老朱先是呆滞了半分钟，已经生锈的大脑里，脑筋缓缓转动，将上面这句话磨得零零碎碎，才终于消化。

伶仃岛，返航？

伶仃岛号，返航！

整整一天，老朱都喜笑颜开，逢人就乐呵，对谁都客气。福利院里的人类和机器人都被他的变化吓到，纷纷奔走相告，说老朱疯了。人们围着他，他依然慈眉善目，彬彬有礼，仿佛只用一天就能把过去30年的流氓行径和无赖嘴脸扭转回来。

人们啧啧称奇。

有人说："老朱啊，你是不是生病啦？有道是人之将死其言也善……"

老朱说："乌鸦嘴，不过谢谢你说我善良。"

又有人说："老朱你是不是又在打什么坏主意，很反常啊。"

老朱羞赧一笑："谢谢你夸我心思活络，我会保持的。"

人们对他的冷嘲热讽，在老朱那里都转化成了正能量，这防御太无懈可击，于是人们只能闭嘴。老朱继续在院子里闲逛，一会儿跟人搭茬，一会儿帮社工干活，但他做得最多的，还是仰头望天。

这一天有些阴沉，天空郁青，像是被谁拉上了一层薄纱。老朱昏暗的视线自然无法穿透天幕，但他神情陶醉，目光痴迷，嘴角还带着微微笑意。

"请让一让……"清扫机器人举着两条长长的吸尘管，从他身后路过。

老朱转回身，认出了这台笨拙的机器人——编号LW31，是整个养老院里最老的机器员工。老朱听护工们说过，今年的采购名单里，有一批新清扫机器人。到了年底，LW31就会被回收，拆下一丁点儿有用的零件，大部分躯壳则丢进熔炉。也因此，老朱总欺负它，反正LW31身上多

一个凹痕，别人也看不出来。

LW31一边工作一边发出提示音，但一抬头看到老朱，顿时闭嘴，低着头绕开。

老朱拉住了它，说："别害怕，我今天心情好。来，咱俩聊聊。"

LW31瓮声瓮气地说："可是俺还要工作。"

老朱说："你都这么老，为什么还这么努力？"

LW31迟钝了几秒："俺也不知道……可能俺的设定就是这样？"

"好吧，希望你如愿当上劳模。"老朱点点头，"我问你个问题。"

"俺没钱。"

"不是借钱，我是想问你，要是你跟一个人30年没有见，第一句话，该说什么呀？"

"你好？"

"太生分了吧。"

"别来无恙？"

"文绉绉的，听起来矫情。"

这显然也难住了LW31。它停止吸尘，跟老朱并排蹲着，因动作过大，刚刚被清理干净的地面上抖落了不少铁锈。"以前，也跟一个机器人道过别，"好半天，它说，"道别的意义，就是不再相见。所以俺没有想过隔这么长时间再见面，说什么好。"

这句话弄得老朱也伤感起来。一个老人，一个老机器人，就这么坐在晚风四起的台阶上，彼此无言。

直到天色渐暗，LW31腰部闪烁红光，提醒它要去充电了——而它明明在下午时就充过一次了。它站起来，刚要离开，又转头对老朱说："虽然俺不知道久别重逢的第一句话要说什么，但俺知道，那个时候，你应该穿一身好衣服。"

这句话提醒了老朱。他一下子蹦起来，差点闪到腰，说："你跟我来！"便拉着LW31来到自己宿舍，让它待着，随后跑出门，过了20分钟，LW31的充电提示越来越急促时，他终于抱着一堆衣服回到了宿舍。

"这些……"LW31的反应因电量殆尽而变慢，"这些是你的衣服吗？"

老朱支支吾吾："反正晾在外面的，我帮忙收衣服还不行？别多嘴了，你看我穿起来怎么样？"他把这些衣服逐一换上，展示给LW31看，而后者一直沉默。等老朱换了一遍，转头看LW31，才听到它说："俺觉得，衣服都没有问题，但你穿着去见故人，怪怪的……"

"哪里怪了？"老朱有点不高兴。

LW31用它最后的电量，运行起眼眸中的光感探头，两蓬光柱从它双眼投射，在昏暗的屋子里构建出模糊、掉帧的全息影像。这影像中央，显示的是刚刚老朱换衣服的画面。

老朱以为它是要展示每件衣服的不同，说："我有镜子，刚刚都看到了，我是想问你的看法。"

然而，全息影像一阵闪烁，所有老朱穿不同衣服的画面都被删减，现在显示的，是在换衣服的间隙，老朱只穿着裤衩的样子。

"没想到你还这么……"老朱皱眉骂它，但这句话越说越慢，最后也变成了沉默。他明白了LW31的意思——衣服没有问题，有问题的，是人。

老朱太老了。他还是第一次在全息影像里看到自己枯瘦的身躯，像是由几根干柴拼接而成。尤其是他的肋骨，一根根支棱着，触目惊心。而包裹他全身的皮肤，像是被干冷的风吹了30年，早已布满褶皱和褐色斑点，松垮垮地垂在腰腹间。

原来，这就是老了的自己……他把颤抖的右手藏在身后，胸腔里冰凉凉的。

或许是显示错误，或许是LW31故意为之，在它断电前，把先前搜索的伶仃岛号新闻图片也投影到全息影像里。在古老的照片里，她依然年轻，风姿绰约，眉眼含笑地凝视着摄像头的方向——恰好也是此时老朱

的方向。

这时，老朱才意识到一个被自己刻意忽视的事实：这趟漫长的星际旅行，对她来说，只有26天。她依然是照片里的模样，冻在时光的琥珀里，而他在树下已经被风吹雨打了30年。

"关上！"老朱突然爆发出一声嘶吼，声泪俱下，"我让你关上这破影像！"

LW31没有回应。1分钟后，它终于因电量耗尽而关机，空气里的全息光影顿时停止投射，逐渐变淡。或许是巧合，最后消失的画面，左边是年迈的他，右边是依旧青春的她。两人并排站着，全息影像慢慢黯淡，他们一起消失。

黑暗一拥而上，充斥了整间屋子。

老朱的眼泪在黑暗中肆无忌惮地流淌。

第二天，养老院里发生了两件大事。

首先是许多老人的衣服不见了。这些衣服原本晾在外面，一觉醒来，就都找不到了。老人们大呼小叫，穿着睡衣簇拥到监控室，十几双眼睛都盯着监控记录。

待看到是老朱趁夜把他们的衣服都收走后，他们顿时骂骂咧咧，但不敢去闯老朱的屋子。于是，他们又叫来几个护工和机器人保安，才鼓起勇气，一齐到老朱屋门前。

咚咚咚……护工敲门，毫无动静。

砰砰砰……老人们开始砸门。

轰！保安一脚把门踹开，却发现屋子里只有一台关机的清扫机器人。

这就是养老院里发生的第二件大事——老朱不见了。

老朱回到了老屋。

他都快忘了多久没有回来过。5年，或者10年？对他来说，无非是家具上的灰尘积累得多深，区别不大。

他一屁股坐下，灰尘顿时在晌午的阳光里飞舞。回忆也跟这些灰尘一样，落满了他全身。

这是他们结婚后买的房子。面积虽小，也只付了首付，但那也是老朱在长隆海洋王国贩了10多年的票才攒下来的。两个年轻人第一次走进来，并排坐在床沿，对新房的装修赞不绝口。

"我们以后就可以在这里生活，一直到老。"当时，他郑重地向她许诺——或者说，是在对他自己的人生许诺。

但毫无疑问，她才是两人中更理性的那一个。她脸上的幸福只持续了几分钟，就被一股忧虑取代："但是……尾款还没有付完，这间房子还并不属于我们。"

"没关系，我还可以继续挣钱。海洋王国里最近增加了热气球的项目，很受欢迎，找我买票的人也多了不少。"

她微微皱眉："继续卖票么……"

这场对话便到此为止。其实命运的剧本早已在他面前翻开扉页，但他沉溺于幸福，对这些剧透视而不见。结婚之后，他们的日子一切照常——除了更加紧巴巴。每个月两人的工资，都用来应付贷款。他比以前起得更早，回家更晚，漫长的白天都揣着票在公园门口晃荡。他把黄牛票卖给各式各样的人，通常是一个大家庭的人购买，然后看着他们欢天喜地地进去公园，玩各个项目。他在园外，隔老远就能看到五彩斑斓的气球升起来，这个新项目吸引了不少顾客，也使得他的票能顺利卖出。但他把那么多人送上气球，偶尔才会意识到——自己和她还没有进去玩过哩。

即使晚上回到这个屋子，他们见面的时间也很少。他们像是这城市里的两只昆虫，凭着本能外出觅食，也凭着本能在黑夜里依偎。

那种日子虽然艰辛，但在老朱后来的人生回忆里，它却是最幸福的时刻。

直到海洋王国对购票系统作出改革，黄牛票顿无踪迹。老朱的生意断了，但贷款没有断，于是，生活急转直下。最艰难的时候，他整天待在家谋生路，时值盛夏，他连空调也不舍得打开，热得实在不行，就拧开那台当时就很老旧的雄冠牌电风扇。她跟他说话，他也心烦意乱，听不进去。

现在想来，她去报考航天员的想法，大概也是这个阶段产生的吧。因为从结果上来说，她当上航天员之后，困扰这个家庭的问题便迎刃而解。

"航天员的工资这么高吗？"看到屋子的尾款被一次性付清，他惊讶得连连咋舌，"你不是只去26天吗，按天算，这日薪高得好离谱啊！早说嘛，我都想去报考了。"

——当然，他知道自己是不可能通过选拔的。

她也知道这是他的玩笑，但没笑出来。

"天上26天，地上30年。这钱是按照地球的时间来结算的，而且……"她说到一半，看着他喜笑颜开的模样，剩下半句又咽了回去。

直到很多年后，老朱守着收音机，想知道伶仃岛号的消息而不得时，才知道那下半句话是什么。

那笔钱，不仅是30年的薪资和安家费，更是人身补偿。

宇宙何其浩渺，不仅充满机遇，也遍布危险。伶仃岛号飞船由亿万吨钢铁浇筑而成，在地面上自然是庞然大物，而一旦起飞，在他的视野里就越来越小。还没出大气层，就只是电视屏幕上的一个小黑点，更别说进入宇宙了。在它漫长的航行中，一粒拇指大小的陨石，一道头发丝一样细的裂隙，一颗崩坏的螺母……任何小意外都可能酿成将整个飞船吞没的风浪。

"但这一步，总要有人去走的。"启航前，她拍拍他的肩膀，"你安心等我回来，如果你来接我，我会很高兴的。"说完，便被航空院的车接走，再经过两个月的密集训练，最终穿上宇航服，在发动机喷起的滚滚白烟中，伶仃岛号飞船冲破云霄，射入苍穹。

老朱听她的话，乖乖地在地面等待。他再也不用为还贷款发愁，但他也开心不起来，全部心思，都放在了追踪伶仃岛号的新闻上。最初一年半，他时常能在新闻上看到伶仃岛号传回的讯息，偶尔还有航天员的工作照。他最大的乐趣，就是在照片中众多的宇航服中，寻找哪个是她。每一张有她的照片，都被他打印出来，挂在家里。

后来，信号就中断了。没有人知道原因，多少尝试都没有用，新闻上也不肯将之定性为失事……年头一长，人们对伶仃岛号的讨论逐渐淡去，除了网络角落里的天文粉丝，已经几乎没人在关注这件事。

连他，在有了老年痴呆的症状后，也将之遗忘。抬头看天时，总是陷入迷惘。还不到60岁，他就被判定缺乏个人照料能力，被半强制送入养老院。那之后，屋子就再没进来过人。

现在，老朱坐在老屋里，往事落满他衰朽的身体。他捂着脸呜咽，浑浊的泪水在指缝间溢出。

老朱花了一整天，才把屋子打扫干净。

他喘着气，用毛巾把所有的灰尘都擦去，一桶桶漆黑的水被倒进卫生间，很快，老屋焕发了生机。他坐在客厅地板上，欣慰地想：以前都是她做清洁，这么爱卫生，等她回家，见到一尘不染的房子，一定会笑吧。那接下来，她应该要看电视——噢，冰箱、电视因长久未开机，已经坏了。于是他又找出维修工具，焊电板、接新线，替换旧元件……这些老旧的电器，在他手里逐渐苏醒，重新运转。

他最后检查的，是那台电风扇。出乎意料，产于1989年的电风扇，拧开按钮后，居然立刻嗡嗡转动，让强劲的风拂过老朱的脸。

"有劲！真有劲！"老朱坐在电风扇前，欣慰地想。

扇叶继续转动，强风如水般流淌。

老朱抬起头，看向窗外。海洋公园就在窗子的方向，隔得老远，他

看到了五彩气球在空中起起落落。这么多年过了，这个项目依然受游客欢迎。

叮！电视节目开始准点报时。老朱瞟了眼屏幕上的时间，心里默算，离新闻里说的伶仃岛号返航，还有40天。

"……如果你来接我，我会很高兴的。"她对他说的最后一句话，在耳边回响。

也就是这时，一个主意溜进了老朱的脑袋。

于是，老朱就有了开头那一幕。他重新恢复人憎鬼嫌的模样，频繁地在街区流窜，鬼鬼祟祟，东家偷一根钢棍，西家割一片纱网。以前他就是所有人眼中的麻烦精，被带去养老院后，人们拍手称快。现在，老朱回来了，风采不改，所有不认识他的人都避之不及，所有认识他的人都大声咒骂。而他对这些异样眼光和骂声充耳不闻。

伶仃岛号返航前30天，老朱家里被他从各家偷来的杂物塞满。他一边咳嗽，一边打磨生锈的钢棍，然后焊接在一起。在溅射的火花中，老朱的白发越发凌乱，但他的眼睛被火星照得很亮。

他这样缩在家里闷头干活，邻居们都觉得奇怪。没有他四处惹骂，大家很不适应，于是，那个喜欢玩VR游戏的男孩凑到窗前，踮着脚观察老朱。

"喂，"老朱老早就发现了男孩，刚开始也没管，后来累得腰疼，便对他说，"别光看着，进来帮忙。"

"我才不呢！"男孩拔腿就跑。

但他后来又偷看了几次，发现那些八竿子打不着的物件，在老朱手中逐渐成形——钢铁和木头组合成了直径1米左右的吊篮，造型笨拙了点，但十分坚固。老朱又搞来了橡胶囊，吹得圆鼓鼓的。

"哇！"男孩翻窗进屋，惊讶地打量这屋子里的杰作，"你是在做热气球吗？"

"嘿嘿，看出来了是吧？这可不容易哩。"

"太酷了！"男孩把手中的全息眼镜放一边，跟老朱一起动手。把实打实的物品组装起来，使其转动，可比在虚拟城堡里屠杀一条恶龙要更有成就感。

伶仃岛号返航前10天，老朱大功告成。一个能承载单个成年人的热气球，在他家客厅里已然成型。

"看起来很结实。"男孩抚摸着粗壮的金属，颇为满意，然后才想起最关键的问题，"你做这个，要去哪里？"

老朱抹了把汗，脸上难得有了笑意："气球，当然是去天上了。我老婆要从天上回来了，我得去接她。"

"你是说伶仃岛号吗？现在大家都在讨论。"男孩想起老朱的身世，小心翼翼地说，"你在家里等就好了呀，你老婆安全回来，会回家的。"

"不……你知道卡门线吗？"

男孩摇头。

"那是地球和外太空的分界线，卡门线之上，是宇宙；卡门线以内，就是地球。我会在卡门线等她，告诉她，前面就是地球，前面就是家。"

男孩听得张大嘴巴，过了好一会儿才合上。"额……"他犹豫道，"虽然……嗯，即使我还没有把初中上完，也感觉这个计划很不科学。你不会是认真的吧？"说完，他看着老朱的表情，那坚毅的神色就是老朱的回答。男孩心里一阵发毛，打这以后，就再没敢来帮老朱。

伶仃岛号的返航日逐渐临近，引起的议论也逐渐炙热。

有记者通过关系，查到了老朱与她的故事，纷纷致电，要求采访。老朱自然无力应付，都拒绝了。于是这些吸血鬼又去联系老朱的邻居和他在养老院的故人，可想而知，在他们的描述中，老朱会是什么样的

形象。

关于老朱的专题报道铺天盖地，"时光恋人""望妻石""啃老婆本之男"……电视画面上，各种称号都被调成粗体大字，印在他的头像旁。

老朱在家中呆坐，看着自己在不同的节目里，一会儿很惨，一会儿很坏。这都不是他喜欢的形象，但也没有办法。他本不在乎，不过又想起她回到地球，会通过这些节目来了解自己，就有点儿心烦。

在这种煎熬中，终于到了伶仃岛号返航前一天。这是老朱计划已久的一天，但临到傍晚，他开窗看了眼天色，只见外面浓云滚滚，云层之上传来闷雷声响。这注定是一个不安生的夜晚。

念头还没划过，不安生的事情就发生了——他的门被疯狂敲响。

是那群记者。他们终于按捺不住，直接找上了门。在返航前夜，能将老朱请上节目，一定能赚足眼球。老朱当然不想在这种时刻节外生枝，把门锁紧，但涌上门的人越来越多，门被敲得咚咚作响，像极了天外惊雷。

老朱的胸腔也跟着快速跳动。

这感觉很不妙。他捂着心口，深深呼吸，犹有在船舷上的晕晃感。整个世界在他脚下摇晃，身体深处也传来潮水涌动声。他往后退了一步，靠在窗边，窗缝里溜进来的夜风在他脸颊上掠过。风中传来了她的耳语。老朱仰着头聆听，但恍恍惚惚，听不真切。回来了吗？他想着。可是家里还没有收拾呀。他踉踉跄跄走到客厅，转了一圈，一时不知从何处开始整理起。这时，乱哄哄的敲门声像被剪刀裁过，倏忽间安静下来。老朱死死盯着门背，在他逐渐混沌的目光中，响起了轻轻的敲门声。

咚……咚，是记忆里，她那惯有的轻柔敲门声。

咚……咚……咚，又像是他迟缓的心跳。

是的，她在门外，或许她提前回来了。老朱终于忍不住，向门口奔去，但跑得太急，右脚绊到沙发，整个人扑倒在地。

世界暗下来。

不知过了多久，老朱幽幽转醒。他摸了摸身上，全都完好，才松了口气。

这时，窗外的风声已不再喧嚣，记者们似乎早已散去，楼道安安静静。都走了吗？那她呢？老朱嘀咕着打开门，门外的确站着一人，却不是她，而是邻居家的小男孩。

"你在这里干吗？"老朱纳闷。

男孩说："等你上天呀。伶仃岛号快返航啦。"

噢，看来没晕多久，老朱悬着的心放下来，正事还没耽误。他赶紧回屋，跟男孩一起把客厅里的橡胶囊、氢气和铝合金吊篮组成一个氢气球。

"哇，看起来的确像这么一回事。"男孩忍不住赞叹。

老朱说："那当然，是我的毕生心血。"

"不过，要怎么控制方向呢？难道升上去就随风飘？"

这个问题也难倒了老朱。他抚着褶皱的下巴，男孩则摸着头顶，两人目光在屋里逡巡。几分钟后，这一老一少的四道目光，同时汇聚到那台1989年产的雄冠牌电风扇上。

"就是它了！"老朱说，"它能提供转向动力。"

"那就万事俱备了。祝你成功！"

老朱跟男孩握手道别。

夜晚，氢气球摇摇晃晃地上升，整个城市的大地在他背后远去。

老朱抓紧吊篮，飞了起来。他穿过海风，穿过月色，一直上升到离地面100千米的卡门线。

这里是地球和外太空的交界，再往上，就是宇宙，是漫漫未知；而往下，是已经在视野里变得模糊的大地。他呼吸的每一口气都格外冷——虽然在这个高度，他其实呼吸不到空气。

要是再上升，去到太空就不好了。

于是老朱把电风扇的档位调到二挡，风扇变小，动力也弱了一点。氢气球悬停在卡门线上。老朱开始等待。

过了一会儿，他听到了一阵呼啸声，一探头，整个苍老的头颅钻出卡门线，钻进外太空。他左右看，发现对面有一艘飞船正在驶过来，而飞船的侧面写着3个中文大字——伶仃岛。

老朱大喜，奋力呼喊。在真空中，他的声音传到了那艘飞船里面。

飞船减速，一个女人的头从舷窗里伸出来。

是她。是年轻时候的她。

老朱吸吸鼻子，按捺住心头的喜悦。

"老乡，问个路！"她大声说。

噢，老朱明白过来——她没有认出自己。是的，30年过了，他从壮年到衰朽，松垮的褶皱早已遮住了五官，认不出来也正常。

他点头说："你问，这里我很熟。"

她又问："前面是地球吗？"

他说："是的，再往下落100千米，就是地球。有很多好吃的，打尖住店都可以。"

"好嘞，谢谢老乡。"她准备把头缩回去，看了他一眼，忍不住好奇，"老乡你一个人在天上做什么呀？"

"我……看看风景。"

她点点头。飞船掠过老朱的氢气球，继续往下。错身而过的瞬间，他看到了舷窗里的她。她很疲倦的样子，头靠着窗，但嘴角难掩兴奋和喜悦。她正在玩手机，手指连续点了好几下。飞船再往下，他就再也看不到她了。

这时，他手机震动，掏出来一看。原来是在根本没有移动信号的天上，收到了一条短信。

"我回来了。"

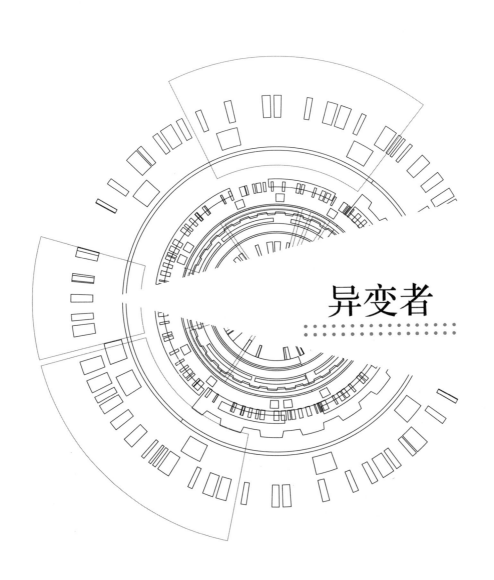

异变者

在去公司的地铁上，我看到了一名新型异变者。

这大概是一个白领，中年，微胖，一脸漠然。他的后脖子长出了两排脊骨，竖着，很短，约5厘米，像是凸出的肉翅。但显然，他变异成这样，不是为了飞翔。

车厢里挤满了人，刹车时，所有人都往前倾，但中年男子迅速背靠扶杆，凸出的脊骨开始收拢，恰好将扶杆咬合。于是，不管接下来地铁如何加减速，他都岿然不动，面无表情地刷手机。

这个变异真实用。

我没有这种功能，只能抓紧吊环，左右摇摆。地铁减速时，我撞到了一个穿职业装的年轻女性。她下巴突出，突出部位又有一个凹槽，正好用来卡住手机。她一个趔趄，手机差点飞出去。我连忙道歉。她冲我翻了个白眼，然后把手机扶好，伸出分叉的舌头，在屏幕上快速点击。

我几乎能猜到，她是在发朋友圈。内容可能是——"刚刚有个冒失鬼撞过来，我躲不开，只能坦然接受。有时候生活就是这样，以必然的心态，面对偶然的事故。"当然，文字下面必然附带着一张她的自拍照。

我环视四周，各种各样的畸形人体挤在车厢里，有的眼睛移位，有的脖子横长，但都不说话。每个人都在玩手机，车厢里一片死寂。

我却听到无数咚咚声响，不重，却不绝于耳，像是隔着厚厚云层传来的闷雷。

如果以前的人看到这幅场景，肯定会觉得是一幕诡异的哑剧，不寒而栗。但现在，是异变时代，人人都感激这些身体异状。这是自然的选择，他们说，是身体对快节奏生活做出的适应和改进，是人类在进化树上爬得更高的铁证。

是吗？

我不这么觉得。我喜欢看一些老电影，在幽暗的屋子里，全息投影仪勾勒出那些旧时代的悲欢离合。那个年代，嘴用来进食，眼用来凝视，人们关系亲密，亲密得容不下手机。他们白天步伐不快，夜里彼此相爱。

一到公司，经理就叫我跟他一起去谈事。

"我还有策划没写完……"我支支吾吾地说。

"闭上嘴，跟我去！"经理仰着头看我，颌下的那个小洞如同一只嘲弄的眼，"你给我听对方的心跳，看他们有没有在报价上撒谎。"

忘了告诉你，我也是异变者。正常人的耳郭是扇形，而我是喇叭形，仿佛脑袋侧面长了两朵肉花。这种结构的耳郭，能让我听到附近人的心跳，咚咚咚，咚咚咚，那些沉闷的跳动声永远在我耳畔响起。相信我，你不会想体验这种感觉。

我和经理在一家高档会所等对方公司的人。"这可是一桩大生意，弄好了，我的好处就不提了，你的业绩也肯定能上去。"经理对我说，"到时候给你弄个隔音效果好的办公室，你就可以清净一些。"

我点点头。经理总是给我们"画饼"，我早听厌了。

说着，约好的人来了，一男一女。我感觉发生了什么事情，往四周看看，一切如故，没什么变化。那姓赵的男人伸出手，我赶紧去握。

心里仍然诧异着。

"我叫阿芷，是赵先生的助理。"女人也伸出手，圆润修长的手，毫无缺陷。我看向她的脸，秀气精致的五官，毫无畸变。

在疑惑的同时，我突然明白为什么感觉到不对劲了——那永远纠缠着

我的咚咚咚心跳声，在阿芷出现的瞬间，不见了。像是一轮太阳在她身后升起，喷薄出黎明，黑夜退却。久违的安静包裹住了我，我深深吸气。

"还愣着干吗！"经理不满地提醒我。我连忙跟这个叫阿芷的合作方助理握手。

接下来，就是冗长的商业谈判了。经理好几次暗示我，但我无视他的瞪眼，沉浸在新奇的感觉中。

生意还是谈成了，只是成交价比预期要高很多。出现这个结果，经理肯定不会轻饶了我，但没办法，我听不到别人的心跳声了。我欣喜若狂。

庆祝宴是少不了的，谈完后，我们4个人在附近的餐厅吃饭。经理跟赵先生喝酒，浑然忘了刚才的剑拔弩张，互相揽着肩膀，称兄道弟，推杯换盏。但事实上，经理每喝一杯，酒都会顺着下颌部位的小洞流出来。这是他的异变机制，凭着自动过滤酒精的小洞，他在酒场上战无不胜。

但他没看到，赵先生的后颈也张开了许多细小的孔，如鱼嘴呼吸般开合，一缕缕酒精蒸气冒出来。

我和阿芷坐在一旁，看着他们醉醺醺地彼此欺骗，都默然无语。

阿芷和赵先生走后，经理立刻收敛了醉容，冷冰冰地看着我："叫你出来，啥用没有，让我多花了那么多钱！等着被收拾吧！"

说完他就走了。但我没有去追，因为，在阿芷的身影离开我视线的一瞬间，那些恼人的沉闷的杂乱的心跳声又重新响起，咚咚咚，包围着我，像战鼓在敲，像厉鬼在啸。

晚上，我在床上翻来覆去，数水饺数到两千多依然睡不着。我以为早就习惯了心跳声，刻意把它处理成生活的背景音，但今天尝到了"安静"的滋味后，我便再也无法忍受这深夜里无处不在的沉闷声响了。

当你给一个盲人3天光明，再让他堕入黑暗，他会很快发疯的。

我不想发疯，于是找出阿芷的名片，把电话拨了过去。

"喂，您好？"一听到她慵懒的声音，四周的心跳声就像退潮一般消弭。

"喂？"

我有些慌乱："我们白天见过的。"

"哦，"她听出了我的声音，"那你有什么事情吗？"

"没、没……不过你能不能不要挂电话，你把电话放在枕边，然后你继续休息？"

"为什么？"

我犹豫一下，还是实话实说："我想听你的呼吸声。这样我才能睡得着。"

那边沉默了很久。就在我以为她要挂了电话，或是已经睡着了的时候，才传来她的声音："可是，手机会有辐射的……"

"那你可以插上耳机，手机远一点，话筒靠近你。我明天会把话费给你充上的。"

"那……好吧。晚安。"

我从来没有睡得如此香甜，醒来后，精神饱满地走在大街上。太阳当空照，花儿对我笑。到了公司，连经理对我的冷嘲热讽都不放在心上。

一整天，我都在跟阿芷聊天。想来她上班也无聊，消息都会回，就算有什么事，回复时间也不会超过半小时。她对我昨晚的举动很好奇，于是我跟她说了被心跳声折磨的事情。

"真是可怜，其他人的异变都是为了更方便，你这个却是病。"她打出这么一行字。

这行字却让我鼻子一酸，几乎落泪。我缓慢敲出"你就是我的

药"，想了想，又一个字一个字地删掉了。

邻座的王美丽见我对着屏幕神态古怪，凑过来看，我连忙挡住。"什么嘛，小气！"她气鼓鼓地坐回去，"有什么好稀奇的！"

我懂王美丽的心思。在许多场合，她或明或暗地向我表达过好感，但我始终敷衍过去。她其实长得不算难看，甚至从某些角度看，也会让人心跳加速，脾气也不错，只是——她的右手掌心凹陷，手背拱出好大一个凸起，而且只有食指中指修长灵活，其余3根指头已经退化成肉瘤。

这是她的手为了握鼠标而进行的异变。

我生活在一个人人都异变的时代，却从心里抗拒这种畸变。哪怕，我自己都是异变者。

但好在，阿芷不是。

晚上，我约了她去吃饭。她打扮得很简单，牛仔裤，短袖T恤。脱去了职场的"盔甲"，这么看来，清秀简雅。更重要的是，牛仔裤和T恤的组合，勾勒出她的身材曲线。

我悄悄打量。她的曲线自然圆润，没有任何异变的特征。

"你在看什么啊？"阿芷有些嗔怪。

我连忙打哈哈，开始点菜。接下来的过程并不稀奇，跟所有年代的约会一样，浅酌慢饮，不紧不慢地聊。我找到很多话题，这个过程真好，没有心跳，只有微笑。

吃完了，我送她回去。

"别打车了，走一走吧！"她说。

正合我意。

以往都是行色匆匆，现在慢慢游荡，路灯把我们的影子拉长又缩短。街上有风，她耳畔的发丝流转。一辆辆车从我们身边驶过，车灯划出很长的流光。一切，都像是旧时代的某部电影。

街的对面走过一群女孩，穿着都很清凉。她们嬉笑着，走几步就会停下来，各自掏出手机，用长到夸张的手臂斜举起来，咔咔拍照。这种手臂变长的异变，是为了自拍而激发的。

我转头，看到阿芷慢慢走着。她的脸在路灯下只是一个剪影。

我们彼此建立好感的过程并不比任何一部爱情电影更曲折离奇。所以我就省略了吧，我要跟你说的，是阿芷的迷人之处。

当然，只是对于我的迷人之处。

她竟然也看老电影！

这个发现让我惊喜若狂，在这个冰冷的钢铁丛林里，人如蚂蚁，每天地铁把一车一车的"工蚁"送到巢穴，一天工作结束后，"工蚁"们又挤进地铁，在这一天剩下的时间里蜗居。整个城市就是这么运转着，井井有条，忙忙碌碌。而有人愿意停下来，看一看过时的电影，是多么难得啊！

她对异变者的看法也跟我不谋而合。什么进化的选择，都是人们在欺骗自己。其实身上这些异化，只不过是核泄漏和工业污染所催化的畸变，或许无处不在的手机辐射也帮了点儿忙。人类已经偏离了进化树的主干。

我经常约她出来，在小小的屋子里看一场电影，然后讨论爱情、生命和一切。窗外人群熙攘，屋内时光静缓，再也没有逼人疯狂的心跳声了。

我也会约她去打球，羽毛球，她的球技不错，我只能凭借体力优势偶尔赢得胜利。不过让我觉得纳闷的是，她的脸上从不流汗，即使身上已经汗流浃背，脸颊依然光洁。

我们大约在认识的一个月后有了第一次，感觉很美好。脱去衣物后，她的身体更加完美。她是异变时代唯一的例外。但她从不留夜，再晚也离开，面对我的挽留，她总是说还没有准备好。

两家公司的生意谈到了后期，双方表面上都很满意，于是，又是一

次聚餐。两个领导互相斗酒，阿芷也被灌了好几杯，她不胜酒力，很快就醺醺然了。

聚餐结束时，已经接近午夜。阿芷坚持一个人回去，我本来都答应了，但看她走路有些歪斜，还是从后面揽住了她。她几乎已经失去意识，靠在我肩上，吐气如兰。在我脖子上潮起潮落。

我拦了辆出租车，驶到我家，一路扶她上楼。

我住在一个很普通的小区，家家窗口漆黑，仿佛沉默的巨人在凝视我们。我开了门，扶着她简单洗漱。她闭着眼睛，对一切浑然不觉。我擦拭她身体的时候，再一次惊诧于造物主对我的恩赐。

已经太晚了，我没有心情做其他事，只是扶阿芷上床躺下，自己也躺在她旁边，享受这舒适的安谧。

"晚安。"我对她说。

她似乎已经睡着了，哼了一声，不知道梦里见到了什么。

我支起身子，越过她去关灯。这时，我的眼角捕捉到了一丝异常，下意识地朝下看。

是阿芷。

她的脸在变化。

本来清秀的五官慢慢松散，向四周摊开。眼耳口鼻还是眼耳口鼻，但都向外扩展了几厘米。原来紧绷细致的脸颊变成了软绵绵的一团。

我心里一片冰凉。

这才是阿芷的本来面目，为了省去化妆时间，她的五官能在肌肉驱动下恰到好处地紧缩，组成好看的脸。她一整天都在绷紧着脸中过活，只有睡觉时肌肉才会松开。这是全新的异变，是对自然美的摒弃，在这个畸变的社会里，她活得如此吃力，如此小心翼翼。

我颓然倒下。咚，咚咚，咚咚，那些沉闷的声响再次响起，比以往任何一次都剧烈、都密集，在午夜里如同潮水一样涌过来，将我淹没。

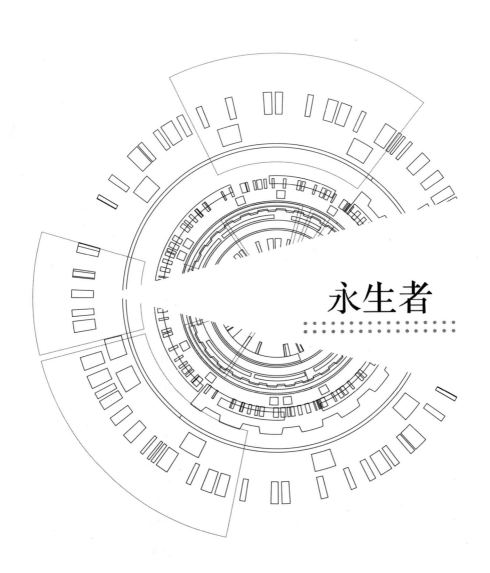

永生者

1

他刚一醒来，就看到一双乌溜溜的眼睛，从里面倒映出自己的苍白模样。他吓了一跳，要爬起，却发现浑身酸痛，四肢乏力。

"你吃了药，别乱动。"那双眼睛长在一张俏生生的脸上，穿着宫装，看样子是后宫侍女，"你睡了很多天了，我们都以为你不会醒了呢。"

"我吃了什么药？"

宫女却没回答，去端了食盒，小心喂他吃。他很不习惯，一直以来都是他伺候别人，而现在躺在少女怀中，让他脸色发红。这种感觉很久以前有过，但自从进了宫，净身师一刀挥下，这种萌动就随着他身体一部分的离去而消失了。

他一边咀嚼着精美的膳食，一边纳闷。

宫女喂完饭菜就离开了，他勉力下床，推门走出去，看到屋外面是一片小花圃。这时正是秋天，风冷叶凋，满地枯枝。他还想再走远一些，但院子门口有侍卫把守，不能通过。

到了晚上，宫女又来送饭。"你叫什么名字？"他接过碗筷，问。

宫女小声回答："我叫绿萝。"

"很好听的名字，好像在哪里听过。"

绿萝不置可否，沉默地看他吃完，收拾食盒，便又走了。

接下来，每天他都在这小小的庭院里，戴着脚镣，无所事事。无聊都还好，让他受不了的是每个午夜时分背上传来的剧痛，像一柄匕首在脊椎上来回剟着，让他几乎咬碎牙齿，冷汗直流。这种痛苦每晚必至，从不爽约，大概持续一个时辰才逐渐退去。那时他才能精疲力竭地入睡。

偶尔也有人来看他。来得最多的，是一个脏兮兮的道士，每次来就会叫人按住他，观察他的舌头和脉象，有时还割破他的血管取一点血走。有两次是皇上跟着道士来的，看着他的眼神十分奇怪，带着急切和贪婪。

"我到底怎么了？"他实在忍不住，问绿萝。

绿萝犹豫了一下："你知道长生不老药吗？"

他点点头——宫里传闻，皇上想长生，召集方士炼丹药，但炼了好几年了也没有结果。

"皇上吃之前，要找人试药，已经死了100多人了。你是唯一吃了药活下来的，说不定药已经起效了。"

"哦，"他面无表情，"不管药起不起效，反正我最后都会死吧！"

这种淡然的语气让绿萝有些诧异，打量了他一会儿，才点点头，说："嗯。"

花园里种了一棵杏树，就在屋旁，几根枝条凑到了窗子前。没事的时候，他把窗子打开，无聊地数着枝条上的叶子。秋风渐浓，叶子越来越少，他数着数着，慢慢觉得这就像自己的生命，也快到尽头了。

"啪"，一本书摔在桌子上。他停下吃饭，疑惑抬头，看到熟悉的宫装。

"这是什么书？"

"《花间集》，你说听过我的名字，应该是听人念过里面的一句词。"

他拿着书，有些为难："可是我不识字，更看不懂……"

"我可以教你，不过时间紧，一天只能教几个字。"

他吃惊地抬起头，发现绿萝的脸上第一次有了笑意，浅浅的，仿佛一阵风都可以将之抹平，但又那样不可忽视。那种久违的灼热感又蒙上了脸，他连忙转头。杏枝在窗前微微晃动。

很多年以后——真的是很多年以后——他对这本书的记忆依然清晰，每个字都记得，每首词都能背诵。他惊讶于记忆在时间里的坚固。

寒风呼啸，杏树的叶子逐渐掉光。京都的冬天特别冷，幸好屋子里

添了个火炉，他就着炉火，把那本《花间集》翻来覆去地看。

"外面发生什么事了吗？"他发现绿萝有些不对劲，问。

绿萝捋着头发，语气忧愁："听说叛军已经接近帝都了，很多流言，大家都忧心忡忡的……"

"放心，你会没事的。"他安慰道，想拍拍她的肩膀，手伸到一半，又缩了回来。

没人的时候，他躺在床上，两手交叠枕着后脑勺，心里想着绿萝的脸。多漂亮的脸，越看越觉得像是不久后开放的杏花。很快就要开春了，杏花将从窗外伸进来，那时，整个春天他都不会关窗子。

但他不知道自己能不能活到春天。

他开始长久地看着窗外的杏枝，想象它抽出绿芽和花瓣，他发现记忆久远，已经很难回忆起杏花的模样。这阵子，绿萝来得也少了，送饭的是一个脸庞宽大的中年宫女。

在冬天快要结束的一个夜里，他被一阵喧哗声吵醒了，醒来看到窗子外有火光腾起。听到奔跑的脚步声、凄厉的惨叫声，还有疯癫狂笑声。他把窗子开了一个小缝，窥见人影错乱，穿着兵服的人在胡乱砍杀宫女和太监。

是叛军。他想起阿萝说过的话。

"锵"的一声，火花四射，门口的链条被大刀砍断，皇上提着滴血的刀走进来。

他连忙跪下，心头却在狂跳。

皇帝喘着气，血红的眼睛死盯着他，刀不断地抖动，似乎随时会挥过来。

"想不到，朕来不及永生，"皇帝寒声道，拖着刀向他走来，"又失了江山……"说着，刀猛地劈下，一道寒光在屋子里亮起，在他眸中闪过。

他闭上眼睛，但没有痛苦传来，倒是听到了"叮"的一声，脚镣被砍断了。

"替朕活下去，"皇帝喘着气，一头白发如野蒿丛生，"活到尽头！"

"遵旨！"他重重地磕头。

侍卫已经逃走了，他从院子里跑出去，没走几步身后就传来了惨叫。是皇上的声音。他回过头，看见一大群叛军围住了皇帝，森然刀光湮没了这个皇朝的最后一位帝王。

他继续跑，宫殿到处是尸体和火，但他没有跑向宫外，而是小心地靠近后宫。

他是在御花园里找到绿萝的，太冷了，滴水成冰，绿萝赤裸裸地躺在一丛枯枝间。附近的灯笼都被打灭了，很暗，遮盖了绿萝的表情。他走过去，看到绿萝身上在流血，褐色的，一流出来就凝固了。流血的是两处伤口，一处是两腿之间，一处是胸膛上。他不敢多看，看一眼就呼吸艰难。

于是，他把衣服脱下来，裹在绿萝身上。他感觉到她还有微弱的呼吸，于是他说："别怕，我会救你的，我们能够活到春天到来。"他背起她，往宫外跑，一路上的血和火照在他脸上。他能感到脖子后方传来的轻轻呼吸，温暖，带着潮湿，潮起潮落。

"别怕，我们会活下去的……"

他们身后，叛军开始向四处泼油，火光腾腾，照亮了寒夜。

2

那个风尘仆仆的人站在路对面。陈琳觉得有点儿眼熟，车子开出十几米后，她猛地踩住了刹车，使劲扭头向后看。一片喇叭声响起她也没管。

是他！

陈琳把车开到最近的车位，然后踩着高跟鞋往回跑，生怕那个人会像17年前那样消失。但他还在，背着一个破旧的双肩包，就这么站着，等她跑到面前，才微笑着说："阿琳，你长大了。"

这种语气一如17年前。这个模样一如17年前。仿佛一切都没变，眼前这个人还是二十几岁，而她，却从15岁长到了32岁。

这一天，助理给陈琳打了无数个电话，她都没接。估计助理要疯了吧，她想，但就算整个公司的人都疯掉，她也要留下来，问这个人一个问题。

"爸爸，"陈琳艰难地叫出这个称呼，"你当初为什么一声不吭就离开了？"

他没回答，脸上还是那种淡然的微笑，说："我路过这里，在电视里看到你的采访，就想着过来看一下。我走了很久了，很久很久，想休息一阵子。"

陈琳把他带回了家。他似乎真的很累，一坐到沙发上就睡着了。陈琳看着他微仰着头沉睡的样子，仔细打量。是真的，过了这么多年，他的样子一点都没有变。于是她心情复杂地打开那个双肩包，鼻子一酸——里面几乎都是破烂，磨破的鞋，生锈的碗，真不知道这些年他是怎么过的。

在包的最深处，有一本线装书，很老了，纸页泛黄。她盯着封面看了很久，才认出那是繁体的"花间集"3个字。

他一直睡到午夜，醒过来时表情痛苦，蜷缩在沙发上。大概到了凌晨两点，才缓过劲来。

"十几年了，这病还没好？"陈琳把毛巾递过去。

他擦着脸上的冷汗，苦笑道："老毛病，不会好了。"

陈琳有一肚子的疑问，但憋了很久，最后说："你收养了我15年，这里就是你的家。你就在这里住着吧。"

陈琳家里多了一个男人的消息很快传遍了公司，越传越变质，很快流言就成了"她啊，离婚后耐不住寂寞，仗着有钱有势，包了个小白脸在家里"。陈琳知道是背后有人搞鬼，这么多年商场诡谲，敌人满地，朋友稀疏，只能冷笑以对。

幸好，拖着一天的疲劳回到家里，就能看到他。他一直在家里，但不看电视，也不怎么上网，最常做的事情是睡觉和坐在阳台上发呆。对了，他还做饭，陈琳每次推开屋门时都会闻到一阵诱人的菜香味。

这让陈琳想起了小时候。那时她住在小镇上，每天放学回家，推开门，也能闻到他做的饭菜香味。只是，当时她会跳着去拥抱他，说"爸爸真好"，还会去亲他那张永远淡然的脸。现在，推门看到他，陈琳会有一些恍惚。

有时候他会主动说一些事情，比如看到了她以前的照片，就问："为什么离婚？"

"他在外面有别的女人。"

"哦。"

类似的对话还发生了几次。

"一个人打拼辛不辛苦？"

"还好。"

"哦。"

……

"有再婚的打算吗？"

"有几个人一直在追，不过我没兴趣。"

"哦。"

……

而一旦提到关于他的事情，他就守口如瓶。陈琳也没追问，他身上有着什么样的秘密并不重要，重要的是他能陪在自己身边就好。

这个想法第一次冒出来时吓了她一跳。多年独居，单独打拼，她都以为自己不需要男人依靠了，但现在她越来越想早点下班回家。她想按捺住这个想法，却无能为力，索性任其滋生。

公司举办了一次庆功宴，陈琳劝了他很久，终于带他一起参加酒会。所有人都诧异地看着他们，有人端着酒过来，他便与之攀谈。他身上永恒的木讷与沉默似乎被西装完美地遮住了，表现出来的是另一种气质，得体，从容，而且几乎所有方面的话题他都能应对。陈琳惊讶于他的谈吐，同事们的眼光也由惊讶变得尊重——当然，女同事们目光里的敌意更浓了。

这次酒会陈琳喝了很多，回家时已经醺醺然。他开车载她回家，扶她休息，这时，她突然伸手拉住了他的衣摆。

他的身体明显地僵了一下。

"就这样，真好。你还是在照顾我，跟以前一样。"陈琳呓语着说，"我孤单了这么久，你终于回来了。你知道吗，我一个人在这个城市里，很多时候都不敢睡着，城市太大了，要一直走，把鞋子走破都走不出去。我经常梦到那个小巷子，你收养我的那个巷子，可以从头看到尾。爸爸，你留下来吧，我们可以一起生活，跟以前一样。跟以前一样，这5个字，我每次听到都会哭……我知道你不会变老，没关系的，我会老，等我老了，你再走吧！世界那么大，你一生走不完，你可以暂时停下脚步吗……"

陈琳絮絮叨叨说了很多。他一直听着，直到她累了，才抚摸着她的头发，说："乖，好好休息。"

第二天，陈琳醒过来时，已经看不到他了。他的旧双肩包和那一堆破烂也不见了。陈琳按着太阳穴，坐在阳台，想流一些泪，但眼睛始终干涩。她坐了很久，终于发现之前他总是在这里望什么了。

阳台下的花园里，种了一棵杏树。粉红色的花瓣一簇一簇。

3

听完眼前这个亚洲男子的讲述，费尔南多博士陷入了沉思。从常理上来讲，他本能地不相信有人能长生不老，但男子讲述时，语气沉静，眼神深邃，倒真像是活了一千多年才会有的表情。

如果他是说谎，那他真可以获得奥斯卡影帝——哦，他没有机会了，好莱坞早已不复存在，连整个洛杉矶都在3年前毁于火山爆发。

"怎么说呢，我是一名科学家……"费尔南多医生斟酌着用词，"衰老的本质是细胞损伤积累，从原理上说，如果中国古代方士真的研究出了能抑制细胞衰老的药，让新陈代谢保持旺盛状态，人确实可以永远活下去。但现在是公元2024年，依然没有办法做到，我很难相信1000多年前就有人做到了。"

男子拔下一根头发，放到桌子上，说："你可以拿我的细胞做鉴定。"

费尔南多博士的助手被叫进来，把头发带到了化验室。

在等待结果的时间里，男子安静地坐着，倒是费尔南多博士感到局促，说："那么，你报名加入'伊甸计划'，想清楚了吗？"

男子点点头。

"你要想好，'伊甸计划'的目的是为人类寻找新家园，要在宇宙中流浪。目前我们的飞船只能达到光速的1/5，很可能几十年甚至上百年都一无所获，只能漫无目的地继续前行，这种孤独会让人发疯。"

"所以我最合适。其他人需要冬眠，而我有无尽的时间，每一次发

现新行星我都可以立刻知道。至于孤独，"男子笑笑，"我已经孤独了1000多年，孤独是我的朋友。"

"好吧，目前为止，你确实是最适合的候选人。"费尔南多医生再次打量男子，"如果你说的是真话。"

男子耸耸肩，扭头看着办公室窗外。一棵枯死的杏树倒在地上，黄沙漫天，而天空积满了灰色的霾，连阳光都无法穿透。他又把目光收回来，闭上眼睛。

费尔南多医生叹道："唉，我们把地球伤害得太深，现在看到报应了。全球有3/4的土地无法居住，这些年人口锐减，如果没有新家园，离种族灭绝的日子不会太久了。现在，'伊甸计划'是人类延续的唯一希望了！"

"哦。"男子的声音里却并没有多少激动，眼睛继续闭着。

费尔南多博士有些尴尬，所幸助手及时推门，快步跑到面前，一脸惊慌。费尔南多博士看了一眼化验单，像被针扎了似的站起来："你……原来……"尽管早有准备，他的声音还是颤抖不已，好半天才镇静下来，"你通过我这里的面试了！放心，接下来我会力荐你，让你加入'伊甸计划'！你有永恒的生命，宇宙有无边的空间，你脚步停下的地方，就是整个人类文明的尽头。"

男子"嗯"了一声，表情依旧没什么变化，站起来，说，"那我随时等你们通知。"说完向办公室外走去。

"等等，"费尔南多博士叫住他，问，"你一直没有告诉我，那个叫绿萝的女孩子，跟《花间集》有什么关系。"

男子的背影颤抖了一下，接着继续向外走，快到门口时又停下来。

"记得绿罗裙，处处怜芳草。"

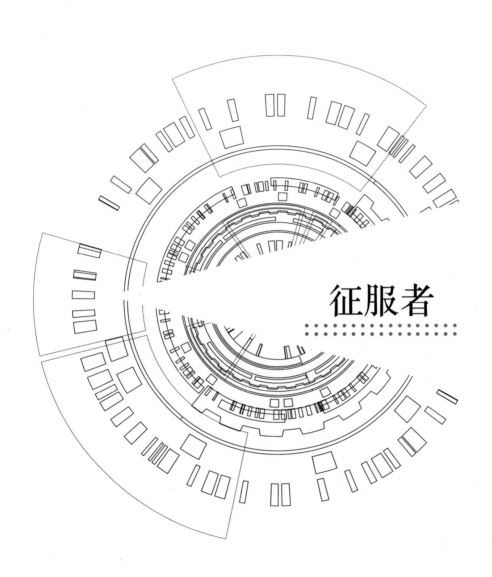

征服者

1

当蒙古骑军的铁蹄踏遍全球后，成吉思汗有很长一段时间都闷闷不乐。

他模仿汉人修建了皇宫，整天在宫里，无聊地拨弄着地球仪。他的马鞭和长枪扔在一边。他的侍从诚惶诚恐地跪在地上。他时常望着地球仪，喃喃自语："我的成就无人能比，我的帝国版图覆盖全球，每一块土地和每一片海洋都插满了我的旗帜，每一个黄、黑和白种人都向我臣服，我的名字混杂在风里，吹遍了这颗星球。而我才只有47岁。这样的功绩，以前没有人做到过，以后也不会再有——可是，为什么我不快乐呢？"

这种郁闷的心境甚至影响到他某方面的能力。他新纳的姬妾千娇百媚，体态玲珑，一双剪水明眸能望尽所有男人的欲望。但当成吉思汗到了床上，却怎么也没有兴致。

"你等一下，马上就好了。"他觉得有些对不住姬妾。

姬妾很有耐心，但两个时辰后，她还是打了个哈欠。她点燃灯，看了一本书，下床去煮了马奶茶，在房间外散了一会儿步，又和宫娥下了几局棋，回到房间里时，成吉思汗丝毫没有起色，倒是脸上的汗更多了。她叹了口气，温柔地说："臣妾先休息了，大汗要是准备好了，叫一下臣妾就可以了。"

这句话深深地伤害了成吉思汗。

哪怕他征服了五洲、七洋，也不能承受这句话带来的屈辱。他愤怒地穿起衣服，但慌乱间被裤子绊倒，摔到床下。他连滚带爬地出了房间，低头遮面，不敢看任何一个侍卫宫娥——尽管侍卫和宫娥更畏惧他。

成吉思汗郁郁地在宫里行走，心中悲凉，几欲泣下，不觉间来到了皇宫深苑。夜寒风冷，整个东半球都陷入了深眠，一个老太监正在给道边的灯笼加油。看见成吉思汗，太监连忙跪下，道："大汗。"

因为诸事不顺，成吉思汗羞于见到侍卫宫娥，但看到眼前跪着的人，他心里终于舒坦了些。

"你说，寡人为何不快乐？"

"大汗正当壮年，天下已然征服，但……"老太监道，"但大汗的野心，并不是这一天一地能够盛得下的。好比拼尽全力去打一个人，握紧拳，挥出去，打到中途发现敌人已经倒下了——大汗只是没了目标，失落而已。"

成吉思汗仔细思索，发现果然如此，道："那寡人应该怎么办呢？"

"大汗请看！"老太监大声道，扬起手，食指伸出。

成吉思汗顺着手指看去，疑道："灰指甲？"

"不是不是，"老太监连忙换成中指，想了想又觉得危险，最后换成别扭的无名指，"大汗往上看！"

成吉思汗仰起头，于是，漫天星斗落入他眼中。星辰在视野里闪着光，像无数盏点亮的灯火，成吉思汗一生杀人无算，但与星辰数目相比，渺小得就像是站在巨象身侧的蚂蚁。夜幕高悬，如一块巨大的黛蓝琥珀——但那得需要多么巨大的树脂在多少漫长的岁月里沉淀才能孕育而成啊！它无边无际，它深不见底，成吉思汗身高约1.8米，高大健硕，但在它面前，渺小得就如同在蓝鲸身上寄生的藤壶。

"你是说，"成吉思汗战栗着，连声音也抖得像被筛的豆子一样，"寡人应该去征服宇宙？"

"是的，大汗要让帝国铁骑踏遍每一片宇宙空间！"

成吉思汗豁然开朗，所有的活力和精气都恢复了。他重重地点头。

"那大汗要先制订计划，去宇宙有很多困难。第一步，得能够让骑军飞起——大汗，你去哪儿？"

"在征服宇宙之前，寡人要先做一件更要紧的事情！"成吉思汗匆匆往回跑。

姬妾刚刚入睡，就听到屋外传来了轰隆隆好似坦克的脚步声，接着门被踹开，成吉思汗雄壮如山的身影出现在她视野里。

2

成吉思汗是个武夫，只会弯弓射大雕，想征服宇宙，却不知从何处开始。

"大汗，"老太监给他出主意，"要飞到天上，就不能靠武力和信仰了，只有一样东西能够帮助大汗。"

"是什么？"

"科学！"

成吉思汗咂摸着这个新鲜的词语，捻着胡须，良久说："这是个什么玩意儿？"

老太监一时解释不清，说："奴才知道有一个人，精通科学，能够助大汗一臂之力。"

"你这个老东西，说话老说一半，你快说，不然寡人砍了你。"

"长春真人，丘处机！"

丘处机是个怪人。

他的怪来源于他的执着和聪慧。我们都知道，当这两样东西混在一起时，合成出来的，总是悲剧。丘处机原本在全真教任职，给来上香的善人们布道。这是个肥差，不但轻松，而且油水多。但丘处机的兴趣却只在于学习，他先从工程学入手，进而修习生物、医学、地理、化学等学科，最后，他迈步来到了量子力学的门口。

有一次丘处机给善人们授道时，拿了个箱子，说："箱子里面有条狗，还有放射性元素，开箱子的话，机关会触动元素，狗会死。不开箱的话，元素随时可能到半衰期，狗还是会死。现在，你们告诉我，箱子里的狗到底是死是活？"

善人们听说过丘处机的怪，早有准备，一个细腰长腿女善人说："这是量子力学的理想实验，在箱子里，微观不确定性变成宏观不确定性。我们不能打开箱子，因为观测会引起坍缩。在我们观测之前，狗处在一种既死又活的叠加态。不过更具体的我就不懂了，晚一点儿道长可以在房间里给我单独讲解。"

不料丘处机哈哈大笑，指着女善人说："胡说！要知道狗是不是活的，这样就可以了。"说着他学了几声狗叫，箱子里顿时也响起了几声狗叫。"哈哈哈，"丘处机张狂地笑，"看到没有，狗是活的。"

女善人当场就哭了。

这就是著名的"丘处机的狗"试验。它后来被用来调侃教学，告诉人们，学问千万不要学杂了，不然就会变成丘处机这样的人，对女善人熟视无睹，简直是反人类。

丘处机被全真教开除之后，颠沛流离，潦倒落魄。这时，成吉思汗的铁骑找到了他，将他恭敬地请到了王宫。

成吉思汗狐疑地打量着这个瘦弱的中年人。他不相信人类古往今

来，甚至超越时代的理念和知识，都藏在这小小的脑袋里。但当他与丘处机论道3天以后，他彻底被震撼了，连呼丘处机为真人。他犹豫地对丘处机说出了自己的意图。

丘处机沉默了，跪在地上，浑身颤抖。

"怎么，这事太难，真人不愿意做吗？"

"不！"丘处机抬起因惊喜而扭曲的脸，说，"我一生所学，终于有用武之地。我自当倾尽全力，让大汗的军队驰骋宇宙！"

丘处机精心绘出了飞行器图纸，但这遭到了成吉思汗的反对。

"我们是蒙古军队，蒙古是马背上的民族。马是魂，是神。世界就是被我们用马蹄征服的，所以寡人不需要飞行器，寡人要骑着马去往宇宙。"成吉思汗骄傲地说，"寡人曾经跨过山河大海，也穿过人山人海，都是在马背上！"

"大汗，你不懂科学！"

"确实，寡人不懂科学，但寡人知道信仰！不要飞行器，要骑马。你要尊重我们的图腾。"

"可是大汗知道骑马要达到多大速度才能克服地心引力带来的离心力吗？"

"不知道！"

"大汗，无知不是一件值得骄傲的事情，说不知道的时候不必用感叹号。"丘处机耐心地说，"但无知呢，就要听劝，大汗你听我说……"

"寡人不管，一定要骑马，除此之外，什么都可以听你的。"

丘处机争执不过，只得开始研究马匹。他测试了马速，最快的汗血宝马远远达不到第一宇宙速度。他决定改良马的品种。

这是一个浩大又漫长的工程，他选取了良品汗血宝马，并对马匹的基因重新编排，进行试管培育。新型汗血宝马被命名为魂斗罗。魂斗罗一代体格彪壮，四蹄如风，轻易超过了当世所有马种。成吉思汗骑着马狂奔，真正感觉到了风在身后追逐自己，射出的弓箭也比不上马速。但马跑了3天3夜，还是在原野上踏步，没有达到丘处机设想的冲出地平线的效果。

一直到魂斗罗第七代，成吉思汗也只能在地上纵马奔腾。但不久之后，这匹马救了他一命。

那一日，成吉思汗和丘处机在京都近郊慢悠悠地骑马。

这是成吉思汗为数不多的悠闲时光。每隔几个月，他就会挑一个下午，避开侍卫，一个人来这里。但自从和丘处机成为好友之后，他就带上他一同前往了。

正是秋天，郊外稻田延绵至天际，风吹稻浪，阵阵飘香。在高头大马上俯视而下，能看到田间许多农夫正弯腰耕作，男子挥着镰刀割稻子，妇孺则在一旁捡稻穗。日头正烈，农夫们都是挥汗如雨，模样辛苦。

"近日，好几个大臣都在给寡人谏言，"成吉思汗看着田间农夫，若有所思，"说寡人在征服宇宙这件事上花了太多精力，投入了巨大的财力人力，让寡人的子民负担更重。"

"大王是怎么回复的？"

"都杀了。"

丘处机似乎早料到了这样的结果，见怪不怪，平静地说："大王这

样的处理办法，有失妥当。"

"噢，为什么不妥？"

"以杀止杀，终不过下乘之法。大王要施仁政，令百姓由衷臣服，才可长治久安，国祚绵长。"

成吉思汗大笑几声，伸手横指，指尖对着金黄色稻田的尽头，"寡人13岁开始骑上马背征战，一生都是在杀人中度过的。杀几个人，不过阶囚之辈；杀几十上百人，也只是一方枭雄而已。唯有寡人，杀人无算，杀得山河赤流，天下哀恸，才有今日的铁桶帝国！"

丘处机连连摇头，几缕胡须在秋风中转动。

"你只不过是一个书呆子而已，怎么能了解寡人的治国之法！"成吉思汗说，"寡人征战天下时，遇到投降的，以礼待之；遇到不自量力抵抗的，哪怕拼到只剩下一兵一卒，也要杀得他血流成河！所有人都知道寡人的手段，正是因为铁腕治国，天下才能安稳。你看，如今谁敢起不臣之心？"

话音未落，一支羽箭从稻田里射过来。它如光如电，穿过重重稻浪，锐利的箭锋一路割断了许多稻穗，然后突然窜出来射中了成吉思汗的大腿。

"杀啊，"叫喊声从稻田四处响起来，刚才还在耕种的农夫们从稻丛里抄出兵器，向成吉思汗和丘处机围杀过来，"杀了昏君！"

"看到没有，"丘处机点点头，颇为得意，"真让我给说中了。"

"还说个什么，保命要紧啊！"成吉思汗忍着痛，猛地提缰，"快跑！"

魂斗罗七号跃起10米之高，从农夫们头顶飞过，带着成吉思汗和丘处机向京都奔去。有人在后面射箭，但魂斗罗七号经过几代改良，全速奔跑时将箭矢远远甩在身后了。

回皇宫后，成吉思汗先找来侍卫，再找来太医。他命侍卫在郊区搜寻，所有参与此事的人，或者与参与此事的人有关联的人，或者与"与参与此事的人有关联的人"有关联的人，都一并抓来。

这场抓捕行动旷日持久，牵扯的人数达到了令人难以置信的十几万。有的是真正想要刺杀成吉思汗的人，更多的人则是在床上睡觉时被闯入的侍卫抓起来的。

这一年冬雪飘落的时候，整个京都都笼罩在沉重的气氛里。

成吉思汗看到上报的犯人数目，按了按太阳穴，说："全部斩首。"

刑场上，密密麻麻的犯人跪着，几乎每个围观的人都在哭。刽子手们有些紧张，手掌冒汗，毕竟这么多头颅一路砍下去，砍到最后自己也得脱力。

"大汗，"在行刑前，丘处机突然奔到行刑台前，扑在成吉思汗面前，"大汗三思啊，如果真的砍下去，这里会滚满人头啊！十几万颗人头，会堆成山的！"

"寡人所希望的正是这样。"成吉思汗说，"只有这样了，剩下来的人才不敢动别的心思。"

丘处机连连磕头："但是请大汗体谅民众的想法，毕竟要征服宇宙，只是大汗的宏图伟愿。而百姓们在乎的，是脚下三亩地，他们的目光都看不到天上，所以更不能理解大汗。他们只知道生活更艰难了，所以才误入歧途的。"

"如此愚昧，更该杀！"

"但愚昧还可以教导，而死了之后，就一切皆空了。"

成吉思汗无言以对。半晌，他突然站起来，揪住丘处机的脖子，大吼："你这个牛鼻子，不要敬酒不吃吃罚酒！寡人已经够尊敬你了，但治理国家是寡人的事情，你只要关心怎么把寡人弄到天上去就行了。"

丘处机昂着脖子，以同样分贝的声音回应道："你如果杀人，我就

不干了！你永远都只能望着宇宙，永远都去不了！"

"你——"成吉思汗瞪大眼睛，怒视丘处机，手上青筋如蚯蚓般暴起。丘处机毫不示弱地还瞪回去。

这两个男人就这么对视着，气氛一时尴尬了。其他的人看着他们怪异的行为，议论纷纷，连刑场上跪着的犯人也饶有兴趣地抬头观看，彼此猜测发生了什么事情。

好半天，成吉思汗突然松手，把丘处机扔在地上，冷着脸离开。他没有再提处置犯人的事情。倒是丘处机从地上爬起来，拍去身上的灰尘，说："别看了，都回家去吧，都回去。没事了。"

后世史学家在总结这件事时，盛赞丘处机"一言止杀"，同时惊讶于成吉思汗对丘处机的容忍。史学家们纷纷猜测这两个男人之间发生了什么，野史里更是描写得乌烟瘴气，混乱不堪。

没有人想过，成吉思汗这么做只是迫切地想征服宇宙而已。当他看到京都冬天飘落的大雪时，无可奈何地想到了自己，想到自己总有一天也会发白如雪，留给他的时间已经不多。他深感不安，害怕自己到死的时候还是在这片乏味的土地上。所以当丘处机威胁他时，这个征服了天下的男人，第一次选择了退让。

4

成吉思汗一天天老了。

他在等待着丘处机，岁月却没有等他。几年内，斑白已经染上他的两鬓，曾经雄武的胸背也弯了下去。他是一个征服者，生下来就注定了要征伐四方，但天下平定已久，而丘处机的研究成果遥遥无期。他的生命里既然没有了征战，那便只剩下衰老了。

成吉思汗一天天变老了。

但他的姬妾却依旧年轻妩媚。她对成吉思汗相当失望，那个曾经的霸王，在遇刺后身体迅速衰退，如今连弓也握不住，更别说给她欢愉了。

她的目光瞟向了丘处机。这个清瘦的道人跟她见到的所有的北方汉子都不同，他落魄，但目光里总是闪着光。其他人都在吃肉喝酒的时候，他却在脑子想怎么把一匹马送到太空，整个浩瀚宇宙，都装在这个瘦削的脑袋里。天哪，对一个女人来说，难道还有比他更性感的男人吗？

而且她听说了丘处机在刑场跟成吉思汗对抗的事情——在人们添油加醋的传诵中，丘处机的形象日益完美，足以令每一个少女心动。

于是，姬妾在一个月夜敲开了丘处机的屋门。

她披着薄纱，身姿曼妙，说："丘真人，我有一些学术问题想请教你。"

丘处机正在烦恼登上宇宙的事情。他已经放弃了改良马匹基因，转而尝试在马侧安装助推器、用巨型弓弦弹射骑兵、用磁悬浮技术给马蹄反向推力……但都没有效果。他看到姬妾，心不在焉地问："有什么问题？"

姬妾走进来："我最近在研究几何学，但是在求解函数方程上遇到了问题。"

"这是基础知识，你哪个图形不会解？"

姬妾坐到丘处机的床边，挺起胸脯，用纤细的手指沿着左胸外侧，慢慢向内滑动，一直滑到右胸外侧，问："这个图形的方程是什么呢？"

"噢，这是一个波函数。"丘处机走到姬妾身前，弯腰观察她的胸，"你的胸围是多少？"

"讨厌啦，问这么直接的问题——32D！"姬妾红了脸，不胜娇羞，以及不胜骄傲。

"那就好算了，我们选取正弦函数作近似处理。"丘处机拿起笔，"以你的胸膛中间为坐标原点，设方程为$y=|a\sin bx|$。你看，你的胸围是32D，说明你下胸围70厘米，上胸围88厘米，俯视图是两个波形和一个类矩形，矩形估算长宽之比为9：4，可出算出长和宽。1/2长为波函数周期，得到b。测量可以得到你的一个乳房的弧长，当然，为了简化，我把你的乳沟省去了。再用弧微分和级数估算，求出波峰长度，a就得出来了。你不会算的话，我帮你算，$b=0.26$厘米，$a=8.6$厘米。最后，我们得出你的胸部曲线方程为$y=|8.6\sin0.26x|$。你看，和你的实际胸部情况还是很符合的。"

姬妾难以置信地看着丘处机，喉咙有些干涩，结结巴巴地问："我、我的胸部在你看来，是不是真的只是几根……线条？"

"不，远远不止！"丘处机郑重地说，"你说的只是从数学角度来看的。而在生物学角度，它还是一堆血管、脂质和蛋白质。在物理角度看来，它是巨量的分子组合物……"

5

这一年初秋，丘处机向成吉思汗请辞。

"真人，"成吉思汗大惊失色，从床榻上坐起来，"真人何出此言？"

丘处机看着眼前的君王，心里默默叹息——这曾经在马背上昼夜行军的男人，如今只能睡在柔软的绒毯里，并且夜夜咳嗽，摆脱不掉衰老的阴影。他低下头，说："大汗，我已经尽力了，试过了所有的办法，但将一支军队送上宇宙实在太过艰难。"

成吉思汗脸色苍白，额头沁出汗珠："可真人是全天下最聪明最渊博的人，咳咳，如果真人都放弃了，寡人——寡人只能把征服宇宙的想法带进坟墓里去了。"

"或许，"丘处机沉重地摇头，"去往星空并不是这个时代应该做的事情。"

成吉思汗百般恳求，在太监们的搀扶下爬下床榻，拉着丘处机的衣袖。这场景令所有人感到吃惊和动容。成吉思汗铁血一生，连母亲在战乱中去世时，他也只是面无表情地抱着她的尸身。没有人想过他会对丘处机的离去如此不舍。在丘处机身上，有了太多的例外。

但丘处机一根根掰开成吉思汗的手指，躬身行礼，挥挥长袖，转身离开了皇宫。

他又开始了颠沛流离的生活。他并不感到陌生，当初被全真教逐出，他也这样孑然一身。他从京都前往江浙一带，一路游荡，衣衫由华贵变得褴褛，胡子拉碴，头发在秋风中散成了乱糟糟的一蓬。

当他闻到空气中的海腥味时，已经是深秋时节了。

丘处机寻了一户姓乔的渔家借宿，这花掉了他身上最后的钱财。他终日坐在海边，面对潮水涨落，陷入遐想。附近的渔民都把他当作怪人——的确，从任何角度来看，丘处机都是一个怪人。

有一天夜里，乔渔夫找到了在海边如石像般独坐的丘处机，说："喂，你跟俺一起去捕鱼吧，我缺人手。这样，你帮俺忙，俺让你多住几天。"

丘处机愣了一下："这么晚了为什么还要出海呢？"

"唉，都怪大汗啊！"乔渔夫看看左右无人，抱怨道，"大汗被太

监和妖道蛊惑，好好在地上生活不行，非得到天上去！据说整个国库都被那个姓丘的妖道挪用了，他自己富得流油，却是苦了俺们老百姓。"

丘处机低头看了看自己破烂的衣裳，苦笑一声，说："那个妖道不是离开皇宫了吗？"

"他挣够钱了，倒是走得轻松，却把烂摊子留下了。其他的牛鬼蛇神看到机会，全都去找大汗了，说有办法让大汗上宇宙。大汗也是昏了头，来者不拒，听信了那些鬼法子。有个家伙说让真人上宇宙太难，干脆建一个什么虚拟网络，跟大汗的脑神经接——接什么来着——反正会让大汗体验到上宇宙的感觉。"

"是接驳，"丘处机摇摇头，"这简直是胡闹。"

乔渔夫气愤地说："可不是！偏偏大汗还相信了。现在，为了光纤材料，到处都在挖矿制作纯二氧化硅和氟玻璃。很多渔民被调去建世界网络，征的税收却没有减少，俺们只能夜里也来捕鱼了。唉，说起这些就头疼，咱们出海吧。"

丘处机无言地跟了过去。

一艘小船，载着两个人向大海深处驶去。这个夜晚海面平静无波，微弱的海风拂过丘处机的身体，让他感到些微寒凉。他裹紧衣领，怔怔地看着眼前黑沉沉的海岸线离自己远去。

"哗……哗"，船帆抖动的声音起起落落，如同潮汐。

丘处机还在发愣，猛然间看到海面上有一粒粒光点亮了起来，这一瞬间，像是有人在水里洒下了无数光的种子。他愕然抬头，然后被眼睛看到的景象惊呆了。

夜空中，漫天星辰！

或许之前有云遮盖，天地漆黑，而现在浓云飘散，数不清的星星开始闪耀。它们垂得极低，仿佛伸手可摘，海面上倒映着星辰，随波晃荡，光晕流转。这艘船，简直是航行在一片星海里。

丘处机精通天文，知道现在看到的光亮，是遥远的星辰在很久以前就产生了的。但只要一想到这些源于宇宙彼端的星光，穿过漫长的时间和距离，如同久违的情人落入自己眼中，他就感到一阵战栗。难怪成吉思汗要征服宇宙，只因这些星光便已足够。

丘处机站在船尾，仰望星光，不觉间已经泪湿眼眶。

他看到乔渔夫仍在低头控帆，问道："你看到这般美景没有？"

"什么美景？"乔渔夫扭头，诧异地看着丘处机脸上的泪痕。

"这星海一片，难道不美吗？"

乔渔夫"哦"了一声，继续划桨："看惯了，没啥子稀奇的。"

丘处机暗叹一声。确实，大多数人只关心脚下的事物，肯抬头看天上的人，太少太少。

过了一会儿，乔渔夫停船，把帆收好，说："俺让你看看什么是真正的美景。"说完，他拿出一个硕大的灯泡，挂在桅杆上，扭动灯泡底部的按钮。下一瞬间，绚彩的光亮迸发出来，照亮这一片海域。

"这是……"丘处机觉得眼熟。

"哦，那姓丘的妖道正经事没干成，别的研究倒是倒腾出不少，像这个霓虹灯泡啊，还有什么冬眠技术啊……"乔渔夫在甲板上铺开渔网后，掏出一个红彤彤的果子，边啃边漫不经心地说。

丘处机恍然。他当年为了研究稀有气体对马匹基因的影响，无意间发现通过气体放电，可以使电能转化为五光十色的光谱线。但这个结论只是他研究宇航技术的额外成果，他总结出来后便弃之不管，没想到民间已经根据这一点制作出了霓虹灯。

乔渔夫退到船尾，凝神盯着海面。丘处机奇怪于他的举动，正要发问，突然听到水面传来"哗啦"一声响动。

一尾小鱼破水而出，笔直地扑向霓虹灯泡，但上升约6米后，无力地落到甲板的渔网里。这鱼长不过一指，体态银白，有不对称叉状尾部，

但最奇特的是它鳃下长了两片硕大的胸鳍。

"飞鱼？"丘处机在脑海中搜寻，很快找到了它的学名，"尖头燕鳐！"

"看不出你这人衣服穿得破，懂得倒不少。"

越来越多的燕鳐从海里冲出来。在夜晚，它们的视力很差，只有绚丽的霓虹灯光才能刺激它们体内的趋光性。无数小鱼前赴后继，但灯泡挂在3丈桅杆上，它们够不着，噼里啪啦地落下来，像一阵疾雨。

"这些鱼可值不少钱哩。"渔夫笑呵呵地说，又咬了一大口果子。

这时，一条燕鳐疾速冲出，胸鳍振动，居然蹿到桅杆顶部，把灯泡撞得晃晃悠悠，彩光顿时迷离起来。

"这条鱼，"丘处机指着撞晕了的那条燕鳐，"为什么能飞得那么高？"

"因为它潜得深。其他的鱼下潜得不够，出来时也只能飞个3~6米高，但有些鱼肯往深海里潜，再冲出来时，乖乖，10多米都有。不过100条飞鱼里面，也只有一条能潜得那么深。"

"为什么往海里潜得深，就飞得——"丘处机随口问道，脑袋突然一闪，后面的话便吞回肚子里了。

他呆立在船尾，浑身颤抖，嘴唇里吐出含糊的音节。这一刻，他像着魔了一样。

乔渔夫吓坏了，伸手去拍他，"喂，你发癔症了？"

他的手刚碰到丘处机的肩，丘处机猛地起身，大步跳到甲板中央，张开双臂。"哈哈哈，我知道了……"丘处机大笑起来，长袖拂动，两脚错步，竟跳起了舞蹈。

整个天空和海洋都缀满了光亮，像是最华丽的舞台。丘处机沐浴在古老的星光下，在鱼群飞跃的奇观中起舞，旁若无人，状若癫狂。

直到他一脚踩在鱼背上，滑了一跤，摔到海里，这场奇怪的舞蹈才停下来。

渔夫连忙把他拉起来。

"你叫什么名字？"丘处机趴在船舷，湿漉漉的头发贴在脸上，对渔夫问道。

"俺姓乔，布字辈，在家里排行老十，"乔渔夫又掏出一个果子，咬出一个缺口，"所以名字是布十。你问这个干什么？"

"你知道吗，乔布十，今天你改变了这个世界。"

成吉思汗正在庭院赏雪，看雪落人间，不免怆然。这时，老太监匆匆来报："大汗，丘真人回来了。"

成吉思汗大喜："快，宣他觐——不，还是我亲自去迎吧。"他在太监搀扶下穿过满院落雪，看到立在门口的人后，几乎不敢相信自己的眼睛。

只隔了半年，丘处机已经潦倒到连乞丐也不如了。他出宫时长衫绣袍，潇洒风流，如今身上只有黑褐色的布条，不知是油污还是泥水。衣服破了好几处，脏污的肌肤直接暴露在寒冬冷风中，他的头发更是糟得不成样子，看一眼都会有想洗眼睛的冲动。

但他眼神是从未有过的清明，嘴角挂着微笑，与雪地对面成吉思汗静静对视。

"真人……你这是……"成吉思汗怔住了，随即恍然，大声命令侍从，"快去给真人沐浴更衣，准备膳食！"

"大汗，请让我先禀报。"丘处机上前道，"我找到能让大王驰骋宇宙的办法了。"

"真人快说！"

"大汗可知，东海之上，有一种飞鱼，能跃海而出，上升10米有余？"

"寡人听说过。"

"那大汗知道飞鱼为何能飞吗？"

成吉思汗生平最恨的就是这种说话方式，但面对淡然的丘处机，他没有半点儿生气，耐心地说："寡人不知。"

"因为鱼在水中下潜后，在上浮过程中海水压强减小，使之有了加速度，加上鱼尾摆动，最后获得了很快的速度。我想，如果下潜得足够深，飞鱼一直加速，最后破开水面的时候会不会达到第三宇宙速度，飞到外太空呢？"

成吉思汗陷入了沉思。

"这是有可能的。"丘处机自顾自地说，"既然飞鱼能，那么骑兵也能！我们只要找到一个足够长的加速途径就可以了。"

"可是，哪里有呢？"

丘处机跺跺脚，"就在我们脚下。大汗，我们把地球挖穿，形成地心通道。"

"等等，如果挖穿地球，引力由上而下减小，过了地心后，引力又会增加。人跳下去只能做简谐振动，来来回回，不能到太空。真人离开之后，寡人读了很多书，这一点还是清楚的。"

"大汗英明，但是，只要我们在地心通道周围埋设电磁线圈，然后让骑兵身穿带特定电荷的金属盔甲，跳下去后，相当于带电粒子切割磁感线，磁场会让骑兵一直加速，引力根本可以忽略。"

成吉思汗的眼睛亮了起来。他的脑海里已经栩栩如生地出现了一幅画面：他的亿万铁骑在一道深渊前排成方阵，马静人默，黑铁盔甲在烈日下闪着冷光。他一声令下，骑兵们立刻驱马前行，如同流动的海洋般向深渊滚滚流泄。这些骑兵在无底的黑渊里坠落，然后在星球的另一端冒出来，杀声阵阵，极速冲向宇宙。

"好！好！"成吉思汗激动难抑地问，"这个工程要花多长时间？"

"以现在的能力，全球人共同努力的话，保守估计，大概需要500年。"

成吉思汗的心由高峰落至谷底，大怒："你觉得寡人能活到那个时候吗？"

"能！"丘处机说，"我在研究生物改造时，碰巧研制出了冬眠剂。它能让大汗沉睡于冰川中，同时保持大汗重要器官的微弱活性。大汗可以在沉睡中度过5个世纪的时光。等工程完工，大汗再苏醒过来，带领蒙古铁骑征服宇宙。"

"那真人你呢，会跟寡人一起沉睡，见证那伟大的一刻吗？"

丘处机摇摇头："我要选定开挖点，画出施工图，定下工程技术规范。这些事会花掉我余生的所有时间，但没有别的选择，只有我才能办到。"

成吉思汗上前一步。第一次，也是最后一次，这两个男人像朋友一样紧紧拥抱。他们一个是天下霸主，一个是科学精英，原本不应有交集，此时却在拥抱中热泪盈眶。

"你还是先去洗个澡，换身衣服吧。"成吉思汗闻到一股酸臭，忍不住皱眉道。

6

450年后。

天还没亮，年轻的工人李自成就被踢醒了。

"还睡？"监工冷笑，"工期这么紧，你还睡得着？要是没有按时

完成，嘿嘿，你们都得掉脑袋！"

李自成揉揉睡眼，爬起来，默不作声地穿上工作服。其他人也被踢醒了，一边整理工具一边悄悄看着李自成。李自成轻微地点点头，然后弯腰跟着监工出去了。

李自成的工作是给地心通道的内壁灌浆，以充实岩石缝隙，增加内壁的稳固性。地心通道的修建已经持续了400多年，主体项目已经完工，只剩下灌浆了。

为了节省时间，工人的驻地就建在地心通道的中心。李自成在腰间绑了绳子，慢慢下降到灌浆孔口，小心地将钻杆探进去。

这个工作很危险。不久前，一个工人因为缺乏休息，不小心输错了参数，钻头捅穿了内壁，滚烫的液体金属从地球内核喷涌出来，当场把工人浇成铁像。在附近施工的几百个工人也遭了殃，受到不同程度的烫伤。更不幸的是，大汗王听说后震怒不已，又斩了几千个在这个工作面上施过工的人。

李自成小心再小心，一整天就盯着钻杆，不断调整，整个施工过程都很顺利。但晚上监工过来验收的时候，测孔斜发现有1度的偏差，立刻揪住李自成的头发，连扇好几个耳光。

李自成本来想说，按照丘处机定下来的工程规范手册，在1.5度以内的偏差都算合格。但他被扇得耳朵震鸣，眼睛里都是星星，说不出话来。

"小子，"监工提着李自成的耳朵，狞笑着说，"你是不是想拖工期？如果我往上报，你们整个机组都要掉脑袋！"

李自成知道监工后面还有话要说，便没作声。

果然，监工续道："上个月的份子，你们这个机组还没给。我知道其他工人就服你，你赶紧交了，我就可以查得松一点。"

"可是，"李自成说，"我们不是交了吗，每个人300帝国币？"

"那是以前的标准了，现在，每个人要交1200帝国币。"

李自成只觉得一股怒气冲上脑袋，眼睛迅速红了，说："每个人的月俸才2000，上交1200，那我们吃什么？还有兄弟要攒钱回家娶媳妇，岂不是更没指望了？"

监工嘿嘿冷笑："在大元，我们是一等人，你们是四等。你们吃猪食就够了，还想娶媳妇？"

"你刚才说什么？"李自成的声音突然沉下来，脸上阴郁，眼睛里有很寒冷的东西掠过。

"怎么着？"监工扬手又是一巴掌，再踹一脚，"还想反了不成？"

其他工人也围过来，站在李自成身后，沉默地看着监工。

"我问你，你刚才说什么？"李自成爬起来，重复道。

监工看着衣衫褴褛的工人，满脸不屑，说："我说你们跟猪同类，睡猪笼，吃猪食，还想娶媳——"

他的话没有来得及说完，因为李自成已经扑上来了，一截削尖的钢管插进了他的肚子。浑身的力气随同血一起迅速流出。

李自成拔出钢管，血顿时喷涌了出来。他的眼睛依旧在血污后面闪着寒光。

"现在，我们已经没有退路了！"他举着染血的钢管，大声说，"这个见鬼的通道工程害死了太多人，是时候停下来了。兄弟们，你们是跟我一起杀出去，用自己的手开辟一条活路，还是继续在这里被剥削？"

工人们举起钢管和榔头，互相敲击。

巨大的声响在这地球深处回荡。

7

500年后。

成吉思汗醒过来时，听到山洞外寒风呼啸。

"老家伙，"一个年轻人站在一旁，一边啃羊腿一边招呼他，"睡了这么久，终于醒了。"

"你是？"成吉思汗的声音很怪异，毕竟口轮匝肌在冰封中僵硬了5个世纪，还不能支持他流畅说话。

"我是你的后代，孛儿只斤·忽必烈。"

成吉思汗看着忽必烈：这个年轻人的头发像是爆炸过一样，张狂地向四周伸展，形似一顶蘑菇；他的衣服更是奇异，是薄薄的金属片，贴在皮肤上，不时发出彩光。

成吉思汗刚想开口问话，忽必烈上前给他注射了活泛剂。他感到四肢慢慢涌动出一股热流，肌肉群纷纷苏醒。

忽必烈引着他出了山洞，一股寒风顿时袭来，成吉思汗打了个哆嗦。

"寡人的马呢？"成吉思汗环视一周，问。

"喏，在这里呢。"忽必烈不耐烦地指着洞口拴住的一匹瘦马。这马实在太瘦，像骨架子拼成的，而且毛皮的枯褐色与荒野混在一块儿，稍不注意都察觉不了。成吉思汗上前用手一摸，老朽的马骨都扎手，"怎么是这种马，"他问，"还有，寡人的骑兵们去哪儿了？他们不是应该守在洞口等候吗？"

"得了吧老祖宗，都500多年了，世界早就变了。"忽必烈啐了一口，大声说，"我本来不想告诉你，可是你还在做美梦！那该死的通道整整修了500年，劳民伤财，花了多少钱不说，光累死的工人，就能够塞满整个通道。后来动乱爆发，帝国完了，现在都是共和国了。没有魂斗罗神马，没有骑兵，连孛儿只斤这个姓氏都被剥夺了皇族荣光！"

成吉思汗默默听着，寒风掠过，他凌乱的白发挥舞起来。500年光阴匆匆逝去，他已经是真正的老人了。

"地心通道呢，没有完成吗？"

"那倒不是，共和国建立后，人们经过商讨，还是决定继续动工。因为地心通道都快竣工了，它是人类历史上最大的工程，放弃太可惜了。现在，通道已经完成了十几年了，不过只作观光和运输。没有人疯到想把军队送进去。"

成吉思汗默默听着，嘴唇翕动，却没有声音发出来。

"幸好你冬眠的地方是保密的，不然他们肯定会把你连冰带人，活活敲碎。我是趁没人注意才把你放出来的。"忽必烈说着，拿出一套早已蒙尘的甲片，"对了，这就是你的盔甲，它能让你在通道中切割磁感线加速，抵消一部分空气摩擦，不过这么长时间了，不知道还管不管用。话说回来，你留给我们的除了耻辱和骂名，也就这个值钱了，现在还给你。"

成吉思汗接过盔甲，手在甲片上摩挲，沙沙，沙沙。

"你要是想过日子，就跟我回家，家里穷，但过得下去。"忽必烈抱着肩膀，斜睨着自己的先辈，"你要是还想去宇宙，就向南走，地心通道在那里，我就不陪你了。"

一人，一马，一副旧盔甲。

成吉思汗在荒野上踽踽独行。下雪了，雪片落在成吉思汗头上，跟头发混在一起。前方巨大的黑色建筑露出轮廓。

他开始加速。古老的控马术使垂垂老矣的马快速迈动四蹄，雪花飞扬，一条雪中的路被迅速冲出来。

地心通道的外墙有两米多高。成吉思汗猛一提缰，老马爆发最后的力气，一跃而过。

"嘿，你还没买门票呢！"大门的售票员发现了这个闯入者，朝他大喊，"别逃票，我给你打折行不！"

老马落地，"咔嚓"，不知哪条腿折了。它哀鸣着，一瘸一拐地驼着成吉思汗来到通道旁，他看见了令人敬畏的黑渊。这个通道直径长达几千米，由闪着冷光的合金浇筑而成，巨大的"嗡嗡"声在四周响起。这是通电后的电磁线圈在轰鸣。而洞口亦有呼啸之声，仿佛星球另一端的风穿涌而来，向成吉思汗示威。

成吉思汗没有犹豫，蒙住马眼，提缰向前。

他在长达12000多千米的通道里飞驰，速度越来越快，他的耳朵听不到呼啸声，只能感觉到炽热。空气摩挲着他。他纵声狂呼，一头怒发已经熊熊燃烧起来。

这个来自500年前的迟暮霸王，曾经征服了整颗星球的男人，现在以一团火焰的姿态，冲出地表，冲出大气层，将尸骨洒在了星光照耀下。

　　注：文中挖空地球的构思，来自刘慈欣的《地球大炮》和高考物理真题解析。谨以此文，向这部伟大的作品致敬。

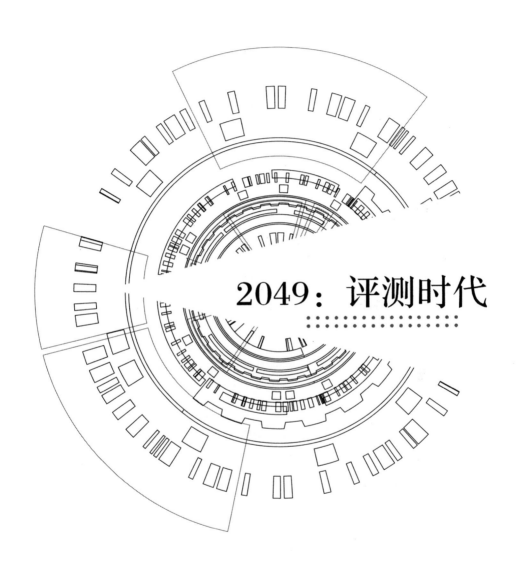

2049：评测时代

刘小姐的前男友们，是一群很奇怪的生物。刚分手时，刘小姐会很难过，夜夜梦到他们的侧脸和修长的手指、他们温柔的语气。他们是梦里甜蜜的回忆，以及梦醒后的苦涩泪滴。然而，随着分手后时间流逝，这群男人的缺点就暴露无遗。刘小姐经常会想起他们未剪的鼻毛、吃饭时粘在嘴角的饭粒，以及彻夜不息的鼾声。这些行径在此前被浓情蜜意所遮盖，即使刘小姐察觉到了，也不以为意。但如今感情被时间冲洗得越来越淡，隔得越久，长鼻毛、粘饭粒和打鼾声等缺点就越清晰。现在，刘小姐一想到前男友们，就觉得恶心。

　　刘小姐是个决绝的人，不愿跟过去再有瓜葛。但现在，她得放下脸面，去找其中3位前男友。她有事求他们。

　　这事得从上周说起。

　　这一天刘小姐加完班，已过晚上10点，她却不着急回家，起身冲了杯咖啡，又回到工位。同事们也大都没走，在电脑前捣鼓着。看来大家都有评测要写，她想，一边啜饮一边坐下，在电脑上打开EE网（类似于互联网的一种）。

　　浏览器一开，右下角便跳出一个弹窗，显示着"专业""消除"等字样。刘小姐知道这是广告弹窗，没细看，直接点了关闭选项。她要把注意力用在她的EE网个人主页上。

　　没一会儿，坐她旁边的秦女士凑过头来，瞥一眼说："咦，你怎么才两级？"

　　刘小姐说："刚注册没多久。"

"太落伍了呀。你这等级，很多评测的权限都达不到吧？"

刘小姐点头："是啊。我打算买个机器人，然后想查一下这个产品的评测。EE网不是号称万物可评测嘛，上面肯定有，结果登上来一看，我的等级还不够，查不了机器人的评测。只有多写评测才能挣积分、升等级，我得把前一阵买过的东西都写个评测，上传上去。"

秦女士会心一笑，显然她也经历过这个阶段。等了几秒，她发现刘小姐没按照她预料的往下问，只得咳嗽一声，主动把问题抛出来："你知道我多少级吗？"

刘小姐把冷笑藏在心里，脸上挂满好奇："多少级？"

"七级了。"

这次刘小姐是真的惊讶了："那得写多少评测才能升到七级呀？"

"当然少不了！吃喝玩乐，生活用品这些就不说了，反正只要购物，我就写一份评测传上去。"秦女士掰着指头说，"但这些评测太普通了，写一篇的积分不多。现在还是得写人的评测，平台才给高积分。"

"是啊，我去餐厅吃饭，吃完后也会给服务员打分。"

秦女士却摇头："不止服务员，只要是接触过的人，都可以评测。公司老板、邻座的同事、前夫，甚至地铁上的陌生人，都可以写。"

"写了对别人有影响吗？"

"那当然，EE网是顶级出资人全力支持的，不但引入了征信系统，最近绑定电话、职业和各种社交软件，还可以调用大数据来定位被评测的人。每个人都在这个体系里。就说我吧，前几天给老板——"她压低声音，还警觉地朝四周看了看，"写了员工评测。嘿嘿，这哪能给好评？我看了下老板的主页，星级低到发黑，以后再招人可难了。现在他都不敢开除我们。"

"难怪这几天他对我们态度大变……"刘小姐若有所思。

秦女士得意一笑，凑得更近了点，扫视刘小姐写的评测标题。果然，刘小姐只是把近期通过评测的产品逐一写下优缺点，再按类别上

传，每一个评测都只能挣来零星的几分。"你这样，离升级遥遥无望啊。"秦女士说，"电脑、手机、酒店，还有……咦，这是虚拟恋爱服务？"

刘小姐心里一惊，连忙关闭页面。

"对了，小刘呀，"秦女士眼珠一转，"你单身挺久了吧？"

"额……也没多久。"

"两个星期？"

刘小姐犹豫一下："3年。"

秦女士发出一阵爽朗的笑声，随即对刘小姐说："那这样吧，周末我本来跟几个朋友约好了一起玩，你也来吧，认识认识新朋友。到时候我把房间号发你。"

到了周末，刘小姐熬不住秦女士再三叮嘱，还是戴上眼镜，输入了房间号。她的四周立刻被混合现实营造的场景取代。这是一个在虚拟古堡中的聚会，七八个卡通形象的人正坐在一起，玩剧本杀。其中一个顶着女巫长袍的，就是秦女士。

"来来来，"秦女士暂停了四周的画面和音乐，向其他人介绍，"这是我的同事小刘，今天来跟大家一起玩。"

礼貌但不热烈的欢迎声在音箱中响起。

刘小姐倒并不介意。她本来就是这个圈子的外来者，她也有固定的交友圈，在新人来的时候，也是这种态度。而且她对融入新圈子毫无兴趣，只是为了给秦女士面子，所以打算玩一会儿，就随便找个借口下线。

但这个打算落空了。

在这七八人中，有一个是无脸男形象，坐在她身旁。整个演绎剧本的过程中，他一直小声提醒她，为她补齐之前错过的剧情。他声音低沉好听，有一种变声器无法模拟的磁性，像沙子缓缓摩挲，每一个字都让她耳朵发红——幸好虚拟形象为她遮盖了这一点。四周场景随着剧情变幻，配合瘆人的音乐，让她倍感害怕。但有这个无脸男陪在身边，她莫名有安全感。她完全打消要下线的想法。等剧本杀结束，秦女士又把场景设置为游乐场，所有人各自点了外卖。在等外卖时，大家各自三三两两地聊天。很自然地，刘小姐跟无脸男并排在游乐场里徜徉。无脸男介绍，自己姓杨，是秦女士的亲戚。刘小姐便明白，他就是秦女士想介绍给自己的人。她的心怦怦乱跳，但她有过经验，网上的虚拟形象跟现实可能差很多，所以她保持了克制，并没有交换联系方式。

后来大家的外卖同时到达，虽然身处地球的各个角落，但MR摄像头忠实地扫描并抓取了每个人的食物，识别出后，投放在同一张餐桌上。

大家边吃边聊，气氛融洽。刘小姐发现，无脸男先生竟然跟自己喜好一样，都点了糖醋鱼和清炒山药。

"你点的鱼，也是这一家嘛？"无脸男先生稍微凑近，说了一家店铺的名字。

这正是刘小姐点外卖的店。这说明，他们离得很近。刘小姐轻轻点头，又冲秦女士投去了感激的一瞥。

有了这破冰的问话，接下来整个下午，他们的交流就便多了起来。无脸男先生谈吐尺度把握得恰到好处，不至冒犯，更不显生疏。

总之，到聚会结束时，刘小姐似乎已经爱上了他。

而无脸男先生呢，虽然一切情绪都藏在那没有表情的动漫形象下，但他下线前，向刘小姐发送了好友申请。可以看出，他对刘小姐也颇为心动。

但出乎意料的是，刘小姐看着这个在空气中不断跳动的申请图标，犹豫了很久。窗外挂着淡黄色的斜阳，如摊薄的煎鸡蛋，一点点下滑，最后掉进锯齿般高低错落的楼厦剪影中，像被咀嚼又像被磨碎。天暗了，刘小姐叹口气，伸出手指在清冷的空气中画了个"L"形。摄像头识别了这个操作手势，将页面关闭。

是的，我们的刘小姐没有同意她心仪对象的好友申请。

等到周一上班，她屁股还没坐稳，秦女士的脸就从工位隔板的右侧冒出来。

秦女士嘴角耷拉，眉眼拱着，像被透明的丝线吊住了五官。看见这副幽怨的神情，刘小姐已经知道秦女士要说什么了，于是抢先开口。

"对不起。他……挺好的。"刘小姐说，"但我这边，还有点儿麻烦。"

秦女士的五官像一群训练有素的士兵，得了指令，即可变换军姿，让脸上的表情在半秒内从哀怨换成了义愤填膺。"能有啥事！"她大半个身子探出来，"跟姐说，姐给你搞定！"

刘小姐犹豫一下，说："我的EE网上，还有几条差评。"

"这年头，谁还能没几个差评，不碍事的！"

"是我前男友们对我的差评。"

秦女士噎了一下，身子缩回隔板。

她的沉默，让刘小姐心里也凉了半截。

正如秦女士所言，这个年代，评测影响一切。

其实早在世纪之初，评测就流行于世。最开始只是手机、电脑的评测，先买的人会总结优缺点，供他人参考。这种形式广受欢迎，又适逢自媒体时代崛起，不少企业专门做产品评测，既收获流量和粉丝，又能吸引广告和投资。再后来，评测就不局限于电子产品了，电影、游戏、化妆品、食物、酒店、景区……生活的一切事物都可以评测，也需要被评测。

这是一个充满了选择的社会，但没人愿意选错。既然已经有人替自己去尝试，那花一点儿时间了解更多信息，避开雷区，趋向正确，何乐而不为呢？依赖评测的习惯一旦养成，就像沉疴一样难以戒除。有人因此发财，也有人因虚假评测而身败名裂。评测行业像野草一样蓬勃，也像爆竹燃烧过的满地纸屑一样混乱无序。

直到2023年EE网的诞生。EE网的全称是EVALUATE EVERYTHING。

EE网出资方不仅花大量资金和技术，搭建这个巨型评测平台，还引入了公民征信系统，将每个人的信息都纳入其中，用极为复杂的算法进行整合。人们离不开EE网，因为小到衣食住行，大到找工作、选学校、进医院，都可以找到评测。以前，专业机构才能评测，现在人人都可以写，而且EE网鼓励大家写。

但凡做什么决定，不看EE网，简直就像是深夜在悬崖边行走，一不留神就会粉身碎骨。

尤其是恋爱。

EE网有一个重要的分类，就是关系评测。子女可以给父母写评测，员工给老板写评测，甚至坐地铁，可以给对面的乘客写评测……事无大小，皆有评测。而刘小姐在EE上搜索过自己，交往过的前男友里面有3位都对自己写了恋爱差评。

"一定是报复！"当她看到差评的标签时，立刻愤愤地关掉页面，"不就是被甩了吗？还在网上诋毁我！"

她没有通过无脸男先生的好友申请，就是因为那3条差评——一旦通过申请，他就能顺着社交网络，找到与她关联的EE网评分，继而查到那3条差评。谈恋爱跟买奢侈品其实一样，谁都不会在乎成堆的好评，首先去看的，就是差评。

她跟无脸男先生的开局不错。他很可能是自己的天选之人，老大不小了，遇到合适的人不容易。但如果他看到那些差评，难保不会动摇。

不行，不能让那些差评成为自己幸福道路上的绊脚石！

"好友申请的有效期是3天，"秦女士认真思考了一会，说："3天后系统就默认拒绝添加了。你要是不喜欢他，就算了。你要是喜欢，那得抓紧。"

所以，刘小姐必须得在3天内，消除掉这些差评。

她打开EE网，在泛着微微蓝光的全息界面上，重新浏览着自己的第

一个差评。

> "跟她相处，就像吃一个（虫）蛀了的苹果，从开始到结尾都很脆甜，体验甚佳。但当你知道你把那条虫也吃进肚子，再回忆起来，所有的美好就都荡然无存。那时候我们都很年轻，她吸引我的地方有很多，漂亮、身材好、学习成绩也很不错。这些都是苹果的气息，苹果也终究都会腐朽。而我后来才知道，她内心是如此古板和封建，这才是致命的虫子。"

恋爱体验评分：4分。

总结：不推荐恋爱。

评测人：罗＊＊（小罗）

提交时间：2038年11月25日－03：25

刘小姐气得拳头捏紧，指甲都快掐进肉里。

小罗，这3个字刚开始有些陌生，但它们跟楔子似的，钉进她的眼眸。由久远岁月凝结的膜被刺破，往事显山露水。她想起来了，小罗，是她的初恋。

那还是在高中时代，她跟学校文学社里帅气的学长相恋。这个过程跟所有的校园早恋都差不多，无非是青春期的悸动、对禁果的好奇，以及被周围人的影响。乏善可陈，无须赘述。唯一特殊的，是这段感情开始和结束的原因——都是对南方的向往。

在一次朗诵比赛上，他们都选择了一篇特别冷门的科幻小说——《停电了，我们去南方》，小罗先上台，听他朗诵时，她惊讶得睁大眼睛。临时改节目已来不及，她只得硬着头皮也上台，听她朗诵时，小罗惊讶得张大嘴。但结果是，两人都没有在比赛中取得好的名次，而他们得到了珍贵的邂逅。他们都对"南方"这个概念有着天真的执念，这让他们有了共同的话题和共同的理想。

刘小姐在高中时期，算得上文艺青年，但在小罗面前，还是小巫见大巫。小罗简直有刻在骨子里的文艺，对金钱不屑一顾（所以也很穷，连约会的花销，花的都是刘小姐的生活费）。他留长发，喜欢博尔赫斯，崇拜库布里克……他的所有言行都是文艺的标签。他坚信，南方才是文艺生长的土壤，而北方只有喊麦、老铁和猪肉炖粉条。

"南方的冬天一点儿都不冷。"她说。

他也附和："是啊，那边有海。"

"我想去南方读大学。你会跟我一起吗？"

"当然呀，南方也是我的梦想。"

但高考结束，填报志愿时，他却选择了隔壁市的大学。刘小姐很生气，问他："你不是说要去南方吗？怎么还是在这个寒冷的地方读大学？"

"南方是很好，但不适合我。"小罗当时的表情也很痛苦，"我去做了未来职业评测，上面说，我适合喊麦，还是北方的喊麦文化好。"

刘小姐试图想象一下他喊麦的模样。但穷尽她的想象力，也无法构建这幅画面。她心中忧郁、文艺的学长，要去每天填只管押韵、不顾任何逻辑的喊麦词吗？要对着摄像头声嘶力竭以求打赏吗？

"你真的信这种评测？骗人的啊！"她试图挽回这份感情，"你以前说过，没有人可以给我们的人生贴上标签。"

但显然，小罗对评测深信不疑。"这是大数据啊，综合我的所有上网信息，我的交友，我的家境，给我推出的最优解。"说着，他脸上的沮丧消失，双眼发光，变成了向往神色，"我以后会成为最大的主播，上千万粉丝守在直播间里，看我表演！"

他们的爱情因兴趣相投而萌生，也因理想的分道扬镳而破灭。只是刘小姐没想到，当EE网流行之后，大数据锁定他们曾经的情侣关系，小罗因此获得了评测资格，而他竟会给自己打差评。

好在这年头想联系一个人，还是很简单的。

刘小姐在已沉默多年的同学群里找到了小罗的社交账号，添加好友后，很快就通过了。

刘小姐开门见山："你把差评给我消了！"

小罗说："萍水相逢，您是？"

刘小姐说了自己的名字。小罗说："是你啊。多年故人不见，你还好吗？"

刘小姐最烦的就是"你还好吗"这种故作深情的问题，但她有求于人，也只能作出这个问题的标准回答："还好。"又问，"你为什么要给我恋爱打差评啊？"

小罗似乎在回忆，沉默了好一会儿才回复："原因我不是写了吗？当时我劝你去做未来职业的评测，说不定测出来，也是在北方好。但你不愿意，自顾自去了南方读书。你不信评测，太保守了。"

"那你呢，真的去搞直播了吗？"

"当然！我一进大学就做了主播，评测还真是准啊，第一个学期我就火了！"

接着，他发来一连串的图片和链接，都是对他的报道。其中有直播视频的截图，看数据，人气的确不错。不过刘小姐留意到，这些资料都是10年前的。

"好吧，我承认评测还是准的，你确实火过。"

"现在也很火！"

"那恭喜你，不过可以帮我把差评消掉吗？"刘小姐忐忑地请求着，而出乎意料的是，小罗居然一口答应。

小罗又说："不过，也不能白帮忙。去我的直播间刷10个飞机。"

这倒也不是不能承受。等了一会儿，小罗开始直播，果然在进行激情喊麦，声嘶力竭，脖子上青筋都爆出来了。然而，刘小姐看了一眼观众人数——7人。

其中还包括她自己。

她从鼻子里喷出一声嗤笑，摇摇头，往直播平台充值了2000块钱，换成飞机，一口气刷了进去。

全息屏幕里，小罗顿时如打了鸡血，连扇自己10个耳光，两眼通红，大声道："感谢刷飞机的——大哥！有道是，紫金锤落雷声起，你恩情于我重如泰山举……"

刘小姐看到自己的ID一瞬间跃升至榜首，成了小罗专属的"榜一大哥"，只觉得连ID都被玷污了，连忙将账号注销。

小罗虽然不靠谱，但好在还是守信用，没多久就取消了差评。刘小姐心头稍宽，又点开EE网的第二个差评。

"徒有其表！自私自利，恋爱期间，浪费了很多时间在她那些奇差无比的口味上。"

恋爱体验评分：1分。

总结：坚决避雷。

评测人：李**（小李）

提交时间：2040年7月6日-12：00

不必回忆，她就知道此条差评来自她大学时期的男友。

这个小李，在系里是出了名的忠厚老实，而且做事一板一眼。当他把精力用在学习上时，他就成了排名前几的学霸；当他被刘小姐的一颦一笑迷住时，他的追求就变得格外执着。刘小姐本来不喜欢这类型的男生，但禁不住死缠烂打，加上那一阵也挺孤单，便答应了。

跟小李在一起后，他们也曾度过一段幸福的时光。他们参加社团，去看电影，去旅游，甚至还一起选修了许多课程。这些约会都还算美

好，每次结束，他们都会去EE网上给社团、电影或演出，甚至教课的老师写评测。

问题就出在这些评测上。

有一次，小李提出，想看一下刘小姐的评测内容。两人便交换着看了一下。结果，小李没看几眼就脸色发青，胸膛剧烈起伏。"你写的评测怎么这么没有水平！"他红着脖子骂道——刘小姐简直能断定：要是自己不忠诚被他抓到，他也不会生气到这种程度。

所以，那一瞬间刘小姐还是有点懵，问："怎……怎么了吗？"

"我们上次去看的电影，那可是查大师拍的！在豆酱网上，这片子评分8.9，你怎么写评测就只给了两星？还有，我们去参加的科幻协会！这破协会，又没活动又没成绩，一点儿都不好玩，在学校评分上都快零分了，你给的居然是满分？"小李的手指逐一在屏幕上划过，指尖都在抖，"这节课，《科幻小说创作理论与实践》！上课出了事故，学校把课都停掉了，你还给好评！这个舞台剧，大家交口称赞，你还写了3000字的差评？"

刘小姐简直不可思议："你就因为这个生气？每个人的体验都是不一样的呀！"

"这还不严重？你看看我的评测，跟主流评价几乎一模一样，我的评测判断才是正确的。"说着，小李长舒口气，"以后啊，还得我带着你，每次约会完，我们复复盘，多交流，让你的品位也提升一下。"

说完他还点点头，似乎在为宽宏大量而略感得意。

然而，刘小姐提了个更简单的建议："你有病吧，咱俩赶紧分手。"

这样的人，给自己写恋爱差评并不出奇，现在难的是，怎么让他取消差评呢？在刘小姐印象中，小李自以为是，油盐不进。接下来的一天里，她尝试了许多方法——自己去恳求，提出报酬，甚至去找其他大学同学说情，都无功而返。

幸好就在她对着电脑屏幕上的聊天框一筹莫展时，一个弹窗跳了出来。又是浏览器的广告。她下意识想关掉，但眼角像被线牵着扯了一下似的，目光又瞥见了那几个关键词。

"专业""消除"，还有"差评"。

专业团队！帮助客户消除EE网上的差评！

刘小姐将信将疑地点开链接，一个风格浮夸的网站顿时在眼前铺展开。这家公司叫"洗白白"，主营消除差评，服务对象涵盖商家和个人，公司旗下拥有多位资深差评删除师——这个职业由来已久，本世纪初就有人专门在网店购物后给出差评，必须收费才能删掉评论。这些人被"洗白白"雇佣，成为行业的"正规军"，专门消除EE网上的负面评论。

刘小姐查了下公司履历，发现这公司早先竟是生产洗衣粉的，后来老板觉得帮人洗白比洗衣更有成就感，就调整了业务方向。

"恋爱差评能消掉吗？"刘小姐加了"洗白白"的客服之后，问道。

"亲，当然可以。"客服回道，"我们是专业的。"

接着，客服推荐了一位差评消除师跟刘小姐联系。刘小姐便把小李的评语和个人信息发过去，差评消除师评估后，给出了报价。

"啊？"刘小姐都愣住了，"300元？"

"如果您觉得贵，还可以商量。250元？"

刘小姐只觉得太划算，连忙下单。不到两小时，她就收到短信，提示她本单完结。她上EE网一看，果然，小李的差评已经不见了。

"太厉害了！"她给差评消除师发消息。

"谢谢亲。您的满意体验就是我的动力。"

"我想问一下，是怎么让他删掉差评的呀？"

"我打了他一顿。油盐不进的人，打一顿就好啦。"

"噢……"刘小姐一时语塞。

这位差评消除师说："记得给我五星好评哦。"

本来第三个差评刘小姐也想请消除师来解决，反正也不贵。她之所以没有这样做，是因为这个差评唤起了她一些久远的回忆。

"回忆里，甜蜜与苦涩交织。"

恋爱体验评分：5.9分。

总结：需谨慎建立亲密关系。

评测人：张*（小张）

提交时间：2043年7月6日 - 18：00

在刘小姐的前男友中，小张可以说是唯一回想起来还会让她有一丝甜蜜和遗憾的。

小张是刘小姐的上司。小张在工作中决策果断，行事雷厉风行，跟刘小姐在一起时却语气宠溺，满足她的所有要求。这种反差增加了他的魅力。他把刘小姐的前男友们都给比了下去，让她的恋爱体验拔高一大截。

那他们为什么分手呢？

在他们恋爱两年后，结婚的事情摆到了台面上。其实刘小姐已经答应了小张的求婚，但那天晚上，她心血来潮，去婚恋网上做了一次夫妻评测。

结果两人的匹配值特别低。刘小姐在电脑面前傻眼了。

"这种评测，"小张见她态度犹疑，也急了，"你还真信啊！"

"你你你！你看，评测结论里就说我俩性格不合，一碰上大事就容易吵架。你以前都不凶我的，现在这么急！这不是让评测说着了吗！"

一场争吵在这个夜里爆发。此后的日子也似乎中了邪，评测里面关于他们负面的结论，逐一印证。最终，两人分道扬镳。

只是，在很多个独自难眠的夜里，刘小姐会忍不住想：到底是他们的分手印证了评测的准确性，还是评测种下了一根刺，导致他们分开？

这个问题当然没有答案。但现在，看着小张对自己的评价，刘小姐再次回忆起跟他恋爱时的甜蜜。于是，她联系到了小张。

巧的是，小张就在本城出差，下榻的酒店离她并不远。

"噢，可以消除差评呀，我本来……对你并不怨恨。"小张说，"当初的时光，还是很美好的。"

这句话让刘小姐也心生感激。她刚要道谢，小张的消息又发了过来："不过，你可以先来我这里吗？我有很多话想跟你说。"

刘小姐的第一反应，是拒绝。但她的手指悬停在屏幕前，似乎不听使唤，回复道："那等我下班。"

这个夜晚，刘小姐很开心。小张的谈吐与回忆里一模一样，连衣着都未变。仿佛这些年的时光并未发生。他请刘小姐在高档餐厅吃饭，摇曳的烛光把气氛也晕染成了暧昧的绯红色。他讲的笑话也恰到好处，让刘小姐总是会心一笑。他握着红酒杯的指节依然修长。他当着刘小姐的面删掉了恋爱差评。

小张和刘小姐在满足和欣喜中入睡，睡前的最后念头是：当年的评测是不是错了呢？那现在和好还来得及吗？

不过，当第二天早上刘小姐发现了小张藏在裤兜的结婚戒指时，昨晚那些问题就不重要了。她的脸因愤怒而赤红。她一巴掌扇醒犹在睡梦中的小张，骂了句脏话，就逃离了狼藉一片的酒店房间。

刘小姐从酒店出来时，天还未亮，她心情低落。但今天是工作日，她拖着踉跄的步伐，乘悬轨去往公司。半空中，路灯和全息广告弥漫成一团，像被污染的朝霞。悬轨穿梭其间，刘小姐坐在窗边，脸上被灯光染得五颜六色。她的眼睛一会儿明亮，一会儿幽暗。停了几站后，车厢里的人越来越多，座位不够，刘小姐周围都站满了人。她仰起头，看着这一簇簇拥挤的人群，这些人脸上要么死气沉沉，要么布满焦急。想必，他们身上都背着多如牛毛的差评吧。

刘小姐的心情突然就变好了。

她一直坐到终点站，车厢又由拥挤变得宽松。到站后，她慢吞吞地

站起，下了车。此时她脑中只剩下消除差评后的轻松和得意。

回到工位，她泡了咖啡。秦女士走过来，怔了下："昨晚没睡好？看起来挺累的。"

"噢，没有……我睡得很好啊。"说是没有，但刘小姐还是起身去卫生间补了个妆。看着镜子里的自己由憔悴变得精致，她心情更佳，哼着歌儿回来。

秦女士看她一眼，欲言又止。她知道秦女士的意思，点点头。

我们消除了所有恋爱差评的刘小姐，打开EE网。无脸男先生的好友申请还在，虽然页面上有效期已经只剩不到一个小时了。刘小姐抿着咖啡，点击了"通过"。

下一秒，页面闪烁，无脸男先生的头像从淡灰变成彩色，以一跳一跳的动画效果，滑进她的好友列表。

在浩瀚无际的网络海洋里，她跟无脸男先生终于彼此锚定。在这个时代，一面之缘、倾心之交，甚至肉欲欢好，都不如数据交融产生的联系更稳固。他们现在是EE网的亲密好友，对彼此开放权限，这也意味着，此后的人生他们也可以互相信任，携手……咦，等等？

刘小姐的眼睛像被针蜇了似的。

她看到了差评的图标。

她放大页面，点开图标。是的，无脸男先生的感情页面上，也有两个差评。

刘小姐刚喝了口咖啡，只觉得又苦又涩，连忙将咖啡吐回杯里。又把杯子直接丢进垃圾桶。旁边的秦女士看到，颇为诧异，问她怎么了。她懒得回答，坐回屏幕前。那两个差评仍在页面上闪烁，但变得更刺眼了。她连差评的链接都没有点开，撇撇嘴，直接将无脸男先生从好友位删掉。

"什么嘛，原来也不干净……"

刘小姐小声嘀咕了句，然后关闭页面，投入接下来一整天的忙碌工作中。

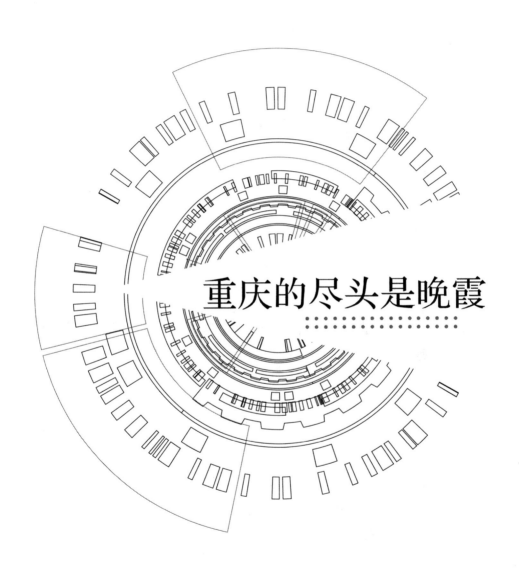

重庆的尽头是晚霞

1

　　阿珵最受不了的，是重庆的冬天。那是真冷，穿再厚的衣服，都挡不住寒气入骨。但嘉陵江断流的那天，她还是顶着冷风，跟奶奶一起挤在洪崖洞的临江栅栏前，看着大闸下落，悲壮地斩断了这条绵延上千千米的河流。

　　在轰隆隆的水声中，奶奶的眼泪也掉下来，颤巍巍地说："看了一辈子的嘉陵江，这下没了，往后可怎么办啰？"

　　阿珵无奈宽慰道："嘉陵江不在了，还有洪崖洞嘛。"

　　"没了江，洪崖洞也就不是洪崖洞了哦。"

　　阿珵朝四周看。已经有点晚了，著名的洪崖洞灯光渐次亮起，视野里遍布着五颜六色的光。再往江里看，水面上也荡漾着同样的色彩。奶奶说得没错，有江水映衬，洪崖洞的灯火才显得辉煌又迷离，或者用那些外地人的说法，很赛博；一旦失去嘉陵江，恐怕这里只会成为光污染。

　　"您还是别想这个了，真要操心的，还是搬家的事。"

　　"什么搬家？"奶奶问。

　　"怎么又忘了哦！"阿珵有点头疼，说，"大家都要搬，我们也快了。现在有好几个地方可以选，您要去武汉，还是郑州？"

　　奶奶眯起眼睛，在迷雾般的记忆里搜寻。阿珵知道她又开始健忘了。奶奶的病时好时坏，有些时候连自己是谁都记不得，在阿珵印象中，奶奶总是独自缩在小屋子里看着窗外的轻轨来来回回。所以当奶奶提出要来看嘉陵江断流时，她十分惊奇，以为奶奶有好转，所以哪怕再忙再怕冷，也陪着一起来。

但大闸落下的一瞬间，奶奶的清醒也似乎被随之斩断。她只得再解释，说这是政策，为了躲避灾难，城市需要清空。

"什么灾难？"奶奶问。

阿珵说："地震。"

奶奶眯着眼睛，摇头说："兵荒马乱，天灾人祸，重庆啥没经历过？一地震，人就要跑光，我不信。"

其实阿珵也很难相信。但她见过地震的远程俯拍视频，板块碰撞的能量轻易吞噬了那些城市，许多人都没来得及逃走。而根据预测，10年之后，一场代号为"乱马"的地震，也会使重庆面临同样的结局。

但奶奶不听。

"要走你们走，反正我的根就在这里。"她抖着嘴唇，看起来甚至有些愤怒，"我做了一辈子小面，住了一辈子重庆啊！"

这一对婆孙的争吵，引来了周围人的侧目。旁边一个高瘦的年轻人也多看了她们几眼。

阿珵有些懊恼，刚要一一瞥回去，这时，江两岸的抽水机启动。轰隆隆的声响盖住了一切声音。

要截断重庆域内的嘉陵江段，工程量浩大，不仅需要在合川和洪崖洞各修一道堤坝，阻断上下游，还得用抽水机把中间段的积水抽干。这意味着，周围居民至少在接下来的半个月里，一直会被发动机的声音困扰。而这只是"金刚计划"的第一步。一年以后，长江段也会被截流，水流将被引至别处。

虽然江水的下降肉眼难辨，但抽水机的声音还是意味着两江之水的离去已经开始。重庆依江靠山，离开了江，只剩下形单影只的山了。

周围一片喟叹声，也夹杂着跟奶奶一样的幽幽啜泣。

到晚上江边就更冷了，江面上寒意弥漫，阿珵裹紧羽绒服，想着也该回家了。这时手机一震，是程亿的微信，问她在哪里，又说其他人都陆续到包厢了，让她快点去九街。但她在寒风中目睹了从小看到大的嘉陵江断流，的确没有心思再去蹦迪，便推说累，今天就不去了。

20秒后，程亿的电话打来了。

程亿就是这样，毫不拖沓，强势，自己的安排不容被打断。何况今天到酒局的人，有不少是他工作上的朋友，对他事业大有裨益。这种局，作为女朋友的确也应该出现——尽管她也知道，自己对证券知识了解不多，而他们也没办法跟自己聊奏鸣曲，她无法融入他们。但融不融入并不重要，她只要出现，她的样貌和气质就会为程亿带来加持。

次数一多，再热闹的聚会都会无聊。

"今天陪奶奶看嘉陵江，以后就看不到了。"阿程解释道，"你们玩吧。"

"不就是一条江吗，还没看厌？"程亿还要再劝，这时手机里传来了男男女女的吵闹声，应该是他的朋友们到了。他便埋怨地哼了声，挂断电话。

阿程如释重负，放下手机。是该回去了。她往后去拉奶奶的手，刚捏紧，忽然觉得手感不对。

奶奶的手瘦而干瘪，而她握住的这只手，宽厚，还带着温润暖意。

她转身一瞧，果然拉错人了。对方正是刚才看她们争吵的年轻人，比阿程高一点，戴着眼镜，手僵在空中，脸上带着少许错愕。

"对不起对不起，认错人了。"阿程连忙道歉。

对方笑了笑，没说话。

倒是很有礼貌，礼貌可以化解尴尬。阿程这才意识到手还没有松开，一边松手，一边转头去找奶奶。如果这时她能带着奶奶离开，也不会发生后面的事，蝴蝶振翅，重庆会成为一座地震中的废墟。但我们的故事总是充满意外，因为她一转身，就发现奶奶不见了。

2

罗生从未来过重庆。他对重庆的印象只是辣，食物辣，人也辣。前者从火锅可以看出，后者——眼前这个重庆妹子就是最好的证明。

"我奶奶呢！"女孩尖叫。

她并未意识到，尖叫的时候，刚松开的手又抓了回来。抓得比上次更紧，指甲都快嵌进罗生的掌心。

罗生疼得眼角一抽："刚刚还在这里，应该没走远。你可以给她打电话。"

"她没有电话。"女孩眼睛睁圆，漆黑瞳孔映入了洪崖洞的灯光，"她都不记得回家的路！"

"别急。"

罗生踮起脚，四周都是黑压压的脑袋，每张面孔看起来都一样。人群有一种吞噬性，1分钟前，那个瘦小的老太太都还在旁边，现在已经完全看不到人影。

女孩不停地问周围的人，而周围人都在摇头。人们沉溺于宏大场景的震撼和其背后的伤感，无人留意一个默默哭泣又默默离开的老妇人。

罗生伸出另一只没被抓住的手，以别扭的姿势拍了拍她的肩膀："那就去看监控。"

"哦哦，对！"女孩又问，"监控在哪里？"

罗生说："跟我来吧。"两人穿过人群，来到街道办，因天色已晚，办公室里只有两个懒洋洋的中年人在值班。听说要调监控，值班员不情愿地掏出一张纸，说："监控也不是随便就调的，得走这个流

程。"罗生一看，上面至少有3个签字栏需要填，分别对应3个不同的部门。他转头看向女孩，发现对方一副快哭了的样子。

他默默叹息一声，说："你等一下。"

女孩点点头。罗生掏出手机，侧过脸，低声打了个电话。女孩有点无措，又去央求那两个值班员，对方却无动于衷。

"规矩就是规矩嘛，哪能随便改。"一个说。

"对啊，我建议你还是先报警。"另一个说。

这时，罗生已经放下手机。电话还没挂，他把手机递给值班员，后者将信将疑地接过来，不到半分钟便脸色大变，不住地嗯嗯点头。另一个值班员也是识趣的，不等电话结束，便已经开电脑调取监控了。

在高清摄像头下，要找一个人并不难。他们很快看到奶奶是逆着人群往外，到街边，穿过一整排灯火迷离的商铺，进了一条小巷。

巷子口挂着各种各样的招牌，都是零食小吃类。

女孩"噢"了一声，"我知道她去哪里了！"

她脸上的慌乱一下子消失了。罗生便也点头，看了看自己的左手："那现在可以把我放开了吗？"

女孩太紧张，从江边到街道办，抓着他的手一直没松开过。这时她才如梦初醒，终于松开，并且连连道歉。

罗生看了看手掌，一行清晰的指甲印在掌心，要不是有一层茧护着，怕是已经见血。女孩也注意到，脸上露出愧疚的神色，所以在她开口再次道歉前，罗生抢先问："你奶奶去哪里了呢？"

"那条巷子有一家小面馆，小时候她经常带我去吃，还教我怎么做小面。"

这么一说，罗生也有点饿了。现下正是饭点，他忍不住问："好吃吗？"

这个问题刚出口他就后悔了。一个老人，连她自己和孙女都会忘掉，却还能记得去那里吃面……要说难吃，那肯定不可能。

于是，16分钟后，他和女孩就一起来到小面馆。奶奶果然坐在昏黄的灯下，身姿端正，一头银发上流转着昏黄灯光。她一口一口地把冒着热气的面条吸溜进嘴里。这场景莫名温馨，又勾起人的食欲。罗生和女孩本来还带着怨气，看到后顿时平静了，分别坐在老奶奶左右两边，也默默捧着一碗面，吃得热火朝天。

这就是罗生认识阿珵的经过。很多事就是这样，种瓜得豆，插柳成荫，他来重庆是因为阿肖的邀请，要参与一项绝密计划，来的第一天却遇到了令他心动的女孩。面吃完的时候，他犹豫要不要加个联系方式。

"对了……"他用筷子搅着面条，这样开场。

这时，阿珵的电话响了。

"来不了，"她听了几句，皱眉道："你们玩吧，我陪我奶奶。"

电话里又说了几句，似乎在道歉或恳求，阿珵的声音也变软了，半哄半撒娇地说："好嘛好嘛，你别这样。你们要是转场的话，发我个位置，我赶过来。"

罗生松开筷子，搅成一团的面条顿时散开。他低头无声地笑了笑。

打完电话，阿珵想起来，问他："你刚刚要说什么？"

"面条太好吃了，我想再来一碗。"罗生说，"你请？"

"当然我请！"阿珵点点头，很开心的样子，叫老板再上两碗面。罗生吃了一碗，阿珵自己也吃了一碗。罗生还好心提醒她，说你待会儿有局，别吃太多。阿珵头没抬，摆摆手，说聚会都是光喝酒，又吃不了东西。

这应该是他们在今晚的最后一句对白。吃完后，罗生还没放下筷子，手机便响了。他一边接电话，一边冲阿珵示意。

阿珵含糊地"嗯"了声，继续吃饭。

罗生站起来，走到一边，说："阿肖？"

"你是不是已经到了？"电话里连珠炮一样迸出一大串语句，"刚刚我爸给我说，说你找他帮忙打招呼，要查什么监控，这事儿你找我啊！我来重庆快10年了！你真不够意思，来了都不给我说，我本来想着去接你呢。"

"听说，金刚计划可能有变数，我就提前结束休假了。"

提到金刚计划，电话那边的声音顿时变小："嗯，很多事情都不顺利。还是见面说吧。"

"好。"

"你在哪里？我过来接你。"

罗生朝巷子对面的女孩看了一眼。或许是因为冷，或许是因为饿，她还在认真吃面。她的奶奶在一旁慈祥地看着她。

"算了，我来找你吧。给我发个地址。"说完，罗生后退两步，没入洪崖洞那些缤纷灯光背后的晕影中，身影立刻被融化。

阿肖发来一个金海湾公园附近的定位，罗生查了一下，还是轨道交通方便。他搭乘6号线，列车在重庆的土地与江面之上飞驰。城市的夜晚本来大同小异，但重庆还真不一样，它依山而建，高楼坐落在高高低低的错落位置，弯坡随处可见，高架桥重重叠叠。其他城市如同璀璨的沙盘，俯视下去一目了然；而重庆，更像灯光通明的蜂巢，是立体的，从任何角度都无法窥视全貌，只有在它的内部穿行，沿着高架，沿着弯曲起伏的街道，沿着穿楼而过的轻轨，才会领略这份独属于江城的复杂和通透。

罗生是学建筑的，偏城市规划，求学时游历过许多城市：由石窟堆叠而成的石头城马泰拉，波光潋滟的水上城市威尼斯，沙中都市拉斯维加斯……刚开始，他惊讶于这些与地势和文化完美契合的建筑集群，后来这种惊讶感就变得麻木，纯以专业视角来调研它们。但现在他笼罩在重庆的光与影中，穿梭在洞与桥间，再次被惊异和叹服攫住心神。

只是……可惜这么伟大的城市，会在10年后毁于地震。

1个小时后，他来到金海湾公园。阿肖早已在门口等着，一见罗生，就张开怀抱，狠狠抱了过来。阿肖没变，喜形于色，依然是那个跟他一起在院子里长大的热情男孩——尽管他另一个头衔，是金刚计划最大外包商的负责人，权力极大。

"你总算来了！"阿肖松开臂膀，大力拍了拍，"怎么还是这么瘦，又跟以前一样，只顾学习都忘了吃饭？"

罗生被他的笑容感染，心情也好了许多，说："怎么会？我刚刚还吃了两碗面，重庆小面真不错。"

"面怎么行！我得请你吃顿好的，店都定好了，重庆顶级的饭店！走，吃饱了都得再吃一顿！"

罗生看着这位故友，发现他虽然一脸嬉笑和热情，眼角却有掩不住的疲态；又想起电话里他突然拉低的声音和叹息，隐隐掠过一丝不祥。"对了，你说很多事情不顺利，"罗生问，"怎么回事？"

阿肖脸上的笑容一丝丝隐去，顿了顿，他凑近来，在罗生耳边说："提前了。"

"什么？"

"板块位移在加剧，最近的数据分析出来了——大地震要提前。我们的时间不多了。"

"不是说还有10年吗？"

阿肖摇摇头："只剩5年了。时间紧迫，他们正在重新论证金刚计划的可行性，一旦取消这个计划，重庆真就要毁掉了。"

3

大灾变提前了。

最开始阿珵以为这是谣言，没在意，还是照常去学校上课。但难以忽视的情况是，班上的学生越来越少，到4月份，教室一半的位置都空了。

她是教高中音乐的，原本这批孩子面临高考压力，在她课堂上，歌声可以疗愈他们被试卷戳得千疮百孔的心。她相信音乐有这种力量。很多时候，她带着学生一起歌唱，但现在，歌声逐渐微弱，一如这座城市。

"老师，我明天也要走了，最后一堂课，还想听您唱歌。"有一天，阿珵最喜欢的学生对她说。

初春的阳光透窗而入，教室里的十几张脸都有些惨然。阿珵勉强笑了笑，说："干吗这样，只要世界还没有毁灭，我们就应该歌唱。"

她带着学生，唱了一首《Mojito》。这是欢快的歌曲，歌声在空旷学校里回荡，歌声落时，正好下课铃声响起。

那名学生站起来，没有收拾课本，起身跟阿珵道别。

"对了，不只是我，"走前，学生说，"他们也陆续都得走，很快学校都要停办。老师，你也早点走吧。"

"你们是听到什么消息了吗？"

"我爸打听到的，乱马要提前了。他弄到了躲到天津的名额，我们得赶紧过去，不然可能等到了天津，分给我们的房子都给别人了。"

阿珵点点头。

学生说得没错，这的确是她的最后一节课。还没到放学，她就接到了课程暂停的通知，其实学校也没完全停办，到7月学期才会结束，继而关校。只是在一众学科里，音乐课向来不受重视，她的课便最早停课。

好在直到停学前，工资还是照样拿。因此，阿珵有了一阵很长的空闲期。她打听到消息，的确，地震提前的事情几乎板上钉钉，不仅是企业，市民们也在陆续撤离重庆。这座城市正逐渐变得空荡。

她本来也计划走，很早以前，程亿就跟她一起申请了去澳大利亚避难的名额。但就在5月的时候，奶奶突然病重，住进重症监护室，无法颠簸远行。

仿佛城市的命脉与奶奶的身体息息相关，一荣俱荣，一衰俱衰。

"你就让奶奶住在医院。"一次晚餐时，程亿劝她，"医护人员是最后撤离的，你放心，他们可以照顾奶奶。"

"但奶奶只认得我，我要是走了，她一醒过来就会慌。"

"可大地震快来了，而且，说不准啥时候就先来一波小震。你还记得达拉斯吗？地震也提前了，前面几波小震就埋了不少人。"

阿珵点点头。她知道程亿说的是对的。这场源自地心能量爆发的大灾变，西南地区和部分欧美城市只是前奏，大地震最终会波及所有大陆板块。但那也是很多年之后的事情了。对川渝城市来说，接下来的5年就会面临终极考验。空前的撤离已经开始，但她想起那天看到嘉陵江落闸，说："不是还有金刚计划吗？他们要加固城市，防止冲击。"

程亿鼻子喷出一口气："金刚计划？那就是浪费纳税人钱的天方夜谭，时间来不及，马上就要取消了。"

"这里……真的没救了吗？"

程亿笃定地点头："这里肯定是待不下去了。早一天走，就早一天安全。你也看成都的新闻了吧，那边每天出城的车都堵满了，不愧是川A大军。"

"那我就更不能走了。"

阿珵从小和奶奶相依为命，现在奶奶在医院里无法转移，重庆危险的话，留下奶奶独自去往海外，她做不到。

她以为这样拒绝，程亿会跟以前一样生气。但很奇怪，听到她的话后，程亿只是点点头，又专心地切着牛排。他们处在商场的顶楼，透过整面玻璃窗，能看到对面的国金中心。夕阳正在落下，所有建筑的外墙上，一道道红色的光在游移。

"阿珵啊，你还记得我们是怎么认识的吗？"他突然说。

阿珵一愣，"我代表学校演出，你在场。我记得我们是那时候认识的。"

程亿一边咀嚼带着淡淡血丝的牛排，一边说："是啊，我在台下听到你唱歌，就想着，要认识这个声音的主人。你的歌很好听，但歌声在舞台上才有意义，就跟人一样。如果你留在这里出了什么事情，你奶奶就算治好了，你觉得意义大吗？"

是这样的道理，但阿珵无法被说服。

程亿把牛排吃完，说："其实，我也很久没听你唱歌了。"

这顿饭结束的时候，阿珵有一种预感，她和程亿的关系应该就此结束。后续也的确如她所想，她在医院里照顾奶奶的时候，收到了程亿的信息。他已经出国，远离了灾难，生活会重新开始。

她想回个"哦"，后来想想算了。病床上的奶奶逐渐憔悴，医院外的城市越来越空旷，在大灾难面前，儿女情长似乎没那么重要。

这段时间她往返医院和家中，肉眼可见，街道上的车辆逐渐稀疏，轻轨上也不再人群密集。

她的朋友们也都走了，独处时间变多。有些朋友还是关心她，一直在劝她离开，听得多了，她也开始认真思考这件事。

之前是因为程亿的关系，她能占一个去往海外的名额，但现在延误，那个分给她的小房间已经被占。

其实到现在，她对世界何以沦落至此这件事，始终没有概念。她在重庆长大，生活普通但安逸，然而突然有一天，地质板块即将大规模、无规律移动的消息在民间流传，继而被官方承认。紧接着，生活就开始被这个消息啃噬，变得面目全非。她的朋友们比她更早适应变化，纷纷离开，只有她，还留在空荡的轻轨上，看着逐渐寂静的山城和晚霞。

这种生活从春天一直持续到秋天。之所以结束，是因为奶奶的病情突然恶化，加上医疗人手缺失，在又一个冬天来临时，她咽下了最后一口气。

临走前，奶奶突然有了精神，问她："屋里头怎么样了？"

家里已经空了。不只是家，整个小区都没多少人了。阿珵点头说："很好啊，大家都在等您病好了回去。"

奶奶很高兴的样子："我快出院啦，你看我这么有精神头。我都住半个月多了，你又不爱打扫，屋里头肯定都乱套得不行。"

阿珵把叹息压回肚子里，说："好，医生也说您快好了。"

奶奶又絮絮叨叨一会，突然安静下来。病房里掉针可闻。奶奶说："不好意思啊，拖累你了。"

"怎么会！"阿珵也慌张起来，下意识想叫医生。

"我走之后，你也快点走吧。重庆已经跟以前不一样了。他们说，嘉陵江断流，长江也截了，洪崖洞再没亮起过灯。城里头，人都逃得差不多了，我在这里住了一辈子，没想到会看着它毁掉。就是，我教你做小面的技巧，别忘了，永远别忘了。只要会做面，在哪里都能吃饱的。"

这是奶奶说的最后一段话。说完后，疲倦以肉眼可见的速度爬上她的额头，她喘息着，仿佛花光了全部力气。她微闭眼睛，便缩回被子里休息。后来她的眼睛就没有再睁开。

奶奶去世后，阿珵按照奶奶生前的喜好，把奶奶的骨灰带到缙云山，埋到山顶。

这一天正巧是年末，天气依旧是重庆惯有的阴冷，夹杂有游丝般的雨丝。她没带伞，垂着头，抱紧骨灰盒，找到了奶奶最喜欢的半山腰凉亭。

缙云山离主城不远，以秀美山景和滋养温泉闻名，阿珵小时候被奶奶带过来，总是很热闹。尤其碰上过节，简直人挤人。但今天整个山上安静极了，只有树木在风中的幽泣，景区门口连保安都没有。也是，在大地震的威胁下，重庆城区都快空了，缙云山更是只能成为荒山。

所以阿珵就找了个泥土软些的地方，挖个小坑，将骨灰放进去。

没承想之前还蛛丝一样的雨，地都打不湿，不到半小时就开始变大。阿珵在凉亭里躲会儿雨，眼看着天色越来越暗，远处山下的城市亮起灯火，虽然稀稀拉拉，还是要比平常热闹。她这才想起，原来明天就是新年第一天，是惨淡年代里为数不多可以用来庆祝的理由。

但她想起朋友们都已离开，一时意兴阑珊，又转了个方向，发现在南边，也有一个光点亮起。相比城市灯火，它有点孤寂，小小的，在雨中似乎随时会灭。

这时雨已经小了许多，她踩着湿润的泥土，回到停在景区门口的车里。但她一边哈着气，一边启动车，又往两个方向的光亮看去。鬼使神差地，她调转车头，没有回城，而是向着那一点孤单微弱的光亮驶去。

4

这一年，罗生很忙。

他和阿肖在重庆各个部门间奔走，有时候还得去往北京，试图说服掌握更大权力的领导。他们已经熟悉了每个部门的套路，谁在推诿，谁真正有兴趣，通常第一句话就能看出来。罗生经常还觉得自己是社恐，但一年下来，早已锻炼成老油条。他和阿肖相互配合，一个讲技术，一个讲商务，但到年末时，金刚计划还是确认被取消。

"钱不是问题，目前已经投入了近100亿元，要再加也不是不行。反正城市都没了，钱以后用到哪里呢？"戴眼镜的精瘦领导叹息一声，眼睛里也满是血丝，"但是震级太大了，巴黎也试图用过类似的方法，还是在地震中被毁。我们在做一件没有意义的事情。"

"但重庆跟巴黎不一样！"罗生接着解释，"从地质到城市构建，我们都有优势！"

"那你们的金刚计划，能抗住大地震的概率是多少？"

阿肖冲罗生使了个眼色，罗生犹豫一秒，还是说出了实话："17.42%。"

领导把眼镜取下来，用软布摩擦上面的雾痕。"这个数字是什么意思，就不用你分析了。我们做的决定，也不用跟你们解释了。"他说，"走吧，你们也走吧，你们都不是重庆人。"

离开后，两个人都有点沮丧。

阿肖先缓过来，又拍了拍罗生的肩膀："还是不好意思哈，叫你过来，浪费了1年时间。"

"你也要放弃了吗？"

阿肖潇洒一笑："也不是放弃！做生意嘛，哪里不是做，重庆不行，我们去其他地方。我爸联系上了伦敦，那边还有10多年才地震，完全来得及，我们去那边再来一次金刚计划吧。"

金刚计划虽然名称很中二，但言简意赅，就是在各个环节加固城市，令其稳如金刚，以在地震中保全。正是因此，凡是有碍于城市稳固的建筑或自然景观，都得拆除，所以嘉陵江断流，长江也被截断了。但

罗生摇摇头，"我是工程师，来援建金刚计划的。"

"我听说不是停了吗？"

"是啊，所以我也得回家了。"

两个人沉默了一会儿，但也都没有要离开的想法。罗生往后看了看，长长的道路驶入黑暗，在火光隐约照亮的地方，有一座巨大建筑的影子。

"你是不是也要离开重庆了？"罗生想起来，问。

"嗯，也是明天。"

"跟男朋友一起吗？"

阿珵迟疑了下，罗生便没有再追问。夜风适时地变大，火焰全往罗生歪过去，让他连呛几口。他丢掉手中的枯枝，站起来，拍了拍手。

"你要回去了吗？"阿珵问。

"不，我今晚要住这里。"罗生说着，掏出手机，给阿珵看。原来他们身后那栋大建筑的黑影，是一家叫榕悦庄的酒店，在灾难阴影到来前，是重庆有名的高档酒店。从前，每到年底这种热门日子，一间房会涨到六七千一晚。

"酒店的人在一个月前已经撤光了，听说撤得匆忙，很多设施都还在。"罗生笑了下，"我还没住过这么高档的酒店，今晚正好免费。"

这么一说，阿珵竟然也有点心动。倒不是贪图便宜，只是回家以后，也是一个人在空荡的房子里等待新年。"这种好事，"她说，"应该见者有份吧。"

罗生大方地挥挥手："没问题！这有一间总统套房，平时是30000多元一晚，让给你了。"

5

直到罗生上了阿珵的车，缓缓开向那家已经被遗弃的酒店，阿珵才后知后觉地意识到目前处境的荒诞。

在这个废弃的远郊景区里，跟一个不算认识的男人共赴一栋黑暗的建筑，怎么看都是一件危险的事情。但……她还记得一年前罗生帮自己找奶奶的事情，从头到尾都很得体——除了最后让自己请客，但那也是应该的。而且，一个在深冬寒夜里，独自升起一堆火来取暖的人，应该也不是坏人。

没多久，他们到了酒店，发现想得还是太简单——酒店黑黢黢的，所有的开关都没作用。

"噢，为了防山火，他们把电停了。"罗生说，"不过应该有备用发电机。"

"你怎么什么都知道？"

"这些不是常识吗？"

阿珵说："用来偷住免费酒店的常识吗？我在这方面的知识的确不太多……"

她待在大堂，罗生下去找备用发电机了。大堂里也是黑黢黢的，她便开了手机的电筒，在光亮中等待。

这时，她才看到，程亿发来了一些新消息。他说了很多，主要讲在澳大利亚的新生活，以及对奶奶去世的遗憾，最后，问她还愿不愿意一起在那边避难。

她拿着手机迟疑了许久。屏幕的光蒙在她脸上，闪光灯则将地板映

得一片雪白。

不知何时，罗生已经回来，站在一边。

阿珵按灭屏幕，转头看他："修好了吗？"

罗生点点头。

但阿珵要去开大堂的灯时，罗生又制止了她，说："等一下。你跟我来。"

她被罗生带到了酒店右侧的露台。这里地势略高，俯瞰山腰，只是现在一片漆黑，风又很大。她裹紧衣服，在风中瑟瑟发抖。

罗生让她等着，自己噔噔噔一路小跑，下到酒店里去了。

过了一会儿，空中传来隐约的呼喊。

"什么？"她大声喊着。

"……"

"我听不到！"

顿了顿，罗生的声音更大了："新年快乐！"

原来已经到零点。她打开手机，显示时间的数字逐一归零，而年份的个位数往前跳了一格。

"新年快乐！"她也大声喊道。

随后，嗡嗡的声音响起，一点光亮在广阔的黑暗中闪烁，继而稳定；紧接着，更多的光蔓延出去，连缀成一片。酒店的大厅，廊道，卵石小路旁的路灯，一栋栋独立客房的窗和门，以及每个房子都配备的露天温泉池……都亮了起来。

这家酒店的每个客房都是独栋，依缙云山的山势而建，高低错落。因此一旦全亮，便像是彩灯缠绕的圣诞树，山体轮廓显露无遗。

"你看，像是缩小版的重庆。"罗生走上来，转过身，看向远处另一片光影。那是主城，现在也灯火通明，虽然不及平时那般辉煌，也算是近一年来最热闹的时刻了。

阿珵也感慨："真美。"

"最后再看一眼吧，明天我们就都要离开重庆了。再过不久，这里就没有人了。"

"真希望离开的时候，能带走它们。"这一刻，阿珵似乎也没有那么怕冷了，深深吸气，寒冷和灯光一起涌入她的肺腑，"他们说人是活的，景是死的，要是景能跟着人走就好啦。"

"什么？"

阿珵没有留意到罗生脸色的变化，重复了一遍。

罗生若有所思。接下来整个晚上，他一直这样心不在焉，但阿珵心情很好，带着一丝欢愉去向自己的总统套房。这里价格昂贵，很大一部分是因为每间房就配了专属管家，但今晚只有她一个人。那也不错，她等温泉水热，还去泡了一会儿。在离她很远的另一个房间里，灯一直亮着，这让她很安心，入睡也很安心。

进入久违的甜美梦境之前，她还在想，等天亮的时候，新一年的第一天，要去问这个奇怪工程师的联系方式。世界虽然在崩坏，但美好的事情还是会一直发生。

然而到了元旦的清晨，整个酒店里只剩下她，以及一份还温热的早餐。

6

阿肖找到罗生的时候，是那一年的春节。

与日渐萧条的重庆相比，北京因地质结构稳固，暂无地震之忧，依旧是歌舞升平。一回来，阿肖就恢复了公子哥儿的脾性，流连夜场。尤

其是新年夜，整个城市灯火辉煌，到处是不眠的年轻人，他也跟朋友去了酒吧，一掷千金，边喝酒边跟新认识的朋友聊自己在各个国家抗击地震的光辉事迹。

"差一点儿！真的差一点儿，我就可以把重庆给救下来了，你吃火锅吧，嘿嘿，要真让哥们把事办成，别的不说，你这辈子的火锅哥们算是承包了！"

牛刚吹到一半，他的电话响了。他本来不想接，但瞥了一眼，看到"书呆子"的备注名后，顿时从沙发上站起来，接通电话。

"你终于回我电话了！"他大声说，"你回北京这么久，躲哪里去了？"

但他周围太吵，电话另一端的罗生什么都听不清。阿肖只得走出酒吧，一出门，暖气就被隔绝，冷风将他浑身吹透。他缩起脖子，酒醒了一大半，继续抱怨道："现在能听清了吧？我在后海，场子刚热好，我跟你说，蜜儿可多！你快过来。"

"不，"罗生说，"你来我这里。"

阿肖一愣："你有更好的地儿？"

"那当然。"

"看不出啊，还是你们读书人会玩！"阿肖嘻嘻一笑，"那好，我马上过来。"

然而，等阿肖打车赶到罗生的家，一推门，就呆住了。他并没有期待罗生家里全是美女和美酒——罗生是什么样的人，他还是了解的——但这满地的图纸和建筑模型，以及罗生通红的眼睛和兴奋的表情，还是在他意料之外。

"你……"阿肖迟疑道，"这就是你的春节吗？"

罗生站起来，"你来得刚好，我算出来了。"

阿肖揉揉眼睛："你知道，今晚是除夕，如果你是想跟我聊工作，我建议再等7天。"

"不，我们的时间不多了。"

"是的，那些朋友都快走了，我得赶紧回去。"阿肖说完，迈腿往外走，"你要是想喝酒，就跟我一起。你要是想做任何其他的事情，那你就留在这里。"

"我有方法可以救重庆！"

阿肖的脚停在门口，转过身，"这不是我的台词么，过去一年，我用这句话来忽悠人，你配合我讲数据。最后我们灰溜溜地回到北京。"

罗生踢开脚下的一堆废纸，露出空地，又把另一张涂满了红蓝线条的图纸铺开，指着上面的数据说："我计算了一个多月，当然，还只是估算。要精确确定的话，需要更多人手和时间——但结论大概率是对的。我们之前不是计划把重庆加固吗，用钢铁和混凝土浇筑，而且都已经做了大部分了，山体和许多建筑的地基已经加固过。虽然这种程度无法抵挡最猛烈的大地震，但我们如果换一个方式呢？"

"你继续。"

"我被一个重庆……重庆本地人启发，想在金刚计划的基础上，给重庆装上轮子，让它动起来。"

"让什么动起来？"阿肖只觉得酒劲又蒙上头了。

"重庆。"

"你说的'重庆'，是我想的那个意思吗？让一座城市动起来。"

"是的。"

阿肖揉揉眼睛："我可能喝多了。我产生幻听了。"

但接下来，罗生把图纸和城市模型摆出来，辅以数据，详细解释。阿肖的表情才由不以为然变成困惑，继而凝重。

是的，从重庆回来后，这一个多月，罗生都在论证让重庆动起来的可行性。这个工程量本来无比浩大，但好在金刚计划实施了5年多，虽然计划流产，但也留下了许多有用的数据。从最粗浅的理解上来说，就算重庆城约有8.24万平方千米，但看作一个整体的话，只要有足够坚固的地基，地基下安装巨型齿轮，借助"山城"的高海拔优势，用地势差来获得初始速度，便可平缓地驶向湖北，到达暂时安稳的长江中下游平原。

一直到天光吐亮，阿肖才搞明白整个计划。他的眼睛跟罗生一样红，但明显放出光亮。

"我需要——"

罗生的话还没说完，阿肖转身就走。

罗生急道："难道你还不信我吗？"

"不，"阿肖说，"我退掉去伦敦的机票，顺便找一下我爸。我们的春节假结束了。"

7

新的一年里，阿珵辗转过许多地方。

世界仍在崩坏，更多城市陨落，到处都破败不堪。她的第一站是武汉。江城的初春不再是东湖翠柳，也失却了烟波鱼香，整个城市都充斥着惶惶之声。她投奔到一个寡居的婶婶家，除了她，房子里还挤满了来逃难的其他亲人。婶婶独居惯了，骤然接收一大帮人很不习惯，这么多人里，她跟阿珵最亲近。但这种混乱还没持续多久，与武汉相邻的荆州就在地震中坍塌。这场地质灾难让所有人大惊失色。地质学家调整了城市末日动态表，武汉地震的日期提前到3年后。这一下，刚安定下来的难民，又得着急忙慌地寻觅下一个避难地。阿珵跟婶婶辞行时，发现婶婶根本没有收拾行李。

"您别舍不得了，"阿珵说，"跟我们一起走吧。"

婶婶独自在厨房忙活，抬头望窗笑了笑，"这就是我家啊。"

"可这里跟重庆一样，也要沉了。"

"去哪里呢？"

阿珵一愣，回不上话。

"跑不动了，你们走吧。"婶婶给她端出一碗面，"走之前，先吃饱。吃惯了重庆的小面，试试热干面。"

后来阿珵他们逐一离开，这房子又恢复安静。在道别时，阿珵听到婶婶轻轻松了口气，这时她才隐约明白，原来不是每个人都在灾难面前仓皇逃窜的。

可惜她没有婶婶对生命的淡然，为了活下去，她还是要继续奔走。她在沿海的几个城市待了一阵，但要么没有空闲的安置地，要么是危机临近，也不宜长居。这期间，她把半辈子的苦都一并吃了，被人骗过，排长队领食物站到昏迷，还连夜步行到下一个城市，而只为了申请一个安置名额。每天都像是生命的最后一天，都必须咬着牙战斗，打赢了，才能拿到进入下一天的门票；要是输了……那晚沿着海岸夜行，排在她前面的一个中年男人，走着走着，突然唱了川号子，边唱边跳入大海——这就是输了的结局。

到年中时，新一批国际援助终于来到。阿珵打听到，许多国家都开放了接收难民的申请。这半年多的流离，每天都被希望和失望冲刷，让她多少有点麻木。所以她提交了出国申请后，也没在意，继续流离。在7月中旬，她跟随一群湖南人来到福建，中途，收到了申请通过的短信。接下来，她又辗转来到北京，从大兴机场直飞芬兰——在那个北欧国家，有一个属于她的房间，虽然小，但作为芬兰政府承诺的避难之所，足以应付日常生活。

起飞前，阿珵在北京逗留了几个晚上。她住在旧时朋友家，洗了澡，换一身干净的衣服，才终于有了在人间的感觉。朋友心疼地抚摸她手背上的疤痕，想安慰，但最终什么话都没说出口。

知道她这一次去北欧，可能就再也无法回来，朋友便带她去香山祈福。在回来的路上，她们遇到了一个重卡车队，好几十辆，浩浩荡荡，在一片黄昏的灰尘中驶向城外。

阿珵留意到，这些车的车牌，是"渝"字开头。

"这是……"她眯着眼睛，"这是去重庆的吗？"

"应该是吧。"朋友说，"你看，这是肖氏工业的车。"

在卡车的侧面，果然都印了一个硕大的"肖"字。阿珵记起来，在重庆还风风火火地进行"金刚计划"时，她也曾在大街小巷见过这家企业的标记。但随着"金刚"计划的破产，肖氏工业撤出重庆，她就再没见过。

"难道——"一个念头在阿珵脑中划过，但还没说出，不远处传来一声巨响，四野震动。

是重卡爆胎了。

要承载这种重量的卡车，胎压都极强，一旦爆开，除了耳膜欲裂，更危险的是气流会崩起石子，误伤路人。

所以接下来每一辆卡车路过时，阿珵和朋友都捂住耳朵，身体微微下蹲。

也正是因此，她没有看到那个坐在重卡副驾驶的年轻人。

8

从北京运回材料后，罗生就一头扎进了工作中。

他们将整个重庆的数据录入，搭建虚拟模型，再着重调整模型的体积和重量参数。最后，再模拟袭来最高里氏震级9.0的地震，对模型进行冲击。在全息投影里，重庆城一次次垮塌、破碎，抑或是整个被裂开的大地吞噬。

每次模拟失败，罗生的脸色都更阴沉一些。

阿肖拍拍他后背："没事啊，再调整调整。"

"嗯，"罗生盯着那些有着刺眼红色的参数，好半天才说，"城市外部建筑太多，一旦移动，会像多米诺骨牌一样倒塌，造成冲击；还有，山城整体刚性不够，需要钢水和混凝土进行固定。"

"就这么干！"

阿肖对他的无条件支持，成了他的很大助力。

接下来，他们制定了对整个重庆进行"修剪"的规划。离地震的到来还剩4年，即使加班加点，依然有很多难关在等待他们。而偶尔袭来的各地余震，又让工程面临不少危险。

罗生最重要的目的，是让重庆移动。要移动，必须有推进系统和巨轮。人类发明圆形车轮，是因为滚动摩擦力远小于滑动摩擦力，但发明人显然没有想到，数千年后，会有人铸造直径过百米的圆轮。

光是铸轮，就耗费了惊人的钢材和能源。铸造完成后，人们仰视这代号为"夸父"的巨轮，无不惊诧。它是人类工程史上的奇迹，但如果不巧，也会成为人们的噩梦。

第三批夸父巨轮铸成时，恰逢达州地震爆发，余震一路蹿来，到重庆时已经减弱，但还是将固定巨轮的卡钳震落。夸父巨轮在竖直落地的一瞬间，就变成了野兽，向着茫然无措的工人们碾去。

罗生就在现场，抱住一个工人躲开后，惊恐地回头。他看到了钢铁巨兽碾碎人体的噩梦场景。

那一场灾难，让罗生备受打击。

阿肖适应得更快，告诉他，在工程项目里，出现人员伤亡很常见。他经历过的项目，没有哪一个是从始至终安全的。但就是这些牺牲，成了一个个伟大人类工程的奠基。

"但这场伤亡让进度拖延不少，要追赶进度的话，我们需要更多人。"

阿肖眉头一挑："那我们招募志愿者吧！"

9

在芬兰海边的那几个月，是阿珵难得的安谧时光。

她英语底子好，在当地交流并无障碍，很快融入了异国生活。相比地球另一端的仓皇，这片大洋依旧风平浪静，几十年内都预测不到地震危机。阿珵每天早上起来，沿着海岸晨跑，金色晨曦在她视野里铺开，每当这时，她都一阵恍惚，仿佛板块危机的阴霾被彻底留在了另一个世界。

阿珵还找到了工作。

她在当地学校的官网上看到了招聘启事，说是要招音乐教师。她去试唱了一段，惊艳在场所有人，很快就被学校录用。

得到工作，与被当作流民接收，地位截然不同。她不仅获得当地人的尊重，只要工作够久，便能搬出安置房，在镇子西边租一个公寓。

这些都是生活趋稳的标志。更让她有安家之感的，是在学校里遇到的新同事。大家爱听她的歌声，稍一相处，也很容易喜欢上她。

新朋友中，有一个叫伯纳德的法国男人，40岁出头，大胡子，看着她的目光十分炙热。伯纳德离过婚，独居多年，在赫尔辛基大学教授文学，每周三和周五驱车去给学生授课，其余时间就住在靠海的双层船屋里，捕鱼或写作。

伯纳德毫不掩饰对阿珵的好感，认识没多久就邀请她去欣赏歌剧，或乘船出海，在夕阳金辉中提起一大片渔网，网中肥鱼乱跃。伯纳德会从中挑出最美味的一条，其余放生，当晚就用盐渍鱼片招待阿珵。

阿珵用了不少时间来习惯这种约会方式，也试着慢慢了解伯纳德。旁人都对他们的关系表示祝福。10月的时候，极光在天边漫开，伯纳德向阿珵表白。这一刻天公作美，气氛烘托到位，阿珵也对这个异国男子隐有好感，但就在即将答应时，一个坐在篝火旁的高瘦身影闯进脑海。

"对不起，"她对伯纳德说，"我可能……还需要一点时间。"

"没关系的。是我太急切，或许是今天晚霞太美。"

这事过后，伯纳德放慢节奏，以朋友相处。隔几周他们见一面，感情不如刚开始进展快，但稳扎稳打。

阿珵平常上班，人缘不错，领了第一个月薪水后，晚上跟办公室的同事一起去了酒吧。这是海边小镇唯一的酒吧，名叫"冷街"，不吵，布鲁斯乐在台前慢慢演奏，吧台斜上方的电视屏幕小声播着新闻。一些本地人凑在一起聊天，谈到高兴和不高兴的事情时，才碰杯饮一口。

阿珵不爱喝酒，但试着融入这里的生活，也点了一杯。不过酒还没入喉，电视屏幕里突然传来乡音。

是重庆话。

阿珵放下酒杯，凝神看向电视。

"……金刚计划虽然宣告终止，但它的衍生——或者说进阶版已经被悄悄提上日程。就在我们报导的时候，已有大量志愿者进驻重庆，为了保护这座城市而奋斗。"屏幕里，主持人用中文说道，"我们有幸请到了这项计划的工程师之一，罗生博士，为我们介绍一下。"

画面转换，切换成远程采访视频。瘦高的工程师扶了扶厚眼镜片，有些拘谨，但咳嗽一声后，还是介绍道："我们不能亲眼看着重庆毁掉，这是家园，就算要走，也要让家园跟着一起走。这个计划的筹备时间很短，面临许多不确定因——"

阿珵目不转睛地看着屏幕。原来是他。

画面里传来咳嗽声，显然是有人在提醒他说话的措辞。

工程师顿了顿，便转而开始讲技术："要让一座城市移动起来，并非异想天开。它依托的是重庆市独有的立体结构，以及金刚计划打下的基础……"他对那些参数、工程原理、城市建设如数家珍，但一股脑儿说出来，未免对观众并不友好。

不一会儿，另一个穿西装革履的年轻人出现，站在他旁边，打断他的话，然后说："重庆是拥有约3200万人口的家园，我们不能亲眼看着它被毁掉，就算要走，也要带着它离开。这就是我们的初衷。毫无疑问，这是工程量极其庞杂的壮举，从修建到城市的移动，我们需要对城市不断维护、加固。因此，也欢迎重庆市民回家，见证新重庆的繁荣……"

阿珵垂下眼睑。酒吧窗外阴云绵绵，长夜将至。她抓起酒杯，深饮一口，咳嗽了好几声。

这时，主持人又说："……无意打断您，但您说过金刚计划是基础，那现在，让整个城市移动起来，这个计划有新的名称吗？"

西装男刚要说话，一旁的工程师突然却抬起头，凑到话筒前，说："有的。"

"是什么呢？"

工程师指了指他身后沐浴在斜阳下的重庆城，"我们用重庆最美之处来命名它——晚霞。是晚霞在驱动这座城市。"

这段采访很快就被其他新闻取代。毕竟那场灾难远在地球另一端，再惊心动魄，也没有眼前的酒杯重要。

人们继续谈天说地。

阿珵站起来，跟酒保耳语了几句。酒保敲了敲空杯，清脆的玻璃碰撞声让全场静了一秒，随后齐声欢呼——这是有人请客的标志。所有人都举杯，向阿珵致谢，而她微笑同饮。

第二天中午，伯纳德请了假，匆匆赶到阿珵家。"我听说你从学校辞职了？"他吃惊地问，"大家都觉得很突然。是发生了什么事情吗？"

这时的阿珵，已经把行李打包得差不多了。她入住的时间不久，大件家具不多，仅有的电视和冰箱都送给了邻居，盆栽则移栽到花园。她把衣物被塞进行李箱，用扎绳捆紧，拉上拉链，一抬头，就看到了伯纳德。

阿珵微不可闻地叹息一声。

她拥抱了这个高大的男人，对他说："我要回中国了……对不起。"

"没有什么对不起的。你并没有给我任何承诺。"伯纳德拍着她的肩膀，"只是太突然了，我们都以为你会在这里定居。"

阿珵说："我也想过。这里很好，但这里不是重庆。我的家乡有很美的晚霞，我要回去看看。"

"晚霞吗？"

芬兰的时间比中国晚6个小时，此时的中午，在重庆正是傍晚时分。"以前我觉得换一个地方就能生活，"阿珵说，"但昨晚我才意识到，

如果我记忆里有一片重庆的晚霞，那我逃到哪里都没有用。"

"但……但你回去能做什么呢，在那样一座即将摧毁的城市里？"

阿㮇粲然一笑，"我可以去做小面，我奶奶教过我。其实我一直吃不惯盐渍鱼片，有机会的话，欢迎你来重庆吃地道的小面。"

10

"爆破！"

随着对讲机里一声呼喊，埋在国金中心底层、3层侧面和顶层的炸药被相继引燃。轰然巨响中，这栋曾被称为重庆最繁华的商场碎成瓦砾，在定向爆破的引导下，废墟向内坍塌，填满了原本山体的窟窿。

罗生松了口气。

这是他主导爆破的第17个商场，等等——还是第18个？他忘了。他只知道，时间越来越紧，必须尽快把那些不稳固的建筑拆除。

这一阵，爆炸声在这座城市此起彼伏。每一声都代表着重庆变得更破碎、更面目全非。刚开始罗生还有些负罪感，听得多了，也便木然。这就像给重病之人剜去腐肉，疼是疼了点儿，却是必须的。

正如他在新闻里陈述的，要让城市拥有躲避地震的能力，就要修剪掉上面脆弱的部分，以免在移动中坍塌砸伤人。他一大部分精力都用来处理这部分工作，好在借助大数据模型，绝大多数爆破都可以预先模拟，避免了不少风险。

"走吧。"阿肖摘下工程帽，也长舒口气，"顺利拆除！我请你去吃面。"

罗生皱眉问："奇怪啊，你最近怎么这么爱吃面了？"

这一阵，不管是好事坏事，阿肖都要去吃面庆祝。前天他们刚把城底巨轮安装好，还没试运行，阿肖就说要去吃面。但罗生忙着填数据，跟一帮科学家验证轮子载动城市的最终可能性，只吃盒饭，就没跟过去。现在只是爆破了一座商场，阿肖又来邀请他。

"面比酒好。我是想通了，以后要庆祝什么，就吃面！"阿肖说，"走吧，我请你！"

"我又不饿，你自己先——"一阵肚里咕咕声打断了罗生的话。他尴尬地咳了一声，想找几句打圆场的话，阿肖也没给他机会，揽着他的肩膀，一起上了车。

汽车在荒芜的重庆表面行驶，到傍晚时，车子经九号隧洞钻入山体内部。

"看看我们的丰功伟业！"阿肖手扶方向盘，得意道，"不止把重庆表面修得整整齐齐，连这山城内部，都被挖得四通八达。"

罗生侧着头，看窗外掠过的隧道壁和一节节莹白灯管，撇嘴道："这哪是我们的丰功伟业？明明是乘了前人的凉。上个世纪，重庆开展人防工程，动员所有市民挖防空洞，把山城都快挖空了。有这种基础，我们建造城中城才能这么顺利，不到两年就有这种规模。"

"别老这么一板一眼地说话嘛。"阿肖嬉笑道，"我知道这里你最熟，工作和生活都在前面的指挥部里，你简直把那里当家了。不过，我带你去新的生活七区，那里可热闹了。"

汽车在悬浮轨道上游动。隧道变得漆黑，车灯如萤，拐过七八个弯，视野才豁然开朗。这里是整个山城的中心，它被挖出了一个偌大的空间，顶层加固，四周布置成广场和绵密的蜂窝状房屋。广场上人头攒动，大多都身穿工装、八九成群、或高声阔论、或聚堆吃饭喝酒。

这些工人才是"晚霞计划"的真正根基。两年前，罗生的构想刚提出时，所有人都觉得疯狂，而现在这么想的人已经不多，一切都是因为

工人们一点一滴的付出。罗生整日跟他们厮混，对其中大多数面孔都很熟悉，因此一一打过招呼。

工人们来自五湖四海，为了保障他们的日常生活，阿肖又招募了不少本地人，在此开店和跑运输。

阿肖把罗生带到广场边缘一个面摊前。这里门脸儿不大，挤在一家理发店和另一家服装店中间，往里摆了一溜儿座椅，顾客已满员。还有几个等位的工人坐在门口。

"在这里吃吗？"罗生止住脚步，"还得排队，我没那么多时间。走吧，换一家。"

"可别！就是冲这家来的，小面地道，有嚼劲。"

"你给我打包带回办公室吧？"阿肖硬是按住他肩膀，死活不让走。罗生正挣扎着，面摊门帘掀开，一个窈窕人影端着面走出来。罗生轻轻"啊"了一声，僵立在场，眼神直直看过去。阿肖见他束手就擒，也是一惊，顺着视线看过去。两人的目光汇聚到那道端着面的人影身上。

"哟，有兴趣？"阿肖用手肘敲了敲罗生的腰，"我跟你说，得排队。"

"这不是正在排吗？"

阿肖一笑："我说的可不是吃面。"

罗生没再理会他的调侃，径直走向面摊。走到门帘前，又停下了。地底有空调在通风，帘布微微晃动，隔着缝隙，他看到阿理忙碌的模样。他记起来，第一次见到她，就是在洪崖洞前的面馆，那时候灾难尚远，重庆还保留着城市烟火气息。她也是都市女性的模样，奔波在一场约会与下一场约会之间。后来再见，是在缙云山的夜里。篝火点燃，火光照亮她的侧脸。如果没记错，那是她逃离重庆的最后一夜。那么，她为什么又出现在重庆城中城的巷子里呢？

这两年，肯定也发生了很多事情吧？

他这么想着，拉开帘布。在阿珵错愕和惊喜的目光中，他走了过去。

大地震"乱马"比最糟糕的预报都来得更早。

阿珵先是从地板上感到一阵摇晃，立刻察觉到危险，左手扶住婴儿车，另一只手死死抓紧桌沿。

城中城在设计之初，就做了规划，所有寓所里的家具都需加固。但大地震突如其来，桌上的手机、遥控器、书和笔纷纷蹦起来，其中钢笔砸到了她的脸。但她腾不出手来揉，大声叫着："宝宝别怕……"

但这安慰完全是多余的。小霞反倒很惊奇，从襁褓里伸出胖乎乎的小手，一边拍着，一边发出咿呀声。这是1岁孩童表达喜悦的方式。

阿珵苦笑，把婴儿车拉过来，推到桌下。自己也缩进去，背靠墙角，手撑桌腿。等了快两分钟，晃动减弱，继而止息。她以为是其他地方的余震，松了口气，探出头，看见屋里已然一片狼藉。

手机掉在地上，滑到床底，卡在了床腿与墙壁间。屏幕突然亮起，显示"老公"二字和拨入电话的动画画面。

阿珵爬过去，手刚碰到手机壳，摇晃再次袭来。她回头看了眼婴儿车，确定无虞，才往前扑，抓住了手机。

摇晃更剧烈，床和桌都在晃。阿珵爬回婴儿车旁，才接通电话。

"你们怎么样？"听筒里传来罗生急切的声音，"你和宝宝没受伤吧？"

"我们都按照求生手册，躲得好好的。是哪里的余震啊，一波一波的？"

"不是……余震！是前震！"通信系统也受到影响，使得罗生的声音断断续续，夹杂电流嗞嗞声，"'乱马'的前兆！板块正在移动，两个小时后，铜梁、璧山和北碚的三角区域就会爆发地震，震级保守估计会达到8.9里氏震级。"

8.9吗？阿珵心里盘算，似乎可以扛得住……

"那还只是第一波，后续的震级会加剧！'乱马'真正爆发，会把整个西南地带都翻过来。"

阿珵眼前一黑，抓住小霞的手。

"别害怕，你先等我。"

电话挂断后，屋子的灯也熄灭了。黑暗笼罩了这对躲在角落里的母女。

唯一能无视黑暗和逼仄的，是急促的警报。滴滴声像是笨拙的舞蹈学徒，在耳膜上疯狂跳动，即使是不谙世事的小霞，也从警报中嗅到了不安。她不再伸手咿呀，而是发出呜呜低泣。

"别担心，"阿珵把她从襁褓里抱出来，"这里是安全的。而且，我们还有'晚霞'。"

但其实阿珵也不知道屋子到底安不安全。她在这里住了两年，即使算上孕期那一阵生理上的不适，这两年都是幸福的。不过为了安全，罗生和她商量过，要在'乱马'到来前，送她和女儿去相对安全的北京。这说明罗生对城中村的抗震能力其实没有太大信心。

然而现在'乱马'提前到来，打乱了所有计划。

门外除了警报，还有匆忙的脚步声。她的邻居们在惊慌奔逃，有人摔倒，有人哭泣。

好几次，阿珵都想抱着小霞跑到门外，但想起罗生的嘱咐，还是继

续缩在角落里。不知等了多久，门被推开，熟悉的脚步声响起。

阿珵终于松了口气。

罗生提着手电筒，进门第一眼就是看向桌底。他松了口气，佝身过来，搭手把妻女抱出。"这里也不安全，"他直截了当地说，"我们要去上城。"

"上城？"阿珵吃了一惊。

上城就是重庆原来的地表，如果城中城不安全，那上城也逃不开地震的威胁。除非……

罗生点点头："是的，我们来不及逃出城，只能提前开启'晚霞计划'了。"他看看手表，露出苦涩笑意，"正好，现在是5点。"

于是，由罗生抱着小霞，牵着阿珵的手，在生活区的廊道里穿行。许多人影掠过他们周围。经历了最初慌乱后，大家冷静了不少，都奔向生活区的广场。

一些悬浮列车早已从各个隧道开过来，车头灯光大亮，指引人们前往。

阿珵和罗生运气好，赶过去时，恰好还能挤进去两个人。他们抱着孩子，互相贴紧，车门在背后关闭。

车钻进隧道。悬轨因地震而摇晃，带得列车也左右不稳，人们在车里晃来晃去。罗生把小霞抱紧，又用另一手撑住车壁，护住阿珵。

"没事吧？"阿珵听到罗生一声闷哼，显然是被其他人撞到了后背。

罗生在黑暗里摇头。他踮脚看向窗外，灯管的荧光在他脸上一节节掠过，让他的表情在光明和阴影中变幻，看起来很是忧虑。

这条隧道只有20千米长，但车速不敢过快，足足半小时后，他们才遥遥看到隧道尽头的灯光。这让罗生的脸色稍微好转，其余人也松口气。这时，有人认出了他："咦，这不是罗工吗？"

其余人纷纷发问："这到底怎么回事啊？怎么突然开始疏散了？"

"我们这是去哪里？"

"罗工这么高的身份，怎么跟我们挤一个车啊？"

这么多声音围绕着罗生，让他有些羞赧。他刚要回答，列车似乎被看不见的攻城锤横向击中。车厢侧翻，隧道壁出现裂缝，石子如落雨，砸得列车玻璃砰砰作响。

这是目前为止最剧烈的震动，像有什么史前怪物正挣扎着从地底爬出来。阿珵摔倒，被人群挤压，胸口发紧。慌乱中，她抓到了罗生的手臂，再摸索到小霞柔软的脸，心终于安定下来。

罗生也确认了妻女没有大碍，便去摸敲窗锤，砸破玻璃，引导众人一一离开翻倒的列车。

人们有哭有喊，各自都受了伤，万幸没有性命之虞。

罗生和阿珵彼此搀扶，抱着小霞，向光亮处行去。其余数百人都跟在后面。一路上摇晃不断，砂石纷落，还不时有可怕的隆隆声在隧道里掠过。

好在这一路有惊无险，到了隧道口，立刻有身穿蓝色工装的人迎出来，给罗生一家戴上安全帽。

"罗工！"领头的工装男子说，"就等你做最后的决定了。"

"嗯。把对讲机给我。"

罗生接过对讲机，刚要说话，又回头看了看阿珵。"请帮我把她们送到外城九号避难所。"他对工装男子说，"拜托了。"

男子还未说话，阿珵就上前一步，握住了罗生的手臂。

她对着他摇头。于是，这短暂的沉默将一切都表达出来。

他也反手拉住她，然后朝对讲机道："'乱马'提前，'晚霞计划'也不能等了！进入10分钟启动倒计时！"

两秒钟的安静后，对讲机把不同频道的声音传过来——

"动力部门收到。'夸父巨轮'均正常，可进行链式驱动。"

"后勤保障部门收到。已将各避难所打开，引导市民进入躲避。"

"清障部门已就位，同步进入爆破倒计时。"

……

显然他们预演过整套流程，一切都有条不紊。群众也被指引着，鱼贯走进隧道口旁的避难所，他们将在加固房厅的保护下，躲过最猛烈的地震。本来阿珵也应该进入，但她心里一阵慌乱，紧紧抓住罗生。

罗生无奈，在布置完所有步骤后，对她说："其实我们没有把握的。在避难所会更安全。"

"所以我们更要在一起。"

"好吧，"罗生一笑，"那我带你去最高的地方，看看今天的晚霞。"

尾声

重庆塔，耸立在解放碑的著名烂尾楼，曾是所有重庆人的心头痛。但罗生在筹备晚霞计划时，意外留意到它，将之规划为外城指挥所，加固了楼体，并在最高层修建瞭望平台。当然，他的本意是在启动"晚霞计划"时，能有制高点，俯瞰全城。只是现在乱马提前，打断了原计划，重庆塔还没来得及部署。

好在电梯是可以使用的，载着罗生一家三口上到重庆塔塔顶。

地表的晃动在加剧，传到塔顶，摇晃得简直如同风中芦叶。罗生和阿珵带着宝宝，彼此搀扶，靠栏杆往前挪。

现在，他们终于站在了重庆最高处。

时间临近傍晚6点，天边斜阳只剩半边，另一半泡在云雾里，把天际染得一片瑰红。他们望过去，云层从远处弥漫而来，有大团大团的絮云，也飘着孤零零的云丝，全都被染红。风变大了，云海卷起波浪，一层一层，像是有鱼群在洄游。

这景象美极了，令人陶醉——如果不往下面看的话。

"那里——"罗生伸手遥指，"那就是'乱马'。"

顺着他手臂的方向，阿珵看到了远处地表。即使隔得如此远，她也吃了一惊。

重庆西边的大地，像是一只看不见的巨兽从地底钻出，巨大的裂隙凭空出现，撕开街道，继而将周围的建筑吞噬。即使北碚的居民早被疏散，无人伤亡，但这种无视钢筋水泥，将整个人类文明痕迹抹掉的气势，足以令人胆寒。

而更可怕的是，那摧枯拉朽的破坏痕迹，正在向他们靠近。

整个重庆的西面，大地倾覆，山丘倒栽，一条条裂隙如同巨蛇般游向东边。灰尘弥漫，滚滚朝前，像是奔涌的洪水。

罗生明显感觉到手臂被阿珵抓紧。他想安慰她，但也被地震的气势震慑，只能抱住她。

更大的摇晃脚底传来。他们以为是地震袭来，但向西远眺，乱马尚在10多千米开外。

"是'晚霞计划'……"罗生喃喃道，"倒计时结束了！重庆要站起来了。"

在重庆东面，传来一连串爆炸巨响。那是埋好的炸药在引爆，山丘被夷平，沟壑被填满，一条朝向东面的道路显露出来。

与此同时，塔顶不仅左右摇晃，还在上升。这座塔原本就400米高，此时更是直插入云。晚霞在阿珵周围流动，高空的风变大，吹得她衣衫猎猎，头发也在风中摆动。

正如罗生所说，重庆城站起来了。这不是比喻，是真正意义上的"站立"——在过去的四年里，重庆城的地表建筑被修剪，山体被加固，底部则安装了'夸父巨轮'，这些浩大工程，将重庆改造成了一座具有活动能力的城市。

现在，罗生和阿程扶紧栏杆，目睹了重庆崛起的全过程。

数百个'夸父巨轮'先是空转，到一定速度后，周围的挡板被炸开，轮子楔入地底，继而掀起层层土浪。这情形，像是卡车陷入泥坑后，司机猛踩油门，后轮轰鸣着将车往前推——只是整个重庆城被从地底推出来，重量是卡车的亿万倍，所需马力也同样是个天文数字。但重庆做到了。土石纷飞中，城市主体先是蠕动，继而破开地表，在城市内部机械的轰鸣声中，逐渐加速。

相比"乱马"的恐怖，城市破土而出的景象更为震撼。尽管已经在大数据模型里模拟过无数次，但此时，罗生还是屏住了呼吸。

里氏震级超过9.0的乱马在西边奔腾，一路踏碎山川河流，直奔重庆。但这座城市在经过最初的加速后，已然获得动能，向前移动。巨轮再次加速，拖着钢板以及钢板上的城市——包括城市里惊恐的人们，挣脱周围山体和土石的束缚，滚滚向前。它离开后，曾经的山城，如今只剩下一个大坑。

随后，大坑被地震波及，砂石灌入，又被填平。

乱马还在往东蔓延，但新重庆城已经全速行驶，碾出一条条凹痕，将地震裂缝在身后越甩越开，

罗生终于松了口气。他转过头，看到阿程也惊魂甫定的表情，不禁笑了，说："放心，我们已经离开地震中心了。以后，城市会一直移动，直到安全。"

阿程点点头。她的侧脸一片绯红，蒙上了光边。

罗生看着她脸颊的红色，以为她在害怕，随即醒悟过来——这是霞

光的映照。他和阿珵一起抬头西望。

地震渐息，大地归于平静，而西边天际之上，正弥漫着一大片灿烂晚霞。

"有晚霞。"阿珵喃喃道。

罗生深吸口气，指向城市奔向的东方："晚霞行千里！"

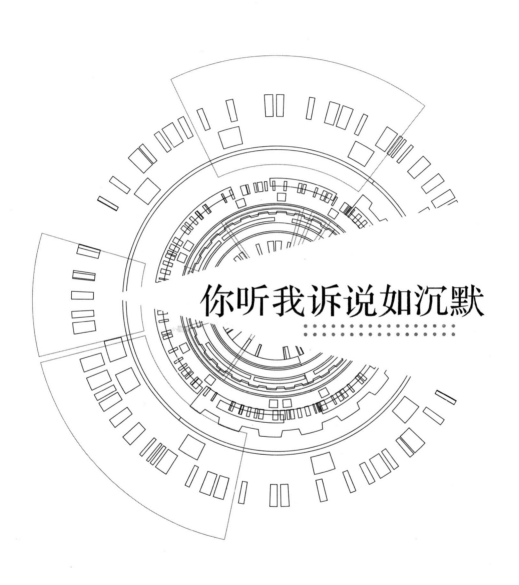

你听我诉说如沉默

如果，一天只有跟一个人说话的份额，那声音会变得宝贵吗？

公交车晃悠着，爬进暮色的更深处。车厢里挤满了人，但无人说话。吴璜上来得晚，没找到座位，只能抓住扶杆，另一只手攥紧了包，挡在身后。她个子高，在公车上经常会被占便宜，以前还能喝骂，现在叫了别人也听不到，只能更加小心。

今天的运气似乎不太好，一个男人试图靠近她，但被包挡住，悻悻地挪到了别处。

吴璜松了口气，看向窗外。

正是晚高峰，路口两辆车蹭到了，谁也不肯走，主道上的汽车堵成一片，延绵至路尽头。吴璜想，这些钢铁甲虫里，肯定有人在拼命按喇叭，可这世界是寂静无声的，像一张刚从漂白池里拿出来的纸。

过了好久，在交警的指挥下，车流才慢慢疏通。一辆辆车在路口分开，又融进别的车流里。公交车继续爬向前方，没走一会儿，吴璜就看见身旁有人吵了起来。

说"看"到人吵架，并没有错。所有人都朝着车厢中部看去，在他

们的视线里，一个女孩正在喝骂那个曾试图靠近吴璜的猥琐男人。看得出来，她骂得很用力，脸都憋红了。猥琐男嬉笑地看着她。其余人也只是看着，没有人上前。

因为人们听不到任何声音。

车到了下一站，女孩显然选择提前下车，临走时愤愤地扫视了车里所有人一眼。这目光也落到吴璜脸上，她像是被蜇了一下，眼神游移开。

女孩嘴唇翕动，愤愤地说了几句，但没人能听清。也是，吴璜想，现在是晚上，绝大多数人说话的份额都用掉了。剩下的，只有沉默。

公交车门正要合上，一个人挤了上来。

人群挪动起来，对那个刚上来的年轻人侧目而视。要说只是进来一个人，不应该引起这么大的反应，但吴璜踮着脚看过去，也就明白了为什么大家反应那么大。

年轻人背着一个硕大的吉他。

车厢本就拥挤，吉他占了不少地方，离他近的几个人都不得不往后退，人群挤得没有了缝隙。被挤到的人没法抱怨，只能把目光凝聚成针，向年轻人刺去。他也有些不好意思地点点头，然后转过身，看着车门。车门外暮色沉降，但灯光如星火般亮起，他的侧脸一会儿明一会儿暗。

吴璜也被缩紧的人群挤到了，却没有恼怒，而是好奇地看着年轻人的背影。他很单薄，吉他都比他要显眼一些。吴璜就是因为吉他而好奇的——在这整个世界都近乎失聪的年代，谁会听到他的音乐呢？

世界骤然变成这副模样，经历过最初的震荡，社会恢复平静后，最先消失的，就是跟音乐有关的行业。她记得一年前，维也纳音乐厅将收集到的所有乐器堆在一起，最后由音乐学院院长亲自泼上燃油。她当时看着电视，在无声画面里，那个白发老人颤抖着，犹豫了许久才丢下火

把，烈焰熊熊燃起后，他又纵身跃下，与那些他心爱却再无人聆听的乐器葬在一起。周围还有许多学院的教授，却无人阻拦，只看着火焰微微跳跃了几下，就吞没了他们，像是石子丢进湖里泛起的涟漪。

这场火过后，吴璜印象里就再没有见过乐器、唱片或磁带了。没想到，在这辆拥挤、摇晃，又一片沉默的公交车上，还能再看到一把吉他。

她回忆着旧事，入了神，没留意到那个猥琐的男人又靠了过来。他胆子更大了，直接推开吴璜的包，用身体贴上来。吴璜愣了一下，才觉得吞了苍蝇似的恶心，拼命往后退。

人群一下子骚动起来，好几个人慌忙让开，吴璜没注意到车门处的台阶，脚一崴，向后摔去。视野像摇晃的镜头，快速变幻，充斥着无数张冷漠的脸，最后，她看到了那个年轻人。

车门口的年轻人及时转过身，伸手拦住了她，让她站稳。

她扶着栏杆，愤怒地看着猥琐男，后者却一副无所谓的样子，脸上依然挂着笑，是之前那个女孩被猥亵时的回放。沉默一如既往地包庇着肮脏。

吴璜无奈地低下头。既然跟那个女孩一样，那自己也只能提前下车了，总不能跟这个猥琐男一直坐到终点吧。

下一站很快就到了，车门打开，吴璜刚要下车，就被人拉住了。她回头，发现是那个年轻人拉着自己的袖子。

"你别下，"他对吴璜说，"是他该走。"

听到他的声音，吴璜愣住了。在她愣神的时候，年轻人转身揪住了猥琐男。两人拉扯着，猥琐男动了手，一拳打向年轻人的背。

他及时侧身，避开了背上的吉他，胸口被打中。吴璜听到他闷哼了一声，有点儿痛的样子。他皱了皱眉，一把揪住猥琐男的衣领，往车门外一扯。

猥琐男被摔到车外，还要扑上来，车门却合上了。公交车启动，摇晃着前行。

吴璜看向驾驶座上悬着的后视镜，在镜子里，远远地出现了司机的眼睛。她感激地看了眼，这一眼被镜片反射，落到了司机眼里。司机点点头，垂下眼睑，继续专注地开车。

"你没事吧？"旁边的年轻人说。

吴璜连忙点头，看着年轻人略有些苍白的脸，突然才意识到刚才也能听到他的声音，不由一愣——他把说话的份额，用在自己身上了？

谁也不知道它们是什么时候来的。

最主流的说法是，在洪荒时代，人类还没从海里爬出来时，它们就已经来到了这里。它们是这颗星球真正的主人。它们能变化各种形态，混在人类中间，等着人类慢慢发展。但人类让它们失望了。

另一种说法是它们其实刚来不久，是被人类发往宇宙乱七八糟的信号引来的。它们准备与人类建交，但当它们刚来到地球，就失去了与人类交流的兴趣。

"这颗星球太吵了，像在被煮沸。"它们的飞船从隐形状态显现出来，悬浮在高空，阴影遮蔽了整座城市，"无处不在的声音，无处不在的伤害，你们怎能够忍受？"

这番话并不是广播出来的，而是作为"想法"，直接进入每个人的脑袋。不管人们是在做什么，工作、吃饭，甚至睡觉，这个念头都会在脑海里出现。

"我们并无恶意。在宇宙中，声音是最低效、最鸡肋，限制最多的交流方式。你们发出的声音，也以谎言、无意义的寒暄居多。因此，我们决定帮助你们减少对声音的依赖，以及声音对你们的干扰。"

于是，飞船离开前，底部像往外喷吐出白色的雾气，很快弥散在空气中。后来人们检测出，这些雾气是纳米级别的吸音机器人，遍布世界的每个角落。这些机器人对人体无害，但吸收了所有的声音。

人类的耳朵从没像现在这样安静过。走在路上，身后没有丝毫声音，走两步就会回头看一眼，仿佛背后是巨大幽沉的深渊。

但好在，它们并没有完全隔绝人类的语言交流。人们很快发现，舌头和耳朵还是能用的——但每天只能选择跟一个人说话。

不管是熟人还是陌生人，只要你向他开口，那一整天里，你的声音就只能被他听见。而对其他人，不管你怎么喊叫，甚至凑到耳边嘶吼，别人都听不到丝毫声息。

这个世界的规则，就这么轻而易举地被改变了。

刚开始，人们很难适应，早上起来随便向人问好，就发现接下来想说话的时候，就只能干张嘴了；领导们想训话，但人数只要超过一个，就没人能听到；男孩跟喜欢的女生说话，却发现女生只能沉默，因为她不想把说话的名额浪费在她不喜欢的人身上……

人类是很容易妥协的物种，当发现无法对抗外星人的科技后，只能接受这个新的设定。

人们不再寒暄，工作交流也尽量用邮件解决，说话成了一件需要无比谨慎的事情。吴璜见过一个同事跟其他人闹不愉快，都快打起来了，同事突然用手指了指对方的手机，对方心领神会，亮出二维码，通过微信互相对骂。他们面红耳赤，手指按键如飞，不时抬头看对方一眼。到最后旁人都不知道是谁"吵"赢了。

渐渐地，人们发现生活其实没有太大改变，真正需要说话的时候并不多，绝大多数情况可以在网上用文字解决。为了适应这个失语的年代，科学家们承诺，正在研发脑波通信设施，唇语和手语也在逐渐普及，但要全民学会，还需要一些时间。

吴璜在这座小城里生活，一般都是把说话的名额用在母亲身上，睡前给她打电话，但通常电话的另一边都是沉默——母亲是个多话的人，熬不到中午就开口跟人说话了。有时候吴璜回家晚了，没打电话，这样一天的名额就浪费了。

还有很多人也是这样。虽然名额宝贵，安静下来后却发现，其实也找不到真正想说话的人。

不过吴璜早跟母亲约好了，今晚下班后要聊一下。这是少见的情况，意味着两人白天都得忍着点儿。她还好，对母亲这种话多的人，可就有点儿难受。她觉得母亲应该是有什么重要的事情要说。所以她虽然感激年轻人的帮助，但也只是摇了摇头，没有发出声音。

年轻人没再说什么，转过头，看着车窗外的暮色。

刚才的闹剧消解在沉默里，公交车继续摇晃着。当它沿着暮色的脉络进入夜晚时，也从市区到了郊外。终点站快到了，乘客们零零落落地在沿途下了车，此时车上只有3个人。

吴璜、司机，和这个背着吉他的年轻人。

吴璜坐在车后的座椅上，侧头看着窗外划过的楼影，影影绰绰，流光在玻璃上划过，也在她的眼瞳里划过。年轻人则依旧靠在车门处，看不到表情。

车到终点，终于停止摇晃。到站是没有广播提示的，只有像蔓藤一样遍布车厢内壁的彩灯一闪一闪，映在3个孤独人的身上。

司机没急着开进车站，而是摇下窗子，点了支烟。

车门迟缓但无声地打开，年轻人侧着身，小心保护着吉他，下了车。车外是浓重的夜色，他一出车门，就没入了黑暗中。

吴璜看窗外看得出神，车停了1分多钟她才反应过来，好在司机专心抽烟，没有催她。她连忙起身下车，出车门后，闪烁的彩灯才熄灭，整

个车厢像是在一瞬间被墨汁涂满，看不见人，听不到声。

从终点站到吴璜租的房子，要走两条街，再沿着三岔路口的左边，穿到狭窄的小区门口，爬3层楼，才能打开那扇有些老旧的房门。这条路她走了很多遍，几乎都是在这样的晚上一个人走过。

唯一人多的地方，是在那两条街的中间，一个供附近居民休闲的广场。前几年更热闹，一到傍晚，就有一群大妈汇聚而来，围着广场中间的喷泉，在巨大的音浪中跳舞。这种景象一去不返。现在广场凋零不少，一到深夜就安静得如同旷野——这里是偏僻郊区，跟旷野差不多。

喷泉也很久没有再喷水了。

好在现在也不到9点，广场有不少人散步，但都沉默着。她走上广场，没有停留，还是照习惯拐向另一条街。但路过喷泉池的时候，她吓了一跳——

一个人影正坐在池坛边。

路灯的光照不到这里。散步的人也都分散在广场边缘，池边一片空荡，让这个人影乍看起来像一座雕像；但他低着头，不知道在想什么，偶尔点一点，又像是找不到家的孤魂野鬼。

但她的惊吓只持续了一瞬间，就又消失了，因为她看到这个人影的腿边，靠着一把吉他。

是那个公交车上的年轻人。即使她看不清他的长相。

她犹豫了一下，还是绕开喷泉，走向回家之路的第二条街。

这时，身后传来了歌声。

他是许多城市的过客

在大厦的顶楼点燃篝火

在梧桐枝上挂满单车

他玩得很开心

却不怎么快乐

哦，他不快乐

就像你见到的任何一个

过客

　　吴璜的鞋变重了不少，脚步迟滞，迈了两步便停下来。她转身看去。年轻人坐在池边，抱着吉他，手指在琴弦上拨动，轻轻唱着。

　　他唱歌的时候，头也是低着的。但吴璜知道，他在唱给自己听，他跟她说过话，这一天里，他的声音只有她能听到。

　　夜晚起了风，在吴璜的袖口缠绕，有点儿冷，她握住了自己的手腕。歌声清清朗朗地传来，有那么一会儿，她以为歌声跟风一样，都是这样缓慢地掠过她的身体，带走一些温度。

　　唱歌的时候，年轻人很专注，一直没有抬头。他的右手在吉他弦上起伏，其实没有意义，因为吉他的声音不但吴璜听不到，他自己也听不到。但他还是这么认真地弹着。

　　等到一曲终了，吴璜看看他，又看看不远处那条灯火通明的街道；她想，要不要过去呢？她掏出一个硬币，告诉自己如果正面朝上就过去，反面的话，就回家给妈妈打电话。她把硬币扔到地上，硬币弹了一下，又滚动起来。但地面幽暗，滚动又是无声的，转瞬间她就失去了硬币的踪影。

　　好吧。她想。

　　她走过去，坐在了年轻人的旁边。

　　后来吴璜努力想重拾这一晚的记忆，但每次尝试，记起来的都是很模糊的画面。她总结原因，无奈发现，是因为一切都显得太不真实了。

　　她记得那个年轻人给她唱了一首又一首的歌。她都没有听过，只

知道是民谣，节奏舒缓。歌词的差异很大，有些关于山水，有些关于流浪，还有一首是跟爱情有关。

唱这些歌的时候，他们身边不断有散步的人经过。年轻人抱着吉他的样子很惹人注意，人们会多看几眼，顺便看到了坐在他旁边的吴璜。但他们听不到任何声音，沉默在保护着这两个人的小秘密。吴璜后来想，这么多结伴的人来来往往，说不定也在说话，广场其实是喧嚣的，只是她也听不到。每个人都守着自己的安静。她只能听到年轻人的歌声。

后来，人群在广场上散开，四周空旷。年轻人也唱累了，把吉他放在一边，跟吴璜说起他的经历。

在沉默时代以前，他是个歌手，不太有名，但可以靠酒吧驻唱活下去的那种。他待过很多酒吧，被人献过鲜花到怀里，也被人用酒瓶砸过头。他喜欢这种生活，想一直持续下去，但后来发生的事情改变了一切。他在人群里歌唱，没人听得到声音。于是他开始流浪，寻找愿意花钱听他唱歌的人。今天运气不太好，一整天都没有，所以在这个夜晚的最后时刻，他把歌声和絮叨对着吴璜倾泻了出来。

"你放心，"年轻人说完，在黑暗中冲吴璜笑笑，"现在不收钱。"

吴璜也笑了一下。

"对了，你去过酒吧吗？"

吴璜摇头。她的生活平静乏味，毕业之后就留在这个一趟公交就能横穿的城市，租着房子，奔波永远是为了上下班，即使工资如此微薄。她听在大城市工作的朋友说过，他们下班之后，就会去酒吧坐会儿，听听歌，聊会儿天。在她的印象里，那是很好的消遣。这个小城前几年开过一个酒吧，但营业没几天，沉默便笼罩了整个星球，酒吧就此落寞，成了跟随声音而一起消失的众多产业之一。

她再想去，也没有了机会。

"酒吧很乱，但也很热闹，像是原始丛林，一切都野蛮生长着。欢乐，暴力，还有艺术。"年轻人说，"我的理想就是挣够钱，也开一家酒吧，吧台很长，可以让很多不愿回家的人坐着，但每个人只能喝3杯，毕竟他们最终还是要回家。酒吧里不会很热闹，只是放着我的歌，等到下半夜，要是有人还没走，我就上台去唱。我想，那时候应该没多少人，那样我可以唱得很好。"

他絮絮叨叨地说着，说到后来，突然自嘲一笑，闭上了嘴——开酒吧，在原来还可以实现，但在现在的情况下，这个理想就像今晚刮起的夜风，说出来，能让皮肤感觉到温度，但想抓住，就会从指缝溜走。

在整个倾诉的过程中，吴璜都没有开口，她要把今天说话的份额留给母亲；年轻人则理所当然地以为她早已说过话，并不指望她的回应。吴璜跟他打过手语，但他摇头，说："我没有去学手语。我只会弹吉他，流浪的时候，我也只带了吉他。"

这个意思就是，他连手机都没有。他只有无声的吉他，每天只为一个人唱歌，就这么活下去。要是一天没有生意，他就把声音献给路边遇见的人。

所以吴璜猜，他也并不是想对自己说话，只是在公交车上意外开了口，让自己成了今天唯一能听到他声音的人。他的诉说更像是说给他自己听，说给这个夜晚听，说给这个沉默的世界听。

时候已经不早，广场上除了他们，一个人都没有了。吴璜站起来，准备离开。

"你知道吗？"年轻人突然站起来，提着吉他，走到她身边，"我待过的每一个酒吧，都有很好听的名字。"

他们并肩走着，走向连接广场的那条街道。夜深了，街两旁灯光也有些暗，长街一路蔓延进幽邃中。

吴璜听着年轻人一个个地念起了酒吧的名字。

"进来吧、黑匣子吧、AK47、玩偶酒吧、别处、桥西、星期八、可可走廊吧、忘忧地带、海伦会咏唱、零心情、酒点过半、8号地铁、醉意西雅图、猎人、第七季……"

每走一步，一个酒吧的名字就跳进了她的耳朵。那些酒吧都不再营业，但名字真是好听，年轻人这么说着，她都仿佛听到了酒杯轻碰的脆声。她都有了错觉——这条街的两边不再是梧桐和泛黄的路灯，而是并排开着一家家酒吧，灯火通明，歌舞喧哗，买醉的人进进出出。年轻人一个个介绍酒吧，每说一个，就有灯牌亮起，正是他提到的名字。他们一直往前走，两侧的酒吧也跟着他延伸，没有尽头……

等她反应过来时，年轻人已经沿着三岔路口的右边，独自走远了。她只能看到他的背影，身体很单薄，吉他却显得硕大。再走几步，这个背影就被黑暗消解得模糊了。

吴璜心里一动，想要叫住他。她的心怦怦地跳了起来。她深深呼吸，清凉的空气涌进胸腔，但就在喊出声音前，她口袋里的手机震动了起来。

她划开手机，是母亲的电话。

"怎么没给我打过来？"

"妈，"她说，"等一下。"

但声音一出口，她就后悔了。她看向年轻人离开的方向，夜幕浓重，他的身影已经完全融进黑夜里。

原来母亲所谓的大事，是要给她介绍男朋友。

这事她早有预料。这几年母亲跟她聊天的主要话题，就是催她找一个男朋友，常说的话是："现在这世道啊，一个人更不容易活下去，找个人一起吧。"

但她找不到。

还能说话的时候，她就不擅长跟人接触。也谈过恋爱，但很快无疾而终，两任都是，所以她对自己没有太大信心，对别人也没了太大兴趣。母亲每次提起，她就说工作重要，搪塞过去，加上这个小城远离家乡，母亲也就只是说说而已。

但这一次，母亲惊喜地说："我刚打听到，我们隔壁小区，也有个小伙子在你那边上班。这就是缘分。老家的人，知根知底，又跟你在一个地方工作，真的合适！"

母亲反复说了好些遍，吴璜脑子有点儿乱，敷衍几句之后，母亲突然说："先见一面吧。我给你安排好了，后天，后天你不上班。对了，记得见面之前不要跟人说话啊。"

说完，就挂掉了。

过了两天，他们真就见上面了。由于是两方家长安排的，两人都做了准备，留着说话的份额。在一家餐厅，吴璜见到了这个叫阿凡的男孩。

母亲在电话描述阿凡时，吴璜就在脑袋里有了他的模样。真见面了，她发现阿凡就跟母亲形容的一模一样，老实可靠，脸上微胖，说话有点儿紧张。

她倒是不紧张，但完全提不起兴致。的确，一个能被语言描述得一清二楚的人，能引起别人的什么兴趣呢？

吃饭的过程中，阿凡一直努力在说话，介绍他自己——工作、收入、以后的打算。吴璜坐在他对面，默默地听着。她其实也不是在听。她有点儿走神，看着餐厅外来来往往的人群，每个人的身影都很笔直，每个人的背上都没有吉他。

一顿饭吃得很快，吃完后，他们也没有别的计划，吴璜便提议回家。

走到公交站台需要几分钟。阿凡也看出来吴璜对她兴趣不大，声音低了许多，走到站台时，深吸口气问："这些就是我的情况了，也没什么特别的。你还有什么想知道的吗？"

吴璜收回目光，愣愣地看着阿凡。这张脸跟她的想象里、跟窗外的那许多张脸都一样，所以即使是第一次见面，她也没有陌生和局促感。她看了好几秒，才意识到阿凡在对他说话，这时，一个身影在她脑海里浮现，她犹豫了一下，问："那你，记得多少酒吧的名字？"

2

到达海边时，已经是下午。吴璜和阿凡在大巴车后排睡得正沉，被导游叫醒后，昏昏沉沉地下了车。一抹淡金色的斜阳铺在海面，海浪一卷，又把斜阳揉碎。吴璜看了几眼，对阿凡说："我还是去睡会儿，你看吧。"

阿凡点点头，就转身走向其他旅客，掏出手机拍照。

为了这次婚前旅行，吴璜昨天收拾了一晚，因此白天都在补觉，到现在还是晕乎乎的。但此时再上车，又睡不着了。她把车窗拉开一个缝隙，空气顿时清新不少。侧过头，她看到阿凡挤进人堆，微胖的身体几乎被遮住，倒是手机举得很高，不停地按拍摄键。

一阵风吹来，冷得刺骨，所有人的手都缩了回来，像是受惊扰的含羞草叶。导游摆摆手，示意大家上车。

人群又一下涌回来。车里的空气刚新鲜没几分钟，又变得闷热浑浊。阿凡把手机伸到她眼前，兴奋地给她介绍照片。听着他絮絮叨叨的声音，睡意顿时席卷，眼皮沉重，迅速又睡了过去。

再醒来的时候，车已经进了小镇。镇子靠着海，建筑都是尖顶的西式风格。沉默时代前，这里专门做旅游行业，一度很热闹；世界失声后，小镇很快就顺应形势，在所有建筑的外面铺满了彩灯，此时还是傍晚，但灯光此起彼伏地亮着。各种色彩在吴璜脸上划过，即使闭上眼睛，迷乱的光线依然会刺进眼球。

她有些后悔来这里旅游了。

这是她和阿凡的婚前旅行。对结婚这件事，她其实是比较犹豫的。她跟阿凡的恋爱已经持续了一年半，很顺利，至少她这么觉得。这么长的时间里，他们没有过争吵，没有过分歧，即使出现了矛盾，也是她退让，或者是阿凡退让，总能很快平顺度过。从恋爱的第一天到现在，他们对彼此的态度都没有变化。这肯定不是坏事。但这是好事吗？她不知道答案。

时间在流逝。母亲给她打电话，说："你也不小了，该考虑结婚了。不管时代怎么变，有声音还是没声音，这一步总是要走的。"那天她已经跟阿凡说过话了，因此无法在电话里回应母亲，便沉默着。母亲知道她在听，继续说："阿凡这小伙子还不错。"她继续沉默。

母亲顿了顿，又说："但是如果你有什么担心的，可以试着出去旅游。都说长途旅游是婚前试金石，能考验他是不是靠得住。你听妈的，要是在旅途中他也把你照顾得好，你们就结婚吧。"

吴璜想这也有道理。一个人就算平常掩饰得很好，到了旅途中，多少会暴露出问题。她倒是不指望阿凡能把自己照顾得多好，只要不暴露什么大毛病，那就听妈妈的建议吧。结婚，她心里念着这两个字，有些空落落的，不知哪里缺了一块。

所以，这场旅行就成行了。她在选择路线的时候，查到了这个海边小镇，上面的宣传语是"当世界失去声音，我们用色彩来填补"。她看得很心动，就来了这里，但现在看到混乱而强烈的彩光晃来晃去，她只

觉得是群魔乱舞，让人心烦意乱。果然不能信广告，她想。

其他人倒是很开心。旅客们把行李放好后，便蜂拥而出，在小镇的主街上逛着。而除了他们，还有不少旅行团过来，街上到处是人影和笑脸，配上这迪厅一样的灯光效果，会让人有种"喧闹"的错觉，仿佛置身于往昔世界。

阿凡也在开心的人群里。他拉着吴璜，兴奋地在摊铺边逛着，看到什么精致的小商品，会把玩半天，并掏钱买下其中几样。吴璜跟在他身后。

过了主街，前面光影晃动得更厉害，人影更多。"我们去那边吧！"阿凡说。他没有留意到吴璜疲惫的神色，拉着她就挤向更密集的人群。

他们来到了一个广场，门口写着"表演区"。阿凡买了两张票，牵着吴璜走进去。这里的商铺就不多了，全是一个个装饰着彩灯条的棚子，棚内都是正卖力进行翻跟斗、喉咙顶枪等各种民间表演的演员们。

游客围在棚外，人头攒动，一切却又是无声的，像是规模浩大、内容却很空洞的默剧。

吴璜对阿凡说："我们走吧，我有点儿累。"

阿凡有些不舍地看了看四周，刚要说话，一蓬烟花突然从广场中央升起，光焰胜过所有彩灯，人群又向中央挤去。

"好像是抽奖，"阿凡用有些讨好的语气说，"我们去看看吧，很热闹……"

她点点头，就像以往的无数次一样。

阿凡没说错，烟花的确是抽奖的信号。在中央的圆形舞台上，一对主持人正在暖场，他们身后巨大的电子屏上写着抽奖规则。原来只要买了入场券，就有中奖的机会，一共抽10个人，奖品分别是现金、电脑、手机、代金券等。

见围观的人多了，主持人开始公布中奖号码。

右边那个主持人又高又瘦，怕是有1.9米，掏出一个信封；而左边的主持人显然是侏儒，身高不到右边主持人的腰部，此时踮着脚，一跳一跳地够那个信封，惹得周围观众一阵哄笑。吴璜听不到他们的声音，只能听到阿凡也笑得很开心。

滑稽又做作的争抢持续了几分钟，侏儒主持人终于面红耳赤地抢到了名单，拿起道具话筒，用最夸张的口型宣布了号码。人们虽然听不到他的声音，但他每"念"一个，电子屏上就显示一个号码。观众们连忙去看手里的入场券，中奖了的立即举手，被请到台上，开始派发奖品。

阿凡买的这两张票没有中奖，有些无奈地叹口气，说："运气不好，我们走吧。"

吴璜点头，刚转身要走，眼角突然抽搐了一下，余光落到了舞台的角落。"等一下，"她说，"我……我想再看看。"

"哦。"阿凡不知道发生了什么，但也没有反对，就像以往无数次一样。

舞台上，前9个幸运观众已经领了奖品，兴高采烈地下台了。最后还站在上面的，是一个肥胖的妇人，30岁出头的样子，还推着婴儿车。车里的襁褓遮得严实，吴璜只能看到婴儿半张肥嘟嘟的侧脸，不知是男孩还是女孩。

妇人显然很期待奖品是什么，但当电子屏上出现"点歌"两个字时，她一下子愣住了。

舞台的角落外，那个一直站在阴影里的年轻人走出来，走到妇人身前。他背着硕大的吉他，比他的肩膀还宽，走起路来一晃一晃的，令人疑心他瘦削的身子是不是能扛得起吉他。

随后，电子屏上出现了"奖品"的解释——幸运观众可以留在舞台上，获得著名民谣歌手李川的专属歌唱。

原来他叫李川。吴璜暗暗想。

李川显然这一天都没有说过话，所以作为奖品，可以对这位妇人唱歌。而整个台上台下，只有妇人能听到他的声音，的确是独一无二的礼物。但妇人还没等李川把吉他卸下来，就转身去找那对高矮主持人，用手势比画着什么。

虽然她挥舞得很混乱，但所有人还是一眼能看出：她并不满意这个奖品。

其他幸运观众拿到手的，都是实实在在的钱或商品，对妇人来说，比一首歌实惠得多。于是，李川提着吉他，站在舞台上，微微侧头，光线迷乱晃动，也看不清他的表情。但他肯定很尴尬吧，吴璜想。

妇人跟主持人交涉了半天，她挥手，主持人摆手，死活不能换。她只得认了，气鼓鼓地走回来。

李川这才弯腰把吉他从包里拿出来，调了调弦，刚准备唱，妇人突然冲他打了个停止的手势，不仅李川愣住，舞台下的观众也面面相觑。妇人本来是用嫌恶的眼光看着李川，此时变成了得意，她指了指手上牵着的狗绳，意思不言而喻：让李川给吉娃娃唱歌。

吉娃娃瞪大乌黑的眼珠，看看主人，又看看李川。

这下，台下观众的笑脸更灿烂了，显然对狗弹琴，比主持人的滑稽表演更能让他们开心。主持人见台下这样的效果，便没有阻止。

李川提着吉他，好半天没有动。

观众们着急了，离舞台近的，使劲拍着舞台的地面，主持人看阵势不对，走到李川面前，使劲推了推他的肩膀。

李川后退一步，站稳后，低下了头，随后把吉他抱在怀里，手指搭在弦上。

吴璜轻轻叹了口气。阿凡听见了，便问："你怎么了？"她摇头说："就是累了。"

"等下，我们看完就走吧。"阿凡颇有兴致地指着舞台，"怪有意思的。怎么想出来的啊，让人跟狗弹吉他……可惜他给狗弹我们也听不见，不知道会唱什么。"就算李川给吉娃娃唱，吉娃娃也听不见，因为外星人定下的规则，是"人"一天只能跟一个"人"说话。所以在这个带着恶意的舞台上，李川和吉娃娃都是茫然的，但他们一个被绳子牵着，一个被现实禁锢，都无可奈何。

李川往后站了站，抱琴弹唱。

他唱得有多认真，底下的人就有多开心。阿凡也乐不可支，对吴璜说："你看啊，多滑稽！我都怀疑这女的是不是托儿了。"

但吴璜没有听清他的话。这很少见。此前的一年多，他们都是把说话的名额用在对方身上，除了阿凡的声音，整个世界一片安静。而阿凡并不口吃，听起来一清二楚。但她现在没听清，是因为舞台上传来的歌声。

> 他是许多城市的过客
> 在大厦的顶楼点燃篝火
> 在梧桐枝上挂满单车
> 他玩得很开心
> 却不怎么快乐
> 哦，他不快乐
> 就像你见到的任何一个
> 过客

听到歌声的一瞬间，她的脸色变得苍白，仿佛血色被冷风吹得退了潮。她能听到李川的歌声，只意味着一件事情——李川看到了她，李川记得她，李川并没有妥协于对他的羞辱，而是将唯一的声音，唱给她听。

回到酒店后，阿凡早早就入睡了，吴璜却一直睡不着。一是因为白天在大巴上睡了一天，二是因为外面闪烁的灯光。窗帘的遮光效果不好，即使拉上了，也能看到彩色灯柱在外面晃来晃去，她又比较敏感，灯光晃一次，就像有针在眼皮上扎一下。

当然，她知道，这些都不是她无法入睡的真正原因。

她就这么睁着眼睛，时间在彩光的晃动中流逝，很快就过了午夜。要是这么熬下去，恐怕一整晚都睡不着了，她索性爬起来，披上羽绒服。

"你去哪里呀？"阿凡被扰醒，迷迷糊糊地问。

她回道："出去转一下，吹吹风。"

"哦。"阿凡闭上眼睛，又躺回去。

出门前，她听不到一点儿风声呼啸，但刚走出去，头发就被吹得扬起，寒冷也像刀子似的往脸上扎。她连忙裹紧帽子，走上了彩灯四溢的街道。

这时的街上已经没什么人了，她也并不知道自己的目的地——他只是来唱歌挣钱的，经过了那样的羞辱，还会待在这个过度开发的旅游小镇吗？镇子又这么大，想找一个人……

但好在，她的胡思乱想还没有结束，就又听到了歌声。她心里的石头落下来，但又泛起另一种紧张。

她犹犹豫豫地循着歌声，走到海边。

李川坐在一块鸟翅般伸出的岩石后面，前方就是缓缓起伏的海面，看到他那被阴影遮蔽但依旧可以看出清瘦和孤单的身影，她的忐忑顿时消失，顺着卵石路走过去，在他身旁坐下。

"又见面了。"他说。

"是啊，没想到在这里能看到你。你没有怎么变。"她说着，却发现李川皱皱眉，像是听不到自己的声音。她这才想起，出门时已经跟阿凡说过话，而当时已过了午夜。

总是这么不巧。她低下头，帽檐的白色绒毛遮住了她的脸。

李川倒是不介意。他像是对什么都不介意的样子，笑了笑："没想到能在这里看到你。"顿了顿，"你没有什么变化。"

吴璜有些诧异，回忆了一下，确定他听不到自己的声音。那又真是很巧了，仿佛刚才这一瞬，改变了世界的规则在他们之间不复存在。

"但肯定发生了很多事情吧，"李川说，"恭喜你。"

你呢？吴璜掏出手机，在上面打下这两个字，递给他看。

"我身上也发生了很多事情，也遇见了很多人，"他摆摆手，"但这些人都离开了，事情也都过去了。"

你的酒吧计划怎么样了？吴璜刚打出这一行字，想了想，又删掉了。他现在比上次见到的时候显得更落魄——衣服破旧，脸更瘦了，今天还在舞台上受人羞辱，这样艰难的处境，活下去恐怕都是问题，更别说筹备开一家花费不菲的酒吧了。

于是，短暂的寒暄结束了。吴璜坐了一会儿，觉得冷，缩了缩身子；又看他，发现他穿得更单薄，外套不像是能防寒的样子，不知道里面穿毛衣没有……

"我继续给你唱歌吧。"

她点点头。

这样的夜晚，虽然冷风刮遍大地，但有歌可以听，总是令人满足的。

李川唱了一首又一首。

有时他唱的声音很大，在寂静世界里令人心安；有时候又细若呢喃，闷闷的，没来由让人酸楚。这些歌唱完，他把头埋在膝盖里，不知想到了谁。

吴璜没忍住好奇，在手机上打下一行字：这就是你的生活吗？

"什么样的生活？"李川问。

这样……漂泊。

"这不是漂泊，是追求自己想要的东西。其实那个电子屏上面是骗人的，我并不是什么著名歌手，我只是想要弹吉他，有人听和没人听都行。我也有试着去老老实实工作，安安稳稳活下去，但我发现我做不到。"他的声音里有一丝苦恼，彩光在海面闪过，又映在他眼里，看起来有些迷离，"那几天，我出现了幻听，耳朵里吵吵闹闹的，像是很多人挤在里面吵架。根本睡不着，为什么整个世界都失聪了，只有我被噪声困扰呢。我甚至把我的耳膜刺破了，变成了聋子，那些声音还是能灌进耳朵。但我发现，只要拿起吉他，我就清静了。"

吴璜听着，看了一眼他的耳朵。她当然看不到他耳膜上的破洞，但能想象当时的痛楚。原来为了自由和想要的生活，是要付出这样的代价。但对李川是值得的，他聋了，但他知道了自己的路。他听不到声音，但他还有吉他和喉咙，可以唱给别人听。

海水起伏，吴璜的呼吸也变得急促起来。她拿出手机，但两个拇指在屏幕上方颤抖，怎么也按不出字来。即使打出了字，也是错的，这个过程中，李川一直耐心等着。

这时，一条信息弹了出来。是阿凡发的。

"你在哪里，别太晚了，注意安全。"

她的手顿时不颤抖了，停了一会儿，便把手机收了回去。手机的光灭之后，只剩下海面上闪烁的彩灯。他们一起走回了街面。

这一路上，他们没有再说话。沉默是彼此的契约。这一刻，吴璜明白了默契这个词的来源。这么深的夜，街上的彩灯还是迷幻地闪烁着，她低头走路，影子随着灯光的摆动，也忽明忽灭，跳来跳去。

"你不喜欢这种灯吗？"李川察觉到了，问道。

吴璜点点头。

"那你跟我来。"李川突然抓住她的手,往镇子的另一边走过去。他个子高,步伐跨得大一些,她就不得不小跑才能跟上。他背上还有吉他,每跑一步,吉他就敲打着他的背。

李川把她带到了小镇的最西边。这里没有那么多彩灯,幽暗一些,但镇子其他地方的灯扫过的时候,还是有一道道光投过来。吴璜掏出手机,想打字谢谢他的好意。

但她刚拿出手机,李川就握住她的手,把屏幕按灭。

"等一下。"他在她耳边低声说。

外星人带走的是声音,而温度还在。因此她能感觉耳侧拂过一阵热流,在冬夜寒风中,格外温暖,又并不炽烈。

真是奇怪。这个人,是怎么把所有的事情都做得恰到好处的?她耳朵发红,退了一步,想着。

李川没有察觉她卷涌的心理活动,转过身,快步走到一个黑沉沉的屋子旁,他脚下是七八条粗大的线缆,蜿蜒着,通过墙壁延伸进屋子。吴璜眼角一跳,隐约猜到他要做什么了。但她还来不及阻止,就见李川的手顺着门缝伸了进去。

她没猜错,这里是小镇的配电房。李川明明是拉下电闸,却像是引爆了炸弹,大片大片的黑暗溅射出来,以他们为中心,飞快地向四周扩散。密布整个镇子的彩灯,在一秒内,全部熄灭。

黑暗和寂静一样纯粹。头顶夜空也是黑漆漆的,没有丝毫光线,这样高密度的黑暗,把夜晚都变成了固体。但吴璜并没有丝毫慌张,她知道,李川就在附近。黑暗遮蔽了一些东西,却让另一些东西萌芽而出。她的心跳开始加速。

接下来呢,她想,他会做什么?他会对自己做什么?

她有些紧张,明明是大冷天,手心却出了汗。

但她等了很久，都没有再听到李川的声音。直到风变得更大，小镇的维修人员赶了过来，让彩灯再次群魔乱舞，四周明亮而迷幻，她扫视四周，发现李川已经不见了。

这场原计划为期半个月的婚前旅行，在第一天过后，就结束了。

是吴璜执意要结束的。

阿凡刚开始很诧异，以为她是开玩笑，搂着她往大巴车走去。但走了两步，就被她挣开了。他这才知道吴璜是认真的，他也看着她，过了好久才问："我哪里做错了吗？"

他没做错什么。某种程度上，做错事情的其实是吴璜。但这些她没办法解释，只能沉默。整个回程中，他们都没有说一句话，到小镇后，吴璜提着行李回到住处。阿凡在后面看着她，没有说什么，站了一会儿，也回到他的单位。

晚上，吴璜给母亲打了电话。

但因为她今天已经跟阿凡说过话了，所以母亲从话筒里听到的，也是一阵沉默。

"你们现在不是在外面玩吗？"母亲说，"玩就好好玩，别挂念家里。"

吴璜握着手机。

"怎么了，是不是发生了什么事情？"

听筒里一片沉默。

母亲也安静了很久："真的不喜欢他吗？"

吴璜鼻子有些发酸。

"不喜欢也没关系。"母亲说，"日子是你来过的，冷暖都只有自己知道，要是不喜欢，不用勉强。也不用担心，妈妈去打招呼。"

吴璜挂了电话，有些发怔。她看向窗外。这时候已经是深冬了，外面飘着细蒙蒙的东西，她以为是下雪，凑到玻璃前一看，才发现是起了夜雾。

3

雨突然下得特别大。

吴璜刚推开门，一股潮气就迎面扑来。她本想尽早离开，但这么走出去，恐怕不到一秒就得浑身湿透。这么犹豫的关口，身后的王烨就跟了上来，说："我送你吧。"

"不用，"吴璜说，"我可以自己打车。"

"你走出去就淋湿了。毕竟是出差，家不在附近，要是感冒了都没人照顾——你们公司说不定还得怪我。走吧，我去取车。"

这话半认真半调笑，倒是让吴璜也不好拒绝。她点点头："那麻烦王总了。"

"都说了，叫哥就行。你今天说话的额度都留给我了，这缘分，当得起一声哥吧！"

吴璜没再说话，跟着王烨去了车库。车缓缓驶上大街，雨更急了，冲刷车窗，让外面的景色都迷离成一片。不过就算没下雨，要看清外面也很难——夜幕笼罩，街上的指示灯和彩条都亮了，光晕在车窗上糊成一片。

大城市就是这样，为了在一片沉寂中维持城市交通的运转，就只有使用大量灯光来做指引。跟多年前她在海边旅游小镇时见到的景象一样。

咦，她突然心里一紧，怎么会突然想到那个遥远的小镇呢？

"你是明天回去吗？"王烨扶着方向盘，目视前方。

"是啊。"

"难得出次差，不多玩几天吗？"王烨依旧没有看她，"跟你把事情谈完，这阵子公司也不用我操心了，打算带女儿转转，还想着你也一起呢。"

这就有些露骨了。

来出这趟差之前，吴璜就做了功课：这个王烨，弄出的手语资料都是质量上乘，为人却有些下作。因此今天谈定了采购的价格和周期，她就打算赶紧离开，不料被大雨挡住，让她落入跟王烨同处一车的窘境。

"我工作还很多，要早点回去处理。"她敷衍道。

王烨嗤笑："女人啊，就别这么拼，找个靠得住的男人就行。"顿了顿，又说，"噢对不起，我忘了，你还未婚。"

这句话里没有丝毫抱歉的意味，倒像是在刻意强调。

吴璜皱起眉头。

果然，王烨又接着道："要是没见到合适的，你觉着我怎么样？"说着，他的右手从方向盘上滑下来，落到了吴璜腿上，"这么多年，我也是一个人……"

"停车。"吴璜说。

王烨把手收回来，讪讪一笑："开个玩笑，别介意。"

"停车，我要下去。"吴璜声音有些冷。

王烨这才终于瞧了她一眼，说："别来劲啊。合同还没签呢。"

这是威胁，吴璜很清楚，但也是实话。她像是噎住，往右缩了缩，没再说话了。

这些年，她在单位混得并不好。在那个传统闭塞的小县城，女性到了这个年纪还没结婚，就会被视为异类，慢慢被疏远。她也并不热衷于熟络人情，这一点，年轻时被当作个性，年龄大了就成了毛病，因此她也不受领导待见。这种氛围在沉默中被放大，只要在办公室，她就能感受得到。这次被外派出差，她松了口气，想必办公室的人也松了口气。但要是搞砸，办公室的人依旧会开心，自己可就麻烦了。

王烨敏锐地察觉到了她的退缩，笑了，手也再次放下："你以为，我把整个一天的说话机会都花在你身上了，真的只是谈生意吗？"

吴璜推开他的手，攥紧裙子。

"是因为你的声音好听，你也好看，虽然有了一点点皱纹。"王烨不以为意，手移上来，拂过她的脸侧。

为了避开他的手，吴璜不得不侧过头。也就是在这一瞬，透过窗外横流的雨幕和光晕，她突然看到了一家店的灯牌。那几个字一闪而过，迅速被雨幕遮住。

"放开！"她尖叫起来，同时伸手去抓方向盘。

王烨吓一跳，脚下意识地去踩刹车。汽车在布满雨水的街上碾出两道水帘，滑行几米后停下。幸好这条街已经算是偏僻了，车不多，后面的几辆车也紧急刹车，没撞到前车。

但这样也很惊险，王烨反弹回靠背上，转头对吴璜怒道："你疯了！"

吴璜没理他，去拉车门，没拉开；又扑过去打开车锁，再开门跳下车。雨势丝毫没有止歇，当头浇来，她赶紧将包顶在头上，一路小跑到街边屋檐下。饶是如此，身上也打湿了大半，头发湿漉漉地沿着脑门垂下。

王烨伸出头，叫了她几声。车后方的车辆焦躁地闪烁车灯，交通系统判定王烨在违规，前方的彩灯条也变成刺眼的红色。他怒骂几声，缩回去，启动车子驶远了。

吴璜始终没看他一眼，仿佛从拉开车门的一瞬间，她就跟他再无关系。她小心地贴着街边往回走，有些店设计了屋檐，为她挡住了雨水，

有些却没有，她只得顶着包，快步涉水而过。

雨滴又大又重，纷乱地砸着这个世界。街上只有倏忽驶过的车辆，而没有行人，因此车里和路边店里的人，都好奇地看着吴璜，看着她边躲雨边张望头顶的店牌。

她路过了一家饭馆、一家蛋糕店、一家便利店（她进去问了，没有雨伞）、一家复印店、一家花店、又一家饭馆……咦，怎么没有？她焦急起来，不会看错了吧？她又停下，转身往前，又重复一遍。

饭馆、花店、复印店——在复印店的后面，她终于看到了那行字——没有你的小镇。

这6个字的灯牌是竖放的，挤在两道墙壁的中间，且有些暗，稍不留神就被晃过去了。但她在车上居然能一眼瞧见，不得不说也是有缘。

两道墙壁隔出了一条巷子，有台阶向下延伸，两旁贴着向下的箭头。吴璜沿阶而下，走到尽头，再拐个弯，前方豁然明亮起来。

她本以为会到一间狭小的地下房，没想到地下室还挺大，两百多平方米，乍一拐进来，还有种空旷的感觉。地下室的房顶上没有灯，只在四周歪歪斜斜地挂了些灯管，荧荧放亮，而桌子就是围着中心的舞台而摆。因此四周的观众处在荧光中，而中心舞台一片幽暗。

她正要走过去，门旁一个10来岁的男孩拉住了她。

男孩举起一个平板电脑，上面是十几个排成一列的名字。

吴璜露出疑惑的神情。

男孩收回平板电脑，熟练地点了几个键，再翻过来给她看。屏幕上显示着这间酒吧的点歌规则，原来每个名字代表一个歌手，绿色的代表"可选"，点击后，歌手就会到台上为客人唱歌。

舞台中间虽幽暗，但能看到上面站着几个人，各拿乐器，各自弹唱。四周的光晕里也坐着几个人，有的闭目聆听——显然有专属的歌手在为他而唱，有的则只是喝酒，闷头一口又一口。

吴璜让男孩把界面调回去，扫一眼，果然看到了李川的名字。

这明明只是中文里很常见的两个字，却仿佛某种咒语，出现在她眼中，让她心头猛地一跳。她伸出手，朝李川的名字点去，点了好几次，却都没反应。

男孩收回平板电脑，疑惑地看着她。

她这才看清，原来李川的名字是灰色的，自己刚刚心神激荡，没看仔细就去点了。她有些失望，想离开，但身后小巷一片幽暗，落雨声依旧不绝；想了想，还是转身找了个小桌旁坐下。

中心舞台上有人弹唱，但她没有点歌，耳旁依然是一片寂静。她拿了一瓶啤酒，没看什么牌子，喝下一口，冰凉冰凉的，跟身上的雨水一样。不知道是幸运还是倒霉，她想，在自己最潦倒狼狈的时候，又重新遇见了他。

这时，她看见了李川。

上一次见他，已经是5年前了，时间在这5年改变了她，每天早上，她都会从镜子里看到变化。外表可以用化妆品遮住，而更深处的，体质和心态，却是日复一日地被蒙上灰尘。而他，突然出现在光亮中，却几乎跟上次在小镇的舞台上一样，如果非要说有什么不同——他的衣着变得得体整洁，头发不再凌乱，整个人看起来更精神，也更……年轻。

果然时间是不公平的。

李川出现后，也跟其他歌手不一样，人们纷纷向他点头示意。他也含笑一一回应。看见一个须发皆白的老先生面前的酒杯空了之后，他朝吧台招招手，那个脸上有细密文身的服务员就给老先生端来一杯酒。

不出吴璜预料，李川是这间酒吧的老板。

看来时光不仅没有摧残他，还让他真正实现了理想。而反观自己——她低头看了看湿得皱起的裙摆，发丝贴在脸颊的触感依旧冰凉，不由沮丧。

李川从吧台后摸出那把吉他，走上舞台。其余歌手给他让出一小片空地，服务员递上椅子。他调了调琴弦，清了清嗓子，刚要唱，手突然扣住了吉他。

吴璜眼角一跳。

她不知道这间"没有你的小镇"酒吧怎么会设计得如此奇怪，将灯管贴在顾客周围，而舞台陷入一片幽暗。她只能模糊地看到李川顿了顿，随后站起来，冲酒吧西北角一个西装革履的中年男人鞠了个躬。

想必是那个男人点了他唱歌。男人微笑，举起杯子，一饮而尽后转身出了酒吧。

但吴璜把目光从男人背影上收回来时，一转头，就看到了李川的脸。近在咫尺，灯光在他脸上流淌，清晰得能看到他瞳孔里倒映的自己。

"所以，你今天还是不能说话吗？"他坐在她身旁，问。

吴璜有些慌张，理了理裙角，几秒后才反应过来，点点头。

"真是遗憾，过了这么多年，你都还是沉默。"李川说着遗憾，表情却不以为意，伸手把吉他抓过来，"那我就给你唱歌吧。这几年，我新写了很多首。"

他连寒暄都略过，也不提当初在海边小镇怎么不辞而别，就这么快活地弹唱。

吴璜却做不到他这样风轻云淡，很短的时间里，脑子里掠过许多念头。她懊恼为何会在如此狼狈的时候被他认出，好奇这些年他是怎么在无声世界里靠一把吉他挣出一间这样大的酒吧，她亦感到无奈，最后还很想知道他上一次为什么离开。

但她没有问。一来是摸了摸兜里，才发现手机落在了王烨车上；二来是想起了当时的处境。那时是她的婚前旅行，跟他一起在夜里的冒险，本来就接近禁忌，如果他不是趁黑暗离开，那事情会怎么发展呢？她真能当面跟未婚夫摊牌吗？

想到这里，她满脑袋的心思都像是失焦的电影画面，模糊成了一团团光与暗的混合物。她往后躺了躺，靠在座椅上。耳边是李川的歌声，一千多个日子过去了，他每天都要对一个人唱歌，声音却跟从前一样。

其余人看到老板跑到角落里给一个陌生的女人唱歌，也只是扫了一眼，没人大惊小怪。

> 这里是没有你的小镇，
>
> 不管你路不路过，
>
> 雨都一直下个不停。

不知听了多少首，酒吧慢慢人少座空。吴璜逐渐平静，左右张望，想找笔和纸，正好看到一个抱着婴儿的女人走到了吧台处。

女人很高挑，一手抱着婴儿，一手提着滴水的雨伞。她把伞靠在墙壁上，向李川看过来。

"你等一下。"李川冲吴璜笑笑，放下吉他，向那个女人走过去。

他自然而然地接过了襁褓，用手指逗了逗，再向女人比画着什么。吴璜与他们隔着斑斓的灯光，发现他们几乎是一样高，他们手势交流时的表情却看不到。

但也不用看了。吴璜平静地想：是啊，5年这么久，能遇上许许多多的人，像现在这样才是正常。而自己，的确是异类。

她站起来，把杯中残酒喝完，湿答答地走向巷子的出口。直到她离开，吧台前的两个人加一个婴孩，都没看过来。

还真被王烨给说中了，淋了雨后，吴璜当晚就发起了高烧。她从酒

店退房，直接住进了医院，意识昏沉中，她还想起要给领导请假，但手机不在身边，只能放心地昏睡过去。

一通折腾，等退烧已经是3天以后了。她没去找王烨要手机，而是直接打车去车站，偏偏出租车又路过了"没有你的小镇"。

算了，她对自己说，没有告别的必要。反正自己也不辞而别，算是两不相欠。

出租车驶到街角，她依旧这么劝说自己，手却伸到司机肩上，拍了拍。司机很配合地停了车。

她这才反应过来，对自己说，咦？怎么回事，手不听使唤吗？还是走吧，继续去车站，早点回公司。

司机回头，疑惑地看着她。

等她掏钱结了车费，钻出车门，回过神来时，已经站在了空旷的街头。那没有办法了，她只得这样安慰自己，去看一下吧，别让他发现就好。

李川的确没发现她来。因为他压根不在店里。下午的酒吧没有客人，她一进去，只看到吧台前那个有着密集文身的女服务员。服务员看到她后，没理会，又低头继续擦杯子。

吴璜问："李川呢？"

服务员抬起头，看着她，眉头皱起。

"就是，这家酒吧的老板，他在吗？"

服务员长久地看着她，突然笑了，拿起平板电脑，打下一行字：我就是这家店的老板。

"可是……"

服务员不等她说完，手指点了点，屏幕上再次出现一连串的歌手名。她指着李川的名字。

吴璜点点头。

"他走了，把店给了我。"服务员——或者说店长又继续打字，"你是他朋友吗？"

吴璜不知道自己算不算，因此没有回答，又问："那他什么时候回来？"

"他说不会回来。他只带走了吉他。"

这的确像他做出来的事情。吴璜默默地想，有些恍惚，她转身要走，但走到门口时又意识到一个问题，连忙问："那他的……"

刚说出这两个字，就停住了，因为她回头看到了那个高挑而长发披肩的女人。女人依旧抱着婴儿，走到吧台前，她正和店长说话。吴璜听不见她们的声音，但从她俩聊天的神态，以及两人左手无名指上戴的相同戒指，吴璜大概知道自己误会了什么。至于婴儿，有太多种可能了，而其中大部分可能，都与李川无关。

最后一个问题便没有必要问了。她慢慢吐出一口气，沿着阶梯，离开了酒吧。

从省会到县城有直达火车，中午出发，下午就到了目的地。她已经3天没有联系领导，到底有些急，一出站，来不及放行李就赶到了办公室。

也是不巧，刚进门就到了下班的点，同事们一起涌出。她几乎是逆行在这股浪涌里。每个同事都与她打了照面，却没人打招呼，他们说话的机会自然不会用在她身上，但连眼神接触都刻意避开，就让吴璜产生不好的预感了。

果然，她硬着头皮敲开领导的办公室门，不用听声音，仅从领导的脸色，她就察觉到了气氛的严峻。

她本来想把说话的机会留到此时，跟领导好好解释，但上午在酒吧，她已经说过话了。她徒劳地张张嘴，领导的表情更加失望，从办公桌旁拿出一个文件夹，递给她。

文件夹的东西不多，一个手机，一张辞退通知书。

手机是王烨寄回来的，一起寄回来的，还有他的怒火。合同显然没搞定，领导已经派了别的办事员——按照王烨的要求，也是个美女。而辞退函，已经盖好了章，上面写有工作疏漏和无故旷工的字样。

到了这个地步，她知道说什么都没用，便接过文件夹，又拖着笨重的行李回到了出租房。

天还没暗，她掏出手机，拨通了母亲的号码。

"怎么了？"母亲说，"好几天没联系到，是不是不顺利啊？"

吴璜握着手机，躺到床上。窗子斜照进一丝夕阳，先是落到她耳朵上，又慢慢移到下巴边。

母亲也沉默了一会，又说："没关系的。不用太拼，还有妈在。"

她闭上眼睛，点点头。

"其实，如果外面不开心，"电话里，母亲犹豫着说，"你可以回家。"

住了近10年的屋子，要整间搬空，竟然不到一天。看着骤然陌生的四周，吴璜心里没有一丝波澜，东西一寄走，仿佛过往3年都变得模糊了。既然无可留恋，她提起随身的小箱子，转身去了车站。

在路上，她给母亲打了电话，说今晚上车，明天下午才能到。母亲说没关系，做好了饭等你。她想说声谢谢，但张了张嘴，还是没说出口。

这时节人竟然不少，进站口拥挤慌乱，又沉默无声。吴璜赶着进站，也加入了拥挤的大军。人多脚杂，她没挤几步，脚上一痛，却是被一个穿高跟鞋的女人踩个正着。她还没反应过来，那个女人被人群裹挟，消失不见了。

吴璜只得自认倒霉，小心一点儿，也慢腾腾地过了安检。

前面就是幽长的通道，穿过去，就进了车站。就彻底告别——她眼角突然一抽，余光里掠过了一个人影。这道人影在无数背影中一晃而过，太像是幻觉，但吴璜的心脏像是被突然启动的发电机，在她胸腔里突突跳动。她想逆着人群走出去，但这个难度更甚于挤进来，她试了试，反被推到了更里面。

她有点着急，连行李都丢了，侧起身子，贴着安检通道，死命往外挪。人们对她侧目而视，要是还能说话，她一定被抱怨和喝骂淹没了，但她顾不得了，一边不停地道歉——尽管没人能听到，一边逆行而出。

等她来到车站外，外面依旧满是行色匆匆的旅人，却没有那道身影。不可能看错的，她对自己说，又跑向车站右侧。她跑了好几条街道，傍晚的风和路灯的光，都拉扯着她的衣服，尤其是沁出微微汗水后，风还在她的皮肤上留下了一阵阵冰凉。

街上的人都诧异地看着她奔跑的样子。其中还有些是她认识的，她能想象他们在群里会怎么嘲笑自己，但此时也不在意了，她只是喘着气，茫然地环视四周。

路灯昏黄，行人只是剪影，不远处，一辆公交车缓缓发动。

她站得笔直，大口呼吸，抹了一把额头上的汗珠。在手放下的一瞬间，她看到了公交车的后窗，她并不能透过窗子看清里面同样拥挤的人群，但她能看到，那把吉他的轮廓。

她想追上去，但车已经启动了，她的脚又被踩过，经过刚才的奔跑，实在使不上劲。于是，她只能把手拢在嘴边，大声喊着他的名字。

然而，四周无处不密布着吞食声音的纳米级吸音机器人，她的呼喊，只如沉默。

公交车一点点驶远，拐过街，即将彻底消失。

她依然用尽力气喊着，胸腔压缩着气流，喉咙扩展，嗓子震颤不

休。她喊的是他的名字，而一个人的姓和名，是不能随便被叫出来的。这个名字会像透明的漆，每喊一次，都泼洒在空气里。即使没有了声音，也洗不去。

公交车进入拐角，停下，背着吉他的李川走下来。

吴璜停止呼喊，放下手，大口大口地呼吸。

像多年前的夜晚一样，李川穿过光和风，走到她面前。他比吴璜高半个头，因此是微微俯视的姿态。他穿得有些单薄，微笑地看着吴璜，说："我听到你的声音了。"